Cathy Kelly

# Speciaal voor jou

the house of books

*Oorspronkelijke titel*
The Honey Queen
*Uitgave*
HarperCollins*Publishers*, Londen
Copyright © 2013 by Cathy Kelly
Copyright voor het Nederlandse taalgebied © 2013 by The House of Books,
Vianen/Antwerpen

*Vertaling*
Cherie van Gelder
*Omslagontwerp*
marliesvisser.nl
*Omslagillustratie*
Getty Images
*Foto auteur*
Barry McCall
*Opmaak binnenwerk*
ZetSpiegel, Best

ISBN 978 90 443 4024 2
ISBN 978 90 443 4025 9 (e-book)
D/2013/8899/87
NUR 302

www.thehouseofbooks.com
www.cathykelly.com

Voor mijn gezin, John, Murray en Dylan.
Voor mam, Lucy, Fran en al mijn beminde familieleden,
en voor de lieve vrienden op wie ik altijd kan rekenen.
Dank jullie allemaal.

# Deel een

De gemoedstoestand van de bijen en de sfeer in de korf zijn volledig afhankelijk van de stemming en het karakter van de bijenkoningin. Een kalme koningin zorgt voor een kalme, vredige en productieve korf.

*The Gentle Beekeeper,* Iseult Cloud

# Proloog

Lillie Maguire bewaarde de brief in het ritsvakje van haar handtas, een versleten beige geval, een kerstcadeautje dat Sam ooit bij David Jones had gekocht. De handtas was na al die jaren zo zacht als boter geworden en de voering was op bepaalde plekken zo versleten dat er muntjes doorheen vielen, maar dat kon haar niets schelen, het bleef toch een stukje van hem.

Ze had nog maar zo weinig van Sam over dat ze alles koesterde wat er nog was: zijn kussen, waaraan ze nog steeds heel flauw de geur van zijn haar rook, het overhemd dat hij die laatste dag had gedragen toen hij naar het ziekenhuis ging, de verlovingsring met de kleine opaal, die veertig jaar eerder was gekocht. En de handtas van David Jones met de kapotte voering. Dat waren haar schatten.

De brief was inmiddels bijna onderdeel geworden van de tas, met omgekrulde randen en versleten langs de vouwen. Ze had hem talloze keren herlezen nadat ze hem veertien dagen geleden ontvangen had en ze kon de inhoud haast in haar slaap opdreunen. Hij was afkomstig van Seth, de halfbroer van wie ze het bestaan niet had geweten, en de enige band met een moeder die ze nooit had gekend.

*Kom alsjeblieft, Frankie en ik willen je heel graag leren kennen. Ik ben meer dan vijftig jaar enig kind geweest, zie je, en het was geweldig om te horen dat ik toch een zusje heb. Ik heb nooit geweten dat jij er ook was, Lillie, en dat vind ik jammer.*

*Het spijt me om te horen dat je man is overleden. Daar zul je wel kapot van zijn. Je moet het eerlijk zeggen als je het opdringerig van me vindt om met een dergelijk advies te komen, maar is het nu dan niet precies de juiste tijd om hierheen te komen? Naar een plek waar je nog nooit bent geweest?*

*Het enige wat ik na al die jaren op dit ondermaanse met zekerheid kan stellen, is dat je maar nooit weet wat je misschien staat te wachten. Ik ben drie maanden geleden mijn baan kwijt geraakt en dat had ik ook nooit verwacht!*

*We zouden het heerlijk vinden om je bij ons te hebben, echt waar. Kom*

9

*nou maar. Zoals ik al zei, misschien moet ik dit niet zeggen omdat ik zelf nooit een dergelijk verlies heb geleden, Lillie, maar het kan toch best helpen?*

Het was zo'n hartelijke brief. Lillie vroeg zich af of Seths vrouw, Frankie, daar misschien iets mee te maken had gehad, want Lillie was oud en wijs genoeg om te vermoeden dat Seth waarschijnlijk nog steeds stond te duizelen van het feit dat zij bestond.

Dat er plotseling een vierenzestigjarige Australische zus was opgedoken, was misschien heel opwindend, maar de grootste schok was waarschijnlijk toch de wetenschap dat zijn moeder, inmiddels overleden, dat grote geheim voor hem verborgen had gehouden.

Lillie had altijd het gevoel gehad dat vrouwen beter met geheimen konden omgaan dan mannen. Ze konden ze beter bewaren en ze begrepen beter waaróm mensen ze bewaarden.

Ze wisten precies hoe ze 'let maar niet op mij, lieverd, alles is in orde, ik ben gewoon een beetje afwezig' moesten zeggen tegen een bang kind of een verwarde man, hoewel ze helemáál niet in orde waren en zich suf piekerden. *Wat zou de dokter te zeggen hebben over dat knobbeltje in haar borst? Konden ze zich die hypotheek wel veroorloven? Zou hun verlegen zoontje er ooit in slagen om een schoolvriendje te krijgen?*

Nee, een verstandige vrouw kon zomaar tot de conclusie komen dat bepaalde zaken haar dierbaren alleen maar verdriet zouden doen, dus waarom zou ze al die dingen dan niet voor zich houden? Dat kon ze best in haar eentje verwerken, dus dat betekende dat zij er niemand mee lastig zou vallen.

Mannen waren anders. Lillie wist uit ervaring dat mannen dingen liever niet verborgen hielden. Dus na verloop van tijd zou Seth er misschien heel andere ideeën op nahouden over het feit dat zijn moeder voor zijn geboorte, toen ze nog heel jong was, al een ander kind had gekregen, een kind dat ze had afgestaan aan een klooster dat het op hun beurt weer had doorgestuurd naar een zusterklooster in Melbourne. Het zou hem best kunnen helpen als hij dat kind leerde kennen.

Een ticket voor onbepaalde duur, besloot Lillie. Dat was waarschijnlijk het beste als ze naar Seth en Frankie zou gaan.

Martin, een van Lillies twee volwassen zoons, was ermee begonnen.

Vlak na de dood van Sam had Martin, die net als zijn vader, lang, vriendelijk en intelligent was, belangstelling gekregen voor genealogie en had heel wat uurtjes achter zijn computer gezeten, op zoek naar bijzonderheden over zijn verleden. Hij was lector aan de universiteit en hij kon er gewoon niet bij dat hij er nooit eerder aan had gedacht om dat te gaan doen.

'Het is onze eigen familiegeschiedenis, daar had ik jaren geleden al aan moeten beginnen. Wat mankeerde me?' had hij gevraagd terwijl hij zijn handen door zijn slordige donkere haar haalde op een manier die maakte dat Lillies vingers begonnen te jeuken om het met een schaar te lijf te gaan, precies zoals ze had gedaan toen hij nog klein was.

Haar adem stokte bij de gedachte aan hem als kind, aan haar eigen leven toen hij en zijn broer nog klein waren.

Toen Martin en Evan nog klein waren, was die schat van een Sam nog bij haar geweest. Nu was hij er niet meer. Hij was zes maanden geleden gestorven, en daar was zij nog steeds zo kapot van alsof het gisteren was gebeurd.

Lillie mocht dan tegen iedereen zeggen dat ze zich best kon redden – tegen haar zoons, haar schoondochters Daphne en Bethany, de meiden van de boekenclub, haar beste vriendinnen Doris en Viletta en haar maatjes uit de tweedehandswinkel waar ze iedere week een paar uur als vrijwilliger werkte – maar daar klopte niets van. Helemaal niets.

Ze kon glimlachen en zeggen dat het prima met haar ging, heus waar. Maar vanbinnen was het heel anders: daar had de hele wereld een groot gat in de vorm van Sam en ze wist eigenlijk niet hoelang ze daar nog mee zou kunnen leven.

In die nieuwe wereld was de lucht van een andere kleur blauw: op de een of andere manier harder. De warmte van de zon die vroeger zo zalig was geweest brandde nu zo dat het wreed begon te lijken. En de tuin waarvan ze allebei zoveel hadden gehouden leek leeg zonder de twee bijenkorven die Sam daar veertig jaar lang had gehad: het zachte gezoem van bijen die loom tussen de bloemen door zwierven ontbrak. Toen hij nog maar net ziek was, had Sam de korven aan zijn beste vriend van de plaatselijke imkersvereniging gegeven.

'Ik denk dat het een beetje te zwaar voor je wordt om ze bij te houden, lieverd,' had hij tegen haar gezegd terwijl hij met een trieste blik in zijn ogen toekeek hoe Shep voorzichtig de twee traditioneel gevormde bijenkorven met de schuine dakjes klaarmaakte voor vervoer.

'Shep kan toch om de acht of negen dagen komen om ze open te maken?' had Lillie geprotesteerd. 'Dat gebeurt ook als we op vakantie zijn, dus dan kan het nu ook best.'

'Ik denk ook dat ik er een beetje genoeg van heb om ervoor te zorgen,' zei Sam. Lillie wist dat hij jokte, maar ze zei niets. Diep vanbinnen wist Sam dat hij niet meer uit het ziekenhuis zou komen, maar dat zou hij nooit tegen haar zeggen. Hij had haar altijd in bescherming genomen en dat deed hij nog steeds.

En nu, nu alles voorbij was, stonden er nog steeds meer dan genoeg potten honing in de voorraadkast, maar Lillie, die het altijd heerlijk had gevonden om een laagje glanzende gouden honing op haar meergranentoast te smeren, kon het niet opbrengen om een nieuwe pot open te maken.

Niets smaakte nog hetzelfde. De kopjes koffie die ze vroeger zo graag had gedronken in het winkeltje vlak bij de bibliotheek smaakten zo raar dat ze aan het meisje achter de toonbank had gevraagd of ze een ander soort koffie gebruikten.

'Nee hoor, nog steeds dezelfde. Fairtrade Java. Zal ik een ander kopje maken? Geen probleem, hoor.'

Lillie schudde haar hoofd. Natuurlijk was de koffie niet veranderd. Zij was veranderd.

Het was waarschijnlijk de dood van zijn vader geweest, waardoor Martin ineens zoveel belangstelling voor hun stamboom had gekregen.

Martins vrouw, Daphne, had een beetje luchthartig tegen haar schoonmoeder gemopperd over Martins hartstocht voor zijn nieuwe hobby. 'Als je nagaat dat Martin constant achter zijn pc zit te stoeien met stambomen,' zei ze, 'en dat Dyanne constant achter die van haar zit te chatten en bewéért dat ze alleen maar met school-vriendinnetjes praat terwijl ze eigenlijk huiswerk zou moeten maken, zou ik waarschijnlijk in rook op kunnen gaan zonder dat een van beiden dat zou merken.' Daphne was een vrolijke en lieve vroed-vrouw, die er de laatste tijd een volledige baan bij had gekregen, omdat ze constant een oogje moest houden op Dyanne, hun veer-tienjarige dochter, die nog niet zo lang geleden haar macht over de andere sekse had ontdekt en nu graag eens de proef op de som zou willen nemen.

'Aan mijn kant van de familie valt er niet veel te onderzoeken,' had Lillie quasizielig gezegd. Ze was tot de conclusie gekomen dat het op haar leeftijd hoog tijd was dat ze het verdriet over het feit dat haar biologische moeder haar als baby had afgestaan van zich af zette. Ze had altijd geweten dat ze geadopteerd was en op haar vijf-tiende had dat intens verdriet gedaan. Op haar vierenzestigste was het gewoon iets uit het verleden. 'Adoptie ging in die tijd heel an-ders, Daphne. Volgens mij werd nog niet de helft op papier gezet. Uit de paar dingen die ik weet, zal hij weinig van mijn kant terug-vinden.'

Daphne lachte.

'Dat zal Martin niet tegenhouden. Je weet toch hoe hij is: als hij ergens aan begint, weet hij niet van ophouden. 's Avonds wordt bij ons aan tafel alleen nog maar gepraat over de nieuwste voorraad onleesbare gegevens die Martin heeft opgeduikeld, of over het feit dat alle klasgenootjes van Dyanne naar een bepaald concert gaan be-halve zij en dat het niet eerlijk is dat we haar niet vertrouwen, want per slot van rekening is ze bíjna vijftien. Volgens haar zijn wij een stel fossielen. Heb je tussen twee haakjes zin om vrijdag bij ons te komen eten?'

Lillie zei altijd dat ze zoveel geluk had met twee van die fantastische schoondochters.

'Dat is geen geluk,' hielden Daphne en Bethany dan vol.

'Het komt gewoon door hoe je bent. Je bemoeit je nooit ergens mee,' had Bethany een keer tegen haar gezegd.

'Maar je weet toch altijd precies wanneer we hulp nodig hebben,' had Daphne daaraan toegevoegd.

Ze hadden allebei vriendinnen met schoonmoeders die eigenlijk in een maximaal beveiligde gevangenis opgesloten moesten worden. En er zou ook een strafkamp moeten komen voor de types die voortdurend maaltijden meesleepten naar het huis van hun getrouwde zoons, 'zodat ze eens iets gezonds voorgezet kregen in plaats van al dat kant-en-klaarvoer.'

Binnen een paar weken bleek dat Daphne zich niet had vergist in de vasthoudendheid van haar man. Martin had kennelijk ergens van een van zijn voorouders wat termietenbloed geërfd, want hij was net zo lang blijven graven tot hij erachter was dat Lillie aan een klooster in Dublin was afgestaan door een zekere Jennifer McCabe. De vader was niet bekend.

Evan en Martin hadden daar samen over zitten praten en vervolgens was Martin nog dieper gaan graven en had ontdekt dat Jennifer McCabe daarna met een zekere Daniel Green was getrouwd, en dat uit dat huwelijk een zoon was geboren, Seth, die inmiddels in de vijftig was.

Net zoals toen ze nog jongetjes waren die maar twee jaar scheelden, hadden Martin en Evan de handen in elkaar geslagen en waren naar het huis van hun moeder getogen, zwaaiend met allerlei papieren en de dienstregelingen van vliegmaatschappijen.

Ze brachten het adres van haar broer mee, plus alle bijzonderheden die ze over hem op internet hadden kunnen vinden. Seth Green was architect en hij had een prijs gekregen voor een school die hij had ontworpen, hadden ze haar verrukt verteld.

'Wat?' Lillie keek haar zoons, die stonden te glunderen over al die informatie met grote ogen aan.

'We hebben je broer gevonden!' zei Evan. 'We hebben nog geen contact met hem opgenomen, maar als jij het goed vindt, doen we dat meteen. Hij is familie van je… familie van óns! Als we hem gesproken hebben, kun je naar hem toe vliegen. Dan betalen wij dat. Doris kan wel met je mee…' Evan, die als brenger van het goede nieuws optrad, leek sprekend op haar met zijn rossige, blonde haar en zijn Keltische huid vol sproeten. Hij was net zo'n lieverd als zijn vader was geweest – dat straalde uit zijn ogen. 'Mam, je hebt echt een vreselijk halfjaar achter de rug. Als je nou iets nieuws gaat doen, helpt dat je misschien over paps dood heen... nou ja, daar kom je natuurlijk nooit overheen,' voegde hij er haastig aan toe, 'maar je weet wel...'

Martin en hij hadden haar vol verwachting aangekeken, hopend en biddend dat dit plan zou werken. Dat zag ze aan hun gezicht en ze vond het ontzettend lief van ze, maar het was allemaal te veel, het ging te snel.

Ze was weliswaar in staat om mensen toe te lachen als ze in haar eigen huis in Melbourne was, maar ver weg? In een vreemd land, vol mensen die ze niet kende en met een broer die misschien al bij de eerste aanblik een hekel aan haar zou krijgen? En wat Doris betrof, die was zo bang voor vliegen dat er geen schijn van kans was dat ze haar ooit in een vliegtuig zouden krijgen.

'Ik ga even wat ijsthee uit de koelkast pakken, dan praten we daarna wel verder,' had Lillie tegen haar zoons gezegd en was haastig de kamer uitgelopen.

In het victoriaanse huis waarin ze altijd met Sam had gewoond, met de houten wanden, de mooie, met houtsnijwerk versierde veranda en de weelderige tuin, was de keuken voornamelijk Lillies domein geweest. Niet dat Sam nooit had gekookt – zijn barbecuespullen werden met evenveel zorg en liefde behandeld als een dure gereedschapskist en na ieder gebruik schoongemaakt en zorgvuldig opgeborgen. Maar barbecuen gebeurde voornamelijk buiten.

In de keuken, met het groene behang vol varens, de potten met Lillies geliefde orchideeën en het grote, oude, crèmekleurige fornuis dat er al meer dan dertig jaar stond, had zij de scepter gezwaaid. Daar stond ze nu en vroeg zich ineens af waar het kleine dienblad ook al weer was, of de theeglazen. Overstuur door het nieuws dat ze een broer had, werd Lillie ineens overspoeld door een golf van eenzaamheid. Zij en Sam hadden zich vaak afgevraagd of ze een keer naar Ierland zouden gaan.

'Dan kunnen we de Blarney Stone gaan kussen en kijken of de Wicklow en de Kerry Mountains echt zo mooi zijn als ze zeggen,' had Sam gezegd.

'Alsof jij de Blarney Stone zo nodig moet kussen,' had ze hem plagend lik op stuk gegeven.

Hij wist best dat ze niet op zoek wilde naar haar biologische familie. Dat was de droom van een jongere vrouw geweest.

*Ik weet dat ze het goed bedoelen, maar waarom komen mensen toch steeds aan met dingen die mij een beter gevoel moeten geven, Sam?* vroeg ze nu, terwijl ze naar boven keek.

Ze wist niet waar hij was en of hij haar kon horen, maar het hielp om tegen hem te praten. Ze wenste alleen dat hij op de een of andere manier kon antwoorden.

Verdriet was een reis, had ze ergens gelezen. Daar kwam je niet overheen, je moest erdóórheen. En het ergste was eigenlijk dat ze niet wist of ze al een stuk van die reis had afgelegd, of dat ze er nog niet eens aan was begonnen. Het verdriet was nog zo groot. Misschien stond ze alleen nog maar op het punt om aan die reis vol verdriet te beginnen, moest ze nog een kaartje kopen en stond ze nu te kijken naar de eindeloze vlakte die zich voor haar uitstrekte, met mensen die in lange rijen naast elkaar voortsukkelden, terwijl de tijd met een slakkengangetje voorbijging.

'Mam!' riep Martin.

'Rustig nou maar,' riep ze terug, met die opgewekte moederstem die ze altijd wel ergens vandaan kon halen. Haar zoons hadden hun eigen leven en hun eigen gezin. Moeders zorgden voor hun zoons, ze verwachtten niet van die zoons dat ze ook voor hen zouden zorgen.

Ze liep met het blad vol ijsthee naar de woonkamer.

'Laat me al die papieren maar eens zien,' zei ze, terwijl ze tussen hen in ging zitten op de oude bank met de geblokte bekleding. 'Een broer!'


Seth Green had Martins e-mail meteen beantwoord. Martin had zijn reactie uitgeprint en die aan haar voorgelezen, maar Lillie hield niet van dat e-mailgedoe. Ze gaf de voorkeur aan een brief of een telefoontje. Hoe kon je nu weten wat voor iemand het was die je iets via een computer stuurde, als er geen stem was om naar te luisteren en geen handtekening om te bestuderen? Seth vond het kennelijk leuk om het nieuws over haar te horen en dat was prima, maar toch bleef ze koppig. Seth en Frankie konden net zo goed bij haar op bezoek komen als ze dat wilden. Ze had het veel te druk, zei ze tegen haar zoons.

Maar toen had Seth haar veertien dagen geleden via Martin een brief geschreven, de brief die nu veilig in haar handtas zat opgeborgen en die voortdurend haar naam riep, zodat ze hem iedere dag, keer op keer, las en herlas.

Haar adoptiemoeder, Charlotte, de enige moeder die ze ooit had gekend, had vaak over Lillies verleden en wat ze daarvan wist gepraat. Ze had haar verteld dat in de jaren veertig van de vorige eeuw buitenechtelijke kinderen en hun moeders in Ierland zo slecht werden behandeld dat de meeste vrouwen zich onder tragische omstandigheden gedwongen zagen om hun baby's af te staan. Een non die zuster Bernard heette, had de reis naar Melbourne gemaakt om haar intrek te nemen in het klooster van de Heilige Maria in Beaumarais en ze had baby Lillie meegebracht om geadopteerd te worden. Moeder Joseph, die de leiding had over het klooster, wist hoezeer Charlotte en Bill na een aantal miskramen naar een baby verlangden en op die manier was Lillie in hun leven gekomen.

Toen Martin de brief trots aan zijn moeder overhandigde, wist Lillie dat het geen moment bij hem was opgekomen dat ze misschien helemaal geen kennis wilde maken met haar biologische familie. Ze had het idee gehad dat ze daar helemaal niet over in zou zitten, maar op hetzelfde moment was ze tot de ontdekking gekomen dat er misschien ergens vanbinnen toch een spoortje van pijn was overgebleven vanwege de afwijzing.

Twee weken lang had ze met de brief in haar handtas rondgelopen. Vanmorgen, net toen ze op het punt stond naar het park te rijden om een eindje met Doris en Viletta te gaan lopen, had iets Lillie bewogen om haar handtas open te maken en de inmiddels verfomfaaide brief nog een keertje tevoorschijn te halen.

Haar moeder had vaak tegen haar gezegd dat Ieren goed van de tongriem waren gesneden en dat was waar. Dat bleek duidelijk uit die brief. Er ging zoveel hartelijkheid en zoveel eerlijkheid van uit. En dat van iemand die ze nog nooit had ontmoet. Het mocht dan raar klinken, maar het was net alsof deze persoon op duizenden kilometers afstand in haar hart kon kijken en begreep hoe hopeloos het er daarbinnen uitzag. Lillie vroeg zich opnieuw af of de vrouw van Seth gedeeltelijk verantwoordelijk was voor de inhoud. Want degene die de brief geschreven had, was erin geslaagd om haar te raken op een manier die niemand anders sinds Sams dood voor elkaar had gekregen.

*Kom nou maar... misschien moet ik dit niet zeggen omdat ik zelf nooit een dergelijk verlies heb geleden, Lillie, maar het kan toch best helpen?*

Ze bleef in gedachten verzonken in de hal staan. Buiten stond de zon aan de hemel te branden. Het was niet bepaald een goede zomer geweest, maar nu de herfst was aangebroken was het verstikkend heet. Een dag geleden was het volgens de radio aan het strand bijna tweeënveertig graden geweest. Zelfs als kind was Lillie nooit echt dol op het strand geweest. Zij had nooit, zoals haar vriendinnetjes, rond gehold in hemdjes, korte broekjes en stringbikini's.

'Dat komt door die romige Keltische huid van je,' zei Charlotte dan teder terwijl ze de jonge Lillie van top tot teen insmeerde met witte zinkcrème.

Jaren later had Lillie als getrouwde vrouw vaak net gedaan alsof ze zich wild ergerde aan het feit dat Sam, net zo goed van Keltische afkomst, gezegend was met pikzwart haar en een huid die donkerbruin werd van de zon.

'Je doet gewoon alleen maar net alsof je Iers bloed hebt,' zei ze dan plagend. 'Je bent afkomstig van Sicilië, dat staat vast.'

Er was nooit zelfs maar één sproetje verschenen op zijn knappe, sterke gezicht en pas toen hij in het ziekenhuis lag weg te teren was zijn gebruinde huid bleker geworden en had een matte sepiatint gekregen, alsof de dood alles uit iemand wegzoog.

'Het spijt me, liever. Ik wil je niet alleen achterlaten met de kinderen en de kleinkinderen...'

Dat waren ongeveer de laatste woorden geweest die hij tegen haar had gezegd, een herinnering die ze koesterde.

Het had Lillie de grootste moeite gekost om woorden te vinden die hem konden troosten. Maar toen waren ze ineens bij haar opgekomen, een geschenk aan een stervende, het enige wat ze hem kon geven: 'We houden allemaal ontzettend veel van je, Sam, maar het is tijd om te gaan, er kan je verder niets meer gebeuren. We willen niet dat je nog langer moet lijden.'

Dat zeggen en het menen, waren twee totaal verschillende dingen. In haar gebroken hart wilde Lillie helemaal niet dat Sam dood zou gaan. Inmiddels kon ze begrip opbrengen voor de mensen die hun beminden jarenlang in leven hielden, ook al lagen ze alleen maar te vegeteren zonder een schijn van kans dat ze weer beter werden. Het afscheid was zo definitief.

Maar soms wilden mensen horen dat ze beter konden gaan. Dat had een van de verpleegkundigen in het ziekenhuis haar verteld. Sterke persoonlijkheden als Sam, die hun gezin altijd met hart en ziel hadden beschermd, hadden soms moeite om te gaan.

'Ze zijn bezorgd dat er niemand meer zal zijn om op jullie te passen,' had de verpleegkundige gezegd. 'Je moet tegen hem zeggen dat hij rustig kan inslapen.'

En dat had Lillie gedaan.

Toen Sam op sterven lag, leek de tijd voorbij te vliegen omdat ze wist dat dit zijn laatste uurtjes waren.

Maar sindsdien kropen de uren met een slakkengangetje voorbij…

Nu moest ze even stevig in haar ogen wrijven terwijl ze daar in de hal stond, omdat er weer tranen in stonden. Ze werd zo moe van al dat huilen.

Haar mobieltje dat op de haltafel lag, piepte om aan te geven dat ze een sms'je had.

Kom je vandaag nog lopen? Ik heb al gerekt en gestrekt en als we niet gauw beginnen krijg ik een toeval. Dan blijf ik gewoon gebogen over een bankje staan. Doris xx

Lillie glimlachte terwijl ze haar hoed opzette en een zonnebril van het tafeltje naast de deur pakte. Doris slaagde er altijd in om haar op te kikkeren.

Zodra ze bij het buurthuis op Moysey Walk de hoek omkwam, zag ze Viletta en Doris, die gezellig stonden te kletsen terwijl ze zonder veel enthousiasme hun rek- en strekoefeningen deden voordat ze gingen lopen. Vandaag stond er ruim zeven kilometer op het programma.

Het was een prachtige weg om te lopen. De dames hadden al bijna twintig jaar lang over het strand, door de plaatselijke parken en, zoals nu, langs de Moysey Walk gelopen, lang voordat Jan en alleman begon te zeuren dat het zo goed was om te wandelen. Vandaag vielen de eerste herfstblaadjes van de bomen en links onder hen lag de glinsterende zee. 'Hallo, meiden,' zei Lillie, blij dat haar ogen schuilgingen achter de zonnebril.

Toen ze hoorde dat Lillies stem een tikje onvast was, keek Doris haar even scherp aan. 'Je hebt net een ploeg jonge rugbyspelers gemist die hier aan het joggen waren,' meldde ze met een opzettelijk vrolijke stem. 'Viletta zei tegen hen dat ze zo prachtig gespierd waren en ze kregen allemaal een rood hoofd.'

Viletta lachte. 'Ik zou best zo'n ventje aan kunnen,' zei ze, terwijl ze gemaakt snoof. 'In Hollywood is dat helemaal in… jonge jongens die op oudere vrouwen geilen.'

'Oudere ríjke vrouwen, schattebout,' zei Doris en dit keer lachte Lillie hartelijk mee.

Ze liepen twee of drie keer in de week, afhankelijk van wat ze verder nog te doen hadden. Viletta, met haar negenenzestig jaar de oudste van het trio, was gek op yoga en als je haar in haar joggingbroek en een simpel T-shirtje zag lopen, zou je niet op het idee komen dat ze al vijf kleinkinderen had. Bij wijze van grap zei ze altijd dat ze werd verraden door haar haar – dat was helemaal wit en viel kaarsrecht over haar rug naar beneden. Maar als ze ging lopen deed ze het altijd in een knotje. Doris, lang, een tikje mollig en met peper-en-zoutkleurig haar, klaagde regelmatig dat ze niet zo fit was als Viletta, die altijd het tempo aangaf.

'Jij krijgt bij je yogacursus altijd gespierde kerels voorgeschoteld, terwijl ik in het ziekenhuis injecties in mijn knieën moet gaan halen,' zei Doris altijd quasiverontwaardigd. En dan glimlachte Viletta alleen maar. Ze had sinds de dood van haar man, meer dan vijftien jaar geleden, geen vent meer aangekeken, ook al had ze nog zo'n grote mond over jonge ventjes.

Lillie vond het leuk om te bedenken hoe zij met z'n drietjes tijdens hun omzwervingen over zouden komen op vreemden: die zouden vast denken dat Viletta de trainer was, een slanke, gebruinde vrouw die haar beide, wat molliger vriendinnen aanmoedigde sneller te lopen.

Hoewel ze niet zo gespierd was als Viletta zag ze er echt niet uit als een vrouw die al halverwege de zestig was. Dat zou waarschijnlijk wel aan haar haar liggen, vermoedde ze. Want zelfs een paar grijze haartjes in haar dikke, rossig blonde krullen deden geen afbreuk aan de warme tint. Daaraan kon je haar Ierse afkomst zien. In de spiegel zag ze dat haar gezicht smaller was geworden sinds Sams dood en onder haar irisblauwe ogen waren flauwe lila kringen te zien. Ze had niet geprobeerd om die met make-up te verbergen: ijdelheid leek zo nutteloos na haar verlies.

Ze waren al halverwege de wandeling en hadden hun normale tempo te pakken toen Doris naast Lillie kwam lopen, een paar passen achter Viletta, die zoals gewoonlijk weer voorop holde.

'Je ziet er een beetje terneergeslagen uit, Lillie,' zei ze achteloos. 'Is alles in orde?'

Doris kende Lillie lang genoeg om te weten hoeveel moeite ze moest doen om te blijven lachen, een lach die als sneeuw voor de zon zou verdwijnen zodra iemand haar op zo'n *arm mens, ze heeft net haar man verloren*-toontje aansprak of medelijdend deed. Daarom praatte Doris ook op diezelfde hartelijke en levendige toon tegen haar vriendin zoals ze altijd had gedaan.

'Ik heb eens nagedacht over die broer van me in Ierland...' begon Lillie.

Ze kon gewoon voelen hoe Doris zich ontspande.

'Ik ga naar Ierland om hem op te zoeken en meer te weten te komen over mijn biologische moeder,' zei ze. En daarmee stond het vast, ze had haar besluit genomen.

Toen Doris haar vastpakte en stevig knuffelde, was Lilllie zo verrast dat ze bijna haar evenwicht verloor.

'Wat ben ik daar blij om!' riep Doris uit die anders nooit zo uitbundig deed. 'Dat is precies wat je nodig hebt. O, lieverd, wat fijn!'

Lillie leunde ontspannen tegen haar vriendin aan. Het was heerlijk om een paar armen om zich heen te voelen. Er waren tegenwoordig nog maar weinig mensen die dat deden. Haar zoons waren geen knuffelkonten, niet zoals Sam was geweest. Tegenwoordig werd ze alleen nog maar geknuffeld door haar kleinkinderen. Door Martins dochter, Dyanne, en door Shane, het zevenjarige zoontje van Evan dat haar stijf vastklemde en altijd zei dat ze de liefste oma ter wereld was.

'Als ik had geweten dat je zo graag van me af wilde, was ik al tijden geleden vertrokken,' zei ze plagend tegen Doris toen ze elkaar los lieten.

'Kreng!' zei Doris terwijl ze in haar ogen poetste. 'Ik ben zo blij voor je, Lillie. Er bestaat geen geheim recept om te verwerken wat jij hebt moeten doorstaan, maar door iets heel anders te gaan doen voeg je misschien nog een ingrediënt aan de pan toe, om het zo maar eens te zeggen.'

Lillie knikte. 'Ik heb er constant over lopen nadenken. Sam en ik hebben het er wel over gehad om naar Ierland te gaan, maar ik geloof niet dat ik dat op mijn leeftijd in mijn eentje zou hebben gedaan. Maar nu is Martin echt opgewonden omdat hij Seth heeft gevonden en Dyanne hoopt van harte dat die Ierse familieleden heel rijk zijn zodat ze bij hen zal kunnen logeren als ze aan haar wereldreis begint.'

De beide vrouwen lachten. Dyanne was even oud als Lloyd, de kleinzoon van Doris. Ze moesten vaak lachen om hun kleinkinderen die zich allebei in die 'ik wil beroemd worden'-fase bevonden, als ze tenminste niet helemaal in beslag genomen werden door 'kan ik geen voorschot op mijn zakgeld krijgen?'

'Willen jullie soms even rusten?' riep Viletta over haar schouder.

'Nee,' riep Doris en ze liepen verder. 'Het zal niet meevallen, Lillie, dat besef je toch wel? Je zult helemaal in je eentje een emotionele reis moeten maken.'

Lillie knikte. Ze kon er altijd op rekenen dat ze van Doris de waarheid te horen kreeg.

'Het komt best in orde,' zei ze glimlachend tegen haar vriendin.

Voor het eerst sinds de dood van Sam zag Doris een glimpje vrede in de irisblauwe ogen van haar vriendin.

'Ik zal Sam bij me hebben,' ging Lillie verder en ze legde haar hand op haar borst, vlak boven haar hart. Daarna krulden haar lippen zich in een glimlach die aan de oude Lillie deed denken. 'Ik gebied hem gewoon om mee te gaan!'

# 1

Frankie Green werd badend in het zweet wakker. Het was donker in de slaapkamer en ze was zo gedesoriënteerd dat ze heel even niet meer wist waar ze was.

Haar telefoon lag op het nachtkastje en ze tastte ernaar om op een knopje te drukken waardoor het schermpje oplichtte. Met behulp van dat licht kon ze haar bril vinden en kijken hoe laat het was.

Kwart over twee.

Verdorie, dacht ze. Ze had een drukke dag voor de boeg, ze had al tijden nauwelijks geslapen en nu was ze weer wakker.

Naast haar lag Seth als een lange hobbel onder het dekbed vast te slapen. Om je dood te ergeren. Híj hoefde morgenochtend niet op te staan.

Maar dat was zijn schuld niet, prentte ze zichzelf in, achteraf een beetje schuldig zoals tegenwoordig zo vaak. Hij had niet vrolijk besloten om te gaan rentenieren en haar lekker te laten doorwerken, hij was drie maanden geleden zijn baan kwijtgeraakt en dat vond hij vreselijk. Maar het léék gewoon zijn schuld dat hij kon uitslapen terwijl zij – inmiddels de enige kostwinner – bij regen en wind gewoon op moest staan.

Ze gooide het dekbed van zich af en liep naar de afschuwelijke badkamer, een benauwd hokje waaraan ze nooit zou wennen, dat wist ze zeker, en huiverde in haar doorweekte katoenen pyjama.

In het kille licht van de badkamer keek een vermoeide vrouw met een bleek gezicht haar vanuit de spiegel aan, met donkere haren die op haar hoofd vastgeplakt zaten, een gezicht dat glom van het zweet en nachtkleding die haar als een tweede huid omsloot.

Ze zag eruit alsof ze dagenlang door het regenwoud had gelopen. Ze zag er – bedacht Frankie vol ellende toen het juiste woord door haar hoofd schoot – *oud* uit.

Op de een of andere manier had de leeftijd haar te pakken gekregen terwijl zij druk bezig was met het opvoeden van twee kinderen, een volle dagtaak had als hoofd Personeelszaken van Dutton

Insurance en daarnaast ook nog de vrouw van Seth Green was. Ze was zo in beslag genomen door haar werk, het naar school brengen van de kinderen, het koken van grote hoeveelheden voedsel dat ingevroren moest worden, het controleren van schoolagenda's op huiswerk, de zenuwen over proefwerkcijfers, het drogen van tienertranen en de zeldzame avondjes uit met haar man, dat ze als in een roes vanuit de dertig naar de veertig was gezeild. En nu was ze ineens negenenveertig. Kalk, collageen, oestrogeen – álles begon uit haar weg te sijpelen. Nog even en er zou alleen maar een uitgedroogd velletje overblijven en dan zou ze zo het museum in kunnen als een voorbeeld van een kurkdroog vrouwelijk schepsel. Zelfs haar huwelijk voelde uitgedroogd en leeg aan. Dat was nog het allerergste, onverdraaglijk gewoon.

*Is dit allemaal normaal?* vroeg ze zonder woorden aan Frankie, het spiegelbeeld. Als dat zo was, dan werd daar nooit met een woord over gesproken. Niet door haar zus en niet door haar vrienden. Als haar moeder ook maar een beetje normaal was geweest, dan had ze het haar kunnen vragen, maar Madeleine was allesbehalve normaal. Haar moeder, tegen de tachtig en nog steeds dol op leven in de brouwerij, slaagde erin om oud in jaren te zijn zonder dat ze in andere opzichten oud was. Madeleine, zoals de meeste mensen haar noemden hoewel haar beide dochters gewoon Mad zeiden, had nooit de moeite genomen om crèmes of smeerseltjes te gebruiken. Toen ze al in de veertig was, had ze nog steeds in de achtertuin in de zon liggen bakken onder een dikke laag kokosnootzonnebrandolie en was pas tevreden als ze nootbruin was. Toen hotpants helemaal 'in' waren bij tieners had Madeleine die zelf ook aangetrokken, zonder zich erom te bekommeren dat de andere moeders gewone zomerrokjes en vestjes droegen. Als ze langs een bouwterrein kwamen en iemand floot, dan wierp Madeleine de bouwvakkers een verrukt handkusje toe, terwijl haar tienerdochters, Frankie en Gabriella, elkaar ontzet aankeken.

Waarom kon moeder niet meer op andere moeders lijken?

Toen Frankie ouder werd, ging ze haar moeders onconventionele geestkracht steeds meer waarderen, maar ze vroeg zich wel af wat het geheim was achter het lange huwelijk van haar ouders. Uiteindelijk was Frankie tot de conclusie gekomen dat er geen problemen waren omdat pa zo'n rustig type was die onveranderlijk 'goed hoor, lieverd' zei, wat Madeleine ook van plan was.

Ze woonden nog steeds in een klein vrijstaand huisje in het vissersdorpje Kinsale en toen Madeleine een periode had waarin ze 'vergat' haar zwempak aan te trekken als ze 's ochtends een duik nam, reageerde pa op de verontwaardigde opmerkingen van andere mensen met 'maar het is toch geweldig van dat mens dat ze nog steeds blijft zwemmen?'

Madeleines huwelijksadvies, als ze dat al gaf, was dat je gewoon met een rustige vent moest trouwen om hem daarna opgewekt te negeren. Pa scheen nooit verdrietig of moe te worden. Hij was gewoon pa, gelukkig met zijn krantje en zijn kruiswoordpuzzel, altijd even opgewekt wat er ook gebeurde en volkomen bereid om zijn vrouw volledig vrij te laten.

Als het op schoonheid aankwam, had de zon op een wrede manier wraak genomen op Frankies moeder, die nu een gezicht had dat zo gerimpeld was als een oud wild appeltje. Maar geheel volgens haar gewoonte trok Madeleine zich daar niets van aan. Ze bleef nog steeds knalrode lipstick gebruiken en haar grijze haar glanzend donkerbruin verven en ze had totaal geen probleem met haar spiegelbeeld.

Frankies moeder was een van de gelukkige mensen die tevreden waren met wat ze in de spiegel zagen.

Als ze op zondag bij Frankie en Seth kwam lunchen, zat Madeleine opgewekt te vertellen dat haar haar nog steeds zacht en handelbaar was en zei dan: 'Frankie, ik zit erover te denken om de coupe wat hoekiger te laten maken. Volgens Lionel heb ik daar de juiste botten voor.'

Lionel was Madeleines kapper en volgens Frankie hield hij kennelijk van risico's, want hij stuurde zijn oudere klanten de deur uit met kapsels die hun dochters nog veel te wild zouden vinden. Maar misschien hadden Lionel en zijn klanten gewoon gelijk, dacht Frankie somber. Zij maakten zich niet druk over rimpels… dat had toch geen zin.

Frankie had altijd goed opgelet in de zon. Ze had serums en zonnebrandcrèmes gebruikt. Ze las alle tijdschriftartikelen over de nieuwste producten en ging pas de deur uit als ze op z'n minst een factor 25 moisturizer had aangebracht. En moest je haar nu zien. Ze moest al die serum- en zonnebrandcrèmemensen maar eens schrijven dat ze eigenlijk een dikke boete verdienden omdat ze de mensen het hoofd op hol brachten met al die belachelijke dromen. In het kille licht van de badkamer in de kelder, met die blauwe wallen onder haar donkere ogen die omringd werden door een spinneweb van rimpels, kon ze gemakkelijk zelf voor tachtig doorgaan.

Misschien werd het tijd dat zíj een keertje naar Lionel ging – zo'n belachelijk vierkant kapsel waarvoor zelfs Lady Gaga terug zou schrikken zou best eens de oplossing kunnen zijn. In ieder geval zou dan niemand meer naar haar gezicht kijken.

Ze draaide de spiegel de rug toe, trok haar vochtige pyjama uit en stopte die in de wasmand. Daarna wreef ze haar haar en haar lichaam droog, nog steeds bij het licht van haar mobieltje omdat ze Seth niet wakker wilde maken, en pakte schone nachtkleren.

Naast het bed stond een flesje lavendelolie en ze wreef een beetje op haar polsen en slapen. Niemand zag er goed uit als hij midden in de nacht wakker werd, zei ze bij zichzelf, maar daarom kon ze nog wel lekker ruiken.

Ze was gewoon moe, dat was alles. Maar in plaats van weer in slaap te vallen begon ze zich, zoals zo vaak, ineens van alles in haar hoofd te halen. De afgelopen dag bij Dutton Insurance speelde zich als een film voor haar ogen af en ze dacht aan al die dingen die ze eigenlijk had moeten doen. Vervolgens waren de vergaderingen van de komende dag en allerlei mogelijke problemen aan de beurt. Het bedrijf telde bijna duizend medewerkers, dus als hoofd Personeelszaken had Frankie altijd wel iets om zich zorgen over te maken.

Morgen – of liever vandáág – moest ze met vijf kandidaten praten voor de functie van plaatsvervangend hoofd Marketing. Dan was er nog een bijzonder hachelijk geval van seksuele intimidatie waarbij een vrouw van de afdeling Motorrijtuigenverzekeringen en haar baas betrokken waren. De schadeafdeling stond op z'n kop vanwege vakantieregelingen en door de bemoeienis van iemand van Personeelszaken was alles alleen maar erger geworden, dus daar moest ook iets aan gedaan worden. En daar kwam nog bij dat een van de afdelingshoofden met haar wilde gaan lunchen om 'ergens een balletje over op te gooien'.

'Lunchen!' had ze gisteravond tegen Seth uitgeroepen toen ze na het eten aan de keukentafel zaten. Seth had een heerlijke Thaise kerrieschotel gemaakt en Frankie had zoveel gegeten dat ze de knoop van haar spijkerbroek open moest doen. 'Ik heb helemaal geen tijd om te gaan lunchen! Er wordt van mij verwacht dat ik met een ploegje mensen dat eigenlijk te klein is voor een bedrijf van dit formaat als bij toverslag geweldig personeel ophoest als dat nodig is en dan moet ik ook nog genoeg tijd hebben om te gaan lunchen als iemand van het hogere personeel even wil klétsen!'

'Je vond het toch altijd leuk om met het andere leidinggevende personeel te gaan lunchen,' zei Seth onschuldig.

'Ja, toen ik nog tíjd had om te gaan lunchen. Tegenwoordig heb ik nauwelijks tijd om achter mijn bureau een boterham naar binnen te werken,' siste ze. Snapte hij het dan écht niet?

'Je hoeft niet te snauwen,' zei hij op een toon die verdacht veel op een snauw leek.

En natuurlijk had Frankie er spijt van gehad dat ze zich op hem afreageerde. Maar tegelijkertijd was ze wel degelijk boos geweest. Ze had het gevoel dat ze voortdurend op haar tenen om mannelijke ego's heen moest lopen, zowel op kantoor als thuis. Om de zorgen van andere mensen te verlichten, terwijl ze zelf genoeg ellende te verduren had. Af en toe voelde Frankie het echt als een last op haar schouders: al die zorgen over het inkrimpen van personeel, over hoe bleek en in zichzelf gekeerd Seth was, over hoe ze in vredesnaam aan het geld moesten komen om het huis op orde te krijgen.

Het huis. Dat was hun allergrootste zorg.

*Sorrento House is een uit rode baksteen opgetrokken droompand uit het begin van de twintigste eeuw met veel uitzonderlijke kenmerken,* was de zoetsappige opening geweest van het krantenartikel. Ze hadden het meteen in de woonbijlage zien staan, want Seth en Frankie overwogen al jaren om te gaan verhuizen. Na hun huwelijk woonden ze in een smal hoekhuis uit de tijd rond de eeuwwisseling. Na de komst van Emer en Alexei hadden ze het verbouwd, waarbij de voorgevel de typische antieke kenmerken had behouden, maar de achterkant modern was geworden, dankzij een glazen uitbouw die Seth zelf had ontworpen, waardoor ze een heerlijk lichte keuken hadden gekregen die tegelijk dienst deed als woonkamer.

Ze waren weliswaar altijd dol geweest op dat huis, maar het was klein. Frankie en Seth hadden het er al jaren over dat ze eigenlijk een groot, oud huis wilden kopen dat ze zelf konden opknappen.

'Als Emer en Alexei wat ouder zijn,' had Frankie gezegd tijdens die waanzinnig drukke basisschooljaren waarin ze ieder uur dat ze niet op kantoor zat, in beslag werd genomen door moeilijke sommen, huiswerk en het liefdevol koesteren van tere jonge zieltjes.

'Als ze hun draai hebben gevonden, niet in een examenjaar,' zei Seth altijd toen Emer en Alexei tieners waren en alweer in een levens-fase verzeild waren geraakt waarin liefdevol koesteren onontbeerlijk was.

Maar in juni van het afgelopen jaar had de tweeëntwintigjarige Emer haar studie voltooid en besloten een jaar lang op wereldreis te gaan. Geïnspireerd door het voorbeeld van zijn zus was Alexei, die net achttien was geworden, er samen met drie schoolvrienden een jaar tussenuit gegaan.

Achteraf begreep Frankie dat het besluit om te gaan verhuizen gewoon een manier was geweest om het feit dat de kinderen ineens het huis uit waren te compenseren.

Ze had geen zin om met de armen over elkaar daarover te gaan zitten nadenken.

'Wat zouden jullie ervan zeggen als we eens gingen verhuizen in de tijd dat jullie weg zijn?' had ze hun gevraagd. Dat was in juni ge-weest en ze zaten met z'n vieren om de tafel in de lichte keuken met volle teugen te genieten van de laatste paar weken voordat haar ge-liefde kinderen op reis zouden gaan.

'Doen!' zei Emer.

Emer was de wildebras van de familie. Ze had het rossig blonde haar en de helderblauwe ogen van haar grootmoeder van vaders kant geërfd, maar haar verlangen om plezier te maken en avonturen te be-leven had ze eerder van oma Madeleine, bedacht Frankie een beetje spottend. Maar goed, dankzij de vier jaar durende studie economie, die haar een masterdiploma had opgeleverd, was ze ogenschijnlijk wel wat kalmer geworden. Dat hoopte Frankie in ieder geval.

'Nu ben jij aan de beurt om leuke dingen te gaan doen, mam,' zei Alexei teder. Die lieve, attente knul van haar… ze had zin om op te springen en hem even flink te knuffelen. Hij was vier jaar jonger dan zijn zus en veel zachter en rustiger. Na Emer was er geen baby meer gekomen, dus hadden Frankie en Seth uiteindelijk besloten om een kind te adopteren. Vanaf het moment dat het kleine, Russische jongetje met het blonde haar, zijn tengere botten en de verlaten blik in zijn vochtige grijze ogen in haar leven was gekomen had Frankie hem altijd willen beschermen.

Het idee dat Alexei over de wereld zou gaan trekken, bezorgde haar letterlijk een steek in het hart. Ze had gedacht dat het zorgen voor kleine kinderen moeilijk was, maar om mee te maken dat diezelfde kinderen opgroeiden en het huis uit gingen was nog veel moeilijker.

'Het is gewoon een maf idee,' zei Seth, verstandig als altijd. 'We zouden niet goed wijs zijn als we nu gingen verhuizen. De economische omstandigheden zijn veel te slecht.'

'Ja, de markt voor onroerend goed heeft een klap gehad,' beaamde Frankie. 'We hadden het jaren geleden moeten doen en nu hebben we de boot gemist.'

Maar toen ze alleen achterbleven in het ouderlijk huis en alles wat hen tot ouders had gemaakt was verdwenen, hadden ze dat berichtje over Sorrento House gelezen en waren ze het gaan bezichtigen.

Waarom waren ze eigenlijk voor het huis gevallen? Frankie dacht terug aan dat eerste bezoek. Dat was in september geweest… precies in de periode waarin voor Frankie het nieuwe jaar begon, vanwege al die weer-naar-school-associaties. De blaadjes aan de bomen leken van goud in het herfstzonnetje en dankzij de beuk die zijn bronzen bladeren voor de oude stenen pilaren had laten vallen had het huis aan het eind van Maple Avenue een soort vergane glorie meegekregen.

Daardoor had ze moeten denken aan die eindeloze hoeveelheid bladeren die ze met de kinderen voor schoolprojecten had verzameld, aan de dagen die het had gekost om afdrukken van die bladeren in hun schoolschriften te maken en het plezier waarmee ze het huis ter

gelegenheid van Halloween had versierd, terwijl Alexei en Emer opgewonden zaten te praten over de kostuums die ze dit jaar wilden
dragen.

Waren ze maar hier om dit ook te kunnen zien, had ze treurig gedacht. Maar toen was ze opgekikkerd bij het vooruitzicht hoe heerlijk het voor ze zou zijn als ze in dit verrukkelijke huis verwelkomd
zouden worden.

Het leed geen enkele twijfel dat het een ongewoon huis was. De
veranda en de voordeur stonden haaks op de voorgevel, bijna verborgen achter enorme rododendronstruiken, die welig tierden op een
lap grond die zeker drie keer zo groot was als hun oude tuin.

De makelaar was een man die precies wist wanneer hij zijn mond
moest houden, dus hij had met geen woord gerept over de hoeveelheid werk die er aan het huis moest gebeuren. Hij had door schade
en schande geleerd dat je nooit opmerkingen moest maken in de
trant van 'het moet misschien wat gemoderniseerd worden', want
dat kon een fatale vergissing zijn tegenover potentiële kopers. Sommige mensen hielden wel van een uitdaging en konden niet wachten tot ze een professionele schuurmachine in handen kregen, maar
anderen dachten dat je al een veiligheidshelm en een gids nodig had
als je door een bouwmarkt liep.

Dus dwaalden Seth en Frankie samen door Sorrento House en
hadden alleen oog voor de mogelijkheden. De naam alleen al sprak
hen aan. Ze waren op huwelijksreis naar Sorrento geweest.

Het huis, twee verdiepingen met daaronder een donkere flat in het
souterrain, was jarenlang geen eengezinswoning meer geweest. De
zitslaapkamers op de bovenste verdieping hadden nog steeds een
goedkoop behangetje dat zeker dertig jaar oud was. Op de beneden-
verdieping waren twee van de grootste kamers, die Seth en Frankie
in hun verbeelding al gerenoveerd zagen tot elegante zitkamers met
uitzicht op de tuin, in tweeën gedeeld met behulp van goedkope
gipsplaten.

'Mensen zouden zich eigenlijk moeten schamen dat ze dit soort
gehorige ruimtes aan anderen durven te verhuren,' zei Frankie wal-
gend. Ze wilde de gore gordijnen die nog maar half voor de ramen
hingen niet eens aanraken.

Seth sloeg zijn arm om haar middel en draaide haar om zodat ze naar de al jaren verwaarloosde achtertuin keek.

'Kijk nou eens,' zei hij, 'en doe dan je ogen dicht en stel je voor hoe het eruit zal zien als wij er klaar mee zijn. Een heerlijke keuken, zoiets als we thuis hebben, maar dan uitgebouwd in die lange tuin. Vind je die rode beuken en die appelbomen niet verrukkelijk? En zie je die es daar links achterin? Die begint nu al te verkleuren en over een week of zo is het blad schitterend rood.'

Frankie zuchtte. 'Als ik mijn ogen dichtdoe, besef ik pas echt dat we stapelgek zijn om zelfs maar te overwegen om dit huis te kopen. We moeten laten controleren of het vochtig is, daarna moet al dat behang eraf, die walgelijke nylon vloerbedekking zal eruit gerukt moeten worden, elke vierkante centimeter, zowel binnen als buiten, moet geschilderd worden en... o, verdorie, de ramen...' Ze keek geschrokken omlaag. 'Denk je dat die sponningen verrot zijn? Staan ze op instorten?'

'Ik heb ze met mijn zakmes gecontroleerd toen jij boven was,' zei hij. 'Met de ramen is niks aan de hand. En voor zover ik kan nagaan, geldt dat ook voor het dak. Anders zouden we echt gek zijn om het te kopen. Vanbinnen zal er een hoop werk in gaan zitten en natuurlijk zal het wel even duren voordat die uitbouw er komt, maar volgens mij krijgen we alles best voor elkaar. We moeten er gewoon even voor gaan zitten om alles goed uit te rekenen. Denk je eens in, schat, het zou echt ons droomhuis worden. Sorrento House. Dat klinkt wel erg chic. We zouden de naam ook kunnen veranderen. Villa Sorrento klinkt veel leuker en gezelliger, vind je ook niet?'

Het woordje 'droomhuis' versmolt in Frankies hoofd als bij toverslag met de herinnering aan de heerlijke Italiaanse kust. Ze was zelf opgegroeid in Kinsale, een beeldschoon stadje aan zee en haar zus, Gabrielle, had besloten om in de kuststad Cobh te gaan wonen, op een halfuurtje van Cork.

De ligging in Redstone was ook een groot pluspunt. Dat was een stadsdeel dat in de negentiende eeuw nog heel chic was geweest en in de twintigste eeuw was verpauperd. Maar het werd nu weer steeds populairder omdat er veel aan de omgeving werd gedaan.

Seth had een kaart met nieuwbouwprojecten, waarop te zien was dat de huizen tegenover dat van hen aan de achterkant uitkeken op volkstuintjes die weer achter een rij voormalige gemeentewoningen lagen in een wijk die St Brigid's heette. 'Een deel van de braakliggende grond naast de volkstuinen wordt een park,' vertelde hij, 'en dat maakt de hele buurt waardevoller.'

Nadat ze het huis hadden bekeken, waren ze een kopje koffie gaan drinken op het kruispunt dat het centrum van Redstone vormde. Die plek had voor hen allebei de doorslag gegeven.

'Gewoon volmaakt,' zei Frankie weemoedig terwijl ze de notenbomen aan weerskanten van de weg bewonderde.

'Helemaal de jaren dertig van de vorige eeuw,' peinsde Seth terwijl ze hand in hand verder liepen om te kijken waar ze even naar binnen zouden gaan. 'Moet je die gevels zien.' Hij wees naar een blok dat duidelijk de tekenen uit die tijd vertoonde.

Ze bewonderden een kledingboetiekje, een delicatessenzaak met etalages vol diverse kaassoorten en allerlei exotische vleeswaren, ze liepen langs een mooie schoonheidssalon waar alles roze en bruin was en kozen uiteindelijk voor een koffieshop waar ze de lekkerste muffins met frambozen-en-amandelvulling voorgezet kregen die ze ooit hadden gegeten.

'We kunnen het best doen,' zei Seth en begon enthousiast uit te leggen wat hij van plan was.

Uit ervaring wist hij dat bouwvergunningen geen enkel probleem zouden zijn. Hij zou zelf de nieuwe delen van het huis ontwerpen, hij kende wel een aannemer die het werk voor een redelijke prijs zou kunnen doen en hij zou zelf de leiding over de bouw nemen. En met twee behoorlijke salarissen zou geld ook geen probleem zijn.

'Zou je het op kunnen brengen om in die flat in het souterrain te wonen terwijl de rest wordt opgeknapt?' had Seth een dag voordat de koop gesloten werd gevraagd. Ze liepen opnieuw door het pand en zagen in gedachten al de schitterende neoklassieke schoorsteenmantels staan die ze van de sloop zouden halen in plaats van de dichtgemetselde open haarden en de gevaarlijke elektrische kachels die de vorige eigenaar overal had neergezet.

'Ik kan alles opbrengen,' had Frankie opgewonden gezegd, terwijl ze naar de keuken keek en bedacht hoe geweldig alles eruit zou zien als de uitbouw klaar was en het een open keuken-annex-ontbijtkamer zou zijn. Ze had ook al een idee voor een serre. Ze kon gewoon de grote plantenbakken vol exotische varens al zien die aan weerszijden van de deuren zouden staan. En de tuin. Ze had nooit veel aan tuinieren gedaan, maar hier waren zoveel mogelijkheden. Dat wil zeggen, die zouden er zijn zodra die rimboe vol onkruid en wilde braamstruiken opgeruimd was.

*Ik kan alles opbrengen.* Over beroemde laatste woorden gesproken.

Een maand nadat ze naar het souterrain van de inmiddels omgedoopte Villa Sorrenta waren verhuisd, had Seth bij het grote architectenbureau waar hij al vijftien jaar werkte zijn ontslag gekregen. Het bedrijf had grote financiële problemen, had de oudste partner uitgelegd, en inkrimpen was absoluut noodzakelijk.

Frankie had zich ontzet herinnerd wat diezelfde oudste partner – die al sinds zijn studietijd met Seth bevriend was geweest – het jaar daarvoor had gezegd tijdens het kerstdiner, waarbij hoog opgegeven was van het feit dat het bedrijf zich in de moeilijke economische omstandigheden zo goed staande hield. Met een glas rode wijn in de hand had de man een toost uitgebracht op ieder lid van het personeel. En het was Frankie geweest die het hardst had geklapt toen hij het had over 'Seth Green, de man die we allemaal graag zouden willen zijn', om er vervolgens met geheven glas aan toe te voegen: 'professioneel zonder ophef, toegewijd en loyaal.'

Maar kennelijk kwam die loyaliteit niet van twee kanten. Seth was geen partner in het bedrijf, maar hij kreeg wel een hoog salaris, dus zijn naam stond boven aan de ontslaglijst.

Zij was ontzet geweest, maar Seth was er kapot van.

'Ik ben tekortgeschoten tegenover jou,' was het enige wat hij kon uitbrengen. Hoewel hij jarenlang keihard voor het bedrijf had gewerkt, had hij alleen de wettige ontslagpremie ontvangen. Geen koffers vol geld die konden helpen om de verbouwing van Villa Sorrenta te bekostigen. Ze hadden wel spaargeld, maar het zou gekkenwerk zijn om dat daaraan uit te geven. 'Hoe moeten we het financieel nu klaarspelen?' had Seth wanhopig gevraagd. 'Met het nieuwe huis...'

'We redden ons wel,' had Frankie geantwoord, ineens weer met dezelfde positieve stem die altijd wonderen had gedaan toen de kinderen nog tieners waren. 'Op de een of andere manier zullen we ons best redden.'

Maar vanbinnen had haar maag zich van angst omgekeerd. Zouden ze wel genoeg hebben om van te leven als er maar één salaris binnenkwam? Woonden ze nu nog maar in hun bescheiden oude huis in plaats van te denken dat ze het soort mensen waren dat zich een vrijstaande victoriaanse villa van rode baksteen op een lap grond van tweehonderd hectare in Redstone kon veroorloven. Over een maand zou het Kerstmis zijn en omdat allebei de kinderen ver weg zaten – Emer in Australië, Alexei in Japan – kon ze samen met Seth sombere en depressieve feestdagen tegemoet zien. Drie maanden later hadden ze het er nog steeds moeilijk mee.

'Ik kan alles aan' draaide erop uit dat ze te maken kreeg met een man die rondlummelde in een trainingsbroek en die nauwelijks de energie kon opbrengen om naar het kruispunt te lopen en een krant te kopen. Zijn levenslust was verdwenen toen hij zijn baan kwijtraakte. Alle mooie plannen voor het huis lagen nu onaangeraakt onder een stapel rekeningen aan het eind van de keukentafel.

Werkloosheid was als een zware, grijze regenwolk op hun huis neergedaald.

Frankie, die ervoor had gezorgd dat de personeelsleden van Dutton die het slachtoffer waren geworden van een hele reeks ontslagen bij het bedrijf begeleid werden, werd nu met de andere kant van het probleem geconfronteerd. Haar man was wanhopig.

Ze kon zich nog goed herinneren dat ze destijds tegen haar medewerkers van Personeelszaken had gezegd dat 'vrouwen hun persoonlijkheid niet in dezelfde mate aan hun werk ontleenden als dat bij mannen het geval was.' En: 'Voor mannen is het moeilijker om werkloos te zijn.'

Psychologie van de koude grond, rechtstreeks afkomstig uit de leerboekjes voor beginnende medewerkers Personeelszaken.

Het waren uitspraken die haar nu bespottelijk voorkwamen, terwijl ze daar op slaap lag te wachten naast de schaduw van de man die ooit haar echtgenoot was geweest. Slaap die niet wilde komen.

Dat lag aan het grondprincipe van slaap, dacht ze bij zichzelf. Het aantal uren dat je slapeloos in bed lag, ging gelijk op met de hoeveelheid werk die je de dag erna moest verzetten. Uiteindelijk sukkelde ze toch in slaap en lag onrustig te dromen over Emer en Alexei die allebei in gevaar verkeerden, terwijl zij niet snel genoeg naar hen toe kon om redding te brengen. En die schat van een Seth, die vroeger haar steun en toeverlaat was geweest, stond gewoon toe te kijken en leek zo verlamd dat hij geen hand kon uitsteken.

Om zes uur liep de wekker af. Ze werd doodmoe wakker en besloot meteen dat de dag nu al een puinhoop was. Terwijl Seth gewoon doorsliep, ging ze onder de douche, kleedde zich aan en at wat muesli bij wijze van ontbijt voordat ze naar haar werk ging.

Terwijl ze om vijf voor halfacht op die heldere, maar koude ochtend in februari de ondergrondse parkeergarage van Dutton Insurance binnenreed, welde er ineens een gevoel van angst op in Frankies onderbuik. Ze zette zich schrap om aan de dag te beginnen, pakte haar koffertje, stapte uit en liep met grote passen naar de lift.

De deuren gleden achter haar met een bevredigend gesis dicht en de onvermijdelijke muzak drong in haar hoofd. Ze haatte die muziek. De liften vanuit de parkeergarage waren onopgesmukt en zakelijk. Belangrijke bezoekers konden bij Dutton Insurance in een speciaal deel van de garage parkeren en kwamen dan in veel chiquere liften naar boven. Ze drukte op de knop voor de receptie en de lift ging met een schokje naar boven. Vroeger zorgde ze ervoor dat ze minstens éénmaal per dag de trap nam, maar daar was ze tegenwoordig te moe voor.

'Morgen, mevrouw Green,' zei de bewaker met het jongensachtige gezicht toen ze haar pasje door het elektronische slot haalde.

'Morgen, Lucas,' zei Frankie opgewekt en ze onderdrukte de gedachte dat hij zelfs nog jonger leek dan Alexei, zoals hij daar in zijn uniform stond te kijken alsof hij Dutton Insurance tegen een invasie moest beschermen. Politieagenten zagen er ook steeds jonger uit. Was ze eindelijk op de leeftijd aanbeland waarop al die oude clichés werkelijkheid werden? Ze liep over de vloer van Italiaans marmer naar de glimmende met koper beslagen liften waarmee het bedrijf zich aan de buitenwereld presenteerde.

Deze liften hadden spiegelwanden aan de binnenkant, waarin Frankie zichzelf van alle kanten kon bekijken.

Ze was als meisje vol zelfvertrouwen opgegroeid, zeker van zichzelf met haar lange, atletische lichaam en zonder een greintje schaamte over ontluikende borstjes of menstruatie. Eigenlijk had ze zich alleen druk gemaakt over het idee dat haar moeder weleens zwaaiend met een pakje tampons naar buiten had kunnen rennen om zo hard als ze kon 'nu ben je een echte vrouw!' te schreeuwen toen Frankie eindelijk voor het eerst ongesteld was geworden.

Frankie had nooit aan de lijn gedaan zoals de meisjes die bij haar in de klas hadden gezeten, ze had alles gegeten wat ze voorgezet kreeg, ze had alles heerlijk gevonden wat ze met haar lichaam kon doen, zoals de sporten waar ze goed in was. Ze was aanvoerder geweest van de korfbalploeg en die lange, slanke benen hadden een geweldige langeafstandsloper van haar gemaakt. In haar tienerkamer had ze een hele verzameling medailles en bekers gehad die ze met atletiek had gewonnen.

Gedurende het grootste deel van haar leven had haar lichaam gedaan wat ze het opdroeg en het was nooit bij haar opgekomen om zich zorgen te maken over een vetrandje hier of daar, of kleine rimpeltjes rond haar ogen.

Tot nu.

Terwijl ze daar in haar eentje in de lift stond, met het felle licht dat iedere oneffenheid benadrukte, schoot haar ineens door het hoofd dat de vrouw in het antracietkleurige mantelpakje, met de subtiele parel oorbelletjes en het lange, donkere haar keurig opgestoken in een knot, er oud uitzag.

Frankie kneep haar ogen dicht en wachtte tot de lift haar etage had bereikt, waar ze zonder nog een blik op zichzelf te werpen naar buiten stapte. In haar kantoor zette ze haar computer aan en tikte haar wachtwoord in.

Het icoontje van de post knipperde, ten teken dat er een bericht was binnengekomen. Dat was van Anita, Frankies beste vriendin binnen het bedrijf, een moeder van twee kinderen en assistent-hoofd van de juridische afdeling. Ze klikte het aan.

Ben je al binnen? Heb roddel gehoord – geen goed nieuws.

Waar ben je? tikte Frankie.

Ga nu naar de kantine. Heb behoefte aan koffie. Oorlog toen ik thuis wegging. Julie weet dat vandaag mijn vroege dienst is, maar ze was er nog steeds niet toen ik vertrok. Clarice zat op de keukenvloer te krijsen, Peaches smeerde alles onder de babypap en Ivan keek me woedend aan alsof het mijn schuld was. Ik kon maar op het nippertje ontsnappen.

Je moet haar gewoon ontslaan als ze weer te laat komt. Ik heb je toch gezegd dat je haar zwart-op-wit moest waarschuwen.

Dat kan ik beter met Ivan doen. Je vindt tegenwoordig gemakkelijker een nieuwe man dan een goeie kinderoppas. Tot over vijf minuten?

Frankie grinnikte en ging op weg naar de kantine, dwars door de grote, open, voornamelijk beige getinte kantoortuin die Dutton Insurance was. Zij wist wel zeker dat het niet gemakkelijker was om een goeie man te vinden dan een kinderoppas. En trouwens, Ivan was echt een lieverd. Frankie wist dat het geen zin had om er voor de zoveelste keer op te wijzen dat Julie altijd te laat kwam, nauwelijks de helft hoorde van wat Anita haar vertelde en een salaris kreeg waarvoor het hoofd van de vredestroepen van de VN zijn handen dicht zou knijpen. De laatste keer dat ze dat had gezegd had Anita's stem bijna hysterisch geklonken toen ze protesteerde dat Julie de enige persoon ter wereld was die haar twee kinderen onder de duim kon houden: 'Ze is al bij ons vanaf dat Clarice een baby was en ze is de enige die Peaches stil kan krijgen. Zelfs Ivans moeder krijgt Peaches niet in slaap, en die heeft acht kinderen gehad.'

'Jemig, acht kinderen,' zei Frankie. Ze had zelf dolgraag meer kinderen gehad, maar niet zóveel.

Anita stond in de lege kantine en duwde een klein donkerrood cupje in de trendy Nespresso-machine die het hoofd van de financiële afdeling twee jaar geleden op alle etages had laten zetten, toen het bedrijf ondanks de economische toestand een recordwinst had geboekt.

Over tien minuten zou de kantine – die alleen toegankelijk was voor hoger personeel – vol zijn met het geroezemoes van mensen die te vroeg waren voor de maandelijkse statusvergadering, die bijgewoond werd door vertegenwoordigers van alle divisies omdat de president-directeur graag wilde dat iedereen het gevoel had erbij te horen.

'Heb jij al iets gehoord?' vroeg Anita, terwijl ze wachtte tot Frankie koffie had gepakt.

'Wat moet ik gehoord hebben?' vroeg Frankie, weer met dat akelige gevoel in haar maag.

Het was duidelijk aan Anita's gezicht te zien dat het niet om goed nieuws ging.

'Dat we in moeilijkheden verkeren en ieder moment overgenomen kunnen worden.'

'O.' Frankie trok een stoel bij en ging zitten. 'Waar heb je dat vandaan?'

'O, via de gebruikelijke wandelgangen. Een van de koks in de eetkamer van de directie hoorde dat iemand zeggen en hij heeft het weer aan zijn vriendin op de derde verdieping verteld. Ik hoorde het gisteravond en ik kon er niet van slapen. Ik bedoel maar, als we overgenomen worden, zullen er massa's ontslagen volgen en wat moet ik dan beginnen? We hebben zo'n grote hypotheek dat we die maar net van onze beide salarissen kunnen betalen.'

Ze zag er zo bezorgd uit dat Frankie, die haar hele carrière lang haar collega's met raad en daad had bijgestaan, haar eigen schrik en verdriet negeerde om Anita gerust te stellen.

'Luister nou eens goed,' zei ze, 'het zijn maar geruchten. Daar wemelt het van in de wandelgangen van elk bedrijf. En wat er ook gebeurt, jij kunt het zeker aan. Dat geldt voor ons allebei. Ze krijgen ons niet zo gauw klein. We hebben allebei een kind op de wereld gezet! Jij hebt het leven geschonken aan een baby die meer dan acht pond woog, Anita. Je kunt alles aan.'

Haar opmerking had het gewenste resultaat. Anita schoot in de lach.

'Ja, dat is ook zo,' zei ze terwijl ze een beetje spottend met haar hoofd schudde.

De kleine Peaches was een ware Goliath geweest, die meer op haar lange, fors gebouwde vader leek dan op haar moeder, die maar een meter vijfenvijftig mat.

'Ik weet wel dat er geen medailles uitgereikt worden voor het krijgen van kinderen, maar dat zou eigenlijk wel moeten,' zei Frankie.

'Een baby van achtenhalve pond... daar had je goud voor moeten krijgen. Nee, platina.'

Ze bleven nog even zitten praten, toen keek Frankie op haar horloge.

'Tijd om op te stappen,' zei ze terwijl ze het laatste slokje koffie opdronk. 'Laten we de mouwen maar weer opstropen.'

Ze liep haastig terug naar haar kantoor. Het gerucht over de overname maakte haar nog verwarder. Hou je koest, zei ze bij zichzelf. Je schiet er niets mee op als je in paniek raakt.

Omdat het om haar heen nog zo stil was, besloot ze gebruik te maken van de gelegenheid en even een ochtendmailtje naar Emer en Alexei te sturen.

De mooie Emer, die momenteel in Sydney zat maar overwoog om voor een paar maanden naar de Verenigde Staten te gaan, werkte overdag als serveerster en maakte gebruik van haar pianolessen door 's avonds in het restaurant van een klein exclusief hotel te spelen.

Het is hier echt ongelooflijk, mam, je moet gauw eens komen voordat ik wegga, had ze vorige week nog gemaild. Ik vind het zalig. De zon, de mensen, jij zou het net zo zalig vinden.

Als Frankie, die in haar leven heel wat cv's had gelezen, haar dochter in één woord zou moeten typeren, dan was dat 'stralend', omdat ze altijd een zonnetje was. Levendig, sprankelend en ondeugend. Frankie was als kind precies zo geweest.

'Hoe komt het dat jij alles altijd meteen doorhebt, mam?' had Emer vaak kribbig gevraagd als Frankie genoeg had aan één blik op de van ondeugd stralende ogen in het snoetje van haar kind. 'Jij weet áltijd wat ik gedaan heb... kun je dan dwars door de muren heen kijken?'

'Ja,' zei Frankie dan ernstig, terwijl ze haar best deed om haar lachen in te houden. 'Dat kan elke moeder. Zodra de baby geboren is, hopla! Dan hebben we meteen die gave. Ik kan ook door plafonds kijken. Dus ik weet zeker dat je boven iets héél on-deu-gends hebt gedaan.' Ze had het woord quasidreigend uitgerekt.

Emer was ook heel lief, maar in Sydney zat ze ver weg van alle ellende in Villa Sorrenta en Frankie piekerde er niet over om te vertellen dat er een probleem was. Anders was ze meteen halsoverkop naar huis gevlogen.

Dus toen Emer belde en vroeg of er iets aan de hand was omdat pap zo terneergeslagen had geklonken aan de telefoon, dwong Frankie zichzelf om te glimlachen en haar gewone, opgewekte toon aan te slaan.

'Nee, lieverd, hij neemt het er gewoon van, hij moet er nog aan wennen dat hij geen loonslaaf meer is.'

'Is hij al aan het huis begonnen?' vroeg Emer.

Op de achtergrond hoorde Frankie het geluid van opgewekte stemmen en ze kon de vrolijkheid van Emers nieuwe wereld bijna voelen. Terwijl ze wenste dat iets van die zonnigheid uit de telefoon kon stromen om haar sombere wereld op te vrolijken, deed ze er nog een schepje bovenop:

'Nog niet. We zijn er nog niet helemaal uit. Je weet hoe je vader is, alles moet helemaal perfect worden. Maar vertel eens hoe het met jou gaat, lieverd. Hoe is het weer? Het is hier knap koud, hoor...'

Het viel niet mee om allerlei leuke nieuwtjes over thuis te vertellen, dus in haar e-mails paste ze dezelfde tactiek toe en had het meer over de gang van zaken in Sydney en in Japan dan over het leven in Redstone. Dat was iets moeilijker als het om Alexei ging, want hij was bijzonder intuïtief en zou veel sneller doorhebben dat er iets aan de hand was. Emer mocht dan op Frankie lijken en over een innerlijke krachtbron beschikken die haar in staat stelde om altijd positief te zijn, maar Alexei was een tobber.

In gedachten zag ze hem voor zich, met zijn brede, Slavische jukbeenderen, zijn grijze ogen en de dikke bos blond haar die hem zo anders maakte dan de rest van het gezin. Ze had hem weliswaar niet zelf het leven geschonken, maar hij was wel degelijk een kind van haar hart. Het was haar zwaar gevallen om toe te staan dat hij een jaartje vrijaf nam voordat hij ging studeren. Het idee dat haar dochter alleen reisde, vond ze lang niet zo zorgwekkend als de gedachte dat haar zoon de wereld rondtrok in het gezelschap van drie andere jongens. Emer kon je helemaal niets wijsmaken, maar Alexei was zachter en veel kwetsbaarder dan zijn felle zus, die een paar maanden voordat ze vertrok een cursus zelfverdediging had gevolgd.

'Ik moet wel op mezelf kunnen passen, mam,' had ze gezegd voordat ze een paar van haar kunstgrepen vertoonde.

Alexei leek meer op Seth: hij was lief, attent en zat vaak voor zich uit te staren als hij een probleem probeerde op te lossen, alsof zijn brein in hoger sferen vertoefde, precies zoals Seth dat deed.

Seth. Haar gedachten keerden terug naar Seth. Als het waar was dat iemand in de loop der jaren steeds beter werd in bepaalde dingen, waarom gold dat dan niet voor het huwelijk? Misschien kikkerde hij wel op van het bezoek van zijn halfzus, van wie hij zo lang niet eens had geweten dat ze bestond, dacht ze. Ze sloot haar persoonlijke e-mail af en opende haar zakelijke postvak, waarin sinds gisteren vijftig nieuwe berichten waren verschenen.

Hij was helemaal in vervoering geweest toen hij die e-mail uit Melbourne had gekregen. Opgewonden en, volkomen logisch, ook een beetje geschrokken.

'Ik heb een zus,' zei hij vol verbijstering terwijl Frankie over zijn schouder leunde om de e-mail te lezen. Ondertussen bleef hij naar de e-mail staren alsof het een droom was die ieder moment in rook kon opgaan. 'Dat heb ik altijd zo graag gewild toen ik nog jong was, een broer of een zusje. En ondertussen had ik dat al die tijd…'

Frankie had haar armen om hem heen geslagen in het besef dat ze Seth in dit geval wel steun kon bieden, terwijl ze geen woorden kon vinden die hem konden helpen met het verpletterende verdriet van zijn ontslag. Haar carrière als hoofd Personeelszaken hield in dat ze had geleerd om effectief met mensen om te gaan, waarbij arbitrage, bemiddeling en beoordeling vaste begrippen waren en dat ze inmidels ook wel wist hoe ze haar doel moest bereiken… Maar nu het om Seth ging, wist ze instinctief dat ze niets voor hem kon doen. Als hij die doffe ellende van zich af wilde werpen, dan zou hij dat helemaal alleen moeten doen. Zonder haar hulp. En Frankie, die altijd klaarstond om andermans problemen op te lossen, kon dat van zichzelf gewoon niet uitstaan.

# 2

Peggy Barry was al heel lang op zoek naar de perfecte woonplaats: een stad die ver genoeg van huis was om zich te kunnen ontplooien en tegelijkertijd dichtbij genoeg voor Peggy om naar haar moeder te kunnen rijden als dat nodig was. Haar moeder was de reden waarom ze niet gewoon het land uit was gegaan, maar dat hoefde niemand te weten – en dat gold ook voor mevrouw Barry. Peggy wilde in Ierland blijven voor het geval haar moeder op een dag de waarheid zou accepteren en haar dochter zou bellen. Ondertussen bleef ze rondreizen en verder zoeken.

Sinds ze negen jaar geleden op achttienjarige leeftijd het huis uit was gegaan, had Peggy in elke grote stad en in heel wat kleinere plaatsen in Ierland gewoond, maar de perfecte plaats was er niet bij geweest.

Ze had zich al bijna neergelegd bij het idee dat die gewoon niet bestond, dat er nergens een stad of een dorp te vinden was waar ze zich echt thuis zou kunnen voelen.

'Maar waar ben je dan precies naar op zoek?' had de eigenaar van de laatste kroeg waar ze had gewerkt willen weten.

Peggy had TJ aardig gevonden, ook al was hij haar type niet. Maar ja, het afgelopen jaar was niemand haar type geweest. Mannen en toekomstdromen gingen kennelijk niet goed samen. Kerels dachten geheel ten onrechte dat een mooie langbenige brunette die in een kroeg werkte alleen maar op avontuurtjes uit was en niet echt serieus kon menen dat ze spaarde om een eigen zaak te kunnen beginnen of gewoon wachtte op de ware jakob.

De kroeg – winstgevend, lawaaierig en met een levendige, uit Galway afkomstige cliëntèle – was tot rust gekomen nadat de laatste plakkers naar huis waren gestuurd. TJ maakte de kas op en Peggy was aan het poetsen. Haar dienst zat er over een halfuur op en ze verlangde naar de rust van haar kleine flat, twee verdiepingen boven de stomerij, waar geen lawaai was en niemand aangeschoten over de toog leunde om haar te vertellen dat hij van haar hield en of hij alsjeblieft twee pilsjes, een kopstoot en een paar rumcocktails kon krijgen?

'Een toevluchtsoord,' zei Peggy afwezig als antwoord op TJ's vraag terwijl ze langs de tafeltjes liep met haar vuilniszak, haar emmer, haar spuitbus en haar vaatdoek. Ze had de asbakken al eerder opgehaald, die stonden inmiddels te weken in een gootsteen. De afwasmachines stonden aan met de glazen erin en de lege bierflesjes waren ook al verzameld. De vloer, die kleefde van alcohol en vuil, was het probleem van iemand anders, die de volgende ochtend kwam opdraven.

'Als je het over een "toevluchtsoord" hebt, klink je net als een non,' merkte TJ op.

'Nou vooruit, vrede dan,' zei Peggy geërgerd.

'Als je op zoek bent naar vrede, moet je naar een van die dorpjes gaan die ze Nergenshuizen noemen,' zei TJ, terwijl hij nog een stukje nicotinekauwgum pakte. 'Zo'n plaatsje met één kroeg, tien huizen en een stel ouwe boeren die over het hek geleund naar je staan te staren als je langs komt rijden.'

'Dat is niet het enige wat ik zoek.' Peggy liep naar het volgende tafeltje. Iemands huissleutel zat erop vastgeplakt in een smurrie van chips en de kleverige restanten van gemorste alcohol. Peggy poetste de sleutel schoon en liep naar de bar om hem in het doosje met gevonden voorwerpen te leggen. 'Je kunt geen zaak beginnen in Nergenshuizen, TJ, en ik heb je al verteld dat ik dat wil. Een brei- en handwerkzaak.'

'Ik weet het,' zei TJ hoofdschuddend. 'Maar je lijkt helemaal geen typische breister.'

Peggy lachte. Ze praatte maar zelden met mensen over haar plannen, uit vrees dat ze haar uit zouden lachen en tegen haar zouden zeggen dat ze stapelgek was en dat ze haar spaargeld veel beter uit kon geven door gezellig samen met hen naar Key West/Ibiza/Amsterdam te gaan. Maar als ze wel met iemand over haar voornemen praatte, stond ze er echt van te kijken hoe vaak ze te horen kreeg dat ze er helemaal niet uitzag als een 'typische breister'.

Hoe zag een typische breister er dan uit? Een vrouw met een knotje in haar haar dat opgehouden werd door twee breinaalden en die gekleed was in een lang, veelkleurig gebreid vest dat achter haar aan over de grond sleepte?

'Ik wil gewoon een eigen zaak, TJ,' zei ze. 'En toevallig kan ik heel goed breien en ik hou er ook van. Ik brei al vanaf de tijd dat ik nog klein was, toen breide mijn moeder al Aran-truien voor souvenirwinkels. Ik heb het van haar geleerd en ik weet dat er een markt is voor dat soort winkels. Daar ben ik naar op zoek... een plek om te beginnen.'

'Ja, dat heb je al eerder gezegd, maar ik weet niet of ik dat wel geloof.' TJ keek haar met samengeknepen ogen aan. 'Waarvoor ben je precies op de vlucht, schattebout? Blijf nou maar gewoon hier. Je bent gelukkig en we zijn allemaal blij met je.'

Wat kon een vrouw als Peggy ertoe drijven om het hele land rond te reizen op zoek naar vrede? Een man, daar durfde hij alle inkomsten van de afgelopen avond wel op te zetten. Als vrouwen voortdurend rond bleven trekken zoals Peggy deed, dan zat daar meestal een man achter.

Vrouwen zoals Peggy, lang en slank met die rustige donkere ogen die half verborgen werden door een krullende, donkerbruine pony en een spoor van kwetsbaarheid dat ze dapper probeerde te verbergen, waren altijd op de loop voor mannen. Dat wilde niet zeggen dat ze haar mannetje niet stond als ze werd lastiggevallen door vervelende dronkelappen die aan haar kleren trokken en van alles suggereerden. Maar ze had een zachte inborst, hoewel ze uiterlijk een taaie tante leek, met haar zwarte leren jack en haar laarzen. Veel te zacht. Hij vroeg zich af wat haar overkomen was.

'Ik ben niet op de vlucht,' zei Peggy. Ze richtte zich op van het laatste tafeltje en keek hem recht aan. 'Ik ben op zoek. Dat is een groot verschil. En als ik het vind, zal ik het meteen weten.'

'Ja.' Hij maakte een vermoeid gebaar. Het gewone verhaaltje van zachte vrouwen die door mannen waren gekwetst.

'Het is niet wat je denkt,' hield Peggy vol. 'Ik ben op zoek naar een ander soort leven.'

Maar toen ze die avond naar huis liep, met een hand op het draagbare alarmapparaatje in de zak van haar leren jack, moest ze toegeven dat TJ wel een beetje gelijk had… alleen zou hij dat nooit van haar horen. Hij dacht dat ze op de vlucht was voor een man, en in zekere zin was dat ook zo. Alleen was het niet de ex-geliefde waar TJ ongetwijfeld aan dacht. Ze was op de vlucht voor iets heel anders.

Op een mooie februaridag, vlak nadat ze de kroeg in Galway vaarwel had gezegd, leidde een speurtocht op internet Peggy naar Redstone, een buitenwijk van Cork die op de een of andere manier nog steeds een afzonderlijk stadje leek.

Op het computerscherm had het pand in de buurt van Redstone Junction vrijwel perfect geleken: een mooie art-decogevel, een grote kunstmatige vijver en veel andere winkels en cafeetjes in de buurt, die voor passanten zouden zorgen.

En nu, terwijl ze in haar oude krakkemikkige Volkswagen Kever langzaam over het kruispunt reed, welde er een vredig gevoel in haar op. Dit zou best eens de plek kunnen zijn waarnaar ze op zoek was.

Het hielp dat het zo'n heerlijke dag was, met de laagstaande winterzon die alles met een warme gloed overspoelde, maar ze had het gevoel dat ze deze plek ook leuk had gevonden als het pijpenstelen had geregend. Langs de trottoirs stonden bomen, statige notenbomen en elegante beuken waaraan al wat felgroene knopjes verschenen en die de sfeer opriepen van het landelijke stadje dat Redstone was geweest voordat het door de grote stad werd opgeslokt. Op de gevel van een hele rij huizen stond nog steeds 'Mortons Graanpakhuis' te lezen, hoewel het pakhuis al lang weg was en de begane grond in beslag genomen werd door een rij winkels waaronder een apotheek, een chique delicatessenzaak-annex-café en een kledingzaak. Peggy parkeerde de auto en liep terug over het kleine kruispunt, vol bewondering voor de zwarte smeedijzeren straatlantaarns vol tierelantijntjes. Het was niet te zien of die hier al honderdvijftig jaar stonden of dat ze er pas onlangs waren neergezet.

Ze vond de bomen ook heel mooi, net als de bloemen die er zo keurig omheen waren gezet. Waarschijnlijk door de plaatselijke bevolking onder het motto 'hou de stad schoon', dacht ze. Ze hadden kennelijk voor een collectie bloembollen gekozen, want op dit moment stonden vroege botergele krokussen en witte narcissen in volle bloei in de houten bakken die onder elke boom langs de straten van het kruispunt waren gezet.

Niemand had er plantjes uitgerukt of sigarettenpeuken in de bakken gegooid. De mensen hier vonden het waarschijnlijk fijn dat ze de straat zo vrolijk maakten.

Nog voordat ze het pand dat te huur stond had bekeken – een voormalige slijterij die om onverklaarbare redenen had moeten sluiten – gaf Redstone haar al een vredig gevoel.

Het leegstaande pand was een winkel met twee etalages en aan de

47

achterkant twee grote kamers. Er was ook nog een flat op de eerste verdieping, voor het geval ze die ook wilde huren, voegde de makelaar er hoopvol aan toe.

Beneden moest het interieur een beetje opgeknapt worden, maar boven kon alleen een sloopkogel uitkomst bieden, dacht Peggy bij zichzelf. De elektrische leidingen waren oud en gevaarlijk. Bovendien was het onverstandig om boven de winkel te gaan wonen, dat wist ze uit ervaring, omdat ze in Dublin als serveerster in een bistro had gewerkt en daarboven had gewoond.

'Ik heb genoeg aan de begane grond,' zei Peggy. 'Ik ben nog niet aan zelfmoord toe.'

De makelaar zuchtte. 'Nou ja, er zijn genoeg mensen op zoek naar leuke pandjes voor doe-het-zelvers,' zei hij met gespeeld zelfvertrouwen.

'Zolang de vloer maar veilig is en ze niet bij mij op schoot landen als ze een schuurmachine gebruiken,' antwoordde Peggy. 'Daarvoor is de huisbaas verantwoordelijk.'

De makelaar lachte.

Peggy bleef hem strak aankijken. Hoe kwam het toch dat een vrouw in een strakke spijkerbroek en een leren jack mensen altijd op het idee bracht dat ze een doetje was en geen flauw idee had van haar rechten?

'Dat was geen grapje,' zei ze.

Het huurcontract van de winkel werd vijf dagen later ondertekend.

Aan het eind van St Brigid's Avenue, op ongeveer anderhalve kilometer van de winkel vond ze een vrijstaand huurhuisje in een wijk van voormalige gemeentewoningen uit de jaren vijftig. Het was niet bepaald mooi met dat typische jarenvijftigdecor, maar meer kon ze zich niet veroorloven.

Peggy vierde haar nieuwe leven met een kwartflesje champagne en een afhaalpizza voor de goedkope tv met ingebouwde dvd-speler die ze jaren geleden had gekocht. Ze stopte er *Sleepless in Seattle* in, haar absolute lievelingsfilm, nam een slokje champagne en bracht een toost uit op haarzelf.

'Op Het Nijvere Bijtje, Peggy's Brei- en Handwerkzaak,' zei ze en hief vrolijk het glas waarna ze een hapje pizza nam. Haar droom was uitgekomen en van nu af aan zou haar leven er heel anders uitzien. Het verleden was verleden tijd. Daarna zakte ze onderuit om te zien hoe Meg Ryan en Tom Hanks elkaar bijna maar toch net niet misliepen en barstte zoals gewoonlijk weer in tranen uit.

Het opknappen van de winkel moest zo snel mogelijk gebeuren, zodat ze open zou kunnen gaan. Peggy wist precies wat ze wilde en ze vond het heerlijk om haar mouwen op te stropen en haar schouders eronder te zetten, terwijl ze met Gunther, de timmerman, overlegde hoe de planken eruit moesten zien en met een reclameschilder werkte aan het uithangbord dat haar voor ogen stond.

'Je weet in ieder geval precies wat je wilt,' zei de schilder. 'De meeste mensen kunnen maar niet kiezen welke stijl het moet worden.'

Peggy was in de lach geschoten. 'Ik heb hier al eeuwen over na kunnen denken,' had ze gezegd.

Maar hoewel ze het heel druk had met het uitkiezen van de verf, de houtsoort en de vorm van het smeedijzeren uithangbord dat dwars aan de gevel boven de deur moest komen, werd Peggy overvallen door het feit dat ze zo ontzettend verliefd werd op Redstone zelf.

Ze vond het heerlijk dat er echt de sfeer hing van een kleine stad en het toch veel leuker was dan heel wat stadjes waar ze had gewoond.

Ze hield ook van de manier waarop de mensen elkaar opgewekt begroeten.

'Hoe gaat het met het been, Mick?' had een man op een ochtend over het kruispunt heen naar een andere man geroepen toen Peggy op weg was naar de winkel.

'Ach, je weet wel,' had een lange, bejaarde man met een stok geantwoord. Hij had een klein, dartel hondje aan de lijn. 'Dansen is er nog niet echt bij, maar het gaat. Heb je die kwestie nog op kunnen lossen?'

'Nee,' zei de eerste man ernstig, terwijl hij zijn koffertje onder zijn andere arm stopte. 'Maar dat ligt aan de timing, hè? Het zou nog best kunnen lukken!'

De verkeerslichten sprongen op groen en de man met de hond ging hinkend op weg naar het kleine winkelcentrum dat achter Main Street verstopt lag.

Wat zou 'die kwestie' inhouden? Dat zou Peggy dolgraag willen weten. En waarom was die nog niet opgelost? Ze moest zich inhouden om niet achter de Man met het Koffertje aan te rennen en hem dat ronduit te vragen terwijl hij de weg overstak en in tegengestelde richting weg liep.

Wat bezielde haar ineens? Al die interesse in andere mensen, dat was niets voor haar. Ze had juist altijd haar best gedaan om te voorkomen dat ze kennissen kreeg. Op die manier meden de mensen jou ook. Peggy was zo'n meisje dat een jaar lang in een stad bleef wonen en zoveel mogelijk in de omgeving opging, zonder betrekkingen met iemand aan te knopen. Ze was als kind te lang alleen geweest om als volwassene gemakkelijk vriendschap te kunnen sluiten. Na een poosje, als ze er genoeg van had, pakte ze haar spulletjes weer gewoon in en reed weg. Ze had zichzelf nooit toegestaan om ergens te wennen. Maar om de een of andere reden voelde ze zich hier in Redstone de drang om erbij te horen en als je erbij wilde horen, hield dat in dat je mensen leerde kennen.

Omdat ze lekker vroeg was, kostte het geen moeite om voor de winkel een parkeerplaats te vinden. Zoals altijd kreeg ze een blij gevoel toen haar oude blauwe kever met een schok tot stilstand kwam langs de stoeprand en ze omhoogkeek naar het ouderwetse uithangbord met de tekst 'Het Nijvere Bijtje, Peggy's Brei- en Handwerkzaak'.

Mensen die naar dit eenvoudige zaakje keken, dat net vers in de lavendelkleurige verf was gezet en nog helemaal ingericht moest worden, konden zich vast niet voorstellen hoeveel vreugde het de eigenares nu al bracht. Voor Peggy was het nog steeds een soort wonder. Een wonder dat jaren hard werken, vlijtig sparen en eenzaamheid had gekost terwijl ze van baan naar baan ging, zoveel mogelijk ervaring opdeed in wolwinkels als ze de kans kreeg, een avondcursus boekhouden volgde zodat ze zelf leiding zou kunnen geven aan haar zaak en in kroegen of restaurants werkte als er niets anders voorhanden was.

Nu had ze het gevoel dat al die opofferingen niet vergeefs waren geweest. Zij, Peggy Barry, die op school nooit bij de beste leerlingen had gehoord, had eindelijk bereikt wat ze haar hele leven al gewenst had: een eigen zaak met werk waar ze het meest van hield en financiële onafhankelijkheid. Ze was haar eigen baas en ze zou nooit meer naar de pijpen van een man hoeven te dansen.

Het geld dat ze van haar grootmoeder had geërfd – een grootmoeder die ze nooit had gekend – was een godsgeschenk geweest. De dag dat ze de cheque kreeg, had ze het geld meteen op een spaarrekening gezet en het daar gewoon op laten staan, zodat het ieder jaar meer werd. Zonder dat geld had ze nooit zelf een zaak kunnen beginnen.

Terwijl ze uit de auto stapte en haar koninkrijk bekeek, telde Peggy in gedachten alles nog eens op. Het zou op zijn hoogst nog een dag of twee kosten totdat Gunther, de timmerman, en zijn leerling Paolo klaar waren. Ze had verschillende offertes opgevraagd voordat ze Gunther in de arm had genomen. Hij was niet de goedkoopste geweest, maar wel de meest professionele van alle timmerlieden die ze had gesproken en hij had ook niet geprobeerd om met haar te flirten, zoals die jongen van het goedkoopste aanbod had gedaan.

Zodra het timmerwerk erop zat, peinsde Peggy, zou ze de winkel stofvrij maken en beginnen met het verven van de muren in hetzelfde lavendelblauw als buiten…

'Hoegaatie, Peggy?' riep Sue van de bakker aan de overkant toen Peggy haar sleutel in het slot stak.

'Hallo, Sue,' riep ze terug.

Sue en haar man, Zeke, waren er altijd al om vijf uur 's ochtends. Tegen de tijd dat Peggy om halfacht kwam aanwaaien hadden zij er al een halve werkdag op zitten met het bakken van organisch brood en muffins die ze overal in de stad aan winkels en bedrijfskantines leverden.

Peggy vond het leuk om met hen te praten over de moeilijkheden die je kon verwachten als je een eigen zaak begon. En ze waren heel hulpvaardig geweest.

'Je moet in het *Oaklands News* adverteren, laat de *Redstone People* maar zitten. Die zijn twee keer zo duur en ze slagen er steeds weer in om je advertentie te verpesten,' raadde Sue haar aan. 'Onze advertentie voor "eigengemaakte cake" werd "eigenaardige cake". Die vlogen niet bepaald de deur uit.'

'Hoe presenteer je jezelf op het web?' wilde Zeke weten.

'Dat ziet er nog niet geweldig uit, maar er wordt aan gewerkt.'

'Mooi. Ondertussen moet je gewoon overal kaartjes ophangen,' raadde hij haar aan, terwijl hij de lavendelkleurige opschrijfbriefjes bekeek die Peggy had laten maken met de naam van de winkel en pentekeningen van wol en handwerkspullen naast het adres en de pas opgestarte website. 'Wees maar brutaal. Vraag iedereen met een prikbord of je er een mag ophangen. En vertel overal wie je bent, ook al ben je eigenlijk verlegen.'

Peggy had erom gelachen. Ze had eerst een paar dagen lang zijdelingse blikken op de bakkerij geworpen tot Sue de weg was overgestoken met een blad vol muffins en had gezegd: 'Welkom in Redstone. Ik dacht dat ik je maar een weekje de tijd moest geven om ons als een soort burgerwacht te bestuderen, voordat ik naar je toe kwam. We bijten niet, hoor. Nou ja, ik af en toe wel, maar dan alleen bij Zeke en hij is aan me gewend omdat we getrouwd zijn.'

Ze had de indruk gewekt dat het iets doodnormaals was om de weg over te steken en bevriend te raken, terwijl Peggy – die meestal wel in staat was om zich vriendelijk voor te doen – daar ineens de grootste moeite mee had. Het was gewoon nooit echt gemeend geweest, dat was het probleem. Al die jaren waarin ze van stad naar stad was getrokken hadden kennelijk toch hun tol geëist. Hoe ouder je werd, hoe moeilijker je het kreeg om je groot te houden, dacht Peggy.

's Avonds stelde Gunther voor dat Peggy samen met hem en Paolo naar de Starlight Lounge zou gaan om het weekend met een drankje in te luiden. Peggy was doodmoe omdat ze de achterkamer vol rotzooi en vochtplekken had opgeruimd en had meteen ja gezegd.

Ze had honger, maar ze was te moe om te koken en nadat ze een week met Gunther en Paolo had opgetrokken, was ze hen echt aardig gaan vinden en het zou best leuk zijn om een keertje niet in haar eentje te eten.

De Starlight Lounge was een eigenaardig etablissement op een paar honderd meter van de winkel. De naam en het uiterlijk pasten totaal niet bij elkaar. Aan de voorgevel te zien was het echt een arbeiderskroeg waar vrouwen alleen werden toegelaten om schoon te maken, maar van binnen bleek het een warrige combinatie van een oud-Ierse pub en jarenvijftig-Americana, compleet met mini-jukeboxjes in de afgeschermde zitjes.

'Het is van een vriend van me,' zei Gunther toen hij zag dat Peggy geamuseerd om zich heen keek. 'Het is inderdaad een zootje. Hij was aan het experimenteren met verschillende stijlen...' Gunther haalde zijn schouders op. 'Hij heeft geen cent te makken, maar het eten is prima.'

Peggy liep naar een halfrond zitje bij een ronde tafel met een formica blad. Op de muur erachter hing een foto van Elvis naast een print van een aquarel van een eenzame Ierse berg. Gunthers vriend had kennelijk geprobeerd om een divers publiek aan te trekken en dat werkte wel degelijk. Ondanks de maffe inrichting was het een gezellige tent.

Gunther pakte een paar menukaarten en begon de zijne vol aandacht te bestuderen terwijl een loom barmeisje de rode lamp op de tafel aanstak. Paolo stond bij de bar Italiaans te kleppen tegen een paar vrienden.

Uit de keuken kwamen heerlijke kookluchtjes en het drong ineens tot Peggy door dat ze niets meer had gegeten na de appel die als ontbijt had gediend.

'Wat is hier lekker?' vroeg ze aan Gunther.

'De fish-and-chips,' zei hij.

Het water liep Peggy in de mond. 'Dat klinkt goed.'

Om acht uur had Peggy haar kabeljauw met een luchtig en krokant laagje op en overwoog wat ze als toetje zou nemen, terwijl het een komen en gaan was van vrienden van Gunther en Paolo die allemaal even iets met hen kwamen drinken.

Gunther had geen haast: zijn vrouw was met de kinderen bij haar moeder, en Paolo had pas om tien uur met zijn vriendin in de stad afgesproken. De jukeboxen, de discoballen en de speciale cocktail van het huis, de Starlight Surprise, deden hun werk en vlak bij de bar stonden een paar mensen te dansen. Paolo stond te praten met een lange, atletische vent die net naar hun tafeltje toe was gelopen. Hij kon zijn ogen niet van Peggy af houden.

'David Byrne,' zei hij terwijl hij vooroverboog om haar een hand te geven.

'Peggy Barry,' zei ze glimlachend.

Hij was aantrekkelijk, maar niet echt haar type. Hoewel ze zich daar altijd tegen verzet had, voelde ze zich meestal aangetrokken tot foute figuren en David Byrne was goed verzorgd en knap, het soort dat vroeger aanvoerder van het voetbalteam en klassevertegenwoordiger was geweest, en waarschijnlijk ook de Leerling Met de Meeste Kans van Slagen. Hij zou ook wel oude dametjes helpen met oversteken en daar was helemaal niets mis mee, want dat deed ze zelf ook, maar op de een of andere manier slaagde dat soort kerels er nooit in om een vonkje over te laten springen.

Van dichtbij kon ze zien hoe knap hij was, met dat donkere haar, die blauwe ogen en dat chique pak, ook al had hij het colbertje uitgedaan en zijn das losgetrokken. Ondanks zijn frisse, aantrekkelijke uiterlijk had hij op een ondefinieerbare manier toch iets interessants, dat Peggy, die jarenlang mensen alleen maar uit de verte had gadegeslagen, niet meteen thuis kon brengen.

En toen Paolo even opstond om een telefoontje aan te nemen, ging David op zijn plek zitten, waardoor ze ineens naast hem zat. Hij bleef haar aanstaren alsof hij zijn leven lang naar iets op zoek was geweest en het nu ineens had gevonden.

Peggy staarde terug, volkomen van haar stuk gebracht. Ze zag nu pas dat zijn ogen niet blauw waren, zoals ze aanvankelijk had gedacht, maar blauw met een groen tintje, en om de zwarte pupil zaten goudkleurige streepjes die op zonnestraaltjes leken. Ze kon er haar ogen niet van afhouden. Zijn blik was absoluut niet roofzuchtig of geil. Het enige wat eruitsprak, was: Daar ben je dan eindelijk.

'Paolo zei dat je net in Redstone bent komen wonen,' zei David glimlachend.

Hij had een diepe, zachte stem. En vriendelijk. Kon je dat wel uit een stem opmaken? Nee, maar toch had hij iets vriendelijks en innemends. Terwijl ze met een ruk terugkwam in de werkelijkheid, zei ze: 'Ja, ik ben nieuw in deze buurt. Ik heb de oude slijterij overgenomen… maar hoe kon een zaak die drank verkoopt nou in vredesnaam failliet gaan?'

O, verdorie, dacht ze, nu klink ik net als een ouwe zatladder die geen moment zonder alcohol kan. En om dat te bewijzen staan er twee cocktailglazen voor mijn neus!

Ze probeerde het lege glas stiekem achter de ketchup en het suikerpotje te schuiven.

Wat mankeerde haar in vredesnaam? Haar maag ging tekeer alsof ze bij windkracht tien aan boord van een schip was.

'Die slijterij was niet van het beste allooi,' zei David. 'Toen ik nog een tiener was, kon je daar ook als minderjarige drank kopen. Mijn vader waarschuwde mijn broers en mij dat we een pak rammel konden verwachten als we daar ooit durfden te komen… en dat was helemaal niets voor mijn pa.' Hij grinnikte. 'Wat voor zaak ben je begonnen?'

'Een brei- en handwerkzaak,' zei Peggy, die weer vaste grond onder de voeten kreeg. Ze wachtte tot hij zou zeggen dat ze helemaal niet op een breister leek.

'Mijn moeder breit ook. Volgens haar is het een vorm van meditatie,' zei hij in plaats daarvan.

'Ja!' beaamde Peggy verrast. 'Dat klopt precies… maar dat begrijp je eigenlijk alleen als je zelf ook breit.'

'Dat kan ik aan het gezicht van mijn moeder zien als ze zit te breien,' bekende hij. 'Dus je bent hier maar alleen in Redstone… niet met je… gezin.'

'Nee, alleen ik,' zei Peggy. Haar ogen glinsterden.

Deze ongelooflijk aantrekkelijke man had écht belangstelling voor haar. Ze had zich niets verbeeld.

'Dus je hebt geen man?'

'Nee,' gaf Peggy toe. Ze genoot van het flirten – want zo voelde het echt.

'Je hebt geen hele harem vol mannen voor wie je moet zorgen?' Inmiddels glinsterden zijn ogen ook en ze keken haar recht aan, waardoor Peggy het gevoel kreeg dat ze alleen waren en hij iets heel ondeugends tegen haar zei, hoewel dat helemaal niet waar was en ze gewoon in een drukke kroeg zaten. Het kwam door die lage, donkere stem en de manier waarop hij naar haar keek. Alsof hij haar al eeuwen kende.

'Geen harem vol mannen,' fluisterde ze.

Ze zag dat hij stoppeltjes op zijn gezicht had, toen hij zijn das nog iets verder omlaag trok en het bovenste knoopje van zijn overhemd open maakte. Waarom zou dat zo erotisch zijn?

'Mooi. Kan ik je dan misschien overhalen om een keer met me uit te gaan?' vroeg hij. 'Nu die kwestie van de harem toch uit de weg is.'

'Heb je zelf dan ook geen harem?' vroeg ze, ook al wist ze best dat dat niet het geval was. Waarom dat zo was, had Peggy niet kunnen zeggen, maar ze was ervan overtuigd dat deze man geen andere vrouwen ergens op de achtergrond had.

Hij schudde zijn hoofd. 'Nee, ik heb al een hele tijd niemand meer gehad. Ik dacht dat het kwam omdat ik het zo druk had met werken, maar kennelijk heb ik gewoon zitten wachten.' Hij glimlachte haar toe.

'Hè, wat…' Peggy had eigenlijk 'afgezaagd' willen zeggen, maar dat deed ze niet. Omdat hij het echt meende. Hij had op háár gewacht.

'… sorry. Ik stond op het punt om "afgezaagd" te zeggen, maar dat is het niet en dat geldt ook voor jou. Het is juist leuk,' zei ze in plaats daarvan en hoorde toen ineens hoe belachelijk dát klonk. Ze nam een flinke slok van haar cocktail om niet te laten merken dat ze zich geneerde, maar besefte toen weer dat ze hem niet de indruk wilde geven dat ze de Zuipschuit van het Jaar was, dus duwde ze het glas weer weg.

'Wat doe jij voor de kost?' vroeg ze en voegde er haastig aan toe: 'Ik bedoel maar, ik krijg altijd te horen dat ik niet lijk op een breister, maar dat heb jij niet gezegd, dus wilde ik iets dergelijks bij jou voorkomen…' Ze moest ophouden met dat gezwets.

'Ik heb een constructiebedrijf,' zei hij. 'Waarmee ik niet wil beweren dat ik een grootindustrieel ben. Maar ik ben ingenieur en net voor mezelf begonnen. Iedere cent die ik heb, wordt weer in het bedrijf gestoken, vandaar dat ik samenwoon met mijn beide broers in plaats van in een schitterend penthouse, waar ik je mee naartoe zou kunnen nemen om je een glas dure wijn aan te bieden en indruk op je te maken met mijn rijkdom.'

'Dat zou helemaal geen indruk op me maken,' zei Peggy naar waarheid.

David glimlachte haar toe terwijl zijn azuurblauwe ogen haar donkere kijkers ontmoetten.

'Dat had ik ook niet verwacht.' Hij hield zijn hoofd een tikje schuin en keek haar aan. 'Ik kan best begrijpen waarom mensen vinden dat je niet op een breister lijkt,' zei hij.

'Hoezo?' wilde ze weten.

'Je lijkt meer op een bosnimf,' zei hij, 'zo'n schepsel uit een fabel of uit een van die oude Keltische mythen die we vroeger op school moesten leren. Dat komt door dat lange haar met de kleur van vochtig boomschors en die grote ogen die me aankijken en me het gevoel geven dat je ieder moment zomaar kunt verdwijnen...'

Hij boog zich voorover en streek voorzichtig een krul weg die voor haar ene oog hing.

Peggy kon zich absoluut niet herinneren dat een man haar ooit had laten blozen, maar nu voelde ze het wel degelijk: het bloed dat naar haar wangen steeg. En in één opzicht had hij gelijk: ze verdween gewoon als ze daar zin in had. Alleen nu niet. Voorlopig was ze heel tevreden waar ze was.

Peggy Barry, die genoeg had van het alleen-zijn maar er bijna in berustte omdat ze uit ervaring wist dat dit de enige manier was om het vol te houden, was om de een of andere reden door de knieën gegaan. Toen David zei dat hij op haar had gewacht, hadden zijn woorden oprecht geklonken en ze besefte ineens waarom... Ze had zelf ook het gevoel dat ze alleen op hem had gewacht.

'Zou je morgen met me willen gaan eten?' vroeg hij.

Peggy knikte eerst en zei toen met een stem die veel te zacht klonk om van haar te zijn: 'Dat zou ik enig vinden.'

De volgende dag was Peggy zenuwachtig en tegelijkertijd ontzettend opgewonden. Ze kon zich niet concentreren op het schoonmaken van de smerige achterkamer en stopte om de haverklap om dromerig voor zich uit te staren. Toen ze weer met twee voetjes op aarde belandde, was haar emmer met sop ijskoud geworden.

Ze moest steeds aan *Sleepless in Seattle* denken en hoe je op de raarste manieren ineens verliefd kon worden, net als Annie, die wist dat ze nooit met Walter kon trouwen nadat ze Sam op de radio had gehoord en gewoon wíst dat ze hem moest ontmoeten.

Peggy had het honderden keren gezien: als ze een griepje had, als ze opgevrolijkt moest worden, als ze gelukkig was of zo verdrietig was dat ze dacht dat haar hart zou breken. En ze was er helemaal weg van. Maar ze had toch het gevoel dat zulke dingen nooit echt gebeurden…

Voor de lunch ging ze een broodje kopen bij Sue en terwijl ze op haar beurt wachtte, stond ze naar het brood achter de toonbank te staren tot Sue haar met een luidkeels 'Peggy' wakker schudde. Ze had zich nog nooit zo gevoeld voordat ze een afspraakje had en ze wenste dat ze iemand had bij wie ze haar hart kon uitstorten.

Kon ze nou haar moeder maar bellen om haar te vertellen dat ze het gevoel had dat ze 'de ware jakob' had gevonden. *Sleepless in Seattle* had geen geheimen voor mam. Ze hadden er samen naar gekeken. Maar ze kon niet bellen. Dat kon ze gewoon niet.

Tegen de tijd dat het zeven uur 's avonds was, had ze een hele tijd onder de douche gestaan om al het vuil uit de winkel van zich af te spoelen, haar dikke haar net zo lang geföhnd tot het golvend om haar schouders viel en haar huid rijkelijk ingesmeerd met handenvol amandelbodycream. Voorbereidingen die volkomen terecht leken. Ze was niet de doodgewone Peggy die met iemand uit eten ging – ze was de vrouw naar wie David Byrne had zitten kijken alsof ze een godin was.

Ze was Annie die op Sam wachtte.

Toen David om vijf voor zeven aanbelde, holde ze naar de voordeur.

'Sorry, dat ik zo vroeg ben,' begon hij, terwijl hij haar strak aankeek.

'Ik was al om halfzeven klaar,' was Peggy's antwoord. Er was geen ruimte voor spelletjes. Dit was veel te serieus, veel te heerlijk.

'Je ziet er mooi uit,' zei hij terwijl zijn ogen over de ouderwetse blauwe chiffon blouse gleden die ze op een nauwe spijkerbroek droeg, waarin haar lange benen nog langer leken. Ze had schoenen met hakken aangetrokken, omdat David langer was dan zij. Dat overkwam haar niet vaak. Terwijl ze naast hem naar zijn auto liep, voelde ze zich bijna de nimf waarover hij het had gehad, broos en mooi. Dat was een heel nieuw gevoel voor haar. Toen ze nog heel jong was, had ze nooit complimentjes gehad, dus er was geen fundament om ook maar het vaagste geloof in haar eigen schoonheid te onderbouwen. Maar met David die zijn ogen nauwelijks van haar af kon houden en met haar hand stevig in de zijne voelde ze zich even mooi en begeerlijk als een filmster.

Hij nam haar mee naar een Frans restaurantje, een paar kilometer verderop, waar ze de sfeer van de Parijse bistrootjes die ze weleens in films had gezien perfect nagebootst hadden. Met de rood geblokte tafelkleedjes, het schaarse licht en de druipkaarsen die overal in het vertrek stonden te lekken was het de perfecte gelegenheid voor een intiem dinertje en ze had het liefst blij in haar handen geklapt toen ze het zag.

'Ze hadden er in de krant geen goed woord voor over omdat het zo cliché is,' zei David terwijl ze de menukaart negeerden en elkaar aan bleven kijken over de kaarsen die op tafel stonden. 'Maar het eten is heerlijk en het personeel fantastisch. En wat is er mis met kaarsen en rode tafelkleedjes?'

'Ik vind het enig,' zei Peggy blij. 'Laten we vanavond dan ook maar alle clichés bestellen!'

'En elkaars hand vasthouden,' voegde hij er aan toe, terwijl hij de hare vastpakte.

'Ja,' zei ze, terwijl ze haar vingers om de zijne vouwde.

Het personeel van de bistro kwam overal ter wereld vandaan en sprak allerlei talen. Maar ze waren stuk voor stuk in staat om een stel eters te herkennen dat alleen maar aan romantiek dacht en zich niets aantrok van wat er zich om hen heen afspeelde. Vandaar dat de met gruyère besprenkelde Franse uiensoep, stokbrood, boeuf bourguignon en een lekkere rode wijn zonder iets te zeggen bij hun tafeltje werden afgeleverd, zodat het stel ongestoord kon eten en praten.

Peggy had het gevoel alsof ze in een magische zeepbel zaten die niet doorgeprikt kon worden: de avond was gewoon in alle opzichten volmaakt.

David wilde alles over haar weten, in tegenstelling tot de meeste mannen die ze in de loop der jaren had leren kennen en die veel te veel met zichzelf bezig waren geweest. Hij vroeg welke films zíj leuk vond en welk eten zíj lekker vond. Hij zou bij hem thuis een keertje voor haar koken, zei hij toen ze van hun wijn genoten, maar dan moest hij wel eerst zijn broers het huis uit krijgen.

Daarna, toen het gesprek onvermijdelijk in de richting ging van hun achtergrond en hij vroeg hoe haar jeugd was geweest, weerde ze dat rustig af: 'Laten we nu alleen maar aan het heden denken,' zei ze. 'Vandaag is het enige dat telt.'

Dat was niet alleen maar een trucje om te voorkomen dat hij meer over haar verleden zou willen weten. Dat wist ze al toen ze het zei, want ineens was haar leven voordat ze hem ontmoette niet belangrijk meer. Terwijl dat normaal gesproken toch alles overheerste. Maar deze fantastische avond met deze fantastische man had daar verandering in gebracht.

'Sorry. Het was niet mijn bedoeling om als Interpol te klinken… ik wil gewoon alles over je weten, Peggy,' zei hij en ze glimlachte hem toe zoals hij daar tegenover haar zat, mager en gespierd in een sportief grijs overhemd.

'Waarom heb je die winkel "Het Nijvere Bijtje, Peggy's Brei- en Handwerkzaak" genoemd? Er is niemand die minder op een bij lijkt dan jij. Je bent zo kalm en rustig. Je zoemt helemaal niet rond.'

'Ik ben bang dat ik dat eigenlijk niet goed weet,' zei ze. 'Mijn moeder kan fantastisch borduren en ze heeft een tijdje servetten geborduurd voor een souvenirwinkel. De eigenares daarvan, Carola, zei dat mijn moeder de meest artistieke persoon was die ze kende en ze zei tegen mam dat ze alles mocht borduren wat ze wilde. Mam koos voor bijen. En ze waren schitterend en ze verschilden allemaal van elkaar, want volgens haar kon je nog zo je best doen, iedere geborduurde bij werd toch net een beetje anders dan de vorige, net als mensen.'

Peggy's gelukzalige zeepbel trilde en ze voelde de bekende gevoelens opwellen. Als ze aan haar moeder dacht, kreeg ze altijd de neiging om in tranen uit te barsten. En nu ze hier zat, met die lieve, vriendelijke man, zou ze hem het liefst alles willen vertellen, omdat hij het toch moest weten. Maar natuurlijk kon dat niet.

'Het dessert,' zei David abrupt, alsof hij haar gevoelens kon lezen en wilde voorkomen dat ze verder nadacht over iets wat haar kennelijk verdriet deed. 'Ik geloof dat het niet echt Frans is, maar de kwarktaart is hier echt geweldig.'

En het verdriet smolt weg. Peggy zette alles gewoon uit haar hoofd. Ze was zo lang alleen geweest, dus ze verdiende dit echt. Toch?

Gedurende die zalige week gingen ze drie keer uit. Hun tweede afspraakje was naar de bioscoop en terwijl ze daarnaar onderweg waren, liep David aan de kant van de straat, betaalde automatisch voor de kaartjes en deed in de zaal een stapje achteruit zodat zij de stoel kon kiezen die ze wilde.

Hij was een echte heer, besloot ze en toen begon de film. Het was een rare, ouderwetse uitdrukking, maar die paste wel bij hem.

En ze kon niet ontkennen dat ze zich fysiek ook ontzettend tot hem aangetrokken voelde. Vanaf het moment dat hij naar haar toe kwam lopen in de wijnbar waar ze voor de bioscoop hadden afgesproken, breedgeschouderd en aantrekkelijk in een trui en een spijkerbroek, merkte ze dat ze in gedachten dat lijf al tegen zich aan voelde. In de donkere bioscoop genoot ze intens toen David een arm om haar schouders legde en in haar oor fluisterde: 'Vind je het een leuke film?'

'Ja,' zei ze, hoewel ze er eigenlijk nauwelijks aandacht voor had gehad. Ze had alleen maar aan hem zitten denken, zoals hij daar naast haar zat.

Terwijl de week voorbijging, drong de wereld van alledag zich weer aan haar op en herinnerde haar eraan dat een happy end alleen in films voorkwam. Ze probeerde het inwendige stemmetje te negeren dat haar daarop wees en haar vertelde dat ze beter uit de buurt van mensen als David kon blijven. De Davids van deze wereld verwachtten van een meisje dat ze normaal was, afkomstig uit een liefdevol gezin en met een gewone achtergrond. Hij zou niet weten wat hij met Peggy's verleden aan moest. Het stemmetje zei dat het hoog tijd was om er een eind aan te maken en te voorkomen dat hij te vertrouwd werd. Ze moest zich op haar zaak concentreren. Ze had geen tijd voor mannen. Zelfs de leuke waren niet te vertrouwen.

Het stemmetje was wel hardnekkig, maar ze slaagde er toch in om het te negeren. Omdat David Byrne zo hard zijn best deed om haar te bewijzen dat ze hem wel kon vertrouwen en omdat Peggy wilde dat de droom nog een beetje langer zou duren.

Hij vond haar mooie winkel geweldig toen ze hem die liet zien en zei dat hij en zijn broers haar wel een handje zouden helpen met het schilderen. Omdat Peggy geen geld meer had, was ze van plan geweest om dat allemaal zelf te doen.

'Nee, dat hoeft niet,' zei ze instinctief en kromp inwendig in elkaar toen ze zag hoe gekwetst hij was.

Als ze een helder moment had, vroeg ze zich af hoe zij er in vredesnaam in geslaagd was om de aandacht te trekken van die ongelooflijk aantrekkelijke, fatsoenlijke man. Zijn familie klonk geweldig. De eengezinswoning die hij deelde met zijn beide broers was maar een paar honderd meter verwijderd van het huis waarin ze opgegroeid waren, op St Brigid's Terrace, vlak om de hoek bij Peggy's huisje. Hij en zijn beide broers gingen op zondag vaak bij hun moeder eten, vertelde hij haar. Af en toe – nou ja, eigenlijk één keer per week gaf hij quasizielig toe – dook hun moeder op in de vrijgezellenwoning en keek dan hoofdschuddend om zich heen terwijl ze de was voor zijn broers deed.

'Ik zeg elke keer opnieuw dat ze dat niet moet doen, maar ze staat erop.'

'Doe jij wel je eigen was?' vroeg ze en bedacht tegelijkertijd hoe geweldig het allemaal klonk.

'Zoals ik Brian en Steve keer op keer voorhoud, als ze oud genoeg zijn om te stemmen zijn ze ook oud genoeg om te weten hoe een wasmachine werkt,' zei David.

Hij vertelde dat hij ook nog een zus had, Meredith.

'Die woont in een behoorlijk chic appartement in Dublin,' zei hij. 'Ze heeft samen met iemand anders een kunstgalerie. Wij zien haar maar zelden en dat geldt voor ons allemaal.'

'O. Kun je niet met haar opschieten?' Dat ontglipte haar. Meredith was kennelijk het enige minpuntje van de familie Byrne.

'Jawel, ik kan prima met haar opschieten,' zei hij nadenkend. 'Ze is gewoon veranderd, dat is alles. Volgens mij is ze van de verkeerde dingen gaan houden. Geld, merken – je snapt wel wat ik bedoel. Eigenlijk mis ik haar, maar ze is ons boven het hoofd gegroeid.'

Peggy zag een flits van iets in zijn ogen: geen wrok, maar iets droevigs.

Hoewel hun eigen kinderen allemaal het huis uit waren, hadden zijn ouders nog steeds een tiener in huis: Davids nichtje Freya. Zijn gezicht klaarde op toen hij over haar begon.

'Zo gek als een deur,' zei hij. 'En een echte wijsneus. Een oud hoofd op een jong lijfje. De jongens en ik houden een oogje op haar, want je weet nooit wat ze zich nu weer in haar hoofd zal halen.'

'Waarom woont ze bij je moeder en vader?' vroeg Peggy, ook al was het helemaal niet haar bedoeling om hem het hemd van het lijf te vragen. Maar het was allemaal ongelooflijk spannend en al die verhalen over de familie gaven haar het gevoel dat ze deel uitmaakte van hun heerlijke gewoonheid. En trouwens, als je zelf vragen stelde, kon je gemakkelijk voorkomen dat mensen van alles van jou wilden weten en hoe beter ze David leerde kennen, des te meer ze de waarheid voor hem verborgen wilde houden.

'De jongste broer van mijn vader, Will, is bij een verkeersongeluk om het leven gekomen en zijn vrouw, mijn tante Gemma, stortte volkomen in. Ik weet niet hoe de psychiaters het noemden, maar dat was wel wat er gebeurde,' zei David triest. 'Ze heeft zijn dood nooit kunnen verwerken. Dat zou iedereen moeilijk vallen,' voegde hij eraan toe, 'maar zij was letterlijk tot niets meer in staat. Ze was altijd al een zorgelijk type geweest, maar ze ging echt kapot. Freya was hun enig kind en na een poosje greep mam in en zei dat Freya op die manier geen leven had. Gemma vergat eten te kopen, vergat te koken, vergat Freya van school te halen en ga zo maar door. Dus nu is Freya bij mam en dat gaat geweldig. Mam zegt dat ze haar jong houdt. We hebben allemaal ontzettend veel lol met haar. En met Gemma gaat het nu ook een stuk beter. Ze kan weliswaar niet werken, maar ze kan Freya zien wanneer ze wil, dus dat is in orde.'

Peggy vond die verhalen over zijn familie heerlijk. Afgezien van die arme tante Gemma klonken ze allemaal zo zalig gewoon: echt een familie waar ze graag bij zou willen horen. En dat was het punt waarop ze wist dat de droom voorbij was, dat ze naar de inwendige stem moest luisteren en er een eind aan moest maken. Gewoon was niets voor haar, dan zou ze meteen roet in het eten gooien. Ze leek waarschijnlijk meer op tante Gemma dan op de rest van Davids nuchtere familie, ook al zou ze niet zo snel vergeten om eten te kopen of te koken – Peggy was heel methodisch en vergat zelden iets – maar ze was allesbehalve normaal.

'Nu weet je alles over mij,' zei hij. 'Vertel me nu eens iets over jezelf en over je familie.'

Peggy had een verhaal in elkaar gezet dat ze ieder moment kon opdreunen, over een klein gezin dat in een bungalow woonde in een stad ergens midden in het land: een lieve moeder die van borduren en breien hield en een vader die monteur was. Hij was afkomstig van een boerderij, terwijl haar moeder in hartje Dublin geboren was.

'Ik heb helaas geen broers of zusjes,' zei ze. 'Ik zou het heerlijk hebben gevonden als ik uit zo'n groot gezin kwam als jij. Daar ben ik gewoon jaloers op. Ik was een echte robbedoes toen ik nog klein was, ik hield ervan om samen met jongens in bomen te klimmen en te knokken!'

Normaal gesproken slikten mensen dat verhaal voor zoete koek en lachten bij het idee van een knokkende Peggy. Dan waren ze meteen afgeleid en niemand vroeg zich ooit af of het wel waar was. Tot nu.

David fronste.

Ze keek naar het gezicht dat ze zo graag wilde aanraken, het gezicht waarvan ze elke trek kende en ze voelde een groot verlangen opkomen. Er moest echt snel een eind aan komen.

'Ik kan me niet voorstellen dat jij ooit geknokt hebt,' zei hij eindelijk. 'Je bent veel te zachtaardig. Je maakt zeker een grapje, hè?'

Peggy slaagde er ondanks alle ellende toch in om te lachen. 'Nee, hoor, ik was echt een robbedoes.'

'Maar dan wel eentje die van breien en naaien hield,' zei David die er nog steeds uitzag alsof hij er niets van geloofde.

'O ja, dat wel,' beaamde Peggy.

Hij was te slim, hij keek veel te gemakkelijk door haar heen, dacht ze. Hoe was hij erin geslaagd om zo snel haar gedachten te kunnen lezen?

Toen ze die avond in bed lag en niet kon slapen, bedacht ze verschillende manieren om hem te vertellen dat het voorbij was: 'Ik ben te jong, David, te jong om een gezinnetje te stichten en twee komma vijf kinderen te krijgen.'

Zelfs in gedachten had de fictieve David meteen zijn antwoord klaar: 'Hoe kan iemand nou twee komma vijf kinderen krijgen? Dat heb ik me altijd afgevraagd.'

Ze had nog nooit iemand de bons gegeven. Ze had in de loop der jaren wel afspraakjes en vriendjes gehad, maar niets serieus, niets wat niet opgelost kon worden door je spullen te pakken en te verhuizen. Ze had geen ervaring in hoe ze dit moest oplossen.

Twee dagen later werd ze zo in beslag genomen door het zoeken naar een manier om er een eind aan te maken, dat ze er op de een of andere manier meteen mee instemde om bij hun derde afspraakje met hem mee naar huis te gaan om daar te eten.

'De jongens zijn vanavond niet thuis, maar ik moest ze bijna omkopen. Ze willen weleens kennismaken met die vrouw over wie ik het voortdurend heb,' zei hij toen ze hem aan de telefoon had.

Peggy straalde bij de gedachte dat David over haar praatte.

'En ik heb het hele huis opgeruimd en tegen ze gezegd dat als ze weer rommel maakten ik Brians elektrische gitaar kapot zou maken en Steves kostbare voetbalshirtje, dat met de handtekeningen van het hele Ierse team, in de was zou stoppen.'

Daar moesten ze allebei om lachen.

'Dat zou je nooit doen,' plaagde Peggy.

'Hoezo, denk je soms dat ik niet wreed en gevaarlijk kan zijn?' vroeg hij lachend.

'Ja,' zei ze rustig.

Het zou echt geen enkele moeite kosten om nog verliefder te worden op deze man en de rest van haar leven met hem door te brengen. Ze had het gevoel dat er dan nooit gekibbeld zou worden en nooit ruzie zou komen, dat er geen sprake zou zijn van die constante spanning in huis. Maar als hij nou eens zou veranderen? Dat gebeurde altijd met mannen, en je moest wel weten hoe je daarmee moest omgaan. Peggy wist nu al dat ze dat niet zou kunnen. Ze kon beter alleen blijven.

'Wat is er nou ineens?' vroeg hij toen ze plotseling heel anders klonk. 'Je lijkt heel verdrietig. Vertel het me maar gauw.'

'Nee,' zei ze. 'Sorry, maar dat kan ik niet.'

'Af en toe snap ik helemaal niets van je, Peggy Barry. Nog niet,' voegde hij eraan toe.

'Hoe kom je daar nou bij, ik ben zo saai als wat,' zei ze luchtig. Het was een standaardantwoord dat ze ook tijdens hun eerste etentje had gebruikt, maar ze wist dat hij nu meer zou willen weten en dat het verzonnen verhaal over haar familie hem niet lang tevreden zou stellen.

'Hé, mevrouw Breiwinkel en toekomstig Ondernemer van het Jaar,' zei hij, 'ik vind je allesbehalve saai, maar als we dat echt moeten geloven, dan heeft die zogenaamde saaiheid je geen windeieren gelegd.'

'O vast,' zei ze. 'Volgende week ruil ik de kever in voor een Ferrari.'

'Een rooie of een gele?' vroeg hij.

'Worden ze alleen maar in die kleuren gemaakt?' wilde Peggy weten. 'Rood ligt zo voor de hand. Als een vent een rooie Ferrari heeft, dan moet hij wel geföhnd haar hebben, een openstaand overhemd, een gouden ketting en een supermodel aan zijn zij.'

'Nou, met dat supermodel zit ik wel snor!' grapte hij.

Op de avond van het etentje bood David aan om Peggy thuis op te halen, maar ze besloot plotseling dat ze misschien wel op eigen gelegenheid weg wilde gaan.

'Nee, hoor, dat hoeft niet,' zei ze opgewekt. 'Vertel me maar waar ik naartoe moet, dan rij ik zelf.'

'Het is een beetje ingewikkeld als je de buurt niet kent. Ik kom wel naar de winkel, dan kun jij in je eigen auto achter me aan rijden,' zei hij.

Ze stopte achter hem toen hij zijn auto voor een aantrekkelijke eengezinswoning parkeerde. Hij kwam naar haar toe, trok het portier voor haar open en liep samen met haar door een kleine voortuin naar de voordeur.

'Het is geen vervelend plekje voor drie kerels om samen te wonen,' zei hij toen hij de voordeur had opengemaakt en haar mee naar binnen nam.

Het was duidelijk te zien dat het een vrijgezellenwoning was. In de woonkamer stond een grote leren bank, de onvermijdelijke grootbeeld-tv met een schitterende stereo-installatie en een salontafel die bezaaid was met kranten en sporttijdschriften.

'Steve,' mopperde hij terwijl hij haastig naar de salontafel liep en de kranten netjes op een stapeltje legde. 'Vanmorgen was alles nog om door een ringetje te halen. Het is een doffe ellende.'

Ze kon zich van geen van de andere mannen met wie ze uit was geweest voorstellen dat ze alles zo snel konden opruimen als David deed, tot en met de kussens van de bank.

'Steve zit hier altijd te ontbijten en als hij klaar is, gaat hij gewoon weg en laat alle kranten rondslingeren. Ik vermoed dat hij denkt dat we een dienstbode hebben. Een andere verklaring is er niet.'

'Is hij ouder of jonger dan jij?' vroeg Peggy, kijkend naar de verzameling familiefoto's op de schoorsteenmantel.

'De jongste,' zei David en liet haar een foto zien van een glimlachende jongeman met een voetbal in zijn handen. 'Ik ben de op een na oudste, na Meredith. Dan komt Brian en dan Steve. Brian gaat binnenkort trouwen. Hij zit meestal bij zijn vriendin Liz in de flat, dus hij maakt hier niet meer zoveel rommel als vroeger, maar hij ruimt ook nooit op.'

'Het lijkt me leuk om uit zo'n groot gezin te komen,' zei Peggy vaag terwijl ze de foto's bekeek. Er waren een paar met de hele familie erop. Drie lange jonge mannen die naast een even lange vader stonden en een wat kleinere vrouw, kennelijk Davids moeder, breeduit lachend en met een krans van witblond haar om haar gezicht. Naast hen stond een magere, donkerharige tiener met Doc Martens, een gescheurde legging en een minirokje aan. Ze had een brede glimlach op haar gezicht. En op een paar foto's stond ook nog een andere jonge vrouw.

Ze hield zich altijd een beetje afzijdig, een lange vrouw van begin dertig met lang blond haar en elegante, dure kleren. Op elke foto stond ze apart van de groep.

Op de planken vol cd's en videogames stonden nog meer foto's. Een ervan was met de kerst genomen en iedereen rond de tafel, behalve de lange blonde vrouw, had een kerstmuts op. Dan was er nog een foto die kennelijk tijdens een familievakantie was genomen, op een strand waar iedereen kletsnat was omdat het pijpenstelen regende, maar ze keken zonder uitzondering stralend in de camera. Ze zagen er allemaal zo gelukkig uit, zo op hun gemak bij elkaar.

Je voelde je bijna een voyeur als je naar die foto's keek, vond Peggy. Dit was het echte gezinsleven. En zij leek vanbinnen helemaal hol.

'Grote gezinnen zijn hartstikke leuk,' zei David. 'Het is een soort vangnet, er is altijd wel iemand op wie je kunt terugvallen.'

Het viel haar op dat hij niet zei wat ze eigenlijk min of meer verwacht had: 'Grote gezinnen maken je stapelgek.' Nee, hij hield er juist van, hij vond het écht heerlijk om er deel van uit te maken.

'Zijn dat je vader en moeder?' vroeg ze, wijzend naar het oudere echtpaar dat keurig aangekleed en met een glimlach op hun gezicht voor de camera poseerde, een tikje stijf en formeel, alsof ze zich niet helemaal op hun gemak voelden.

'Ja, toen waren ze vijfentwintig jaar getrouwd. We hebben ze naar Kreta gestuurd. Mam haat vliegen, ze moest naar de dokter om iets te halen dat haar tijdens de vlucht zou kalmeren. Pa zei dat het echt lachen was, want ze nam één pilletje en viel prompt in slaap. Hij moest haar praktisch het vliegtuig uit dragen.'

'Het lijkt echt een stel schatten,' zei Peggy weemoedig.

'Dat is het ook.' Zijn stem klonk oprecht hartelijk. 'Je moet maar gauw kennis met ze maken. Misschien kun je komende zondag meeeten, of is dat een beetje te snel voor je? Mam zou het geweldig vinden. En Freya ook... maar ik waarschuw je, ze vraagt je vast het hemd van het lijf. Ze is een soort jonge Miss Marple. Niets ontgaat haar.'

Peggy glimlachte bij het idee dat de tiener met die grote schoenen een soort Miss Marple zou zijn.

'Is het geen goed idee om mij binnenkort ook een keer aan jóúw ouders voor te stellen?' vroeg David. 'Ze moeten toch weten dat hun dochter geen verkering heeft met een gek. Ik beloof je dat ik me niet schandalig zal gedragen,' voegde hij er grijnzend aan toe.

'Misschien wel,' zei Peggy, na een korte, onbehaaglijke stilte.

David ging er niet dieper op in, maar pakte haar hand. 'Kom, dan gaan we naar de keuken.'

Hij bracht haar naar een keuken die blauw met wit geschilderd was, met vrolijke blauwe gordijntjes met witte bloemtakjes erop boven het aanrecht en oude grenen keukenkastjes.

'Mam en Freya hebben de keuken ingericht,' zei David. 'Wij hebben steeds het gevoel dat alles nodig veranderd moet worden. Steve wil zo'n moderne keuken met glimmende rode kastjes en een roestvrijstalen aanrecht, maar nu Brian gaat trouwen kunnen we het maar niet eens worden.'

'Het is een beetje ouderwets, maar wel leuk,' zei Peggy.

Haar eigen keuken was niet half zo leuk als deze. Die stond vol losse kastjes en tafels. En ze durfde er niet eens onder te kijken, uit angst dat ze allerlei lijken zou vinden of levende muizen. Deze leuke traditionele keuken was snoezig en in ieder geval brandschoon.

'Er is wijn, thee, koffie en vruchtensap,' zei David. 'Wil je iets drinken voordat we gaan eten?'

'Ik lust wel een kopje thee,' zei ze.

Hij zette de waterkoker aan en Peggy stond geleund tegen een van de kastjes toe te kijken hoe hij zich door de keuken bewoog. Hij was echt een stuk langer dan zij, dacht ze afwezig. Ze zou naar hem op moeten kijken als hij haar kuste.

'Pardon,' zei hij terwijl hij naast haar kwam staan om een kastje open te trekken. 'Let op je hoofd.' Hij raakte het voorzichtig aan, alsof hij er zeker van wilde zijn dat ze zich niet aan de kastdeur zou stoten. En op hetzelfde moment was de hele kast vergeten. Hun blikken kruisten elkaar en meteen daarna drukte hij zijn mond op de hare en dat gebeurde zo teder en zo lief dat ze gek genoeg heel even het gevoel had dat ze een bloem was die in de zon openging.

Daarna dacht Peggy helemaal niets meer. Hun kussen werden heftiger, doortrokken van hartstocht en lust. Ze vlocht haar handen in zijn haar en trok hem naar zich toe. Zijn handen gleden omlaag naar haar middel en klemden haar vast tegen zich aan.

Na een paar minuten begonnen Davids lange vingers de knoopjes van haar katoenen blouse open te maken. Peggy leunde achterover en liet hem begaan, want ze wilde niets liever dan dat hij haar aanraakte.

Maar toen hield hij ineens op en deed een stapje achteruit, waardoor zij met een verloren gevoel naar hem op staarde.

'Het spijt me. Ben ik te haastig?' vroeg hij. 'Het moet echt helemaal in orde zijn, Peggy. Ik wil je niet overvallen. Daarvoor ben je te bijzonder, snap je?'

Peggy keek omhoog naar die azuurkleurige ogen, die nu donker waren van de hartstocht.

Hij wilde dat alles voor haar in orde was. Hij wilde haar blij maken, haar niet overvallen. Dat was gewoon fantastisch.

Ze pakte zijn handen en trok die weer naar haar blouse.

'Het is helemaal goed,' zei ze zacht. Ze legde haar handen om zijn gezicht en bracht zijn mond naar de hare.

Peggy werd wakker in Davids bed, in zijn armen en met het dekbed slordig om hen heen. Buiten was het nog steeds donker. Ze wist niet hoe laat het was, maar ze voelde geen paniek omdat ze ergens anders was, alleen dat het goed was om naast hem te liggen, een gevoel waarvan ze oprecht kon zeggen dat ze het nooit eerder had gehad.

Hij lag vast te slapen en toen haar ogen aan het donker waren gewend, kon ze zijn profiel zien, afgetekend tegen het lichte beddengoed. Ze was ook met andere mannen naar bed geweest, maar nu drong het ineens tot haar door dat het met hen alleen maar seks was geweest. Af en toe zalige seks, dat wist ze best, maar puur mechanisch. Twee lichamen die samensmolten omdat ze daar allebei behoefte aan hadden en als de lust was bevredigd waren beide partijen tevreden weer uit elkaar gegaan.

Maar dit…

Peggy sloot haar ogen weer en nestelde zich tegen Davids warme lijf. Hij ging in zijn slaap verliggen, zodat hij nog vaster tegen haar aan lag en ze ontspande toen ze dat voelde. Het was niet alleen maar seks geweest, ze hadden elkaar liefgehad. Er was lust én tederheid geweest, een echte band, en nu ze dit had meegemaakt begreep Peggy wat het verschil was. Als ze bij David bleef, kon ze dit altijd krijgen. Dan kon ze thuiskomen en 's avonds in zijn armen liggen: bemind en bevredigd. Ze kon hem vertellen wat ze die dag had meegemaakt en dan zou hij voorzichtig haar gezicht aanraken en blij of verdrietig voor haar zijn, afhankelijk van de omstandigheden. Hij zou in alle opzichten een steun voor haar zijn en Peggy, die dat nooit van haar leven had meegemaakt, begon geluidloos te huilen toen ze besefte wat haar te doen stond.

Ze had hem niets over haar achtergrond verteld, ook al had hij daar vaak genoeg naar gevraagd. Dat had ze nog nooit aan iemand verteld.

Hij had haar gevraagd om bij zijn ouders te komen eten, maar daar kon Peggy echt niet aan beginnen, dat wist ze best. Ze had nooit met David naar bed moeten gaan. Ze had nooit met hem uit moeten gaan. Ze had vanaf het begin geweten dat hij heel anders was dan de andere mannen die ze had gekend. Hij was een fatsoenlijke vent. En zij was...

Nou ja, zij was niet geschikt voor dat soort relaties. Hij zou écht een gezinnetje willen stichten met die twee komma vijf kinderen en dat kon Peggy niet. Daar wist ze gewoon helemaal niets vanaf. En ze zou alles bederven, want je hield je immers altijd aan het patroon dat je uit je jeugd kende?

Ze glipte behoedzaam uit bed en pakte haar kleren op. Nadat ze zich in de badkamer had aangekleed, liep ze op haar tenen naar beneden. Davids portemonnee en sleutels lagen op de salontafel. Daar kon ze het best een briefje achterlaten, dat was verstandiger dan ermee naar boven te lopen en te riskeren dat hij wakker zou worden. Ze vond een stukje papier en een pen en schreef:

*Het spijt me, David, maar ik kan niet meer met je uitgaan. Je bent een geweldige vent en je verdient het om gelukkig te worden. Alleen niet met mij. Het zou voor ons allebei beter zijn als je geen contact meer met me opneemt. Kom alsjeblieft niet naar de winkel toe.*

*Even goede vrienden,*

*Peggy*

Ze deed het briefje in zijn portemonnee, zodat hij het meteen zou vinden, en ging weg. Dat was het enige wat ze kon doen.

Ze moest zich vooral op de winkel concentreren, prentte ze zichzelf in toen ze in het goudgele licht van de straatlantaarns naar huis reed. Ze had geen tijd voor iemand als David. Er was geen plaats voor hem in haar leven. Dat wist ze en het was gemakkelijker om er nu een eind aan te maken, voordat alles volledig uit de hand liep, want dat zou zeker gebeuren. Daar kon je op rekenen. Maar waarom zat ze dan te huilen?

# 3

Freya Byrne zat aan haar oude, houten bureautje voor het raam van de zolderkamer aan St Brigid's Terrace en begon breed te grijnzen. Ze las een e-mail van een lieve man uit het buitenland – uit Nairobi dit keer – die een paar miljoen dollar wilde beleggen in haar land en vroeg of ze hem daarbij niet kon helpen.

Hij was een prins en als gevolg van de problemen in zijn land en het feit dat zijn vader, de koning, bedreigd werd, kon hij het geld zelf niet investeren. Maar als zij kon helpen...

Ze had echt de slechtste spamfilter ter wereld, dacht Freya. Wat ze ook probeerde, echte e-mails belandden onveranderlijk bij haar junkmail en maffe berichten van mensen die net deden alsof ze geld te investeren hadden of beweerden dat zij een loterij had gewonnen en dat ze alleen maar haar bankgegevens en het nummer van haar paspoort nodig hadden, belandden zonder mankeren in haar postvak-in. Ze begon een antwoord te tikken.

Lieve hemel, ik kan gewoon niet geloven dat ik aan een echte prins schrijf!!!! Mam zal het te gek vinden wanneer ze er van hoort! Je hebt geen idee hoe goed het ons uitkomt om vrienden in nieuwe landen te maken... en nog een prins ook! Sjongejonge zeggen wij altijd op het Hoofdpijnplein. Mam heeft geen fatsoenlijke vakantie meer gehad sinds dat gedoe met de luchtvaartmaatschappij. Ze had twee stoelen nodig en we dachten dat we dat vanaf het begin duidelijk hadden gemaakt, maar nee, ze kreeg er maar één en dat lieve mannetje naast haar – nou ja, twee dagen later had hij al weer gevoel in zijn armen, maar het bracht voor ons allemaal een boel spanning mee. Het lijkt me duidelijk dat we wel eerst op bezoek moeten komen voordat we ons op die miljoenendeal storten... maar echt, wat een MAZZEL! Mam heeft net de limiet van haar creditcard bereikt door een kraslot te kopen waarop misschien de vijfentwintig miljoen zou vallen en ze is echt aan vakantie toe. Als jij nu een van de koninklijke vliegtuigen zou kunnen sturen, zou dat helemaal perfect zijn. Maar denk erom: GEEN SUIKER AAN BOORD. Als ze dat toevallig in haar vingers zou krijgen dan... nou ja, we kunnen maar beter niet beginnen over wat er destijds in die chocolade-winkel gebeurde. We hebben de zaak kunnen regelen zonder dat er een rechtszaak van kwam en dat was maar goed ook. Maar ze is echt dol op dat romige Zuid-Afrikaanse drankje. Vier flessen zal wel genoeg zijn. We kunnen natuurlijk in een mooi hotel logeren als je er een kunt aanbevelen, maar hebben jullie in het paleis geen lo-geerkamers? Vanwege de financiën, hè. En heb je ook broers? Mam maakt zich zorgen dat ze niet weer zal hertrouwen, maar ik heb vandaag online haar tarotkaarten gelezen en ONGELOOFLIJK MAAR WAAR, daar stond in dat ze een nieuwe persoon zou leren kennen...

'Freya, lieverd, het is bijna acht uur,' riep tante Opal van beneden. 'Ik heb roereieren gemaakt...'

Opals stem stierf weg. Ze deed altijd haar best om Freya 's ochtends vol te proppen met proteïnen, terwijl Freya eigenlijk veel liever een kopje koffie en een geroosterde boterham had.

Maar daar begreep die arme Opal helemaal niets van. De drie jongens hadden kennelijk iedere ochtend zitten schransen alsof ze een week lang niet gegeten hadden en nu dacht ze echt dat ze Freya hetzelfde voor moest zetten.

Hoewel ze dapper probeerde om de gevoelens van haar tante niet te kwetsen, draaide Freya's maag zich om bij het idee dat ze 's ochtends een ei moest eten.

Ze draaide snel een eind aan haar e-mail:

Antwoord maar per omgaande. We gaan meteen pakken. Mam heeft de neiging om altijd te veel mee te nemen, maar ik neem aan dat dit in het koninklijke toestel geen bezwaar is, hè? Knuffel,
Cathleen Ni Houlihan

Freya grinnikte toen ze op 'verzenden' klikte.

Kon ze nu maar net als haar e-mail door het internet vliegen en op de rand van de computer gaan zitten van de man die het berichtje ontving om zijn verbaasde gezicht te zien terwijl hij het zat te lezen.

Vlak voor haar raam kon ze de bloesem zien van de appelboom die beneden in het kleine tuintje stond. Achter het hek dat haar oom Ned vorig jaar zomer lichtgroen had geschilderd, was de gemeente begonnen een echt park te maken van een stuk braakliggend land. De aangrenzende volkstuintjes konden gewoon in stand blijven, ondanks de plannen voor het park, en dat was geweldig. Oom Ned was er vast in gebleven als hij niet iedere dag naar zijn volkstuintje kon. Vanuit haar raam kon ze een paar van de onopgesmukte, maar stevige schuurtjes zien, net als de keurig beplante tuintjes zelf. Ned kweekte in het zijne tomaten, aardbeien, aardappels en allerlei groene slasoorten. In de verte kon Freya nog net de torenspitsen en de hoge gebouwen van de stad zien, maar die leken heel ver weg, zodat je echt het gevoel kreeg dat Redstone op het platteland lag in plaats van gewoon bij de stad te horen.

Alles bij elkaar vond Freya dat het uitzicht van de kamer op de tweede verdieping van het smalle huis de beperkte ruimte in de kamer meer dan compenseerde.

'Weet je zeker dat die niet te klein is?' had tante Opal vier jaar geleden bezorgd gevraagd toen Freya bij hen kwam wonen. 'Meredith wilde deze kamer niet hebben, volgens haar was het hier op zolder een paradijs voor spinnen. Maar Steve was er heel tevreden mee.'

'Ik vind de kamer hartstikke leuk,' had Freya gezegd. Ze was helemaal niet bang voor spinnen, want die had ze jarenlang heel voorzichtig voor haar moeder uit de badkuip gevist om ze vervolgens buiten vrij te laten. Nu hingen er zelfgemaakte boekenplanken aan de ene muur en Freya's eigen schilderijen aan een andere. Ze had de oude klerenkast beschilderd, zodat het net leek alsof die deel uitmaakte van de kleurige tuin van Ned en Opal beneden, hoewel Opal geen nieuwsgierige en abnormaal grote rupsen op haar bloemen had en zeker geen schuchter glimlachende venusvliegenvanger.

Freya keek op haar horloge. Acht uur. Tijd om snel een stukje toast te eten en naar school te gaan.

Ze zette haar pc uit, trok de stekker van de telefoonlader uit het stopcontact en pakte haar schooltas op. In deze rugzak sleepte ze haar hele leven mee, ook al zou je dat op het eerste gezicht niet zeggen: het was een verschoten canvas geval dat ze van haar neef David had geërfd en dat ze helemaal had beschilderd met vlinders en duistere, gevaarlijk uitziende feeërieke wezentjes, die allemaal zorgvuldig waren ingekleurd – vaak tijdens de les – met viltstiften. Ze holde lichtvoetig de smalle trap af en rende over de eerste etage waar de oude slaapkamers van haar neven en nicht waren. De slaapkamer van Opal en Ned was het grootst, maar nog steeds klein als je die vergeleek met die in Freya's oude huis. Maar dat kon haar niets schelen. Nummer eenentwintig op St Brigid's Terrace mocht dan klein en uitgewoond zijn, maar het verschil was dat ze zich in dit huis bemind voelde. Bemind. Iets wat ze bij mam al heel lang niet meer had gevoeld.

Opal stond bij het fornuis in de keuken die ze de afgelopen kerst samen met Ned en Freya 'Florida-zonnegeel' had geschilderd.

'Niet te fel?' had Opal weifelend gezegd in de verfwinkel, toen ze met zijn drietjes de kleurenkaart stonden te bekijken.

Freya vond het vreselijk als er ook maar een spoortje van bezorgdheid op het gezicht van haar lieve Opal te lezen stond.

'Helemaal niet!' stelde ze haar met een knuffel gerust. 'Je weet best dat mensen altijd blij worden van geel.'

En Opal, die alles voor Freya overhad, was tevreden gesteld.

De tegels achter het fornuis en het aanrecht toonden een wirwar van citrusvruchten die veel groter waren dan normaal en Opal had zelf op haar oude naaimachine een paar gele katoenen gordijntjes gemaakt.

'Goeiemorgen, Freya,' zei Opal nu met een glimlach op haar gezicht toen haar nichtje de keuken binnenholde. Ze was een klein, mollig vrouwtje met een krans van zilverblond haar met highlights en een gezicht dat maakte dat iedereen haar wilde toelachen. Het gaf helemaal niet dat haar gezicht, nu ze in de buurt van de zestig kwam, vol zat met rimpels of dat ze niet meer zo snel kon lopen als vroeger vanwege haar artritis. Ze was nog steeds dezelfde Opal.

Freya was al lang geleden tot de conclusie gekomen dat haar tante een van die gouden mensen was die het leven je af en toe voorschotelde, iemand die goedheid uitstraalde als een stormlantaarn in een donkere nacht. Iemand die bij iedereen het beste naar boven haalde.

'Morgen, Opal,' zei Freya en bukte zich om de wang van haar tante te kussen.

Freya was niet bepaald groot, maar Opal was echt klein.

Foxglove, de kat, een zwart-wit zwervertje dat Freya twee jaar geleden bij de volkstuintjes had gevonden, zat op de radiator aan haar pootjes te likken. Freya aaide haar even over de kop, wat Foxglove zoals gewoonlijk negeerde.

Opal begon bijna meteen te tobben over Freya's ontbijt. Het was een spelletje dat het duo steevast elke ochtend speelde.

'Luister eens, lieve meid, het is al acht uur geweest en je moet er eigenlijk vandoor. Maar je hebt nog geen hap gegeten en zelfs geen slokje water gehad. Zo kan ik je echt niet de deur uit laten gaan, hoor. Je weet dat ze altijd zeggen dat jonge mensen eerst een behoorlijk ontbijt moeten hebben voordat ze iets kunnen leren. Nu was ik toch net bezig met eieren voor je oom Ned, en daarvan kan ik gemakkelijk iets op een sneetje geroosterd brood doen...'

Opal liep terug naar het fornuis en begon met een houten lepel in een oude steelpan te roeren. Niemand kon beter roereieren maken dan Opal, luchtige wolkjes die glinsterden van de boter. Maar daar had Freya vanmorgen geen tijd voor en ook geen trek in.

'Sorry, Opal,' zei ze, terwijl ze een geroosterde boterham uit het broodrooster wipte, een mes uit de la griste en er een laagje boter op smeerde. Ze nam er een paar hapjes van en legde het toen zonder een bord te pakken op tafel en liep naar de kraan om haar waterfles te vullen. Ze trok de koelkast open, pakte het lunchdoosje dat ze de avond ervoor had klaargemaakt en stopte het in haar schooltas. Daarna pakte ze haar boterham weer op. 'Ik moet ervandoor, Opal, anders kom ik nog te laat.'

Zoals vrijwel iedere ochtend slaakte Opal een diepe zucht.

'Lieverd, ik heb echt het gevoel dat ik niet goed voor je zorg als je niet behoorlijk eet,' begon ze. 'Je neven en nichtje gingen nooit zonder ontbijt het huis uit, zelfs Meredith niet en ik moet toegeven dat ze een lastige eter was. Maar de jongens...'

Freya knuffelde haar tante haastig om te voorkomen dat ze weer te horen kreeg hoe Steve, David en Brian hun maaltijden binnen de kortste keren naar binnen werkten.

'Ik moet echt weg, tante Opal. Maak je geen zorgen, ik kom heus niet om van de honger. Ik heb gisteren al mijn lunch ingepakt. Nu moet ik echt rennen.'

'Vergeet niet je haar te borstelen, schat,' riep Opal haar nichtje na.

Terwijl ze de keuken uit holde, viel Freya's blik op haar spiegelbeeld in de oude spiegel die in de smalle gang hing. Donkere ogen en net zo'n lange smalle neus als haar moeder had. Een wilde donkere krullenbos, die tot op haar schouders hing en die waarschijnlijk tot halverwege haar rug had gereikt als ze steil haar had gehad. Ze haalde er snel haar vingers door. Borstelen maakte het alleen maar erger. Het bovenste knoopje van haar blouse was open en de knoop van haar das hing te laag. Daar zou iemand op school wel een opmerking over maken, maar dat zag ze dan wel weer. Freya zat er nooit echt over in als ze een standje kreeg. Er waren nu eenmaal mensen die het gevoel hadden dat hun dag niet compleet was als ze niet minstens vier mensen op hun vingers hadden getikt. De onderdirecteur, meneer McArthur, die altijd vlak achter de grote schooldeuren stond, was zo iemand. Daar was Freya inmiddels wel aan gewend en ze trok zich er niets van aan. Woorden deden geen pijn, het waren de daden die telden. En mensen zoals Opal.

'Ik zie je vanavond weer, Opal. Vergeet niet dat ik tot vanmiddag laat les heb,' riep ze toen ze de deur achter zich dichttrok.

Het huis lag precies in het midden van een rij smalle, hoge huizen van rode baksteen en als compensatie voor het kleine achtertuintje hadden ze een behoorlijk grote voortuin.

En daar had Opal ook weer wonderen verricht. Roze was haar lievelingskleur.

'Ik hield al van roze toen ik nog een klein meisje was,' had Opal verlegen toegegeven toen Freya bij hen kwam wonen.

Dat was in de zomer en Freya mocht dan nog zo ondersteboven zijn geweest van de zes maanden na haar vaders dood, het was haar wel opgevallen dat de tuin van haar tante een opeenhoping van allerlei tinten roze was. Van de bijna witte rozen met hun warme blosje tot uitbundige gladiolen met karmozijnkleurige bloemen. Er was geen gras, alleen een plekje grind waarin verschillende kruiden en rotsplantjes groeiden. Hier en daar stonden diverse soorten sedum die vlijtig bezig waren om hele stukken tuin in beslag te nemen en als een stel gulzige dronkenlappen op een feestje naar de rozen toe kropen. Opal was vooral trots op haar rozenstruiken, maar het was nog zo vroeg in het jaar dat er alleen maar kleine groene uitlopertjes op de stelen zaten. Tijdens de wintermaanden kwam de kleur in de tuin voornamelijk van de verschillende soorten struiken die Opal en Ned in de loop der jaren verzameld hadden. Zoals de laurierstruiken, schitterende planten met donkergroene, glimmende bladeren, en grassoorten met goudkleurige pluimen. Opal had haar verteld dat de jongens toen ze nog thuis waren ook veel in de tuin hadden gewerkt. Freya was er vrij zeker van dat ze dat alleen hadden gedaan omdat ze van hun moeder hielden, niet omdat ze zo gek waren op tuinieren. Als zij zei: 'Kan iemand alsjeblieft even naar buiten gaan om het onkruid in het grind te wieden', hadden de jongens een diepe zucht geslaakt en dat gewoon gedaan. Maar nu woonden ze natuurlijk drie straten verder in een huurhuis met drie slaapkamers, die letterlijk uitpuilden van al hun troep. Opal ging er één keer per week naartoe om ervoor te zorgen dat ze alles opruimden en Freya slaagde er maar niet in om haar aan het verstand te brengen dat ze dat echt niet moest doen.

'Tante Opal,' zei ze dan (Freya zei alleen *tante* tegen Opal als ze haar de les las), 'tante Opal, daarmee bewijs je de jongens echt geen dienst, hoor. Ze moeten leren om zelf hun zaakjes te regelen. Hoe kunnen ze anders veranderen in geweldige mannen die fantastische echtgenoten zullen worden?'

'Nou, Brian zal nu al een fantastische echtgenoot worden,' hield Opal dan vol. Brian zou met Pasen trouwen met Elizabeth, een onderwijzeres aan een basisschool. 'En je weet toch hoe Steve is, ook al is het nog zo'n schat. Maar hij kan echt niet uit de voeten met de wasmachine.' Dat was volgens Freya echter maar een slap excuus, aangezien Steve computerprogrammeur was.

David was de enige die weleens iets opruimde. De verstandige, knappe David met de zachte inborst, die de beste eigenschappen van zijn beide ouders had geërfd, kon niet alleen met de stofzuiger omgaan, maar wist ook dat je een theedoek niet drie weken achter elkaar kon gebruiken en dat de wc af en toe een scheut bleekwater nodig had. Freya moest onwillekeurig glimlachen als ze aan David dacht. Haar beste vriendin, Kaz, was uit de verte verliefd geworden op David omdat hij haar deed denken aan de vent die de hoofdrol had gespeeld in *Australia* en ze werd zo rood als een biet als David hallo tegen haar zei.

'Hij lijkt echt ontzettend veel op Hugh Jackman. Ik wou dat hij eens wat aandacht voor me had,' jammerde Kaz dan.

'Je bent veel te jong voor hem, daarom ziet hij je over het hoofd,' legde Freya haar uit. 'Anders was hij net zo'n knulletje uit de eerste klas dat jou probeert te versieren.'

'Jesses,' zei Kaz. 'Ik voel 'm.'

Freya keek nog één keer vol genegenheid om naar het huis met de glanzende turkooizen voordeur en liep het hek uit. Ned had voet bij stuk gehouden toen de buitenkant geschilderd moest worden. 'Dat moest wel,' had hij tegen Freya gezegd. 'Ik bedoel maar, de hele tent was roze geworden als ik haar haar zin had gegeven. Stel je toch eens voor dat de jongens…' Zijn stem ebde weg en hij huiverde bij de gedachte dat zijn drie grote sterke zoons zouden opgroeien in een soort roze paleisje. 'Turkoois heeft in ieder geval ook wel iets mannelijks.'

Dankzij Opal kende Freya iedereen in de straat. Aan de ene kant woonde Molly, die iedere dag wel even binnen kwam vallen om suiker, een kopje melk of de krant te lenen, omdat ze had gehoord dat er een leuk artikel in stond dat ze wilde lezen. Tante Opal zei altijd dat ze het gevoel had dat er iets mis was met de wereld als Molly één dag niet kwam opdagen.

Aan de andere kant woonde de verlegen Luke, een weduwnaar van over de zestig die na de dood van zijn geliefde vrouw had gezworen dat hij nooit meer zou hertrouwen.

'Maar dat weerhoudt een paar van de dames uit de straat er niet van om hem te verrassen met eigengebakken cake of andere lekkere hapjes,' zei Opal altijd. 'Die arme Luke. Hij wil echt op zichzelf blijven.'

'Waarom dringt dat dan niet tot die vrouwen door?' vroeg Freya.

'Sommige vrouwen vinden het onnatuurlijk als een man alleen woont,' zei Opal wijs. 'Ze wachten tot hij eindelijk begrijpt dat hij iemand nodig heeft. Hij is zo'n lieverd dat ze allemaal die iemand willen zijn.'

Naast de zwaar op de proef gestelde Luke woonden de Hiltons, een jong stel dat erin was geslaagd om in drie jaar vier jonge kinderen te produceren. Hun tuin was – in tegenstelling tot die van Luke, die door zijn bewonderaarsters werd bijgehouden – een regelrecht rampgebied vol omgevallen driewielers, onkruid dat boven de kinderen uit groeide en een dode plant in een pot bij de voordeur, een wanhopige poging van Annie Hilton om de voorkant van het huis een beetje mooier te maken. Maar daarna vergat ze eeuwig om het ding water te geven. Freya had een paar keer op de kinderen gepast en ze begreep best waarom het boompje dood was gegaan. Water geven was wel zo'n beetje het laatste wat op het lijstje van Annie Hiltons dagelijkse bezigheden stond.

De straat liep met een bocht naar de hoofdweg en Freya keek zoals altijd even naar binnen bij het huis waar Merediths voormalige boezemvriendin Grainne woonde. Meredith was de enige die Freya niet regelmatig zag. Om eerlijk te zijn snapte ze niet veel van Meredith. En dat beviel Freya helemaal niet.

Meredith was de oudste. Ze was direct nadat ze van school kwam uit Redstone vertrokken en kwam maar zelden terug. O, ze kwam wel opdagen als er iets belangrijks was, zoals de zestigste verjaardag van oom Ned, maar Freya kon geen hoogte krijgen van Meredith. Het leek net alsof ze niets meer van haar familie wilde weten en Freya, die dol was op Opal en Ned en haar drie neven, snapte daar helemaal niets van. Waarom zou iemand die uit zo'n geweldig gezin kwam dat de rug toedraaien?

En de Byrnes waren niet de enige mensen die door Meredith met de nek werden aangekeken. Sinds haar scheiding woonde

Grainne weer bij haar ouders, samen met Teagan, haar schattige vierjarige dochtertje. Freya groette Grainne en Teagan altijd als ze hen onderweg naar school tegenkwam. Hoewel ze al over de dertig was, even oud als Meredith, zag Grainne eruit alsof ze net zeventien was. Ze had altijd een lach op haar gezicht als ze over straat liep en de achterkant van het roze fietsje van Teagan vasthield, terwijl het kind van het ene op het andere steunwieltje heen en weer wiebelde.

'Heb je nog iets van Meredith gehoord?' vroeg ze af en toe, en dan vertelde Freya haar de laatste nieuwtjes.

'Het gaat kennelijk erg goed met de galerie. De naam is veranderd in de Alexander *Byrne* Gallery – er stond zelfs een groot artikel in de krant.'

Freya vertelde niet dat Opal het trots had uitgeknipt en het knipsel in een plakboek had gedaan dat ze over Meredith bijhield. En ze zei ook niet dat Meredith niet eens had gebeld om haar moeder op de hoogte te brengen van dit heuglijke feit, waaruit bleek dat ze inmiddels mede-eigenares van de zaak was geworden. Nee, Opal, Ned en de jongens hadden dat gewoon in de krant moeten lezen. 'Ze heeft wel naar je gevraagd,' jokte Freya dan. En iedere keer als ze dat zei, vroeg ze zich af waarom, want wat had het nou voor zin om over zoiets leugens te vertellen?

Meredith vroeg nooit naar iemand. Haar telefoontjes waren kort, alsof ze het gewoon haar plicht vond om naar huis te bellen. Bij de zeldzame gelegenheden dat ze op bezoek kwam, vroeg ze nooit naar andere mensen uit Redstone. Het was net alsof ze door het huis uit te gaan alle banden met het plaatsje doorgesneden had – en dat gold ook voor haar oude schoolvriendinnen. Maar de glimlach die dan op het gezicht van Grainne verscheen, was een leugentje om bestwil wel waard, besloot Freya.

'Doe haar dan ook maar de groeten van mij en zeg dat we de volgende keer dat ze weer in de stad is elkaar echt moeten ontmoeten. Leg haar maar uit dat ik nooit naar zulke chique gelegenheden kan als de opening van haar galerie,' voegde Grainne er dan aan toe. 'Dat komt door deze kleine ondeug…' En dan keek ze omlaag en lachte tegen Teagan, die met kuiltjes in de wangen teruggrinnikte.

Freya vroeg zich voor de zoveelste keer af wat er met Meredith gebeurd was waardoor ze de benen had genomen. Hoewel haar nichtje altijd heel vriendelijk was bij de zeldzame gelegenheden dat ze elkaar zagen, was het zo klaar als een klontje dat er iets was veranderd. En op een dag zou Freya erachter komen wat dat was.

Freya deed er tien minuten over om naar school te lopen, waarbij ze onderweg ook over het kruispunt kwam, en als ze geld had voor een bekertje afhaalkoffie stopte ze bij het internetcafé waar je soms van die gave jongens tegen kon komen. Niets ontging Freya. Ze vond Bobbi's schoonheids- en kapsalon ook heel leuk. Bobbi was de beste vriendin van Opal, al jarenlang. Uiterlijk was ze de volkomen tegenpool van Freya's tante, want ze zag eruit alsof ze niet voor een kleintje vervaard was, maar onder die laag make-up, het platinablonde haar en de vlijmscherpe blik school een vrouw met een hart van goud.

Freya kwam tot de conclusie dat ze vandaag geen tijd had voor koffie, stak bij de stoplichten de weg over en liep langs de nieuwe, lavendelkleurig geschilderde winkel waar vroeger de slijterij had gezeten.

Die nieuwe winkel leek totaal niet op Maguire's Fine Liquors. De slijterij had altijd de indruk gewekt dat hij was ondergedompeld in een combinatie van nicotine en scotch en dat de lucht daarvan was blijven hangen. Het lavendelblauw van de nieuwe winkel zag er fris en mooi uit en Freya had het idee dat, als de winkel eindelijk openging, het interieur ook zou ruiken naar een combinatie van heerlijk geurende Franse rozen en wilde lavendel. Een smeedijzeren uithangbord met gekrulde letters hing haaks boven de glazen deur en de naam stond in hetzelfde schrift boven de grote etalage: *Het Nijvere Bijtje, Peggy's Brei- en Handwerkzaak.*

Freya tuurde naar binnen en zag een jonge vrouw in een overall die op een ladder ijverig het plafond stond te schilderen. Het was kennelijk niet haar beroep, want haar dikke bruine paardenstaart zat onder de verfspetters.

Alsof ze voelde dat er iemand naar haar keek, draaide de vrouw zich om, zag Freya en lachte tegen haar.

Freya lachte terug en overwoog even of ze naar binnen zou gaan om met haar te praten, maar dan zou ze te laat komen. Ze liep wat sneller door, liet haar vingers over de gebarsten schors van de grootste notenboom glijden en nam het steegje dat voor haar de kortste weg naar school was. Toen ze aan de overkant was, sloot ze zich aan bij de lange rij die zich loom in de richting van de school bewoog en ging meteen in de omgeving op: gewoon het zoveelste vijftienjarige meisje met donker haar op lompe schoenen in een slecht passend schooluniform.

# 4

De uitnodiging voor de bruiloft leek een gat te branden in de handtas van Opal Byrne. Dat kwam gedeeltelijk door de gouden envelop. Of liever, de gouden enveloppen. Ze was zich een hoedje geschrokken toen ze dat hele stel die ochtend op de mat had zien liggen en ze had ze haastig opgepakt, zonder iets tegen Ned of Freya te zeggen. Tussen de gewone rekeningen (bruine enveloppen), reclame (witte enveloppen) en iets van de belasting (in een bruine, vals uitziende envelop) voor Brian hadden de vijf gouden enveloppen de indruk gewekt dat een of andere boze fee ze op St Brigid's Terrace had afgeleverd.

Noel en Miranda Flanagan nodigden Opal en Edward Byrne uit tot het bijwonen van het huwelijk van hun geliefde dochter, Elizabeth, met Brian Byrne in de Kerk van de Heilige Verlosser, Blackfields, Co Cork, gevolgd door een diner in de Rathlin Golf and Country Club.

Opal had er even niets van gesnapt. Er was er een voor haar en Ned – waarom hadden ze hem geen Ned genoemd? Niemand noemde hem Edward, behalve zijn moeder en die was dood, God hebbe haar ziel, en ze had de ouders van Liz nog nooit ontmoet. Er was er ook een voor Freya en partner, hoewel dat vragen was om moeilijkheden, want puur om te pesten zou Freya haar uiterste best doen om de vriendin uit te zoeken die het meest uit de toon zou vallen in de country club. Freya en de moeder van Liz konden absoluut niet met elkaar opschieten en de bruiloft zou de perfecte gelegenheid zijn om dat nog eens lekker te benadrukken.

En dan was er ook nog een per persoon voor David, Steve en Meredith, allemaal plus partner, en op de een of andere manier vond Opal dat heel beledigend voor Meredith en de jongens, al kon ze de vinger niet precies op de zere plek leggen.

Meredith had een flat – sorry, een appartement – in de stad met een panoramisch uitzicht, gordijnen die dichtgingen als je op een knopje drukte en een sportauto met een kofferbak waarin je je boodschappen niet kwijt kon, hoewel het onwaarschijnlijk was dat Meredith zich ooit in een supermarkt zou laten zien. Miranda had het adres aan Brian kunnen vragen om de uitnodiging aan Meredith te sturen, maar dat had ze niet gedaan. Ze wist heel goed waar David en Steve woonden, want dat was hetzelfde adres als dat van Brian. Maar nee, ze had het hele stel naar St Brigid's Terrace gestuurd, alsof ze wilde zeggen: 'Jullie komen allemaal uit een verkeerde buurt, ook al heeft Meredith tegenwoordig nog zo'n chic adres.'

Dat was het. Dat was de belediging. Opal werd steeds bozer terwijl ze naar de winkels liep.

Redstone was een buitenwijk die pas sinds kort weer 'aantrekkelijk en in aanzien' was, na jarenlang als een 'verkeerde buurt' te zijn beschouwd. Opal was op minder dan een kilometer hiervandaan opgegroeid en kon zich nog goed herinneren dat iedereen destijds op Redstone had neergekeken. Het was een plek waar mannen met 'rugklachten' weigerden om geld te gaan verdienen en in plaats daarvan tijdens werktijd urenlang in bookmakerskantoren rondhingen om naar de radio te luisteren. Er stonden alleen maar rijtjeshuizen en vrouwen kletsten met elkaar over het tuinhek als ze de was ophingen.

Zo ging het ook met haar en Molly van hiernaast. Zodra ze Opal met een wasmand bij de waslijn zag staan kwam Molly naar buiten om haar een kopje thee te brengen en dan stonden ze even te kletsen.

En nu Ned met vervroegd pensioen was gegaan kwam hij ook weleens naar buiten om een beetje in de tuin te knoeien en dan haalde Molly ook een kopje thee voor hem.

Opal wist dat niet iedereen het zo met de buren had getroffen.

St Brigid's Terrace was in de loop der jaren ontzettend veranderd.

Tijdens de hausse waren de huizenprijzen in de buurt en in Redstone in het algemeen de pan uitgerezen. Er waren een paar nieuwe wijken neergezet op het land naast de oude lampenfabriek die was omgebouwd tot een appartementencomplex met elektrische hekken. En rond het kruispunt in het centrum van Redstone stonden niet langer alleen maar vier kroegen, twee cafetaria's en een bookmakerskantoor. Inmiddels waren daar zowel de schoonheidssalon van haar vriendin Bobbi bijgekomen, plus een delicatessenzaak, een warme bakker, een kleine supermarkt waar dure kant-en-klaarmaaltijden verkocht werden, twee cafés, een bank, een boetiek met belachelijk dure kleren en de handwerkzaak die binnenkort open zou gaan. Daar was Opal heel blij om, want ze was dol op breien.

Opals moeder zou de omgeving niet meer herkend hebben. Ze zou Opal niet eens meer herkend hebben, nu ze om de paar maanden highlights in haar haar liet zetten.

Freya had haar overgehaald.

'Tante Opal, ik kan zien dat je grijs wordt. Dat staat helemaal niet leuk,' had Freya een jaar geleden vriendelijk opgemerkt.

Het was toch mal, dacht Opal, dat het nichtje, over wie ze zich ontfermd had nadat ze drie zoons en een dochter had grootgebracht, voor haar het zonnetje in huis was nu ze tegen de zestig liep.

Freya bracht in februari altijd een bosje vroege narcissen voor haar mee en dat zou bij de jongens nooit zijn opgekomen. Freya was degene die het zag als Opals enkels op zondag weer eens opgezwollen waren en die ervoor zorgde dat iedereen die dan thuis kwam eten de handen uit de mouwen stak, zodat hun moeder even kon gaan zitten.

Meredith zou dat ook wel opgemerkt hebben, dacht Opal loyaal, maar ze had het in het weekend altijd veel te druk om bij hen langs te komen. De jongens waren heel anders. Zij vonden het fijn om op zondag een stevige maaltijd voorgezet te krijgen. Ze nodigde Meredith ook altijd uit voor die etentjes, maar Meredith kwam slechts zelden opdagen. En als ze er was, at ze nauwelijks. Ze was zo slank dat Opal zich bezorgd afvroeg of haar dochter wel goed at.

Opal wist zeker dat koken niet Merediths sterkste punt was. Op school had ze geweigerd om de huishoudlessen te volgen. Zelfs toen was ze in gedachten al voortdurend in hoger sferen geweest. Iedere keer als ze aan Meredith dacht, kreeg Opal het gevoel dat ze gefaald had. Ze gingen nooit gezellig samen de stad in, zoals sommigen van haar vriendinnen wel met hun dochters deden. Meredith had ook nooit voorgesteld om samen een weekendje naar zo'n beautyfarm te gaan, hoewel ze wist dat Meredith van steenkuren en dat soort dingen hield. Opal had het zelf nooit gedaan en om eerlijk te zijn had ze er ook niet veel zin in. Maar als Meredith haar had gevraagd was ze vast meegegaan. Alleen vroeg Meredith nooit iets.

Opal grinnikte toen ze aan haar nichtje dacht. Freya was een heel ander geval. Het zat er dik in dat zij wist hoe ze ook thuis allerlei soorten modderbaden kon nemen. Er was niets wat Freya niet wist. Opal dacht terug aan hoe ze zelf op haar vijftiende was geweest, zo'n naïef, verbijsterd jong wicht. En dan moest je Freya zien, zo slim als wat en nog lief op de koop toe. Lieve hemel, ze kon die uitnodigingen maar beter niet aan Freya laten zien. Freya zou meteen begrijpen dat Miranda hen had willen beledigen door de enveloppen op die manier te adresseren. Waarschijnlijk zou ze Miranda opbellen om haar dat onder de neus te wrijven. En er was niets waaraan Opal zo'n hekel had als aan mensen die elkaar iets onder de neus wreven.

Inmiddels was ze al bijna op het kruispunt. Ze liep langs de bushalte en groette de twee ouwe kereltjes die daar zaten, Seanie en Ronnie. Ze zaten daar altijd. Freya zei vaak voor de grap dat ze nooit ergens met de bus naartoe gingen. Ze keken graag naar het reilen en zeilen van het dorp om hen heen, rookten hun sigaretjes en gaven hun mening over het leven, het universum en noem maar op.

'Wat een mooie dag, hè Opal?' zei Ronnie. 'Dit weer is echt een godsgeschenk, hè?'

'Nou en of,' beaamde Opal.

'En het is toch ook een heerlijke dag om hier te zitten en om je heen te kijken?' zei Seanie opgewekt en maakte een weids handgebaar alsof een bankje bij een bushalte langs de weg in een kleine buitenwijk van Cork bijzonder opwindend was en meer dan een mens zich kon wensen. Freya vond het een geweldig stel en ze ging vaak tussen hen in zitten om even met hen te babbelen.

Opal vermoedde dat ze ook af en toe een sigaretje bietste, hoewel ze haar daar nog nooit op betrapt had. Dat was ook zoiets met Freya: je betrapte haar nooit op iets ondeugends. Misschien had ze de mannen geleerd dat ze de sigaret uit haar hand moesten grissen zodra een van haar familieleden opdook. Opal had geprobeerd om Freya's kleren te besnuffelen, op zoek naar die verraderlijke lucht, maar Ned rookte vijf sigaretten per dag en ook al deed hij dat buiten op de stoep, je raakte er toch door in de war. En trouwens, als Freya eenmaal iets in haar hoofd had, dan deed ze dat gewoon.

Opal liep langs de bakkerij en wuifde door de etalageruit naar Sue. Ze kon zien dat ze een grote voorraad broden op de planken legde. Opal vond het brood dat de winkel verkocht heerlijk, vooral die bijzondere soorten, met olijven en rozemarijn. Dat soort dingen was niet te koop geweest toen zij nog klein was. Maar ze waren wel duur. Ze liep verder en stapte de stomerij in. Zoals gewoonlijk zat Moyra daar weer met haar neus in een boek. Ze keek met een glimlach op toen Opal naar de toonbank kwam om haar spulletjes af te geven, een tas met onder andere een mooie donkerblauwe broek, die van Brian was. Die had ze het huis uit moeten smokkelen voordat Freya het in de gaten had, anders was het gemopper weer niet van de lucht geweest.

'Tante Opal, hoe haal je het in je hoofd om Brians spullen naar de stomerij te brengen?' zou Freya hebben gezegd. 'Dat kan hij best zelf. En als hij daar om de een of andere idiote reden geen tijd voor heeft, dan is Liz er ook nog. Heeft zij soms geen handen, voeten en een auto? Wat mankeert er aan haar?' Freya kon goed met Liz opschieten, hoewel ze het niet juist vond dat ze Miranda geen strobreed in de weg legde als die zich zo onbeschoft gedroeg tegenover Brians familie. Sinds de voorbereidselen voor de bruiloft goed op gang waren gekomen, viel het Freya steeds zwaarder om haar afkeer van Brians toekomstige schoonmoeder te verbergen.

Opal had ook een paar dassen van Ned bij zich en een colbertje waarop Steve op de een of andere manier kerriesaus had gemorst. De hemel wist dat ze dat er nooit uit zouden krijgen, maar Moyra zei dat ze haar best zou doen.

Na de stomerij ging Opal naar de winkel op de hoek om de krant en een paar pakken melk te kopen. Daarna stak ze de weg over naar de glanzende roze en chocolabruine gevel van Bobbi's Beauty Salon. Ze was niet van plan geweest om naar binnen te gaan, maar ze wilde haar ongenoegen over de gouden enveloppen kwijt aan iemand die alles weer in het juiste perspectief kon zetten. En als iemand daartoe in staat was, dan was het Bobbi wel.

Ze was al bevriend met Bobbi sinds ze vierjarige meisjes met vlechtjes waren, ondersteboven van de harde kleuterwereld. Dat was inmiddels vijfenvijftig jaar geleden. Bobbi had haar imperium opgebouwd tot de mooie salon waarover ze nu samen met haar dochter Shari het beheer had.

'Het is helemaal geen imperium, Opal,' zei Bobbi altijd vol genegenheid maar toch ook een beetje trots als Opal die uitdrukking gebruikte.

'Natuurlijk wel,' zei Opal dan bij de zeldzame gelegenheden dat ze naar binnen ging voor een behandeling. 'Kijk toch eens hoe mooi het hier is.'

En dat was het ook. De salon, die met veel liefde was ingericht door Shari's man, was een verrukkelijk toevluchtsoord.

Bobbi's man Richard was niet zo betrouwbaar gebleken als Opals Ned. Hij was er al heel wat jaartjes geleden vandoor gegaan met een van de leerling-stylistes. Maar Bobbi had zich niet laten kennen, ze had zich groot gehouden. Ze was weliswaar maar drie turven hoog, net als Opal, maar er school staal onder de witblonde krullen die haar gezicht omlijstten.

'Hij krijgt geen halve cent uit deze zaak,' had Bobbi besloten en ze had gelijk gekregen.

Richard kwam af en toe nog eens opdagen, gewoonlijk om geld te lenen, en af en toe schoof Bobbi hem wat toe.

'Per slot van rekening blijft hij Shari's vader,' zei ze dan alleen maar.

Vandaag zat Bobbi achter de balie met een bril op het afsprakenboek te controleren toen Opal binnenkwam.

'Hallo!' zei Bobbi en keek blij op. Maar met een slimme blik op het gezicht van haar vriendin voegde ze daar meteen aan toe: 'Wat is er aan de hand?'

Bobbi kon Opals gezicht lezen als een boek.

'Tja…' begon Opal.

'Kom maar mee.' Bobbi sloeg het afsprakenboek dicht. 'We gaan een kopje thee drinken, dan kun je me onder vier ogen vertellen wat er is gebeurd. Caroline,' riep ze naar een van de kapsters, 'ga jij maar even achter de balie zitten.'

De achterkamer was ingericht met hetzelfde mooie roze brokaat behang als de rest van de salon. Bobbi had te veel bedrijven gezien met een personeelskantine waaruit bleek dat de eigenaar het absoluut niet belangrijk vond waar het personeel tijdens hun pauze moest zitten.

'Het moet wel mooi worden,' had ze gezegd. 'Ik wil dat de werknemers zien hoe belangrijk ze zijn voor het bedrijf.'

Drie jaar eerder, toen de salon voor het laatst was opgeknapt, had de personeelskantine ook een metamorfose ondergaan. Nu stond er een grote bank in een van de hoeken, waar een van de jonge schoonheidsspecialistes met een telefoon aan haar oor zat te mompelen in een taal die Opal niet verstond.

'Goed, lieverd, hoe gaat het ermee?' Bobbi liep meteen naar de waterkoker, terwijl Opal haar handtas neerzette en op een stoel bij de tafel ging zitten. 'Ik had niet verwacht dat ik je vandaag zou zien. Wat is er aan de hand?'

Opal pakte de gouden enveloppen uit haar handtas en gaf ze aan haar.

'Dit is het probleem,' zei ze. 'Ik weet niet, maar ik heb gewoon een naar gevoel over die bruiloft. Niet vanwege Liz – dat is een lieve meid, dat staat vast – maar over de bruiloft zelf…' Opal zuchtte. 'Ik weet niet of ik het wel aankan. Miranda maakt er zo'n toestand van dat je gewoon het idee krijgt dat er nog nooit eerder iemand is getrouwd. Het begon al in december met dat gezeur over de datum, toen werd er wekenlang gediscussieerd over de bruidsmeisjes. Volgens Brian is Miranda zelfs samen met Liz naar Londen gevlogen om hun jurken te kopen… en ik ben nog niet eens op zoek geweest naar een jurk, terwijl de bruiloft min of meer voor de deur staat. En nu dit weer. Gouden enveloppen die een vermogen kosten.'

Bobbi zette haar vriendin een dampende kop thee voor en gaf haar de melk en de suiker. 'We hebben alleen nog maar vanille,' zei ze terwijl ze een pakje biscuitjes neerlegde. 'De chocoladekoekjes zijn allemaal op. Er was vanmorgen een soort crisis.'

Ze keek naar het verdrietige meisje met de telefoon.

'Problemen met haar vriendje.'

Bobbi wist altijd precies wat zich in het leven van haar personeel afspeelde. Ze liet haar stem zakken, zodat het meisje met de telefoon haar niet kon verstaan. 'Die arme Magda had verkering met zo'n afschuwelijke schoft die haar schandalig behandelde. Ze heeft hem gisteren de deur uitgezet en vanmorgen kwam ze in tranen opdagen omdat hij gisteravond stomdronken naar de flat kwam en stond te schreeuwen: "Neem me terug, ik beloof dat ik zal veranderen".'

'O nee,' zei Opal, die meteen intens met het meisje meeleefde.

Haar hele leven had Opal al te horen gekregen dat ze zich niet zoveel moest aantrekken van andermans problemen. Freya was de enige die had gezegd: 'Blijf maar gewoon zoals je bent, Opal, want dat maakt je juist zo bijzonder.'

'Zit ik hier een beetje te klagen over een domme bruiloft, terwijl dat arme kind mijlenver van huis is…'

'Luister eens, Opal, jij kunt echt niets voor Magda doen. Ik heb al samen met haar een pot thee leeggedronken, een pakje chocoladekoekjes opengemaakt en haar verteld wat ze van haar moeder te horen had gekregen als die hier was in plaats van in de Tsjechische Republiek: dat die vent haar niets dan ellende zal bezorgen. En desondanks zit ze nu toch weer met hem te bellen. Ze gaat weer naar hem terug. Je kunt zo'n meisje toch alleen maar adviseren. Ik weet niet waarom de leukste meisjes altijd de slechtste kerels treffen, maar dat is wel zo. Maar goed, al die heisa heeft er wel voor gezorgd dat de chocoladekoekjes op zijn. Maar die met vanille zijn ook best lekker.'

Bobbi ging achter haar eigen kopje thee zitten, nam een hap van haar koekje en legde dat toen neer om de gouden enveloppen te bestuderen. 'O jee,' zei ze toen ze het mooie handschrift van de adressen bestudeerde, 'die hebben wel een paar centen gekost. Kennelijk wordt er niet op de kleintjes gelet.'

'Ze hebben geld genoeg,' zei Opal.

'Als je geld genoeg hebt, hoef je dat nog niet iedereen onder de neus te wrijven.' Bobbi's stem klonk vernietigend.

Ze keek naar de derde envelop en zag meteen wat er aan de hand was. 'Zelfs die van Meredith is aan jouw adres gericht,' zei ze. Ze bladerde verder. 'En ook die van David en Steve. Dat is een stoot onder de gordel.'

'Dat leek mij ook,' zei Opal. 'Het is net alsof...'

'Alsof ze wil zeggen: *Jullie zijn maar een ordinair zootje en allemaal afkomstig uit een foute buurt.* Ik snap het,' zei Bobbi grimmig.

'Eigenlijk zou ik me daar niet zoveel van moeten aantrekken,' zei Opal, 'maar dat doe ik toch. Het leek me verstandig om hiernaartoe te komen en me door jou te laten opkikkeren. Want ik ben zo ontzettend boos en dat is niet verstandig. Als je boos bent, dan geef je die boosheid de vrije hand...'

Bobbi pakte de hand van haar vriendin. 'Lieverd, volgens mij zou de Dalai Lama nog zin krijgen om Miranda een klap in haar verwaande smoel te geven als hij met haar te maken kreeg, dus je hoeft je echt niet schuldig te voelen. Denk maar alleen hoe fijn het is dat Brian gaat trouwen. Zodra hij het voorbeeld heeft gegeven, zullen ze allemaal gaan trouwen. Weet je nog hoe je altijd inzat over die drie en waarom ze nog geen gezin wilden stichten?'

Bobbi begon expres niet over Meredith. Als er tekenen waren dat Meredith een gezin wilde stichten, dan wisten zij daar niets van en Bobbi snapte heel goed hoe verdrietig Opal was omdat ze zo efficiënt uit het leven van haar dochter werd geweerd.

'Liz is een fantastische meid,' vervolgde ze, 'en zij en Brian zijn dol op elkaar. Maar je moet gewoon inzien dat haar moeder een eersteklas kreng is... daar hoeven we niet omheen te draaien. Die vrouw is nog nooit van haar leven tevreden geweest en je kunt er vergif op innemen dat ze pas gelukkig zal zijn als ze met die bruiloft iemand dwars kan zitten. Dus besluiten we nu meteen maar dat het niet om jou of Ned zal gaan, goed?'

Opal knikte.

'We zullen zorgen dat je een jurk krijgt en dat je er subliem uitziet. En hetzelfde geldt voor mij. We zullen mevrouw Miranda eens laten zien dat we dan misschien niet van rijke afkomst zijn, maar dat we wel kunnen genieten van een dagje uit.'

'Ja,' zei Opal, 'dat doen we. Het wordt een fantastische dag en daarna gaat het leven weer gewoon verder.'

'Niet helemaal gewoon,' merkte Bobbi op. 'Ze wordt straks wel samen met jou oma, dat moet je niet vergeten. Zodra Brian en Liz kinderen krijgen, zullen de grootmoeders de strijdbijl oppakken, jij tegen haar. En laten we wel wezen, de moeder van de vrouw zal haar kleinkinderen het vaakst zien.'

Opals lieve gezicht betrok weer.

'Dat had ik beter niet kunnen zeggen,' mompelde Bobbi. 'Maar het komt best in orde, hoor. Denk je dat Meredith ook naar de bruiloft komt?' vroeg ze om van onderwerp te veranderen.

'Lieve hemel, dat weet ik niet. Ik heb haar een paar weken geleden nog gesproken en toen klonk ze alsof ze het heel erg druk had, je weet wel, met kunstbeurzen en dat soort dingen.'

'Hmm,' zei Bobbi nadrukkelijk. 'Als ze zoveel reist, zou je toch denken dat ze af en toe ook eens deze kant op kon komen.'

'Dat weet ik wel,' zei Opal, 'maar ze is een succesvolle vrouw met een eigen leven.'

Het was een onderwerp dat vaak genoeg ter sprake was geweest en Bobbi wist inmiddels dat ze er beter niet op door kon gaan, omdat Opal dan overstuur raakte.

'Maar goed,' vervolgde ze, 'wanneer zullen we een jurk voor je gaan kopen? Dan kunnen we er samen een heerlijk dagje van maken. Daar verheug ik me nu al op.'

'Ik ook,' zei Opal.

Natuurlijk zou Meredith niet met hen meegaan op het grote avontuur om voor Opal een geschikte moeder-van-de-bruidegom-jurk te kopen. Dat deed pijn, maar daar liet Opal niets van merken. Ze duldde geen woord van kritiek op Meredith.

'Ik zal je eens iets vertellen,' zei Bobbi, die dit alles zo duidelijk als wat van Opals gezicht kon aflezen, 'we hebben vanochtend een plaatsje vrij. Wat zou je ervan zeggen als we je eens lekker gingen wassen en föhnen? Om je op te vrolijken? Dat helpt bij mij altijd,' zei ze en klopte op haar eigen krullen, die eens per maand een fikse dosis platina te verwerken kregen. 'Ik trakteer, natuurlijk.'

Meestal sloeg Opal dit soort voorstellen af, maar vandaag dacht ze hoe heerlijk het zou zijn om achterover te leunen terwijl iemand anders voorzichtig shampoo in haar haar masseerde om vervolgens al haar zorgen met het zeepsop weg te laten spoelen. 'Goed,' zei ze. 'Dank je wel. Dat zou ik heerlijk vinden.'

'Mooi zo,' zei Bobbi. 'Laten we dan maar meteen beginnen. En je moet je geen zorgen meer maken over die bruiloft, hoor.' Bobbi sloeg achter Opals rug een kruisje. 'Het komt allemaal in orde. In ieder geval passen Brian en Liz heel goed bij elkaar.'

Ze keken allebei naar het meisje met de rode ogen dat op de bank nog steeds heel ernstig in de telefoon zat te praten.


# 5


Toen ze in Singapore was aangekomen, stuurde Lillie een e-mail naar Doris. Ze had eerst geprobeerd te bellen en vervolgens een boodschap achtergelaten op het mobieltje van haar vriendin, omdat Doris niet opnam. Lillie had zich verschrikkelijk alleen gevoeld tijdens de vlucht van Melbourne naar Singapore en nu ze daar was en drie uur lang niets te doen had, voelde ze zich als een verloren ziel terwijl ze over de luchthaven dwaalde. Ze bleef overal stelletjes zien, mensen die even oud waren als Sam en zij en die zich kostelijk amuseerden. Het hele vliegtuig had ermee volgezeten, met lachende, vrolijke mensen die samen de hele wereld rond vlogen en zij was maar alleen, met het gevoel dat ze steeds kleiner werd en in elkaar kromp tot een rimpelig nootje.

Dus was ze maar ergens gaan zitten en had een e-mail getypt:

Hoi Doris

Ik ben toch blij dat we die computercursus voor ouderen in de bibliotheek hebben gevolgd, want nu kan ik dit ding tenminste gebruiken. Dit is pas het vijfde mailtje dat ik ooit verstuurd heb. Ik vond dat ik je maar even een kattenbelletje moest sturen... Dat klinkt helemaal verkeerd, hè? Dat zei je vroeger, toen we nog brieven schreven. Ik besloot om even hallo te zeggen omdat ik hier in mijn eentje op de luchthaven van Singapore zit. Het is heel eenzaam en het spijt me dat ik hier ben. Ik heb er spijt, spijt, spijt van dat ik hiernaartoe ben gegaan. Ik weet wel dat Martin en Evan het goed bedoelen en zo, maar ik had beter thuis kunnen blijven. Om in je eentje op reis te gaan is heel verdrietig. Sorry dat ik je hiermee lastigval, Doris, maar je hebt zelf gezegd dat het mocht.

Veel liefs,

Lillie

Het tweede deel van de vlucht was niet zo erg, gedeeltelijk omdat ze zo moe was van al die pogingen om op haar gemak in die rechte stoel te zitten dat ze zelfs een tijdje in slaap viel.

De jongens hadden gewild dat ze businessclass zou reizen.

'Mam, je bent vierenzestig, je moet je benen kunnen strekken. Anders krijg je misschien trombose,' zei Evan, maar Lillie wilde daar niets van weten.

'Nee,' zei ze. 'Dat wordt belachelijk duur. Ik reis precies zoals we...' Ze slikte haar woorden in. 'Ik reis op dezelfde manier als je vader en ik altijd hebben gedaan: toeristenklasse.'

Maar nu had ze wel graag een van die luxe stoelen willen hebben, ook al zat ze aan het gangpad, zodat ze in ieder geval op kon staan om even door het vliegtuig te lopen tussen haar hazenslaapjes door. Het was stiller geworden nadat de maaltijden waren rondgedeeld, de lichten uitgingen en mensen in slaap begonnen te vallen. Het cabine-personeel kon eindelijk gaan zitten om even pauze te nemen. Omdat het zo rustig was in het vliegtuig, voelde ze zich ook niet meer zo alleen toen ze bij het toilet op haar beurt stond te wachten en haar benen strekte en met haar enkels draaide.

Lillie ontdekte dat ze in gedachten weer tegen Sam stond te praten. *Ik hoop dat dit een goed idee is, Sam, zei ze tegen hem. Je moet wel op me passen, hoor. Alsjeblieft, lieveling, ik heb je nodig. Ik wou dat je echt naast me kon staan. Ik wou dat ik een helderziende was zodat ik jou kon voelen in plaats van al die leegheid: daar ben ik het meest bang voor. Jij zou tegen me hebben gezegd dat ik dit moest doen. Jij zou me hebben verteld dat ik naar Seth en Frankie toe moest, om mijn familie te ontmoeten. Jij zou het*

*prachtig hebben gevonden, je was vast meegegaan en dan zou het heel an-*
*ders zijn geweest. Dan hadden we zoveel plezier gehad. Dan waren we mis-*
*schien een paar nachtjes in Singapore blijven slapen in een chic hotel en had-*
*den we een rondleiding gemaakt. Ik wil je niet overstuur maken. Je wilde dat*
*ik me goed zou voelen en ik heb gezegd dat ik daarvoor zou zorgen. Ik heb*
*gezegd dat je kon gaan. Maar het is zo moeilijk zonder jou…*

De deur van het toilet vloog open en iemand kwam struikelend
naar buiten. Lillie hoefde eigenlijk helemaal niet naar de wc, maar
ze deed toch de deur op slot, klapte het toiletdeksel naar beneden en
ging zitten, gewoon om even alleen te zijn en te huilen. Was ze gek
geweest om aan deze reis te beginnen?

Thuis redde ze zichzelf nog wel, want daar was ze omringd door
bekende dingen en bekende mensen, maar nu ze zo ver van huis
was, duizenden kilometers, was het toch logisch dat ze zich verloren
voelde?

En het ergst van alles was dat knagende gevoel dat ze voortdurend
uit haar hoofd probeerde te zetten, maar dat zich toch steeds weer
bleef opdringen: stel je voor dat ze alleen bitterheid zou voelen als
ze Seth ontmoette? Als ze nou eens alleen maar zou denken aan het
feit dat zijn moeder hém niet had afgestaan?

Lillie was vroeger nooit bitter geweest, maar toen had ze haar geliefde Sam nog gehad. Toen hij nog leefde, had ze zoveel liefde gekregen dat ze in staat was geweest om ook andere mensen liefde
en vriendelijkheid te schenken.

'Je bent een moederdier,' had Sam een keer tegen haar gezegd,
'altijd op zoek naar verloren zielen om te helpen en naar je toe te
trekken.'

'Maak ik je stapelgek met al mijn plannen om andere mensen te
helpen?' had ze nadenkend gevraagd. Sam was daar nooit eerder over
begonnen en ze was een beetje bang dat hij genoeg begon te krijgen
van haar eindeloze liefdadigheidswerk. Een collega in de tweedehandswinkel had haar ooit de raad gegeven om goed op te letten dat
ze evenveel aandacht besteedde aan haar gezin als aan haar werk
voor andere mensen: *Jij bent iemand die in het leven alleen maar geeft,*
*Lillie. Zorg ervoor dat je je eigen gezin niet verwaarloost. Ze kunnen nog*
*zoveel bewondering voor je hebben omdat je zo goed bent en anderen helpt,*

*maar ze willen toch het gevoel hebben dat zij op de eerste plaats komen. Ze*
*willen liever dat je thuis bent om hun eten op tafel te zetten dan dat je de*
*deur uitgaat om de wereld te redden.'*

Lillie had altijd geprobeerd zich daaraan te houden, maar toen Sam tegen haar zei dat ze een moederdier was, wist ze niet zeker of hij dat goed vond of niet. Dus had ze hem dat gevraagd.

'Nee, malle meid,' had hij glimlachend gezegd. 'Daarom hou ik juist van je. Je kunt je niet inhouden, zo ben je nu eenmaal. Waarom zou ik dat willen veranderen?'

In het benarde vliegtuigtoilet droogde ze haar tranen en hoopte dat ze nog steeds het moederdier was waarvan haar man zoveel had gehouden. Ze zou het verschrikkelijk vinden als zijn dood daar verandering in had gebracht en ze niets meer had om te geven.


Onderweg naar de luchthaven werd Seth Green in beslag genomen door zoveel gedachten en gevoelens dat hij zichzelf moest dwingen om op de weg te letten.

Doordat hij tot de ontdekking was gekomen dat hij een zus had, was hij zich opnieuw bewust geworden van het grote verdriet over het verlies van zijn fantastische, lieve moeder.

Hij had haar altijd aanbeden. Zelfs als andere jongens op school mopperden dat ze stapelgek werden van hun moeder, die maar bleef zeuren dat ze een jas moesten aantrekken als het koud was en een stevig ontbijt naar binnen moesten werken, kon er bij Seth geen kwaad woord af over Jennifer. Ze was lief en eindeloos geduldig. Hij kon zich haar zo weer voor de geest halen, met dat rossig blonde haar, een glimlach op haar gezicht en met die prachtige viooltjesblauwe ogen.

Hij kon nauwelijks geloven dat deze liefdevolle vrouw haar eerste kind had opgegeven en vervolgens de rest van haar leven dat grote geheim met zich had meegedragen. Natuurlijk was het al lang geleden dat ze Lillie het leven had geschonken, in een tijd waarin Ierland niet alleen een ander land was geweest, maar zelfs meer weg had gehad van een andere planeet. Een planeet waarop vrouwen geen buitenechtelijke kinderen mochten houden. Dat soort baby's was een schande en moest zo snel mogelijk weggemoffeld worden, zonder rekening te houden met de gevoelens van de moeder.

Hij had zich vaak afgevraagd hoe de jonge Jennifer McCabe de moed had kunnen opbrengen om te trouwen met Daniel Green – een Jood, ook al was hij niet religieus – terwijl haar eigen familie katholiek was. Dat moest destijds ook een schandaal zijn geweest. Waarschijnlijk had Jennifer, in het licht van de zonden die ze volgens de beginselen van haar eigen onverzoenlijke kerk en samenleving had begaan, gewoon besloten om zich niets aan te trekken van de heersende normen en te trouwen met de man van wie ze hield, ongeacht zijn religie.

Seth trok op bij een stoplicht en keek op het dashboardklokje. Hij had nog tijd zat.

Dat het allemaal geheim was gehouden was voor hem de grootste schok geweest. Hij kon zich zijn moeder absoluut niet voorstellen als een bange tiener, want de vrouw die hij had gekend was altijd zo sterk geweest. Ze had in de loop der jaren heel wat te verduren gehad, en had zelfs de bejaarde tante van zijn vader, Ruth, in huis genomen, een vrouw die nooit de jaren die ze in een concentratiekamp had gezeten had kunnen verwerken. Toen ze oud en zwak was geworden, was het Seths moeder geweest die voor haar had gezorgd en begrip had getoond voor de nachtmerries en de angst die maar niet wilden wijken. Jennifer was midden in de nacht naar Ruth toe gegaan om haar gerust te stellen en een schone nachtpon aan te trekken, lief en vriendelijk genoeg om bij haar te blijven zitten tot Ruth weer in slaap sukkelde.

Zijn moeder was ook altijd heel eerlijk en recht door zee geweest: 'Hou je aan de waarheid, Seth,' had ze altijd tegen hem gezegd. 'Wat je ook hebt gedaan, je moet altijd de waarheid vertellen.'

Maar toch had ze hem de waarheid niet verteld – of liever gezegd, ze had vermeden hem de volle waarheid te vertellen... over zichzelf.

Toen hij die e-mail had gekregen van Lillies zoon, voorzichtig geformuleerd in een poging om meer te weten te komen over zijn moeder, was Seth stomverbaasd geweest. Frankie had het natuurlijk geweldig gevonden, fascinerend en heel opwindend. Zo was zijn vrouw nu eenmaal.

'Je hebt een halfzus!' had ze vol verrukking gezegd. 'Wat fantastisch! Denk je dat je vader dat wist? Ik betwijfel of ze de kans had-den om erachter te komen waar de baby naartoe was gegaan en of er misschien gegevens waren die haar in verband brachten met je moeder. Maar het is niet te geloven dat het nu toch is gebeurd, vind je ook niet? Dat je het nu weet?'

'Ja, dat zal wel,' had hij gezegd, hoewel het – zoals zo vaak – iets langer duurde voordat alles tot hem was doorgedrongen.

Frankie reageerde altijd meteen op iets, haar kwikzilveren brein kon informatie altijd op topsnelheid verwerken. Dat van hem scheen niet meer zo snel te zijn en hij had het vermoeden dat ze zich daar tegenwoordig aan ergerde. Seth had het gevoel dat zijn vrouw zich tegenwoordig al ergerde aan het simpele feit dat hij bestond.

Hij wist dat hun huwelijk in een moeilijke fase was beland – iets wat hun nooit eerder was overkomen – maar hij was zo kapot dat hij er niets aan kon doen. Het enige wat hij kon opbrengen was om de zaken maar gewoon op hun beloop te laten in de hoop dat Frankie en hij er wel doorheen zouden komen.

En toen was die e-mail gekomen die hen op de hoogte bracht van Lillies bestaan.

De reactie van Frankie was zo... zo typisch Frankie geweest.

'Lillie moet hiernaartoe komen. Ik weet wel dat dit huis niet bij uitstek geschikt is om gasten te ontvangen, maar we kunnen wel een kamer voor haar in orde maken,' had ze vastbesloten gezegd.

Pas toen Frankie op zoek was gegaan naar het telefoonboek met de opmerking: 'Wat is het kengetal voor Melbourne? We moeten Martin meteen bellen om Lillies telefoonnummer te vragen zodat we haar kunnen bellen', had Seth zijn tong teruggevonden en *Ho!* gezegd.

Hij had een zus – 'half' had niets te betekenen, ze was zijn zus – en ze had al die tijd gewoon ergens op de wereld gezeten terwijl hij dacht dat hij enig kind was. Hij dácht dat hij het fijn vond, hoewel hij het allemaal nog eens goed moest verwerken, maar hij wilde alles rustig aanpakken. Hij had tijd nodig om aan het idee te wennen.

'Haar zoon heeft een e-mail gestuurd. Misschien schrikt hij wel als we zomaar bellen,' zei hij tegen Frankie. 'En we moeten ook rekening houden met het tijdsverschil. We kunnen nu niet bellen. Laten we maar een e-mail terugsturen.'

'Nou ja, ze is duidelijk op zoek naar contact, anders zou ze het nooit goed hebben gevonden dat haar zoon dit deed. Het is heel natuurlijk dat ze je wil leren kennen, daar draait het allemaal om, daarom doen mensen dit soort dingen,' had Frankie enthousiast gezegd. 'Wie kan haar beter alles over je moeder vertellen dan jij? Ze zal vast een heleboel te vragen hebben. En ben jij dan niet nieuwsgierig naar haar – hoe ze is, en hoe ze eruitziet? Ik kan gewoon niet wachten tot ik het Emer en Alexei heb verteld. Die zullen vast opgewonden zijn – stel je eens voor, een heel nieuwe tak van de familie waarvan ze niets wisten! Ik stuur ze meteen allebei een e-mail.'

'We kunnen het maar beter wat rustiger aanpakken,' raadde Seth aan. Hij zat even te rekenen. 'Lillie is vierenzestig, tien jaar ouder dan ik.'

Frankie fronste even. Het was hem al opgevallen dat ze het niet prettig vond om te horen hoe oud hij was. Ze was ineens heel prikkelbaar geworden over alles wat met leeftijd te maken had. Toen haar rijbewijs een maand daarvoor vernieuwd moest worden, had ze het formulier met samengeknepen lippen ingevuld en er een – inderdaad niet bepaald flatteuze foto – aan vastgeniet.

'Die verdraaide fotoautomaten,' had ze gezegd terwijl ze er kribbig naar zat te kijken. 'Ik zie eruit alsof ik tegen de negentig loop en op een spijkerbed zit.'

'Je bent nog maar een jonge blom van negenenveertig,' had Seth gezegd in een poging haar op te vrolijken. 'En nu we het er toch over hebben, we moeten iets organiseren voor volgend jaar als je vijftig wordt...'

'Nee!' Ze waren allebei geschrokken van die kreet. Terwijl ze zich hernam, zei ze slapjes: 'Sorry. Ik bedoelde alleen maar dat we daar geen geld voor hebben, dat is alles. Het is heel lief van je bedacht en zo, schat. Maar beter van niet.'

Vandaar dat Seth leeftijd had toegevoegd aan het lijstje met dingen waarover Frankie en hij niet meer praatten.

Leeftijd, het huis, de toestand van de tuin, en dat het voor hem geen enkele zin had om te proberen weer een baan te krijgen, want wie zou hem in dienst willen nemen? Dát was vooral iets waar ze stapelgek van werd. Ze weigerde te accepteren dat het verlies van zijn baan hem had veranderd van een man met een carrière tot een man met niets.

Het was zo overweldigend, zo onmannelijk. Frankie begreep er gewoon niets van. De ontdekking van Lillies bestaan was vooral zo fijn, omdat ze nu eindelijk weer iets hadden waarover ze konden praten.

Toen Lillies zoon op hun e-mail reageerde met de mededeling dat zijn moeder niet aan e-mails deed en dat een brief de beste manier was om haar aan te spreken, had Frankie in wanhoop haar handen omhoog gestoken.

'Een brief,' kreunde ze. 'Niemand schrijft tegenwoordig nog brieven.'

'Lillie waarschijnlijk wel,' zei Seth glimlachend. Hij vroeg zich af of het handschrift van zijn zus op het vloeiende, lichte handschrift van hun moeder zou lijken, alsof een engeltje over het papier had gedanst. En toen drong het ineens tot hem door dat Lillie waarschijnlijk niet zo zou schrijven, omdat zijn moeder haar dat nooit had geleerd. Was handschrift geen product van je omgeving?

'We moeten haar vragen om te komen logeren,' vervolgde Frankie. 'Hij zegt niet of er ook nog andere familieleden mee willen komen, maar die moeten we dan ook uitnodigen. We nodigen het hele stel uit,' zei Frankie, alsof dat het meest logische ter wereld was.

'Laten we maar eerst eens met Lillie beginnen,' zei Seth vastberaden.

Zijn vrouw was altijd gul en enthousiast geweest. Frankies glas was niet gewoon halfvol, het was tot aan de rand gevuld en ze was bereid het met iedereen te delen. Daarom kon ze ook zo goed met mensen omgaan en was ze zo goed in haar werk. Niemand kon een personeelschef als Frankie weerstaan.

Maar dat maakte haar ook een stuk moeilijker om mee samen te leven als je geen baan had.

Hij wist dat ze onwillekeurig de manier waarop hij met de situatie omsprong vergeleek met hoe zij zich zou gedragen als ze haar ineens haar baan zouden afpakken. Frankie zou als een wilde tekeergaan, alles op z'n kop zetten en alle obstakels die ze op haar pad vond uit de weg ruimen.

Haar enthousiasme over Lillies bezoek had korte metten gemaakt met Seths bedenkingen. Maar nu het zover was, begonnen ze weer de kop op te steken. Per slot van rekening was dit niet zomaar een familielid dat ze al in geen tijden gezien hadden. Deze vrouw had haar biologische vader en moeder nooit gekend. Ze was weggerukt uit haar vaderland en naar de andere kant van de wereld gestuurd om geadopteerd te worden. Wat zou ze denken van Seth, het kind dat haar moeder wel bij zich had gehouden?

Seth reed rustig de parkeergarage bij de luchthaven in, trok een kaartje uit de automaat en cirkelde langzaam rond over de diverse parkeerlagen tot hij een plekje vond. Tegenwoordig deed hij alles langzaam. Het was alsof het leven zelf vaart had geminderd. Hij had die dag tv gekeken en er was een programma geweest over werkloosheid en het effect daarvan op mensen. Hij vertoonde de meeste symptomen en dan nog een graadje erger. Omdat er vanwege de recessie niets gebouwd werd, had niemand een architect nodig, zeker niet eentje van vierenvijftig. Als er al een baan in zicht kwam, dan was hij toch te oud en te goed gekwalificeerd om ergens opnieuw te beginnen en dus was hij niet inzetbaar.

Hij stopte de parkeerkaart in de zak van zijn donkerblauwe corduroy broek en liep naar de aankomsthal. Hij was vroeg genoeg om een kop koffie en een krant te kopen en rustig te gaan zitten wachten. Lillies zoon had hem een foto gestuurd, zodat hij wist hoe ze eruitzag. De foto was tijdens een familiebijeenkomst genomen. Twee sterke Keltisch ogende kerels – zijn neven, besefte hij met een schok – stonden naast hun ouders. Lillie was kennelijk net zo lang als Jennifer was geweest en haar haren en ogen hadden dezelfde kleur. Ze stond naast een man die vroeger waarschijnlijk groot was geweest, maar die er nu uitzag alsof hij gekrompen was, in elkaar gezakt. Maar hij glimlachte wel.

Pap is nog maar een halfjaar dood, had Martin in zijn e-mail geschreven. Wij denken dat dit geweldig voor mam zal zijn – dat ze jou heeft gevonden en bij je gaat logeren. Het is echt heel lief van jullie.

Natuurlijk was het heel verdrietig voor iedereen toen pap overleed, maar vooral voor mam. Ze waren meer dan veertig jaar getrouwd. Ik hoop dat het allemaal in orde komt. Stuur maar gewoon een e-mail of bel als er iets mis is of als mam overstuur raakt. Dan zorgen we ervoor dat ze meteen terug naar huis kan vliegen. Ik weet dat jullie hebben gezegd dat ze net zo lang mag blijven als ze wil en nog hartelijk bedankt daarvoor. Mam wil jullie allebei wel graag een vergoeding geven voor haar verblijf.

Maak je geen zorgen, had Seth geantwoord, ik beloof dat we goed op haar zullen passen. Het maakt niet uit hoelang ze wil blijven en van een vergoeding wil ik niets weten. Ze hoort bij de familie.

Hij hoopte dat ze hun belofte om goed op Lillie te passen konden houden. Nu ze er bijna was, hoopte hij ook dat hij van haar zou kunnen houden. Maar het zou wel raar zijn.

Hij had zijn krant van voor naar achter gelezen en het koffie-bekertje lag al lang in een prullenbak toen er eindelijk mensen de aankomsthal binnendruppelden. Seth keek aandachtig naar alle ge-zichten en vroeg zich af of hij haar wel van de foto zou herkennen. Hij had toch maar een bordje gemaakt met de naam *Lillie Maguire*, en hij geneerde zich er een beetje voor. Maar toen hij haar aan zag komen, langzaam alsof ze moeite had met lopen, herkende hij haar onmiddellijk. De vrouw achter het bagagekarretje met de twee niet bij elkaar passende koffers kon alleen maar zijn zus zijn. Ze was niet zo lang als hij had verwacht, maar de gelijkenis met zijn moeder viel hem meteen op. Het was op de foto niet zo duidelijk te zien geweest, maar nu hij haar zo zag, vol zomersproeten van de Australische zon en in een knalrood topje, was het alsof hij naar Jennifer keek. Zij had haar haar ook altijd opgestoken gedragen, met van die losse sliertjes rond haar gezicht. Lillies ogen waren precies hetzelfde als die van zijn moeder. Zelfs haar mond was hetzelfde, zacht en gewelfd met een lieve uitdrukking.

Op dat moment welde er een golf van emotie in Seth op. Het was bijna alsof zijn moeder weer tot leven was gekomen, alsof een deel van haar bewaard was gebleven in deze vrouw. Hij had een zus.

Hij liep naar haar toe en probeerde te glimlachen, terwijl hij zich ondertussen afvroeg of hij zou gaan huilen, overstelpt door het gevoel dat hij een tweede kans had gekregen: een tweede kans om via Lillie weer samen te zijn met zijn moeder.

Lillie bleef heel even doorlopen met haar bagagewagentje. Zodra het vliegtuig was geland en het tot haar doordrong dat ze er echt was en dat het tijd was om haar broer te leren kennen, hadden de zenuwen haar te pakken gekregen.

*Help me, Sam,* smeekte ze in stilte. *Ik wil me niet bitter voelen. Ik heb een stel fantastische ouders gehad. Het is echt niet waar dat ik veel heb gemist omdat ik geadopteerd ben. Niemand kon meer van me hebben gehouden dan zij. Ik weet gewoon niet wat mijn biologische moeder al die jaren geleden heeft doorgemaakt. Help me om daaraan te denken.*

Toen ze haar naam op een stukje karton zag staan en naar de man met de donkere ogen keek die het nerveus vasthield, bleef ze stokstijf staan. Dit was een ontmoeting waarvoor geen regels bestonden waaraan ze zich moest houden en ondanks al haar ervaring had ze ook geen houvast voor soortgelijke situaties. Dit was onbekend terrein. Het kon fantastisch worden… of het kon afschuwelijk misgaan.

*Nee,* zei een inwendige stem. Haar eigen stem. Het zou niet misgaan. Terwijl hij aarzelend naar haar toe kwam lopen, staarde ze hem met grote ogen aan, alsof ze ieder moment in tranen kon uitbarsten.

'Welkom thuis, Lillie,' zei Seth.

Lillie bleef Seths hand nog lang vasthouden nadat ze van de luchthaven wegreden. Het was maar goed dat de auto een automaat was, dacht ze, terwijl ze tussen de tranen door even moest hikken. Ze wist niet eens waarom ze zat te huilen. Tranen van blijdschap? Of gewoon pure emotie die uit haar wegsijpelde, het verdriet over Sam gecombineerd met de schroom die gepaard ging met het ontmoeten van haar broer, een echte broer na al die jaren. Ze had het gevoel alsof iets haar ziel was binnengedrongen en die nu in een vaste omhelzing geklemd hield. Zo te zien moest Seth ook naar adem snakken.

'Ik had je eigenlijk meteen alle bezienswaardigheden van Cork willen laten zien,' zei hij onder het rijden, 'maar ik kan geen woord uitbrengen. Ik geloof dat we beter gewoon naar huis kunnen gaan. Jij moet trouwens toch slapen, na die lange reis waarbij je twee keer moest overstappen. Je zult wel bekaf zijn.'

Ze knikte. 'Ik kan ook nauwelijks praten – en als je mijn zoons zou geloven, komt dat niet vaak voor.' zei ze. 'Hier, neem je hand maar terug en poets je tranen weg.'

'Nu klink je net als mijn...' Seth zweeg even. Lillie zag uit haar ooghoeken dat hij grinnikte. 'Ónze moeder,' verbeterde hij. 'Ja, je klinkt echt zoals zij. Het is gewoon griezelig, ook al is het accent heel anders.'

Heel even hielden ze allebei hun mond, omdat de grote kloof van Lillies adoptie tussen hen in gaapte.

Het was Lillie die de stilte verbrak.

'Ik heb me tijdens de vlucht echt zorgen gemaakt,' zei ze langzaam. 'Ik dacht dat je misschien wrok tegen me zou koesteren omdat ik een geheim was. Je hebt Martin verteld dat je nooit van mijn bestaan hebt afgeweten. En ik was doodsbang dat ik me bitter zou voelen als ik jou onder ogen kreeg – en dat is eigenlijk heel stom, want ik heb een fantastische jeugd gehad. Maar...'

Opnieuw kon ze geen woorden vinden. Ze keek uit het raampje, nieuwsgierig naar het deel van Ierland waar ze was geboren. Van Londen naar Ierland had ze boven de vleugel gezeten en niet veel kunnen zien.

Nu zag ze dat de luchthaven op een heuvel lag en toen ze wegreden, lagen de stad en het district Cork voor haar uitgespreid. 'Maar zo voel ik me helemaal niet,' vervolgde ze volkomen oprecht. 'Ik heb het gevoel alsof dit iets heel bijzonders is, iets wat de meeste mensen nooit meemaken. Laten we dus maar rustig aan doen en ons best doen om ervan te genieten.'

Seth knikte instemmend.

Ze reden verder in een soort vriendschappelijk stilzwijgen, waarbij Seth af en toe plekjes aanwees, zoals hij ook altijd deed tijdens gezinsuitstapjes naar het mooie kustplaatsje Cobh, waar Frankies zus woonde.

'De ouders van mijn vrouw wonen aan de andere kant van de stad, in Kinsale – dat is een vakantieplaats, heel pittoresk en vol heerlijke visrestaurants,' zei hij. 'Frankies hele familie kan gewoon niet wachten om je te ontmoeten. Haar moeder zit geen moment stil. Ik geloof dat ze van plan is om samen met jou met de trein naar

Dublin te gaan om je daar ook alles te laten zien. Toen ik zei dat ik met je naar Beara zou gaan, waar onze moeder vandaan kwam, zei Madeleine, die uit Dublin komt, dat je echt geen bezoek aan Ierland kon brengen zonder daar te zijn geweest. Maar voorlopig hoeft dat nog niet, hoor,' zei hij, voor het geval Lillie zich overdonderd voelde.

Lillie zat even na te denken. Ze had een open ticket en ze kon weer naar huis wanneer ze wilde. Over een week was ze misschien wel zover dat ze de reis naar Dublin aankon. Dit was niet zoals thuis, Ierland was maar een klein land, waar je in een halve dag gemakkelijk van de ene naar de andere kant kon rijden.

'Ik denk dat ik dat wel leuk zou vinden,' zei ze. 'En Beara. Ik wil absoluut zien waar zij − Jennifer − vandaan kwam. En ik wil graag weten hoe ze was, hoe jouw jeugd is geweest, en zo.'

Het kwam nu zo gemakkelijk over haar lippen en toch was ze ontzettend bang geweest. Deze slanke man met die trieste donkere ogen maakte zich kennelijk veel meer zorgen over haar gevoelens dan zijzelf. Hij wilde voorkomen dat het zou lijken alsof Jennifer McCabe voornamelijk zíjn moeder was geweest. Hij was bereid om haar te delen.

'Wees maar niet bang, ik zal je alles vertellen,' zei hij en zweeg toen even, alsof hij iets belangrijks te vertellen had, iets wat hij van tevoren had gerepeteerd. 'Ik was een beetje nerveus bij het idee dat je misschien boos zou zijn omdat ze jou had weggegeven, dat je een bepaalde wrok tegen mij zou koesteren omdat ze voor mij wel een moeder is geweest en voor jou niet...'

Lillie wist zeker dat het een van de moeilijkste dingen was die hij ooit had gezegd.

'Nee,' zei ze en ze ging even verzitten zodat ze hem recht kon aankijken. 'Ik ben niet boos. Alles was toen anders, dat begrijp ik heel goed. Mijn vader en moeder in Australië hebben me dat uitgelegd. Ik weet dat dit soort dingen vroeger heel anders ging.'

Inmiddels reden ze in de straten van Cork en Lillie keek vol belangstelling om zich heen.

'Ik zou je dolgraag het hele land willen laten zien,' zei Seth, die nu wat meer ontspannen klonk. 'We hebben bergen, kastelen, feeërieke vestingen… maar helaas geen kabouters.'

'Hè verdorie,' zei Lillie voor de grap. 'En ik had me er juist zo op verheugd dat ik zo'n klein groen mannetje met een pot vol goud mee naar huis zou kunnen nemen.'

De spanning was gebroken. Ineens zaten ze honderduit te kletsen. Lillie vertelde hem alles over haar twee zoons en haar kleinkinderen. En over Sam, zijn laatste dagen. Dat hij zo graag had gewild dat ze naar Ierland ging. 'Mensen zeggen dat altijd als iemand dood is, hè?' zei ze. '"Dit zou hij gewild hebben…" Maar de waarheid is dat, ook al ken je iemand nog zo goed, je nooit echt kunt weten wat iemand gewild zou hebben. Ik weet alleen dat Sam in mijn hart zit, altijd.' Ze raakte haar borst aan. Maar toen ze hem aankeek, ging ze een beetje schuchter verder: 'Je zult wel denken dat ik niet goed wijs ben. Na al die jaren zit je ineens met een zus opgescheept die niet goed snik is!'

'Dat denk ik helemaal niet,' zei Seth zacht. Hij nam zijn hand van het stuur om die op de hare te leggen en daar even stevig in te knijpen. 'Ik ben juist ontzettend blij dat je er bent.'

Ze raakten niet uitgepraat. Algauw reden ze door straten waar de huizen dicht op elkaar stonden en bomen langs de weg stonden. Seth vertelde haar over zijn gezin, over Emer en Alexei, de knapste en meest geweldige kinderen die twee ouders ooit hadden gehad. Hij praatte over Frankie, de grote liefde van zijn leven, de meest fantastische vrouw ter wereld.

Terwijl hij dat zei, was hij zich ervan bewust dat zijn verhaal ook een beetje misleidend was, al was het nog zo waar. Frankie was nog steeds de grote liefde van zijn leven, maar de laatste tijd hadden ze het niet gemakkelijk gehad. Maar daar kon hij toch niet over beginnen tegen een vrouw die zo duidelijk nog veel verdriet had over de dood van haar eigen man?

'Je zult vast van haar gaan houden,' zei hij, vastbesloten om opgewekt te blijven. 'Iedereen houdt van Frankie. Je zou de kinderen ook heel leuk vinden, maar die zijn allebei nog zeker tot juli weg. O, tussen twee haakjes, we hebben Alexei geadopteerd.' Hij wierp een zijdelingse blik op Lillie.

'Hebben jullie een geadopteerde zoon?' vroeg ze verrukt.

'Ja,' knikte Seth stralend. 'De cirkel is rond, hè? Na Emer hebben we het echt nog geprobeerd, maar uiteindelijk had Frankie het idee dat ze toch nooit meer zwanger zou worden en besloten we om te adopteren.'

'Ik kan niet wachten om iedereen te ontmoeten,' zei Lillie. 'Mijn nieuwe familie.'

Inmiddels waren ze in Redstone aangekomen. Lillie was verrukt van het mooie kruispunt en van Main Street, met zijn enorme noten-bomen die elkaar boven de weg ontmoetten.

'De bomen zijn een van de redenen waarom we ons tot deze buurt aangetrokken voelden,' vertelde Seth. 'Je treft niet vaak bomen aan in steden en dorpen in Ierland. In tegenstelling tot Melbourne... dat heb ik op internet opgezocht,' zei hij. 'Ik heb er heel vaak naar zitten kijken en mijn best gedaan om me voor te stellen hoe jouw leven eruit zou zien, maar je komt er nooit echt achter hoe het leven van mensen op andere plaatsen is, hè?'

'Waarschijnlijk niet,' zei Lillie en toen ze stopten voor de verkeers-lichten bij een mooie koffieshop, een handwerkzaak en een schoon-heidssalon met de naam Bobbi in vorstelijke letters vroeg ze: 'Hebben jullie hier altijd gewoond?'

'Nee. En daar gaat het ook een beetje de verkeerde kant op,' be-kende Seth. 'We zagen een advertentie voor het huis, kwamen hier in september naar toe om het te bekijken en werden er verliefd op. We zijn een maand later verhuisd, boordevol ideeën over hoe we het zouden gaan opknappen, maar ik had het op dat moment nogal druk op mijn werk. Ik was van plan om zelf een oogje op het werk te houden en ervoor te zorgen dat we alles voor een re-delijke prijs gedaan zouden krijgen. Maar een maand later, in no-vember, werd ik ontslagen. Afgevloeid heet dat, geloof ik. En zoals de economie er op dit moment uitziet, kan ik de kans om een an-dere baan te vinden wel vergeten.' Hij schudde zijn hoofd. 'Dus nu hebben we een schitterend, maar behoorlijk uitgewoond huis en we kunnen ons niet veroorloven om het te renoveren. Ik ben de hele dag thuis, maar ik heb de vakkennis niet. Een likje verf hier en daar zal niet veel helpen.'

Seth vroeg zich af waarom hij zijn hart bij Lillie uitstortte. Maar nu hij daarmee begonnen was, kon hij niet meer ophouden.

'Iedere dag neem ik me voor om aan de tuin te beginnen, maar dan kijk ik naar buiten en ik zie alleen maar één grote wildernis… en geen leuke wildernis, als je begrijpt wat ik bedoel. Het is echt overweldigend,' zei hij met een zucht. Het was een vreemd gevoel dat hij met Lillie wel over dingen kon praten die hij aan zijn vrouw niet kwijt kon.

'Ik kan je wel met de tuin helpen,' bood Lillie aan. 'Ik ben dol op tuinieren. Ik ben pas echt gelukkig als ik tussen mijn rozen zit.'

'Je zult in onze tuin niet tussen de rozen kunnen zitten,' zei Seth terwijl ze wegreden bij de stoplichten en rechtsaf sloegen naar een mooie straat die Lavender Road heette. Nadat ze nog wat zijstraatjes hadden gehad, kondigde hij aan: 'We zijn er. Maple Avenue. Ons huis valt op omdat het eruitziet alsof de krakers er nog maar net uit zijn.'

'Doe niet zo mal,' zei Lillie terwijl ze vol belangstelling naar de vroeger zo mooie roodstenen gevel keek. 'Ik snap heel goed waarom jullie er verliefd op werden.' Ze voelde instinctief dat er verdriet achter de humoristische opmerkingen van haar broer school en begreep dat hij een beetje troost nodig had.

Ze bedacht hoe verschrikkelijk Sam het gevonden zou hebben om werkloos te zijn. Het zou hem als man geraakt hebben en ze had meteen begrepen dat Seth precies zo was. Het stond duidelijk op zijn gezicht te lezen. Seth Green was geen man die dingen kon verbergen, dacht ze vol genegenheid, en dat maakte hem alleen maar sympathieker. Sam was precies zo geweest. Elke emotie was op dat brede, gebruinde gezicht te lezen geweest.

Hij had gelijk gehad met betrekking tot het huis. Lillie kon wel zien dat het in zijn hoogtijdagen een schitterend huis was geweest. Het was gebouwd van oude rode baksteen, niet die opdringerige moderne soort die pijn deed aan je ogen, maar die zachte oude stenen, die je meteen deden denken aan mooie victoriaanse huizen met een met rozen begroeide veranda. Het was duidelijk dat de veranda aan de voorkant hier ook begroeid was geweest, maar alles wat daarvan over was, waren dode takken en een woekerende klimop. Maar toch twijfelde ze er geen moment aan dat het huis, en zelfs het rampgebied dat een tuin moest voorstellen, wel degelijk in zijn oude glorie hersteld kon worden, ook al zou dat heel veel geld of enorm veel tijd kosten. En toch was het verwaarloosde huis nog steeds aantrekkelijk: het leek op een chique oude dame die vroeger mooi was geweest en dat weer zou kunnen worden als er maar genoeg zorg aan haar werd besteed.

Seth nam Lillie niet mee de paar treden op naar de voordeur, in plaats daarvan namen ze een gevaarlijke, met mos begroeide trap naar een deur van het souterrain, die pas na een flinke duw openging. Hij gaf toegang tot een grote flat op de begane grond, die roomwit was geschilderd in een poging de ruimte wat lichter te maken. Frankie en Seth hadden duidelijk hun best gedaan, dacht ze terwijl ze om zich heen keek: alles was opnieuw geschilderd en de muren waren bedekt met kleurige schilderijen en familiefoto's.

Blije gezichten lachten haar vanaf de foto's toe: een meisje met lachende blauwe ogen en een stortvloed van rossig blond haar dat naast een slungelachtige blonde jongen met een verlegen glimlach stond. Emer en Alexei, vertelde Seth haar. Zijn vrouw was beeldschoon en bijna even lang als Seth, en die was toch bijna een meter tachtig. Alles aan Frankie leek energie en levenslust uit te stralen, van de grote bos donkere krullen tot haar stralende ogen en haar hoge jukbeenderen.

'Ik zal je later het hele huis wel laten zien,' zei Seth over zijn schouder terwijl hij haar koffers naast de deur naar de hal neerzette en haar voorging naar een grote keuken met een laag plafond. Die deed kennelijk ook dienst als hun woonkamer, want aan het ene eind stonden twee rode banken en met bloemetjesstof beklede fauteuils rond een kleine allesbrander. 'Ik weet zeker dat je graag even wilt zitten. Ik zal een kopje thee voor je zetten en daarna kun je wel even een tukje gaan doen als je dat graag wilt,' vervolgde hij.

'Op de een of andere manier ben ik helemaal niet moe,' zei Lillie terwijl ze rondliep en alles bekeek. Het huis had nog veel van de oorspronkelijke kenmerken, zoals de statige openslaande deuren die toegang gaven tot de tuin. Ze liep ernaartoe en zei: 'Mag ik even naar buiten?'

'Natuurlijk. Doe maar net alsof je thuis bent,' zei Seth die de water-koker vulde.

Lillie draaide de sleutel om en stapte de tuin in, een lange recht-hoek vol woekerende planten. Aan het eind kon ze nog net een stenen muur onderscheiden met een ingebouwde poort, die waar-schijnlijk toegang gaf tot wat lang geleden een rustig plekje voor de vrouw des huizes was geweest. Een tuinpad was er niet, alleen een massa onkruid, brandnetels en opdringerige braamstruiken die, voor zover ze kon zien, elke vierkante centimeter in beslag namen, hoe-wel er een paar schitterende bomen bovenuit groeiden.

Lillie snoof de geur op van de aarde die tegelijkertijd vertrouwd rook en toch heel anders dan haar eigen tuin thuis. Ze snapte best waarom de moed mensen die niet van tuinieren hielden meteen in de schoenen zonk als ze naar deze wildernis keken.

Maar volgens haar viel er best iets van deze tuin te maken. Als ze Seth nou kon helpen om een begin te maken met de tuin, zou hij iets te doen hebben en misschien weer een beetje zelfvertrouwen krijgen.

Terwijl ze theedronken, liet Seth haar meer foto's zien.

'Je hebt een prachtig gezin,' zei Lillie terwijl ze hem stevig in zijn hand kneep. 'Ik wou dat Alexei en Emer hier waren, zodat ik ze kon leren kennen.'

'O, dat zal heus wel gebeuren,' zei Seth vol vertrouwen. 'Als het nu niet is, dan de volgende keer. Als Emer nog in Australië zit als je weer naar huis gaat, zal ze vast bij je langskomen. Volgens mij was ze met-een als een haas naar Melbourne gerend als we haar over jou had-den verteld, alleen wilde ik je graag eerst zelf ontmoeten. Ze komen in juli terug. Dat hoop ik tenminste,' voegde hij eraan toe. 'Volgens mij is Frankie bang dat ze het zo naar hun zin hebben dat ze nog een paar maanden langer wegblijven.'

Ze zaten de rest van de middag oude fotoalbums te bekijken vanaf de tijd dat Seth nog een jongetje was, en hij keek toe hoe zijn nieuwe zus haar vinger liet glijden over het gezicht van hun moeder op de oude zwart-witfoto's.

'Je lijkt sprekend op haar,' zei hij. 'Alleen een beetje langer.'

'Ik kan me niet voorstellen hoe het destijds voor haar is geweest,' zei Lillie weemoedig. 'Ik ben eigenlijk nooit boos geweest omdat ze me afgestaan heeft, want mijn ouders, mijn adoptieouders, hebben me dat uitgelegd. Ze vertelden dat er ook meer dan genoeg Australische meisjes waren die te schande werden gemaakt omdat ze een kind kregen zonder dat ze een man hadden. Dat hou je toch niet voor mogelijk... dat je het gevoel krijgt opgedrongen dat je niets waard bent omdat je een nieuw leven op de wereld hebt gezet?'

'Wat ik zo verdrietig vind, is dat ik pas nu heb ontdekt dat jij er bent,' zei Seth. 'Dat ik Sam niet heb leren kennen en dat jij onze moeder nooit hebt gekend en dat...' ze zag dat de tranen in zijn ogen stonden, 'dat zij dit geheim heeft gehouden. Hoe kan het dat je iemand al zo lang kent en dat ze toch zoiets belangrijks voor je geheimhoudt?'

Lillie legde haar hand op zijn arm om hem te troosten. Hoewel ze bang was geweest dat ze zich tegenover hem heel bitter zou voelen, had ze toch instinctief de neiging om hem te troosten. Het laatste wat ze had verwacht was dat ze zo'n gevoel van verwantschap met een volkomen vreemde zou voelen.

'Mensen hebben nu eenmaal geheimen. En hoe langer iets geheim blijft, des te moeilijker het wordt om het prijs te geven. Maar naarmate je langer leeft – en dat weet ik echt alleen maar omdat ik ouder ben dan jij, lieverd – besef je steeds meer dat geheimen helemaal niet belangrijk zijn. Het enige wat telt, is liefde. Zij hield van jou. En ze hield genoeg van mij om me weg te geven, want destijds dacht ze echt dat dat het beste was.'

Seth keek zijn zus met haar Keltische huid en al die sproetjes aandachtig aan. Haar mooie gezicht zat vol rimpels.

'Tekenen van een lang leven,' zei ze een tikje spottend toen ze begreep waarnaar hij keek. 'Bovendien heb ik veel te vaak in de zon gezeten. Het zijn levenslijntjes. Ik heb twee goede vriendinnen met wie ik altijd ga wandelen en dan zeggen we altijd voor de grap dat we ons vijfentwintig voelen tot we pijn in onze knieën krijgen. Wat mij betreft, tonen die lijntjes aan wat ik allemaal geleerd heb. Maar Viletta haat haar rimpels juist. Ze moet een vermogen uitgeven aan Retinoid of Retinal of hoe dat ook mag heten.'

Seth keek haar niet-begrijpend aan.

'Dat is een crème die rimpels gladtrekt,' legde Lillie uit. 'Maar die van mij mogen blijven. Ze horen bij me.'

Seth voelde een golf van liefde voor zijn nieuwe zus opwellen. De gelijkenis met zijn moeder was niet alleen uiterlijk; ze straalde dezelfde rust uit, hetzelfde vermogen om je een beter gevoel te geven over jezelf door alleen maar bij haar in de buurt te zijn. Misschien... heel misschien, kon ze ook iets van die magie naar Frankie uitstralen, zodat ze een beetje beter met het idee van ouder worden om zou kunnen gaan.

'Hoe komt het dat je zo wijs bent?' vroeg hij vol genegenheid.

In tegenstelling tot de meeste Ierse mensen die niet wisten wat ze met een complimentje aan moesten, weerde Lillie het niet af. Ze beschouwde de opmerking als volkomen terecht. 'We hebben allemaal gaven meegekregen,' zei ze, 'en dat is een van de mijne.'

Frankie zat achter haar bureau e-mails door te kijken en deed ontzettend haar best om oplettend te blijven. Mindfulness was een fantastisch concept – je moest je bij het heden houden en genieten van het moment. Iedereen deed eraan mee, het halve kantoor zat glimlachend achter zijn bureau, vastbesloten om zijn aandacht erbij te houden. Er was een tijd waarin het kantoor vol had gezeten met mensen die aan spinnen deden en die na de lunch terug kwamen hollen met een vuurrood hoofd en barstend van de hyperenergie. Daarna was yoga ineens helemaal in geweest: Iyengar, Bikram, Flow, noem maar op, en plotseling stonden de meest onwaarschijnlijke mensen na een vergadering op om een buiginkje te maken en met gevouwen handen 'Namaste' te mompelen.

Tegenwoordig was mindfulness een echte rage.

In het nu leven, genieten van het moment, diep ademhalen en stralende uitbarstingen van liefde doorgeven aan toevallige passanten.

'Het is echt goed voor je, hoor,' zei Lauren van Frankies kantoor, die zich erop had gestort met hetzelfde fanatisme als iemand die jaren geleden in de handen van de nonnen was gevallen en te horen had gekregen dat hij of zij een roeping had. 'We besteden allemaal veel te veel tijd aan piekeren over de toekomst.'

Frankie zou bijna wensen dat ze er tijd voor had, maar wie paste op de winkel als er niet íemand was die aan de toekomst dacht?

'Dat is allemaal leuk en aardig voor jou,' had Frankie tegen haar gezegd, 'maar ik kan me de luxe niet permitteren om alleen maar aan het nu te denken. In mijn baan draait alles om de toekomst – ik moet erachter zien te komen wat mensen het gevoel geeft dat ze nuttig zijn, dat ze echt bij het bedrijf horen. Ik moet uitzoeken wie we in dienst nemen en waar ze geplaatst moeten worden, zodat ze het best tot hun recht komen. Het is juist de toekomst die mijn hypotheek betaalt,' zei ze en ze hoorde zelf dat ze steeds harder ging praten. 'Wat is er mis met de toekomst?'

Ze hield abrupt op toen ze de geschrokken blik op Laurens gezicht zag en liep een beetje beschaamd snel terug naar haar eigen kantoor. Sinds wanneer was ze zo'n kribbige oude taart die meteen bij het minste of geringste uit haar slof schoot? Ze merkte ook dat ze binnensmonds zat te mompelen en zich voortdurend overal aan zat te ergeren. En dan werd ze helemaal warm en raakte over haar toeren, letterlijk, haar lichaamstemperatuur steeg zo snel dat ze het warme bloed gewoon vanuit haar borst omhoog voelde wellen naar haar hals. Gelukkig werd haar gezicht niet rood, dat was tenminste iets, maar ze droeg steeds vaker een zijden sjaal om die verraderlijke kleur van haar hals te verbergen.

Maar niets kon het zweet verbergen. De dure Dior-foundation die gegarandeerd de rimpeltjes verborg en haar een subtiele glans gaf, was niet opgewassen tegen de zweetdruppeltjes die plotseling op haar voorhoofd verschenen en over haar gezicht omlaag biggelden. Als ze 's morgens vroeg de kleren uitkoos die ze wilde dragen, hield ze voornamelijk rekening met de vraag of ze haar transpirerende oksels zouden verbergen of het probleem juist zouden benadrukken. Er was niets zo vernederend als gedwongen te worden je armen omlaag te houden en te bidden dat je genoeg parfum op had om de zweetlucht te verbergen en discreet met een zakdoek je gezicht te deppen als niemand op je lette.

Het was gewoon belachelijk. Ze kon helemaal niet in de overgang zijn. Daar was ze nog veel te jong voor. Maar misschien ook niet. Het was duidelijk dat haar hormonen volledig in de war waren.

Ze stortte zich op het toetsenbord om een e-mail te beantwoorden. Eigenlijk was het niet verstandig om op e-mails te reageren als je geïrriteerd was, maar ze ging toch door. Rita van de afdeling Claims kon haar borst natmaken. Rita vond dat ze ondergewaardeerd werd op de afdeling Claims. Volgens Rita werd ze op elke afdeling waar ze tot nog toe gewerkt had ondergewaardeerd. Frankie was van mening dat Rita het soort persoon was dat zich altijd ondergewaardeerd voelde, waar ze ook zat of voor wie ze ook werkte. Rita zou zich waarschijnlijk nog steeds ondergewaardeerd voelen als ze tot voorzitter van de Europese Commissie werd benoemd. En als je naging dat ze niet eens een verzekeringsclaim fatsoenlijk kon verwerken, dan was dat voorzitterschap voor haar wellicht een tikje te hoog gegrepen... Aaaahhhh! Nu deed ze het weer. Die verrekte kribbigheid!

Ze wiste Beste Rita, ik ben bang dat er nergens in dit bedrijf een baan is waarin jij je gelukkig zult voelen, omdat je gewoon vastbesloten bent om ongelukkig te zijn... en begon opnieuw.

Frankie had wat zitten googelen over het onderwerp overgang en het oordeel van Dr. Google was allesbehalve bemoedigend geweest.

Om te beginnen waren er veel elkaar tegensprekende pagina's over medicijnen. Laat de natuur haar gang gaan/laat de natuur niet haar gang gaan. Zilverkaarspreparaten geven je het gevoel dat je tien jaar jonger bent/zilverkaarspreparaten maken dat je oren van je hoofd vallen. Het was waarschijnlijk gemakkelijker om jezelf te leren hoe je met behulp van een vismes en een soeplepel iemand van zijn blindedarm kon verlossen, dan uit te vissen wat het beste middel was tegen symptomen van de overgang.

Daar kwam nog bij dat het vervelende gedoe miljarden symptomen had. En Frankie had het gevoel dat zij die stuk voor stuk ook had. Het leek een beetje op het lezen van de 'mogelijke bijwerkingen' in bijsluiters van tabletten. Als Frankie die las, was ze er na verloop van tijd van overtuigd dat zij die ook allemaal had. Dus tegenwoordig had Frankie zich aangewend om niet op die symptomen te letten. Dat noemden ze het 'nocebo-effect'. Maar die verdraaide overgang gaf haar echt het gevoel dat ze er niet eentje oversloeg. Lichtgeraaktheid, humeurigheid, opvliegers, hoofdpijn, de neiging om op de raarste momenten in tranen uit te barsten en, dat kon ze niet ontkennen, absoluut geen zin in seks.

Om daarmee om te gaan was lang niet zo moeilijk als het had kunnen zijn. Als hoofd Personeelszaken kende Frankie alle theoretische nadelen die ontslag voor mensen meebracht en met name voor mannen was een gebrek aan libido een veelvoorkomend probleem. De eerste maand nadat Seth ontslag had gekregen, had dat een afschuwelijke uitwerking op hem gehad. Dat zijn bazen hadden verkozen om hem een maand voor de kerst op straat te zetten, had alles nog veel erger gemaakt en omdat de kinderen weg waren, was zij de enige geweest die kon proberen hem een beetje te troosten. Ze had gehoopt dat vrijen zou helpen als woorden tekortschoten, maar als ze elkaar een paar minuutjes geknuffeld hadden, drukte Seth een kus op haar voorhoofd – een niet mis te verstaan *dank je wel, maar liever niet* – had welterusten gezegd en was op zijn andere zij gaan liggen.

Frankie had dat als een klap in haar gezicht ervaren, alsof de troost die zij hem te bieden had niet goed genoeg was. Alsof zíj niet goed genoeg was. En nu… nu kwam het haar goed uit dat ze niet aan seks hoefde te denken.

Het trieste was dat ze in bed altijd zo geweldig waren geweest. Seth vrijde zo teder en met zoveel hartstocht dat ze er nooit aan had getwijfeld dat hij hetzelfde voor haar voelde als zij voor hem.

Maar de laatste tijd leken ze op zo'n echtpaar voor wie de zegeningen van een slaapkamer bestonden uit een lits-jumeaux en een traplift. Nee, dacht ze grimmig, twee slaapkamers zou nog beter zijn, want dan konden ze elkaar op de overloop welterusten wensen, elk een eigen deur binnenschuifelen en in bed kruipen met een kop chocola en een kruiswoordraadsel om iets te doen te hebben voor het slapengaan.

Zo wilde Frankie nooit worden… helemaal nooit. En ze wilde zeker niet nu al zo zijn.

Mindfulness… ja, dacht ze. Mindfulness, daar draait alles om: denk alleen maar aan het heden. Blijf kalm in je hoofd. Maar dat kon ze niet. Als ze kribbig werd, kreeg ze altijd hoofdpijn en nu had ze het gevoel alsof haar hoofd uit elkaar barstte.

Zou het hoge bloeddruk zijn? Een verhoogde bloeddruk was een van de symptomen waarover ze het op die sites hadden gehad. O verdorie, weer iets om zich zorgen over te maken. Misschien moest ze naar de dokter, om er eens over te praten.

Dat was de oplossing, ze zou naar de dokter gaan.

Ze pakte de telefoon op en toetste het nummer in. Als ze aandrong, kon ze misschien vanavond nog langskomen. Ineens dacht ze aan Lillie. Het zou de eerste avond zijn dat ze bij hen thuis was. Verdomme! Dan moest ze maar een afspraak voor later in de week maken.

Seth had het een beetje spannend gevonden om zijn vrouw aan zijn nieuwe zus voor te stellen.

Die avond, toen Frankie naar binnen kwam stappen met een boodschappentas vol lekkere dingen en een bos bloemen voor hun gast werd meteen duidelijk dat ze het vanaf het eerste moment uitstekend met Lillie kon vinden. Daar had Seth ook geen moment aan getwijfeld. Zo was Frankie nu eenmaal, altijd heel hartelijk tegen andere mensen, dus waarom zou Lillie dan een uitzondering zijn? Nee, zijn onrust had een heel andere reden.

Hij wist best dat het ontzettend kinderachtig van hem was, maar hij wilde dat de zus die hij na al die tijd teruggevonden had van hém was, alsof hij een kind in de speeltuin was dat niet wilde dat iemand anders met zijn speciale vriendje speelde. Hij was bang geweest dat Lillie geen oog meer voor hem zou hebben als Frankie met al haar energie en levenslust binnen kwam stormen.

Maar zo ging het helemaal niet.

'Lillie, wat geweldig om je te leren kennen,' zei Frankie terwijl ze haar armen om haar heen sloeg. 'Je lijkt echt als twee druppels water op Seths moeder. Heeft hij dat al gezegd?'

'Ja,' zei Lillie, verbaasd dat ze zo geroerd was toen ze dat opnieuw te horen kreeg.

'We hebben de hele middag in de fotoalbums zitten kijken,' zei Seth.

'Lillie, je bent vast doodmoe na die vlucht. Seth, ze moet eigenlijk even rusten,' vervolgde Frankie, die meteen het heft in handen nam.

'Ze zei dat ze zich prima voelde,' antwoordde Seth gespannen.

Toen ze de woordenwisseling tussen man en vrouw gadesloeg, voelde Lillie meteen de onderhuidse spanningen. Dit had alle kenmerken van een probleemhuwelijk. Het stond nog niet op springen, maar het ging absoluut wel die kant op.

Heel even overwoog ze om haar koffers te pakken en naar een hotel te gaan. Ze had geen zin om daar middenin te zitten. Maar toen veranderde ze om de een of andere reden van mening. Ook al hadden ze elkaar tot vandaag niet gekend, Seth was toch familie van haar. Haar leven lang had ze zich afgevraagd hoe haar biologische familie zou zijn. En nu ze hier was, kon ze hen niet zomaar de rug toekeren.

'Luister eens,' zei ze en verbrak op die manier de onbehaaglijke stilte die was gevallen, 'volgens mij moesten we nog maar eens een kopje van die beroemde Ierse thee nemen. En misschien kunnen we daarna die fotoalbums van jullie nog een keer bekijken. Ik heb de mijne ook meegebracht, dus die kunnen we ook inkijken. Volgens mij zal jullie meteen opvallen dat Martin, mijn oudste, echt wel iets van onze moeder weg heeft. Grappig hè, dat iemand, ook al is er geen sprake van een echte gelijkenis, toch iets ondefinieerbaars kan hebben dat je meteen aan iemand anders doet denken?'

Ze keek haar broer en haar schoonzusje stralend aan, zodat ze wel gedwongen waren om met haar mee te lachen en de spanning weg te laten ebben.

'Ja, dat zal best,' zei Frankie.

'Misschien wel,' zei Seth.

'En ik wil alles horen over toen je nog klein was, Seth,' zei Lillie, terwijl ze hem weer aankeek. 'Nu ik je gevonden heb, wil ik ook alles weten. En jij zult vast ook wel een paar mooie verhalen kunnen vertellen, Frankie,' voegde ze eraan toe.

Dit keer schoten Frankie en Seth allebei in de lach.

'Nou, reken maar,' beaamde Frankie spottend. 'Ik ga wel even thee zetten, dan kunnen we daarna samen de albums inkijken. Ik weet dat je er al een paar hebt gezien, maar het wordt toch leuk want ik heb ze ook in geen jaren gezien, hè?' zei ze tegen Seth.

Lillie zag een zweem van hartelijkheid in de ogen van haar broer.

Misschien had ze zich die spanning verbeeld. Per slot van rekening was ze best moe, en Frankie en Seth stonden vast behoorlijk onder druk, omdat hij geen salaris meer kreeg en ze zich natuurlijk zorgen maakten over de vraag of ze zijn ontslagpremie nu aan de renovatie van het huis moesten besteden of daar beter mee konden wachten. Geen wonder dat ze gespannen waren.

# Deel twee

Honing wordt als medicijn al sinds minstens 2000 v. Chr. gebruikt, zoals vermeld in geschriften uit Egypte, China, Griekenland en het Romeinse Rijk. Het was het meest in zwang bij de Egyptenaren, om wonden te genezen en tegen asthma. In die oude culturen werden bijen vereerd en de honing zelf werd behandeld als iets dat het plezier in het leven in hoge mate bevorderde.

*The Gentle Beekeeper,* Iseult Cloud

# 6

Op haar tweede ochtend in het huis van Seth en Frankie werd Lillie wakker in de logeerkamer en zag het zonlicht door de slecht sluitende gordijnen naar binnen stromen. Het bed was zalig. Groot en zacht, met koele, heerlijk gladde, witte lakens en een dik dekbed dat lekker om haar lichaam sloot. Hoewel Seth had gezegd dat het naar Ierse maatstaven bijzonder warm was voor de tijd van het jaar, vond Lillie het nog steeds koud, gewend als ze was aan de heerlijke hitte van Melbourne.

De avond ervoor had Seth het eten in de tuin opgediend. Lillie had nog gedacht dat het niet zo verstandig was om op een maartse avond in Ierland buiten te gaan zitten, maar hij was zo enthousiast geweest dat ze niet kon weigeren.

'Het weer blijft vandaag goed, dus we kunnen buiten eten,' had hij aangekondigd. 'Ik weet wel dat het nogal een rimboe is, maar we hebben de buitentafel en stoelen uit ons laatste huis en ik sleep de tuinverwarming wel naar buiten, zodat jullie het niet koud zullen krijgen.'

Vooraf had ze samen met Seth een wandeling door de tuin gemaakt. Iedereen noemde hier de ruimte achter het huis de tuin, ook al was het niets anders dan een troosteloze rimboe vol onkruid – een omschrijving die precies paste bij het huis van Frankie en Seth. Er stond onkruid dat Lillie niet eens kende en de brandnetels staken gemeen. Ze was ertegenaan gelopen en Seth had meteen een groot, dik, smerig uitziend blad geplukt, dat volgens hem weegbree was, en het sap voorzichtig op de jeukende bultjes op haar benen gewreven.

Het was een bijzonder teder gebaar geweest en in gedachten zag ze ineens voor zich hoe hij haar als een beschermende broer altijd zou hebben geholpen als ze samen waren opgegroeid. Maar dat kon natuurlijk helemaal niet. Zij was tien jaar ouder dan Seth. Tegen de tijd dat hij oud genoeg zou zijn geweest om een weegbreeblad te herkennen, zou zij een tiener zijn geweest die op hém paste. Toch voelde ze iets van spijt dat ze een dergelijke band nooit hadden gekend.

Hoewel ze hier nog maar net was, voelde ze zich nu al thuis. Terwijl ze daar in haar heerlijke bed lag, voelde ze zich zo rustig dat het bijna leek alsof haar geliefde Sam naast haar lag. Ze kon bijna zijn grote hand voelen, die vol genegenheid op haar schouder rustte. Dat had hij jaren geleden ook altijd gedaan als ze samen op vakantie waren en de gids allerlei bijzonderheden had opgesomd over de diverse plaatsen waar ze waren geweest: Efeze in Turkije bijvoorbeeld, of het orakel van Delphi. Wat raar dat in dit verre land, waar ze was geboren en waar alles vreemd zou moeten zijn, het intense, hartverscheurende verdriet over Sams dood op de een of andere manier was afgenomen. Ze wist niet precies waarom, maar zo voelde het wel.

Lillie, die normaal gesproken al haar gevoelens tot op de bodem wilde doorgronden, besloot nu dat het veiliger was om het gewoon te accepteren. Ze moest van dat gevoel van rust genieten zonder zich er het hoofd over te breken, want anders ging het misschien voorbij.

Terwijl ze daar in dat zachte bed met haar tenen lag te wriemelen en zich heerlijk uitrekte, keek ze om zich heen. Afgezien van het bed zag de logeerkamer er echt vreselijk uit. Om eerlijk te zijn was het hele huis afschuwelijk, met uitzondering van het gedeelte in het souterrain dat ze geverfd hadden.

Seth schaamde zich echt ontzettend voor de toestand waarin het pand verkeerde.

'Het is een zootje, dat weet ik best,' zei hij. 'Je zult je wel afvragen waarom ik niet ben begonnen om het op te knappen in de maanden dat ik werkloos ben, maar ik ben geen echte doe-het-zelver. Ik heb overwogen om te proberen de wanden tussen de zitslaapkamers op de begane grond weg te slopen, omdat die maar van hout zijn, maar het zit er dik in dat ik meer kwaad dan goed zal doen als ik daaraan begin. En ik kan het gewoon ook niet opbrengen om te beginnen met het verwijderen van het behang of het schuren van de vloeren in de andere kamers. Terwijl ik tegelijkertijd wel het gevoel heb dat ik iets zou moeten doen, omdat Frankie nu in haar eentje al het geld moet verdienen. Maar op de een of andere manier kan ik me er niet toe zetten om te beginnen. Ik voel me zo nutteloos.'

Ze had naar de tranen gekeken die in zijn ogen opwelden en haar hart smolt, precies zoals altijd het geval was geweest bij haar zoons.

Je moest een buitenstaander zijn om de waarheid te onderkennen en Lillie zag duidelijk dat haar broer in een emotioneel moeras was beland. En alles wat hij had kunnen gebruiken om zich daaruit te bevrijden was hem afgenomen. Zijn baan, en het mannelijk bewustzijn dat hij ontleende aan het zorgen voor zijn gezin – allebei weg. En hij kon zich ook niet aan zijn vrouw vastklampen. Frankie, die lieve meid met al haar energie, haar levenslust en haar gevoel van 'dat redden we best', scheen geen begrip te hebben voor Seths verdriet, ook al hield ze zielsveel van hem. Ze begon kennelijk ook haar geduld te verliezen omdat hij niet in staat was er in zijn eentje weer bovenop te komen. Lillie had zich de spanning tussen het stel die eerste avond echt niet verbeeld. Iedere dag zag ze er weer nieuwe voorbeelden van, diep onder de oppervlakte.

Het was zo duidelijk als wat dat Frankie maar niet kon begrijpen dat zij iedere dag bij thuiskomst het huis nog steeds in dezelfde treurige staat aantrof, terwijl hij al vier maanden thuis had gezeten zonder iets om handen te hebben. Ze zou het nooit rechtstreeks zeggen, maar Seth wist wat haar door het hoofd speelde: *Aangezien ik tegenwoordig kan opdraaien voor het betalen van alle rekeningen omdat jij geen werk meer hebt, zou jij dan ook niet eens je handen uit de mouwen steken? Schiet nu maar op en knap dit rampzalige huis op in plaats van te jammeren dat er eigenlijk aannemers moeten komen om het werk te verzetten.*

*Ik weet best dat ik tekortschiet,* was Seths onuitgesproken antwoord.

Het was gewoon triest om die zwijgende dialoog aan te moeten zien.

*Wat denk jij ervan, Sam?* zei Lillie. *Ik heb het gevoel dat er hier wel iets aardigs voor me te doen is.* Ze grinnikte bij de herinnering aan de manier waarop Sam altijd in zichzelf moest lachen als ze het weer eens in haar hoofd kreeg om de problemen van andere mensen op te lossen. Dan plaagde hij haar en zei tegen de jongens dat ze vanavond waarschijnlijk later aan tafel zouden gaan, omdat hun moeder weer op een van haar missies was, maar hij stond altijd vierkant achter haar. *Ik ga ervan uit dat dit stel mijn hulp nodig heeft en het is al weer een tijdje geleden dat ik me nuttig kon maken. Je helpt me toch wel, hè schat?*

Opnieuw welde er een gevoel van vrede op in Lillies hart. Meer antwoord had ze niet nodig.

Ze stond op, nam een douche en kleedde zich aan terwijl ze ondertussen haar plannen smeedde. Ze had heel wat te doen. Het opknappen van het huis en de tuin zou een fluitje van een cent zijn vergeleken bij haar voornemen om het huwelijk van Seth en Frankie te redden. Als er niet snel iets gebeurde, zouden ze zo ver uit elkaar drijven dat niets hen meer samen zou kunnen brengen. Dat had ze eerder zien gebeuren. Als ze dat op een of andere manier zou kunnen voorkomen, dan zou ze het doen. Niet door zich ermee te bemoeien, lieve hemel, nee. Er was niets ergers dan bemoeizuchtige familieleden.

Bij die gedachte begon ze hardop te lachen. *Dit zijn mijn broer en mijn schoonzusje... het zijn familieleden van me.* Nou, des te meer reden om hen een handje te helpen.

En het eerste wat ze moest doen, was ervoor zorgen dat Seth de levenslust terugkreeg die hij kwijt was geraakt.


Seth had beloofd om Lillie die ochtend naar het centrum van Redstone te rijden, maar de afwasmachine was kapot en hij moest thuisblijven voor de monteur.

'Vertel me gewoon nog maar een keer hoe ik moet lopen,' zei Lillie. 'Het zal me goed doen om mijn benen weer eens te strekken.'

Het was een koele ochtend, maar de zon scheen en Lillie vond het leuk om naar de huizen te kijken en de bloemen die in de tuinen in de knop stonden te bewonderen. Ze bleef even staan om een vrouw van haar eigen leeftijd te groeten, die een klein pluizig zwart hondje met een geblokt strikje op zijn kop uitliet.

'Ik ben zo blij dat de winter achter de rug is,' zei de vrouw, die maar al te graag bereid was om even te blijven staan. 'Ik ben dol op de lente. Het valt niet mee om jezelf zover te krijgen dat je gaat wandelen als het steeds zo koud en nat is. Die arme Noodles haat regen.'

Noodles stond ijverig Lizzies gemakkelijke sportschoenen te besnuffelen.

'Wat een lief hondje,' merkte Lizzie op en ze bukte zich om haar te aaien. 'Wat is ze voor soort?'

'Een razzeldazzel,' zei de vrouw trots. 'Een vanalleswatje. Maar vertel eens… ik kan aan uw accent horen dat u niet hiervandaan komt. Bent u Australisch?'

Het was het soort gesprek waaraan Lizzie snel gewend zou raken. Ze had besloten om naar een paar van de winkels in Redstone te gaan om een beetje vertrouwd te raken met het plaatsje, zodat ze zich daar thuis zou gaan voelen. Ze had ook aangeboden om die avond te koken en ze verheugde zich erop om de ingrediënten te gaan kopen. Het duurde niet lang tot ze ontdekt had dat je in Redstone niet anoniem ergens naar binnen kon stappen.

Het meisje in de bakkerij vertelde haar dat ze Sue heette. Toen ze hoorde dat Lillie uit Melbourne kwam, vond ze dat geweldig. 'We zijn daar zelf ook een keer geweest, toen we er een jaartje tussenuit gingen. Maar dat lijkt nu wel een miljoen jaar geleden,' zei ze. 'Hè, Zeke?'

'Zeker weten,' zei haar man, die even zijn hoofd door het luik tussen de winkel en de bakkerij stak.

Sue kende Frankie niet, hoewel Lillie toch een vrij nauwkeurige beschrijving van haar gaf, maar ze had Seth weleens gezien.

'Zo'n rustige lange man, met trieste donkere ogen?'

'Dat is hem,' beaamde Lillie. 'Wat koopt hij hier meestal?'

'Een paar stokbroodjes,' zei Sue. 'Ik heb weleens geprobeerd om hem te verleiden met ons tarwebrood en het meergranen of de cakes, maar daar heeft hij geen belangstelling voor.'

'Laten we het tarwebrood maar eens proberen,' zei Lillie vastbesloten. 'En is dat baklava?' Ze wees naar een blad vol kleine blokjes van bladerdeeg met een vulling van noten en honing.

'Ja,' zei Sue.

'Prachtig,' zei Lillie, die tegelijkertijd aan het dessert dacht en aan de geneeskrachtige eigenschappen van honing, iets wat Sam haar had bijgebracht in de jaren dat hij bijen had gehouden. 'Geef me er maar twaalf van.'

'Gaat u een feestje geven?' vroeg Zeke, die de winkel binnenkwam.

'Een feestje! Wat een fantastisch idee,' zei Lillie. 'Dan zou het een feestje kunnen zijn om hen te bedanken voor het feit dat ik bij ze mag logeren.'

In de delicatessenzaak kocht ze sla, olijven, feta en wat tapas van de twee aardige mannen die achter de toonbank stonden en hun klanten bedienden met de vriendelijkheid van een al jaren getrouwd echtpaar.

Ze stelden zichzelf voor als Paul en Mark en vertelden haar dat ze het heerlijk zouden vinden om een keer naar Australië te gaan. Maar nu ze de zaak hadden, konden ze die niet zomaar sluiten om weg te gaan.

'Het is ons kindje,' legde Paul uit en Lillie keek toe hoe hij Mark vol genegenheid toelachte. Hun opgewektheid was gewoon aanstekelijk.

Vervolgens wipte ze even aan bij de schoonheidssalon voor een brochure, zodat ze bij wijze van dank een ontspannende behandeling zou kunnen boeken voor Frankie. De salon heette Bobbi's en toen ze ontdekte dat de mevrouw achter de balie Bobbi in eigen persoon was, liep Lillie naar haar toe om zich voor te stellen.

'Wat zou volgens u de meest ontspannende behandeling zijn voor een vrouw die nooit tijd heeft voor zichzelf en die echt eens verwend moet worden?' vroeg Lillie.

'Hoe oud is de dame in kwestie?' vroeg Bobbi terwijl ze nadenkend met een pen tegen haar kin tikte.

'Midden veertig,' zei Lillie diplomatiek.

'Gaat ze weleens naar de schoonheidsspecialiste? Ik bedoel of ze zichzelf goed verzorgt. Want als ze aan de behandelingen gewend is, zou ik een gezichtsbehandeling adviseren en anders zouden we haar misschien een massage kunnen geven en haar handen en voeten verzorgen.'

Lillie keek Bobbi aan. 'Eerlijk gezegd heb ik geen flauw idee of ze zelf dat soort behandelingen weleens neemt. Het enige wat ik weet, is dat ze het ontzettend druk heeft en heel gespannen is. Kan ik haar geen cadeaubon geven waarmee ze zelf kan kiezen? En als ze dan komt, kunt u haar dan door iemand laten helpen die elke behandeling die ze kiest kan uitvoeren?'

'Ik begrijp het helemaal. Geen enkel probleem, hoor,' zei Bobbi glimlachend. 'Waar kwam u ook al weer vandaan?'

Ze doen hier alles anders, mailde Lillie Doris een week nadat ze in Redstone was aangekomen. Ze gebruikte Seths computer en was verrukt dat ze zo gemakkelijk haar eigen account kon openen. De lessen die ze thuis in de bibliotheek had genomen waren het geld waard geweest.

En af en toe lijken ze gewoon een andere taal te spreken. Als ze hier zeggen 'ik voel me grandioos', betekent dat gewoon 'alles in orde'. En hier is gek ook iets heel anders dan bij ons. Seth blijft maar zeggen dat Frankies moeder een beetje gek is, hoewel dat niet betekent dat ze onder medisch toezicht staat. Seth moest lachen toen ik dat vroeg en zei dat ze dat eigenlijk wel nodig had. Hij bedoelt volgens mij dat ze een tikje excentriek is. Hoe dan ook, daar kom ik binnenkort wel achter, want Frankies familie komt dit weekend bij ons eten.

Een paar dagen geleden vroeg Seth aan Frankie waar ze de dinges voor de aardappels had gelaten. Het bleek dat hij het over de dunschiller had en 'dinges' is alles waarvan je even niet op de naam kunt komen. Als je 'om te gillen' bent, ben je leuk, niet eng.

Zelfs zoiets als het bestellen van een kopje koffie valt niet mee – koffie verkeerd kennen ze hier nauwelijks. Ze zijn meer van de lattes en de cappuccino's, hoewel de vrouw die achter me stond te wachten zei dat je die met een lantaarntje moest zoeken toen zij nog klein was. Toen ik thuiskwam, moest ik Frankie vragen wat ze bedoelde. Ze zei dat het iets is wat je tegenwoordig vaak hoort, en dat mensen daarmee aangeven dat er ook een tijd is geweest dat in dit land nog geen baristas en cafés waren en dat ze het niet te hoog in de bol moesten krijgen, want dat is een doodzonde in Ierland.

Ik zei tegen Frankie dat ik ze bij mij thuis ook met een lantaarntje moest zoeken en toen schoot ze in de lach en zei dat ik het helemaal door begon te krijgen.

Seth heeft me gisteren meegenomen naar het huis waarin hij is opgegroeid. Om eerlijk te zijn moest ik van tevoren wel iets wegslikken. Ik was bang dat ik in tranen zou uitbarsten en we weten allebei dat ik de afgelopen maanden al genoeg gehuild heb. Maar dat gebeurde niet…

Seth had gezellig zitten kletsen toen hij via een kronkelende weg om Cork heen naar de zuidkant reed. De huizen daar leken veel op die in Redstone, voor zover Lillie kon uitmaken, maar hij liep over van enthousiasme en daar wilde ze geen domper op zetten.

Ze gingen naar het huis waar haar biologische moeder had gewoond nadat ze Lillie had afgestaan. Ze zouden de straten zien waar ze gewinkeld had, de school waar Seth als kind op had gezeten... Lillie was bang dat dit het punt zou zijn waarop de bitterheid eindelijk toe zou slaan en ze boos zou worden op de vrouw die haar had weggegeven.

*Zorg alsjeblieft dat ik me niet zo ga voelen,* bad ze onderweg, terwijl Seth haar allerlei bezienswaardigheden aanwees.

'Dat is St. Murtagh,' zei hij en remde af toen ze langs een klein roodstenen schoolgebouw reden. 'Na al die jaren bestaat de school nog steeds. Moeder heeft me een jaartje langer thuisgehouden, dus ik kwam er pas op toen ik vijf was en dat was destijds heel ongebruikelijk. Ik had als kind zwakke longen en ik moest altijd een heleboel eieren van haar eten, om sterker te worden.'

*Alsjeblieft,* bad Lillie, *ik wil me niet bitter voelen. Dat waren andere tijden en wie weet hoe alles toen was. Ze had het beste met me voor.*

'Dat was de winkel op de hoek,' zei Seth toen ze bij een klein kruispunt kwamen. 'Nu is het een kleine supermarkt. Het zal wel niet veel verschil uitmaken, denk ik. En dit,' hij remde af zodat ze het bordje op de muur van een huis kon lezen, 'is de straat waar wij woonden. Lismore Road. We zaten ongeveer halverwege, op nummer drieëntwintig.'

Het was maar een kort straatje met kleine bungalowtjes van rode baksteen. De voortuintjes waren minuscuul, hooguit een paar vierkante meter.

Lillie hield haar adem in.

'Parkeren is hier altijd een wanhoop,' vervolgde Seth en toen hij Lillie aankeek zag hij pas hoe bleek ze was. 'Sorry,' zei hij. 'Als ik zenuwachtig ben, klets ik altijd honderduit.'

Hij legde geruststellend zijn hand op haar knie.

'Zal ik erlangs rijden of wil je ernaartoe lopen?'

'Ernaartoe,' zei Lillie toen ze haar stem terug had gevonden. 'Martin en Evan willen er foto's van zien.'

'Ik heb mijn camera bij me,' zei Seth terwijl hij stopte.

Ze liepen hand in hand naar nummer drieëntwintig. Dat zag er precies zo uit als de andere huizen in de straat, klein en aantrekkelijk.

'De slaapkamers waren aan de voorkant,' zei Seth rustig. 'Die van mijn ouders was links van de deur en de mijne rechts.'

Ze keken naar het kleine tuintje dat helemaal geplaveid was, maar naast de zwarte deur stonden een paar plantenbakken waar de gezonde plantjes uitpuilden.

'We hadden één badkamer, een kleine keuken en een woonkamer over de volle breedte van het huis,' vervolgde Seth. 'Toen mijn vaders tante bij ons kwam wonen, de vrouw van wie ik je verteld heb dat ze in een concentratiekamp had gezeten, heeft pa een uitbouw laten maken zodat zij ook een eigen plekje kreeg. We hadden niet veel ruimte, maar we waren gelukkig.'

Lillie hield haar broers hand vast en keek naar het oude huis waar een vrouw die ze nooit had gekend een zoon had grootgebracht, een door angst bevangen oude dame had verzorgd en kennelijk een gelukkig leven had geleid, waarin ze haar traumatische jeugd achter zich had gelaten. Vierenzestig jaar geleden, toen religieuze mannen hadden bepaald wat wel en wat niet moreel aanvaardbaar was, toen een buitenechtelijke zwangerschap nog als een vreselijke zonde werd beschouwd, had zij het leven geschonken aan een meisje en haar aan de zorg van de kerk toevertrouwd.

In gedachten zag ze de vrouw van de foto's voor zich die in dit huis met haar man en haar zoon had gewoond en probeerde zich daarna voor te stellen hoe het moest zijn geweest om te leven met de wetenschap dat haar dochtertje ergens ver weg door vreemde mensen werd grootgebracht.

Jennifer had niet de geruststellende wetenschap gehad dat Lillie het beste thuis had gekregen dat ze kon treffen en vol liefde werd grootgebracht door Charlotte en Dan. Wat moest ze bezorgd zijn geweest, dacht Lillie verdrietig. Ze wist zeker dat zíj kapot was gegaan van de zorgen als zij ooit gedwongen was geweest om een kind af te staan. Wat moest dat allemaal moeilijk zijn geweest voor Jennifer.

De wijze vrouw die in Lillie school, voelde geen bitterheid of woede bij de aanblik van dit kleine huis. Jennifer had haar best gedaan en ze had die last de rest van haar leven mee moeten dragen.

Lillie hoopte vurig dat Seths vader wel op de hoogte was geweest, want dan had Jennifer tenminste iemand gehad met wie ze haar twijfels en haar verdriet kon delen.

'Is alles goed met je?' vroeg Seth een tikje bezorgd, omdat Lillie nog steeds met dat bleke gezicht strak naar het huis stond te staren.

Misschien was alles haar wel te veel geworden, dacht hij. Ze had nog maar zo kort geleden haar man verloren en nu stond ze ineens op de plek waar hun moeder had gewoond… ja, dat kon heel overdonderend zijn.

Lillie keek hem aan en glimlachte. Ze had weer een beetje kleur op haar wangen.

'Ik voel me prima,' zei ze. 'Ik ben blij dat we hiernaartoe gekomen zijn. Ik moest het zien en ik begin het nu ook steeds beter te begrijpen. Hier op deze plek lijkt het allemaal echter. Ik kan me voorstellen hoe het leven toen was, ik kan me voorstellen hoe bang ze is geweest en hoeveel moed ervoor nodig was om me af te staan.'

'Ik was even bang dat je zou flauwvallen,' zei Seth opgelucht.

'Nee,' zei zijn zus. 'Maar ik wil nu wel weer naar huis, om een kopje thee te drinken.'

'Goed,' zei hij. 'Dan zal ik even snel een foto nemen. Wil jij er ook op staan?'

Lillie dacht even na en schudde toen haar hoofd. 'Laat mij die foto maar nemen,' zei ze. 'Dan kun jij erop staan. Ik was hier alleen in het hart van onze moeder. En zo wil ik het graag houden.'

Seth zal de foto van het huis er voor me bij doen, Doris. Martin en Evan zullen het ook geweldig vinden om die te zien. Zij denken dat ik met zevenmijlslaarzen door het verleden kan denderen en alle foto's meteen kan opsturen. Maar ik wil er de tijd voor nemen. Seth en ik gaan heel behoedzaam te werk, snap je, en af en toe is het heel emotioneel om het verleden weer op te rakelen.

Ik kan begrijpen waarom mijn moeder dit heeft gedaan. In haar plaats en in die tijd zou ik hetzelfde hebben gedaan. Je had toch geen keus? We zijn er nog steeds niet achter wie mijn biologische vader was. Seth en ik hebben alle papieren van zijn moeder doorgekeken en er is niets uit die tijd overgebleven. Ze was geen brievenschrijfster en ze hield ook geen dagboek bij. Dus daar zullen we wel nooit achter komen.

Om over iets gezelligers te beginnen: ik word nog steeds aangesproken door volslagen vreemden, dus dat ligt kennelijk niet alleen aan Melbourne. Ik ken nu al meer mensen in Redstone dan Seth. Ik ben al een paar keer in mijn eentje gaan winkelen en toen Seth vandaag met me meeging, was hij stomverbaasd dat er zoveel mensen uit de buurt zeiden: 'Hallo, Lillie, hoe is het met de jetlag?'

Ik heb twee goeie nieuwe vrienden gevonden, Seanie en Ronnie. Die zitten samen de hele dag bij de bushalte. Ik geloof niet dat ze ooit ergens heen gaan. Ze zitten daar gewoon, bewonderen iedereen die voorbijkomt en zitten gezellig tussen het roken door te kletsen. Seth zei dat die twee mannetjes hem nooit eerder waren opgevallen. Er zijn niet veel dingen die Seth opvallen, hij is heel anders dan wij.

Er is hier ook een banketbakker, die jij gewoon zalig zou vinden. Hemeltjelief, ik moet echt uitkijken. Al die kilo's die ik dankzij onze wandelingen ben kwijtgeraakt, zitten er hier anders zo weer aan. Ik ga er tegenwoordig vaak met Seth naartoe om brood te kopen, of een cake, en dan nemen we ook meteen een kopje koffie. Het stel waarvan de winkel is, wil graag een baby hebben. Die arme Sue heeft al vier ivf-behandelingen gehad, zonder succes.

Ja, mensen praten nog steeds tegen me. Toen ik onderweg naar huis tegen Seth zei dat ik zo'n gezellig maar heel persoonlijk gesprek met Sue had gehad (ik wilde hem niet precies vertellen wat ze had gezegd. Ze zei niet dat het een geheim was maar ik had het gevoel dat ze het niet leuk zou vinden als iedereen die de winkel binnenkwam, wist wat er aan de hand was) keek hij me stomverbaasd aan. 'Maar waarom zou ze al die persoonlijke dingen aan iemand vertellen die ze nauwelijks kent?'

'Dat komt door mijn gezicht,' zei ik tegen hem. 'Dat overkomt me overal. Als er een dag voorbijgaat waarop ik geen geheim te horen krijg, word ik gewoon bang.'

Ik weet niet zeker of hij precies begrijpt hoe ik in elkaar steek, maar hij is blij dat ik er ben en dat is voorlopig meer dan genoeg.

Seth en ik hebben ook een lijst gemaakt van de dingen die ik wil doen terwijl ik hier ben. Zoals een bezoek brengen aan het graf van mijn moeder en kennismaken met haar familie in Kerry, ook al zegt Seth dat er niet veel meer over zijn.

En we gaan de tuin opknappen. Ja, dat is eigenlijk een werkje voor Martin en Evan samen, met de hulp van nog zeker vijf andere grote kerels, maar voorlopig moeten Seth en ik het doen. Ik zal proberen een of andere jonge jongen te pakken te krijgen, die wel een paar dollar wil bijverdienen. Seth verkeert nog steeds in een soort shock, die komt zelf niet op dat idee.

Ik doe ook mijn best om hem geïnteresseerd te krijgen in het houden van bijen. Ja, stil nou maar, ik weet best dat hij niet Sam is en dat het geen enkele zin heeft om hem Sams hobby's op te dringen. Maar bijen zijn zo rustgevend. Er is niets wat meer op meditatie lijkt dan voor bijen zorgen, zei Sam altijd. Laten we maar eens zien of hun magie ook bij mijn broer werkt.

Jij zou Frankie, zijn vrouw, echt enig vinden. Ze is zo'n type dat best in staat is om leiding te geven aan een heel land, als ze de kans zou krijgen. En ze heeft het zo druk dat je zou verwachten dat ze helemaal niet blij met me is en me om de haverklap zou vragen wanneer ik weer naar huis ging, maar in plaats daarvan doet ze haar uiterste best om me het gevoel te geven dat ik welkom ben.

Het is zelfs zo dat Seth en zij me allebei gesmeekt hebben om op z'n minst nog een paar weken te blijven. Ik denk dat ze het prettig vinden dat er nog iemand in huis is. Ik wil graag voor mijn logies betalen, maar ze zeggen steeds dat die gedachte alleen al een hele belediging is. Vandaar dat ik maar geregeld kook, daar is Frankie heel blij om. Ze werkt zo hard en ze lijkt zo moe.

Bovendien zitten ze momenteel in dat gevreesde *tweede stadium*. Ik kan me nog goed herinneren hoe moeilijk Sam en ik het hebben gehad toen de jongens net het huis uit waren. We vlogen elkaar een jaar lang om de haverklap in de haren! Daar voel ik me nu echt schuldig over, het is net alsof we die kostbare tijd verspild hebben door iedere minuut die we bij elkaar waren te haten. Ik moet mezelf keer op keer herinneren aan die uitbrander die ik destijds van Viletta heb gekregen. Ze greep me in mijn kraag en vertelde me dat het gewoon kwam doordat ons leven en ons huwelijk een tweede stadium hadden bereikt, waarin de jonge liefde en het achter een stel kinderen aan hollen achter de rug waren en we weer tijd hadden om een echtpaar te zijn. Alleen ben je dan inmiddels ouder en, om er geen doekjes om te winden, ook chagrijniger (echt iets voor Viletta!). Bovendien sta je op het randje van de overgang – en dat schiet ook niet op als je van alles recht moet strijken en aan een volgend stadium moet beginnen.

Dat geldt nu ook voor Frankie en Seth, en daar komen dan nog geldproblemen bij plus een huis dat op instorten staat.

Ik kan Seth niet dezelfde preek geven die ik van Viletta heb gehad, want hij is er nog niet aan toe om te horen dat je hard moet werken om een huwelijk in stand te houden en ik breng nog niet genoeg tijd met Frankie door om erover te beginnen, maar dat komt wel. En nee, dat is echt geen bemoeizucht! Ik zit aan de andere kant van de wereld, maar ik kan je dat toch horen zeggen, Doris! Ik ga gewoon uitleggen hoe het voor mij en Sam was. Het is altijd een geruststellend idee dat jij niet de enige bent, maar dat iedereen dat soort dingen meemaakt.

Oké, genoeg gefilosofeerd. Het is hier nog ongelooflijk koud, hoewel het inmiddels lente is. Ik mis onze lange wandelingen langs de zee, maar daar zullen we nog meer dan genoeg tijd voor hebben als ik weer thuis ben. Ondertussen voel ik me echt gelukkig. Sam is bij me. Ik kan zijn aanwezigheid hier echt voelen. De bijen waren zijn idee… ja, ik weet wel dat je nu denkt dat ik knettergek ben, Doris. Maar dat is echt niet zo, hoor. Toen ik onlangs 's ochtends in Redstone was, ben ik naar een antiekzaak gegaan, in de hoop dat ik een cadeautje voor Seth en Frankie zou vinden (ze willen er niet van horen dat ik gewoon voor mijn verblijf betaal, dus stel ik me maar tevreden met het doen van de boodschappen en het koken). De man in de winkel legde net iets in een vitrine: een gouden medaillon met een hommel erop. Zodra ik dat zag, wist ik dat het een boodschap van Sam was.

*Bijen,* hoorde ik hem zeggen alsof hij vlak naast me stond. *Zorg dat Seth bijen gaat houden.*

Daarna ging ik naar de organische groentezaak en daar hadden ze allemaal potten honing uit de buurt met het telefoonnummer van de bijenhouder op het etiket. Dus belde ik hem op. Hij zei dat hij met het grootste genoegen Seth een paar tips wilde geven en hem zou vertellen welke cursus hij het best kon volgen. Hij was zelfs bereid om hem een paar korven te geven. Het bleek dat hij al behoorlijk oud is en tien korven eigenlijk iets te veel werk vindt. Ik bood aan om ze te kopen, maar hij zei: 'Geen denken aan. Er mag geen geld aan te pas komen. Het moet een gift blijven, alleen dan zullen de bijen zich gelukkig voelen.' Dat had ik nog nooit gehoord, zelfs niet in al die tijd dat Sam bijen heeft gehad.

Dus ik voel me gelukkig. Ik heb mensen voor wie ik moet zorgen en dat heeft me altijd blij gemaakt, hè?

Vertel me nu maar eens wat jij voor nieuws hebt. Is Lloyd nog steeds verliefd op mijn Dyanne? Ik heb haar een e-mail gestuurd. Je zou gewoon gaan denken dat ik met een spaceshuttle naar Mars was gevlogen, want ze schreef terug: *Oma, je hebt e-mail!* Ik heb haar dan ook meteen verteld dat ik een zilveren surfer ben. Ze heeft me daarna nog een paar e-mails gestuurd, maar die gingen alleen over school en thuis – geen woord over jongens. Ze zal wel denken dat het een grote schok voor me zou zijn. Die jeugd van tegenwoordig, die denkt echt dat wij niet weten hoe het is om verliefd te worden! Nou, ze moesten eens weten, hè Doris?

# 7

Frankies dokter, Felix, was een kalme, vriendelijke man van haar eigen leeftijd die haar steun en toeverlaat was geweest tijdens haar zwangerschap en de eerste jaren na Alexeis adoptie, toen hij de ene na de andere kinderziekte kreeg.

'Ik ben te jong voor dat gezeur over de overgang,' zei ze geërgerd tegen Felix, nadat ze op een avond na haar werk voor haar gevoel een maand in de wachtkamer had gezeten.

'De menopauze begint in feite – zoals je ongetwijfeld hebt gelezen – precies een jaar nadat je voor het laatst ongesteld bent geweest,' vertelde Felix haar rustig. 'En jij bent nog steeds ongesteld.'

'Nou ja, de premenopauze dan,' zei Frankie kribbig. Ze had helemaal geen zin in dit gesprek; het was te deprimerend.

'Laten we eerst je bloed maar eens nakijken om je hormonen te controleren en je schildklier te testen. Dan zullen we meteen je bloeddruk meten. Pas daarna weten we wat er aan de hand is en kunnen we kijken wat eraan te doen valt.'

'Laten we dat meteen maar doen,' zei Frankie ellendig. 'Ik heb geen zin om te wachten. Het zou ook stress kunnen zijn, hoor. Ik ben echt ontzettend gespannen.'

'Waarom?' vroeg Felix.

Frankie ergerde zich aan zijn vraag.

'Alle gewone dingen,' snauwde ze. 'Geld, zorgen over de toekomst, het hele gedoe. Seth is zijn baan kwijt en daardoor sta ik onder druk omdat ik de rekeningen moet betalen. En het huis is ook een hele last.'

'Het huis?' vroeg hij.

'De Bodemloze Put. We zijn verhuisd naar een oud huis en we waren van plan om er ontzettend veel aan te gaan doen, maar nu hebben we daar geen geld meer voor. Het lijkt wel alsof we in de hel wonen. Wij zitten in het souterrain en de rest van het pand is een rampgebied vol afschuwelijke zitslaapkamers. Ik lig er 's avonds in bed over te piekeren. Het huis is vochtig, met stinkende, verrotte vloerbedekking en afschuwelijke oude muren waar in geen eeuwigheid het behang af is gehaald.'

'Ja, dat is wel een probleem. En dat Seth zijn baan kwijt is ook. Ik begrijp best dat je daardoor gespannen raakt,' zei Felix, die nog steeds de kalmte in eigen persoon was.

Terwijl ze de neiging onderdrukte om hem een klap met haar handtas te verkopen en te zeggen: 'Shit, Sherlock, echt waar?' antwoordde Frankie: 'Dus het hoeft helemaal nog niet de premenopauze te zijn? Ik kan ook best gewoon gespannen zijn.'

Dat idee beviel haar een stuk beter dan dat van de overgang. Stress was een veel prettiger idee dan een enkeltje voor de Ouwe Taarten Trein.

'Dat zal het bloedonderzoek ons wel vertellen,' zei Felix. 'Maar er zijn een heleboel manieren om met spanningen om te gaan.'

'Je gaat toch niet over mindfulness beginnen, hè?' zei Frankie dreigend.

Felix lachte. 'Nee,' zei hij. 'Ik was eigenlijk van plan om voor te stellen dat je een hobby zoekt, iets wat helpt om te ontspannen.'

'Ik heb geen tijd voor hobby's,' zei Frankie. 'Ik heb me niet meer beziggehouden met hobby's sinds... ik weet niet meer wanneer. Ik heb het altijd veel te druk gehad met zorgen voor de kinderen en werken. Hobby's? Wie heeft er nou hobby's?'

'Massa's mensen. Schilderen, tuinieren...'

Ze viel hem in de rede. 'Je zou onze tuin eens moeten zien! Daar zal om te beginnen een grondverzetmachine aan te pas moeten komen, gevolgd door een hele ploeg deskundigen om er van alles in te zetten, voordat je zelfs maar kunt denken aan de manier van tuinieren die geschikt is voor normale personen.'

'Zou het renoveren van het huis dan geen ontspannende hobby kunnen zijn?' suggereerde Felix onaangedaan.

Frankie schoot in de lach en voelde al haar woede en wrok wegebben. 'Je bent echt een grapjas, Felix. En ik ben gewoon een kribbig oud wijf. Het spijt me, hier zit je natuurlijk niet op te wachten met een wachtkamer vol mensen die echt ziek zijn.'

'Mensen gaan niet alleen naar de dokter toe als ze gewoon ziek zijn,' merkte Felix op. 'En als je last hebt van premenopauzale symptomen, dan zal daar iets aan gedaan moeten worden. Op hol geslagen hormonen zijn geen pretje, dus we zullen eerst maar eens de uitslagen van het onderzoek afwachten. Dan bel ik je daarna op, goed? En denk nog eens na over een hobby,' voegde hij eraan toe toen ze opstond.

'Ja, Felix. Tussen twee haakjes, hoeveel hobby's heb jij?' vroeg Frankie grinnikend toen ze bij de deur stond.

'Touché,' zei Felix glimlachend. 'Maar denk er toch eens over na. Het zou ook goed zijn voor Seth, als hij iets had wat hem bezighield. Je weet wat het betekent voor de mannelijke psyche als ze niet hoeven te werken.'

'O ja,' zei ze grimmig, 'daar kan ik een boek over schrijven. Bedankt, Felix. En tot ziens.'

*Seth.* Had hij maar iets om hem bezig te houden. Hij had ook vrijwilligerswerk kunnen gaan doen, hij had zichzelf kunnen aanbieden als vraagbaak voor jonge architecten... alleen waren alle jonge architecten het land uit gegaan. Er was niemand meer om raad te geven. Dus had hij in plaats daarvan maar de moed om verder te leven opgegeven en nu zat zij met de gebakken peren.

In ieder geval was hij sinds de komst van Lillie weer een beetje opgekikkerd. Maar zij zou niet eeuwig blijven en wat moesten ze dan beginnen?

Frankie besloot dat ze Lillie voor het etentje maar beter kon waarschuwen voor haar moeder.

'Madeleine heeft veel energie,' had ze op zaterdagmiddag gezegd, toen ze bij de openslaande deuren thee zaten te drinken in het bleke, maar stralende lentezonnetje. Energie was het juiste woord, had Frankie besloten. Haar moeder had sinds de komst van Lillie al een paar keer gebeld, omdat ze zo graag langs wilde komen.

'Seth zegt dat Lillie sprekend op zijn moeder lijkt,' had Madeleine opgewonden gezegd. 'Jennifer was een knappe vrouw. Ik denk dat we het uitstekend samen zullen kunnen vinden. Ik heb al tegen Seth gezegd dat ik met haar naar Dublin wil rijden om daar een paar daagjes rond te kijken en zo. Haar meenemen naar een theater. Dat zou echt geweldig zijn.'

'Seth heeft me al verteld dat je moeder heel levenslustig is,' antwoordde Lillie. 'Ik verheug me er echt op om kennis te maken met je ouders, het lijkt een geweldig stel mensen. En komen je zus Gabrielle en haar man ook mee?'

Lillie was gewoon beleefd, dacht Frankie.

'Ja, dat klopt,' beaamde ze. 'Luister eens, wat ik probeer te zeggen is dat mam fantastisch is, maar dat ze allerlei plannen voor je heeft gemaakt en dat ik niet wil dat je je halsoverkop laat meesleuren op een of andere maffe trip. Ze heeft het erover gehad dat ze je mee wil nemen om het *Book of Kells* te bezichtigen en Glendalough en...'

'Dat klinkt verrukkelijk.'

'Maar je zei ook dat je het huis waarin je moeder is geboren op het Beara Peninsula wilde opzoeken,' hielp Frankie haar herinneren. 'Ik wil niet dat je oververmoeid raakt.'

Ze kon niet tegen Lillie zeggen waar ze werkelijk bang voor was. Seth was ongelooflijk opgevrolijkt sinds Lillie bij hen thuis was, maar als Madeleine haar te pakken kreeg dan konden ze dat verder vergeten. Lillie zou meegesleept worden naar Kinsale en dan kregen ze haar nooit meer te zien.

Frankies ouders, Madeleine en Seamus, waren de eersten die arriveerden, samen met hun hond, een pekinees die Mr Chow heette en overal waar hij naartoe waggelde plukken haar achterliet.

'Moeder.' Frankie wilde haar omhelzen, maar Madeleine was al als een raket langs haar heen naar binnen geschoten, op zoek naar haar prooi.

'Ze kan niet wachten tot ze Lillie heeft ontmoet,' zei Seamus verontschuldigend, terwijl hij zijn dochter knuffelde. 'Ze heeft de hele week al op hete kolen gezeten.'

'Hoe is het met je, pa?' vroeg Frankie, die zich vreemd emotioneel voelde door die omhelzing van haar vader.

'Met mij gaat het prima,' zei hij. 'Hier.' Hij gaf haar een canvas boodschappentas. 'Een fles wijn en wat krabkoekjes. Ze zitten in een koeltas, maar die wil ik wel graag terughebben, lieverd.'

Frankie wist dat het extraatje een idee moest zijn van haar vader. Madeleine bracht altijd alleen maar een fles wijn mee als ze naar een etentje ging.

Ze liepen door naar de keuken-annex-woonkamer, waar Madeleine al opgewekt naast Lillie op de bank zat en haar de oren van het hoofd kletste.

'Melbourne klinkt fantastisch. Wij hebben nooit zo'n verre reis gemaakt, hè Seamus? En over reizen gesproken, Seth zei dat jullie sinds je komst eigenlijk nauwelijks weg zijn geweest uit Redstone.'

'We zijn naar mijn oude huis geweest,' deed Seth een duit in het zakje.

Hij stond in het keukengedeelte en roerde in de saladedressing die Lillie had gemaakt. Hij was dol op de met Thaise ingrediënten opgesmukte brouwsels die ze hen had voorgezet. Jarenlang hadden Frankie en hij nooit iets anders gebruikt dan saladedressings uit flesjes, maar nu maakte hij ze zelf of hij keek toe terwijl Lillie haar toverkunsten verrichte met citroengras en gember of honing en mosterd.

'Ben je al met haar de stad uit geweest om de omgeving te bekijken?' wilde Madeleine weten. Ze draaide zich om naar Lillie. 'Ik zou het heerlijk vinden om je rond te leiden, er is zoveel te zien.'

Lillie kon zien waar Frankies energie vandaan kwam. Haar moeder was een menselijke dynamo die op volle toeren draaide. Maar ze had ook gezien hoe gespannen Frankie en Seth allebei reageerden op Madeleines voorstel, dus ze schudde haar hoofd en zei: 'Dat is heel lief van je, maar voorlopig doe ik het even rustig aan. Seth bepaalt wat we gaan doen en hij past goed op me.'

Frankie, die naast haar zat, glimlachte.

'Juist,' zei de onstuitbare Madeleine. 'Daar hebben we het later dan nog weleens over. Goed,' ze keek haar schoonzoon aan, 'heb jij die fles al opengetrokken?'


Freya Byrne zat op het muurtje achter de school met haar benen te zwaaien en genoot van het vroege maartse zonnetje. Ze wachtte tot Kaz drie trekjes van de sigaret had genomen, waarna ze haar hand uitstak en hem terugpakte.

'Ik wou dat we die zelf nog steeds konden kopen,' zei Kaz.

'Peuken zijn slecht voor je,' zei Freya, terwijl ze diep inhaleerde. Eerlijk gezegd kon ze best buiten sigaretten en dat was maar goed ook, want ze had er eigenlijk geen geld voor.

Ze had de twee kostbare sigaretten als betaling geëist voor de tekening die ze die ochtend had gemaakt voor een zesdejaars die hem als huiswerk moest inleveren.

'Het moet een stilleven voorstellen,' had Mona gezegd. Ze kon voor geen meter tekenen, maar ze had kunst als examenvak gekozen omdat ze aan het begin van het vijfde jaar, toen ze hun vakken konden kiezen, verkering had gehad met een artistiek knulletje.

Freya dacht dat het maar goed was dat Mona geen verkering had gehad met een natuurkundig type.

Mona's interpretatie van een fles en twee bananen leek op iets dat een aan absint verslaafde schilder al hallucinerend had kunnen produceren: twee gele worstjes en de Eiffeltoren.

'Bananen zijn moeilijk,' mopperde Freya terwijl ze het schetsboek en een waskrijtje van Mona aanpakte en de lijnen begon te schetsen. 'Je moet ze nooit met de open kant naar je toe leggen, dan wordt het alleen maar moeilijker om het perspectief juist te krijgen.'

Mona keek toe. 'Ja,' zei ze. De fijnere bijzonderheden van perspectief ontgingen haar volledig. Toen Freya klaar was, bood ze haar drie sigaretten aan.

'Twee is genoeg,' zei Freya, die zich een beetje schuldig voelde omdat ze iets van Mona aannam, want die was echt zo argeloos dat je het gevoel kreeg dat je een eerstejaars haar snoepgoed afpakte.

'Je had alle drie moeten aanpakken,' zei Kaz die de sigaret terugpikte en nog een keer inhaleerde voordat ze de kostbare tweede sigaret met de peuk van de eerste opstak.

Kaz had minder scrupules dan Freya. Ze woonde samen met vier oudere zussen, die haar allemaal meedogenloos pestten. Ze hadden met z'n vijven een ruilstelsel uitgewerkt voor sigaretten, make-up, geld en kleren waar de beurs van New York nog een puntje aan kon zuigen. Maar Kaz had tenminste nog zussen. Freya had zich altijd heel alleen gevoeld voordat ze bij Opal en Ned introk.

'Wat is er aan de hand?' vroeg Kaz toen ze zag hoe somber Freya keek.

'Ik ben het komend weekend bij mijn moeder.'

Meer hoefde Freya niet te zeggen. Ze was al met Kaz bevriend vanaf haar twaalfde en ze waren tegelijk aan de middelbare school begonnen. Dat was hetzelfde jaar waarin Freya eindelijk bij haar moeder was weggegaan.

Als je van de basisschool naar de middelbare school ging, hield dat voor de meeste eerstejaarsleerlingen in dat je afscheid nam van veel kinderachtige dingen, maar voor Freya had het de terugkeer betekend naar een echte jeugd. Tante Opal kookte voor haar, waste Freya's kleren en verwende haar vol genegenheid. Dat waren allemaal dingen die haar eigen moeder al lang niet meer had gedaan. Freya vroeg zich soms af of haar moeder ze wel ooit gedaan had, of dat die allemaal voor rekening van pap waren gekomen. Dat wist ze niet meer. Het was raar, maar dat deel van haar kindertijd voelde aan alsof het allemaal eeuwen geleden was. Alles was veranderd toen haar vader overleed. Eigenlijk zou ze zich dat moeten herinneren – per slot van rekening was ze toen al negen geweest – maar het merendeel van het verleden was in nevelen gehuld. Sommige dingen sprongen eruit, maar de rest leek gewoon te vervagen.

Toen ze die avond van school naar huis liep, probeerde Freya zich de regel uit Shakespeare te herinneren over de onwillige schooljongen die als een slak voortkroop. Hoe ging die ook al weer? Ze wist een heleboel van de dingen die ze had geleerd niet meer. Haar brein had een enorme hoeveelheid schoolwijsheid opgeslorpt, maar ze betwijfelde of ze die ooit weer boven water zou krijgen als ze examen moest doen.

In haar geval kroop ze juist wég van de school, onwillig omdat het haar weekend bij Gemma zou zijn. Toen pap nog leefde, was alles altijd fantastisch geweest. Niemand had zulke ouders als zij. Zo verliefd, zo gezellig. Zo bereid om alles te proberen.

Natuurlijk, mam was vaak zenuwachtig, maar pap wist precies hoe hij haar gerust moest stellen. Hij was een stuk jonger dan oom Ned; in feite zou je nooit gedacht hebben dat ze broers waren. Pap was veel spontaner, met een enorme vriendenkring die uit alle lagen van de bevolking kwam. Hij was vaak impulsief, zoals die keer dat hij een of andere straatmuzikant mee naar huis had gebracht om bij hen te komen eten. En hij had hem ook een slaapplaats aangeboden. Als mam dan begon te zeuren – want zelfs in die tijd zeurde ze vaak – kon pap haar altijd geruststellen.

'Het komt heus in orde, Gemma,' zei hij dan. 'Moet je eens zien hoeveel wij hebben, daar kunnen we best iets van missen.'

'Maar als hij ons nou eens midden in de nacht berooft of zo?'

'Dat doet hij heus niet,' had pap dan vastberaden gezegd.

Freya kon hem in gedachten voor zich zien terwijl hij dat zei, met die mooie heldergrijze ogen vol wijsheid en liefde voor het menselijk ras. Ze wenste dat ze net zulke ogen had als haar vader, maar qua uiterlijk leek ze op haar moeder. Mager, met een lange, woeste, donkere krullenbol en donkere ogen. Zelfs in die fantastische tijd toen het leven zo heerlijk was geweest, had Freya al geweten dat ze meer op haar vader wilde lijken. Ze vond het heerlijk als ze met z'n tweetjes in de auto ergens naartoe gingen en hij met haar praatte en haar alles leerde wat hij van de wereld wist: over goedheid en fatsoen en hoe je door het uiterlijk van iemand heen moest kijken om te zien wat er vanbinnen verstopt zat.

Hij was onstuimig maar tegelijkertijd stabiel. Een harde donderslag, een dak dat gedeeltelijk instortte, een enorme belastingaanslag, of de hond van de buren die bij hen naar binnen glipte en de drie katten door het hele huis achterna zat tot alles overhoop lag: hij reageerde overal even kalm op. 'Het komt wel weer in orde,' zei pap dan. 'Er zijn geen doden gevallen, toch?'

En toen was híj ineens dood. Een verkeersongeluk. Hij was op slag dood geweest, zeiden ze voortdurend tegen haar, alsof dat een troost was. Maar op negenjarige leeftijd was zijn dood het enige wat telde.

'Je komt er wel overheen. Je bent een knappe, sterke meid en je moet nu een steun zijn voor je moeder,' had een van haar moeders vriendinnen tegen haar gezegd. Iemand die totaal niet begreep dat ouders in feite verantwoordelijk waren voor hun kinderen, had Freya woedend gedacht.

*En ik dan? Wie zal er dan een steun zijn voor mij?* had Freya dat stomme mens wel toe willen schreeuwen.

Toen haar vader er niet meer was, besefte Freya pas dat hij altijd gelijk had gehad met betrekking tot de 'rampen' waarvan haar moeder zo overstuur raakte. Dat waren helemaal geen rampen geweest. Het huis kon gewoon opgeruimd worden nadat de hond van de buren erdoorheen geraasd was en er kon ook iets gedaan worden aan de belastingaanslag en het dak. Alles kon rechtgezet worden, behalve de dood.

Maar het bleek dat er ook niets aan haar moeder gedaan kon worden. Will Byrne was haar rots in de branding geweest. Zonder hem begon ze weg te drijven, als een met helium gevulde ballon die buiten bereik kringelde en werd weggeblazen door het eerste het beste zuchtje wind.

Een keer per maand ging Freya een weekend naar haar moeder. Dat was haar plicht.

Kaz kon maar niet begrijpen waarom ze er niet onderuit probeerde te komen. 'Waarom ga je naar haar toe, als je er zo gek van wordt?

Als je terugkomt van een weekend bij haar lig je totaal in de stress, dan ben je niet normaal meer. Van top tot teen gespannen.'

Freya had haar pogingen om het uit te leggen gestaakt. Kaz snapte er niets van als ze zei dat ze zich schuldig voelde omdat ze haar moeder in de steek had gelaten voor de rust bij tante Opal en oom Ned thuis. Eén keer per maand leek maar een klein offer voor alles wat ze bij haar oom en tante vond. Het leven was weer fantastisch. Niet zo fantastisch als wanneer haar vader nog geleefd zou hebben, maar ze werd in ieder geval bemind en ze was gelukkig en veilig.

En wat haar moeder betrof... afhankelijk van Gemma's geestestoestand was het huis aan Waldron Avenue keurig opgeruimd en door een ringetje te halen óf het zag eruit alsof er net een rondreizend circus onderdak had gevonden en een legertje ondeugende apen amok had gemaakt. Freya wist nooit wat haar te wachten stond als ze de oprit opliep. Het was niet bepaald een schoonheid van een bungalow, maar haar vader had zijn best gedaan om het huis leuker te maken. Hij had er een veranda omheen gebouwd in een poging om het een soort zuidelijke charme te geven, net als de huizen in Georgia, waar hij samen met Gemma was geweest voordat Freya was geboren.

'Ik zou dolgraag een paar perzikbomen willen hebben,' had pap weemoedig gezegd, 'maar daarvoor is het hier te koud.'

In plaats daarvan had hij ouderwetse rozen en kamperfoelie geplant. Vroeger had haar vader ze altijd zorgvuldig bijgehouden, maar tegenwoordig waren ze volkomen verwilderd. Toen ze over de korte oprit naar de plek liep waar de auto van haar moeder stond, viel Freya op dat iemand als een razende roeland aan het snoeien was geweest. Het vierkante gazonnetje was ook gemaaid, maar op een slordige manier en al het gemaaide gras was op de van onkruid vergeven grasmat blijven liggen. Vreemd genoeg waren de kanten keurig bijgeknipt. Freya wist dat de kans groot was dat haar moeder daarvoor de gewone schaar had gebruikt in plaats van de tuinschaar. 'Ik kan nooit iets vinden,' zei Gemma altijd. 'Ik weet niet waar je vader zijn spullen neerlegde.'

'Gewoon in de schuur, bij alle andere tuingereedschap,' antwoordde Freya dan kalm. Ze was erachter gekomen dat ze er alleen maar iets mee opschoot als ze kalm bleef. Het had geen zin om uit te vallen of over pijnlijke onderwerpen te beginnen en ruzie maken was al helemaal uit den boze. Haar moeder redde zich het best als ze maar gewoon van alles uit kon kramen zonder dat iemand protesteerde.

Twee grote zeegroene plantenbakken stonden naast de voordeur, allebei propvol struiken en plantjes uit het tuincentrum die er net ingezet waren. Freya vroeg zich af waar het geld voor die dingen vandaan was gekomen. Het inkomen van haar moeder stond dat soort frivoliteiten niet toe. De voordeur was ook opnieuw geschilderd, met een nieuwe laag helderwitte verf, maar haar moeder had de deur vast niet eerst afgeschuurd en in de grondverf gezet zoals pap zou hebben gedaan, want de schilferende donkerblauwe verf die er eerst op had gezeten was eronder nog te zien. Freya slaakte een diepe zucht, stak haar sleutel in het slot en liep naar binnen.

'Hoi mam, Freya hier, ik ben thuis,' riep ze door de galmende hal.

'Hallo, schat. Ik was vergeten dat je zou komen, maar wat heerlijk dat je er bent.' Gemma dook op uit de keuken in een van de oude overhemden van haar man, dat onder de verfspatten zat. Haar haar, dat ook onder de verf zat, was opgestoken in een slonzig knotje en ze had een verfroller in haar hand.

Het was moeilijk om objectief vast te stellen hoe je eigen moeder eruitzag, maar Freya had haar neef Steve een keer horen zeggen dat tante Gemma best sexy was voor een oudere vrouw. Freya had het idee dat hij weleens gelijk kon hebben.

Haar moeder was klein en slank, met donker haar net als dat van Freya, maar haar ogen glinsterden op een gevaarlijke manier die mannen misschien aantrekkelijk vonden en ze hield van glimmende T-shirtjes op nauwe spijkerbroeken. En negen van de tien keer droeg ze geen beha.

Vandaag had de schaarse kledij moeten wijken omdat ze haar kleren liever schoon wilde houden, hoewel het overhemd haast tot op haar borstbeen openstond en Freya bijna zeker wist dat ze eronder niets aan had. 'Ik ben aan het schilderen. Het is al eeuwen geleden dat het huis een likje verf heeft gehad en ik kan me niet veroorloven om het te laten doen, dus doe ik het maar zelf.' Gemma's gezicht straalde van blijdschap. Haar ogen sprankelden. 'Vooruit, kom me maar helpen. Ik heb paars gekozen voor de keuken. Ik ben verliefd geworden op die dure verf met al die interessante namen, maar die kan ik me uiteráárd niet veroorloven,' zei Gemma met het grimas dat ze onveranderlijk toonde als ze over geldzaken praatte. 'Dus heb ik het zelf maar gemengd. Dat kun je ook in de winkel laten doen, maar dat is toch niet leuk? Daarom heb ik deze donkerpaarse kleur genomen – twee blikken om precies te zijn – en een kleiner blikje roze. Mooi, hè? Er gaat iets gezelligs van uit.'

Freya wenste, als zo vaak, dat ze niet zo'n analytisch brein had. Niemand anders zou meteen de gedachtesprong maken van haar moeder die te veel uitgaf (aan buitenplanten en blikken paarse verf) naar de conclusie dat tante Opal maar weer moest zien hoe ze aan het extra geld kwam om eten voor Gemma te kopen.

Oom Ned wist nooit van de hoed en de rand.

'Hij raakt overstuur als hij ziet dat het weer mis is met je moeder,' had Opal een keer uitgelegd toen Freya haar erop betrapte dat ze de weekboodschappen had gedaan voor Gemma, die al haar geld aan hairextensions had uitgegeven 'om mezelf een beetje op te vrolijken'. 'Ned geeft heel veel om je moeder en hij wilde maar dat hij iets kon doen om haar te helpen.'

'Niemand kan haar helpen,' had Freya zonder omhaal gezegd en was beloond met de warmte van Opals ruwe hand die in de hare kroop.

'Wij kunnen haar helpen,' had Opal gefluisterd. 'Maar we gaan je oom Ned niet overstuur maken door hem dat te vertellen, hè?'

Die avond had Freya in haar gezellige adelaarsnest in St Brigid's Terrace nummer 21 gezeten en naar de glimmende, amberkleurige lichtjes van de huizen om hen heen gekeken, wensend dat ze geen moeder zou hebben die geholpen moest worden.

Nu, met een heel weekend voor zich dat ze met haar moeder door moest brengen en geen licht aan het eind van de tunnel tot ze zondagavond weer terug kon naar het huis van Opal en Ned, speelde dezelfde gedachte door Freya's hoofd. Was haar moeder maar anders. Soms wenste ze dat Opal haar moeder was, maar dan kreeg ze prompt een schuldgevoel. Haar moeder kon er ook niets aan doen. Sommige mensen waren niet zo sterk als anderen. De echte wereld was gewoon veel te hard voor hen en ze gaven de voorkeur aan een wereld die ze zelf hadden gecreëerd en waarin ze konden geloven wat ze wilden.

'Wilde je vanavond nog lang blijven schilderen, mam?' vroeg Freya op de kalme toon die ze voor haar moeder had gereserveerd. Bij het minste blijk van afkeuring kon Gemma al met een noodgang in een diepe put vallen.

'Hoe laat is het?' Gemma keek op het oude polshorloge van haar man, met de bruine leren band die veel te wijd voor haar was, ook al deed ze hem op het laatste gaatje.

'Halfzes,' zei Freya.

Ze had vrijdags maar tot drie uur school, maar ze had geen zin gehad om al zo vroeg naar haar moeder te gaan en had in plaats daarvan in het café vlak bij haar moeders huis zo lang mogelijk zitten treuzelen met een beker chocola en een broodje. Pas toen de maartse avond zich aankondigde, was ze weer naar buiten gegaan.

'Dan is het hoog tijd om te stoppen met schilderen,' zei Gemma vrolijk. 'Ik heb niets te eten in huis, Freya. Ik was vergeten dat je zou komen. Zullen we een pizza gaan halen?'

'En een dvd,' stelde Freya voor. Als ze iets hadden om naar te kijken terwijl ze hun afhaalpizza opaten, hoefden ze niet te praten en dan hoefde Freya ook niet te horen hoe anders het leven zou zijn geweest als Will er nog was. Het was niet zo dat Freya niet wenste dat haar vader niet dood was – natuurlijk wenste ze dat - maar ze wist ook dat hij er niet meer was en dat ze daarmee moest leren leven. Alleen scheen dat maar niet tot haar moeder door te dringen.

Toen ze in de auto onderweg waren naar de pizzatent, stopten ze om een dvd te halen.

'Ga jij maar kijken of ze iets goeds hebben,' zei Gemma en gaf Freya haar lidmaatschapskaart van de videotheek, maar geen geld. Ze liep zelf naar een slijterij in de buurt. 'Ik ga even een paar flessen wijn halen. Wil jij cola of seven-up?'

'Seven-up,' zei Freya verslagen.

In de videotheek pakte ze het geld dat ze die ochtend van Opal had gekregen uit haar zak.

'Voor het geval je dat nodig hebt,' had Opal gezegd.

Freya voelde de tranen in haar ogen prikken en wenste dat ze bij Opal en Ned was. Haar moeder zou een paar hapjes van de pizza nemen en de rest van de avond het ene na het andere glas wijn drinken. Als Gemma de volwassene was, waarom leek het dan altijd andersom?

Diezelfde vrijdagavond stond Opal in haar gezellige keuken het avondeten klaar te maken en ze voelde zich ellendig. Het huis leek gewoon leeg zonder Freya. Freya had altijd van alles te vertellen over school. Gisteren hadden Opal en Ned nog in geuren en kleuren gehoord dat juf Lawrence, die Frans gaf, ontegenzeggelijk de pee in had gehad en hen dus een proefwerk had laten maken.

'Het zou bij de wet verboden moeten worden dat leraren een proefwerk opgeven omdat ze slechtgehumeurd zijn,' zei Freya. 'Vanwege belangenverstrengeling of zoiets. Als ik me ooit verkiesbaar stel, denk ik dat ik dat in mijn verkiezingsprogramma opneem. En het zou ook gelden voor mensen die leiding geven aan een bedrijf, zoals David. Maar ik kan me niet voorstellen dat David mensen laat lijden onder het feit dat hij toevallig een slecht humeur heeft.'

'Hij is op dit moment anders knap chagrijnig,' had Ned gezegd en daar hadden ze allebei verbaasd van opgekeken.

Ned was normaal gesproken niet zo'n type dat merkte of mensen humeurig waren. Hij kon mensen heel goed opkikkeren, maar niet omdat hij aanvoelde dat ze dat nodig hadden. Ned vond het gewoon prettig als mensen lachten.

'Is dat zo?' zei Opal verbijsterd. 'Dat was mij niet opgevallen.'

'Volgens mij heeft hij ruzie met zijn vriendinnetje,' vervolgde Ned, duidelijk blij dat hem iets was opgevallen wat zijn vrouw was ontgaan.

'Welk vriendinnetje? Ik wist niet dat hij verkering had,' zei Freya, een tikje verontrust omdat ze graag wist wat er aan de hand was.

'Ik weet niet wie ze is of was, maar het is weer uit,' zei Ned. 'Ik hoorde hem zondag iets tegen Brian zeggen. Brian probeerde hem zover te krijgen dat hij een afspraakje maakte met Chloe, het bruidsmeisje van Liz, maar David wilde daar niets van weten. Hij zei dat hij nooit meer verkering wilde hebben – letterlijk. Toen zei Brian dat er mensen waren die je nooit een plezier kon doen en liepen ze de keuken uit.'

'Waarom heb je ons dat niet eerder verteld, lieverd?' vroeg Opal, die zich zorgen begon te maken. 'Die arme David. En hij heeft er niets over gezegd.'

Haar zoons mochten dan volwassen kerels zijn, voor haar bleven ze altijd haar kinderen. Als zij verdriet hadden, dan had zij dat ook.

'Ik dacht er nu pas weer aan,' zei Ned een beetje schaapachtig.

'Zit er nou maar niet over in,' voegde hij er haastig aan toe. 'Je hebt al genoeg te verhapstukken, met al dat gedoe over die bruiloft.'

'De bruiloft! O lieve hemel,' zei Opal, 'ik vergeet steeds dat ik Miranda moet bellen om haar te bedanken voor die verdraaide uitnodigingen. Ik heb wel bevestigingen gestuurd, maar ik had haar moeten bellen om te zeggen dat ze echt fantastisch waren. Nu zal ze wel weer kwaad zijn.'

'Hoezo?' vroeg Freya, die de hare had opengemaakt en zich al had voorgenomen om samen met Kaz te gaan. Kaz was dol op bruiloften en een van haar zusjes had een leren jurk die kennelijk geweldig stond en Miranda een behoorlijke schok zou bezorgen. 'Omdat zij nu de godganse dag bezig is met die bruiloft hoef jij haar toch niet op te bellen om haar met elk wissewasje te feliciteren, Opal?'

'Dat weet ik ook wel, Freya, maar ze zal toch verwachten dat ik haar vertel hoe mooi die kaarten zijn, dat weet ik zeker,' zei Opal met een zucht.

Er waren inmiddels bijna twee weken verstreken sinds die verdraaide gouden enveloppen op haar mat hadden gelegen. Ze had die van Meredith doorgestuurd en er verder niets van gehoord. Opal had meteen vermoed dat Miranda behalve de antwoordkaart die teruggestuurd moest worden ook nog complimentjes verwachtte en ze was van plan geweest om te bellen, maar dat had ze steeds uitgesteld. Ze had gewoon geen zin om op haar plaats gezet te worden. Iedere keer als ze contact had gehad met Miranda voelde ze zich weer ellendig. Ze zag als een berg tegen die bruiloft op en dat klopte niet, dat wist ze best.

Het was net zoals dit weekend, dacht Opal nu, terwijl ze wortels stond te snijden voor haarzelf en Ned: alles was een beetje leeg zonder Freya.

Diezelfde ochtend had ze Molly van hiernaast nog verteld dat ze zich zo zenuwachtig maakte over de bruiloft, en Molly, die alleen maar jongens had maar die allerlei horrorverhalen had gehoord over de concurrentiestrijd tussen de beide 'moeders van' bij bruiloften, had Opal op het hart gedrukt dat ze zich niet zonder slag of stoot bij alles moest neerleggen.

'Omdat zij nu toevallig genoeg geld hebben om een grote bruiloft in een dure gelegenheid te geven, zijn ze toch niet beter dan wij?' had Molly gezegd die op zoek was geweest naar suiker in Opals keukenkastjes omdat de pot leeg was.

Ze wist net zo goed als Opal waar alles stond.

'Ik kan gewoon niet geloven dat je nog geen jurk hebt, Opal. Je laat het wel op het laatste moment aankomen, hoor. Over nog geen vier weken is het al Pasen. Stel je nou eens voor dat je niets in de winkels vindt en iets moet laten maken? Dan heb je een probleem hoor. Geloof me nou maar, je moet gewoon diep in de buidel tasten en naar een paar van die dure winkels gaan, lieverd. Laat Madame Miranda maar zien dat wij ook best weten hoe je dingen in stijl aanpakt.'

Opal werd een beetje zenuwachtig. Ze wist best dat ze eigenlijk veel te lang had gewacht met het uitzoeken van een jurk voor de bruiloft, maar ze voelde zich zo geïmponeerd door Miranda dat ze zo langzamerhand het idee had dat ze net zo goed iets ouds kon aantrekken, want Miranda zou hoe dan ook onbeschoft reageren. Brian, die lieve jongen, zou toch alleen maar zien wat Liz aan had, dus hem zou het niets kunnen schelen.

'Ik trek mijn blauwe pakje aan,' ging Molly verder. Ze zou, uiteraard, als verlengstuk van de familie Byrne meegaan naar de bruiloft, net als Bobbi en haar dochter Shari.

'Wat je aan had toen Gilda vijftig werd?' vroeg Opal. 'Dat staat je echt goed.'

'En ik denk erover om zo'n bruin-zonder-zon-spray te nemen,' zei Molly, die dat nog nooit eerder had geprobeerd, maar vastbesloten was dat Brians deel van de bruiloftsgasten niet overschaduwd zouden worden. 'Dat zou jij ook moeten doen. Dan kan Miranda dat in haar zak steken.'

Opal wenste dat Freya erbij was, zodat ze konden praten over Molly's voornemen om zich bruin te laten sprayen en of het heel ouderwets was van Opal om te zeggen dat ze daar geen zin in had. Sommige vrouwen die het lieten doen kwamen er mooi licht gebruind uit, maar ze kende anderen die eruitzagen alsof ze door de pindakaas waren gerold.

Freya zou haar het gevoel hebben gegeven dat ze helemaal geen ouwe zeurpiet was omdat ze gewoon haar eigen kleur wilde houden.

Het was zonder haar zo eenzaam thuis.

Maar, troostte Opal zichzelf, zij en Bobbi hadden toch iets leuks in het vooruitzicht. De nieuwe handwerkzaak zou morgen om vijf uur met veel vertoon opengaan. Zij had het eigenlijk een beetje laat gevonden voor een feestelijke opening, maar Bobbi had uitgelegd dat het juist een prima tijd was, want dan liepen er altijd veel mensen in de buurt en de andere winkeleigenaars zouden dan ook nog gauw een kijkje kunnen nemen voordat ze zelf dichtgingen. Opal was van plan om zichzelf op wat wol te trakteren, want het was al tijden geleden dat ze iets had gebreid.

'Peggy is echt een lieverd,' had Bobbi tegen haar gezegd toen ze belde om te vertellen dat ze de uitnodiging uit naam van hen tweeën had geaccepteerd. 'Er is iets geheimzinnigs met haar aan de hand...'

'En jij bent vast van plan om dat tot op de bodem uit te zoeken,' zei Opal lachend. 'Jij en Freya lijken toch als twee druppels water op elkaar: jullie moeten gewoon altijd het naadje van de kous weten.'

'Het is alleen maar verstandig om goed geïnformeerd en op alles voorbereid te zijn,' zei Bobbi.

Maar vanavond had Opal niet bepaald het gevoel dat ze goed geïnformeerd en op alles voorbereid was. Freya was naar haar moeder en de hemel mocht weten wat ze daar te eten kreeg. Gemma's opvatting van koken was een schaal couscous met wat taugé als ze vond dat de aarde gered moest worden of McDonald's als ze daar even geen zin in had.

David voelde zich ellendig vanwege een meisje en daar had hij haar niets van verteld, wat het allemaal nog veel erger maakte. Wat voor meisje zou nou iemand die zo lief en attent was als David afwijzen, dacht Opal verontwaardigd. Ze moest gewoon niet goed wijs zijn als ze David niet wilde hebben. En het feit dat ze Miranda moest bellen zat haar ook nog steeds dwars. Had Meredith wel op haar uitnodiging gereageerd? En nu ze daar toch aan dacht, ze had ook al een tijdje niets meer van Meredith gehoord, ook weer iets om verdriet van te hebben. Opal slaagde er tegenwoordig heel goed in om de indruk te wekken dat ze het prima vond dat Meredith in Dublin zo'n betoverend nieuw leven leidde, maar echte vriendinnen, zoals Bobbi en Molly, wisten hoe gekwetst haar moeder zich voelde door Merediths afwezigheid en het feit dat ze maar zo zelden contact opnam.

Toen de jus klaar was, zette Opal twee borden in de oven om ze voor te verwarmen en viel neer op een keukenstoel om te wachten tot Ned terugkwam. Alles voelde de laatste tijd zo verwrongen aan. Ze wenste dat ze een toverstaf had waarmee ze alles weer normaal kon maken.

# 8

Op zaterdag, de ochtend van de feestelijke opening, schrok Peggy na een nare droom wakker en ging rechtop in bed zitten, terwijl de vlammen haar uitsloegen. Ze had de hele week al zo raar gedroomd. Niet over de winkel die ze eindelijk na jaren van hoop zou openen. En ook niet over het vreemde en toch helaas zo vertrouwde gesprek dat ze twee dagen eerder met haar moeder had gehad.

'Ik wou dat je zelf een kijkje kon nemen, mam. Je zou de winkel geweldig vinden. Het is iets waarvan je altijd hebt gedroomd: schappen vol wol, van die fantastische bamboenaalden, allerlei slimme dingetjes om je steken te markeren en al je spulletjes in op te bergen... beeldschone dingen.'

'Dat gaat niet,' had Kathleen Barry gefluisterd. 'Het gaat echt niet. Je weet toch hoe hij daarop zou reageren.'

*Hij* was Tommy Barry, Peggy's vader. Het was niet haar bedoeling dat hij naar de opening kwam; ze zou er niet over gepiekerd hebben om hem te vragen en ze wist dat het te veel was om van haar moeder te verwachten dat ze in haar eentje naar Cork zou komen. Voor-opgesteld dat hij haar liet gaan.

'Het spijt me, Peggy. Ik bel je later nog wel. Je weet hoe het is...'

Het gesprek was abrupt afgebroken. En dat was niets nieuws. Maar het feit dat het al zo vaak was gebeurd, maakte Peggy er niet minder verdrietig om en ze bleef staan terwijl de tranen over haar wangen biggelden.

Ze had er zo naar verlangd om haar moment van glorie met haar moeder te delen. Maar dat soort dingen gebeurde alleen bij andere gezinnen, normale gezinnen.

Terwijl ze daar stond te huilen drong tot Peggy door dat tijd, af-stand en zelfs maanden therapie niet zo goed hadden geholpen als ze had gehoopt.

Ze zette de telefoon terug en liet zich in de met bruine tweed be-klede fauteuil vallen, het meubelstuk dat ze in het hele huis het meest haatte, en liet haar tranen het volgende halfuur de vrije loop.

Om jezelf op te werken uit de diepe kloof van het verleden was heerlijk, maar het besef dat niet iedereen bereid was om samen met jou omhoog te klauteren, was iets heel anders.

Kathleen Barry zou gewoon de schijn blijven ophouden dat alles goed was in haar leven. Dat was de kunstgreep die haar in staat had gesteld haar leven aan te kunnen. Peggy zou dat inmiddels toch moe-ten weten.

Maar het was niet dat verdrietige besef dat zich in Peggy's dromen had binnengewurmd en haar evenwicht had verstoord.

De afgelopen nacht had ze weer dezelfde droom gehad die ze iedere nacht had gehad nadat ze uit Davids bed was geglipt. In die droom woonden ze in een klein huisje – haar eigen huisje, maar dan mooier en helemaal opgeknapt. Ze kon David in de deuropening zien staan, wachtend om haar thuis te verwelkomen, maar ze kon niet langs het hek komen. Iedere keer als ze dat probeerde, spleet de grond open en duikelde ze in een gapend gat. Haar armen waren niet sterk genoeg om eruit te klimmen. David stond aan de andere kant van de kloof en kon niet helpen, maar hij bleef voortdurend haar naam roepen.

Als ze wakker werd, was ze doodmoe. En zelfs dan bleef de droom haar nog achtervolgen. Het moest iets betekenen, maar ze was te bang om daar langer over na te denken. Was het een grote fout geweest om bij hem weg te gaan? Die gedachte was bijna onverdraaglijk.

Het was inmiddels twee weken geleden dat ze stiekem midden in de nacht uit zijn bed was geglipt en zich uit de voeten had gemaakt met achterlating van dat briefje. Ze werd weer misselijk als ze terugdacht aan de manier waarop hij de volgende ochtend in de winkel was verschenen, met het briefje in zijn hand.

Hij had er boos uitgezien en dat was op zich al angstaanjagend, want ze had nooit verwacht dat hij daartoe in staat was. Maar dat was wel degelijk zo: zijn ogen waren donker van emotie en zijn gezicht was rood aangelopen. Instinctief was Peggy een stap achteruit geweken. Kwaadheid maakte haar altijd zo ontzettend bang. Dan begon haar hoofd te tollen en in die toestand was ze tot alles bereid om maar in de omgeving op te gaan en te vermijden dat zij het mikpunt van al die boosheid werd.

Dat was de belangrijkste reden waarom ze had leren breien en naaien. Zelfs als ze thuis was, kon ze zo buiten schot blijven. Niemand lette op het stille kind dat in een hoek zat te breien.

Gunther en Paolo waren inmiddels klaar met het timmerwerk, maar Peggy had een pittig winkelmeisje in dienst genomen dat Fiona heette, afgekort tot Fifi. Toen David die afschuwelijke zaterdagochtend opdook, was Fifi in de keuken om thee te zetten.

'Hoe kon je zomaar weglopen en zo'n briefje voor me achterlaten?' wilde David weten.

Nu hij zo kwaad was, leek hij nog groter en langer dan anders en ze voelde die oude instinctieve angst weer opwellen.

'Ik kan gewoon niet geloven dat je zo wreed kunt zijn, Peggy,' vervolgde hij, zwaaiend met het briefje. 'We hadden niet zomaar een kort avontuurtje, we hadden iets bijzonders, iets speciaals. Wat is er misgegaan? Waarom ben je bij me weggelopen?'

Haar gezond verstand vertelde haar dat hij een brave, fatsoenlijke vent was die het volste recht had om boos te zijn, maar dat irrationele deel van haar brein, dat zich in haar jonge leven had ontwikkeld, maakte haar bang.

'Fifi!' gilde ze.

Fifi's hoofd verscheen in de deuropening.

'Is er iets mis?' vroeg ze.

'Ja, d-d-dat i-is er,' stamelde Peggy.

David was inmiddels gekalmeerd en stond haar op een vreemde manier aan te kijken.

'Je bent bang, hè?' vroeg hij verbijsterd. 'Ik ben wel boos, Peggy, maar ik zou je nooit iets aan kunnen doen,' vervolgde hij zo vriendelijk als hij kon opbrengen. 'Ik kwam je alleen maar vertellen dat ik stapelgek op je ben, dat ik om eerlijk te zijn echt tot over mijn oren verliefd op je ben en dat heb ik nog nooit tegen een andere vrouw gezegd, echt niet. Wat mij betreft was het liefde op het eerste gezicht, maar ik…'

Hij deed een stap in haar richting, maar ze kromp in elkaar en week achteruit. Als ze eenmaal bevangen was door angst, dan kwam ze daar niet meer vanaf. Dan had ze het gevoel dat ze bevroren was van angst, emotioneel op slot. Niets kon dat doorbreken.

'Peggy. Kijk me niet zo aan. Je ziet eruit alsof je verwacht dat ik je ga slaan of zo. Maar dat zou ik nooit doen, dat zweer ik.'

Ze zag de verbijstering in zijn ogen en ineens leek hij weer op haar David: helemaal niet om bang voor te zijn.

Maar hij bleef een man. Ze wist hoe mannen waren, hoe hun stemming van het ene op het andere moment om kon slaan, hoe die ouwe-jongens-krentenbroodhouding ineens kon veranderen in geweldddadigheid. En vrouwen met een verleden zoals het hare kozen onveranderlijk mannen die hen in de toekomst precies zo zouden behandelen.

Met ruggensteun van Fifi durfde ze wel tegen hem te zeggen dat hij weg moest gaan. Het was het enige wat ze kon doen. Liefde op het eerste gezicht en waanzinnige verliefdheid waren niet voor mensen zoals zij. Het verleden had zo'n zwaar stempel op haar gedrukt dat ze daar nooit meer voor in aanmerking zou komen.

'Ga alsjeblieft weg,' zei ze. 'Nu meteen.'

'Je hebt gehoord wat ze zei, David,' zei Fifi.

Met een laatste treurige blik op Peggy was David dan toch maar de deur uit gelopen.

'Wil je me vertellen wat er aan de hand is?' vroeg Fifi, maar Peggy schudde haar hoofd. 'Ik ben bij hem in de buurt opgegroeid,' ging Fifi verder. 'Ik heb altijd de indruk gehad dat hij een fatsoenlijke vent was, maar in dat opzicht heb ik me wel vaker vergist. Heeft hij je pijn gedaan of je overstuur gemaakt? Als dat zo is, moeten we er iets aan doen. Een vent mag zoiets niet ongestraft doen.'

Peggy schudde opnieuw haar hoofd. Sommige kerels deden het wel ongestraft, een leven lang, en dan was er nooit iemand om de politie te bellen, omdat niemand het ooit zag. De enige mensen die ervan wisten, waren de mensen die met hen samenleefden, en als zij er iets over zouden zeggen, zou toch niemand hen geloven.

*Hij is een enige man, hoor. Een echte huisvader. Ik wil geen kwaad woord over hem horen.*

Toen ze nog klein was, had ze geleerd dat mensen niet in gewelddadigheid wensten te geloven tot ze het met hun eigen ogen zagen en hoe kon dat als de tiran in kwestie hen zo goed voor de gek kon houden? De term 'wolf in schaapskleren' kon op geen enkele manier verklaren wat zich achter gesloten deuren afspeelde. En als niemand het zag, kon niemand helpen.

'Nee,' fluisterde ze en deed haar best om weer rustig te worden. 'Hij is een fatsoenlijke man, maar…' Ze wist niet hoe ze het moest uitleggen. Fifi zou er vast niets van begrijpen. 'Ik ben met hem naar bed geweest, maar toen besefte ik dat het een vergissing was,' zei ze. 'Hij is echt alleen maar lief voor me geweest. Ik ben het probleem, Fifi, niet hij. Meer kan ik er niet over zeggen.'

Fifi staarde Peggy aan met vraagtekens in haar ogen, maar gelukkig vroeg ze niets.

'Goed, hoor. Als je wilt praten, weet je waar ik ben. Een kopje thee?'

'Goh ja,' zei Peggy.

Er was verder niets meer over gezegd, maar af en toe betrapte Peggy Fifi erop dat ze naar haar keek en zich afvroeg wat er precies mis was.

Die avond had David haar mobiel gebeld. Toen Peggy niet opnam, had hij een boodschap ingesproken: Ik weet niet wat er vanmorgen aan de hand was, Peggy. Ik weet dat ik je bang heb gemaakt en ik weet niet waarom, want dat was mijn bedoeling niet. Ik vind je lief. Heel lief. Ik voelde iets speciaals bij jou. Het spijt me dat het maar van één kant kwam, maar op dat moment had ik dat gevoel niet. Ik wens je veel geluk in het leven. Vaarwel.

Peggy luisterde het berichtje af met een mengeling van droefenis en opluchting. Was ze die avond maar niet naar de Starlight Lounge gegaan, dan had ze David ook nooit ontmoet. Hoe zou hij het ooit kunnen begrijpen? Dat kon niemand, tenzij ze het zelf hadden meegemaakt. Net zoals zij.

Het leven had Tommy Barry nooit een eerlijke kans gegeven – daar was hij tenminste zelf stellig van overtuigd. Hij had de familieboerderij in Carlow niet gekregen, ook al was hij de oudste zoon. Die eer was zijn jongere broer Petey te beurt gevallen. Tommy had het voorlezen van het testament onderbroken door zijn stoel omver te smijten en tegen zijn moeder te schreeuwen toen de notaris het had voorgelezen.

'Ik ben de oudste, hij is nog maar een knulletje, wat weet hij van het beheren van vijfhonderd hectare prima landbouwgrond?' had Tommy woedend tegen zijn moeder geraasd.

De notaris, de oudste meneer Burke, had heel wat ruzies meegemaakt tijdens het voorlezen van een testament en hij was door mevrouw Barry gewaarschuwd dat er ook in dit geval weleens woorden konden vallen. Dus had hij zijn secretaresse, juffrouw Reagan, voor de deur laten wachten zodat ze de politie kon bellen als de zaken uit de hand liepen. Hij was verbaasd om te zien dat Tommy zo driftig reageerde, want meneer Burke had altijd het idee gehad dat Tommy een charmante jongeman was, heel vriendelijk tegen iedereen die hij tegenkwam. Maar ja, geld en de manier waarop het werd nagelaten kon vreemde dingen met mensen doen.

Constance Barry had duidelijk verdriet omdat haar man was overleden, maar ze was opmerkelijk kalm gebleven, dacht meneer Burke vol bewondering.

Constance zelf had geweten dat dit zou gebeuren. Tommy had vanaf zijn vroegste jeugd verwacht dat hij altijd zijn zin zou krijgen. Ze had altijd vol verdriet moeten constateren dat hij, in tegenstelling tot haar andere drie kinderen, nooit enige neiging had vertoond tot hard werken of tot vriendelijkheid, ook al leek hij op het eerste gezicht zo charmant. Dat was het ergste van alles, dacht Constance, dat Tommy in staat was om andere mensen voor het lapje te houden. Dat haar eigen zoon zo was geworden, was hartverscheurend.

Hij was al jaren geleden van de boerderij vertrokken. Het boerenleven was niets voor hem, had hij hooghartig gezegd. En hoewel ze hem wel had geschreven, was hij niet komen opdagen toen zijn arme vader ziek was geworden en Petey wel wat hulp kon gebruiken bij het melken van de koeien. Maar hij had wel degelijk gereageerd toen hij hoorde dat zijn vader dood was. Hij had ervoor gezorgd dat hij thuis was bij de begrafenis en het voorlezen van het testament. En hij had dat arme jonge vrouwtje van hem meegesleept, net als die schattige baby die helemaal verstijfde als haar vader haar oppakte. Baby's waren heel wijs, dacht Constance treurig, in de wetenschap dat ze de kleine Peggy waarschijnlijk nooit meer te zien zou krijgen nadat Tommy driftig de deur uit was gelopen, zoals hij ongetwijfeld zou doen.

Ze wenste alleen dat ze iets kon doen voor die arme Kathleen en de kleine Peggy, maar wat?

'Je hebt sinds je zestiende, toen je een baan in de stad aannam, niet meer op de boerderij gewerkt,' zei ze nu met een kalme, duidelijke stem tegen hem. 'Je vader wilde graag dat je naar de hogere landbouwschool ging, maar dat wilde je niet, je gaf er de voorkeur aan om carrière te maken...'

'Alleen maar tot ik de boerderij zou krijgen,' zei Tommy woedend.

'Toen je je vader had verteld dat je geen belangstelling had voor de boerderij was er geen sprake meer van dat jij die ooit zou overnemen,' vervolgde Constance. 'En Pete heeft heel hard gewerkt.'

Tommy leek kwaad genoeg om haar te slaan, hoewel ze nooit had gemerkt dat hij gewelddadig was. Terwijl ze naar zijn bleke, angstige vrouw keek, hoopte Constance dat hij in dat opzicht niet veranderd was. Het leek alsof Kathleen in de twee jaar dat ze met Tommy was getrouwd nog magerder en brozer was geworden.

'Ik sleep jullie allemaal voor de rechter,' had Tommy hen toegesist. Daarna had hij Kathleen bij haar arm gegrepen. 'Mee! Sta me daar niet zo stom aan te kijken, we moeten ervandoor. Ik laat me door die lui niet uitlachen,' had hij geschreeuwd terwijl hij haar min of meer de deur uitsleepte.

Constance had intens verdrietig toegekeken. Wat had ze verkeerd gedaan dat haar zoon zo was geworden? Hij was altijd anders geweest, maar had ze moeten ingrijpen toen hij nog klein was en moeten zorgen dat hij net zo werd als zijn broers en zusjes, die allemaal zo laconiek waren? Tommy had altijd iets duisters gehad, hoewel niemand dat scheen op te merken. In plaats daarvan zagen de mensen alleen maar zijn grote charme en dat aantrekkelijke gezicht. Diezelfde dingen hadden de breekbare Kathleen waarschijnlijk ook aangetrokken, maar waarom slikte ze al die boosheid?

Constance zuchtte bij de gedachte aan het leven dat Kathleen en de kleine Peggy te wachten stond. Kathleen had er misschien wel voor gekozen om het soort man te trouwen waaraan ze gewend was en hun baby zou opgroeien zonder ooit beter te weten, een vicieuze cirkel. Kon Constance maar iets doen om hen op de een of andere manier te helpen.

Peggy leerde van jongs af aan dat haar vader niet zo was als de vaders van andere kinderen. Hij pakte haar nooit met een zwaai op om haar te knuffelen als hij thuiskwam uit de garage, zoals de vader van Letty altijd deed, en hij glimlachte ook nooit op een romantische manier naar haar moeder, zoals Sarahs vader deed als Sarahs moeder hem een kopje thee met een koekje gaf.

Wat de kleine Peggy het raarst vond, was dat haar vader in het openbaar zo charmant was en altijd tegen haar moeder en haar lachte, zodat iedereen hem aardig vond – en dan, zodra hij weer alleen was met zijn gezin, was het net alsof er een knop werd omgezet, waardoor dat openlijke vertoon van charme op slag verdween. Dan was hij weer verbitterd en heerszuchtig en eiste dat het eten meteen op tafel verscheen. Als hij een slechte bui had, was zelfs de aanblik van Peggy al genoeg om hem kwaad te maken. Toen ze klein was en nog niet wist hoe het leven in elkaar stak, was ze weleens gaan huilen, waarop Tommy prompt tegen haar schreeuwde dat ze moest verdwijnen omdat hij haar anders zo'n pak slaag zou geven dat ze pas echt reden had om te huilen.

Ze begreep er niets van.

'Je vader heeft niet gekregen waar hij recht op had, dus raakt hij weleens overstuur,' fluisterde Kathleen bij wijze van verklaring als Tommy weer eens een woedeaanval had. Dat kon door van alles en nog wat veroorzaakt worden, van iemand die hem op zijn werk dwars had gezeten tot het feit dat hij al zijn geld op het verkeerde paard had gezet.

Er werden zelden mensen bij hen thuis uitgenodigd, maar als ze eens een keer bezoek hadden, zwaaide de charmante Tommy de scepter: dan prees hij zijn dochter omdat ze het zo goed deed op school en voorspelde dat haar een grote toekomst wachtte.

In het openbaar was hij zelfs complimenteus over haar moeder.

'Is dit geen heerlijke appeltaart?' zei hij dan als iedereen er een stukje van had genomen, terwijl Kathleen zenuwachtig heen en weer liep. 'Mijn vrouw kan heerlijk luchtig gebak maken, zeker weten.'

Maar als ze alleen waren, kwamen dat soort vriendelijke woorden nooit over zijn lippen. Hij communiceerde alleen op een treiterende manier, door bijvoorbeeld tegen zijn vrouw te zeggen dat ze er in die kleren bespottelijk uitzag, of Peggy te vertellen dat hij zwaar teleurgesteld was over haar rapportcijfers. Er was nooit iets positiefs, er kwam geen complimentje uit zijn mond.

Hij veranderde voortdurend van baan, dus moesten ze om de haverklap verhuizen toen Peggy nog klein was. Ze raakte eraan gewend dat ze op school altijd de vreemde eend in de bijt was. Daardoor leerde ze om zo in de omgeving op te gaan dat er nooit een onderwijzer was die wilde weten wat er mis was en waarom. Dat was de gemakkelijkste manier om ermee om te gaan.

Toen Peggy wat ouder werd, vestigde het gezin zich in de lelijke bungalow even buiten Portlaoise, maar Peggy bleef een raadsel voor het merendeel van de leerlingen in de klas. Ze mocht nooit met iemand mee naar huis, omdat ze zelf ook nooit iemand kon uitnodigen. Het was nog een geluk dat haar vader niet dronk, dacht ze toen ze ouder werd. Als dat zo was geweest, dan hadden haar moeder en zij het nooit overleefd. Zijn woede en alcohol zouden een dodelijke combinatie zijn geweest.

Ze leerde om zo rustig in een hoekje te blijven zitten dat niemand haar opmerkte als haar moeder in de zomer geborduurde servetten maakte en in de herfst truien breide voor de handwerkzaak van Carola Landseer. Peggy leerde ook naaien en breien en haar vlijtige vingers produceerden ook prachtige, zachte spulletjes die wat extra geld opbrachten voor Kathleen. Al heel vroeg had Peggy ontdekt dat ze in haar hoofd een veilig plekje had waar ze zich kon terugtrekken en kon dromen van het moment waarop haar moeder en zij Portlaoise de rug toe konden keren om hun eigen brei- en handwerkzaak te beginnen.

Voor de verf had ze de lavendelkleur gekozen van de Farmer's Kitchen, een pittoreske gelegenheid waar haar moeder een paar dagen per week werkte en thee serveerde aan elegante dames als Carola Landseer en haar vriendinnen. Carola's man was een presbyteriaanse dominee, een fatsoenlijke man die altijd opkwam voor de rechten van de minderbedeelden, ook al woonde hij samen met zijn vrouw in een groot huis aan de rand van de stad. Carola begon meer aandacht te krijgen voor de schuchtere vrouw die haar thee voorzette en zulke mooie dingen voor haar winkel maakte.

Peggy vermoedde dat mevrouw Landseer al een hele tijd begreep dat er iets mis was bij het gezin Barry. Als mevrouw Landseer Peggy onderweg naar school tegenkwam, riep ze haar vaak bij zich. Het viel nauwelijks op, maar haar vragen kwamen wel meestal op hetzelfde neer.

'En, is alles goed met je moeder?' zei mevrouw Landseer dan. 'Ze maakte de laatste keer een vrij gespannen indruk. Is thuis alles in orde?'

Peggy had haar dolgraag de waarheid willen vertellen. Maar haar moeder zou zich diep geschaamd hebben als ze ontdekte dat iemand voor wie ze zoveel bewondering had, op de hoogte was van hun privéleven. Het gevaar bestond dat, als Carola erachter kwam wat zich allemaal afspeelde binnen het gezin Barry, ze Tommy ter verantwoording zou roepen. En dan zouden Peggy en haar moeder de prijs moeten betalen.

In haar tienertijd fantaseerde Peggy altijd over hoe het zou zijn als zij en haar moeder ergens ver bij haar vader vandaan woonden. Met z'n tweetjes zouden ze heel gelukkig zijn en nooit iemand anders nodig hebben dan elkaar. Zonder de overweldigende aanwezigheid van iemand die iedere dag een lading van angst en somberheid op hen neer liet dalen. Carola werd langzamerhand goede vrienden met Kathleen door met haar te praten en haar te vertellen dat ze een slachtoffer was van huiselijk geweld.

'Daarvoor hoeft hij je niet te slaan, hoor,' legde Carola een keer uit, toen ze op bezoek was en Tommy niet thuis was. Peggy stond achter de deur te luisteren en wenste uit het diepst van haar hart dat haar moeder wel naar Carola zou luisteren, want Peggy praatte tegen dovemansoren.

'Kijk toch eens naar jezelf, Kathleen. Je gaat bijna dood van angst. Zo hoeft niemand te leven. Je moet bij hem weggaan. Ik help je wel.'

Toen ze achttien was geworden, zei Peggy tegen haar moeder dat ze wegging. Ze wilde geld gaan verdienen, zodat de handwerkwinkel voor hen beiden werkelijkheid zou kunnen worden in plaats van een droom.

Ze moest wachten tot haar eenentwintigste tot ze het geld kreeg dat haar grootmoeder Constance haar had nagelaten, een vrouw die ze nooit had ontmoet. In het testament had gestaan dat het geld vast-gezet zou worden tot Peggy meerderjarig was, een feit waarover haar vader woedend werd en raasde dat hij eigenlijk recht had op dat geld. Hij was des duivels dat 'dat oude kreng' hem zijn erfenis had onthouden.

'Ga met me mee, mam, je hoeft niet bij hem te blijven,' had Peggy destijds gesmeekt. 'Niemand hoeft op deze manier te leven, hij blaft je af alsof je een hond bent. Zelfs een hond verdient beter dan de manier waarop hij ons behandelt. En daar zal nooit verandering in komen, nooit of te nimmer. En zonder mij zal hij je nog verder de grond in boren.'

'Ik kan niet weggaan,' had Kathleen gezegd, met grote grijze ogen in haar smalle gezicht.

Peggy had het vermoeden dat haar moeder inmiddels hooguit tweeënveertig kilo woog, gereduceerd tot vel over been door een leven vol angst en psychologische mishandelingen.

'Waarom kun je niet meegaan?' had Peggy vol wanhoop willen

weten. 'Hij houdt toch niet van je, dat weten we allebei. Hij houdt ook niet van mij. Hij gebruikt jou als een geestelijke boksbal. Ik ken niemand anders die zo'n leven lijdt.'

Kathleen kromp in elkaar toen ze dat zei en Peggy vond het vreselijk dat ze zo bot moest zijn. Ze zag aan de blik in die bange grijze ogen hoe kwetsend die woorden moesten zijn, maar ze kon niet anders, het was haar enige hoop om Kathleen te redden.

'Denk je dat Claire Delaney van de overkant zich zo door Mike laat afbekken?' vervolgde Peggy. 'Natuurlijk niet. Hij zou niet durven. Of Miriam van het café? Wordt zij door haar man als oud vuil behandeld? Nee, helemaal niet. Pa is niet normaal, hij is één bonk woede en verbittering. Ga alsjeblieft met me mee.'

'Dat kan ik niet. Vraag dat alsjeblieft niet van me,' had haar moeder gezegd. 'En laat je vader ook niet horen dat je dat soort dingen zegt. Je weet best dat hij dan kwaad wordt. Hij zal ook kwaad worden als hij hoort dat jij weggaat. Hij heeft me nodig, dat weet je best. En wat zou ik ver van huis moeten beginnen? Wat kan ik doen? Daar ben ik veel te oud voor, en veel te dom.'

'Nu is het net alsof ik hém hoor praten,' zei Peggy woedend. 'Hij wrijft je altijd onder de neus dat je oud en dom bent, maar dat is helemaal niet waar! Je werkt al zes jaar in de Farmer's Kitchen, en je hebt jarenlang zitten naaien en breien om geld te verdienen om kleren en eten voor ons te kunnen kopen, als hij weer eens weigerde om je huishoudgeld te geven. Je bent juist hartstikke knap, je kunt een heleboel. Die klootzak geeft je gewoon het gevoel dat je geen knip voor de neus waard bent.'

'Zo mag je je vader niet noemen,' zei Kathleen. 'Ik kan niet weg. Echt niet.' Inmiddels zat ze te huilen en te beven als een riet.

Peggy wist dat ze verslagen was. Kathleen was ervan overtuigd dat ze volkomen nutteloos was, omdat Tommy dat al jarenlang tegen haar zei. Peggy had zich vaak afgevraagd uit wat voor rare familie haar moeder afkomstig was, waardoor ze zo geïntimideerd was geraakt dat ze echt geloofde dat Tommy Barry het soort echtgenoot was dat ze verdiende. Haar moeders achtergrond was een nog groter mysterie dan die van haar vader. Maar dat er een gewelddadige man een rol in had gespeeld, daar was Peggy van overtuigd. Dat was ook de reden waarom zij nooit zou gaan trouwen. Vrouwen werden altijd aangetrokken door omstandigheden die hen bekend voorkwamen, ook al waren die nog zo schadelijk. Maar dat zou Peggy niet overkomen.

'Je hoort thuis te blijven en te gaan studeren,' had haar vader woedend uitgeroepen toen hij hoorde dat ze het huis uit ging. 'Je zult nooit iets bereiken als je geen diploma's hebt.'

Hij had ook geen diploma's. Aan zijn schoolopleiding was een eind gekomen toen hij zestien was en volgens hem was dat de schuld van zijn familie. Hij had grote plannen met Peggy. Plannen om de hele stad te laten zien dat zijn gezin intelligent en knap was en dat zijn kleine meid hen allemaal voor gek zou zetten, omdat zij zo goed kon studeren. En dan zou ze gewoon thuis blijven wonen, waar hij haar onder de duim kon houden.

Maar in plaats daarvan stond ze op het punt om te vertrekken. Niet naar een hogeschool of universiteit, gewoon de wijde wereld in zonder zelfs maar om toestemming te vragen.

'Zeg jij er eens iets van, Kathleen,' had hij tegen haar moeder gegromd. Dat was iets om te onthouden. Normaal gesproken vroeg hij nooit wat haar moeder ervan vond.

'Peggy, je weet best dat je vader gelijk heeft. Het wordt steeds moeilijker om werk te vinden en hoe beter je opgeleid bent, en hoe meer titels je hebt...' Haar moeders stem stierf weg.

Peggy vroeg zich af hoelang het geleden was dat haar moeder een zin had afgemaakt. Alsof ze wist dat het toch geen enkele zin had, omdat haar vader toch niet naar haar luisterde.

'Je hebt gelijk, hoor,' zei Peggy tegen hem. 'Ik kom vast wel weer terug.' Ze had ontdekt dat dit de beste manier was om haar vader aan te pakken. Je moest hem altijd gelijk geven en dan toch gewoon doen wat je van plan was. Die manier van doen maakte hem echt woest, maar om de een of andere reden ging hij nooit zo tegen haar tekeer als tegen haar moeder. Het was net alsof hij wist dat Peggy niet echt op haar moeder leek en dat ze dat nooit zou pikken.

'Ja, je komt vast terug,' had hij dreigend gezegd toen ze bij de deur stond.

Inmiddels stonden zowel zij als haar moeder te huilen. Peggy's enorme rugzak stond bij de deur, propvol gepakt.

'Ja natuurlijk kom ik terug, nog vaak genoeg,' had ze gezegd.

'En je zult allerlei schooiers tegen het lijf lopen,' had haar vader gesist, alsof de wereld één grote ziedende poel was, vol slechte mensen die op het punt stonden om toe te slaan.

'Ja, hoor, pa, je hebt gelijk, ik zal heel voorzichtig zijn,' zei Peggy ernstig, terwijl ze ondertussen dacht dat het heel goed mogelijk was dat de gevaarlijkste persoon ter wereld in feite je eigen vader was.

Maar het had geen zin om dat te zeggen, niet zolang haar moeder bij hem bleef wonen. Dan zou zij degene zijn die het te verduren kreeg. Alleen maar voor haar moeder had Peggy zich gedragen zoals van haar verwacht werd. Ze had haar vader omhelsd en gezegd dat ze hem zou missen. Ze had zich vermand en ergens diep vanbinnen de moed gevonden om te zeggen: 'Als ik goede raad nodig heb, dan bel ik je wel, pa.' Dat had hij mooi gevonden, het streelde zijn ijdelheid. Ze had het alleen voor haar moeder gedaan, maar ze had het toch kwetsend gevonden omdat ze er helemaal niets van meende. Peggy was vastbesloten om nooit meer iets te doen wat ze niet meende. Ze zou haar eigen leven gaan leiden en daarin zou nooit plaats zijn voor een man.

Trouwen en kinderen krijgen was het foutste wat iemand zoals zij kon doen. Het zou gegarandeerd op een ramp uitlopen. Dat wist ze zeker. Het zat in haar genen. Alles was een kwestie van erfelijkheid. Dat gold zeker voor het ouderschap, en voor het vermogen de juiste man uit te zoeken. Daar zou Peggy helemaal niets van terechtbrengen, dus moest ze dat gewoon vermijden. Dat was het beste, prentte ze zichzelf in.

Na die ontmoeting in de winkel en dat ene voicemailberichtje belde David niet meer. Maar Peggy bleef toch iedere nacht van hem dromen.

Op de dag van de opening stond ze vroeg op, douchte, kleedde zich aan en ging zonder ontbijt de deur uit. Ze zou regelrecht naar de winkel gaan, open doen en daar koffie zetten. In haar beeldige winkel kon ze gewoon niet aan nare dingen denken.

Zoals altijd vond ze het heerlijk toen de eerste klanten op kwamen dagen. Ze dwaalden door de winkel met de lavendelmandjes die ze had gekocht en gooiden die nonchalant vol. Ze had in de loop der jaren een enorme hoeveelheid gebreid en bewaard en nu ze een winkel had, kon ze daar eindelijk gebruik van maken. Naast de wolvoorraad hingen sjaals en stola's, ingewikkelde vesten en prachtige truien. Van iedere wolsoort had ze een stukje gebreid, zodat de mensen konden zien hoe het er uiteindelijk uit zou zien. Een deel van de winkel had als thema 'gewoon beginnen' en mensen die graag wilden leren breien maar er helemaal niets vanaf wisten, vonden dat geweldig. Peggy's winkel gaf hun niet het gevoel dat ze een stel klungels waren in een wereld vol nijvere breisters.

Jaren geleden, toen de winkel nog maar een verre droom was, had ze iets gelezen over iemand die ook zo'n zaak had en die 's avonds cursussen breien en naaien aanbood om een grotere klantenkring te krijgen. Peggy had besloten dat ze hetzelfde ging doen en nu kon ze niet wachten om eraan te beginnen.

Als ze nu alleen maar dat gedoe uit haar hoofd kon zetten…

'Wat voor soort naalden,' zei een vrouw die een knot prachtige Peruaanse met de hand geverfde wol omhoog hield, 'heb ik hiervoor nodig?'

De vraag van de vrouw bracht Peggy weer met twee voeten terug op aarde. Dit was haar bestaan. Ze moest deze winkel opbouwen zodat ze er goed van zou kunnen leven, en een succesvolle, sterke vrouw zou worden, met genoeg geld om op terug te vallen. Dan zou er nooit meer iemand zijn die haar als een gekooid dier in zijn macht zou hebben.

# 9

Op zaterdagmiddag stond Meredith Byrne vanaf de tussenverdieping te kijken naar een vrouw die de Alexander Byrne Gallery binnen liep. Leeftijd: geen idee. In ieder geval een goede plastisch chirurg als ze ouder was dan vijfenveertig. Platte ballerina's, echte Chanels, geen imitatie. Een grijze jas die alleen van kasjmier kon zijn, ook al zag hij eruit alsof hij in elkaar geflanst was door iemand die er geen flauw idee van had hoe een jas eruit hoorde te zien. Over de nieuwste mode gesproken. Een verschoten strakke spijkerbroek en het soort dure blonde haar dat eruitzag alsof je er net mee uit bed was gestapt nadat een kapper een uur lang de puntjes met wax in vorm had geknepen. Een uiterlijk dat aan alle kanten geld ademde.

Meredith was niet met geld opgegroeid, maar ze kon het wel degelijk herkennen, ook al zouden de mensen met wie zij was opgegroeid háár tegenwoordig vast niet meer herkennen. Het saaie modderblonde dunne haar en de verlegen glimlach waren verdwenen. In plaats daarvan was een glad gordijn van blond haar gekomen, had ze een volmaakt gebit, dankzij een vermogen aan titanium schroeven waarmee het in haar kaken was vastgezet, de juiste kleren en een accent dat zelfs een ervaren taalkundige niet meteen zou kunnen thuisbrengen.

Meredith was dan niet met geld opgegroeid, maar tegenwoordig zou niemand dat zelfs maar vermoeden.

Ze knikte nauwelijks merkbaar naar Charlie, de jonge mannelijke medewerker van de galerie.

Pippa kreeg een soortgelijke nauwelijks merkbare blik die 'wegwezen' betekende. Meredith had veel ervaring in de bedrijfsvoering van de galerie en als het personeel dat ze in dienst had niet deed wat zij zei, kregen ze hun ontslag.

Pippa, gekleed in een glad grijs mantelpakje waarin rijke mannelijke klanten haar lange benen konden bewonderen, glipte gehoorzaam naar boven, terwijl Charlie, in een glad grijs pak met een overhemd waarvan het bovenste knoopje openstond zodat rijke vrouwelijke klanten zijn sterke lijf en zijn gebruinde hals konden bewonderen, liep naar haar toe en mompelde het zinnetje dat Meredith niet kon verstaan maar dat ze hem zelf had geleerd.

'U zult vast graag zelf even rond willen kijken, maar als u iets wilt weten, dan ben ik tot uw dienst.'

Charlie was echt een vondst geweest. Hij had, net als Pippa, kunstgeschiedenis gestudeerd en hij had bovendien, net als Pippa, aan een van de júíste universiteiten gestudeerd, dus op zijn maatschappelijke achtergrond was niets aan te merken. Maar hij had een heel bijzondere gave: hij kon een vrouw aankijken en haar het gevoel geven dat ze de enige vrouw ter wereld was.

Hij had overwogen om te gaan acteren, had hij Meredith verteld toen ze hem in dienst nam. 'Maar dan verdien je geen rooie cent, behalve een toplaag van vijf procent.'

De commissie die je kreeg als je een schilderij verkocht, was stukken hoger.

Dat was het tenminste tot voor kort.

Tegenwoordig waren er nauwelijks kopers. De meeste mensen probeerden wanhopig te verkopen en op die manier op z'n minst een kwart van hun oorspronkelijke investering terug te krijgen. Toch had de Alexander Byrne Gallery niet veel last van de recessie, gedeeltelijk omdat Sally-Anne Alexander overal ter wereld zulke fantastische contacten had.

Er waren altijd mensen met geld en die zouden er ook altijd zijn, zei Sally-Anne met glanzend groene ogen. De kunst was om ze op te sporen en vriendschap met ze te sluiten. Alleen deze maand al had ze vier enorme schilderijen verkocht aan een miljardair uit de Verenigde Arabische Emiraten, die ze tijdens een inkoopreis naar Zwitserland had leren kennen.

Maar volgens de bank was het geld nog niet binnen en Meredith bleef de rekening van de galerie online een tikje ongerust in de gaten houden.

De kunstenaar in kwestie begon kwaad te worden en Meredith had hem de hele week al aan het lijntje gehouden.

'Heb ik je ooit eerder een poot uitgedraaid, Mike?' had Meredith aan de telefoon gezegd, terwijl ze deed alsof er geen vuiltje aan de lucht was.

'Nee, maar ik wil dat geld gewoon,' zei Mike. 'Het werk is verkocht. Ik wil mijn aandeel nu, in plaats van te moeten wachten tot het Sally-Anne uitkomt. Wat is er daar bij jullie aan de hand? Dat zou ik weleens willen weten. Ik heb geen cent te makken, Meredith. Ik heb al maanden niets meer verkocht, dat weet je best. Als ik niet wat bijverdiende door les te geven, zou ik geen dak meer boven mijn hoofd hebben.'

Mikes schilderijen waren niet van het soort dat in het huidige klimaat verkocht: enorme doeken die alleen tot hun recht kwamen aan de muren van grote kantoren of hotels en die gaven geen cent meer aan kunst uit.

Hij had al sinds donderdag niet meer gebeld en Meredith had besloten om niet langer naar de rekening van de galerie, die behoorlijk in het rood stond, te blijven staren en Sally-Anne het voordeel van de twijfel te gunnen. In het verleden had ze altijd aan haar verplichtingen voldaan.

Sally-Anne, die nog steeds weg was, bleef tijdens hun telefoongesprekken maar zeggen: 'Doe nou eens rustig aan, Meredith, die vent heeft meer dan genoeg geld. Echt waar, hij heeft twee vliegtuigen en hij is eigenaar van een bank in Abu Dhabi. Hij zwemt in het geld.'

'Waarom betaalt hij ons dan niet gewoon?' had Meredith gevraagd. 'We hebben contant geld nodig, ik heb je al verteld dat er twee cheques zijn geweigerd, Sally-Anne. Zorg dat die vent over de brug komt…'

Maar Sally-Anne had zoals gewoonlijk weer veel haast gehad. 'Ik moet ervandoor, lieverd. Ik heb een schattig oud, adellijk Frans dametje dat wat spulletjes wil verkopen. Ik ga met haar theedrinken, zodat we even rustig kunnen praten. Kennelijk heeft ze jaren geleden vriendschap gesloten met Dalí. Ja, ja, ik weet wel dat iedereen bevriend was met Dalí, hij had meer vrienden dan Facebook, maar ik geloof dat het in dit geval echt waar is. Als ik terug ben, spreken we elkaar wel weer, dóéi.'

Heel frustrerend, maar zo ging het met Sally-Anne altijd.

Ze was fantastisch als het erop aankwam om een overeenkomst met iemand te sluiten, maar dingen zoals rekeningen die in het rood stonden vond ze mateloos vervelend. En dat was knap lastig voor Meredith, die het beheer had over de dagelijkse gang van zaken bij de galerie. De dag ervoor had ze nog een gênant gesprek gehad met de cateraars die ze binnenkort bij een tentoonstellingsopening wilde gebruiken.

Carlos, de eigenaar, had regelrecht geweigerd om de opdracht aan te nemen. 'Jullie cheque voor de laatste opening was ongedekt,' zei hij tegen haar. 'Ik geef je nog twee dagen de tijd om het geld aan ons over te maken, anders stuur ik mijn advocaat op jullie af.'

'Wees nou eens redelijk,' had Meredith geantwoord. 'Je kent ons toch, dacht je nou echt dat we zoiets zouden doen met onze…'

'Nee, tot nu toe niet,' zei Carlos. 'Maar mijn bankrekening vertoont een hiaat van vijfeneenhalfduizend en daar hangt een etiketje met de naam Alexander Byrne aan. Zolang dat bedrag niet betaald is, hoef je me niet te bellen voor een andere opdracht.'

Ze kreeg instinctief het gevoel dat er iets mis was, maar zette die gedachte meteen van zich af. Sally-Anne had haar nog nooit in de steek gelaten.

Meredith besloot dat ze maar eens met Keith, Sally-Annes man, moest praten als ze weer terugkwamen van hun reis. Keith behandelde de financiële kant van het deelgenootschap en hij zou waarschijnlijk wel weten waarom diverse rekeningen in het rood stonden. Meredith had afgelopen vrijdag de salarissen van haar eigen rekening betaald en ze vroeg zich af of ook op zaterdag geld bijgeschreven werd. Ze zou zo ontzettend opgelucht zijn als ze aan de week konden beginnen met geld op de bank.

'Wil je nog een kop koffie, Meredith?' vroeg Pippa, terwijl ze naast Meredith achter de glazen wand van de tussenverdieping kwam staan.

'Ach ja, waarom niet,' zuchtte Meredith, die er al vier op had. Geen wonder dat ze tegenwoordig steeds meer moeite had om in slaap te vallen.

Ze wenste dat Sally-Anne de problemen uit de weg zou ruimen. Meredith had kijk op kunst en ze kon heel goed met de kunstenaars zelf opschieten. Maar ondanks haar dure kleren bleef ze toch wat problemen hebben met cliënten. Rijke mensen waren gewoon anders. Pippa en Charlie, die altijd in die kringen hadden verkeerd, konden gezellig meebabbelen over skiën in Meribel, de zomer in iemands huis op Long Island, of het polo in Sotogrande, waar iedereen na afloop naar de kleine haven ging om in de bars daar door te zakken. Hoewel Meredith samen met Sally-Anne en Keith in al die plaatsen was geweest, kende ze die niet van jongs af aan. Ze mocht dan nog zo hard proberen om haar afkomst te vergeten, de herinnering aan St Brigid's Terrace kreeg ze niet uit haar hoofd.

Er waren meer dan genoeg mensen in de kunstwereld die onder aan de ladder begonnen waren, maar die hadden dat nooit verborgen. Meredith was gewoon helemaal opnieuw begonnen. Redstone bestond niet eens, voor zover het haar nieuwe wereld betrof. Maar desondanks droeg ze nog steeds de fundamenten van Redstone met zich mee.

Terwijl ze het aan Charlie overliet om de vrouw te charmeren liep ze samen met Pippa naar de kantoren op de tussenverdieping. Als cliënten naar boven kwamen, konden ze schilderijen bekijken op een valse muur waarachter een glazen kantorenblok schuilging.

Meredith was altijd dol op de galerie geweest, maar de laatste tijd had ze er geen plezier meer in. Waarom was moeilijk te zeggen. De economie en de geldzorgen hadden er van alles mee te maken, maar het zat dieper dan dat. Naarmate ze ouder werd, begon ze zich steeds eenzamer te voelen. Ze was tweeëndertig en iedereen van haar leeftijd was inmiddels verloofd of getrouwd. Zelfs de jongere mensen leken allemaal iemand te hebben: Pippa, een snotneus van vierentwintig, had al een vriendje met wie ze de weekends doorbracht op de stoeterij van zijn moeder. Zelfs Mike, de schilder, had een partner. En dat terwijl hij weliswaar een getalenteerd man was, maar niets moest hebben van zeep en tandpasta. Alleen Meredith was nog in haar eentje. Binnenkort werd ze drieëndertig en nog steeds was er in de verste verte geen man te bekennen.

Ze deed haar best om er niet aan te denken, maar af en toe schoot die gedachte toch stiekem door haar hoofd: dat dit niet haar bedoeling was geweest toen ze al die jaren geleden uit Redstone wegging.

Meredith was altijd dol op kunst geweest. Zo goed dat ze een plaatsje had veroverd op een prestigieuze kunstacademie, maar het had niet lang geduurd voordat het tot haar doordrong dat ze niet origineel genoeg was om geld te verdienen met haar schilderijen. Laura, haar beste vriendin op de academie, was precies het tegenovergestelde: een talentvol schilderes, maar hopeloos als het aankwam op zakendoen.

'Jij bent goed in dat soort dingen,' had Laura gezegd. 'Ik kan geen mooi weer spelen tegenover galerieën en dat wil ik ook niet. Ik wil alleen maar schilderen.'

Uiteindelijk kwam het erop neer dat Meredith eerst met de doeken van Laura alle galeries afliep, en vervolgens ook met die van andere mensen, en voor ze het wist, was ze ineens dat meisje bij wie je moest zijn als je wilde investeren in nieuwe en interessante kunst. Zo was ze ook bij Sally-Anne en Keith terechtgekomen en dat had uiteindelijk weer geleid tot de opening van hun galerie: die was van hen, omdat zij voor het kapitaal hadden gezorgd, maar ze hadden haar er ook bij betrokken.

'Jij weet zoveel van kunst dat je voor ons een echte aanwinst bent,' had Sally-Anne zes maanden geleden tegen haar gezegd. 'We maken je deelgenoot en zetten je naam ook op de gevel, ik zal mijn advocaat opdracht geven om het allemaal uit te zoeken. Maar dan moet je er natuurlijk wel wat geld in steken. Twintigduizend lijkt me wel genoeg.'

Meredith had het geld geleend en haar appartement als onderpand gebruikt. Toen ze eenmaal deelgenoot was, raakte Meredith eraan gewend dat mensen belden om Sally-Anne te smeken of zij niet konden meeprofiteren van de deals die ze sloot.

Meredith vond het altijd vreselijk om vragen te stellen, dat háátte ze gewoon. Goed ingelichte mensen hoefden nooit te vragen wat de juiste clubs of de juiste hotels waren. Als je dat wel moest vragen, dan verraadde je meteen dat je een indringer was, een outsider. En Meredith had zich juist ten doel gesteld om de indruk te wekken dat zij ook een van die goed ingelichte mensen was.

Maar uiteindelijk werd haar nieuwsgierigheid haar te machtig. Ze vroeg Sally-Anne ronduit wat voor soort zaken ze eigenlijk deed.

Sally-Anne, slank en gebruind omdat ze altijd wel op een warm plekje te vinden was, en zoals gewoonlijk gekleed in de duurste kleren die er te koop waren, had Meredith aangekeken met ogen waaromheen geen rimpeltje te zien was en even nagedacht. En toen had Sally-Anne verklaard:

'Mensen geven mij geld om te beleggen en dat doe ik dan. Meestal in kortetermijnprojecten met een winstmarge van rond de twintig procent. Ik doe zaken met mensen die ik al jaren ken, meestal kennissen van school.'

Ze had op een dure internationale school in Zwitserland gezeten, waarvan de naam alleen al genoeg was om Meredith het gevoel te geven dat zij arbeidersklasse was.

De projecten, had Sally-Anne uitgelegd, betroffen investeringen in zaken die niets met de galerie te maken hadden. Omdat ze zoveel rijke vrienden had die betrokken waren bij complexe onroerend-goed- en handelstransacties die hooguit een paar miljoen extra nodig hadden om ze van de grond te krijgen, was het voor Sally-Anne de normaalste zaak van de wereld om ze voor te stellen aan mogelijke investeerders die hun geld maar al te graag in korte-termijn-projecten staken met een gegarandeerde winstmarge van twintig procent.

'Probeer dat maar eens bij een bank klaar te spelen,' zei ze vaak opgewekt.

Ze bemiddelde al jaren bij dat soort afspraken en de mensen vochten om deel te mogen nemen aan die lucratieve opzetjes.

En dat verklaarde ook waarom Meredith voortdurend telefoontjes kreeg van mensen die haar smeekten om hen voor te stellen aan Keith en Sally-Anne.

'Ik heb gehoord dat iedereen die betrokken was bij dat London City-gedoe zeker een kwartmiljoen winst heeft gemaakt,' jammerden ze dan. 'Zeg alsjeblieft tegen Sally-Anne dat we genoeg geld hebben om te investeren en dat we maar al te graag mee willen doen. Alsjeblieft.'

Uiteindelijk leende Meredith nog eens twintigduizend euro om zelf te investeren. Zes maanden later werd er achtentwintigduizend euro bijgeschreven op haar bankrekening.

En toen Sally-Anne luchtig over een ander project begon, had Meredith gretig haar kostbare achtentwintigduizend pegels over-geschreven naar een van de bankrekeningen van de Alexanders.

Bij elk volgend project kwam er meer en meer geld op haar rekening terecht. En ze begon ook andere mensen de weg te wijzen naar Sally-Annes investeringsfonds, mensen zoals haar vriendin Laura.

Dankzij Sally-Anne bezat Meredith nu aandelen in een Amerikaans golfhotel, een Turks appartementencomplex en een Russisch winkelcentrum. En hetzelfde gold voor Laura.

'We mogen echt van geluk spreken,' had Laura nog gezegd toen Meredith de laatste keer op bezoek was in Laura's studio in de wilde, winderige Kerry Mountains, 'we hebben nu iets om op terug te vallen. Dankzij jou.'

Laura was inmiddels getrouwd met Con, een uit de kluiten gewassen Kerryman, die gigantische beelden maakte van schrootmetaal. Ze hadden een dochtertje, Iona, dat opgewekt heen en weer scharrelde tussen de studio's van haar ouders en de muren bedekte met afdrukken van met verf besmeurde vingertjes, iets wat Con noch Laura scheen op te vallen. Hun huis lag genesteld aan de voet van een berg en stond vol vreemde, met de hand gemaakte meubels, Cons waanzinnige bronzen stukken en Laura's enorme doeken, gevuld met de sombere luchten en de woeste oceaangolven van Kerry. Ze hadden twee asielhonden, een hangbuikzwijntje dat in de keuken voor de open haard lag te soezen en een handvol hamstertjes voor Iona. De hamsters woonden in een kooi in de eetkamer, zodat de honden niet hongerig naar ze konden gaan zitten staren om op die manier hamsterhartaanvallen te veroorzaken. Als je bij Laura en Con thuis ergens neerviel, zat je onveranderlijk op een hondenkluifje of op een kussen vol haren.

Als Meredith vroeger bij haar op bezoek kwam, had ze zich altijd afgevraagd hoe Laura het in vredesnaam uithield op zo'n afgelegen plek waar geen koffiebar te vinden was en waar je kilometers onderweg was als je naar een restaurant, een theater of een galerie wilde. Maar toen ze er de laatste keer was geweest, met de kerst, had ze tot haar schrik gemerkt dat ze Laura benijdde omdat ze haar kleine Iona had en de bebaarde Con, die de hele deuropening vulde als hij op de drempel stond.

Meredith zou eigenlijk degene moeten zijn die alles had wat haar hartje begeerde, maar toen ze aan de met broodkruimels bedekte keukentafel van haar vriendin zat en zich warmde aan de Zweedse houtkachel terwijl dat verrekte varken om haar voeten scharrelde, besefte ze ineens hoe jaloers ze was op Laura.

Meredith had alleen maar dingen die voor geld te koop waren. Op de een of andere manier was ze er niet in geslaagd om de hand te leggen op het enige waarvoor dat niet gold. Waarom had niemand haar ooit verteld dat geld en aanzien niet alles waren?

Con had haar overgehaald om die nacht te blijven logeren.

'Waarom zou je in dit weer helemaal de heuvel afrijden om een hotel te zoeken, terwijl wij hier een logeerkamer hebben? We kunnen een lekker flesje wijn opentrekken en gezellig gaan zitten kletsen over hoe de wereld met een noodgang naar de verdoemenis gaat... wat zeg je daarvan?' had hij opgewekt gezegd, met een van zijn grote armen om haar heen. 'Ik heb nog een lekkere plaatselijke lamsbout in de koelkast en de kruidentuin van mevrouw heeft het van 't zomer goed genoeg gedaan om onze eigen mintsaus te maken. Ze vriest de kruiden in.'

'Het aardappelveldje van de baas doet het niet zo best, want hij blijft er het liefst zo ver mogelijk vandaan. Hij is allergisch voor de spade,' had Laura plagend gezegd toen ze de keuken binnen kwam lopen met Iona op haar heup. 'Ze zijn aangetast door meeldauw, vandaar dat de aardappelpuree wel van plaatselijke aardappels is, maar niet uit ónze tuin.'

'Maak dat je wegkomt, vrouw,' bromde Con quasigekwetst. 'Groentetuintjes zijn vrouwenwerk. Kom maar gauw hier, lekker dier,' ging hij verder terwijl hij Iona optilde en zijn neus tegen haar wang duwde. 'Neem me maar gauw in bescherming tegen je moeder... die wil dat ik me dood werk.'

Iona, in een rood fluwelen pyjamapakje met kerstmannetjes, was meteen bereid om haar pappie aan alle kanten in bescherming te nemen, zelfs tegen haar geliefde mammie.

'Papa is lief, mama,' zei ze ernstig. 'Geen klappen geven.'

De drie volwassenen schoten in de lach.

'Zie je wel,' zei Con met een zielig gezicht, 'dat is het bewijs dat ze me slaat. Ik ben gewoon een hulpeloze kunstenaar die hier opgescheept zit met dit maffe mens. Je zult meer van mijn stukken moeten verkopen, zodat ik genoeg geld bij elkaar kan krijgen om ervandoor te gaan.'

Ze aten de lamsbout, dronken van de lekkere wijn, sloten de maaltijd af met een heerlijk stukje plaatselijke kaas op havermoutkoekjes en bleven praten tot Iona in haar vaders armen in slaap gesukkeld was.

'Ik stop haar wel onder de wol, dan kunnen jullie even fijn doorkletsen,' fluisterde Con en verdween om het kind naar bed te brengen.

'Je bent een echte geluksvogel, Laura,' zei Meredith rustig toen ze alleen achterbleven met de honden, het snurkende zwijntje en de flakkerende kaarsen op de tafel.

'Jij zou stapelgek worden als je hier woonde,' lachte Laura terwijl ze achterover leunde in haar stoel en zich uitrekte. 'Wat is er met die vrouw gebeurd die me ooit vertelde dat ze dood zou gaan als ze op het platteland of in een buitenwijk zou moeten wonen?'

Meredith huiverde, niet alleen vanwege de herinnering aan die belachelijke opmerking, maar ook vanwege het idee dat ze dood zou gaan in een buitenwijk. Want daar kwam ze per slot van rekening vandaan.

'Heb ik dat echt gezegd?'

'Je hebt altijd naar van alles verlangd: je wilde wat de galerie je heeft gegeven.' Laura haalde haar schouders op, nam nog een stukje kaas en gaf de honden ook iets. 'Je zou gek worden van dit leven.'

'Volgens mij zijn wat ik destijds wenste en wat ik nu graag zou willen twee volkomen verschillende dingen,' zei Meredith langzaam, terwijl ze naar het vuur staarde.

'Ben je niet gelukkig? Dan moet je weggaan.'

Voor Laura was het allemaal doodeenvoudig. Je deed wat je wilde. Op die manier had ze als kunstenares naam gemaakt en Con en Iona gekregen.

'Zo simpel is het niet,' protesteerde Meredith.

'Natuurlijk wel. Mensen maken het zichzelf moeilijk. Je krijgt maar één kans om te leven, dus waarom zou je dan iets blijven doen waar je geen zin in hebt?'

'Maar…' Meredith snapte er niets meer van. 'Jij bent degene die me heeft overgehaald om in een galerie te gaan werken. Jij hebt me een duwtje in de rug gegeven, door te zeggen dat ik ervoor gemaakt was.'

Laura schoof de bedelende honden opzij en vestigde haar aandacht op Meredith.

'Dat is jaren geleden. Jij bent de enige die iets over je eigen leven te zeggen heeft, Meredith. Je hunkerde naar het geld en het prestige, ontken het maar niet. Daar heb je zelf voor gekozen. Maar als je nu iets anders wilt, ga dan weg bij de galerie en ga iets anders doen.'

Meredith schudde haar hoofd. Laura was net een kind. Zo eenvoudig ging dat allemaal niet. Merediths hele leven was verbonden met Alexander Byrne. Haar werk en haar sociale leven maakten er deel van uit. Als ze erover nadacht, had ze eigenlijk niet één vriend die niet aan de galerie gelieerd was. Zelfs Con werd door hen vertegenwoordigd. En hoe zat het met geld? Dat kon ze niet zomaar opgeven. Zou Sally-Anne haar nog wel mee laten doen aan projecten als ze geen partners meer waren?

Kennelijk was Laura tot dezelfde conclusie gekomen.

'Je hebt investeringen bij Sally-Anne en hetzelfde geldt voor ons, sinds je het daar met ons over hebt gehad. Dat is ons pensioen. Maar jij hoeft niet meer te werken, Meredith,' zei ze. 'Ga dus maar gewoon weg. Ga eens leven.'

Met die opmerking stond Laura op en begon de tafel af te ruimen, terwijl ze tussen neus en lippen zei dat ze weer vroeg op moest met Iona en niet meer 's avonds laat op kon blijven. 'Halfelf is wel zo'n beetje de limiet voor mij tegenwoordig. Iona is iedere ochtend om zes uur wakker, of het nu regent of dat de zon schijnt.'

Terwijl ze stond te praten en te ruimen bleef Meredith zwijgend zitten, nog steeds verbijsterd door die opmerking van Laura: *Ga eens leven.*

Er mankeerde niets aan haar leven, hoor.

Ze wenste iedereen kortaf welterusten en ging naar bed, wensend dat ze geen wijn had gedronken, want dan had ze naar een hotel kunnen rijden. Maar nu zat ze vast, met handen en voeten gebonden aan mensen die kennelijk het idee hadden dat ze een zielige oude vrijster was, met niets om voor te leven.

In de snoezige logeerkamer met het houten bed en een garderobekast die met dank aan Con voorzien was van een stel volslagen maffe metalen handgrepen, maakte Meredith zich klaar om naar bed te gaan, terwijl ze in zichzelf bleef mopperen. Waar haalde Laura het lef vandaan om dat te zeggen. Eigenlijk was het ontzettend grof, nu ze er nog eens goed over nadacht. Het was bijna iets wat Molly, de buurvrouw van haar ouders, had kunnen zeggen. Toen de tact uitgedeeld werd, had Molly achteraan gestaan en ze kon de ergste dingen zeggen.

De laatste keer dat Meredith haar had gezien, tijdens dat walgelijke feestje ter gelegenheid van haar vaders zestigste verjaardag, had ze ook iets gezegd in de trant van: 'Heb je geen vent meegebracht om ons allemaal de ogen uit te steken, Meredith? Ik was er vast van overtuigd dat je in Dublin wel een of andere chique kerel had opgeduikeld, dankzij al die mooie kleren en die nieuwe tanden van je en zo.'

De herinnering aan de tactloze Molly verdween ineens toen Meredith aan dat feestje dacht en aan het akelige gevoel dat ze eraan had overgehouden. Ze had die stomme champagne gekocht, omdat ze had gewild dat het feestje van de Byrnes cool zou zijn, ook al interesseerde het verder niemand van de familie of ze nu wel of niet cool waren en wat de kelners of de directie van het hotel van hen zouden denken.

Het enige waar de Byrnes zich druk over maakten, was dat Ned een fijne verjaardag zou hebben. Ned en Opal hadden nog geprobeerd om haar op andere gedachten te brengen. Zij gaven geen bal om champagne.

Wat stompzinnig dat het zoveel voor háár had betekend.

Meredith was op het bed neergevallen zonder haar make-up af te halen met haar dure cleanser en zonder haar speciale moisturizer op te doen. Ze wurmde zich uit haar kleren, trok de dekens over haar hoofd en huilde zichzelf in slaap.

Die zaterdag kwam er niemand de galerie binnen lopen. Het enige belangrijke dat er gebeurde, was dat Keith had gebeld met de mededeling dat hij maandagochtend meteen geld op de rekening van de galerie zou storten.

Er ging iets heel geruststellends uit van Keith. Hij was zorgvuldig en bedachtzaam, in tegenstelling tot Sally-Anne met haar vlinderachtige maniertjes, en hij sprak zelfs zo langzaam dat mensen hem meteen volkomen vertrouwden.

'Ik maak me echt zorgen over geld, Keith,' had Meredith tegen hem gezegd, blij dat ze eindelijk de kans had om met hem te praten in plaats van met Sally-Anne. 'Ik weet niet of Sally-Anne je dat verteld heeft, maar een paar cheques bleken ongedekt te zijn en…'

'Oké, laat dat maar aan mij over,' zei Keith en Meredith voelde iets van de last van haar schouders glijden. 'O, en zou je dat grote schilderij van Robinson vanavond kunnen versturen? Ik zal je het adres geven.'

'Op zaterdag?' zei Meredith. 'Nou vooruit, daar zorg ik wel voor. E-mail me het adres maar. Het is het duurste stuk dat we in de galerie hebben, het zal verzekerd moeten worden.'

'Daar zorg ik wel voor,' zei Keith kalm.

Om zes uur, toen ze allemaal klaarstonden om weg te gaan, kwam Pippa naar Meredith toe, die net wat papieren in de leren tas schoof die ze als koffertje gebruikte.

'Hoor eens,' zei Pippa, 'waarschijnlijk heb je helemaal geen zin, maar een paar van mijn vrienden wilden vanavond uitgaan. Maar als je niets anders te doen hebt...'

Meredith dacht aan wat ze meestal deed als ze 's avonds niet voor haar werk op stap moest of ging eten met mensen die belangrijk waren voor Sally-Anne: tv-kijken en een wokschotel klaarmaken. Ze dacht aan Laura, die had gezegd dat ze maar eens moest gaan leven.

'Dat zou ik enig vinden,' zei ze.

De officiële opening was om vijf uur, en Peggy en Fifi werkten hard om ruimte te maken in de winkel en de hapjes en de wijn klaar te zetten. Sue van de bakkerij had Peggy beloofd om ook even langs te komen als ze de kans kreeg. En klokslag vijf uur kwam ze inderdaad opdagen.

'Helaas ben ik maar alleen,' zei ze. 'Millie, die bij ons werkt, voelde zich vandaag niet lekker. Zal wel een kater zijn geweest. Dat meisje moet echt weg... het is niet bepaald goed voor de zaak als je klanten op een walm van alcohol getracteerd worden. Dus omdat ons meisje te veel heeft gedronken, kon die arme Zeke niet meekomen. Maar ik ben er in ieder geval.'

'Dank je wel,' zei Peggy terwijl ze Sue omhelsde. Het was wel raar, maar tegelijkertijd ook een geweldig gevoel dat er zo'n onderlinge kameraadschap was tussen twee eigenaars van winkels op het kruispunt.

Sue had haar dat al eens uitgelegd toen ze elkaar net kenden.

'We doen allemaal ons best om een boterham te verdienen, we zijn geen concurrenten van elkaar en, om eerlijk te zijn, zelfs als we dat wel zouden zijn, zouden we toch op de een of andere manier samen moeten werken. Zo gaat dat nu eenmaal als je een zaak hebt in een kleine woongemeenschap. We gaan er gewoon van uit dat de taart groot genoeg is voor ons allemaal, om het zo maar eens te zeggen. Vandaar dat Bobbi in de schoonheidssalon speciale menu's aanbiedt met koffie van de Java Bean en scones en broodjes van ons. En als een klant een van onze tarwemuffins wil, stuurt Bobbi een van de meisjes om die te halen. Wij maken in onze winkel reclame voor haar en bevelen haar aan bij onze klanten. Ik wou dat ik wat vaker van haar diensten gebruik kon maken, mijn haar moet nodig weer gekleurd worden,' zei Sue quasizielig.

Peggy lachte. 'Er is niets mis met je haar,' zei ze.

'Dat komt gewoon omdat je niet weet waar je het over hebt, Peggy,' zei Sue lachend. 'Jij hebt beeldschoon lang haar dat je nog nooit van je leven geverfd hebt. Maar als je, net als ik, blond haar uit een flesje hebt, moet je dat wel regelmatig bijhouden. Mijn zusje is zwanger...'

Peggy vroeg zich af of ze zich verbeeldde dat Sue ineens iets moest wegslikken.

'... en zij wil haar haar helemaal niet meer laten doen. Ze zegt dat ze niet wil riskeren dat er iets misgaat, want ze heeft al een miskraam gehad...'

Peggy besefte dat ze zich niets verbeeld had: Sues ogen waren verdacht vochtig. Peggy legde haar hand over de hare.

'Nee,' zei Sue fel, 'niet zo lief doen. Vraag maar niks. Dan ga ik vast janken. Sorry. Een andere keer misschien...'

Peggy knikte en liep weg, met een gevoel dat ze eigenlijk iets zou moeten doen. Ze moest er echt achter zien te komen hoe ze deel kon gaan uitmaken van deze woongemeenschap. Het was allemaal leuk en aardig om oppervlakkige vriendschappen te hebben, zoals zij en haar moeder hun leven lang hadden gehad, maar dit – contact met fatsoenlijke mensen die hun hart bij je uitstortten – was zowel belangrijk als moeilijk. Terwijl ze zichzelf inprentte dat ze Sue maar een keer op de thee moest uitnodigen om te zien of ze dan wel wilde vertellen wat er mis was, voegde Peggy zich bij haar andere gasten.

Paul en Mark van de delicatessenzaak kwamen ook opdagen en brachten schalen mee vol vijgen gewikkeld in Italiaanse ham en crackers besmeerd met heerlijke roomkaas en besprenkeld met snippertjes bieslook.

'Och, wat schattig van jullie,' zei Peggy. 'Dat hadden jullie helemaal niet hoeven doen, ik ben al blij dat jullie zijn gekomen.'

'Doe toch niet zo mal,' zei Paul, die de opmerking wegwuifde. 'We zullen heus wel een wederdienst van je vragen. Mijn schoonzusje is in verwachting van een tweeling, dus ik zal heel wat goede raad nodig hebben bij de aanschaf van exclusieve, handgebreide spulletjes in... hoe heet dat ook alweer?' Hij keek Mark aan, op zoek naar het woord waar hij niet op kon komen. Het was Peggy al eerder opgevallen dat ze vaak elkaars zinnen afmaakten, iets waar ze tot haar verbazing heel emotioneel op reageerde.

Opnieuw raakte de gemeenschap die Redstone was haar rechtstreeks in het hart. Deze mensen waren op de een of andere manier vrienden van haar geworden. En dat terwijl ze eigenlijk nooit had geweten hoe het was om vrienden te hebben.

'Wat je bedoelt, is kasjmier. Maar ik weet niet of je kasjmierwol kunt kopen,' zei Mark. 'Kan dat?'

'Ja, hoor,' zei Peggy. 'We hebben zelfs wel wat in voorraad, maar het is erg duur. Te duur voor de meeste mensen en het kan ook bijna niet gewassen worden. Maar jullie hoeven me alleen maar te vertellen wat jullie precies nodig hebben, dan zal ik allerlei schattige dingen voor jullie breien: vestjes en van die zachte mutsjes, want baby's hebben altijd koude hoofdjes. Ik heb in de loop der jaren al heel wat babykleertjes gebreid.'

'Echt waar?' zei Paul met een betoverende glimlach. 'Vertel maar op. Want Mark en ik hebben over je zitten praten en wij vonden dat je er helemaal niet als een breister uitziet.'

Peggy lachte. 'Hoe ziet een breister er dan uit? Iemand in een kabeltrui en een bril met jampotglazen, met raar haar en van die akelige platte schoenen?'

'Tja...'

Peggy lachte ze allebei toe. 'Dat rare haar en die platte schoenen heb ik afgedankt voordat ik hiernaartoe kwam. Momenteel ben ik dit nieuwe uiterlijk aan het uitproberen. Ik brei al vanaf de tijd dat ik nog heel jong was…'

Ze wilde net alles gaan uitleggen, toen ze ineens bedacht dat het verhaal misschien wel te veel zou verklaren. De meeste twaalfjarige meisjes zaten niet stilletjes in een hoekje te breien.

'Maar dat is eigenlijk een saai verhaal. Tieners,' zei ze vaag, terwijl ze haar schouders ophaalde. 'Ze doen de malste dingen, zoals gaan zitten breien terwijl ze eigenlijk urenlang aan de telefoon zouden moeten hangen met hun vriendjes. Maar goed, ik moet me ook met de andere mensen bemoeien, jongens.'

Er waren ongeveer dertig mensen op komen dagen, een prima aantal volgens Sue, die al een paar openingen met veel heisa en vrijwel geen klanten had meegemaakt.

'Mensen die van handwerken houden, zijn altijd geïnteresseerd in nieuwe winkels,' had Peggy uitgelegd. 'Waar ik vroeger woonde…' maar toen hield ze in. Ze wilde niet dieper op haar omzwervingen ingaan. 'Er waren niet eens wolwinkels in sommige plaatsen waar ik als kind heb gewoond. Dan valt het wel op als ergens een nieuwe zaak komt.'

Bobbi kwam ook even vijf minuten langs.

Een week eerder, toen Peggy gehoorzaam, zoals Sue haar had opgedragen, bij alle winkeliers langs was geweest om zich voor te stellen, was ze nogal onder de indruk geweest van Bobbi. De kleine maar statige Bobbi wekte de indruk dat ze geen tegenspraak duldde. Peggy had min of meer verwacht dat ze zonder pardon de elegante schoonheidssalon uitgestuurd zou worden en te horen zou krijgen dat er geen belangstelling was voor de feestelijke opening van een handwerkzaak. Maar het tegendeel was waar: Bobbi was de charme in persoon geweest.

'Fantastisch,' had ze gezegd. 'Een beetje vers bloed kan geen kwaad. Waar kom je vandaan, Peggy? Je hebt een ongebruikelijk accent: ik hoor volgens mij een mengeling van verschillende plaatsen. Vertel me maar eens alles over jezelf. Zullen we even achterin een kopje thee gaan drinken?'

'Nou, nee,' had Peggy verrast gezegd.

Ze hield niet van dat soort kopjes thee waarbij ze mensen als Bobbi van alles moest vertellen. Ze had het gevoel dat Bobbi zonder mankeren alles te weten zou komen.

'Bedankt, maar ik heb vrij veel haast. Kom alsjeblieft naar de opening,' had ze gezegd, terwijl ze Bobbi een stapeltje flyers in de hand drukte. 'Brei je zelf ook?'

Bobbi grinnikte. 'Nee hoor, kind, na een dag hier zijn mijn handen doodmoe. Ik ga gewoon voor de tv zitten en kijk naar soaps over het leven van andere mensen. Hartstikke leuk.'

'Oké,' zei Peggy, 'maar je weet nooit, misschien krijg ik je toch wel aan het breien of het haken.'

'Wie zal het zeggen,' zei Bobbi op een toon waaruit duidelijk bleek dat ze pas een paar breinaalden zou oppakken als Pasen en Pinksteren op één dag vielen.

'Je hebt schitterend werk verzet, lieve meid,' zei ze nu tegen Peggy, terwijl ze bewonderend om zich heen keek. 'Ik vind de kleuren die je voor het schilderwerk hebt gebruikt heel slim. Ik krijg bijna zin om zelf ook te gaan breien.'

De kleine blonde vrouw die ze bij zich had, schoot in de lach: 'Jij en breien, Bobbi? Laat me niet lachen.'

'O, nou, jij je zin,' zei Bobbi opgewekt. 'Peggy, dit is Opal Byrne, mijn beste vriendin. Zíj is wel een echte breister.'

'Echt waar?' vroeg Peggy gretig, blij om kennis te maken met een potentiële klant.

Opal knikte. 'Ik hou van breien,' zei ze.

'Ze is echt fantastisch, ze heeft dingen voor mijn beide kleindochters gebreid. Ze wacht gewoon tot ze die zelf ook heeft voordat ze weer echt aan de slag gaat,' voegde Bobbi eraan toe en lachte.

'Mijn zoon gaat binnenkort trouwen,' vervolgde Opal. 'Brian. Maar ik heb ook nog twee leuke, ongetrouwde zoons. David en Steve. Daar moet je maar eens kennis mee maken.'

Peggy voelde haar knieën knikken. Opal was de moeder van David. Dat kon haast niet anders. Zoals gewoonlijk werd ze weer een beetje bibberig bij de gedachte aan hem.

'En hoe zit het met jou?'

'Ik ben de oude vrijster van de buurt,' zei Peggy luchtig, in de hoop dat ze niet zouden merken dat ze zenuwachtig was. 'Ik moet deze winkel aan de gang zien te krijgen, dus ik vrees dat ik geen tijd heb voor mannen.'

Bobbi knikte. 'Je hebt waarschijnlijk gelijk, kind,' zei ze wijs. 'Mannen zorgen meestal voor problemen.'

Peggy was het roerend met haar eens. En nu mochten Bobbi en Opal van haar wel opstappen. Ze kon geen woord meer uitbrengen tegen deze schattige vrouw die de moeder was van de enige man die haar hart ooit had beroerd. Het werd haar gewoon allemaal te veel.

Op de begane grond van Elysium Garden was een winkelcentrum met een fitnesscenter, een supermarkt en een aantal restaurants, maar de muren van de luxe appartementen waren flinterdun. Meredith werd de volgende ochtend kreunend wakker en trok een kussen over haar pijnlijke hoofd om het geluid te dempen van de stofzuiger van ernaast die om de haverklap tegen de muren botste. Ja, ruimte is belangrijk voor een appartement, had ze het liefst achteraf gefoeterd tegen de chique, gretige makelaar die haar het huis verkocht had, maar geluidsisolatie is het belangrijkste van alles!

Meredith kon zich niet herinneren wanneer ze voor het laatst een kater had gehad. Meestal dronk ze nauwelijks. Hoewel de champagne altijd rijkelijk vloeide bij de opening van een nieuwe tentoonstelling in de galerie was er nooit genoeg tijd om meer te drinken dan een half glas als ze samen met Sally-Anne de ronde deed, glimlachend, vergoelijkend, babbelend en animerend, zoals alle galerie-eigenaars bij dat soort gelegenheden deden.

Haar vaders zestigste verjaardag, dat was de laatste keer waarvan Meredith zich kon herinneren dat ze wellicht iets te veel gedronken had. Haar moeder vond het heerlijk om te toosten, hoewel het gewoon een mousserend wijntje zou zijn geworden als Meredith niet op het laatste moment had ingegrepen omdat ze het eigenlijk fout vond om deze belangrijke verjaardag van haar vader te vieren zonder, nou ja, het juiste spul.

De Byrnes gaven hun geld niet uit aan extravagante dingen als champagne en haar moeder was ontzet toen Meredith een van haar broers opdracht had gegeven om dat krat met Premier Cru op te halen, eigenlijk veel meer dan voor het feestje nodig was.

'O, lieve hemel, Meredith, dat moet een vermogen hebben gekost,' had Opal gezegd.

'Doe niet zo mal, mam,' had Meredith luchtig opgemerkt. 'We kunnen deze speciale dag van pa toch niet zomaar voorbij laten gaan?'

Opal Byrne had haar leven lang op de kleintjes moeten letten en om zoveel geld te besteden aan iets frivools als alcohol was een doodzonde. Op St Brigid's Terrace was de enige drank die ze in huis hadden een fles zoete sherry, die in een kast stond te wachten op speciale gelegenheden.

Maar voor Meredith was het heel belangrijk dat niemand op de familie Byrne zou neerkijken bij het hotel dat voor de gelegenheid was geboekt en dan moest je wel komen opdagen met iets behoorlijks te drinken. Het was al heel lang geleden dat iemand op Meredith had neergekeken en ze wilde niet dat dat ooit weer zou gebeuren.

Meredith kreeg dan altijd het gevoel dat de vlammen haar uitsloegen, eerst bij haar wangen en vervolgens over haar hele lichaam. De brandende schaamte van er niet bij te horen, van niet goed genoeg te zijn.

Ze wilde niet dat haar moeder wist dat ze zich zo voelde. Dat zou Opal ongelooflijk gekwetst hebben en dat was het laatste wat Meredith wilde. Nee, het was gemakkelijker om glimlachend net te doen alsof iedere dochter voor zeshonderd euro champagne kocht op de verjaardag van haar vader, dat het iets volkomen normaals was.

'Als je het zeker weet, Meredith,' had Opal aarzelend gezegd. 'Maar lieverd, ik zou het een veel prettiger idee vinden dat jij je geld voor jezelf opzijlegde, hoor…'

*Voor als je getrouwd bent en kinderen hebt, als het daar ooit van komt,* vulde Meredith in gedachten de rest van de zin aan.

'… voor als je ouder bent,' vervolgde haar moeder. 'Je moet een appeltje voor de dorst hebben. Geld waarop je kunt terugvallen.'

'Ik geef het liever uit aan jou en pa,' had Meredith alleen maar geantwoord. Maar ze was toch een beetje overstuur geweest en daarom had ze tijdens het feestje te veel champagne gedronken.

Maar ze had wel gezien hoe de kelners haar vader aankeken toen hij een slokje champagne had genomen en zei: 'Heerlijk spul, hoor

Meredith, echt waar, maar het is niet zo zoet als die lekkere Asti hoe-heet-dat-spul-ook-al-weer, die we vroeger altijd met de kerst dronken. Hebben ze dat hier ook? Misschien één flesje?' Dus had Meredith weer het gevoel gehad dat de vlammen haar uitsloegen.

Terwijl ze in bed lag in haar appartement op de tiende etage worstelde ze met een helse hoofdpijn. Waarom kon dat stomme mens van hiernaast haar huis niet op een normaal tijdstip doen, dacht ze en gooide het dekbed van zich af om naar de badkamer te gaan. Ze had het gevoel dat ze moest overgeven. Het was het vervelende gevoel dat er iets mis was met de galerie plus het besef dat ze minstens tien jaar ouder was dan alle andere mensen in de club. Daardoor had ze gisteravond te veel gedronken.

Ze had de muziek afschuwelijk gevonden en terwijl de anderen aan het dansen waren, was zij aan hun tafeltje blijven zitten kijken hoe zij zich amuseerden en ze had zich eenzaam en oud gevoeld.

Ze ging op de rand van het hoekbad met de whirlpool-jets zitten, wat een van de grootste pluspunten was geweest toen ze het appartement had gekocht, hoewel Meredith het eigenlijk meestal veel te druk had om een bad te nemen. In plaats daarvan nam ze liever 's ochtends vroeg een stevige douche en soms ook 's avonds laat, om de vermoeienissen van de dag weg te spoelen. Maar vandaag nam ze die moeite niet. Er was meer nodig dan een douche om weer op verhaal te komen.

Het was nog steeds pas halfzeven in de ochtend, maar ze had het gevoel dat ze al uren wakker was. Ze rommelde in het badkamerkastje op zoek naar hoofdpijntabletten en een pilletje tegen brandend maagzuur en liep vervolgens naar de keuken, omdat ze dacht dat een kopje lekkere, zoete thee misschien zou helpen. Thee en een geroosterd boterhammetje in bed, samen met de krant, daar zou ze vast wel van opknappen. Nadat ze thee had gezet en een paar hapjes van haar geroosterde boterham had genomen om zich te sterken voor de trip naar beneden trok ze haastig het sweatshirt en de trainingsbroek aan waarin ze meestal naar de fitness ging, pakte haar tas en nam de lift naar beneden. Er was nog niets open, maar een man stond dikke pakken kranten naar binnen te duwen onder de halfgeopende veiligheidsdeur van de boekenzaak.

'Over vijf minuten,' zei de man.

'O, alsjeblíéft!'

'Nou, vooruit dan maar.' Hij liet haar binnen en ze pakte twee kranten, die ze met gepast geld betaalde.

'Dank u wel,' zei ze toen ze de winkel uit liep. Ze ging niet staan lezen in de lift naar boven, bang dat ze zou moeten overgeven op de glanzende marmeren vloer.

Binnen schopte ze haar schoenen uit, ging aan de keukentafel zitten, nam nog een hapje toast en probeerde of haar thee nog warm was. Perfect. Ze keek snel de koppen door: politiek, politiek, een sportieve overwinning...

Een ster uit een reality tv-programma ging voor de vierde keer trouwen. Meredith die dol was op dat soort berichten maakte zich op om het artikel te lezen. De rampen die andere mensen meemaakten, gaven haar het gevoel dat zij verstandiger keuzes in het leven had gemaakt. Oké, ze was niet getrouwd en ze had geen vriendje, maar ze had een fantastische baan, een carrière en een luxueus appartement: het leven was goed. Zij stond niet breeduit in de krant met een zonnebril op haar neus terwijl de meest sensationele details van haar privéleven uit de doeken werden gedaan. Ze bladerde ritselend verder tot haar oog op een andere kop viel:

## GERECHTELIJK BESLAG GELEGD OP
## TEGOEDEN VAN DUBLINSE GALERIE

De afgelopen zaterdag hebben een schilder en een beeldhouwer die vertegenwoordigd worden door de Alexander Byrne Gallery een verzoek ingediend bij het Hooggerechtshof om alle tegoeden van de galerie te bevriezen. Mick Devereux en Tony Sanchez, die hun werken normaliter voor meer dan vijftigduizend euro per stuk verkopen, hebben nog een paar honderdduizend euro te goed van de eigenaars van de galerie, Keith en Sally-Anne Alexander en hun partner, Meredith Byrne.

Het is de *Sunday News* ter ore gekomen dat de antifraudedienst momenteel onderzoek verricht naar de Alexanders in verband met een afzonderlijk pyramide-investeringsfonds waarin beide kunstenaars geld hadden belegd. Het fonds is volgens zeggen te vergelijken met de praktijken van de veroordeelde New-Yorker Bernie Madoff, die duizenden investeerders voor miljoenen dollars heeft opgelicht met behulp van een enorm Ponzi-fonds.

Naar schatting hebben de Alexanders een verlies geleden van rond de vijf miljoen euro. Rechercheurs van de antifraudedienst hebben het echtpaar, dat kennelijk het land uit is gevlucht, nog niet kunnen ondervragen. Het Openbaar Ministerie is momenteel doende een rechtszaak aanhangig te maken.

Bent u ook ten prooi gevallen aan deze oplichterstruc? In dat geval kunt u contact opnemen met de redactie.

Meredith las de rest van het artikel vluchtig en met ingehouden adem door. Dit kon niet waar zijn. Hoe konden de tegoeden van de galerie nu bevroren zijn? Wat was er aan de hand? Als de investeringsfondsen van Sally-Anne vergeleken werden met die van de beruchte Bernie Madoff, dan waren al die onroerendgoedprojecten uit de duim gezogen, een truc om in staat te zijn geld te laten rouleren zodat investeerders zouden denken dat ze enorme winsten maakten, terwijl het in werkelijkheid gewoon om geld van andere mensen ging. Aangelokt door het vooruitzicht van de mogelijkheid dat ze twintig tot dertig procent winst zouden maken, waren mensen onmiddellijk bereid om te herinvesteren, zonder dat er iets op papier kwam te staan.

Meredith begon te trillen. Ze had niet alleen geld geleend om dat bij Sally-Anne te investeren, ze had ook vrienden aangemoedigd dat te doen. Vrienden zoals Laura en Con.

Het moest een vergissing zijn. De krant had het mis. Er was echt geen denken aan dat Sally-Anne en Keith haar dit aan zouden doen. Ze waren haar vrienden. Hoe kónden ze dit doen? Ze werd overvallen door het gevoel dat ze verraden was.

Ze had intuïtief geweten dat er iets mis was, maar dat had ze van zich afgezet. In plaats van op haar instinct te vertrouwen had ze Sally-Anne vertrouwd. Als dit een Ponzi-fonds was, zoals in de krant stond, dan was ze alles wat ze bezat kwijt geraakt. Hoeveel kans had ze dan nog dat ze daar iets van terug zou zien?

Meredith holde naar de badkamer om over te geven.

Ze moest een advocaat in de arm nemen, besloot ze toen ze bleek en nog steeds bibberig weer uit de badkamer opdook. Haar naam was genoemd als deelgenoot in de galerie. Ze zou door de politie ondervraagd worden en ze moest kunnen bewijzen dat zij zelf ook een slachtoffer was van de fraude en daar niet aan had meegewerkt.

Dat móésten ze gewoon geloven: ze was alles kwijt – niet alleen het geld dat ze had geleend om deelgenoot te kunnen worden, maar ook het geld dat ze had geïnvesteerd in die projecten van Sally-Anne. Maar zou iemand bereid zijn om te geloven dat een volwassen vrouw zo dom kon zijn? Dat ze er zo wanhopig graag bij had willen horen, dat het geen moment bij haar was opgekomen om ook maar één vraag te stellen?

Meredith moest zelf toegeven dat het niet het meest geloofwaardige verweer was.

Meredith kende één advocaat. Dat was een zekere Serena-nog-wat geweest die voor het advocatenbureau werkte dat haar zaken had behartigd toen ze haar appartement kocht. Serena was zo professioneel geweest dat de hele transactie soepel en pijnloos was verlopen. Maar er waren allerlei verschillende soorten advocaten. Serena wist alles af van huizen kopen. Hoe noemden ze dat ook al weer? Merediths hersens wilden vanmorgen niet meewerken. O ja, overdrachtsrecht.

Als de tegoeden van de galerie waren bevroren en zij de enige partnert was die zich nog in het land bevond, dan zou het niet lang duren tot de politie op kwam dagen om haar te ondervragen. Wat zij nodig had, was een advocaat die gespecialiseerd was in strafrecht.

Serena's mobiele nummer stond in haar telefoon. Ze stuurde een sms'je en probeerde een paar minuten later te bellen. Er werd al na twee keer bellen opgepakt. Ze begon meteen uit te leggen wat er aan de hand was.

'O lieve hemel,' reageerde Serena geschrokken en allesbehalve als een advocaat. 'Ben jij betrokken bij dat gedoe met de Alexanders?'

'Ja. Nee, bedoel ik,' zei Meredith, die zich afvroeg of al haar gesprekken in het vervolg op deze manier zouden verlopen. 'Ik ben

Sally-Annes zakelijke partner, deelgenoot in de galerie, en…' Ineens schoot Meredith iets anders te binnen.

Keith had haar gevraagd om het meest waardevolle schilderij van de galerie het land uit te sturen. Wat zou dát voor indruk maken?

'Ik heb waarschijnlijk iets stoms gedaan wat heel belastend over kan komen,' zei Meredith vermoeid. Ze klonk als een personage uit zo'n politieserie op tv. 'Ik had nergens iets mee te maken. Als het echt waar is dat ze zo'n oplichterij à la Bernie Madoff op touw hebben gezet, dan ben ik letterlijk alles kwijt. Maar ik zal een advocaat nodig hebben om me bij te staan, want ik ben wel deelgenoot in…'

'Zeg maar niets meer,' snoerde Serena haar inmiddels vastberaden de mond. 'Je moet met een van de strafpleiters van het bureau praten. Volgens mij heeft James Hegarty momenteel dienst. Ik zal hem meteen bellen en hem je nummer doorgeven.'

James kwam om twaalf uur opdagen, nadat Meredith al een paar uur zenuwachtig elk nummer had zitten bellen waar ze mogelijk Sally-Anne of Keith zou kunnen treffen. Ergens hoopte ze nog steeds dat het allemaal een grote vergissing was en dat de Alexanders gewoon weer in de stad zouden opduiken met een plausibele verklaring waarmee alles rechtgetrokken werd.

Het eerste wat James deed, was bij haar gaan zitten om haar te ondervragen over haar betrokkenheid bij de galerie.

'Ik zorgde voor het thuisfront als Sally-Anne in het buitenland was. Ze moest vaak op reis vanwege haar investeringen,' zei Meredith.

'Ja,' zei James onheilspellend. 'En jij hebt je eigen geld geïnvesteerd?'

'Ja.'

'Heb je dat zwart op wit staan?'

'Nou nee,' zei Meredith die zich heel dom voelde. 'Ik vertrouwde Sally-Anne.'

'Als je het mij vraagt, is iedereen die haar vertrouwde ondertussen druk bezig de politie te bellen.'

'Maar zij zijn geen deelgenoot in de galerie!' jammerde Meredith. 'Nu zal het net lijken alsof ik er ook bij hoorde.' Ze dacht aan het schilderij dat ze op verzoek van Keith had verzonden – het meest waardevolle werk in de galerie. Nog iets wat Sally-Anne en Keith hadden ingepikt. En zij had het hun recht in handen gespeeld.

Ze vertelde James precies hoe dat gebeurd was.

'Juist,' zei hij, terwijl hij alles opschreef.

'Maar ik ben onschuldig aan al dat gedoe,' protesteerde Meredith. 'Ik heb het geld dat ik heb geïnvesteerd en dat zal ik nu allemaal terug moeten betalen. Alles wat ik bezit, zal verkocht moeten worden. Hoe kunnen we dat geld terugkrijgen en hoelang gaat dat duren?'

James gaf niet meteen antwoord.

'Dit soort zaken kan jaren in beslag nemen, omdat de politie bewijsmateriaal en allerlei getuigenverklaringen moet verzamelen om het Openbaar Ministerie in staat te stellen de zaak aanhangig te maken. En wat het terugkrijgen van je geld betreft...' Hij keek haar somber aan. 'Dat ziet er niet goed uit.'

Meredith sprong op en rende weer naar de badkamer om over te geven. Daarna ging ze op de dure tegelvloer met de vloerverwarming zitten en begon te huilen.

Ze dacht aan al die feesten in de galerie waarbij mensen met haar hadden gepraat over die mythische Alexander-investeringfondsen en de fantastische winsten die daardoor uitgekeerd werden. Meredith had het heerlijk gevonden om een insider te zijn, deel uitmakend van de inner circle. Ze had opgeschept over het geld dat ze had verdiend, waardoor ze die fondsen nog eens extra glans gaf. Met haar dure appartement en haar designerkleren was ze een wandelende advertentie voor de Alexanders.

Ze had zelfs haar vrienden erbij betrokken... Laura en Con. Nu waren die ook alles kwijt. En dat was haar schuld.

Op zondagavond zaten Freya, Opal en Ned in de gezellige zitkamer thee te drinken met een koekje erbij en deden hun best om sommige van de vragen van *Who Wants to Be a Millionaire?* te beantwoorden. Oom Ned was verslaafd aan dat programma en keek ook constant naar de herhalingen die op de kabel werden uitgezonden. Zelfs Freya moest toegeven dat het ontzettend verslavend was. Na de vrijdag en de zaterdag bij haar moeder was ze verschrikkelijk blij om weer terug te zijn bij Opal en Ned.

'Groenland, zeker weten. Groenland,' zei Ned vastberaden en Freya lachte hem toe. Ze vond het prachtig als hij het antwoord niet wist, maar zichzelf wijs probeerde te maken dat het wel zo was. Dit keer was hij ervan overtuigd dat een zeldzame eendensoort voornamelijk in Groenland voorkwam, dus was Groenland het juiste antwoord. Dat leed geen enkele twijfel. Hij zat zich behoorlijk op te winden.

'Nee, hoor, Ned, dat is niet waar,' zei Opal. 'Canada... dat is veel groter, dus dat moet wel waar zijn. Wat denk jij, Freya? Daar is veel meer ruimte voor die eenden.'

Freya wist het niet zeker, dus durfde ze er geen geld op in te zetten. Als je het antwoord op een feitelijke vraag niet wist, dan wist je dat gewoon niet. Het was iets heel anders met levensvragen. Levensvragen waren vaak een kwestie van instinct, dus daarmee kon je twee kanten op. Maar als het om eenden ging, om Groenland of Canada, dan betrof het feiten en had ze dus geen flauw idee.

Foxglove begon ineens verontwaardigd te miauwen. Ze keken er allemaal van op. Haar lievelingsplekje was op de radiator, waar ze zich graag opkrulde naast de bak van Steve, de baardagaam. Steve was van Freya's neef Steve, maar zodra de eerste liefde voorbij was, had de menselijke Steve de dagelijkse zorg voor zijn naamgenoot niet op kunnen brengen. Vandaar dat Steve, het reptiel, een vaste verblijfplaats op St Brigid's Terrace nummer 21 had gekregen, waar Ned hem braaf iedere dag zijn levende kakkerlakken voerde. Freya en Opal waren allebei dol op dieren, maar ze durfden Steve maar heel even vast te houden en ze hadden ronduit geweigerd om levende kakkerlakken op te pakken. Vandaar dat Ned was benoemd tot dierverzorger. De kakkerlakken hadden een plaatsje in de schuur gekregen. Daar hadden Freya en Opal op gestaan.

De menselijke Steve was dolblij dat zijn huisdier zo'n prettige plek had om te wonen.

'Denk je dat hij me herkent?' had hij Freya een keer gevraagd, terwijl hij op zijn hurken zat om Steve, de baardagaam, recht in de starre, mysterieuze ogen te kunnen kijken.

'Als ik heel eerlijk ben, Steve,' had Freya geantwoord, 'dan geloof ik niet dat het hem ook maar iets kan schelen waar hij zit, zolang hij maar op tijd zijn kakkerlakken krijgt. Hij is niet echt aaibaar.'

'Ach, het was stom van me om hem te kopen,' zuchtte Steve. 'Ik zag hem in de etalage van een dierenwinkel zitten. En ik kon geen weerstand aan hem bieden. Je weet hoe dat gaat. Sommige kerels willen per se een tropisch aquarium, ik wilde Steve.'

Freya grinnikte. 'Als je ooit de behoefte krijgt om aan een tropisch aquarium te beginnen waarschuw me dan even, dan praat ik je dat wel uit je hoofd. Volgens mij vraagt dat nog veel meer verzorging en zo dan Steve hier. En trouwens, dan zou Foxglove daar zo met een voorpootje in kunnen gaan hengelen en een week lang iedere dag vis eten zonder dat wij iets in de gaten hadden.'

Steve, de baardagaam, bewoog nauwelijks en als dat wel gebeurde, dan deed hij dat zo behoedzaam dat niemand iets merkte. Maar af en toe kreeg hij de kriebels en dan zwiepte hij ineens met zijn staart. En dat was dus waarschijnlijk ook tijdens het grote Canada-versus-Groenland-Eendendebat gebeurd, waardoor Foxglove een alarm-kreet had geslaakt.

Op televisie waren ze inmiddels bij de volgende vraag aanbeland.

'O nee!' zei Ned ontzet. 'Nu hebben we het gemist! O god, hoe kan dat nou? Daar kan ik niet tegen, hoor. Wanneer zouden we deze aflevering opnieuw kunnen zien?'

'Er zal vast wel een website van zijn,' zei Freya. 'Ik zoek het wel op, oom Ned, dat beloof ik je.'

Ned was nog steeds in alle staten toen er aangebeld werd. Het drietal keek elkaar verbaasd aan. Wie zou er op dit uur op zondag-avond nog langskomen? Het was halftien. Opal was vrij strikt als het om huisregels ging. Na negen uur 's avonds mocht eigenlijk niemand meer bellen of langskomen.

'Want anders,' had ze Freya al jaren geleden uitgelegd, 'ben ik met-een bang dat er iemand dood is. Dat denk je namelijk als de telefoon 's avonds laat nog overgaat. Sorry Freya, het was niet mijn bedoeling…'

Opal had te laat bedacht dat er ook zo'n telefoontje was gekomen toen Freya's vader overleed.

'Ik doe wel open,' zei Freya en stond op.

Het konden de jongens niet zijn, dacht ze, want die hadden alle-maal een sleutel. En Molly van hiernaast kwam ook nooit zo laat opdagen, want die was helemaal verslingerd aan de kostuumdrama's die op zondagavond altijd werden uitgezonden.

Freya deed de deur open. Ze had nog niet vaak meegemaakt dat ze van verbazing geen woord kon uitbrengen, maar dat was nu dus wel het geval. Voor de deur stonden twee koffers. En haar nichtje Meredith kwam over het smalle tuinpad naar haar toe, terwijl ze er nog twee meesleepte. Maar ze leek totaal niet op de Meredith die Freya kende.

Die Meredith was opgepoetst en chique, met professioneel ge-föhnd haar, volmaakte nagels, discrete make-up en de hippe, licht excentrieke kleren die mensen uit de kunstwereld altijd droegen. Dingen die je alleen in modieuze designerzaken kon kopen.

Deze Meredith droeg een oude spijkerbroek en een slonzig swe-atshirt. Haar haar was slap en in haar nek vastgebonden en als ze zich die ochtend had opgemaakt, dan was daar al lang niets meer van te zien. Haar gezicht was bleek en bijna verwilderd. Opal kwam achter Freya aan om te zien wie er voor de deur stond.

'Meredith! Wat is er aan de hand?' Ze hapte naar adem.

Meredith bleef met de derde en vierde koffer staan. Haar gezicht betrok en de tranen biggelden over haar wangen.

'O, mam,' zei ze. 'Mam, ik kan nergens anders heen.' Ze wierp zich in de armen van haar moeder en Freya keek toe hoe haar tante Merediths haar streelde, precies zoals ze zo vaak bij Freya had gedaan.

Freya stond Meredith verstomd van verbazing aan te kijken. Wat had ze hier in vredesnaam te zoeken en wat was er gebeurd met dat chique nichtje van haar?


# 10

Freya zat de volgende ochtend vroeger aan het ontbijt dan meestal op maandag het geval was. Ze was 's nachts wakker geworden omdat ze Opal en Meredith op de verdieping onder haar had horen pra-ten. En op een gegeven moment had Freya zelfs het idee gehad dat er iemand stond over te geven, al wist ze dat niet zeker.

Ze wist wél dat zij op haar laatste benen liep door het gebrek aan slaap, maar toen ze de keuken binnenkwam en Meredith daar met kringen onder de ogen aan tafel zag zitten, lusteloos starend naar een kopje thee en een bord met geroosterd brood en roereieren, kwam Freya tot de conclusie dat zij er zo fris als een hoentje bij liep in vergelijking met haar nichtje.

Opal zag er al niet veel beter uit dan haar dochter. Het zat er dik in dat niemand in huis die nacht een oog dicht had gedaan, nou ja, uitgezonderd Foxglove dan, die tevreden op een stoel bij de tafel haar pootjes zat af te likken.

'Morgen,' zei Freya, vastbesloten om alles in huis weer in gewone doen te brengen.

'Ontbijt?' vroeg Opal, die opklaarde toen ze haar nichtje zag.

'Eh… ja,' zei Freya onverwachts en ze knuffelde haar tante. 'Die roereieren van Meredith zien er zalig uit, misschien krijg ik daar wel iets van naar binnen…'

'Natuurlijk, lieve meid, ik heb altijd al gezegd dat je wat dikker moest worden,' zei Opal.

Freya had eigenlijk helemaal geen zin in eieren, maar ze wist dat haar tante ervan zou opkikkeren als ze die voor haar klaar mocht maken, vooral aangezien Meredith die van haar niet eens aangeraakt had.

'Goeiemorgen allemaal,' zei oom Ned die de keuken binnenkwam met de ochtendkrant onder zijn arm. 'Prachtig weer buiten,' zei hij, met een bezorgde blik op zijn dochter.

'Morgen, Ned,' zei Freya opgewekt.

Meredith hield haar mond.

Je kon de spanning echt snijden, dacht Freya. Daar moest ze toch echt iets aan doen. Dit was belachelijk. Terwijl ze een kop zwarte koffie pakte, zette ze de radio aan, maar in plaats van het nieuwsprogramma waar ze 's ochtends altijd naar luisterden, zocht ze een vrolijke zender op met nummers uit de jaren vijftig en zestig waarvan ze wist dat Opal en Ned er dol op waren. Daarna zette ze het volume iets verder open dan normaal.

'O, dat vind ik zo'n leuk station,' zei Opal met een glimlach die in haar stem doorklonk.

'Dat weet ik,' zei Freya.

Hier zouden haar oom en tante wel vrolijker van worden. Freya wist niet zeker wat ze met Meredith aan moest.

Haar nicht had de avond ervoor kennelijk geen woord kunnen uitbrengen en alleen maar naar bed gewild. 'Ze heeft zich niet eens uitgekleed,' zei Opal later. 'Ik heb het bed opgemaakt en ze trok gewoon alleen haar schoenen uit, kroop onder het dekbed en trok het over haar hoofd. Lieve hemel, wat moeten we doen? Ik heb haar nog nooit zo overstuur meegemaakt. Ik weet niet eens wat er aan de hand is. Het heeft iets te maken met haar werk, zei ze, en met geld dat na investeringen verdwenen is en waarbij de galerie ook betrokken is.'

'Goeie genade.' Ned sloeg een kruisje. 'Nou ja, onze Meredith kan daar niets mee te maken hebben,' zei hij alsof dat de meest logische zaak ter wereld was. 'Niet onze Meredith. Die zou nog geen stuiver pakken die niet van haar is.'

Freya ging ervan uit dat hij waarschijnlijk gelijk had. Meredith zag er niet uit alsof ze ook maar een potje nagellak zou jatten in de euroshop.

Opal legde wat roereieren op een bord voor Freya en zette dat op tafel. Freya ging zitten en begon te eten, terwijl ze ondertussen Foxglove over zijn kop aaide. De kat begon te spinnen, genietend van Freya's tedere liefkozing.

'Het is vast fijn om een kat te zijn,' merkte Freya op, tegen niemand in het bijzonder. 'Je hoeft je nergens druk over te maken, je kunt je gewoon lekker laten aaien. En af en toe vang je een muisje als blijk van erkentelijkheid. Deed ze dat ook al toen jij hier nog woonde, Meredith?' vroeg ze.

Meredith keek Freya aan alsof ze haar voor het eerst zag. Zonder de lipgloss, de eyeliner en het zorgvuldig gekapte haar was Meredith op een natuurlijke manier knap. Haar probleem was dat ze altijd zo had overdreven, besloot Freya. Ze had zich 's nachts kennelijk toch uitgekleed, want ze droeg nu een oude pyjama die ze ergens in een kast had gevonden en ze zag eruit als een normaal mens. Als iemand die op St Brigid's Terrace thuishoorde.

Toen bleek dat zelfs het muziekstation een nieuwsuitzending had. Om acht uur nam een omroeper met een ernstige stem het woord.

Hij begon met de gewone onzin over spanningen binnen de regering, gevolgd door een item over nieuwe werkgelegenheid in Naas.

Vervolgens begon hij over een fraude met miljoenen euro's die gelijkenis vertoonde met het New Yorkse Madoff-schandaal. 'De antifraudedienst doet onderzoek naar galerie-eigenaars Keith en Sal…'

Merediths gezicht verbleekte.

'Dat hoeven we allemaal niet te horen,' zei Freya, die opsprong om de radio zachter te zetten. Wat Meredith was overkomen, was kennelijk iets heel belangrijks, anders zou het nooit het derde bericht van een nieuwsuitzending zijn. Freya besloot dat ze die arme Opal en Ned niet de hele dag alleen kon laten met Meredith in deze toestand. Iemand moest dit tot op de bodem uitzoeken. En dat was echt iets voor haar. Ze nam een slok koffie.

'Lieve Meredith,' zei ze, terwijl ze zich op haar stoel omdraaide om haar aan te kunnen kijken, 'vertel ons nou eens precies wat er aan de hand is.'

'Dat kan ik niet,' zei Meredith zonder op te kijken. 'Het is echt zo afschuwelijk… het staat al in alle kranten en ik zal tegenover de politie een verklaring moeten afleggen omdat ze denken dat ik erbij betrokken ben. Ik ben deelgenoot in de galerie, zie je, en dat maakt een slechte indruk.'

'Jezus, Maria en Jozef…' zei Ned, een man die nooit vloekte. Uit haar ooghoeken zag Freya dat Opal verbleekte en een kruisje sloeg.

Merediths gezicht werd nog bleker, als dat al mogelijk was.

'Iedereen zal zo geschokt en gegeneerd zijn. Ik kan er echt niet over praten. Echt niet. Het spijt me,' fluisterde ze.

Meteen daarna schoof ze haar stoel achteruit en holde naar de deur die ze openrukte en achter zich dichtsloeg, waardoor die arme Foxglove zo schrok dat ze van haar stoel sprong en door het kattenluikje naar buiten schoot.

'O nee,' zei Opal terwijl ze met tranen in haar ogen door het raam naar buiten keek. Ze stond vlak voor de deur te trillen. 'Ik snap niet wat er precies aan de hand is, maar ze zit echt diep in de moeilijkheden.'

'Ik blijf vandaag wel thuis,' zei Freya. Ze liep naar haar tante en gaf haar de dikste knuffel waartoe zo'n iel meisje in staat was.

'Nee, lieverd,' zei Opal, die haar terug knuffelde. 'Jij gaat gewoon naar school. Als je weer thuiskomt, zal Meredith nog steeds hier zijn en misschien is ze dan inmiddels in staat geweest om ons alles te vertellen.'

'Als je het zeker weet,' zei Freya. Ze dacht stiekem dat het er niet op leek dat Meredith in staat was om ergens over te praten... of dingen onder ogen te zien.

Dankzij haar moeder had Freya meer dan genoeg ervaring met mensen die liever niet met de waarheid geconfronteerd worden. Bezoekjes aan de dokter om pilletjes te halen, en af en toe een litertje wijn of twee bij de pizza op vrijdagavond hielpen kennelijk ook. Freya wierp een boze blik op de in elkaar gedoken gestalte bij de achterdeur. 'Ik kom straks meteen naar huis,' zuchtte ze.

Ze drukte nog een kus op de wang van haar tante, gaf oom Ned een knuffel, pakte haar tas en ging ervandoor. Wat was die Meredith voor sufferd en wat voor moeilijkheden had ze zich op de hals gehaald? Iedereen die ervoor zorgde dat Opal en Ned overstuur raakten, verdiende een kogel door de kop, dacht Freya woedend terwijl ze de straat door beende.

In de keuken sloeg Opal aan het poetsen en opruimen.

Meredith kwam weer terug uit de tuin, gooide de koffie met melk die haar moeder haar had gegeven weg en nam een nieuwe kop, zwart dit keer. Ze ging aan tafel zitten en staarde naar haar kopje zonder ervan te drinken.

Opal vroeg zich af wanneer ze zwarte koffie was gaan drinken en kon nog maar net haar tranen binnenhouden omdat er kennelijk een heleboel was wat ze niet van haar dochter wist. Ze had er zo naar verlangd om Meredith te zien en nu ze hier was, klopte er helemaal niets van. De radio stond op de achtergrond aan, zo zacht dat niemand het nieuws zou kunnen horen. Afgezien daarvan en van het geluid van Opals theedoek was het bijna stil. Ned was druk bezig met het verorberen van zijn ontbijt en maakte af en toe een opmerking over wat hij die dag in zijn volkstuintje zou gaan doen. Hij had een klein opschrijfboekje waarin hij soms een aantekening maakte en schreef wat er nog te doen was. Vanmorgen leek hij er helemaal in verdiept te zijn. Ten slotte kon hij de spanning niet meer aan. Hij stond op, pakte zijn vuile vaat op en zette die in de afwasmachine.

Hij wisselde even een blik met Opal en drukte een kus op haar zachte wang. 'Ik loop even de straat uit om te zien of Michael al in zijn tuintje is,' zei hij net iets te luid.

'Fijn zo,' zei Opal, ook al iets te luid en te opgewekt.

Toen hij weg was, maakte ze de plek schoon waar hij gezeten had en wreef over de keukentafel waaraan het gezin zoveel jaar gegeten had alsof ze haar verdriet weg kon poetsen. Ten slotte hield ze het niet meer uit en ging tegenover haar dochter zitten.

'Meredith, lieve schat, ik moet precies weten wat er gebeurd is,' zei ze. 'Dan kunnen we proberen je te helpen.'

Meredith hield nog even haar mond en keek toen haar moeder met haar rood omrande ogen aan. 'Ik kan er niet over praten, mam,' zei ze.

'Dat moet,' zei Opal fel. 'We moeten het van jou horen, niet via het nieuws. Wat is er gebeurd? Waarom wil de politie je ondervragen? Ik wil de waarheid weten.'

Meredith was het liefst in tranen uitgebarsten. Er was in dit huis nooit iets misdadigs gebeurd, nooit iets waar ze zich over zouden moeten schamen. De jongens waren nooit van hun leven in moeilijkheden geweest. Nee, de zoons van Ned en Opal waren stuk voor stuk brave jongens geweest, maar nu had zij het gezin te schande gemaakt.

'Ik ben eigenlijk min of meer mijn baan kwijt, mam,' zei Meredith. Ze vond het vreselijk om het uit te leggen, maar dat moest echt. 'De galerie heeft het de laatste tijd nogal moeilijk gehad, maar ik dacht dat er verder niets aan de hand was. Sally-Anne deed haar best...' Ze wist dat ze een beetje verward overkwam.

Opal knikte. Ze had Sally-Anne maar een of twee keer ontmoet en iedere keer was ze diep onder de indruk geweest van de zakenpartner van haar dochter. Dat het mogelijk was dat hun Meredith samenwerkte met deze chique, exotische vrouw en haar man, hoogvliegers die altijd in de krant stonden, was nauwelijks te geloven. 'Ja...?' moedigde Opal aan.

'Het is allemaal weg,' fluisterde Meredith.

'Wat bedoel je? Is de zaak over de kop, gaat het daarom?' vroeg Opal hoopvol. Dat was niets. Daar kwamen ze wel weer overheen. 'Dat kunnen we wel aan, dan is er niets aan de hand. Als je die flat... sorry, dat appartement,' verbeterde ze haastig, 'als je dat appartement kwijtraakt, dan vinden we daar wel iets op. Je vader en ik hebben nog een appeltje voor de dorst. Je zult geen honger hoeven te lijden. Maak je geen zorgen. En je vindt vast wel weer een andere baan. Je bent toch zo'n knappe meid?'

'Dat is niet het enige, mam,' zei Meredith. Was het maar zo eenvoudig. 'Je hebt al iets gehoord tijdens die nieuwsuitzending. Sally-Anne en Keith hebben de zaak op de een of andere manier opgelicht door geld van mensen aan te nemen en dat te investeren. We dachten allemaal dat het gezonde investeringen waren. Ik heb er zelf geld in gestoken en ook andere mensen verteld dat ze dat moesten doen, zelfs Laura en Con.' Dat was een onverdraaglijke gedachte. 'Alleen blijkt nu dat Sally het geld helemaal niet investeerde. Ze bleef ons om de beurt afbetalen, waarbij ze steeds meer geld van ons losklopte, tot er uiteindelijk iets misging. Dus hebben ze al het geld van de galerie opgenomen en zijn ervandoor gegaan. Nu ziet het eruit alsof we geen van allen ons geld terugkrijgen, ik ook niet.'

Terwijl ze praatte, keek ze neer op de keukentafel. Die was al zo oud. De keuken was een jaar of vijf, zes geleden gerenoveerd, maar de tafel was nog steeds hetzelfde grote, houten exemplaar dat ze al sinds Merediths kindertijd in huis hadden gehad. Zij en de jongens hadden eraan gegeten, hun huiswerk gemaakt en gespeeld. Er zaten inktvlekken op. Wat was het leven toen veilig geweest.

'Maar daar had jij niets mee te maken?' vroeg Opal en Meredith keek op, geschrokken van de hapering in haar moeders stem. Ze moest haar de waarheid vertellen. Ze moest de vernedering ondergaan en haar moeder recht in haar verbijsterde ogen en haar zachte, verwarde gezicht kijken om haar alles te vertellen. Dát was haar straf.

'Ik heb niets misdadigs gedaan, mam, echt niet. Maar ik ben er wel bij betrokken omdat ik er geld in gestoken heb en sommige investeerders aan hen voorgesteld heb en hen heb aanbevolen. Ik dacht dat alles in orde was... Maar afgelopen zaterdag heb ik iets ontzettend stoms gedaan. Keith heeft me opdracht gegeven om het meest waarde-volle schilderij uit de galerie naar hem op te sturen. Dus nu lijkt het net alsof ik medeplichtig ben, terwijl ik er echt niets vanaf wist.'

Opal zei niets, maar haar hand vloog naar haar mond en Meredith hoorde dat ze zwaarder ging ademen. Haar moeder had altijd een hoge bloeddruk gehad. Stel je voor dat dit vreselijke verhaal haar dood zou betekenen. De gedachte aan wat andere mensen zouden denken als ze het hoorden, was onverdraaglijk voor Meredith, maar voor haar moeder zou het twee keer zo erg zijn. Je had je dochter keurig opgevoed en dan bleek ze toch ineens iemand die omging met criminelen en met de politie in aanraking kwam.

'Ik had een zakelijk aandeel in de galerie,' vervolgde ze zodra ze zag dat haar moeder haar ademhaling weer onder controle had. Ze moest wel doorgaan. 'Daardoor zal het lijken alsof ik meedeed aan hun prak-tijken, maar dat is niet zo. Ik heb een advocaat in de arm genomen, een strafpleiter,' vervolgde ze. Ze kon net zo goed meteen al het slechte nieuws op tafel gooien. 'Hij zei dat dit soort zaken heel ernstig zijn en natuurlijk komen ze tegenwoordig ook steeds vaker voor. Het feit dat ik er overduidelijk op geen enkele manier van heb geprofiteerd toont aan dat ik niet wist wat er aan de hand was,' vervolgde Meredith. 'Maar ik had moeten begrijpen dat ze verkeerd bezig waren. Het was echt stom van me dat ik me dat niet gerealiseerd heb.'

Omdat ze niet in staat was haar moeder aan te kijken, sprong ze op en begon heen en weer te drentelen. 'Het ergste is dat Sally-Anne en Keith ook geld van de kunstenaars, van mijn vrienden, hebben ge-investeerd. Niemand verkoopt tegenwoordig nog iets en we hadden allemaal argwanend moeten worden toen het Sally-Anne kennelijk wel lukte. Maar waar het op neerkomt, is dat mijn vrienden nu alle-maal geen cent meer hebben. Die investeringen waren hun pensioen.' Merediths stem trilde. 'Ik heb geen baan meer, en ook geen appeltje voor de dorst of geld voor een pensioen en ik zal mijn appartement binnenkort ook kwijtraken. Dan heb ik alleen nog maar schulden en zal ik betrokken zijn bij een afschuwelijke rechtszaak waarover de kranten jarenlang zullen blijven schrijven omdat het meestal zo lang duurt voordat dit soort gevallen voorkomen,' besloot ze met een tril-lende stem.

Ze merkte ineens dat ze bij de gootsteen stond en pakte automatisch het stukje zeep op om haar handen te wassen. Ze vroeg zich af of mensen weleens op deze manier een dwangneurose ontwikkelden.

Haar moeder had nog geen woord gezegd. Meredith stond met haar rug naar haar toe te wachten en probeerde haar zo te dwingen om haar mond open te doen. In dit huis maakte Ned zich al zorgen als hij per ongeluk de melkboer had gemist als die een keer per maand langskwam om betaald te worden. Niemand van het gezin hoefde ooit aangemaand te worden om belasting of een rekening te betalen. Niemand had ooit meer geleend dan ze zich konden veroorloven. Lenen was helemaal niets voor Opal en Ned. Haar moeder moest wel helemaal ondersteboven zijn.

'Och, lieve schat,' zei Opal een beetje bibberig en toen Meredith dat hoorde, kon ze zich niet meer goed houden. Ze was op van alles voorbereid, op haar moeder die beschuldigend zou uitroepen: *Wij hebben je niet opgevoed om zo te worden.* Alles was beter geweest dan die bevende woordjes die haar vertelden dat Opal ondanks alles nog steeds van haar hield.

'Het spijt me echt ontzettend,' snikte Meredith.

Ze knalde tegen een stoel op in haar haast om de keuken uit te komen, daarna rende ze met twee treden tegelijk de trap op naar haar slaapkamer. Ze holde naar binnen, smeet de deur dicht, liet zich languit op het bed vallen en huilde tot ze geen tranen meer overhad.

Na een tijdje hoorde ze haar vader binnenkomen met de krant. Daarna hoorde ze hen gedempt praten in de keuken. Ze moest eigenlijk naar beneden gaan. Stel je voor dat er iets met pa gebeurde. Dat hij een hartaanval zou krijgen of zo. Of dat mam er een kreeg. Haar bloeddruk was altijd al te hoog.

Maar ze kon er niet toe komen om op te staan. Ze wilde hier blijven, in de veilige omgeving van de slaapkamer uit haar jeugd. Na een poosje draaide ze zich om en keek om zich heen. Het bed stond nog op dezelfde plek als vroeger. Opal hield hun kamers allemaal in dezelfde staat, ze ruimde af en toe alleen een beetje op als ze andere familieleden te logeren kreeg.

'We hebben geen behoefte aan lege logeerkamers,' had Opal gezegd. 'Dit is jouw huis, je zult hier altijd welkom blijven.' Dat had ze tegen al haar kinderen gezegd toen ze het huis uit gingen.

Haar slaapkamer was lichtgrijs, heel anders dan de rest van het huis met allemaal gebroken wit- en crèmetinten. Meredith had precies geweten in welke kleur ze haar kamer geschilderd wilde hebben toen ze veertien was.

Hetzelfde grijs als in de kamer van haar vriendin Clara. Het grote verschil was dat Clara's kamer een groot vertrek met een hoog plafond was in een schitterend oud huis, drie kilometer verderop, vol echte antieke spulletjes en een prachtig mahoniehouten bed dat al jaren in de familie was. Heel anders dan Merediths benauwde kamertje met het eenpersoonsbed en uitzicht op St Brigid's Terrace.

Meredith had haar best gedaan en bloemetjesstof op een oud hoofdeinde geniet om het wat chiquer te maken. Maar veel had het niet geholpen. Het leek nog steeds op een kamer in een voormalige gemeentewoning met wissellijsten aan de muur en een doe-het-zelfklerenkast die haar vader en broers in een weekend met veel plaagstootjes en gescheld in elkaar hadden gezet. Ze kon proberen wat ze wilde, maar Merediths slaapkamer zou nooit op die van Clara lijken.

En het was eigenlijk allemaal begonnen toen ze Clara leerde kennen.

Dat kwam omdat ze op de verkeerde school zat.

Ned en Opal hadden zich zorgen over haar gemaakt toen ze wat jonger was, omdat ze zo'n rustig en schuchter kind was. Meredith kon zich nog goed herinneren hoe haar ouders fluisterend zaten te overleggen om haar naar St Loretta's te sturen, een kleine privéschool op een paar kilometer van Redstone.

De jongens zouden allemaal naar de plaatselijke openbare middelbare school gaan, maar het voornemen was om geld apart te leggen, zodat Meredith naar St Loretta's kon.

'Dat wil ik helemaal niet!' had Meredith uitgeroepen toen ze van het plan hoorde. 'Dan zal ik helemaal uit de toon vallen, omdat ik niet op hun privébasisschool heb gezeten!'

'Je zult heus niet uit de toon vallen, lieverd. Het zal een juist een geweldige kans voor je zijn, Meredith,' had haar vader gezegd. De school in de buurt zou een beetje te heftig zijn voor zo'n gevoelig meisje als zij was, maar dat had niemand hardop durven zeggen.

'Dat kunnen we ons niet veroorloven,' had ze als laatste uitvlucht gezegd.

'We kunnen ons alles veroorloven wat het beste is voor onze kinderen,' zei haar vader ferm.

Maar ze had gelijk gehad met betrekking tot St Loretta's. Daar was Meredith niet op haar plaats geweest. Ze was te verlegen om gemakkelijk vrienden te maken en ze had te veel ontzag gehad voor de chiquere meisjes die elkaar allemaal kenden omdat ze sinds hun vierde op dezelfde school hadden gezeten, vandaar dat ze altijd een buitenbeentje was gebleven.

Maar dat liet ze nooit aan haar ouders merken, dus die geloofden echt dat ze het fijn vond.

'Ik heb toch gezegd dat je daar op je plaats was,' zei Ned altijd vol verrukking.

In werkelijkheid had Meredith helemaal geen vrienden, omdat ze het te gênant vond om haar rijkere klasgenootjes uit te nodigen in hun voormalige gemeentewoning. Maar die andere meisjes begrepen niet dat ze verlegen was, ze vonden haar gewoon afstandelijk.

Dus werd school min of meer een hel, tot de dag dat ze Clara leerde kennen.

Meredith kon zich nog precies herinneren waar ze was toen Clara voor het eerst iets tegen haar gezegd had. Ze zat achter de school boven aan de trap die naar het basketbalveld beneden leidde. Het was eind september en een zonnige dag. De meeste meisjes hadden net hun lunch op en waren aan het sporten of ze lagen languit op het speelterrein voor de school, waar je heerlijk kon zonnen. Meredith vond het niet erg om in de schaduw te zitten, ook al wilde iedereen altijd dolgraag bruin worden. Daar trok ze zich niets van aan, want haar lichte huid werd toch nooit bruin. Ze werd altijd zo rood als een kreeft en daarna meteen weer wit.

Het nieuwe meisje, Clara, kwam naast haar zitten.

'Heb jij ook weleens het gevoel,' zei Clara met die bekakte stem die ervoor had gezorgd dat de meisjes in hun klas haar uitlachten, voornamelijk uit jaloezie, 'dat je er helemaal niet bij hoort?'

Meredith had Clara geboeid aangekeken en zag de spanning in haar fijnbesneden gezicht.

'En dat het ook geen zin heeft om te proberen er wel bij te horen, omdat je dat toch nooit lukt?' vervolgde Clara.

Clara had eigenlijk nooit de indruk gewekt dat ze gekwetst was door al die plagerijtjes en het gepest dat ze had moeten ondergaan sinds ze drie weken daarvoor op school was gekomen. Ze huilde niet. Ze had gewoon een opmerking over de stand van zaken gemaakt.

'Ik ben hier al twee jaar en ik voel me nog steeds alsof ik nergens bij hoor,' had Meredith schuchter opgemerkt.

'Misschien kunnen wij vriendinnen worden,' zei Clara terwijl ze haar stralend aankeek. 'Dan kunnen we de rest onder de neus wrijven dat wat zij denken helemaal niet belangrijk is.'

Tot op dat moment had Meredith er wanhopig graag bij willen horen. Maar plotseling leek er níét bij horen oneindig veel opwindender. Als er niet bij horen betekende dat ze net zo was als Clara, dan vond ze dat prima.

Vanaf dat moment volgde Meredith Clara als een hondje. Clara had haar gered van haar eenzame bestaan en Meredith had het gevoel dat ze haar leven lang al eenzaam was geweest. Haar broers hadden elkaar, haar moeder had haar vader en Meredith had zich altijd een beetje een buitenbeentje gevoeld. En vanaf de dag dat ze naar Loretta's was gegaan, had Meredith helemaal niemand meer gehad. Haar oude boezemvriendin Grainne had op de middelbare school nieuwe vrienden gemaakt en bracht al haar tijd met hen door. De andere meisjes van St Brigid's Terrace vonden Meredith een snob, omdat ze op zo'n chique school zat. Een chique school waar iedereen op haar neerkeek en waar ze niet één vriendin had gemaakt. Tot nu. Die beeldschone, chique Clara, die door de andere meisjes niet alleen vanwege haar uiterlijk maar ook vanwege haar accent werd gepest, had gezegd dat zij op elkaar leken.

Voor Loretta's had Clara op een heel dure meisjesschool aan de andere kant van de stad gezeten. Maar toen was er iets gebeurd, iets waar Clara nooit over begon, waardoor het gezin moest verhuizen. Clara en haar oudere broer moesten naar de openbare school en daarna hadden Clara's ouders beslist dat Loretta een goede school voor Clara zou zijn. Maar dat ging helemaal niet goed en de meisjes van Loretta hadden zich tegen Clara gekeerd. Ze was vroeger rijk geweest en had op een veel duurdere school gezeten dan zij. En hoewel er nu geen geld meer was, zou ze vast op hen neerkijken. Dus voor het zover was, begonnen zij maar alvast op haar neer te kijken. Clara had prachtige kleren. Ze had de chicste vakanties gehad. Waar haalde ze het lef vandaan om hiernaartoe te komen met die bekakte stem en die hooghartige houding.

Maar Meredith wist – precies zoals de anderen dat ook geweten zouden hebben als ze de moeite hadden genomen om haar te leren kennen in plaats van zich zo vijandig te gedragen – dat Clara op niemand neerkeek. Ze hield van mensen, of ze wel of geen geld hadden en of ze nu wel of niet naar exotische plekjes in het buitenland op vakantie waren geweest. Dat waren niet de maatstaven aan de hand waarvan ze mensen beoordeelde, anders was ze ook vast niet Merediths vriendin geworden. De verlegen, rustige Meredith, die zo goed kon tekenen, maar die wel op St Brigid's Terrace woonde.

Voor Clara maakte het geen bal uit waar haar nieuwe vriendin woonde, maar Meredith ontdekte dat het voor haar wel heel belangrijk was waar Clara vandaan kwam. Clara's nieuwe huis was een elegant, ouderwets pand, ook al toonde het aan dat het familiefortuin een flinke opdoffer had gehad. Haar vader reed nog iedere ochtend in een grote glimmende zwarte auto naar zijn werk. Haar moeder leek totaal niet op de andere moeders die Meredith kende. Ze dwaalde door het huis en af en toe plukte ze bloemen om binnen neer te zetten, altijd elegant en chic met haar korte blonde haar, haar mooie blouses en haar keurige capribroek die haar in sierlijke pumps gestoken enkels vrijliet. De eerste keer dat Meredith bij Clara thuis was, had ze verlegen en geboeid stiekem naar mevrouw Hughes zitten kijken.

'Willen jullie liever naar Clara's kamer gaan om te kletsen, meiden, of willen jullie in de tuin zitten? Het is zulk heerlijk weer,' zei mevrouw Hughes. 'Je tante heeft ons wat van haar eigengemaakte vlierbessendrank gestuurd,' zei ze tegen Clara, die grinnikte. 'Het zal wel vreselijk smaken, maar we kunnen het proberen. Wil je blijven dineren? Zal ik je moeder even bellen om te vragen of dat goed is?'

'Nee, nee, dank u wel, mevrouw Hughes, maar dat hoeft niet. Misschien een ander keertje,' stamelde Meredith. Ze had het idee dat haar moeder weleens flauw kon vallen als er iemand als mevrouw Hughes belde om te vragen of Meredith mocht blijven dineren. Wat hield dineren precies in, vroeg Meredith zich af. Zou het veel verschil maken met eten?

'Vergeet niet piano te studeren, Clara,' waarschuwde haar moeder. 'Omdat je nu even geen les meer hebt, betekent dat nog niet dat je het maar moet laten versloffen.'

Het was net alsof ze midden in een film zat, dacht Meredith. Het was een wereld waar ze dolgraag bij zou willen horen. Om altijd te dineren in plaats van te eten. Om net zo'n slaapkamer te hebben als Clara, achteloos ingericht met antieke meubeltjes die al tijden in de familie waren. Hoewel Clara geen moment neerkeek op wat Meredith had, hoor.

'O, ik vind jullie huis geweldig!' zei ze, nadat Meredith genoeg moed had verzameld om haar uit te nodigen. 'Het is echt fantastisch, zo mooi en uniek. Ik zou dolgraag drie verdiepingen willen hebben. Ons huis is zo saai.'

'Maar jullie huis is zo groot!' zei Meredith stomverbaasd.

'Dat weet ik wel, maar het is stom. Ons oude huis was veel fijner, meer zoals jullie huis, met meer karakter,' zei ze, ook al was Meredith ervan overtuigd dat ze jokte.

Clara's vader herstelde van de financiële pech die hen had gedwongen om terug te keren naar Redstone en een paar jaar later vertrok het gezin weer. Clara en Meredith spraken af dat ze contact met elkaar zouden houden, maar de de vriendschap verwaterde toch.

Meredith had echter iets heel belangrijks van Clara opgestoken. Ze had ontdekt waarom haar vriendin zich zo onderscheidde van alle andere leerlingen op school: klasse, opvoeding en *ontwikkeling.* Meredith, die nooit het gevoel had gehad dat ze ergens bij hoorde, had iets gevonden waarin ze kon geloven.

Terwijl ze daar in Redstone op haar bed lag, staarde Meredith naar de grijze muren van de slaapkamer en dacht aan haar mooie appartement in Elysium Gardens. Als ze Clara nog steeds zou kennen, zou Clara dan nu nog haar vriendin willen zijn? Ze betwijfelde het.

Freya's beste vriendin Kaz wilde meekomen om Meredith te ontmoeten. Nou ja, om Meredith te zien.

'Ze zit niet in een kooi in de dierentuin,' merkte Freya op terwijl ze over het speelveld liepen.

'Dat weet ik ook wel, maar ik heb haar nooit in het echt gezien, weet je wel. Alleen op die foto's van de verjaardag van je oom, waarop ze eruitzag alsof ze rechtstreeks uit *Hello!* was gestapt.'

'Nou, zo ziet ze er op dit moment helemaal niet uit,' zei Freya nadrukkelijk. 'Ik wou dat ik precies wist wat er aan de hand is. Opal zal wel met haar praten, maar Opal is zo snel van haar stuk gebracht. Als ik erbij kon zijn, zou ik haar recht in haar gezicht vragen: "Wat is er nou verdorie aan de hand? Waarom ben je hier en waarom moet je zo nodig halverwege de ochtend al naar je advocaat toe?"'

'Het zal toch niet om drugs gaan, hè?' vroeg Kaz.

'Dat weet je nooit,' zei Freya. 'Maar volgens mij is ze daar het type niet voor. Ik bedoel, als ze gebruikte, zou ze waarschijnlijk wel laconieker zijn. Ik zweer je, Kaz, ze is zo gespannen als een veer.'

'O ja?' zei Kaz nadenkend. 'Hoor eens, zullen we gaan spijbelen en ergens een kopje koffie nemen met een peuk?'

'Nee, ik hou op met peuken,' zei Freya. 'Opal kon het laatst op een avond aan me ruiken en ze was er helemaal overstuur van. En ik vind het vreselijk om haar overstuur te maken of haar teleur te stellen. En trouwens, ze heeft gelijk. Je kunt doodgaan aan roken. Dat weet iedereen.'

'Je kunt ook doodgaan als je in een auto stapt. Of als je een borreltje neemt. Of met een vliegtuig gaat,' mopperde Kaz. 'Maar daarom zetten ze toch geen foto's van lijken en een schedel met gekruiste botten op de zijkant van elke auto? Waarom krijgen wij, arme rokers, het toch iedere keer te verduren?'

'Nou ja, weet je, ik heb ze ook niet echt nodig,' zei Freya. 'En daar komt nog bij dat ik ze me niet kan veroorloven.'

'Dat zou je best kunnen,' zei Kaz. 'Als je gewoon het huiswerk van anderen blijft maken, zou je behoorlijk verslaafd kunnen raken.'

'Ik wil helemaal niet behoorlijk verslaafd raken,' zei Freya.

'Drink je daarom ook niet?' wilde Kaz weten.

'Ik drink wel,' zei Freya. 'Alleen niet veel. Hoor eens, als jij vaak naar mijn moeder toe zou moeten en zou zien hoe zij zich "door het leven slaat" door op zaterdagavond een liter wijn achterover te slaan, dan zou jij ook niet zo gek zijn op drank. Ik wil niet worden zoals zij is.'

Ze bleven allebei even stil. Freya praatte maar zelden over haar moeder.

Zo zelden, dat Kaz af en toe gewoon vergat dat er bij haar moeder een draadje los zat. Ze klopte een beetje onhandig op de arm van haar vriendin.

'Het zal uiteindelijk best in orde komen met je moeder. Daar durf ik wel iets onder te verwedden.'

'Nee,' zei Freya. 'Met haar komt het nooit meer in orde. Maar met mij wel. Ik moet op Opal en Ned passen.'

'Ik dacht dat ze juist op jou moesten passen,' zei Kaz.

'Je kent me toch,' merkte Freya op. 'Ik heb liever zelf het heft in handen, en daarom is het ook zo'n probleem dat Meredith ineens weer thuis is gekomen. De jongens, Steve, David en Brian, die zijn fantastisch, die houden van hun ouders. Dat zijn typisch kerels, afgezien van het feit dat alleen David een vaag vermoeden heeft hoe de wasmachine werkt, dus moet die arme Opal nog steeds voor dat andere stel zorgen, hoe vaak ik haar ook vertel dat ze daarmee moet ophouden. Maar ze zijn normaal en echt fantastisch – al hang ik ze dat natuurlijk niet aan hun neus. Ze hebben in ieder geval waardering voor Opal en Ned. Maar die Meredith heeft volgens mij nergens waardering voor. Dát is wat er mis is met haar. Ik ben er nooit achter gekomen wat het probleem was met haar, maar dat is het dus. En nu staat ze ineens met een zielig gezicht en snikkend op de stoep zonder dat ze iemand vertelt wat er aan de hand is.'

'Ziet ze er nou dan ook niet meer zo chic en zo fantastisch uit?' vroeg Kaz opgewonden.

'Nee,' zei Freya, 'ze ziet er behoorlijk belazerd uit... alsof iemand haar uit een boom heeft getrokken of zo.'

'Mag ik nou echt niet even met je mee lopen?'

'Nee, dat mag je niet. Dat zou alles alleen maar erger maken. Ze is net zo'n verwilderd katje. Je kunt haar niet aan te veel mensen tegelijk voorstellen anders neemt ze de benen en verstopt ze zich. Je mag morgen met me mee naar huis om haar te zien. Morgen heb ik wel uitgevist wat er precies aan de hand is.'

'Oké,' zei Kaz droefgeestig. 'Bel me meteen als er weer iets gebeurt. Ik heb maar een saai leven, hoor.'

'Ik zal elk uur wel een bulletin uitbrengen, goed?'

# 11

Seth was zo traag in alles dat Lillie zich afvroeg of ze hem ooit zover kon krijgen dat hij aan het huis begon.

Lillie had het gevoel dat ze nu al bijna een leven lang bezig was met een langzaamaan-actie. Ze was al meer dan een week in Villa Sorrento voordat ze erin slaagde hem over te halen haar het huis te laten zien.

'Ik geneer me er eigenlijk voor, Lillie.'

Hij zag er een beetje verloren uit, bijna alsof hij een van haar eigen kinderen was in plaats van haar broer, dacht Lillie. Op zijn gezicht stond te lezen dat het zijn schuld was dat het zo'n zootje was en dat hij zich daar ontzettend voor schaamde.

'Doe niet zo mal,' zei ze opgewekt, met de stem die ze vroeger gebruikte toen haar jongens nog klein waren en aanmoediging nodig hadden. 'Ik weet best hoe dat gaat met oude huizen: die kosten enorm veel werk en enorm veel geld. En als je dat geld niet hebt, dan moet je echt wel even slikken voordat je eraan begint.'

Seth leek opgelucht dat ze toch wat sympathie voor hem voelde.

'Volgens mij,' zei hij alsof hij een groot geheim prijsgaf, 'zou Frankie graag willen dat ik zelf aan de slag ga, maar ik ben niet goed met mijn handen. Ik ben meer de man van de ideeën.'

'Ja, logisch,' beaamde Lillie. 'Architecten zijn geen aannemers. Ik vermoed dat Frankie eigenlijk gewoon wil dat je iets onderneemt wat je plezier en bevrediging zal geven,' vervolgde ze, hoewel ze zich daarmee wel op onbekend terrein begaf. 'Maar we kunnen toch samen een kijkje nemen om te zien wat wij alvast kunnen doen...'

Lillie kon schilderen en tuinieren, maar dat was het dan ook wel. Sam had altijd alle praktische klusjes in huis opgeknapt en nu hij er niet meer was, deden Martin en Evan dat. Ze kon best begrijpen dat Frankie geïrriteerd raakte omdat Seth niet in staat was iets aan het huis te doen. Vooral omdat Frankie duidelijk zo'n praktisch type was dat ze, als ze maar genoeg tijd en een voorhamer zou hebben, waarschijnlijk zelf die scheidingswanden omver zou halen.

Het souterrain waarin Seth en Frankie, en nu ook Lillie, woonden, was het beste deel van het pand, een afzonderlijk appartement dat in redelijke staat was gebleven, maar toen Lillie de deur doorliep die toegang gaf tot de begane grond zag ze dat de rest van het huis een heel ander verhaal was. De prachtige ruime kamers met hun hoge plafonds waren onderverdeeld in een aantal zitslaapkamers, allemaal aan elkaar gekoppeld met lelijk hout. En waar je ook keek, hingen ouderwetse wastafels. In de mooie, oude schoorsteenmantels stonden walgelijke elektrische haardjes en Lillie vond het een wonder dat de hele tent al niet jaren geleden tot de grond was afgefikt.

De eerste etage was van hetzelfde laken een pak, zo niet erger. Het was net alsof de voormalige huisbaas een concurrentiestrijd met zichzelf was aangegaan om te zien hoeveel eenpersoonskamers hij kon maken uit vier elegante, ruime vertrekken. Sommige zitslaapkamers hadden maar een half raam, omdat de originele kamers zonder pardon in tweeën waren gehakt door goedkope scheidingswanden. In die gevallen was het raam zelf dichtgespijkerd, om te voorkomen dat de twee bewoners ruzie kregen of het al dan niet open moest. 'Ze zullen wel briefjes hebben uitgewisseld tussen al die zitslaapkamers,' lachte Lillie. 'Hoewel ze elkaar dwars door de wanden heen best konden verstaan. Maar het is een schitterend huis,' voegde ze er haastig aan toe, toen ze zag dat haar broer somber om zich heen stond te kijken. 'En voor een architect zoals jij moet het wel een heel opwindend project zijn.'

Seth liet zijn vinger over de schilferende verf van een prachtige zware en originele deur glijden.

'We hadden er zoveel plannen voor,' zei hij treurig.

Lillie tuurde uit het halve raam naar de rimboe beneden. Seth kwam naast haar staan en volgde haar blik. Hij zei: 'Ik had een schitterend ontwerp gemaakt voor het uitbouwen van de keuken en het aanbouwen van een serre die direct in verbinding zou staan met een ruim opgezette woonkamer. Daarna zou ik aan de tekeningen voor de eerste aanleg van de tuin beginnen. Ik weet wel dat ik geen landschapsarchitect ben, maar ik heb vaak genoeg met hen samengewerkt…' Zijn stem stierf weg.

Zoals hij daar bij dat raam stond, met zijn handen in zijn zakken en zijn omlaag hangende schouders, was hij een toonbeeld van mismoedigheid. In een flits van een seconde vroeg Lillie zich af waar ze aan begonnen was. Thuis was zij degene die dringend hulp nodig had. Maar hier had ze het gevoel dat het haar taak was om zowel Seth als Frankie en misschien ook wel hun huwelijk te redden. Ze was geen bemoeial, in de verste verte niet. Dat was ze nooit geweest, ook niet toen Martin en Evan het huis uit gingen. Ze had hun altijd de kans gegeven om hun eigen fouten te maken en had zich op de achtergrond gehouden om hulp en goede raad te verlenen.

Zo was ze zelf ook opgevoed, door een fantastische vader en moeder die genoeg van haar hadden gehouden om haar los te laten.

In bed vroeg ze zich iedere avond opnieuw af of het net zo met haar gelopen zou zijn als haar biologische moeder haar niet ter adoptie aan de nonnen had afgestaan.

Mensen moesten leren van hun eigen fouten. En toch was dit iets anders. Dit was geen fout, dit was een crisis, een ramp. Seth had haar nodig. En Frankie ook. Ze draaiden in een kringetje om elkaar heen alsof ze een stel oorlogsslachtoffers waren, die elk in hun eigen pijn opgesloten zaten. Frankie die zich afvroeg waar haar levendige echtgenoot was gebleven en Seth die een hekel aan zichzelf had gekregen omdat hij zo veranderd was, maar toch niet in staat was daar iets aan te doen.

Nee, een andere mogelijkheid was er niet. Lillie moest ingrijpen.

Ze keek zwijgend omhoog. Haar man Sam was absoluut in de buurt, waar hij ook mocht zijn. *Heb je me daarom hiernaartoe gestuurd?* zei ze in gedachten. Achter het huis kon ze de keurige rij volkstuintjes zien en daarachter het braakliggende land waarop een park zou komen. In de volkstuintjes was het een drukte van belang. Overal liepen mensen te zeulen met kruiwagens, of ze waren aan het graven, of aan het wieden, dat soort dingen.

'Heb jij weleens iets gekweekt?' vroeg Lillie aan Sam. 'Kweekte onze moeder zelf dingen? Deden jullie dat ook?' Er waren nog zoveel dingen die ze niet wist. Haar eigen tomatenplanten stonden meestal te kreunen onder het gewicht van schitterende vruchten en in de herfst maakte ze haar eigen tomatenpuree. En dan was er nog de mooie, oude, krom gegroeide vijgenboom die vlak voor haar keukenraam stond en waaronder ze zo graag zat. Dan hoefde ze haar hand maar uit te steken om een heerlijke, grote, sappige vijg te plukken.

'Ik niet,' antwoordde Seth. 'Mam had wel een boerenachtergrond – dat geldt voor de meeste mensen in dit land – maar ze kweekte alleen rozen. Ze was dol op rozen.'

'O, ik ook,' zei Lillie, geroerd door die band met haar moeder. 'Je zou er hier in de tuin beneden een heleboel kunnen zetten,' zei ze. 'Daar kunnen we in ieder geval alvast mee beginnen.'

Ze had haar pogingen opgegeven om hem zover te krijgen dat hij aan het huis begon, althans voorlopig. Iedere keer als ze had voorgesteld om wat behang van de muren te trekken, een scheidingswand weg te halen, of een container te laten komen waarin ze dan bijvoorbeeld de rottende vloerbedekking konden gooien, verscheen er de verschrikte blik op zijn gezicht van een konijn dat gevangen zat in het licht van een stel koplampen.

'We kunnen toch op z'n minst een poging in die richting doen?' zei Lillie, vastbesloten om haar broer wat enthousiasme in te blazen. 'Kom op, het is zo'n heerlijke dag, we kunnen best even door de tuin lopen en een lijstje maken van wat we nodig hebben en wat er te doen is.'

In de tuin klaarde Seth een beetje op, gedeeltelijk omdat het een zachte maartse dag was en de zon scheen, maar ook omdat Lillie steeds nieuwe planten tussen het onkruid ontdekte.

'Wat een schitterende hortensia!' riep ze bijvoorbeeld uit. 'En helemaal verstopt... die zullen we moeten verplanten.' En een eindje verderop: 'Ooo, dat ziet er interessant uit...'

Lillie amuseerde zich kostelijk terwijl ze de doornstruiken opzij duwde met Emers hockeystick, het enige gereedschap dat ze in het huis kon vinden dat geschikt was om die rimboe te doorzoeken, aangezien er geen machete voorhanden was. 'Kijk toch eens naar die prachtige fuchsia's tegen de muur. Die zullen voor een feest van kleuren zorgen als we ze een beetje ruimte geven om adem te halen.'

Halverwege de tuin draaide ze zich om en zei: 'We moeten eigenlijk een soort tuinplan maken, gewoon een ruwe opzet maar genoeg om jou en Frankie iets in handen te geven waarmee je kunt beginnen.'

Lillie lette goed op haar woorden, want ze wilde dat Seth dit als een project van hem en Frankie ging beschouwen, niet als iets van haar. Zij zou uiteindelijk weer naar huis gaan en dan moesten zij in staat zijn om zelf voor deze tuin te zorgen, om het hún tuin te maken.

In de tuin was ook een heuveltje vol fakkellelies en een paar laurierstruiken, om nog maar te zwijgen van genoeg brandnetels om de hele bevolking van Redstone te prikken. Maar dit keer was Lillie op alles voorbereid en had een spijkerbroek en dikke sokken aangetrokken.

'Jullie houden die prikblaadjes maar bij je,' zei ze tegen de brandnetels, terwijl ze de planten wegsloeg met behulp van Emers hockeystick. 'De grond ziet er goed uit,' zei ze tegen Seth terwijl ze die een beetje met de punt van de stick omwoelde. 'Emer gebruikt deze stick toch niet meer, hè?' vroeg ze ineens.

'Nee.' Seth schoot in de lach en Lillie glimlachte onwillekeurig mee. 'Ze is tijdens haar examenjaar gestopt met hockey en ze is er nooit meer aan begonnen.'

'Mooi. Ik zou het erg naar vinden als hij kapotging.'

Lillie wroette nog een beetje in de aarde. 'De toplaag is niet versteend of zo, het is gewoon mooie, gezonde tuinaarde, Seth.'

'Misschien moeten we het huis dan maar vergeten en in de tuin gaan wonen,' zei hij plotseling een tikje ironisch.

'Veel te koud,' zei Lillie, vastbesloten om hem niet de kans te geven daar verder over na te denken. 'Hoewel die rode beuken voor een heerlijke beschutting zouden zorgen.'

Aan het eind van de tuin was een boog die toegang gaf tot een kleine, ommuurde zijtuin. Seth en Frankie waren daar niet meer geweest sinds de dag dat ze het pand samen met de makelaar bezichtigd hadden.

'Het was toen al bijna donker, dus we hebben alleen even om de hoek gekeken,' zei hij nu. 'In feite zijn het gewoon nog meer doorn-struiken met in een van de hoeken een paar bomen.'

Lillie liep er nu voor hem uit naartoe en zwiepte brandnetels en doornstruiken met haar hockeystick opzij. In de boog hing een ver-roest hek, dat halfopen stond.

Toen ze naar binnen liep, voelde Lillie een rilling over haar rug lopen, alsof dit plekje op de een of andere manier belangrijk was en ze goed om zich heen moest kijken.

Sams moeder, een tweedegeneratie-Ierse die Maeve heette, had het een keer met Lillie over instinct gehad. Lillie was destijds een jonge moeder geweest, bezorgd over Martin die een behoorlijke verhoging had, maar ze wilde niet zonder goede reden met hem naar de oude dokter Howard gaan. De dokter stond erom bekend dat hij mensen zonder pardon naar huis stuurde, als hij het gevoel had dat ze zijn tijd verspilden.

Maeve woonde maar een paar huizen verderop en na een blik op Martins koortsige gezichtje en zijn schitterende ogen had ze ook meteen gezien hoe overstuur Lillie was.

'Wat voor gevoel geeft dit je... híér?' zei ze tegen Lillie, wijzend op haar buik. 'Wat voor gevoel heb je daar? En daar?' Ze wees op haar hart.

'Dat Martin ziek is en een dokter nodig heeft,' zei Lillie meteen.

'Mooi, ga dan maar meteen,' zei Maeve. 'En als dit voorbij is, ga je een andere dokter zoeken. Die ouwe Howard doet dit al veel te lang, hij is vooringenomen en verbitterd. Hij kan niet meer voor kleine kinderen zorgen... en ook niet voor hun moeders, trouwens. Hij vertrouwt jullie niet, hoewel hij dat wel zou moeten doen. Een moeder weet wanneer er iets mis is met haar kind en een slimme dokter beseft dat. Als ik jou was, zou ik dus maar op mijn gevoel en mijn hart vertrouwen, Lillie. Die zetten je echt niet op het verkeerde been.'

Vertrouw maar op de wijze vrouw die in je zit, dacht Lillie nu. De wijze vrouw die haar had geholpen de waarheid te zien. Lillie had een tijdje niet meer naar haar geluisterd, maar op dit moment pro-beerde de wijze vrouw haar absoluut iets te vertellen. Deze kleine, ommuurde tuin was om de een of andere reden bijzonder.

Lillie pakte Seths hand en ze liepen samen naar binnen.

De stenen waarvan de muur gebouwd was, waren heel oud, dat kon Lillie zien, en ze waren duidelijk van een oudere datum dan het huis zelf. In een van de hoeken stonden een magnolia en een paar appelbomen, waarvan er eentje ziek leek. Maar de andere bomen waren schitterend. En vrij recent was er kennelijk in het midden een moestuintje geweest, hoewel daar nu alleen wilde knoflook groeide. Maar Het was hier zo stil, er waren totaal geen verkeersgeluiden te horen. Het was een magisch plekje, verborgen voor blikken van buitenstaanders.

Het zou, besefte Lillie vol opwinding, de perfecte plaats zijn voor een stel bijenkorven. Ze konden op een afstandje van de bomen komen te staan, heerlijk beschut, wat prima was voor de bijen. Als ze haar ogen dichtdeed, kon ze in haar verbeelding de traditioneel gevormde bijenkorven met de schuine dakjes zien die Sam altijd had gehad.

Lillie had hem geholpen die uit te kiezen, omdat ze op de korven leken die ze ooit, jaren geleden, samen met haar moeder, Charlotte, ergens in een tuin had zien staan.

*Ik merk dat je samenspant met de wijze vrouw, Sam,* zei ze in gedachten tegen hem.

'Seth,' zei ze hardop, 'heb je weleens overwogen om bijen te gaan houden?'


# 12


Peggy wist diep vanbinnen dat het waar was, lang voordat haar brein zich bij de mogelijkheid had neergelegd. Ze was zwanger. *Je bent in verwachting, dat weet je best,* zei een inwendig stemmetje tegen haar spiegelbeeld in haar oude, groen betegelde badkamer. Het gezicht in de spiegel draaide zich niet om en zei niet: *Doe niet zo belachelijk! Dat verbeeld je je gewoon. Je verbeeldt je dat je borsten groter en gevoeliger zijn en je verbeeldt je ook dat het al bijna zes weken geleden is dat je ongesteld was.*

Ze had het in haar hoofd al vaak genoeg uitgerekend: haar nacht met David was midden in haar cyclus geweest, de meest vruchtbare periode voor een vrouw. Vier weken geleden.

Het gezicht in de spiegel zag er hetzelfde uit als altijd, met uitzondering van de angst in haar ogen.

Het komt door de stress, hield ze zichzelf voor. Ongesteldheid kan onregelmatig zijn als iemand gestrest is. En een nieuwe zaak gaat vaak gepaard met spanningen.

Ze pakte haar agenda en vergeleek de data opnieuw. Maar hoe ze het ook bekeek, ze was met David naar bed geweest in het meest vruchtbare gedeelte van haar cyclus. En haar cyclus was even betrouwbaar als de Angelus-klok die iedere avond op tv voor de nieuwsuitzending van zes uur werd geluid.

Hoe vaak ze ook zwijgend met zichzelf in debat ging, terwijl haar brein in een noodtempo alle ándere mogelijkheden afwerkte, ze kwam telkens tot dezelfde conclusie. Ze was zwanger.

Als haar gevoelige borsten en de wetenschap dat ze twee weken over tijd was niet voldoende waarschuwing voor haar waren, dan gaf het feit dat ze iedere ochtend zo misselijk wakker werd dat ze moest overgeven wel de doorslag. Ze had gehoopt dat die misselijkheid ook best een hardnekkig virusje kon zijn, want niemand kreeg toch al zo gauw last van ochtendmisselijkheid? Maar na een paar uurtjes op internet was ze er al achter dat die misselijkheid en de aanwezigheid ervan net zo varieerden als de baby's zelf.

Als de misselijkheid en het gekokhals eindelijk voorbij waren, stapte ze somber onder de douche en probeerde het vervelende gevoel van zich af te boenen. En dat lukte nooit, hoeveel grapefruit douche-gel van de Body Shop ze ook gebruikte. Het was een van de weinige luxes die ze zichzelf permitteerde en nu kon ze daar niet eens meer van genieten. Ze wist dat het een gevolg was van de zwangerschap: geuren die ze altijd lekker had gevonden roken ineens smerig.

En ze gunde zichzelf maar zo weinig, dacht ze verdrietig. Een lekkere douchegel en plantjes om haar huis wat op te vrolijken. Varens in de badkamer en de keuken, viooltjes in de woonkamer en een kleine orchidee uit de supermarkt in haar slaapkamer. Ze hielpen, maar ze konden het huis niet mooi maken. Haar kleine huurhuisje bleef hardnekkig een jarenvijftiggevoel uitstralen. De groenblauwe badkamermeubels – uiteraard aangevuld met een zwart-witte vloer – en de katoenen gordijntjes – rood – in de keuken gaven je het gevoel dat je midden in een of andere idiote offshoot van *Mad Men* zat. De keuken en de badkamer waren schattig en haar slaapkamer was zelfs ronduit snoezig met een klein balkonnetje dat uitzicht bood over een minituintje dat gelukkig helemaal vol lag met grind. Maar de rest van het huis kon af en toe weleens deprimerend zijn, vooral de woonkamer met die oranje wollen banken en het rare behang dat eruitzag alsof een paar losgeslagen kinderen het vol hadden gekrast met oranje en bruine viltstiften. Peggy wist dat het een jaar of zestig geleden waarschijnlijk waanzinnig in was geweest en het was gewoon een wonder dat het hele huis zo schoon was gebleven. De makelaar die het verhuurde, had uitgelegd dat hier een hele tijd een oud dametje had gewoond, dat nooit iets veranderd had.

'Het is allemaal in uitstekende conditie,' zei ze, terwijl ze om zich heen keek zonder iets aan te raken, 'maar ja, wel een tikje gedateerd natuurlijk.'

Bloemen en planten hielpen om het op te fleuren. Peggy kocht bloemen wanneer ze zich die kon veroorloven. Maar vandaag werd ze een beetje misselijk van de geur van die ene tijgerlelie in haar slaapkamer.

Ze kon zich niet meer blijven vastklampen aan de ijdele hoop dat ze door stress over tijd was en dat ze iedere ochtend zo misselijk werd van een virus. Ze moest de waarheid onder ogen zien en een zwangerschapstest kopen.

Op zaterdag opende ze meestal pas om halftien in plaats van om negen uur. De meeste mensen stonden op zaterdag toch een beetje later op en dus kon ze zelf ook een tikje langer in bed blijven liggen. Maar daar had ze weinig baat bij als ze toch al om zes uur wakker en kotsmisselijk was. Dus op deze zaterdag was ze om halfnegen al op weg naar de apotheek aan het eind van Redstone, waar ze weleens langs was gelopen maar nog nooit binnen was geweest.

Het was een kleine zaak, zalig ouderwets en volslagen anders dan die glimmende apotheken van zo'n moderne keten waar allerlei intieme producten in rijen lagen opgesteld waar iedereen ze kon zien.

Nadat ze tien minuten had rondgedwaald, turend naar de schappen en op zoek naar een doosje met de tekst 'zwangerschapstest' of 'Is het wel of niet zover?', drong het tot Peggy door dat als je condooms, een zwangerschapstest of iets dergelijks nodig had, je erom moest vragen.

'Kan ik je helpen, lieverd?' zei een vrouw van middelbare leeftijd die bij een rek met cosmetische producten prijsjes op lipsticks stond te plakken.

Een jonge mannelijke apothekersassistent zat op een stoel een autotijdschrift te lezen en keek niet eens op, terwijl een andere dame van middelbare leeftijd met lange paarse nagels die precies pasten bij haar grote halsketting en haar wijde lila T-shirt achter de toonbank bezig was met de administratie. Er waren geen andere klanten in de winkel, maar toch vond Peggy het om de een of andere rare reden een beetje gênant om naar een zwangerschapstest te vragen.

Ze was zo bang en ongerust dat het even duurde voordat ze de moed kon opbrengen om antwoord te geven.

'Ik... ik ben op zoek naar een zwangerschapstest,' zei ze, terwijl ze zelf hoorde hoe luid haar stem klonk.

'Una, de zwangerschapstesten,' zei de vrouw luidkeels tegen haar collega achter de toonbank. 'Zou je die even willen pakken?'

'Komt in orde, Marjorie,' antwoordde de andere vrouw.

De man met het tijdschrift keek niet eens op toen Una in een paar laden rommelde en een aantal doosjes tevoorschijn haalde die ze op de toonbank zette waar Peggy ze goed kon zien. Daarna begon ze samen met Marjorie de voor- en nadelen van elk product te bespreken.

'Deze bijvoorbeeld,' zei Una, wijzend met een paarse nagel, 'die is echt fantastisch, want daar zitten twee verpakkingen in, voor het geval je toch niet helemaal overtuigd bent door de eerste. Die is echt heel betrouwbaar. We verkopen er veel van, maar hij is wel een tikje duurder.'

'Ja, hij is wel wat duurder,' beaamde Marjorie, die een smaakvol parelsnoertje droeg op een soort omablouse met bloemetjes. 'Maar dan kun je ook twéé keer testen, dus je hebt dúbbele zekerheid.

Hoewel,' ging Marjorie verder, 'ze er ook weleens naast zitten, hoor. Foute positieve of foute negatieve uitslagen, dat weet ik niet meer.'

'Hoe lang denk je dat je zwanger bent?' vroeg Una terwijl ze Peggy over haar bril aankeek. 'Ik bedoel, hebben we het over een paar weken...'

Peggy schuifelde onbehaaglijk met haar voeten.

'Mmm,' zei Marjorie met een blik op Peggy's figuur, 'je bent nog heel slank, lieverd. En geen teken van een buikje. Hoe is het met je borsten? Dat is voor mij altijd de beste aanwijzing. Voelen ze groter? Of gevoelig, je weet wel, alsof je al gek wordt van het idee dat je ergens tegenaan botst?'

Ze keken Peggy allebei vol verwachting aan en ze wist niet of ze moest lachen of huilen.

'Dat is zeker een aanwijzing. Voor mij altijd wel,' zei Una, terwijl ze op haar omvangrijke boezem klopte, die meer weg had van een stormram dan van een paar borsten. 'En lieve hemel, hoe vaak ben ik voor de bijl gegaan? Zeven keer! Ach, die lieve Stanley! Zelfs zijn oude moeder zei altijd dat ze niet had verwacht dat hij dat in zich had. Maar natuurlijk hadden we destijds nog geen zwangerschapstesten. Je moest naar de dokter om een plasje af te leveren en dat stuurden ze dan met een konijn naar een laboratorium. Als het konijn doodging, was je zwanger... of was het juist andersom? Maar je kreeg dat konijn niet te zien, hoor,' vervolgde Una om maar aan te geven dat als er sprake was geweest van wreedheid jegens konijnen de patiënt daar in ieder geval niet van op de hoogte was.

'Een konijn?' zei Peggy.

'Zo ging dat vroeger,' zei Marjorie. 'Je liet je plasje achter bij de dokter en daarna stuurde hij het op en dan deden ze iets met dat konijn. Ik geloof dat het konijn doodging als je zwanger was. Of misschien was je juist niet zwanger als het konijn doodging,' ging ze verder tegen Una. 'Eigenlijk heel wreed. Ik ben het helemaal niet eens met dat soort dingen. Maar tegenwoordig komen er geen konijnen meer aan te pas, je moet gewoon op het staafje plassen. Maar denk je echt dat je zwanger bent? Voelen je borsten... je weet wel...?' Ze keek Peggy onderzoekend aan.

'Eigenlijk wel,' zei Peggy, die zich afvroeg of ze gewoon mee zou babbelen of in tranen moest uitbarsten. Per slot van rekening waren dit soort gesprekken juist wat ze zo leuk vond aan Redstone. Het feit dat er echt sprake was van gemeenschapszin. En je kon geen beter voorbeeld van gemeenschapszin bedenken dan samen met twee dames van middelbare leeftijd midden in de apotheek bespreken of je nu wel of niet zwanger zou zijn. Het was alleen jammer dat ze geen van beiden de vrouw waren met wie ze dit gesprek echt graag had willen voeren: haar moeder.

Heel even kreeg Peggy de neiging om haar hoofd op de toonbank te leggen en in tranen uit te barsten. Ze voelde zich zo ontzettend alleen. In plaats daarvan zei ze: 'Doe me deze maar' en wees op de dubbele test.

'Kom maar terug als je zwanger bent, dan zullen we je alles meegeven wat je nodig hebt,' zei Marjorie. 'Je weet wel, foliumzuur en zo, en staal. Vooral staal is erg goed. Maar zelf kon ik dat niet slikken, het liep er zo weer uit.'

Ze maakte een gebaar van haar mond naar haar middel en vervolgens naar de vloer. Peggy begreep wat ze bedoelde. 'Maar als je het wel kunt slikken, dan is dat geweldig. En heel goed voor de baby.'

*De baby.* Peggy slikte. Als ze er niet mee door wilde gaan, dan moest ze dat wat er in haar zat niet als een baby gaan beschouwen. Ze had het gevoel dat ze flauw zou vallen. Ze trok wit weg en Una en Marjorie keken elkaar aan, liepen om de toonbank heen, pakten Peggy vast en zetten haar op een stoel.

'Ja, die uitwerking heeft het soms op mensen,' zei Una. Of was het Marjorie?

Peggy werd er een beetje beduusd van.

'Geeft niet, hoor kind, ik zet wel even een kopje thee voor je. De dubbele test is de beste van allemaal en dan kun je die het best meteen doen. Jij bent toch het meisje van die leuke nieuwe wolwinkel, hè?'

'Ja,' zei Peggy flauw. Over discretie gesproken.

'Dan kun je vandaag maar beter niet gaan werken. Dat zullen de mensen best begrijpen, hoor.'

'O nee, dat kan ik niet maken,' zei Peggy. 'Ik bedoel maar, het is mijn zaak, mijn winkel en ik moet er echt naartoe.'

'Hoe zit het dan met je hulp?' Una keek Marjorie aan. 'Je weet wel, Fifi, zo'n lief kind met donker haar. Kwam hier vroeger altijd met haar moeder. Zo'n leuk gezin. De vader is een paar jaar geleden overleden, dat was ook een fatsoenlijke vent.' Ze keek Peggy weer aan: 'Vertel het Fifi maar, dan kan zij voor je invallen.'

'Ik wil niet dat iemand het weet,' zei Peggy een beetje onhandig.

'Aha,' zei Una.

'Goed, hoor,' zei Marjorie. 'We begrijpen het. Van ons krijgt niemand het te horen.'

Vijftien minuten later stond Peggy weer op straat, met een kop warme zoete thee in haar maag, een grote boodschappentas van de drogist en een lijst zo lang als haar arm met dingen die tegen die ochtendmisselijkheid zouden helpen – en daar behoorden onder andere kennelijk gesuikerde gember, gemberkoekjes en droge crackers bij. Maar dit keer lag er een glimlach om haar lippen. Het was niet wat ze had verwacht toen ze naar binnen ging om een zwangerschapstest te kopen, maar op de een of andere manier had dit bezoekje haar goed gedaan. Ze was niet meer de enige die het wist. Marjorie en Una wisten het nu ook.

Het hielp dat anderen ook op de hoogte waren van het geheim. Maar ze was niet van plan om het nog verder te vertellen. Zeker niet aan David Byrne. Van z'n levensdagen niet. Want dan zou hij meteen een gezinnetje willen stichten en dat kon Peggy gewoon niet. Ze had aan haar vroegere gezin zoveel inwendige littekens overgehouden, dat ze niet van plan was om er ooit zelf aan te beginnen.

Terwijl ze op weg naar de winkel de straat overstak, drong het tot haar door dat het echt een heerlijke ochtend was. Maart stak overal de kop op en de bomen aan weerszijden van de straat toonden al prachtige groene uitlopertjes. De narcissen rond de voet van de bomen hadden plaatsgemaakt voor primula's en Peggy vroeg zich niet voor het eerst af wie toch de straten zo keurig verzorgde. Dat was niet het normale gemeentewerk, het moest een groep mensen uit de buurt zijn die hun woonplaats zo mooi mogelijk wilden maken. Dat vond ze gewoon een zálig idee.

Alleen al de gedachte aan de mensen die bij elkaar zaten om plannen te maken: *Goed, dan gaan we in januari alles aan kant maken en ervoor zorgen dat de bollen alle kans krijgen om op te komen. Maar denk erom dat we ook een oogje op de bomen moeten houden. O ja, en vergeet niet dat we genoeg primula's moeten hebben als de narcissen uitgebloeid zijn.* Ze kon het iemand gewoon hóren zeggen.

Peggy dacht aan hun bungalow thuis – ook al had ze daarvan nooit het gevoel gehad dat het thuis was. Haar moeder had niet veel tijd voor tuinieren en de grond was trouwens niet best. Zo triest, want haar moeder hield juist zoveel van bloemen, daarom had ze toch een paar rozenstruikjes neergezet. En ze was dolblij geweest toen Peggy een paar keer een bos pioenrozen voor haar had meegebracht.

Pioenen hadden toch iets bijzonders: met al die tere blaadjes leken ze echt op ouderwetse hoepelrokken. Maar haar vader was niet onder de indruk geweest. 'Je hoort je geld niet aan bloemen te verspillen – dan kun je het net zo goed meteen over de balk smijten,' had hij gezegd toen hij ze zag.

Peggy was te verstandig om daarop te reageren. Ze had een soort glimlach ontwikkeld, speciaal voor dat soort gelegenheden. Die zei: *natuurlijk ben ik dat helemaal met je eens, je hebt gelijk,* zonder dat ze haar mond open hoefde te doen.

Want anders zou ze misschien in de verleiding komen om tegen hem te zeggen dat hij een misselijke krent was en dat het al erg genoeg was dat hij zelf nooit eens een bloemetje voor Kathleen kocht. Moest hij haar nu ook nog eens het plezier misgunnen dat ze had als iemand anders ze voor haar meebracht?

Waarom dacht ze nu aan hem? Dat was voorbij. Verleden tijd. Hoewel ze haar verleden nog niet volkomen had afgezworden, want binnenkort zou ze weer op bezoek moeten als haar moeder jarig was.

Ze bleef staan met de sleutel van het stalen veiligheidsluik in de hand. Als hun gezin maar anders was geweest, dan zou ze haar moeder meteen opgebeld hebben.

*Mam, ik ben in verwachting! Ik heb het met die vent uitgemaakt, maar ik laat deze baby wel komen.*

Helaas, het was niet anders.

Ze ging op haar knieën zitten om de stalen luiken open te maken en de wereld kond te doen van het feit dat 'Het Nijvere Bijtje, Peggy's Brei- en Handwerkzaak' geopend was.

'Ha, die Peggy, wat een heerlijke ochtend, hè?'

Dat was Sue, die aan de overkant enthousiast naar haar stond te zwaaien.

'Zalig,' zei ze, terwijl ze automatisch terugzwaaide.

Ze dacht aan de avond toen Sue naar de opening was gekomen en hoe overstuur ze had geleken bij de gedachte dat haar zusje misschien zwanger was. Het had iets te maken met een miskraam... Peggy was er nooit toe gekomen om eens rustig met haar te gaan zitten praten. En hoe kon ze dat nu doen, als ze echt zwanger was? Als je zag dat andere mensen gewoon in verwachting raakten terwijl jij dat zelf ook zo graag wilde zonder dat het lukte, moest je het gevoel krijgen dat er een mes in je werd omgedraaid, dacht ze.

Binnen in de winkel werkte ze haar normale programma af, door het licht aan te doen, de winkel te controleren en de kassa klaar te maken, maar ondertussen werkte haar brein op volle toeren. Una en Marjorie uit de drogisterij hadden de spijker op de kop geslagen: gevoelige borsten, ieder moment in staat om in tranen uit te barsten, misselijkheid...

Peggy stelde zich voor hoe Una en Marjorie waren geweest toen zij haar leeftijd hadden gehad: voldaan en tevreden, met een man die van hen hield, en een verlangen om dat allemaal met een kind te kunnen delen. Niet zoals zij: zevenentwintig en alleenstaand, met het beheer over een nieuwe zaak in dit twijfelachtige financiële klimaat, een ongewenste baby in haar buik en pijn in het hart.

Het was pas tien over negen, dus ze deed de voordeur weer op slot en liep naar achteren. De keuken en het toilet waren om door een ringetje te halen. Fifi had gisteren alles nog schoongemaakt. 'We kunnen maar beter voorkomen dat het echt vuil wordt,' had ze gezegd, met een vrolijk rood schortje voor dat haar spijkerbroek en haar zelfgebreide roze mohair trui moest beschermen.

Peggy had met haar afgesproken dat ze de boel om de beurt zouden schoonmaken, want in haar zorgvuldig uitgewerkte businessplan was geen rekening gehouden met een extra hulp om schoon te maken. Met haar budget kon ze zich maar één personeelslid veroorloven.

Het was niet verstandig om te proberen de zaak in haar eentje te runnen, dat had ze geleerd tijdens haar cursus ondernemerschap. Fifi was blij dat ze vier dagen per week kon werken, want ze was een alleenstaande moeder. Hoe speelde ze dat klaar? Ach, er waren genoeg mensen die dat deden, prentte Peggy zich in. Dat ging prima.

Ze zette de ketel aan, ging op zoek naar een builtje kruidenthee in plaats van haar gebruikelijke instantkoffie en liep naar het toilet.

Tien minuten later werd wat ze instinctief had geweten bevestigd met behulp van de wetenschap. Er waren twee blauwe streepjes op de tester te zien. Peggy liet haar vinger voorzichtig over het schermpje van de tester glijden, alsof de geest van de baby erin was gevaren en haar stempel had achtergelaten.

Haar. Het hadden eigenlijk twee roze streepjes moeten zijn, vond ze. Want ze kreeg een meisje, dat wist ze heel zeker.

Ze zakte achter de toonbank neer en keek door het raam naar Main Street. In de straat heerste al een typische zaterdagochtenddrukte. Er waren mensen die honden uitlieten, mensen die met een tas vol zaterdagkranten liepen te zwaaien en mensen die haastig naar binnen en naar buiten schoten bij de delicatessenzaak en bij de winkel van Sue en Zeke, om brood en olijven in te slaan voor lekkere, luie zaterdaglunches. Vanaf haar plekje kon ze Bobbi's Beauty Salon zien, waar de deur ook geen moment stilstond en mensen naar binnen en naar buiten holden. Wat zou dat lekker zijn, om op een zaterdagmorgen genoeg tijd te hebben om alles te laten verzorgen: je haar, je teennagels knalrood laten lakken, je nagels te laten lakken... Knalrood! Ineens wilde ze niets liever dan knalrode teennagels... en ook rode vingernagels. Ja, precies, daar had ze zin in. En in een amandelcroissant. Rode vinger- en teennagels, een amandelcroissant met een likje spijs in het midden en tijd om na te denken.

Normaal gesproken zou Peggy geschokt zijn bij het idee dat ze de winkel in de steek zou laten voor iets wat zo genotzuchtig en duur was als een manicure, maar Fifi zou om tien uur komen. Wat maakte het nou uit dat ze een halfuurtje later opening?

Ze veroorloofde zichzelf nooit luxueuze dingetjes. Zo was ze aan haar spaargeld gekomen: door alles zelf te doen, haar nagels, haar tenen, alles. Maar vandaag was niets normaal.

Ze sloot de winkel af en holde de straat over naar de salon.

Bobbi zat zelf achter de balie, majestueus met robijnrode lipstick en bijpassende nagels. Peggy was niet meer zo bang voor haar als in het begin. Dat had Opal voor elkaar gekregen. Iemand die bevriend was met zo'n onzekere, vriendelijke en lieve vrouw kon onmogelijk zo keihard zijn als ze zich voordeed. Nee, die hardheid zou wel de ruwe bolster zijn die haar hielp om zich in de zakenwereld overeind te houden. Peggy vermoedde dat Bobbi een zachte pit had.

'Morgen, Peggy,' zei Bobbi. 'Ik ben blij te zien dat je eindelijk eens bij ons komt binnenlopen. Twee van onze meisjes zitten al tijdens hun pauze te haken met spullen die ze bij jou hebben gehaald. En sinds ze van jou hebben geleerd hoe dat moet, weten ze niet van ophouden. Zelfs Shari, mijn dochter, is bezig met een mutsje voor een van mijn kleindochtertjes.'

'Ik vind het heerlijk om mensen te leren hoe ze moeten haken en het is heel eenvoudig,' zei Peggy. 'Je moet het echt ook eens proberen. Ik heb wel een paar simpele patroontjes om mee te beginnen, met lekkere dikke naalden, fijn garen en heerlijke wol. Je zult het vast leuk vinden.'

'O nee,' zei Bobbi. 'Echt niet, dank je wel. Laat mijn beurt maar voorbijgaan. Het zit er dik in dat ik uiteindelijk zou proberen om iemand aan mijn haaknaald te rijgen. Maar ze hebben er allemaal plezier in en als mijn meisjes blij zijn, ben ik ook blij. Want weet je, lieverd, voor mij is een haaknaald nog steeds dat valse stalen ding dat we jaren geleden gebruikten voor een coupe soleil. Jij bent nog te jong om je dat te kunnen herinneren, maar toen zetten we iemand een plastic badmuts op en maakten daar dan gaatjes in waardoor je het haar met de haaknaald naar buiten trok. Dat deed zoveel pijn dat je een week lang je haar niet meer kon borstelen! Nee, Peggy, dat zal ik altijd voor ogen blijven houden, dus haken is helemaal niets voor mij. Maar ik ben dolblij dat de meisjes zichzelf bezig kunnen houden. Een van hen beweert zelfs dat ze een handtas maakt voor als ze op vakantie gaat. En wat fijn dat je nu ook eens hier binnenkomt, om ons op jouw beurt klandizie te bezorgen.'

'Het zal wel heel brutaal van me zijn en ik ben vast niet goed wijs om te denken dat er misschien een kansje is...' begon Peggy, die ineens bedacht hoe onzinnig deze hele onderneming was. Een salon als die van Bobbi zou toch nooit tijd hebben om haar op zaterdagochtend nog ergens tussen te kunnen proppen?

'Vertel op,' zei Bobbi, 'dan zal ik je wel vertellen of het brutaal en onzinnig is.'

'Nou ja,' begon Peggy, 'ik kreeg ineens zo'n verschrikkelijke zin om mijn vinger- en teennagels knalrood te laten lakken...' Ze keek Bobbi vragend aan en zei: 'Ik weet dat het belachelijk is en normaal gesproken laat ik het ook nooit doen, want dat kan ik me niet veroorloven, het was gewoon een plotselinge opwelling.'

'Dat kan gebeuren,' zei Bobbi geruststellend. 'Wacht maar, dan kijk ik even in het boek.'

Ze liet een vinger met een glanzende roodgelakte nagel langs de afspraken van die dag glijden.

'Veronica, een van onze jongere maar buitengewoon getalenteerde medewerksters is het volgende uur vrij. Als je nu blijft, dan kunnen we je handen en je voeten doen. Daarna kun je het wel vergeten. We zitten de hele dag vol met trouwpartijen en vrijgezellenfeestjes. Tot vanavond zes uur is het hier een en al waanzin en woedeaanvallen.'

Peggy dacht aan haar winkel. Ze had niet het idee dat Fifi het erg zou vinden. Ineens dacht ze aan al die jaren dat ze tegen haar moeder had gezegd dat ze ook best een beetje vreugde in het leven mocht hebben. Kathleen Barry had dat nooit gekend, ook al had haar dochter nog zo geprobeerd om haar dat in te laten zien. Nou, Peggy en haar ongeboren dochtertje zouden wel vreugde kennen, dat stond vast.

'Geef me vijf minuten om even terug te lopen en een briefje op de deur te hangen dat we pas om tien uur opengaan. Daarna bel ik Fifi op om haar te vertellen dat zij de winkel moet openen, dan kom ik spoorslags terug. Goed?'

'Prima,' zei Bobbi glimlachend. 'En tegen de tijd dat wij met je klaar zijn, zul je in de wolken zijn, lieverd.'

Peggy grinnikte. Haar wereld stond nu officieel op de kop, maar dat kon haar niets schelen: ze voelde een rilling van opwinding door haar heen gaan, van top tot teen.

Vijf minuten later zat een lief jong meisje van hooguit een jaar of negentien Peggy's nagels kritisch te bestuderen. Peggy had een kop thee naast zich staan en zat met haar voeten in een schuimbad.

Het was druk in de salon, maar niet hectisch. Op de achtergrond klonk zachte, rustige muziek en Peggy begreep ineens waarom Bobbi's salon zo populair was: je kwam hier helemaal tot rust.

'Gebruik je weleens nagelriemolie?' vroeg Veronica.

'Nee,' zei Peggy opgewekt. 'Moet dat dan?'

'Ja,' fluisterde Veronica. 'Want anders drogen je nagelriemen helemaal uit…'

Bobbi kwam langs en bukte zich even naar het lage krukje waarop Veronica zat.

'Lieve Veronica, volgens mij heeft Peggy even wat rust nodig voordat ze aan de dag begint,' zei ze zacht.

Peggy wierp Bobbi een dankbare blik toe en Bobbi glimlachte. Peggy had het rare gevoel dat Bobbi precies wist wat ze dacht. Maar dat kon helemaal niet.

Ze leunde achterover in de behandelstoel en sloot haar ogen, terwijl ze aan haar ouders dacht.

Ze zou haar moeder binnenkort alles over de baby vertellen, als ze naar haar toe ging voor haar verjaardag. En wat haar vader betrof… het kon haar niets schelen, ook al kwam hij er nooit achter.

Ze wist nu al wat hij zou zeggen: 'Je bent zwanger en je hebt niet eens een man? Ik heb je toch gezegd dat je met je staart tussen je benen weer naar huis zou komen?'

Maar ze zou zich er niets van aantrekken, wat hij ook zei. Alleen wat haar moeder vond, was belangrijk en als Peggy er blij mee was, dan zou haar arme moeder ook blij zijn.

En David… wat zou David zeggen?

Niets, want ze kon het hem nooit vertellen. Mannen maakten overal een puinhoop van, zo ging dat altijd. Peggy zou haar kind in haar eentje grootbrengen, zonder zijn hulp. Hij zou het nooit te weten komen. Dat was haar vaste voornemen.

'Deze kleur is echt beeldig, die past perfect bij je,' zei Veronica terwijl ze bewonderend neerkeek op het resultaat van haar vakmanschap op Peggy's lange, slanke vingers.

'Ik heb deze kleur nog nooit gehad,' zei Peggy. 'Normaal lak ik ze zelf altijd met kleurloze lak, maar ik denk dat het tijd wordt om daar verandering in te brengen.'

Bobbi keek vanaf haar plekje achter de afsprakenbalie naar Peggy, die een beetje onzeker en van haar stuk gebracht leek toen ze binnenkwam. Maar nu zat ze glimlachend en vol verrukking naar haar nagels te kijken. Het was echt een leuke meid, hoor. Ze probeerde zich harder voor te doen dan ze in feite was. Eigenlijk was ze broos – misschien zelfs wel gewond, dacht Bobbi – en vandaag... tja, vandaag was er ontegenzeggelijk iets vreemds aan de gang.

Maar dat zou vanzelf uitkomen. Dat gebeurde altijd. Kijk maar naar die arme Opal en die malle Meredith, die met hangende pootjes thuis was gekomen. Uiteindelijk bleef niets verborgen.

# 13

Miranda was woest. Ze moest deze bruiloft bijna in haar eentje regelen terwijl niemand waardering leek te hebben voor al haar werk en om alles nog eens erger te maken had de toekomstige schoonmoeder van haar dochter niet eens de moeite genomen om zelfs maar even te bellen over de agenda van het laatste etentje ter voorbereiding van de bruiloft, dat in dat miezerige huisje van de Byrnes zou worden gegeven. En al over een paar dagen! Als Miranda er niet op had gestaan alles nog een keer door te spreken, zou ze alles alleen kunnen doen. Ze was van plan geweest om in haar eigen huis een elegant feestje te geven, maar toen had Brian ineens zijn poot stijf gehouden en gezegd dat het hoog tijd was dat een van dat soort bijeenkomsten een keer bij zijn moeder zou plaatsvinden. En tot Miranda's woede was Liz het met hem eens geweest.

Opal scheen totaal geen belangstelling te hebben voor de bruiloft. O, ze had de 'we zullen graag komen'-kaartjes wel teruggestuurd, maar ze had niet eens de moeite genomen om de telefoon op te pakken en te zeggen dat de uitnodigingen zo mooi waren. Nee, er was zelfs geen boodschap ingesproken op Miranda's mobieltje met de mededeling dat Opal de prachtige gouden enveloppen met de glinsterende goudomrande uitnodigingen had ontvangen en beeld-schoon had gevonden. Miranda was nijdig. Nee, nijdig was niet het goede woord. Ze was woedend. Des duivels.

En dat had ze ook tegen Elizabeth gezegd.

'Je aanstaande schoonmoeder heeft niet het fatsoen gehad om me te bellen en te vertellen wat ze van de uitnodigingen vond,' had Miranda de avond ervoor nog bits tegen haar dochter gezegd.

'O, mam,' zei Elizabeth moe en zette de zware boodschappenmand op de vloer van de supermarkt. 'Dat is al weken geleden. Jij was de-gene die ze zo geweldig vond. Ik wilde eigenlijk die rode, weet je nog? En maakt dat nu nog wat uit?'

Liz had een vermoeiende dag achter de rug. Ze had tegenwoor-dig de vijfde klas en die was een stuk lastiger dan de derde. Derde-klassers keken nog steeds op tegen hun onderwijzeres. Die kleintjes van acht en negen vonden de juf een fantastisch mens. Maar tegen de tijd dat ze in de vijfde klas zaten, waren ze als een blad aan de boom omgedraaid... dankzij mevrouw Brock die de vierde klas had en haar leerlingen behandelde als een stel jeugdige delinquenten die naar haar toegestuurd waren om eens flink aangepakt te worden. Vandaar dat de vijfde klas, op een paar uitzonderingen na, van me-ning was dat alle onderwijzers monsters waren en dat hun voor-naamste doel was om zo min mogelijk uit te voeren en haar woe-dend aan te staren alsof ze haar uitdaagden om ter plekke in mevrouw Brock te veranderen. Af en toe had Elizabeth gewoon zin om de kinderen te vertellen dat iedereen in de lerarenkamer me-vrouw Brock ook met de nek aankeek, maar ze wist dat dit eigen-lijk niet zo'n goed idee was.

Aanvankelijk leek het een geweldig plan om met Pasen te trou-wen, omdat zij en Brian dan tijdens de paasvakantie een paar dagen op huwelijksreis konden gaan, zodat ze in de grote vakantie mee kon op schoolkamp en wat extra geld kon verdienen om samen met Brian een huis te kopen.

Maar inmiddels raakte ze overspannen van alles wat met de bruiloft te maken had, want er ontstonden al snel moeilijkheden, zoals altijd als haar moeder ergens bij betrokken was. Liz kon heel goed organiseren en ze had alles al samen met Brian gepland tot haar moeder volhield dat Liz het daarvoor veel te druk had en dat ze graag wilde helpen. Die hulp draaide erop uit dat ze het heft vrijwel compleet in handen had genomen en zich daarvoor vervolgens uitgebreid op de borst klopte, alsof zij degene was die het godsdeeltje had ontdekt in plaats van die wetenschappers van CERN.

Liz wist dat het gemakkelijker was om haar moeder gewoon haar gang te laten gaan, maar het zat haar toch dwars: dit was hun bruiloft en ze wilden helemaal geen gedoe. Helaas was Miranda juist dol op gedoe.

Brian had kennelijk niet gemerkt dat er iets mis was met zijn toekomstige schoonmoeder en hij was heel meegaand geweest. Waarschijnlijk omdat zijn moeder normaal was en niet de behoefte voelde om dingen voor 'hun kant' op te eisen, dacht Liz somber.

'Het wordt een fantastische dag,' zei Brian. 'We gaan gewoon simpel samen met alle mensen van wie we houden vieren dat we getrouwd zijn.'

Liz had hem met grote ogen aangekeken. Brian wist alles van computers af, maar af en toe snapte hij helemaal niets van mensen.

'Je bent echt niet lekker,' zei ze op een avond, toen ze eindelijk haar geduld had verloren omdat haar moeder belachelijk veel geld had uitgegeven aan bloemstukken voor de tafels en inlichtingen had ingewonnen over een strijkkwartet dat met een album in de klassieke hitparade stond. 'Bruiloften zijn veldslagen,' zei Liz. 'Typisch gebeurtenissen waarbij de beide families elkaar met hand en tand bestrijden en alles misgaat. En…'

'Hé, hou eens op,' had Brian stomverbaasd gezegd. 'Bruiloften zijn geweldig. En dat wordt onze eigen bruiloft ook. Ik ben ervan overtuigd dat iedereen zich prima zal vermaken.'

Liz dacht aan de heisa die haar moeder maakte van de bruiloft van haar enig kind. En ze dacht aan haar moeders snijdende opmerkingen over de familie Byrne in het algemeen. Brian was geweldig en David was duidelijk van hetzelfde laken een pak als zijn broer en zou met zijn nieuwe zaak ongetwijfeld veel geld gaan verdienen. Maar wat de rest van het stel betrof… Miranda had kennelijk geen woorden om precies uit te leggen hoe ongelooflijk laag-bij-de-gronds de rest van de familie Byrne was. Liz begon steeds vaker te wensen dat ze er gewoon vandoor konden gaan – stiekem wegglippen naar Vegas en daar trouwen in een van die snoeperige kapelletjes waar je in één vertrek een jurk en een trouwpak kon kopen en in de ruimte ernaast in het huwelijksbootje kon stappen. En dan kreeg je nog gratis een glas champagne op de koop toe.

'Het wordt een prachtige bruiloft,' zei Brian, denkend aan zijn ouders die zo ontzettend blij waren omdat ze heel goed begrepen hoe verliefd Liz en hij waren.

'Ach, je zult wel gelijk hebben,' had Liz verzucht, vastbesloten om positief te blijven. 'Het wordt geweldig. Een blijk van onze liefde, ja.'

Dit moest de mooiste dag van haar leven worden en ze wilde niet dat ze zich achteraf alleen de spanningen zou herinneren.

Nu moest ze alleen haar moeder zover zien te krijgen dat ze de bruiloft niet langer als een militaire campagne beschouwde, waarbij ze met vrijwel iedereen in oorlog was. Ze had al hele gevechten achter de rug met de bloemist, de cateraars en met Opal.

Maar wat Miranda ontzettend ergerde, was dat Opal niet het soort vrouw was met wie je lekker in de clinch kon gaan. Zelfs Miranda moest toegeven dat ze niets kwaadaardigs of wraakgierigs had. En het ergste was dat Opal absoluut niet in de gaten leek te hebben dat Miranda op haar neerkeek, en dat maakte haar ziedend.

Miranda's pogingen om aan te tonen hoe superieur ze was, waren allemaal vergeefs geweest, omdat Opal het spelletje niet meespeelde. Miranda had bijvoorbeeld geen enkele reden om jaloers te worden op Opals schitterende hoed of haar pakje, omdat Opal zich nooit leek op te doffen. Maar toch bleef Miranda de Byrnes naar haar eigen maatstaven beoordelen, want dat was de enige houding die ze begreep.

'Je zou toch denken dat ze het fatsoen had om te bellen over wat er geregeld is, vind je niet?' zei Miranda opnieuw.

Dat was een gewoonte van haar. Ze herhaalde een vraag in verschillende bewoordingen tot ze het antwoord kreeg waarop ze uit was.

'Ik neem aan dat ze het druk heeft,' zei Liz.

'Druk? Waarmee dan?' siste Miranda. 'Ik ben de moeder van de bruid. Al het werk komt op mijn schouders terecht. Wat heeft zij gedaan? Helemaal niets. Die twee broers worden bruidsjonkers en hoe dat jonge meisje dat bij hen woont, zal komen opdagen mag Joost weten. Ik ben ontzettend blij dat zij geen bruidsmeisje is.'

'Daar moet ik het nog met je over hebben, mam,' zei Liz. 'Ik heb erover nagedacht en misschien moeten we Freya en Meredith toch vragen. Ik weet dat het kort dag is, maar ik voel me schuldig. Het zal niet zo moeilijk zijn om iets te vinden wat bij Chloes jurk past. Of Chloe zou zachtroze kunnen dragen, Meredith knalrood en Freya warmblauw. Je weet wel, niet dezelfde jurken, maar gewoon leuke kleuren. Het is tegenwoordig heel gewoon om bruidsmeisjes te hebben die volkomen verschillende…'

'Maar Chloe is al je beste vriendin vanaf dat jullie vier waren,' gilde haar moeder. 'Je zei dat je maar één bruidsmeisje wilde! Waarom ben je van gedachten veranderd? Heeft Brian soms iets gezegd?'

'Brian heeft helemaal niets gezegd,' vervolgde Liz, vastbesloten om in dit geval haar zin door te zetten. 'Nee, ik vind bij nader inzien dat we niemand uit moeten sluiten,' zei ze, 'en daarom moeten Freya en Meredith ook bruidsmeisje worden. Ik vind het eigenlijk gemeen van me dat ik ze niet gevraagd heb.'

'Daar is het nu te laat voor,' jammerde Miranda. 'Chloe heeft al een jurk en zo. Alles is geregeld. Ik zou het een vreselijk idee vinden als de jurken niet hetzelfde waren.'

'Dat is dan jammer,' zei Liz kribbig. Ze moest maar eens op haar strepen gaan staan. 'Daar is het echt te laat voor. Meredith en Freya kunnen wel gewoon een jurk gaan kopen. Als ze verschillende kleuren aanhebben, dan zal het net lijken alsof we ze met opzet allemaal anders hebben gemaakt. Ik ga het er vanavond met Brian over hebben. We kunnen wel spijkers met koppen slaan als we donderdag dat etentje bij de Byrnes hebben.'

Liz wist heel goed dat dit pas de tweede keer was dat haar ouders bij de familie Byrne zouden eten. De eerste keer, toen de verloving werd aangekondigd, was niet zo'n groot succes geweest. En deze tweede keer leek nog erger te worden. Tot dusver had Miranda het zo druk gehad met het regelen van de bruiloft dat ze nog geen verband had gelegd tussen Brians zus en het Dublinse Ponzi-fonds waar de kranten zoveel ophef over maakten. Er viel geen peil op te trekken wat haar reactie zou zijn als het tot haar doordrong dat een van de toekomstige bruidsmeisjes van haar dochter betrokken was bij een onderzoek van de antifraudedienst.

'En wat aanstaande donderdag betreft, mam...' zei Liz. 'Wees alsjeblieft aardig tegen Opal. Ze is altijd zo lief voor me geweest en ze heeft momenteel veel aan haar hoofd.'

Liz bad dat haar moeder voor de verandering een keer naar haar zou luisteren. Zij en Brian hadden het al uitgebreid over het wel en wee van Meredith gehad en ze wisten allebei hoe overstuur Opal en Ned waren van alles wat er was gebeurd.

'Hoe kan Meredith nou niet hebben geweten wat een vuil spelletje ze speelden?' had Liz willen weten.

Brian had zijn schouders opgehaald. 'Dat weet ik niet. Volgens mij keek ze zo naar de Alexanders op dat ze alles zou hebben geloofd wat ze haar op de mouw speldden.'

'Mijn moeder heeft nog steeds niet door dat al die heisa in de kranten om jouw zus draait. Ze springt vast uit haar vel,' zei Liz humeurig.

'Als ze dat dan maar niet vóór donderdagavond doet,' had Brian bij wijze van grap gezegd.

'Natuurlijk zal ik aardig zijn voor Opal,' verkondigde Miranda hooghartig. 'Ik ben altijd aardig.'

'Tuurlijk, mam,' zei Liz terwijl ze eindelijk haar boodschappenmandje op de lopende band zette. 'Ik ben aan de beurt en ik ga er meteen vandoor.'

'Prima,' zei Miranda vlug.


De volgende morgen keek Miranda vol afschuw naar haar lijstjes. Ze had een heleboel lijstjes, allemaal in gekleurde mappen. Deze was voor de bloemen. Bloemen bleken opeens lastig te zijn. De bloemist die Elizabeth had uitgekozen scheen haar plaats absoluut niet te kennen en ze gedroeg zich tegenover Miranda alsof ze een soort kunstenaar was, terwijl dat helemaal niet waar was. Ze was gewoon een meisje dat vroeg genoeg opstond om op de veiling bloemen te kopen. Dat kon iedereen.

Tot dusver waren de uitnodigingen het enige van de bruiloft wat naar plan was verlopen en afgezien van haar trouwe bridgevrienden had niemand gezegd dat ze echt fantastisch waren. Niemand had ook maar een flauw vermoeden van wat ze hadden gekost, zeker Noel niet.

Ze waren veel duurder geweest dan ze haar man had verteld, maar het was een van die belangrijke details die je niet over het hoofd mocht zien als je wilde dat alles een groot succes werd. Het was je visitekaartje dat aantoonde dat dit een eersteklas bruiloft zou worden. Ze was vastbesloten dat Elizabeths bruiloft een van de meest toonaangevende trouwpartijen zou worden die Redstone in jaren had gezien.

Eigenlijk was het hoog tijd dat ze eens even met Opal Byrne babbelde en haar in een paar opzichten de waarheid onder de neus wreef. Dat kon maar beter uit de weg zijn geruimd voordat ze daar in dat armoedige gemeentewoninkje gingen eten.

Mensen als Opal wisten gewoon niet hoe ze zich hoorden te gedragen.

Miranda stapte de met parket belegde gang in van The Borough, het imposante, zeventiende-eeuwse herenhuis waar ze de laatste tien jaar met Noel had gewoond.

Manuela, haar schoonmaakhulp, had de voordeur openstaan en was bezig het granieten bordes te schrobben. Dat graniet was een geweldig idee geweest, maar het bleek heel moeilijk schoon te houden. Miranda had Manuela al diverse producten gegeven om uit te proberen, maar daar waren ze tot nu toe niets mee opgeschoten. Uiteindelijk was ze tot de slotsom gekomen dat een boender en wat ouderwets schrobwerk het wel voor elkaar moesten krijgen.

'Gaat het, Manuela?' wilde Miranda weten.

Manuela keek niet op. 'Kan ik nog niet zien,' zei ze. 'Het is nog nat, maar het lijkt nog steeds smerig. We zien het wel als het opdroogt.'

'Hmmm.' Niet echt tevreden met dat antwoord pakte Miranda de snoerloze telefoon uit de hal op en liep naar de woonkamer. Ze was dol op deze kamer, een soort symfonie in diverse crème- en lichtblauwtinten, twee van haar lievelingskleuren. Een van de twee pakjes die ze voor de bruiloft had aangeschaft, was precies deze kleur blauw.

Het feit dat ze twee kostuums had gekocht was ook zo'n detail waar ze het niet met Noel over had gehad. Alleen Elizabeth wist dat, omdat ze samen naar Londen waren geweest om kleren te kopen. Ze moest er eerst achter zien te komen wat Opal zou dragen. Dat wist niemand. Opal had niet eens gebeld om dat met haar te overleggen. Waarschijnlijk wist ze niet dat dat ook bij de bruiloftsetiquette hoorde. Daar kon Miranda echt ziedend om worden.

Opal nam zelf op nadat de telefoon vijf keer was overgegaan.

'Hallo,' zei ze. Ze klonk zo afwezig dat het zelfs Miranda opviel, hoewel die zelden merkte hoe andere mensen zich voelden.

'Opal, met Miranda, Elizabeths moeder.'

'O,' zei Opal, met een opmerkelijk gebrek aan enthousiasme. 'Hoe is het met je, Miranda?' vroeg ze. 'Gaat het over donderdag? Jullie kunnen toch wel komen, hè?'

'Met mij gaat het uitstekend en natuurlijk komen we donderdag,' zei Miranda scherp. 'Ik bel over een paar andere dingen. Wat vond je van de uitnodigingen? Vond je de gouden enveloppes mooi? De meeste van mijn vriendinnen belden meteen nadat ze die ontvangen hadden om te vertellen hoe mooi ze waren. Ze kwamen uit New York, zie je.'

'Ze zijn beeldig,' zei Opal, die zich afvroeg waarom ze zo overstuur was geweest toen ze die een maand geleden of zo op de mat had gevonden. Ze kon zich nauwelijks voorstellen dat er een tijd was geweest dat ze zich over zoiets stoms druk maakte. Meredith, die momenteel met de deur dicht boven in haar slaapkamer zat, was oneindig veel belangrijker. Ze zat daar zo vaak. Zonder naar buiten te komen. Vandaag was er geen geluid geweest, geen muziek, geen telefoontjes. Niets. Af en toe liep Opal naar boven en luisterde dan vlak achter de deur of ze iets kon horen bewegen, waardoor ze wist dat alles in orde was met Meredith. Ze had een of twee keer op de deur geklopt om te vragen: 'Wil je een kopje thee, lieverd?' Maar ieder keer had Meredith 'nee, dank je' gemompeld.

'Ja, die enveloppen waren beeldig, echt mooi,' zei ze tegen Miranda.

Het kostte haar al moeite genoeg om dat te zeggen, maar toen ze Miranda ongeduldig hoorde zuchten begreep ze dat het niet genoeg was geweest. 'Heel mooi gedaan,' deed ze nog een poging. 'Je bent echt geweldig goed in dat soort dingen en ik weet wel dat ik helemaal niets doe, maar jij kunt alles zo fantastisch organiseren, dat zegt Liz ook altijd.'

Dat was kennelijk een schot in de roos, want nu kon ze Miranda's zelfvoldaanheid bijna voelen.

'Nou ja, dat is een van mijn sterke kanten,' begon ze, maar hield meteen weer op. Ze wilde niet dat Opal zou denken dat de familie Byrne geen poot uit hoefde te steken, omdat de moeder van de bruid alles al opknapte. Nou ja, dat was ook wel zo, maar ze wilde dat ze waardering zouden tonen voor haar zorgvuldige aanpak. Dát was wat ze wilde. 'We moeten even een agenda opstellen voor morgenavond, Opal. Er is nog ontzettend veel te bespreken, maar dat weet jij natuurlijk ook wel. Zoals het proefdiner en dan moet iemand ook even controleren of de mensen hun hotel wel geboekt hebben of dat ze wat hulp nodig hebben. Er komen mensen over uit de Verenigde Staten en uit Groot-Brittannië, zie je. En uit Bahrein. Daar zijn Noel en ik namelijk op vakantie geweest en we hebben mensen ontmoet die…'

'Prima,' zei Opal. 'Daar kunnen we het donderdag dan wel over hebben.' Opal hoorde geluid boven, de deur van Merediths kamer die openging en voetstappen op de overloop. Misschien moest ze even naar het toilet. Als Opal nu naar boven rende dan kon ze haar onderscheppen en kijken of alles in orde was. Ze hoorde nauwelijks wat Miranda zei. Iets over jurken en kleurcoördinatie en dat het echt een vergissing zou zijn om meer bruidsmeisjes te nemen: 'Chloes jurk is zo beeldig, dat het toch geen enkele zin zou hebben om anderen ook als bruidsmeisje te vragen als ze een andere jurk aanhebben, hè?'

'Nee,' zei Opal die nauwelijks luisterde. Het enige waar ze aan kon denken was Meredith, die als een geest door het huis dwaalde, nauwelijks at en nooit de deur uit ging.

Opal zou alles willen doen, álles, om die verdrietige trek van Merediths gezicht te halen. Om een eind te maken aan dat gedoe. Maar dat kon ze niet.

'Hoor eens, Miranda, ik moet ervandoor. De uitnodigingen waren echt mooi, hoor. Ik zie je donderdag.' Ze verbrak haastig de verbinding.

Aan de andere kant van de lijn staarde Miranda boos naar de telefoon. De brutaliteit! Hoe durfde Opal Byrne haar midden in een zin af te breken! Wacht maar tot ze dat aan Elizabeth vertelde. Het was gewoon onbeschoft.

Op donderdag had Molly, in het huis naast dat van Opal, een rotdag. Dat kwam door het nieuws op de radio. Ze had het nu al een paar keer langs horen komen en het ging alleen maar over de dood. Mensen vielen bij bosjes: een Hollywoodster op wie ze als meisje stiekem verliefd was geweest was na een korte ziekte op vierentachtigjarige leeftijd overleden. Molly schrok en was er kapot van. En geschokt toen ze hoorde dat hij vierentachtig was. Goeie genade, dat was écht oud. Ze had het idee gehad dat hij nog steeds rondbanjerde over filmsets en harten in vuur en vlam zette, terwijl hij in werkelijkheid in een verpleeghuis had gezeten.

In het volgende bulletin werd plechtig melding gemaakt van de dood van een plaatselijke politicus die ze vroeger helemaal had zien zitten omdat hij tijdens een verkiezing had aangebeld en zo aardig was geweest.

'Ze zijn allemaal aardig als er een verkiezing aankomt,' had haar man Joe, God hebbe zijn ziel, opgemerkt.

'Nee.' Molly was op haar stuk blijven staan. 'Hij zat echt in over dat probleem met de afvoer, wat ik je brom.'

En ten slotte was een krantencolumnist, die ze aanbad omdat hij precies schreef wat Molly ervan vond, onverwachts overleden.

Molly was een beetje voorzichtig met het uiten van extreme opvattingen over bepaalde onderwerpen omdat mensen dat meestal niet echt op prijs stelden, maar deze man had de idiootste dingen gezegd zonder dat hij ter verantwoording werd geroepen. Hij werd er zelfs voor betaald en hij kwam constant op televisie waar hij iedereen stapelgek maakte, zodat de telefoons roodgloeiend stonden. Het was een van de grootste mysteries van het leven dat sommige mensen betaald kregen voor iets waarvoor andere mensen op hun vingers werden getikt.

Molly zette de radio uit en besloot om even bij Opal langs te gaan, want die zou zeker blij zijn met een bezoekje nu Meredith ineens weer thuis was vanwege dat geldschandaal. Ned en Opal werden allebei steeds bleek en verdrietig als iemand erover begon.

Ze keek uit haar keukenraam en zag dat Ned in de tuin bloemen stond te plukken. Hij hield alles keurig op orde, dacht Molly vol genegenheid. Maar de tuin van de familie Byrne was lang niet zo formeel als de meeste hier in de buurt, met een grasveldje omringd door strakke bloembedjes. Ned was goed in het combineren van dingen. Hij zwaaide naar haar toen Molly over het muurtje wipte en naar hun achterdeur liep.

Molly was een beetje ouderwets: overdags ging ze altijd door de keukendeur naar binnen, maar 's avonds nooit. 's Avonds was je bij je gezin en dan belde ze altijd aan.

Opal stond bij het fornuis uien en gepaneerde stukjes kip te smoren in haar grote oude braadpan.

'Hallo, Opal, wat ruikt dat heerlijk. Ik moet eigenlijk niet hier komen als je staat te koken, want dan kan ik mijn Weight Watchers-dieet wel vergeten. Wat maak je daar?'

'Kip in het pannetje. Goeiemiddag, Molly,' zei Opal met een vermoeide glimlach. 'Zal ik even water opzetten? Kom je een kopje thee drinken?'

'Ach nee, je bent bezig met het avondeten en ik heb net een kopje op, maar... nou ja, misschien kan ik net zo goed een kopje nemen, nu ik toch hier ben,' zei Molly in één adem door.

'Zet jij de ketel dan maar op,' zei Opal. 'Als ik hierbij wegloop, brandt het vast aan en dit is het laatste beetje. Ik heb toch zo'n hekel aan smoren.'

Daarna voelde ze zich meteen schuldig, want Molly woonde alleen sinds de dood van Joe en kookte nooit meer, ze zette alleen van die kant-en-klaarmaaltijden waarvan je niet dik werd in de magnetron. Molly hoefde nooit meer grote hoeveelheden te smoren.

'De ouders van Liz komen vanavond weer,' zuchtte ze. 'En volgens Brian gaan ze altijd naar de duurste restaurants. Als die maar een

Michelin-ster hebben of een ander soort aanbeveling, dan zijn ze niet meer te houden. Miranda schijnt horeca-ervaring te hebben en ze wil graag de laatste trends bijhouden.'

Opal zag er afgemat uit en dat was niets voor haar. Ze was al uren bezig geweest met het strijken van de servetten en het dekken van de eettafel. Ned zou voor de bloemen op tafel zorgen en hij had beloofd de glazen te poetsen.

Molly had de moeder van Liz ontmoet toen de Flanagans naar het verlovingsfeest waren gekomen en het openlijk onbeschofte gedrag van Miranda had haar met stomheid geslagen.

Ze kwam nu tot de conclusie dat Opal wel wat morele steun kon gebruiken.

'Je kunt fantastisch koken, Opal Byrne, dus daar hoef je je echt geen zorgen over te maken,' zei Molly.

Dat was waar: Opal was een bevlogen kokkin, die zichzelf had leren koken. Ze had iets van de magie van de geboren kok die een snufje van dit en een lepeltje van dat kon toevoegen om een schotel helemaal af te maken.

'En trouwens, als ze liever naar dure restaurants gaat dan naar de ouders van haar toekomstige schoonzoon moet ze zich nodig laten nakijken,' zei Molly bij wijze van grap.

'We zijn allemaal dol op Brian en Liz en ik wil hen niet afvallen,' zei Opal langzaam, 'maar volgens mij heeft Miranda geen hoge pet op van onze familie. En nu, met al dat gedoe over Meredith, kan ik daar gewoon niet meer tegen. Ze belde me gisteren en wilde weten waarom ik haar niet gebeld had over die gouden uitnodigingen. Ik weet dat het onaardig van me is, Molly,' zei Opal kribbig, 'maar ik zie die vrouw echt helemaal niet zitten.'

Daarna was Molly met geen stok meer weg te krijgen.

'Ik blijf je wel gezelschap houden,' zei ze en Opal kon het niet over haar hart verkrijgen om haar weg te sturen.

Het was fijn om iemand te hebben om tegen te praten terwijl ze stond te koken, ook al was Molly meestal aan het woord.

Molly was er nog steeds toen Brian en Liz om zeven uur arriveerden met het echtpaar Flanagan. Met Noel, de vader van Liz, was niets mis, besloot Molly. Hij was een grote kerel die, aan zijn bolle buik te zien, wel van een biertje hield en die voor iedereen een glim-lach had, omdat hij van een rustig leven hield.

En wat Miranda betrof, nou, het was duidelijk te zien aan wie Liz haar uiterlijk te danken had. Miranda had hetzelfde glanzende koper-kleurige haar en dezelfde amandelvormige ogen als Liz. Maar terwijl haar dochter een kleinere, molliger uitgave was met een gezicht waar constant een brede glimlach op lag, was mevrouw Flanagan lang en knokig, met diepe rimpels op haar voorhoofd. Ze wierp Molly een boze blik toe, alsof ze wilde zeggen: wat heb jij hier te zoeken? Toen Miranda in de woonkamer was gaan zitten, een handeling waarvoor ze eerst uitgebreid imaginaire kruimeltjes van de stoel moest vegen, en minzaam had gezegd dat ze wel een klein glaasje gin-tonic lustte, vluchtte Opal naar de keuken om even naar het eten te kijken.

Molly liep achter haar aan en zei luid tegen de gasten: 'Ik ga er-vandoor, ik wens jullie smakelijk eten.'

Zodra ze samen in de keuken stonden, zei ze tegen Opal: 'Er schoot me net iets te binnen. Vind je niet dat ze sprekend op die vrouw uit het hoekhuis op de avenue lijkt? Veel te veel lipstick, neus in de lucht en een keihard smoel.'

Opal sloeg haar hand voor de mond om niet hardop in lachen uit te barsten.

'Je bent echt afschuwelijk, Molly. Zo meteen hoort ze je nog.'

'Dat ouwe kreng mag me rustig horen. Ik benijd je vanavond echt niet… en,' voegde Molly er nadenkend aan toe, 'met die bruiloft ook niet. Ze zal haar uiterste best doen om je af te troeven, let maar op.'

Opal knuffelde haar vriendin bij wijze van afscheid. Molly had haar opgevrolijkt, ook al had ze het gevoel dat wat ze aan moest trekken voor Brians bruiloft echt het minste van haar problemen was.

Miranda wachtte tot ze zich allemaal bediend hadden van Opals kip-in-het-pannetje waarna ze over de bruidsmeisjes begon en zei dat het echt een vergissing zou zijn om de symmetrie van slechts één meisje te verstoren.

'Jij wilde zelf dat ik er vier nam,' zei Liz boos, omdat ze precies wist welke kant dit opging.

Heel even leek Miranda in verlegenheid gebracht. 'Dat waren meisjes van school,' zei ze haastig.

'Maar ik zou het leuk vinden om Meredith en Freya ook te hebben,' zei Liz uitdagend en Opal beloonde haar met een glimlach.

'Dank je wel, lieverd,' zei Opal, 'maar ik geloof niet dat Meredith dat kan opbrengen. En Freya is niet zo van de jurken.'

'Bedankt, Liz,' zei Freya terwijl ze even om de deur keek. Ze was stiekem in de keuken gaan zitten, voor het geval het nodig was om Miranda met het elektrische mes te lijf te gaan, maar ze had wel meegeluisterd. 'Ik ben meer het biker-type.'

Ze grinnikte toen ze zag dat Miranda haar lippen op elkaar perste. 'Maar ik ben wel bereid om een jurk aan te trekken als ik mijn biker-laarzen mag dragen.'

'Nou, dat kan ik toch echt niet…' sputterde Miranda.

'Ze houdt je voor de gek, lieve meid,' zei Ned kalm. 'Maak je geen zorgen, we zullen je plannen niet verstoren. Zolang Brian en Liz maar gelukkig zijn, meer vragen we niet.'

Hij keek Miranda zo strak aan dat ze langzaam haar mond dichtdeed en haar ogen op haar bord richtte.

'Ik had het niet beter kunnen formuleren, pa,' zei Brian, die wenste dat zijn toekomstige schoonmoeder niet zo'n kreng was.

'Dat klopt. Bedankt, Ned,' zei Liz een beetje bibberig. Ze probeerde haar tranen terug te dringen, maar dat viel niet mee. Ze wilde dat haar trouwdag geweldig zou zijn, maar ze keek er niet echt van op dat haar moeder haar best deed om alles te verknallen. Maar die kans zou ze niet krijgen, dat wist Liz zeker. Het zou een geweldige dag worden, wat Miranda ook bedacht.

# 14

Frankie had Seth in geen maanden zo opgewonden gezien. Elke dag stond hij al vóór haar op en ging in weer en wind de tuin in om de jonge tuinman die Lillie via een raamadvertentie bij de boekwinkel had opgeduikeld te helpen. Dessie had zijn cursus landschapsarchitectuur wegens geldgebrek moeten opgeven, had hij hun verteld. In plaats daarvan deed hij onderhoudswerk in de tuin, hield in de zomer gazons bij en pakte in de winter allerlei zware klussen aan.

Het werken in de tuin van Villa Sorrenta was ronduit heerlijk. 'Ik wil echt niet de bemoeizuchtige zus uithangen,' had Lillie tegen Frankie en Seth gezegd voordat Dessie op de proppen kwam, 'maar aangezien jullie me geen cent huur willen berekenen en ik hier nu al zo lang ben, zou ik Dessie graag willen betalen en hem helpen bij het werk in de tuin. Jullie hebben geen idee hoe anders alles eruitziet als er een sterke man is om ons te helpen.'

'Heeft hij een grondverzetmachine?' vroeg Frankie grinnikend en alleen Lillie zag hoe Seths gezicht betrok bij dat grapje van zijn vrouw.

'Nee,' zei Lillie effen, 'maar hij kan wel zo'n kleine graafmachine lenen en meer hebben we niet nodig. En wie weet, als hij echt goed is, zou hij misschien ook wel de juiste man kunnen zijn om ons te helpen bij het werk binnen, kamer voor kamer.'

Ze was een beetje boos omdat Frankie zo pessimistisch deed, vooral omdat Seth zo opgekikkerd was van het vooruitzicht om orde in die wildernis te scheppen. Maar er was geen denken aan dat Lillie Frankie op haar nummer kon zetten. Nog niet, in ieder geval.

'Nou, je gaat je gang maar,' zei Frankie. 'Maar je moet echt niet het idee krijgen dat het jou geld moet kosten, Lillie. Je hoeft geen kostgeld te betalen. We vinden het heerlijk dat je hier bent, vooral nu Emer en Alexei er niet zijn.'

Ze had net zo goed ronduit kunnen zeggen dat Lillie net zolang mocht blijven als ze wilde, omdat Frankie en Seth het helemaal niet meer met elkaar konden vinden, dat ze het alleen maar samen uithielden als er iemand anders bij was.

Lillie deed net alsof ze dat helemaal niet in de gaten had.

'Geef ons drie weken,' zei ze opgewekt, terwijl ze haar arm om Seth heen sloeg, 'dan zullen we je laten zien wat we allemaal klaarspelen.'

Eerlijk gezegd was Frankie al stomverbaasd geweest over wat ze met zijn drietjes in één week voor elkaar hadden gekregen. Dessie had met zijn kleine graafmachine dode struiken uit de grond gerukt, een kapot terras verwijderd en een appelboom die al jaren dood was. Dankzij hem kon Seth de braamstruiken weghalen en in een grote container gooien die ze hadden gehuurd. Aan het eind van de week moest er een nieuwe container komen.

'Ik vind dit een heerlijke tuin,' zei Dessie op vrijdagochtend opgewonden terwijl hij samen met Lillie en Seth buiten stond met een kop koffie om hun handen te warmen. 'Ik zie het in gedachten al voor me... het ontwerp om het echt schitterend te maken.'

'Kun je dat niet voor ons op papier zetten?' vroeg Lillie. 'Je bent per slot van rekening tuinarchitect.'

'Ik heb de studie maar half afgemaakt,' zei Dessie.

'Onzin,' zei Seth. 'Je weet duidelijk waar je het over hebt. Misschien kunnen we samen een tekening produceren. Ik zal je vertellen wat ik aanvankelijk van plan was en dan kunnen we kijken wat we daar nu mee kunnen.'

Lillie pakte de mokken op en ging naar binnen. Toen ze haar niet meer konden zien, slaakte ze een gilletje van blijdschap.

*Zie je nou wel, Sam,* zei ze in gedachten. *Hij is erin getrapt. Als dat niet de oude Seth Green is, dan eet ik mijn hoed op.*


Frankie werd steeds beter in verstandig winkelen. Verstandig winkelen betekende goed voedsel voor weinig geld. Er was een tijd geweest dat ze gewoon naar een grote supermarkt ging en daar alles insloeg. Ze zou het heerlijk hebben gevonden als ze de tijd had gehad om gezellig bij de groentezaak, de delicatessenwinkel en de slager aan te wippen om precies de juiste spullen te kopen, maar ze had een chronisch tijdgebrek. Maar nu had ze voornamelijk een gebrek aan geld omdat ze van één salaris moesten leven, dus deed ze ontzettend haar best om zo goedkoop mogelijk boodschappen te doen. Seth had in het begin ook een steentje bijgedragen, maar hij lette nooit op als hij boodschappen deed en Frankie ergerde zich voortdurend als hij weer met de verkeerde spullen thuiskwam.

'We hebben geen tomaten in blik meer nodig,' had ze op een dag gezegd toen hij thuiskwam met tien blikken en niets fatsoenlijks om te eten.

'Het was een speciale aanbieding,' zei Seth. 'Ik dacht dat we zuinig moesten zijn.'

'Ja, lieverd,' antwoordde ze terwijl ze probeerde zich te beheersen, 'maar je bent niet zuinig als je allerlei dingen koopt die we niet nodig hebben. Het kopen van zoveel blikken tomaten is te vergelijken met het kopen van kattenvoer als je geen kat hebt.'

'Mij best. Dan doe je het voortaan zelf maar,' zei Seth, duidelijk op zijn teentjes getrapt.

'Ik wilde niet...' begon Frankie, die er echt spijt van had dat ze zo geërgerd had gereageerd. Daar schoot ze niets me op. Hij deed immers zijn best. Terwijl ze zich probeerde te verontschuldigen was hij gewoon de keuken uit gelopen.

Dus hoewel Lillie af en toe een handje hielp, deed Frankie voornamelijk zelf boodschappen. Het bleek dat je ontzettend veel tijd kwijt was aan het boodschappen doen als je minder geld had. Ze kocht minder vlees en een paar avonden per week aten ze vegetarisch. Maar als ze vlees kocht, dan ging ze naar Morton's, de slager op het kruispunt, en op die manier bleek ze goedkoper uit te zijn dan in de tijd dat ze zonder op te letten meer vlees dan ze nodig had in de supermarkt in haar boodschappenkarretje gooide. Af en toe kocht ze een paar plakjes van de heerlijke ham uit de delicatessenzaak en diende die dan samen op met de schapenkaas die ze in de goedkope supermarkt kocht. De mannen in de delicatessenzaak waren een stel leuke kletskousen en Frankie wist best dat ze zich een tikje asociaal gedroeg door niet op hun babbeltjes in te gaan. Vroeger had ze dat vast wel gedaan, maar tegenwoordig kon ze de energie niet meer opbrengen. En iedereen leek de delicatessen als een soort officieuze ontmoetingsplaats te gebruiken. De mensen stonden gezellig met elkaar te praten als ze op hun beurt wachtten en zich afvroegen wat de voordelen waren van mozzarella di bufala ten opzichte van mozzarella van geitenkaas.

'De geitenkaas geeft er een scherper smaakje aan,' beweerde een van de kerels achter de toonbank en Frankie had het liefst geroepen: 'Schiet nou maar een beetje op, er zijn mensen die hier geen tijd voor hebben.'

Op een zaterdagochtend, afgepeigerd nadat ze inkopen had gedaan bij de gewone supermarkt, de goedkope supermarkt op het kruispunt en bij de slager, moest Frankie toch nog even langs de groentezaak omdat ze vergeten was groente voor die avond in te slaan. Daar was ze nooit eerder geweest. Ze verkochten er behalve de normale groenten ook organische producten en het woord 'organisch' had haar afgeschrikt. Organisch betekende gewoon duurder. Frankie had niet genoeg geld voor duurdere spullen. Seth mocht al van geluk spreken dat hij niet alleen wittebrood en aardappels te eten kreeg.

In de groentezaak hing een ontspannen sfeer, alsof iedereen daar alle tijd van de wereld had. Mensen liepen met mandjes aan de arm tussen de verschillende groenten door en knepen in dingen om te zien of ze al rijp waren, iets wat je in de supermarkt nooit deed. Frankie keek rond, op zoek naar iets wat ze mee kon nemen om de zalmsteaks uit de reclame die ze die avond op tafel wilde zetten iets opwindender te maken dan de komkommer en de sla die ze al had gekocht. Ze zag een bak met avocado's en stak haar hand uit om er even stevig in te knijpen, toen iemand haar naam zei.

'Frankie, je bent het toch! Dat idee had ik al toen ik je zag oversteken.'

Omdat ze de stem herkende, draaide ze zich om, maar het duurde even voordat ze de vrouw kon plaatsen. En toen wist ze het ineens weer. Ze had ook bij Dutton Insurance gewerkt, maar ze was een paar jaar geleden weggegaan. Amy, zo heette ze. Frankie vergat nooit een naam, iets wat haar in haar beroep goed van pas kwam. De vrouw had een klein kind bij zich.

'Hallo, Amy. Lieve hemel, ik herkende je eerst niet eens,' zei ze en voegde daar toen haastig aan toe: 'Sorry, het was niet mijn bedoeling om onbeschoft te zijn.'

'Dat was je ook niet.' Amy glimlachte en kuste Frankie op beide wangen.

'Dit is Minnie,' zei ze, wijzend op het engelachtige wezentje naast haar. Het meisje droeg een spijkerbroekje met een paars T-shirtje en had een koppige blik op haar gezicht. 'Zeg eens hallo, Minnie.'

'Nee,' zei Minnie kribbig en drukte haar gezicht tegen het been van haar moeder.

'Is ze verlegen?' vroeg Frankie.

'Nee hoor,' zei Amy grinnikend, 'ze heeft er gewoon de pee in omdat ik niet met haar naar het café wil voor een bekertje warme chocola.'

Frankie moest echt even wennen aan deze nieuwe Amy. De vrouw die ze bij Dutton had gekend was het prototype van de werkende moeder geweest, met donkere kringen onder haar ogen, perfect zittend haar, gemanicuurde nagels en altijd gehaast. Amy had bij Personeelszaken voor Frankie gewerkt.

Op een dag had ze tegen Frankie geklaagd dat het écht moeilijk was om een werkende moeder te zijn.

'Het gaat gewoon niet. Ik snap niet hoe jij dat deed, Frankie. Ik heb maar één kind en ik ben kapot vanaf het moment dat ik 's ochtends naar de crèche ga tot het moment dat ik weer in bed stap. Het is net alsof ik in een opgevoerd hamsterwiel zit.'

'Daar raak je vanzelf aan gewend,' zei Frankie troostend, terwijl ze terugdacht aan de tijd dat haar eigen kinderen nog klein waren. 'Je doet het juist geweldig, Amy, en dat geldt ook voor je werk.'

Amy had gereageerd met die licht getikte blik van de werkende moeder die niet genoeg slaap krijgt en de ene na de andere marathon wegwerkt op een door schuld aangedreven loopband.

'Zal ik je eens iets vertellen, Frankie? Ik wil er helemaal niet aan wennen. Ik kap ermee.'

Daar was Frankie echt van geschrokken.

'Jack en ik gaan het gewoon rustiger aan doen,' zei Amy. 'Die baan kan me geen moer schelen. Wat heb ik aan een geweldige carrière als ik stapelgek word van al die pogingen om alles te combineren?'

Zij en haar man zouden hun appartement in het centrum opgeven voor een huis in een buitenwijk. Hopelijk zou de verkoop genoeg geld opleveren om Amy de kans te geven te stoppen met werken en meer kinderen te krijgen.

Frankie deed haar best om ervoor te zorgen dat ze een goede ontslagregeling kreeg.

'Ik hoop dat je er geen spijt van zult krijgen,' zei ze bezorgd.

'Wees maar niet bang, dat gebeurt echt niet,' zei Amy vastberaden. En nu stond ze hier, vier of vijf jaar later, en ze zag eruit alsof ze er geen moment spijt van had gehad.

Haar vroeger zo keurig gekapte haar viel nu blond en met vage highlights in lichte golven tot over haar schouders. Ze was niet opgemaakt en in plaats van de chique pakjes die Frankie haar altijd had zien dragen had ze nu een soepele crèmekleurige trui en een versleten spijkerbroek aan, met daaronder een paar zachte, suède slippers.

'Je ziet er fantastisch uit,' zei Frankie uit het diepst van haar hart.

'O, dank je wel,' zei Amy terwijl ze naar haar kleren keek. 'Als ik 's morgens iets aantrek, kijk ik er eigenlijk nooit meer naar om. Jack is thuis bij de baby.'

'Heb je ook nog een baby?' vroeg Frankie.

'We hebben inmiddels drie kinderen. Minnie is drie.' Amy woelde even door het haar van haar dochtertje. 'Jules, die ik heb gekregen toen ik bij Dutton werkte, is bijna zeven, en de baby heet Raphael.'

'Sjonge.'

'Dat kun je wel zeggen,' zei Amy met een blij gezicht. 'Het is gewoon belachelijk, want ik heb nooit een moment voor mezelf, maar ik vind het heerlijk. Ik ben gelukkig, Frankie. Ik hoef niet meer gebukt onder de schuldgevoelens rond te rennen. Mijn vriendinnen en ik zeggen altijd dat we wel weer gaan werken als de kinderen groter zijn. We hebben niet zoveel geld om allerlei dingen voor ze te kopen, maar eigenlijk is dat niet zo belangrijk hè, Frankie? Het zijn maar dingen.'

'Ja,' zei Frankie. 'Dingen.'

Zij had ook allerlei dingen. Dat hopeloze, uitgewoonde oude huis was een ding en zij had geen spoortje van de rust die Amy's gezicht uitstraalde.

'Wij zijn hier vorig jaar naartoe verhuisd,' vertelde ze Amy. 'We hebben een huis gekocht dat opgeknapt moest worden, maar toen raakte Seth zijn baan kwijt, dus kwamen we echt in de moeilijkheden te zitten.'

Om dat hardop toe te geven was heel wat voor Frankie, maar het was waar dus waarom zou ze eromheen draaien?

'Wat naar voor jullie,' zei Amy. 'Jullie moeten maar eens een avondje bij ons komen eten. Ik kweek zelf de meeste van mijn groenten en Jack staat op het punt om een paar korven aan te schaffen.'

'Korven,' zei Frankie. 'Bedoel je bijen?' Ze wist dat Lillie en Seth van plan waren om een paar bijenkorven in hun tuin te zetten. Seth was vrij enthousiast geweest, maar Frankie aarzelde. Waarom zouden ze nog meer op hun schouders nemen?

'Ja, Jack heeft een cursus bijenhouden gevolgd en hij gaat twee korven kopen. Twee is kennelijk een mooi aantal om mee te beginnen.'

'Maar… waarom?' vroeg Frankie. 'Om de honing te verkopen?'

'O nee. Gewoon voor onszelf. Omdat het zo'n leuk idee is.'

'Maar als er nou iemand gestoken wordt? Weet je wel zeker dat het niet gevaarlijk is met kleine kinderen?' zei Frankie.

'Het is helemaal niet gevaarlijk,' zei Amy. 'Bijen steken nooit zomaar. Hier,' zei ze, terwijl ze een stukje papier uit haar tas pakte. 'Ik schrijf mijn nummer wel voor je op. Als je even tijd hebt, geef me dan een belletje, dan kunnen we wat bijpraten en een afspraak maken voor een etentje, goed? Het goeie nieuws is dat ik tegenwoordig niet meer naar Marks & Spencer ga om kant-en-klaarmaaltijden te kopen, maar zelf kook. Moet je je voorstellen… ik en koken!' Ze krabbelde lachend haar telefoonnummer op het papiertje. 'Vandaag eten we soep van gesmoorde paprika's en zoete aardappeltjes. Hè snoezepoes?'

Minnie keek haar vals aan.

'Chocola,' siste ze.

'Misschien,' zei haar moeder die het papiertje aan Frankie gaf. 'Ik kan maar beter doorgaan met winkelen. Je weet hoe kinderen zijn, die vervelen zich binnen de kortste keren.'

'Ja,' zei Frankie slap, terwijl ze Amy's papiertje zorgvuldig in haar tas opborg.

'Tot ziens dan maar.' Amy liep samen met Minnie naar de paprika's.

Frankie liep verder de winkel in, maar ze merkte dat ze onwillekeurig steeds weer naar Amy moest kijken. Ze zag er zo goed uit. Van top tot teen stralend en blij, terwijl Frankie zich juist zo gespannen voelde. Amy ging bij de kassa in de rij staan en draaide zich nog even om en wuifde toen ze samen met Minnie de winkel uit stapte.

Soep van zoete aardappeltjes en gesmoorde paprika's. Dat klonk verrukkelijk. Frankie besloot om dat ook te maken. Zo moeilijk was dat vast niet. Kookboeken genoeg. Zoete aardappels... waar lagen die?

Amy had gelijk. Frankie moest het ook eens wat rustiger aan gaan doen. Morgen zou ze een heerlijk soepje maken en dan kon ze samen met Seth en Lillie op het stukje terras zitten dat inmiddels onkruidvrij was gemaakt en daar de soep opeten met het organische brood dat Lillie bij de bakker had gehaald. Het was fijn om Lillie in huis te hebben. Ze was heel rustgevend. Misschien wist ze zelfs wel hoe ze die soep moest maken.

Frankie betaalde haar inkopen. Waarschijnlijk had ze meer ingeslagen dan ze nodig had, omdat ze vastbesloten was om ook deel uit te gaan maken van de heerlijke goudensoepwereld. Maar terwijl ze met haar volle tas naar de auto liep, kon ze een gevoel van ongerustheid niet onderdrukken. Er was iets mis in haar leven. En soep alleen zou dat niet rechtzetten.

# 15

Het was een reis waarin Peggy helemaal geen zin had, maar ze wist dat het moest. Haar moeder was komend weekend jarig, maar Peggy kon zich niet veroorloven om dan weg te gaan, omdat Fifi komende zaterdag vrij had en er niemand anders was om in de winkel te staan.

Dus moest ze er morgen naartoe. Ze zou een nachtje blijven slapen en de volgende ochtend terugrijden, zodat Fifi twee dagen lang op de winkel moest letten. En hoewel Peggy haar volkomen vertrouwde, ging het haar toch aan het hart om weg te gaan. 'Je belt me toch wel als er problemen zijn?' had ze de vorige avond nog gezegd voordat ze sloten en ze haar gebruikelijke avondritueel had afgewerkt door de ramen, de kasten, de achterdeur, de sloten, kortom de hele mikmak te controleren.

'Ja hoor,' zei Fifi met hetzelfde eindeloze geduld dat ze had met beginnende breisters die het verschil tussen recht en averecht maar niet onder de knie kregen. 'Het komt best in orde, hoor, geloof me nu maar.'

'Maar er zou iets onverwachts kunnen gebeuren,' zei Peggy. 'Stel je voor dat Coco ziek wordt!' Coco was Fifi's zesjarige dochtertje, een snoezige ondeugd. Haar naam paste perfect bij haar, met de sprankelende donkere ogen van haar moeder en de koffiekleurige huid van haar al lang uit beeld verdwenen vader.

'Coco wordt niet ziek. Ze is zo sterk als een beer,' zei Fifi. 'Hoor eens, we hebben echt met alles rekening gehouden. Als het nodig is, zal mijn moeder op haar passen.'

'O ja, natuurlijk,' zei Peggy, die zich ineens weer herinnerde dat Fifi altijd op haar moeder kon terugvallen.

Dat was heel belangrijk, dat je op iemand kon terugvallen. Ze werd steeds weer bekropen door een gevoel van angst als ze aan de baby in haar buik dacht en aan het feit dat ze niemand had om op terug te vallen. Ze voelde zich zo alleen. Ze had Fifi zelfs nog niets over de baby durven vertellen.

'Prima. Ik stel me gewoon een beetje aan, hè?' zei Peggy.

'Helemaal niet.' Fifi's eindeloze geduld richtte zich weer op Peggy. 'Dat is heus niet gek, hoor. De winkel is je baby, precies zoals Coco altijd mijn baby zal blijven.'

'Ja,' kon Peggy nog net uitbrengen. Ze wilde maar dat ze met Fifi over haar échte baby kon praten, want als iemand wist hoe het was om niet alleen zwanger maar ook alleenstaand te zijn was het Fifi wel.

Maar Peggy was nog niet zover dat ze erover kon praten. Ze wist nog steeds niet wat ze moest doen, wat er zou gebeuren en hoe ze kon besluiten om dit kind te krijgen. Hoe moest ze dat in vredesnaam aanpakken?

'Waarom kom je niet bij me eten?' vroeg Fifi impulsief.

'Dat gaat echt niet, ik heb het veel te druk,' zei Peggy. Dat zei ze eigenlijk altijd. Ze was pas één keer met Fifi meegegaan om bij haar te eten en dat was zo geruststellend en heerlijk geweest dat ze het ellendig had gevonden om terug te gaan naar haar eigen lelijke huisje.

'Ik sta erop,' zei Fifi. 'Kom op. Rij maar in je eigen auto achter me aan, dan gaan we eerst bij mijn moeder langs om Coco op te halen.'

Ze had kennelijk geen andere keus, dus Peggy stapte gehoorzaam in haar auto.

Fifi's moeder woonde tien minuten rijden van de winkel, aan het eind van een kronkelende straat vol rijtjeshuizen. Peggy stopte voor een huis dat eruitzag alsof er een blauwe regen uit de hemel was neergedaald om zich over de hele etage op de begane grond te ontfermen. De takken hingen over de overkapte veranda en kropen omhoog langs de ramen.

'Het is wel een beetje te veel van het goede, hè?' zei Fifi toen ze samen voor het huis stonden. 'Mam is er dol op. Op een dag zal het onder de dakpannen kruipen en waarschijnlijk zullen de takken ook tot in de slaapkamers doordringen. Volgens mij is die struik van plan het hele huis over te nemen, maar dat vindt ze best. Hij heeft vreedzame bedoelingen.'

Fifi's moeder Geraldine had de deur nog maar net opengetrokken toen Coco al naar buiten kwam rennen en zich op haar moeder stortte. Peggy had haar tot nog toe alleen maar in haar schooluniform gezien, op de dagen dat Fifi haar van school haalde. Maar vandaag had Coco zich bij haar oma verkleed en zich gehuld in een wirwar van kleuren. Een turkooizen spijkerbroekje, oranje sokken, roze schoenen, en een T-shirt met glitters in de vorm van een vlinder.

'Je moet een vestje aan, het is veel te kil,' mopperde Fifi vol genegenheid.

'Dat roep ik de hele dag al,' zei Geraldine terwijl ze eerst Fifi en daarna Peggy knuffelde.

'Gaat Peggy mee naar ons huis?' vroeg Coco.

'Ze blijft bij ons eten,' zei Fifi.

'O, wat leuk,' zei Geraldine. 'Mag ik ook mee? Ik was eigenlijk van plan om naar de bingoavond te gaan, maar eerlijk gezegd heb ik een beetje hoofdpijn en ik word vast stapelgek van al die herrie daar.'

'Tuurlijk, hoe meer zielen hoe meer vreugd,' zei Fifi.

Geraldine pakte haar jas en een koektrommel en besloot om met Peggy mee te rijden. Terwijl ze naar Fifi's huis reden, vijf minuten verderop, zat ze gezellig te babbelen. Peggy had meestal de radio aanstaan in de auto, maar die zette ze nu uit en ze genoot van het geruststellende geluid van Geraldines stem.

'Ze is zo'n schat van een kind,' zei Geraldine, die een onuitputtelijke voorraad verhalen over haar kleindochter leek te hebben. 'We hebben vandaag na schooltijd gezellig muffins gebakken. Ze zei dat ze geen huiswerk had, al geloof ik die ondeugd voor geen meter. Maar goed, we zijn dus gaan bakken en Coco wilde zelf alles wegen. Ze zijn niet echt mislukt, alleen nog wat vochtig vanbinnen. Ik heb er toch maar een paar meegenomen.'

Geraldine was waarschijnlijk ongeveer even oud als haar eigen moeder, dacht Peggy. Maar ze was heel anders. Gelukkig, zonder een spoortje van angst.

Fifi had een appartement op de begane grond in een groot huis met drie verdiepingen dat uitkeek over een stuk braakliggend land. Geraldine vertelde haar dat daar een park zou komen. Daarachter en achter de volkstuintjes lag Maple Avenue, een straat met grote huizen en één enorm uitgewoond Victoriaans pand van rode baksteen op de hoek.

Fifi's lichte, vrolijke huis had twee slaapkamers en een ruime woonkamer met open keuken. Gordon, de cavia, zat in zijn kooi vlak bij de openslaande deuren en leek dolblij om iedereen weer te zien, terwijl Shadow, een elegante, slanke zwarte kat hooghartig langs hen heen liep en naar buiten holde zodra de deur openging.

'Je hebt anders je eigen kattenluik, meneertje,' zei Fifi tegen zijn passerende opgestoken staart. 'Hij vindt het gewoon leuk om thuis te blijven en naar die arme Gordon te gaan zitten staren om hem de doodschrik op het lijf te jagen. Vooruit, Coco, laat Gordon er maar even uit om te spelen.'

'Zo meteen!' Coco gooide haar schooltas neer en rende naar de slaapkamer. Geraldine liep rechtstreeks door naar de keuken.

'Trekt ze nou alweer iets anders aan?' wilde Fifi weten.

'Ja,' zei haar moeder terwijl ze de koelkast opentrok. 'Ze vindt het leuk om zich vier keer per dag te verkleden. Binnenkort stort de wasmachine in. Wat eten we?' Geraldine keek van de koelkast op naar Fifi.

'Geen idee,' zei Fifi. 'Wat ligt er nog?'

'Hier staat nog wat lasagne.'

'Dat is voor Coco.'

Coco's maaltijden werden iedere zondag met veel zorg gekookt en ingevroren, had Fifi Peggy verteld. Tegen een van de glanzend gele wanden van de keuken stond een rij kookboeken en boeken over kindervoeding.

Er hing een warme sfeer bij Fifi thuis die niets van doen had met verwarming of gele muren. Peggy had niet veel ervaring met de woonhuizen van andere mensen, maar dit was echt een luchtig, licht en vriendelijk huis. Ze hoefde niet bang te zijn dat ze het evenwicht zou verstoren, zoals vroeger thuis altijd het geval was geweest. Hier bestond geen vrees voor bezoek. Iedereen was welkom.

'Je hebt nog massa's eieren,' zei Geraldine terwijl ze in de koelkast snuffelde. 'Trek eens een paar kasten open, Peggy, om te zien wat ze verder nog heeft. De groente ligt in dat hangmandje. We moeten alle groenvoer hoog opbergen, want als Gordon losloopt, gaat hij daar regelrecht op af.'

Coco had nu een gemakkelijk zittend joggingpak aan en ze zat op de bank met Gordon, die uitgebreid geknuffeld werd.

'Kijk eens, Gordon kan een kunstje,' zei Coco terwijl ze Gordon aan het eind van de bank neerzette. 'Hop, Gordon,' zei ze en knipte met haar vingers. Gordon scharrelde meteen naar de andere kant van de bank, draaide zich om en kwam weer terug. Ze klapten allemaal in hun handen.

'Goed zo, Gordon,' zei Fifi, die naar haar dochter liep en een kus op haar kruin drukte. Gordon kreeg ook een aai. 'Wat een knappe cavia.'

Peggy, die op zoek was naar de groente, had kunnen zweren dat Gordon naar Fifi lachte.

'Is hij zindelijk?' vroeg ze aan Coco.

'O, hij is heel braaf,' zei Coco. 'Cavia's zijn heel slim hoor. Mensen denken altijd dat ze dom zijn en dat het een soort ratten zijn, maar dat is niet waar. Gordon heeft het IQ van een genie.'

'Echt waar?'

'Nou ja, dat weet ik niet zeker,' zei Coco, terwijl ze strak in het snuffelende harige snuitje van haar huisdier keek, 'maar ik weet wel dat hij heel slim is. Kijk maar naar zijn ogen.'

Peggy kwam gehoorzaam naar haar toe om Gordon diep in de ogen te kijken. Hij staarde haar met zijn kraaloogjes aan. Ze kon geen Einstein-achtige intelligentie ontdekken, maar als Coco zei dat hij een genie was, dan vond ze het allang goed. Ze was een opvallend intelligent, geestig meisje, een heerlijk boefje maar tegelijkertijd ook lief en vriendelijk.

'Ga jij maar lekker bij Coco zitten, Peggy,' zei Geraldine die vanuit de keuken naar hen stond te kijken. 'Je ziet er bleek uit. Waarschijnlijk werk je te hard. Ik scharrel hier wel iets bij elkaar om op tafel te zetten.'

'Ik help wel een handje,' zei Fifi kameraadschappelijk tegen haar moeder.

'Kom maar naast me zitten, Peggy,' zei Coco blij. Ze krulde zich als een elfje op, met Gordon op haar schoot. 'Vertel me maar een verhaaltje over feeën en kobolds en elfjes en een boze koningin,' vervolgde ze, 'die een kasteel heeft laten bouwen om daar de prinses in op te sluiten en… eh, wat nog meer, mam?' riep ze.

'Wat zou je zeggen van een prins die naar haar toe zou komen, maar pech kreeg met zijn auto en die zelf niet kon maken, zodat de prinses maar een andere manier moest zien te vinden om weer vrij te komen?' vroeg Fifi terwijl ze groente stond te hakken.

Coco giechelde.

'Ik vind die feministische sprookjes van je echt fantastisch, Fifi,' zei Geraldine, die bij de kookplaat stond.

'Er zijn te veel in roze tule gehulde feeën in meisjesverhalen,' zei Fifi opgewekt. 'Ik wil niet dat ze gaat denken dat er altijd een sprookjesprins komt opdagen om haar te redden.'

'Ik geloof niet dat we willen dat iemand haar redt,' zei Geraldine luid. 'We willen ons konijntje voor altijd bij ons houden, hè Cocs?'

Coco grinnikte.

Peggy had het gevoel alsof ze alles uit de verte gadesloeg, terwijl ze er middenin zat. Er was zoveel liefde en geluk in dit huis, geen spanningen, geen frictie, geen bezorgdheid over wat er op tafel moest komen. Ze had er weliswaar ineens twee eters bij, maar Fifi probeerde ze rustig in te passen.

'Mag de tv even aan?' bedelde Coco.

'Die gaat pas na het eten aan, dan kunnen we even een halfuurtje kijken als er iets leuks is op Animal Planet. Ik weet zeker dat je bij oma al tv hebt zitten kijken en je kunt niet de hele dag aan dat scherm vastgeplakt zitten.'

'Alsof ik daar van jou de kans toe krijg,' mopperde Coco. 'Was jouw mam ook zo?' wilde ze van Peggy weten. 'Iedereen bij mij in de klas mag de hele tijd tv kijken en ik niet.'

'Anders krijg je vierkante ogen!' riep haar moeder.

'Nietes.'

'Welles.'

Als zij een baby kreeg, dan zou ze ook regels moeten instellen met betrekking tot televisiekijken en leren om voedzame maaltijden klaar te maken en zo, dacht Peggy geschrokken. Hoe moest ze dat klaarspelen? Het was niet zo dat ze twee linkerhanden had – ze kon eigenlijk een heleboel – maar om voor een kind te zorgen, om ervoor te zorgen dat het een kind aan niets ontbrak... Waar kon je dat soort dingen leren?

Dat kwam je vast niet automatisch aanvliegen en als er werd verondersteld dat je dat met de paplepel ingegoten had gekregen, nou dan kon zij het wel vergeten.

De volgende ochtend was de lucht donker en dreigend. Dikke regenwolken doemden voor haar op toen ze onderweg was naar het huis van haar ouders. Peggy was laat naar bed gegaan, omdat ze tot half-elf samen met Geraldine en Fifi aan de kleine keukentafel had gezeten, lachend om al hun malle verhalen. Geraldine had er een groot genoegen in geschept om te vertellen hoeveel foute vriendjes Fifi in de loop der jaren had afgewerkt, te beginnen met Laurie, de jongen met het lange haar die er met haar beste vriendin vandoor was gegaan.

'Dat is dan niet echt een goede vriendin geweest,' zei Peggy.

'Maar hij was ontzettend aantrekkelijk,' erkende Fifi. 'Dus moest ik haar wel vergeven. Hij had gewoon een bepaalde macht over je, een soort charisma dat onweerstaanbaar was.'

Uiteindelijk was het gesprek uitgekomen bij Fifi's vader, die een paar jaar geleden was gestorven.

'Pap was echt om te gillen,' zei Fifi vol genegenheid. 'Iedere keer als er weer een vriendje me thuis kwam ophalen, nam pap ze mee de zitkamer in en dan hadden ze zo'n mannen-onder-elkaargesprek. Dan zei pap: "Je zult toch wel goed op mijn kleine meid letten, hè?" en probeerde hij dreigend te kijken.'

'Wat hij nooit voor elkaar kreeg,' zei Geraldine.

'Nee,' beaamde Fifi. 'Hij kon helemaal niet dreigend doen. Als hij dat probeerde, leek het net alsof hij last had van brandend maagzuur. Hij was veel te lief om dreigend over te komen. Maar toch schaamde ik me dood en de jongen in kwestie kreeg altijd een kop als vuur, omdat hij dat nooit had verwacht. De andere vaders deden dat nooit.'

'Je vader probeerde je alleen maar te beschermen,' merkte Geraldine op.

'Dat weet ik wel en dat was ook zo,' zei Fifi terwijl ze haar hand uitstak en even vol genegenheid in haar moeders vingers kneep.

Ze hadden allebei tranen in hun ogen. 'Het is al bijna drie jaar geleden,' zei Geraldine triest. 'Een zware hartaanval. Op slag dood. Maar goed ook, want hij was altijd zo levenslustig, zo vol energie.'

Peggy had het gevoel dat ze haar moest troosten. Ze wist alleen niet hoe. Ze had nooit dat soort liefde voor haar vader gevoeld. Maar ze kon toch niet zomaar haar mond houden.

'Jullie hebben allebei in je leven iemand gehad van wie je ontzettend veel hebt gehouden,' zei ze ernstig tegen Fifi en Geraldine. 'Dat is onbetaalbaar.' Ze zweeg even omdat ze voelde dat ze ook tranen in haar ogen kreeg. 'Dat heeft lang niet iedereen, hoor.'

'Dat weet ik heus wel,' zei Geraldine, terwijl ze haar ogen depte met een zakdoekje dat ze in haar mouw had verstopt.

'Nee,' zei Fifi met een kalme, nadenkende blik op Peggy. 'Dat heeft niet iedereen. Maar goed, aangezien die kleine ondeugd nu in bed ligt en volgens mij ook in slaap is gevallen, kan ik rustig wat Häagen-Dazs-ijs uit de vriezer halen: strawberry cheesecake.'

'O nee,' zei haar moeder. 'Daar gaat mijn Weight Watchers-dieet. Omdat jij nu toevallig zo slank bent als een den en kan eten wat je wilt, geldt dat nog niet voor de rest van ons.'

'Ik zou dolgraag wat ijs willen,' zei Peggy plotseling, met het gevoel dat ze nergens meer zin in had dan in Häagen-Dasz-ijs... en dan nog liefst de hele beker.

Peggy was de volgende ochtend nog misselijker geweest dan anders. Ze vroeg zich af of dat door het ijs was gekomen. Ze had wat crackers meegenomen voor in de auto en zat daar voorzichtig aan te knabbelen. Af en toe nam ze ook een slokje water. Ze had geen zin gehad om te ontbijten. Niet nadat ze zo had moeten overgeven. Ze had ook een plastic zak op de passagiersstoel liggen, voor het geval dat. Ze was van plan om maar een gedeelte van de rit over de snelweg te rijden en daarna de wat kleinere wegen te proberen want, en dat was eigenlijk heel raar, ze had gewoon geen zin om over die enge grote weg te rijden met een baby in haar buik. Auto's die langs haar heen zoefden, maakten haar aan het schrikken en gaven haar het gevoel dat ze kwetsbaar was, en ze wilde gewoon langzaam en voorzichtig rijden nu ze niet meer in haar eentje was.

Na een uurtje sloeg ze af naar een wat rustiger weg. Op die manier zou ze ook thuiskomen, het duurde alleen wat langer. Ze was nog steeds niet gestopt voor een kopje thee en een broodje, hoewel ze best honger had. Maar ze wist niet zeker of ze wel iets binnen kon houden, afgezien van die crackers en het water. Ze zuchtte in de wetenschap dat haar moeder de hele dag in de keuken had gestaan ter ere van haar bezoek. Terwijl het Peggy helemaal niet zou smaken.

Honderd kilometer verderop, in een lelijke bungalow, gooide Kathleen Barry de afvalemmer uit de keuken weer leeg. Dat had ze de avond ervoor ook al gedaan, maar er hing nog steeds een raar luchtje en daar moest ze vanaf zien te komen. Ze had haar handschoenen aan, omdat Tommy laatst commentaar had gehad op haar nagels. Gewoon een van zijn hatelijke opmerkingen tussen neus en lippen door, maar ze wist wat hij bedoelde. Die nagels waren een beetje slonzig en dus was zij een slons. Ze zou het heerlijk vinden om later, als ze wat ouder was of als Peggy met haar mee zou willen gaan, een keer haar nagels te laten manicuren.

Ze had altijd graag een manicure willen hebben, maar ze schaamde zich voor haar handen. Die kon je een van die mooie jonge meisjes uit de schoonheidssalons in de stad toch niet onder de neus duwen? Met nagelverzorging moest je immers al beginnen als je nog jong was en dat had Kathleen nooit gedaan. Ze was ook nog nooit bij een schoonheidsspecialiste geweest. Peggy wist alles af van die dingen en had haar vaak gesmeekt om mee te gaan, bijna op haar blote knieën.

'Dan gaan we gewoon ergens naartoe waar we een nachtje kunnen blijven slapen, mam. Als we het geld vooraf bij elkaar sparen, kunnen we naar zo'n beautyfarm gaan om ons eens lekker te laten verwennen.'

Het was moeilijk om weerstand te bieden aan Peggy als ze over dat soort dingen begon. Ze was lang en mooi met een glanzende huid. Zo vol energie en levenslust dat Kathleen het liefst had gezegd: *Ja, laten we dat doen,* maar ze wist dat ze dat zou moeten bezuren omdat Tommy niet zou willen dat ze wegging.

Hij zou misschien zéggen dat hij het goed vond, maar dan zou hij zich vast weer bedenken en het niet goed vinden. Dan zou hij boos worden en zijn boosheid zou overal in huis voelbaar zijn tot Kathleen vanbinnen in elkaar kromp van de angst.

Dus had ze nooit ja gezegd als Peggy haar vroeg om zo'n gezellig moeder-dochterreisje te gaan maken.

Ze wist dat ze haar dochter teleurstelde en het was onverdraaglijk om die treurige blik te zien van Peggy die zich in de steek gelaten voelde. Dat was in de loop der jaren al te vaak gebeurd.

Kathleen was tot alles bereid om Tommy gelukkig te maken. Hij moest zich ten koste van alles gelukkig voelen. Iets anders kon ze niet verdragen, echt niet.

Maar de vorige avond was hij niet bepaald blij geweest, ook al had hij zich echt verheugd op de komende paar dagen, als hij samen met zijn kameraden naar de paardenrennen zou gaan.

Dat kwam voornamelijk omdat zijn avond verstoord was, en dus de hare ook.

Hij had gezegd dat hij niet thuis kwam eten en dat hij naar de kroeg ging om een paar pilsjes met bevriende collega's te drinken.

'Ik eet wel iets als ik met de jongens op stap ben,' had hij die ochtend bij het ontbijt verkondigd, terwijl Kathleen hem de eieren met spek en de vier worstjes voorzette, die hij iedere dag at. De dokter had hem aangeraden om geen gebakken spul bij het ontbijt te nemen, maar dokters wisten niet waar ze het over hadden, zei Tommy. Dat was alleen maar een bezuinigingstruc om mensen zover te krijgen dat ze van dat geld gedurende de rest van hun leven pillen konden kopen.

'Cholesterol, ammehoela,' mopperde hij grimmig,

Het feit dat Tommy de deur uitging, betekende dat Kathleen een heerlijke vrije avond had, waarop ze zelf kon bepalen waar ze naar keek en het leukste programma uit kon zoeken.

Ze was op de bank gaan zitten om naar een oude aflevering van *Miss Marple* te kijken die ze had opgenomen. Ze was dol op *Miss Marple,* omdat het zo'n rustige serie was, ook al ging het altijd over moord. In de wereld van Miss Marple was iedereen altijd beleefd tegen elkaar.

Maar net op het opwindende moment dat een vriendin van Miss Marple haar iets belangrijks vertelde, hoorde Kathleen Tommy's auto op de oprit stoppen. Ze had zich meteen schuldig gevoeld, schuldig omdat ze gewoon op de bank zat, schuldig omdat iedere keer als haar man in de buurt was, schuldgevoelens automatisch als een soort gif door haar aderen begonnen te kolken. Wat Kathleen ook aan het doen was, het zou altijd verkeerd zijn zodra Tommy haar in het oog kreeg.

Wat er allemaal verkeerd was, varieerde van dag tot dag. Af en toe beweerde hij dat het zondig was om naar een soap te kijken. En dan vertelde hij haar weer dat het belachelijk was om te gaan zitten breien zonder de televisie aan te zetten. Ze kon beter naar het nieuws kijken en daar iets van opsteken. Of wilde ze soms liever haar leven lang dom blijven?

En bij de zeldzame gelegenheden dat hij iemand uit de garage waar hij werkte mee naar huis bracht, was hij alleen maar in zijn nopjes als ze haar in de keuken aantroffen.

'Ze kan geweldig koken, die vrouw van me,' zei hij dan terwijl hij op zijn buik klopte. Het kwam geen moment bij hem op dat een buitenstaander het misschien vreemd zou vinden dat die geweldige kokkin zo mager was dat ze kennelijk nooit een hap van haar eigen voedsel nam of, als dat wel het geval was, nooit lang genoeg stil zat om wat vlees op haar botten te krijgen.

Zodra ze Tommy's auto hoorde, zette ze *Miss Marple* af en rende naar de deur om open te doen. Hij stormde naar binnen en Kathleen drukte zichzelf tegen de muur alsof ze het liefst wilde verdwijnen.

Daarna liep ze achter hem aan de keuken in en ging zenuwachtig op een stoel zitten.

Tommy ging tekeer. Hij was de hoofdelektricien van de garage, hij had jarenlang ervaring, maar dacht je dat ze ooit rekening met hem hielden? Nee, ze dachten alleen aan zichzelf. Daarom was hij bij zijn werk nooit een steek opgeschoten, daarom had hij nooit promotie gemaakt. Iedereen was er immers alleen maar op uit om voor zichzelf het onderste uit de kan te halen?

Uiteindelijk kwam de ware reden boven water. Die Richie van het werk had het weer gedaan, hij had een extra klusje opgeknapt waar Tommy eigenlijk recht op had gehad.

'De klootzak,' siste Tommy. 'De vuile klootzak.'

Kathleen frunnikte aan het versleten randje van het kussen en probeerde zich voor te stellen dat ze ergens anders was. Morgen hadden ze in de stad kussens in de uitverkoop, leuke gebloemde voor vier euro per stuk. Maar die kon ze toch niet kopen. Het kon best dat Tommy ze helemaal niet mooi zou vinden. Het was gemakkelijker om alleen maar dingen te kopen als hij erbij was, want als iets hem niet beviel, bleef hij daar eindeloos over doorzeuren en dan had ze toch geen plezier van haar aankoop.

Inmiddels stond hij bij de koelkast, rukte de deur open en keek erin alsof er ineens een feestmaal zou opdoemen in plaats van een paar plakjes ham en de hardgekookte eieren die Kathleen eerder had klaargemaakt.

'Ik heb geen eten voor je gekookt omdat je zei dat je een paar pilsjes in de kroeg zou gaan pakken en daar dan ook iets zou eten,' merkte ze op.

Ze had zelf een beetje sla gegeten zonder de ham en daar was ze nu blij om, want dan kon ze hem dat tenminste voorzetten. Zijn woede over de klus die hij was misgelopen zou alleen maar toenemen als hij niets fatsoenlijks te eten kreeg.

'Ik heb geen zin in die troep,' zei hij, terwijl hij de koelkast dichtsmeet. 'Thee. Zet maar een pot thee voor me, dan neem ik daar wel een paar scones bij.'

Kathleen stond haastig op en zette met één hand de oven aan en met de andere de waterkoker. Er waren geen scones, maar die had ze in een wip gemaakt. Toch kon ze hem beter niet laten merken dat die er niet waren. Ze was wel van plan geweest om ze te bakken, maar het was vandaag heel druk geweest in het restaurant en toen ze thuiskwam, was ze zo moe geweest dat ze daar niet meer aan had gedacht.

'Waarom ga je niet gewoon in de woonkamer zitten om naar het nieuws te kijken, Tom?' zei ze sussend. 'Dat zal je een beetje afleiding bezorgen en ondertussen zorg ik voor een lekker kopje thee met wat scones.'

Ze wilde hem de keuken uit hebben, om op haar gemak scones te kunnen bakken. Binnen vijf minuten kon ze die in de oven hebben en dan zou hij over een kwartiertje zijn thee en zijn scones krijgen.

'Nee, ik blijf hier zitten,' zei hij, terwijl hij in de grote leunstoel neerviel en een krant uit zijn zak haalde. 'En doe er ook maar van die jam bij, die je van je werk hebt meegekregen.'

'Goed, hoor.' Terwijl hij de krant zat te lezen draafde Kathleen van de ene naar de andere kast om theekopjes en de theepot te pakken en op de een of andere manier de juiste hoeveelheid bloem, margarine en bakpoeder af te meten op het stuk van het aanrecht dat buiten het gezichtsveld van haar man viel. Jarenlange ervaring betekende dat het deeg binnen de kortste keren klaar was. De ketel siste nog één keer luid en werd toen stil, maar Kathleen was net bezig om zorgvuldig een drupje melk en een ei bij het mengsel in haar grote Delftse deegschaal te doen en het met een mes door te roeren.

'Het water kookt,' zei Tommy strijdlustig. 'Ben je doof?'

'Momentje, schat,' kwinkeleerde Kathleen en holde haastig naar de ketel, hing een paar theezakjes in de pot en zette die op de kookplaat om te trekken. Godzijdank hield Tommy alleen van sterke thee.

Hij zou maar een paar scones willen, dus vormde ze er zes en schoof die haastig in de oven.

Om tijd te rekken zette ze de radio aan waarop het nieuws nog steeds aan de gang was en begon toen met veel omhaal de kale keukentafel te dekken met een mooi tafellaken en zette daar een bord, een mes, een kom, boter en de pot bosbessenjam op die ze van iemand in het café had gekregen.

En ondertussen zat hij daar gewoon te lezen zonder een hand uit te steken of zelfs maar een woord te zeggen, terwijl hij als een heer en meester wachtte tot zijn feestmaal werd opgediend.

Nog een paar minuutjes, dan zouden de scones klaar zijn, dacht ze opgelucht. Gloeiend heet, zou ze dan zeggen.

Op dat moment draaide hij zich om en betrapte haar terwijl ze de bloem en de deegschaal opborg.

'Moest je die scones nog maken?' wilde hij weten.

'Ik dacht dat je liever warme zou willen hebben,' fluisterde ze.

'Je was gewoon te lui om te bakken toen je van dat idiote baantje naar huis kwam,' zei hij boos. 'Terwijl je de godganse dag in dat café niks anders te doen hebt dan kwekken met je vriendinnen.' Hij deed altijd minachtend over het restaurant waar zijn vrouw acht uur per dag werkte, tafels schoonmaakte, gemorst voedsel opruimde en grote dienbladen vol vuile vaat naar de afwasmachines sleepte. 'Het minste wat je kunt doen, is een paar broodjes bakken. Maar nee, dat is te veel moeite, hè?'

Hij stond op en vouwde zijn krant op.

'Ik ga naar de kroeg. Ik hoef de verrekte scones van je niet meer. Je weet donders goed dat ik die niet warm lust.'

Hij beende de keuken uit. Kathleen hoorde de voordeur dicht-slaan en zijn auto wegrijden.

Ze stond te trillen op haar benen, maar ze trilde eigenlijk altijd. Als ze op haar werk een klap hoorde, maakte ze een sprongetje van schrik. Als iemand een bord liet vallen, schrok Kathleen daar zo van dat ze gewoon even moest gaan zitten. En als iemand schreeuwde – ze haatte schreeuwen – drukte ze zich tegen de muur, alsof ze pro-beerde in lucht op te gaan.

Af en toe besefte ze best dat er niets deugde van de manier waar-op hij haar behandelde. Peggy had dat al jarenlang gezegd, maar Peggy had nooit met haar vader kunnen opschieten, ook al had Kathleen nog zo haar best gedaan om daar verandering in te bren-gen. Tommy was ook vaak genoeg tegen zijn dochter uitgevallen, maar Peggy had geleerd hoe ze hem aan moest pakken en hij kon haar niet veranderen in een trillend hoopje zenuwen.

*Andere mensen hebben niet zo'n leven,* zei Peggy vaak. *Ga bij hem weg*

*voordat hij je kapotmaakt. Hij beweert altijd dat het jouw schuld is, dat jij*
*hem boos maakt en altijd problemen veroorzaakt. Maar dat is niet zo, dat*
*ligt aan hem. En dat zal hij nooit inzien.*

*Maar ik hou van hem,* was het enige wat Kathleen daarop kon zeggen. *Waar moet hij naartoe als ik hem de deur uitzet? Wie moet er dan voor*
*hem zorgen?*

Ze was met Tommy Barry getrouwd en het huwelijk was heilig,
daar kon je niet zomaar een eind aan maken. Haar moeder was ook
bij haar vader gebleven en, eerlijk is eerlijk, dat was pas een echte
kwelgeest geweest. Elk huisje had zijn kruisje en het was niet zo dat
Tommy haar sloeg. Hij had toch nog nooit een vinger naar haar uit-
gestoken? Dat was tenminste iets.

Bij Mullingar besloot Peggy even te stoppen om haar zenuwen in
bedwang te krijgen. Er was een café dat ze kende en waar ze in het
verleden wel vaker was geweest. Gewoon om even op adem te komen voordat ze naar huis ging. Ze bestelde thee en wat geroosterd
brood met boter en ging vervolgens naar het toilet. In de spiegel zag
ze er nog precies hetzelfde uit. Maar vanbinnen voelde ze zich volkomen anders. Waardevol. Dat was een gevoel dat Peggy nooit had
gehad. Haar moeder betekende veel voor haar, maar eerlijk gezegd
was er nooit iemand geweest die Peggy zo'n warm gevoel vanbinnen
had gegeven. Tot David, dacht ze, maar die gedachte zette ze meteen
van zich af. En nu dus ook de baby.

In het zwangerschapsboek dat ze 's avonds maar niet opzij kon
leggen stond dat de baby inmiddels groter was dan een tuinboon.
Nu was het meer het formaat van een abrikoos. Ze was altijd een
beetje bang als ze naar het toilet ging, voor het geval er bloed op het
wc-papier zou zitten, maar dat gebeurde nooit. Het abrikoosje was
veilig.

Peggy had bij haar plannen voor de toekomst nooit rekening gehouden met kinderen. Ze had genoeg fantastische gezinnen ontmoet,
mensen zoals Fifi, Geraldine en Coco, die prettig samenleefden.
Maar Peggy had altijd het gevoel gehad dat zoiets voor haar niet was
weggelegd. Je moest vertrouwd zijn met geluk om het door te kunnen geven. Zo simpel was dat. Sterker nog, mensen kozen voor wat

ze gewend waren, dat stond in al die zelfhulpboeken. Diezelfde boeken beweerden ook dat je daar verandering in kon brengen als je echt je best deed, maar Peggy wist zeker dat ze zich vergisten. Je was wie je was.

En in de tijd dat ze nog een kind en later een tiener was, had ze zich ontwikkeld tot wie ze was en daar kon je gewoon niet omheen. Ze verlangde zo ontzettend naar haar abrikoosje, maar toch... ergens diep vanbinnen zat een spoortje angst dat hoopte dat er bloed in de wc-pot zou zitten. Dat het abrikoosje weg zou glippen, zodat Peggy zelf geen keus zou hoeven maken.

In de bungalow uit de jaren zeventig aan de andere kant van Mullingar had Peggy zich nooit thuis gevoeld, net zomin als in al die andere huizen waarin ze gewoond had in de jaren dat haar vader hen het hele land door had gesleept in zijn eindeloze zoektocht naar een baan in een garage waar hij op waarde zou worden geschat. Naarmate ze ouder werd, ging Peggy begrijpen dat een dergelijke baan niet bestond, omdat in het verwrongen brein van haar vader niemand hem ooit zou waarderen. En in werkelijkheid was hij ook veel te opvliegend en te egocentrisch om ooit iets te bereiken. Tommy Barry had maar een heel kort lontje en je wist nooit wanneer hij zou ontploffen.

Terwijl ze door het hek van de bungalow reed, langs een enorme heg die duidelijk nog nooit van z'n leven was gesnoeid, drong het tot haar door dat ze absoluut niet aan dit huis gehecht was. De huizen aan weerszijden waren schitterend onderhouden en ze kon zich best voorstellen dat dit uitgewoonde pand een bron van ergernis vormde. Maar daar kon niemand iets aan doen, Peggy al helemaal niet. Haar vader had geen zin om de buitenkant van het huis te schilderen, de tuin op te ruimen, het gras te maaien en de heg te knippen. Dat waren klusjes voor 'sukkels'.

Haar vader vond een heleboel mensen sukkels. En als het geen sukkels waren, dan waren het mensen die vooruit waren gekomen in het leven omdat ze die kans altijd al hadden gehad. Ze waren familie van iemand met macht. Ze kenden iemand die de touwtjes in handen had. Of ze hadden van huis uit al geld. Wat voor hoop was er dan nog voor een arme vent zoals hij, uit een groot gezin, die ze zijn rechtmatige erfenis door de neus hadden geboord? Helemaal niet, dus. Hij wenste zich niet aan hun regels te houden. Geen denken aan, niet Tommy Barry. Hij deed het op zijn eigen manier, hartelijk dank, en de rest kon het heen en weer krijgen.

Peggy stopte voor het huis en keek naar haar moeders pogingen om toch een tuintje te maken op de schrale grond. Naast de voordeur stonden twee kleine dennetjes in potten en die werden door haar moeder kennelijk goed verzorgd, want hun zilverblauwe naalden zagen er gezond en welvarend uit. Het gazon zat vol onkruid en het gras was te lang. Ze zag de oude handmaaimachine tegen de zijmuur van het huis staan, alsof haar vader een keer van plan was geweest om het gras te gaan maaien en toen ineens van gedachten veranderd was. In gedachten hoorde ze hem zeggen: 'Ach, wat heeft dat nou voor zin?' En meteen daarna had hij de benen genomen. Weg, naar zijn kameraden, naar een plek waar hij wel op prijs werd gesteld.

Zijn auto stond niet voor de deur en er welde een golf van blijdschap in Peggy op omdat ze alleen zou zijn met haar moeder. Dat kwam maar zelden voor. Ze pakte haar weekendtas uit de kofferbak, samen met de tassen met cadeautjes die ze voor haar moeder had meegebracht, opgelucht dat haar vader niet thuis was, zodat ze die niet achteraf stiekem door de keukendeur naar binnen hoefde te smokkelen. Ze belde aan en luisterde of ze haar moeders, rustige, aarzelende voetstappen hoorde.

Toen ze de deur opendeed, stond Kathleens hart van pure blijdschap bijna stil. Daar stond Peggy, even welkom als een warme zonnige ochtend na een regenbui. Hoewel Peggy haar verjaardag nog nooit had overgeslagen was ze toch ieder jaar weer bang dat het daar nu wel van zou komen. En nu, omdat Tommy had besloten om twee dagen achter elkaar naar de renbaan te gaan, zou ze haar dochter heerlijk vierentwintig uur lang helemaal voor zichzelf hebben.

'O, lieve kind,' zei ze en stak haar knokige handen uit waarop de blauwe aderen zichtbaar waren. Ze trok Peggy tegen zich aan en hield haar zo stijf mogelijk tegen zich aan. Kathleen zou het liefst in tranen zijn uitgebarsten, maar ze wist niet meer hoe dat moest.

In plaats daarvan zoog ze de kracht van haar dochter in zich op, zoals ze al zolang had gedaan. 'Ik wist dat je voor mijn verjaardag thuis zou komen,' zei ze. 'Dat wist ik gewoon.'

'Ik kom toch altijd,' zei Peggy. 'Dat weet je best.'

'Maar nu je de winkel hebt, dacht ik dat je alles van je af had gezet en hier niet meer zou willen komen,' zei Kathleen en Peggy kon haar vader wel vermoorden, omdat hij haar moeder zo'n minderwaardigheidscomplex bezorgde dat ze echt had gedacht dat haar dochter haar verjaardag over zou slaan.

'Waar is de heer des huizes?' vroeg Peggy met een stem waarin de minachting duidelijk doorklonk.

'Hij is twee dagen naar de renbaan,' zei Kathleen vol verrukking. 'Ik heb je helemaal voor mezelf.'

Peggy pakte de tassen die ze uit de auto had gehaald op en nam ze mee naar binnen. Haar moeder probeerde de weekendtas te pakken, maar dat vond Peggy niet goed. Kathleen was zo mager, zo angstaanjagend mager. Peggy probeerde zich te herinneren of ze er al eerder zo had uitgezien. Alle botten in haar gezicht leken te dicht onder de oppervlakte te liggen zodat de bleke huid veel te strak gespannen stond.

'Wat zie je er goed uit!' zei Kathleen verrukt toen ze in de keuken zaten en de waterkoker was aangezet. Peggy ging in de oude stoel bij de haard zitten en werd overstelpt door herinneringen.

De zitting van de stoel was inmiddels op een paar plekken doorgesleten, maar iets van de glans van fluweel was gebleven. Er lagen een paar versleten kussens in en vroeger, in een ander huis, had Peggy's hond Clover daar vaak op gelegen, terwijl haar kleine lijfje trilde van genot.

Natuurlijk mocht ze daar nooit lang zitten. Tommy slaakte dan een kreet van woede die iedereen bang zou hebben gemaakt.

'Zit die hond nou weer in die stoel?' brulde hij dan. 'Eruit! Wegwezen!' En als Clover niet snel genoeg gehoorzaamde, kon ze een trap krijgen.

Uiteindelijk werd Clover veel te bang om zich nog op het zachte fluweel te nestelen. Nu kon Peggy daar nooit meer op gaan zitten zonder aan Clover te denken en aan de tranen die ze had vergoten toen het hondje voorgoed was weggelopen. Peggy was elf jaar geweest en ze had gewenst dat zij ook kon weglopen.

'Je ziet er echt fantastisch uit, Peggy,' zei Kathleen toen het water begon te koken en ze lekkere koekjes pakte voor haar bezoek. 'Het lijkt erop dat je eindelijk eens behoorlijk eet,' vervolgde ze, zonder ook maar het flauwste benul van de ironie dat een vrouw die zo mager was als zij haar dochter verweet dat ze te slank was.

Dit was het juiste moment, dacht Peggy. Nu haar vader weg was, kon ze het nieuws mooi aan Kathleen vertellen. Want de kans was klein dat haar moeder bij haar in Redstone zou komen logeren om met haar te praten en haar al die dingen te vertellen die een moeder aan haar enig kind kwijt wilde als dat kind haar eerste baby verwachtte.

'Ik ben iets aangekomen,' gaf Peggy toe.

Bijna onbewust gleden haar handen omlaag om de flauwe welving van haar buik te strelen. Die was nauwelijks waarneembaar voor anderen, alleen Peggy kon het zien als ze zichzelf van opzij in de spiegel bekeek. Daarvoor greep ze elke kans aan die ze kreeg en voelde dan tegelijk ook die vreemde volle borsten, borsten die ze daarvoor nauwelijks had gehad. Ze stond op om Kathleen te helpen bij het theezetten.

'Nee, blijf maar lekker zitten, Peggy, ik kan het best alleen af. Je hebt het al zo druk met die winkel van je.'

Vandaar dat Peggy maar weer ging zitten en toekeek hoe haar moeder door de keuken draafde en allerlei kastjes opentrok om borden en kopjes te pakken. Alles in de kastjes stond zo keurig op een rij dat het leek alsof er een lineaal langs was gelegd. Ieder oortje stond in precies dezelfde hoek. Ieder blikje stond met de tekst naar voren. Want zo wilde Tommy Barry dat.

Hij had nog nooit een sok opgepakt of een was gedraaid in al die jaren dat ze hem kende. Zijn vrouw deed alles voor hem.

Het was nog steeds een lelijke keuken, dacht Peggy. Knalgele kastjes, een lelijke zwart-witgeblokte linoleumvloer en het goedkoopste behang dat er te krijgen was, offwhite met een houtstructuur. De bedoeling was dat je het schilderde om het een eigen identiteit te geven. Maar natuurlijk was het nog steeds offwhite, precies zoals toen de Barry's hier kwamen wonen. Verf was geldverspilling, volgens haar vader, en haar moeder durfde daar niets tegen in te brengen.

Peggy moest weer denken aan hoe heerlijk het was geweest om de winkel te schilderen. Dat blije gevoel dat ze had gekregen toen ze die geweldige blikken met lavendelverf open had gemaakt. En te zien hoe het langzaam, met lome streken, werd aangebracht terwijl ze ondertussen dacht aan de toekomst die het inhield en aan het genoegen dat ze schepte om het vertrek precies zo in te richten als ze mooi vond. Dat genoegen had haar moeder nooit gekend. In plaats daarvan woonde haar moeder nog steeds in een huis dat geen spat was veranderd sinds ze er elf jaar geleden in was getrokken.

Het was een warme, zonnige dag en Peggy zou het heerlijk hebben gevonden om buiten te kunnen lunchen, maar daar was geen plek voor. Het terras was een puinhoop, met kapotte tegels en niets om op te zitten. Tenzij ze de keukentafel en stoelen naar buiten sleepten, zouden ze op het gras moeten zitten.

'Laten we een deken pakken, mam,' stelde ze voor. 'Dan kunnen we hier gaan zitten lunchen, vlak bij de rozen.'

Nadat ze deken op de grond hadden gelegd vroeg ze aan haar moeder om haar de rozen te laten zien. Er was slechts één klein rozenperk, maar Kathleen had er verschillende soorten in gezet en zelfs een klimrek aan de muur bevestigd zodat ze omhoog konden groeien. Peggy kon duidelijk zien dat haar moeder het rek zelf had opgehangen, omdat de spijkers schots en scheef in de geschilderde muur zaten. Haar vader had zelfs niet de moeite genomen om dat voor haar te doen.

'Ik heb deze uit een catalogus,' zei haar moeder enthousiast en wees naar een stel jonge rozen vooraan. 'De David Austin-catalogus... o, Peggy, die moet ik je echt laten zien.'

Peggy hoorde de blijdschap in haar moeders stem en kreeg opnieuw zo'n verdrietig gevoel. Haar moeder had zo weinig nodig om blij te zijn, maar zelfs daar kreeg ze nauwelijks de tijd voor.

'En deze beschouw ik als de jouwe,' vervolgde Kathleen, wijzend naar een struik met dunne stengels die zacht heen en weer wiegden in de wind. Bovenaan zaten ze vol tere witte rozenknopjes met een glans van paarlemoer. 'Vind je die niet mooi? Die heb ik vorig jaar gekocht, met een deel van het geld dat jij me voor mijn verjaardag hebt gegeven. Ik noem het Peggy's Roos.'

'O, mam,' zei Peggy terwijl ze haar arm om haar moeder sloeg. 'Ik wou dat je het soort tuin had dat je verdient. Ik wou... er is zoveel dat ik graag zou willen.'

Ze hield op, omdat het toch geen zin had. Ze had in de loop der jaren alles al gezegd en haar moeder wilde nog steeds niet luisteren. Het leek Kathleen zoveel verdriet te doen als Peggy zei dat ze weg moest gaan bij haar vader, dat Peggy tijdens haar laatste bezoek bezworen had dat ze dat niet meer zou doen. Kathleen leek op iemand die ontvoerd was en die zichzelf had wijsgemaakt dat de ontvoerders, die haar zo slecht behandelden, eigenlijk juist voor haar zorgden. Bij een ontvoering noemden ze dat het stockholmsyndroom. Peggy vroeg zich af hoe het zou heten bij een huwelijk waar geestelijk geweld schering en inslag was.

Ze namen een boterhammetje met ham en dronken koel water terwijl ze daar naast Kathleens rozen zaten en Peggy haar precies vertelde wat er allemaal was gebeurd. Ze schreef zelden een brief, omdat haar vader die zou onderscheppen en als eerste zou lezen. Naar huis bellen was ook al riskant, omdat haar vader zou kunnen opnemen en Kathleen geen mobiel had. En ze vond het niet prettig om de telefoon op haar werk te gebruiken.

'En is er... is er ook een man in beeld?' vroeg Kathleen smachtend.

'Dat is allemaal nogal ingewikkeld,' zei Peggy. 'Heel ingewikkeld, eigenlijk. Maar ik heb wel nieuws, mam. Ik ben in verwachting.'

Haar moeder was de eerste persoon aan wie ze het echt verteld had. Nu ze het hardop had gezegd, leek het allemaal ineens veel echter. Plotseling was het abrikoosje in haar buik niet zomaar een abrikoosje.

'O, lieverd!' zei Kathleen ademloos en omhelsde haar dochter boven de restanten van de boterhammen. Voor Peggy voelden de magere ribben aan als een xylofoon.

'En hoe zit het dan met de vader?' vroeg Kathleen opgewonden.

Peggy wist dat ze dit heel voorzichtig moest aanpakken. Ze wilde haar moeder geen verdriet doen, maar ze kon geen vriendelijke manier bedenken om te zeggen dat ze er vanwege haar eigen jeugd de voorkeur aan gaf om de vader buitenspel te laten. 'Dat liep mis,' jokte ze.

'Peggy! Wat naar voor je,' zei haar moeder geschrokken. 'Maar je kunt gewoon hier bij ons komen wonen, hoor, dan zorgen wij wel voor je...'

'Nee,' viel Peggy haar heftig in de rede. 'Nee,' herhaalde ze iets gematigder. 'Ik heb alles al geregeld, mam. Ik zal me best redden, nu ik de winkel heb en Fifi, mijn verkoopster. Alles gaat van een leien dakje. Maar...'

Ze zat even na te denken over wat ze haar moeder eigenlijk wilde vragen. Dit bezoek had nog een andere reden, behalve het verjaardagscadeautje van haar moeder. 'Ik heb me zitten afvragen of jij geen zin hebt om bij me te komen wonen zodat je me met de baby kunt helpen?' vroeg ze rustig. Ze wist dat het antwoord hoogstwaarschijnlijk nee zou zijn, maar ze moest het toch vragen.

Het bloed vloog Kathleen naar de bleke wangen en er verscheen een angstige blik in haar ogen. 'Nee, Peggy, nee,' zei ze. 'Ik zou je vader nooit in de steek kunnen laten. Dat weet je best. Hij heeft me nodig. Het spijt me, ik...'

'Goed hoor,' zei Peggy, alsof dat echt zo was. 'Prima. Ik red me heus wel.'

Ze stond op en liep naar binnen, terwijl ze over haar schouder riep: 'Ik heb iets voor je meegebracht, mam.' Ze kwam terug met een kleine taart waarop in sierlijke glazuurletters *Hartelijk gefeliciteerd voor de liefste moeder ter wereld* stond. Sue van de overkant had er tijden aan gewerkt.

In de andere tas zat een fles parfum, met de geur van grapefruit- en limoenbloesem. Zoiets moois en duurs zou haar moeder nooit hebben als ze het niet van Peggy zou krijgen.

'We moeten het vieren met een stukje taart en daarna mag je jezelf helemaal volspuiten met parfum,' zei Peggy, vastbesloten om er een fijne gebeurtenis van te maken. Ze piekerde er niet over om de gedachte aan haar vader alles te laten verpesten.

Ze bleven de hele dag praten, waarbij Peggy goed oplette dat ze niet begon over een van de vele onderwerpen die haar moeder overstuur konden maken en toen ze 's avonds naar bed gingen, was Peggy het liefst in tranen uitgebarsten omdat ze zich zoveel zorgen maakte. Het was allemaal nog veel erger geworden: haar moeder leek op een gevangene die volledig onderworpen was aan de woedeaanvallen en de driftbuien van haar vader, terwijl ze toch voortdurend bleef proberen om zichzelf en Peggy ervan te overtuigen dat alles in orde was, echt waar.

Peggy dacht aan de baby die in haar buik groeide en aan het feit dat die baby ook een vader had. Een vader die geen idee had van haar bestaan. De laatste paar weken had Peggy het gevoel gekregen dat daar eigenlijk niets van klopte. Een paar keer was ze zelfs langs het huis waar David woonde gereden, maar ze had nog net weerstand kunnen bieden aan het idiote verlangen om naar binnen te gaan en het hem te vertellen. Ze wist dat ze niet goed wijs was. Wat had dat nou voor zin?

Peggy was er zo van overtuigd geweest dat ze juist had gehandeld, dat het een hele schok was toen ze ontdekte dat ze ergens diep vanbinnen eigenlijk best wist dat ze een grote fout maakte. Dat beviel haar helemaal niet. Daardoor raakte alles in de war. Haar vaste voornemen om een leven te leiden dat het tegenovergestelde was van haar moeder, kwam nu compleet op losse schroeven te staan.

Peggy was van plan geweest om de volgende dag rond twaalf uur 's middags te vertrekken, zodat ze nog een paar uurtjes samen met haar moeder kon zijn. Dan zou ze al lang en breed weg zijn voordat haar vader thuis zou komen.

Maar het lot beschikte anders. Toen ze om elf uur samen met Kathleen in de voorslaapkamer de handgebreide kleertjes stond te bekijken die Peggy als baby had gedragen, hoorden ze de voordeur dichtslaan.

'Gauw, we moeten alles verstoppen,' fluisterde Kathleen, maar ze waren niet snel genoeg.

Tommy Barry viel de kamer binnen, omgeven door een walm van sigarettenrook en goedkoop bier.

Hij was ouder geworden in het jaar dat Peggy hem niet had gezien. Hij leek nu zelfs nog bozer en verbitterder, met een eeuwige, hatelijke grijns om zijn mond.

'Zo, dus je bent er weer,' zei hij. 'Je hebt zeker iets nodig, hè?'

Daarna viel zijn blik op het bed waar alle babykleertjes uitgestald lagen. Zijn ogen gleden over het figuur van zijn dochter en de grijns werd een grauw.

'Dus je bent zwanger, hè?' zei hij. 'Dat heb je maar mooi voor mekaar gekregen, hè, juffrouw Peggy, met al je mooie plannen over wat je wel en wat je niet zou gaan doen. Nu zul je wel opgescheept zitten met een bastaard, neem ik aan. Want ik zie geen ring om je vinger, hè?'

'Hou je mond!' siste Peggy, zo boos dat ze er zelf van opkeek. 'Waag het niet om op die manier tegen me te praten. Er is hier maar één bastaard en dat ben je zelf!'

Hij deed boos een stap in haar richting, maar ze duwde hem meteen haar mobiele telefoon onder de neus. 'Als je mij of mijn moeder ook maar met één vinger aanraakt, dan bel ik ogenblikkelijk de politie en ik zweer dat ik er dan voor zal zorgen dat je voor eeuwig achter de tralies verdwijnt, begrepen? Maak nu maar dat je wegkomt en laat ons met rust.'

Zo was ze nog nooit tegen hem tekeergegaan. Maar ze had ook nog nooit eerder een kostbaar nieuw leven meegedragen. Haar baby maakte haar sterk. Er was geen denken aan dat haar kind ooit zou moeten zien dat haar moeder op dezelfde manier behandeld werd als zij met Kathleen had meegemaakt.

Ze draaide zich om en zag haar moeder als versteend op de bank zitten, met een betraand maar verder uitdrukkingsloos gezicht.

Peggy knielde naast haar neer. 'Mam, je moet hier weg. Alsjeblieft. Ga alsjeblieft met me mee. Hij maakt je kapot. Hij slaat je misschien niet in elkaar, maar hij trapt je wel volkomen in de grond.'

'Nee,' zei haar moeder, terwijl ze heen en weer begon te wiegen. 'Dat kan ik niet. We zijn getrouwd.'

'Laat dat huwelijk de rambam krijgen!' schreeuwde Peggy. 'Hij is een klootzak en hij heeft het voor ons allebei verpest. Ga nou maar mee. Je kunt bij mij in Cork komen wonen, voor de baby zorgen en doen wat je wilt. Als je alleen maar meegaat.'

'Je begrijpt het niet,' zei Kathleen. 'Ik ben alles wat hij heeft. Zonder mij gaat hij dood. Ik begrijp hem, zie je.'

Peggy liet haar hoofd op de bank zakken en bleef zitten. Ze kon de energie voor dat soort ruzies en zoveel haat niet meer opbrengen. Ze had in de loop der jaren alles gedaan wat ze in haar macht had om haar moeder zover te krijgen dat ze bij hem wegging. Meer kon ze niet doen.

'Ik ga nu weg,' zei ze. 'Maar ik zal zorgen dat je een mobiele telefoon krijgt. Die stuur ik dan wel naar Carola in de handwerkzaak. Dan kun je het toestel daar ophalen en ik zet er van tevoren mijn nummer in. En bel me alsjeblieft als je me nodig hebt. Ik zal jou wel bellen als ik uitgerekend ben.'

'Niet naar Carola!' smeekte Kathleen. 'Ik heb tegen haar gezegd dat hij zich beter gedraagt…'

Peggy keek haar moeder meewarig aan. 'Mannen zoals mijn vader gaan zich nooit beter gedragen, mam. En dat weet Carola verdomd goed. Praat maar met haar. Je moet iemand hebben die je steunt, want ik zit veel te ver weg als de nood aan de man komt en hij nog erger wordt. Hij zal nooit veranderen en hij zal je helemaal kapotmaken. Beloof me dat je met Carola gaat praten. Beloof je dat?'

Haar moeder knikte zwijgend.

Ze omhelsden elkaar zonder iets te zeggen en hielden elkaar even stijf vast. Daarna pakte Peggy de kostbare babyspulletjes op en nam ze mee. Het laatste wat ze van haar moeder zag, was dat Kathleen opnieuw op de bank heen en weer zat te wiegen.

# 16

Frankie was zo moe dat ze bijna niet meer uit haar ogen kon kijken. Dat was ineens als een donderslag bij heldere hemel begonnen en nu werd ze doodmoe wakker, ze was iedere dag wel een paar keer bekaf en ze viel 's avonds uitgeput in bed nadat ze tijdens het avondeten haar ogen maar met de grootste moeite had kunnen openhouden. De meeste avonden was ze nauwelijks in staat om aan tafel mee te praten. Seth scheen dat niet in de gaten te hebben, want die vond het heerlijk om eindeloos met zijn zus te kletsen over het werk dat ze in de tuin verzetten. Daaruit bleek dus maar eens te meer dat echtparen die al lang met elkaar getrouwd waren niets meer tegen elkaar te zeggen hadden, dacht Frankie ongebruikelijk zuur voor haar doen.

Frankie vermoedde dat het Lillie wel was opgevallen. Het was zelfs zo dat Frankie de afgelopen maand tot de conclusie was gekomen dat er maar heel weinig was wat Lillie níet opmerkte.

Het schoonzusje dat ze nog maar zo kort kende, was een bijzonder intelligente vrouw maar wat voornamelijk aan haar opviel was haar vriendelijkheid, die zich uitstrekte tot iedereen die ze ontmoette. In de tijd dat ze bij hen logeerde, scheen ze al vriendschap te hebben gesloten met heel Redstone, van de mensen van de bakkerij tot de jonge vrouw die de nieuwe wolwinkel was begonnen, en ze kon kennelijk heel goed opschieten met zowel Bobbi, de schoonheids-specialiste, als Freya, een eigenaardig, vroegrijp vijftienjarig meisje dat bij haar oom en tante woonde in de rij huizen direct achter Maple Avenue.

'Freya is een fantastische meid,' zei ze tegen Seth en Frankie. 'Ze is al heel volwassen, echt een oude ziel.'

Lillie had zich aangewend om iedere dag even aan te wippen bij een oude mevrouw die ze op een dag had ontmoet, toen deze hijgend probeerde met een tas vol boodschappen thuis te komen. Nu deed Lillie de boodschappen voor die oude mevrouw en zorgde ze voor haar bloembakken.

'Ik dacht dat wij Ieren erom bekend stonden dat we met Jan en alleman aanpapten,' zei Frankie, toen ze op een dag achterover-geleund met een glas wijn op de brede vensterbank in het souter-rain zat te genieten van de heerlijke kookluchtjes die Seth en Lillie produceerden.

'Dat zei mijn man ook altijd,' zei Lillie opgewekt, terwijl ze een schaal met in honing gebakken pastinaken en wortels op tafel zette. 'Volgens zijn moeder was hij een echte, Ierse charmeur.'

Ze keek ineens een beetje triest en Frankie kon zich wel voor haar hoofd slaan. Zat zij daar een beetje zielig te doen omdat Lillie inmiddels kennis had gemaakt met alle mensen uit de buurt terwijl zij nooit tijd had om met iemand te praten en vergat daarbij dat het arme mens haar man pas een paar maanden geleden had verloren. Frankie, die gewoonlijk heel meelevend was, had zo verstrikt gezeten in haar eigen ellende dat ze niet eens de moeite had genomen om naar Sam te vragen.

'Vertel me eens iets meer over Sam,' zei ze nu.

Lillie boog haar hoofd.

'Het spijt me,' zei Frankie haastig. 'Het was niet mijn bedoeling om je overstuur te maken.'

'Nee, dat ben ik ook niet, helemaal niet.' Lillie roerde met een opscheplepel door de pastinaken. 'Deze heb ik van Freya gekregen, uit het volkstuintje van haar oom,' zei ze afwezig. 'En de honing komt uit de delicatessenzaak. Het is een product uit de buurt. Ze zeggen dat honing heel goed is als je hooikoorts hebt. Als jij die korven krijgt, Seth, zul je dat vanzelf merken. Nu we die ommuurde tuin helemaal hebben opgeruimd, hebben we daar een geweldig plekje voor.'

'Laat mij dat maar even doen, Lillie,' zei Seth terwijl hij voorzichtig de lepel uit de hand van zijn zus trok.

Ze scheen niet te merken dat de tranen inmiddels over haar wangen biggelden.

Frankie sprong op en liep naar haar schoonzusje toe. 'Het spijt me echt ontzettend,' begon ze.

'Nee, ik ben er zelf over begonnen,' zei Lillie. 'Af en toe kan ik best over hem praten. Vandaag zei ik nog tegen Sue van de bakker dat Sam nooit van vers brood af kon blijven en toen moesten we allebei lachen, want ze vertelde dat Zeke bijna nog meer brood eet dan hij bakt, terwijl hij broodmager is!' Lillies gezicht betrok. 'Maar bij andere gelegenheden doet het zo'n pijn om te beseffen dat Sam er niet meer is en dat ik hem nooit weer zal zien. Nooit.'

Ze wierp een gekwelde blik op Frankie en Seth. 'Ik vind het heerlijk om hier te zijn, echt waar, en ik ben gelukkig en ik voel me nuttig, maar vandaag moest ik er ineens weer aan denken dat hij er niet meer is. Dat ik gewoon probeer om mezelf bezig te houden, omdat ik anders veel te vaak aan hem moet denken.'

Frankie kon wel janken toen ze Lillie dat hoorde zeggen.

'Maar het komt ook wel voor dat ik het hier, in Redstone, zo druk heb dat ik zijn aanwezigheid niet meer voel. Alsof hij steeds verder bij me weg trekt.'

Niemand zei iets. Er viel niets te zeggen.


Later, in bed, kropen Frankie en Seth instinctief tegen elkaar aan, lekker in elkaars armen zoals ze vroeger elke avond deden.

'Arme Lillie,' zei Seth, met zijn armen om zijn vrouw. 'Ik zou niet weten wat ik zonder jou moest beginnen.'

Frankie bleef zwijgend in de armen van haar man liggen en genoot van het ongebruikelijke gevoel.

Ze was erg overstuur geraakt van Lillies verdriet, maar toch kon ze zelfs nu de boosheid die ze jegens Seth voelde niet van zich afzetten. Dat was misschien onverklaarbaar, maar zo was het wel.

'Ik hou van je,' mompelde ze ten slotte. Om vervolgens, na een snel kusje op zijn wang, weg te rollen en de lamp aan haar kant van het bed uit te doen.

Het duurde heel lang voordat ze in slaap viel, dus lag ze daar maar en probeerde niet te bewegen, omdat ze voelde dat haar man naast haar ook nog steeds wakker was.

Lillie zou er alles voor overhebben om zo dicht bij haar man te zijn, dacht Frankie moe, terwijl zij daar alleen maar lag en haar wrevel voelde groeien. Seth had de laatste tijd niet meer naar haar getaald en ze wilde niet opnieuw afgewezen worden. Het was beter om hem als eerste de rug toe te keren, voordat hij de kans kreeg.

Eén ding wist ze heel zeker: haar huwelijk stond op springen.

Frankie had nooit aan Seths liefde getwijfeld. Vanaf de allereerste keer dat ze elkaar ontmoetten, jaren geleden toen ze nog studeerden, hadden ze geweten dat ze voor elkaar bestemd waren. Ze lachten om dezelfde grappen. Ze lazen dezelfde boeken. En zelfs als hij aan de andere kant van de kamer stond, met een massa mensen tussen hen in, hoefde Frankie Seth maar aan te kijken om te weten dat hij hetzelfde dacht als zij.

En nu... nu was alles anders. Seth was anders. Niet omdat hij niet langer de man was met wie ze getrouwd was - ze wist best dat mensen veranderden. Ze waren geen van beiden meer de mensen die ze destijds waren geweest. Maar er was iets fundamenteels aan Seth veranderd sinds hij zijn baan kwijt was. Ze vroeg zich af of het gebrek aan status er iets mee te maken had. Door haar werk bij Personeelszaken wist ze dat mannen en vrouwen heel anders over hun werk dachten. Voor veel vrouwen was het alleen maar een manier om geld te verdienen en voor hun kinderen te kunnen zorgen. Ze waren weliswaar ambitieus, maar bleven tegelijkertijd praktisch. Voor mannen was ambitie veel belangrijker. Zij had altijd gedacht dat Seth niet het type man was dat zijn werk nodig had om zich te bewijzen, zijn gezin was voor hem altijd belangrijker geweest dan zijn carrière. Hij had veel meer kunnen bereiken als Frankie en de kinderen voor hem niet op de eerste plaats waren gekomen. Maar toen ze hem zijn baan hadden afgepakt leek het toch alsof hij zijn identiteit kwijt was. En ondanks al haar theoretische en professionele kennis van de gevolgen van ontslag had Frankie hem niet kunnen helpen.

Dat Seth ineens weer veerkracht vertoonde, was volledig aan Lillie te danken. Samen met Dessie hadden ze de door braamstruiken overwoekerde wildernis veranderd in een rustig vormgegeven toevluchtsoord, beplant met stekjes die Lillie van haar nieuwe vrienden had gekregen. Dát sneed door haar hart... het feit dat zij niets te maken had gehad met Seths herstel. Ze wist dat Lillie haar best deed om hen te helpen, maar er was al zo'n diepe kloof geweest tussen Seth en Frankie voordat Lillie op het toneel verscheen, dat alles wat ze deed hen nu misschien zelfs nog wel verder uit elkaar dreef.

Er was een tijd geweest, peinsde Frankie, dat zij en de kinderen het antwoord waren geweest op al Seths problemen, maar nu waren de kinderen weg en zij loste niets op. Af en toe kon ze ontzettend boos worden over de bewering dat veertig tegenwoordig hetzelfde was als twintig vroeger, dat was klinkklare onzin. Met een paar plastische ingreepjes en een beetje botox hier en daar kon je als veertigjarige wel twintig líjken, maar dat waren puur cosmetische dingen. Wat er vanbinnen veranderde, het besef dat je niet het eeuwige leven had, dat je niet langer alles was voor de man van wie je hield: dát waren de belangrijkste gevolgen van het ouder worden.

Frankie vroeg zich af of ze met dokter Felix over Seth zou kunnen praten. Of ze zou kunnen zeggen: 'Seth is zo terneergeslagen en daar kan ik niet tegen. Wat raad je me aan? Ik heb hulp nodig, want ik heb het al moeilijk genoeg met mijn eigen problemen.'

Ze gebruikte tegenwoordig hormoonpreparaten, maar daardoor leek ze zich geen spat beter te voelen. Ze was nog steeds even huilerig en chagrijnig als daarvoor. En verdrietig, zo verschrikkelijk verdrietig.

Frankie Green was er nog niet aan toe om een oud vrouwtje te worden, maar wat was haar rol dan in de huidige wereld? Wat was haar rol in Seths leven? In de loop der jaren had ze vaak genoeg gezien dat vrienden uit elkaar groeiden en gingen scheiden en dan had ze dat altijd bespottelijk gevonden en zich afgevraagd of ze wel genoeg hun best hadden gedaan. Maar toen had Seth zich in zijn eigen wereld teruggetrokken en haar achtergelaten. Hij had de deur min of meer voor haar neus dichtgeslagen en er een briefje op geplakt met de mededeling: *Blijf buiten, je hoeft niet achter me aan te komen. Ik heb je niet nodig en ik wil je niet meer.* Hoe moest ze dat allemaal aan Felix uitleggen? Dat ging niet, want ze begreep er zelf niets van. Het enige wat ze wist, was dat het pijn deed.

In plaats van een afspraak met Felix te maken belde ze haar zus.

'Ik moet iets tegen hem zeggen, Gaby, maar wat?'

Gabrielle leek in veel opzichten sprekend op hun moeder.

'Zeg maar tegen hem dat hij zich gedraagt als een slapjanus, behalve wanneer hij over die verrekte tuin begint en dat jullie huwelijk geheid naar de knoppen gaat als jullie er samen niet snel iets aan doen.'

'Bedankt, dokter Phil,' zei Frankie wrang. 'Dat gooi ik hem vanavond meteen voor zijn voeten. Gewoon waar het op neerkomt: als je niet ophoudt met dat gedrag kun je je biezen pakken.'

'O, ik bedoelde niet dat je het zó cru moest zeggen,' protesteerde Gaby. 'Maar je hebt het over Seth. Je kunt met Seth toch over alles praten. Je hoeft alleen maar uit te leggen dat er iets mis is en dat je dat recht wilt trekken. Is dat zo moeilijk?'

Ja, dacht Frankie treurig.

Alsof Lillie telepathisch besefte dat ze een handje kon helpen, zei ze diezelfde avond dat ze moe was en vroeg naar bed ging, zodat Seth en Frankie alleen in de keuken achterbleven met een voetbalwedstrijd op tv.

Dit is het precies het juiste moment om erover te beginnen, prentte Frankie zichzelf in. Maar voor de verandering kon ze de juiste woorden niet vinden. Normaal gesproken had ze daar geen last van en schudde ze de zinnen zo uit haar mouw: voor afscheidsspeeches, bemiddelingsgesprekken, adviezen aan iemand die seksueel lastiggevallen werd... Toen de kinderen nog klein waren, had ze hun altijd verteld dat ze geweldig waren, dat ze alles konden wat ze wilden, en dat het helemaal niet erg was dat ze tijdens de sportdag niet één medaille hadden gewonnen. Daar had ze geen moment over hoeven na te denken, maar nu schoten woorden haar tekort.

Seth zat aan de keukentafel met een glas wijn en het cryptogram uit de krant voor zich, terwijl hij de wedstrijd afwezig volgde. Tegenwoordig leek de sportzender voortdurend op de achtergrond aan te staan. Vond Seth het prettig om de tv aan te zetten omdat hij dan niet hoefde te praten? Zou hij denken dat alles in puin zou vallen als ze echt met elkaar gingen práten?

Frankie speelde even met het idee om de tv uit te zetten, maar dacht toen: Het zorgt in ieder geval voor geluid. Stel je voor dat ik hem vertel wat er in het diepst van mijn hart omgaat en hij geeft geen antwoord? Stel je voor dat hij zegt: 'Het is voorbij, ik wil niet langer bij je blijven.' Wat dan?

En er was nog iets. Frankie was bang dat Lillie het bindmiddel was geworden dat hun huwelijk in stand hield. Als zij weer naar huis ging, zou dat bindmiddel weleens kunnen verdwijnen en dan hadden ze niets meer.

'Seth, ik hou van je,' gooide ze er ineens uit. 'Ik hou zo ontzettend veel van je en...'

O, wat moest ze in vredesnaam zeggen? Hij zat haar verbaasd over zijn bril aan te kijken. Ze besefte met een schok dat hij er ook oud uitzag.

Waarom begon niemand ooit over dit stadium van een huwelijk? Waarom had niemand daar ooit iets over te zeggen?

'Ik heb het gevoel dat er een kloof tussen ons is ontstaan en ik weet niet wat ik daaraan moet doen, het maakt me bang,' zei ze en hoorde tot haar eigen verbazing dat haar stem trilde.

'Moeten we daar nu over praten?' zei hij. Hij zag er moe uit, alsof hij net een marathon had gelopen en gewoon alleen maar wilde gaan liggen, zonder een woord uit te brengen.

'Nee, nee,' zei Frankie en greep de kans met twee handen aan. Ze wilde niet horen wat hij te vertellen had. Misschien was het echt allemaal voorbij. Die wetenschap kon ze voorlopig nog niet aan.

'Ik ben moe,' zei ze haastig. 'Ik ga naar bed.'

'Ik denk dat ik opblijf tot de wedstrijd afgelopen is,' zei Seth.

'Prima.'

Frankie liep moe naar boven, met het gevoel dat ze het hart uit haar lijf kon janken. Maar ze was niet van plan om dat nu te doen. Nog niet.


# 17


De avond voor de bruiloft zat Opal aan alle fantastische mensen en dingen in haar leven te denken en vond dat ze een echte geluksvogel was.

Neem Ned nou, van wie ze nog net zoveel hield als op de dag dat ze getrouwd waren, ook al had zijn moeder liever gehad dat hij Concepta had gekozen, die op oudere leeftijd de boerderij van haar oom zou erven. Land betekende destijds nog geld en een bepaalde zekerheid.

'Welke filosofie hang jij aan, Opal?' vroeg Freya dromerig. Ze zat aan tafel en roerde door haar warme chocola. Freya was geen zoetekauw, maar ze was verslaafd aan warme chocolademelk.

'Filosofie?' zei Opal verrast.

Het was echt iets voor Freya om onverwachts met een vraag op de proppen te komen die je aan het denken zette. Zo waren de jongens helemaal niet geweest en hoewel dat bij Meredith vermoedelijk wel het geval was, had zij die vragen nooit echt gestéld maar ze in haar achterhoofd gehouden. Opal had weleens geprobeerd om ze er voorzichtig uit te peuteren, precies zoals ze iemand op tv tijdens een kookprogramma een keer een oester uit de schelp had zien halen, maar Meredith was niet zo'n soort kind geweest. Ze hield haar gevoelens veilig opgesloten in haar hart en Opal had nooit de kans gekregen om er zelfs maar bij in de buurt te komen, een gedachte die haar nog steeds triest maakte. Maar Freya... ja, dat was echt een meisje dat haar gedachten de vrijheid schonk om als vlinders door de lucht te fladderen...

'Bobbi's filosofie is om zich aan de buitenkant als een soort vrouwelijke soldaat te presenteren, terwijl ze vanbinnen gesmolten caramel is. Net als een bonbon van pure chocola die eerst een beetje bitter smaakt maar als je doorbijt helemaal zacht en smeltend is. Vind je ook niet?'

Freya keek met die grote Bambi-ogen naar haar tante op.

'En David is net als een eik of zo, zo'n boom die er sterk uitziet maar die ook kwetsbaar is. Ik wou dat ik wist wat hem dwarszit, maar daar wil hij niet over praten. En volgens mij is jouw filosofie, Opal, om ons allemaal in het zonnetje te zetten en zo betere mensen van ons te maken. Lillie is net zo.'

'Lillie?'

'Die Australische mevrouw die ik af en toe in Redstone tegenkom. Zij praat ook met Seanie en Ronnie bij de bushalte. De meeste mensen niet,' zei Freya. 'En dat is raar, want ze zijn heel wijs.'

Opal staarde haar nadenkend aan. 'Je hebt gelijk,' beaamde ze. 'Ze zijn wijs. En je hebt ook gelijk wat Bobbi betreft, ze is zacht ondanks alles wat die schoft van een man haar heeft aangedaan. En David... ik wou dat ik wist wie hem verdriet heeft gedaan. Wie zou hem nou willen kwetsen?' Ze zuchtte triest. 'Het kan hartverscheurend zijn om kinderen te hebben, lieverd. Meer kan ik er niet van zeggen. Je blijft je altijd zorgen om hen maken.'

Ze zweeg even en keek Freya aan. 'Praat je met je moeder ook over dit soort dingen?' vroeg ze nieuwsgierig.

Gemma was een raadsel voor Opal. Dat een moeder zo weinig moederlijk kon zijn was in Opals ogen bijna onnatuurlijk. Maar ja, niemands pad ging over rozen en die arme Gemma had genoeg verdriet. Het was niet aan Opal om haar te bekritiseren. En dat Gemma niet voor haar dochter kon zorgen, had betekend dat Freya nu bij hen het zonnetje in huis kon zijn.

'Mam houdt niet van dit soort spelletjes,' zei Freya alleen maar.

Haar stem klonk niet beschuldigend, ze constateerde gewoon een feit.

'Ze maakt zich altijd zorgen over wat andere mensen van haar denken en daardoor raakt ze overstuur… Pap en ik probeerden haar steeds aan haar verstand te peuteren dat het niet uitmaakte wat andere mensen dachten. Alleen wat ze zelf dacht, was belangrijk. Maar ze is heel kwetsbaar, ze kan niet tegen verdriet, zelfs niet tegen denkbeeldig verdriet dat iemand die haar op straat aankijkt haar aandoet. Wat andere mensen denken, zijn gewoon hun eigen ideeën die door hun hoofd spelen. Het is fout om die in te kleuren met wat je zelf in je hoofd hebt.'

Opal staarde met grote ogen naar haar nichtje, een vijftienjarig meisje aan de buitenkant en de Dalai Lama vanbinnen.

'Freya, heeft iemand je weleens verteld hoe diepzinnig en wijs je bent?' vroeg ze trots en stak haar hand uit die ze even over Freya's gezicht liet glijden.

Freya grinnikte waardoor het kuiltje in haar linkerwang ineens zichtbaar werd. 'Alleen jij, Opal. Niemand anders.'

Op de trouwdag van haar broer werd Meredith vroeg wakker. Vroeg genoeg om het zonnetje te zien dat door de spleet tussen haar gordijnen naar binnen gluurde. Heel even wist ze niet meer waar ze was. Dat gebeurde nog steeds, ook al woonde ze nu al bijna een maand weer bij haar ouders. St Brigid's Terrace was thuis en tegelijk ook weer niet. Ondanks alles had ze vijf jaar lang het gevoel gehad dat het appartement in Elysium Gardens thuis was en ze miste het licht en de ruimte ervan en het feit dat ze daar alleen kon zijn. Terug in de slaapkamer waar ze was opgegroeid, voelde ze zich weer een verwarde tiener die zich voorzichtig een weg door de wereld probeerde te zoeken.

Meredith gooide haastig het dekbed van zich af. Ze had er genoeg van om terug te denken aan haar tienertijd. Haar tienerstommiteiten hadden veel gevolgen gehad. Die waren de reden dat ze op zoek was gegaan naar een verre droom die ze nooit zou kunnen vervullen – hoewel, misschien had ze wel een kans gehad om die droom te vervullen, ze had alleen de verkeerde mensen vertrouwd. Sally-Anne en Keith waren absoluut de verkeerde mensen en zij was te verblind geweest om dat in te zien. Ze had zich laten foppen door geld, glamour en het feit dat ze precies de juiste mensen kenden. Maar de juiste mensen bleken bij nader inzien de verkeerde mensen te zijn.

Het was pas halfacht en Brian zou om een uur trouwen. Het was de zaterdag voor Pasen en volgens Meredith een belachelijk tijdstip voor een bruiloft. Maar Brian had uitgelegd dat hij en Liz daardoor profiteerden van de schoolvakantie om een huwelijksreis van een week naar Ibiza te maken. De bofkonten, dacht Meredith. Ze wenste dat zij naar Ibiza kon ontsnappen.

Als ze in haar oude leventje een dag vrij had genomen voor een bruiloft zou Meredith gewoon wakker worden en zich heerlijk uitrekken in haar kingsizebed met het beddengoed van Frette. Niet dat ze veel profijt had gehad van dat kingsizebed met het beddengoed van Frette. Ze was veel te gespannen geweest om het met iemand te delen. En nu vond ze het eigenlijk een bespottelijk idee dat ze duizenden euro's had uitgegeven aan beddengoed. Haar moeder zou ontzet zijn en het pure verspilling noemen. Meredith kon in gedachten al horen hoe ze reageerde.

'Duizenden euro's voor beddengoed?' Haar moeder zou haar nietbegrijpend aanstaren.

In mams wereld waren lakens dingen die je meer op prijs ging stellen als ze zo versleten waren dat ze heerlijk zacht aanvoelden. Haar moeders moeder, oma Cordy, was van het platteland naar de binnenstad van Cork gekomen en zij vertelde haar kinderen altijd dat toen zij nog een meisje was ze met zijn drieën in één bed hadden gelegen, met lakens die uit meelzakken waren gemaakt. 'Nou, oma Cordelia,' fluisterde Meredith, 'als je me nu kunt zien zou je waarschijnlijk geschokt zijn… en terecht. Ik heb meer aan beddengoed uitgegeven dan jij in een jaar aan etenswaren. Ik was niet goed wijs, zoals je zelf zou hebben gezegd. Maar ik heb mijn lesje geleerd, oma Cordelia. Echt waar.'

Zonder zich aan te kleden liep Meredith in het hemdje en het korte broekje waarin ze sliep naar de keuken om een kop koffie te pakken. Daar was het al een drukte van belang. Ondanks het feit dat hij in theorie na zijn vrijgezellenavond nog steeds in bed hoorde te liggen met een kater van jewelste zat Brian aan de keukentafel met zijn telefoon tegen zijn oor gedrukt en een stel tafelindelingen voor zich.

'O god, Liz,' kreunde hij. 'Ik kom er niet uit. Dit probleem is on-oplosbaar. Je tante Phil moet gewoon aan tafel dertien zitten, of ze het nu leuk vindt of niet. Er is nergens anders plaats voor haar.'

Meredith luisterde niet verder. Ze had het idee dat de hele bruiloft aan haar voorbijging, ook al gaf dat haar een schuldgevoel. Brian was de eerste van het gezin die ging trouwen, maar dat irriteerde haar juist. Zij was de oudste. Ze was het enige meisje en eigenlijk zou ze een heel legertje vriendjes moeten hebben die achter haar aan zaten. Maar de enigen die achter haar aan zaten, waren een legertje journalisten van boulevardkranten die het laatste nieuws wilden horen over het verhaal van Sally-Anne en Keith Alexander.

*Waar zijn ze met dat geld naartoe? Hoe kun jij nou beweren dat je nergens vanaf wist? Hoeveel geld ben jij kwijt? Is het waar dat je nog een waardevol schilderij het land uit gesmokkeld hebt op de dag dat er beslag werd gelegd op alle tegoeden van de galerie?* Meredith huiverde. De afgelopen week was alles een stuk rustiger geworden. De kranten hadden zich op een nieuw schandaal gestort en de belangstelling voor de charmante Alexanders en hun rijke investeerders was afgenomen. Meredith had het gevoel gehad dat ze haar mobiele telefoon weer aan kon zetten. Het zalige gevoel dat ze haar niet langer het vuur na aan de schenen legden, was te vergelijken met een succesvol bezoek aan de tandarts na een week lang kiespijn te hebben gehad.

De achterdeur stond open en ze keek naar buiten. Haar moeder en Freya zaten in het vroege ochtendzonnetje op de trap naar de tuin met een paar grote mokken thee.

'Meredith! Kom er ook bij zitten, schat,' zei haar moeder hartelijk. 'Freya en ik genieten nog even van de rust voordat de gekte begint.'

'Er zit nog thee in de pot,' zei Freya vriendelijk.

Meredith zette meteen haar stekels op. Waarom wist ze niet, maar ze vond haar nichtje irritant. Freya zat daar zo kameraadschappelijk naast haar moeder alsof zij Opals dochter was. Meredith trok zich niets aan van het feit dat ze jarenlang niet thuis was geweest, dat Freya degene was die Opal had overgehaald om highlights in haar haar te nemen en met haar naar de dokter was geweest toen ze last kreeg van haar knieën. Nee, Meredith was gewoon meteen verbolgen toen ze dat stel daar zo gezellig naast elkaar zag zitten. Ze was het liefst heel kinderachtig in tranen uitgebarsten.

'Ik heb liever koffie,' snauwde ze voordat ze zich omdraaide en weer naar binnen ging.

Freya en Opal keken elkaar aan en Freya zag tranen in de ogen van haar tante glinsteren. Ze sloeg een arm om Opals schouders.

'Nou, nou, Opal,' mompelde ze vriendelijk. In plaats van te zeggen wat ze werkelijk dacht, met het risico dat ze haar tante zou kwetsen, moest ze improviseren. 'Ik neem aan dat Meredith het een beetje moeilijk heeft op de trouwdag van haar broer. Ze zal het wel een beetje te kwaad hebben omdat het niet haar eigen bruiloft is. En dan ook nog na alles wat ze heeft doorgemaakt. Je kunt knap overstuur raken als alles misgaat en je ook geen schijn van kans hebt in de liefde. Dat hakt er bij Meredith kennelijk stevig in.'

'Denk je dat echt?' Opal keek Freya hoopvol aan. 'Ik kan me best voorstellen dat ze zich zo voelt, Freya. Ik was alleen bang,' ging ze een beetje moeizaam verder, 'dat ze jaloers was op ons tweetjes.' Het was vreselijk om te zeggen, maar dat idee begon ze echt te krijgen. Per slot van rekening paste Freya zoveel beter in het gezin dan bij Meredith ooit het geval was geweest. O, wat afschuwelijk van haar om dat te denken.

Freya keek Opal pienter aan. Ze wist vrijwel zeker wat er in haar hoofd omging. Af en toe kon ze Meredith met liefde de nek omdraaien. Als zij deze dag voor Opal verpestte, kon Freya niet voor zichzelf instaan.

'Goh nee, Opal,' zei Freya rustig. 'Ik weet zeker dat het de gewone ik-moet-in-mijn-eentje-naar-de-bruiloft-misère is. Ze zal het vandaag vast moeilijk krijgen. En Brian is haar jongste broertje. Het valt niet mee om hem af te moeten staan aan Liz.'

'Ach, natuurlijk,' beaamde Opal, dolblij met deze nieuwe uitleg waaraan ze zich kon vastklampen. Natuurlijk had Freya gelijk: Meredith was vast overstuur van het feit dat haar kleine broertje ging trouwen en de eerste was die echt het huis uit ging.

Lillie wipte op zaterdagochtend even bij Bobbi's aan met wat bloemen voor de balie. Het was al een drukte van belang in de salon, ook al was het pas tien over negen. Alle plekjes waren bezet en op de chocolabruine banken zaten twee vrouwen geduldig te wachten, terwijl ze een paar tijdschriften doorbladerden.

'Mevrouw O'Brien was zo gelukkig met haar nieuwe kapsel dat ze me vroeg of ik dit even bij je wilde afgeven,' zei Lillie. 'Ze zijn uit haar eigen tuin.'

Bobbi pakte de in aluminiumfolie gewikkelde citroengele narcissen aan en snoof hun zware geur op.

'Is ze geen schatje?' vroeg Bobbi blij aan Lillie, alsof ze net een duur, in de winkel gekocht boeket had gekregen. 'En dat geldt ook voor jou, omdat je steeds bij haar langsgaat.'

'Ze is eenzaam,' zei Lillie. 'En je kunt zo leuk met haar praten. Ik kom graag bij haar en ze heeft niemand anders. Laten we maar hopen dat er iemand is die dat ook voor ons doet als we negentig zijn.'

Bobbi grinnikte. 'De kans is groot dat ik dan in een van die superbeveiligde verzorgingstehuizen zit, met energieke jonge verpleegstertjes van een jaar of twintig die denken dat ze nooit oud zullen worden en mij aanspreken in een soort kindertaaltje. En als ik dan tegen hen zeg dat ik ook zo oud ben geweest als zij, met een hele sleep vriendjes, denken ze dat ik niet goed wijs ben.'

Lillie huiverde. 'Dat klinkt afschuwelijk.'

'Als ik naar die jonge dingen kijk die hier werken, weet ik zeker dat ze denken dat ik het wel gehad heb,' merkte Bobbi op. 'Ze kunnen zich niet voorstellen dat jij en ik nog best zin hebben in een stoeipartijtje met een vent en we zijn nog lang geen negentig.'

Lillie barstte in lachen uit. 'Momenteel zit ik ook niet echt te wachten op een stoeipartijtje. Ik geef de voorkeur aan een rustig avondje bij de open haard met iets leuks op de tv.'

'Ben je na Australië nu nog niet gewend aan de kou?'

'Dat komt door het huis,' bekende Lillie en huiverde al bij de gedachte eraan. 'Het mag dan Villa Sorrenta heten, maar de wens is de vader van de gedachte. Villa Siberia zou toepasselijker zijn. Het souterrain is echt kil, hoor. De kamers boven vallen wel mee, maar beneden kan wel wat extra isolatie gebruiken. Of het moet tegen vocht behandeld worden of zo.'

'Gaat het nu een beetje beter met Seth?'

'O, we zijn in ieder geval met de tuin begonnen. Volgens mij vindt hij het echt leuk.'

Bobbi had Seth een paar keer ontmoet wanneer hij samen met Lillie 's ochtends koffie ging drinken en wist al vrij snel wat voor vlees ze in de kuip had: een lieve, vriendelijke man en nog intelligent op de koop toe. Hij was ook knap, dacht ze, met een tikje jaloezie ten opzichte van de onbekende Frankie. Bobbi had van de altijd loyale Lillie weinig los kunnen peuteren over de reden waarom Seth eruitzag als een jong hondje dat op straat was gezet, maar ze had genoeg gezien om te begrijpen wat er aan de hand was.

Eén inkomen, een nieuw huis waar bakken vol geld in moest en een man met twee linkerhanden, daar zou zelfs zo'n verstandige vrouw als zijzelf stapelgek van worden.

Ze moest die Frankie toch echt eens een keertje ontmoeten om te kijken of ze het bij het rechte eind had. Bobbi vond het heerlijk om naar andere mensen te kijken en uit te vissen wat hen werkelijk bewoog. Een kap- en schoonheidssalon was voor haar dan ook gesneden koek, omdat veel mensen hun kapster als een biechtmoeder beschouwden zodra ze in de stoel zaten.

'Het is net alsof de spiegel hun de moed geeft om tegen je te praten,' had ze al jaren geleden tegen Opal gezegd. 'Ze hoeven je niet in de ogen te kijken. Bovendien zit je voorzichtig aan hun hoofd te prutsen en daardoor raken zelfs de stilste mensen aan de praat. Daarom zijn vrouwen ook zo dol op schoonheids- en kapsalons. Ze moeten er weliswaar voor betalen, maar ze hebben toch een paar uur lang iemand die aardig voor hen is, koffie zet, tijdschriften brengt en hen door de bank genomen behandelt alsof ze echt belangrijk zijn.'

'En je zorgt er ook nog voor dat ze er mooi uitzien,' had Opal opgemerkt.

'Maar dat is bijna een bijproduct,' zei Bobbi. 'De innerlijke veranderingen die we teweegbrengen zijn net zo belangrijk als de uiterlijke.'

Lillie en Bobbi keken op toen de deur openging en Opal (beverig glimlachje) binnenkwam, gevolgd door Freya (vastbesloten grijns) en Meredith (strak smoel).

'Mijn belangrijkste bruiloftsgasten zijn er!' riep Bobbi uit.

Zo te zien zou Meredith weleens voor problemen kunnen zorgen. Ze durfde te wedden dat er die ochtend bij het gezin Byrne al een fikse ruzie was geweest. Nou ja, welke trouwpartij verliep nou zonder geharrewar?

'Hallo, Freya,' zei Lillie blij.

'Ha, die Lillie,' zei Freya, die haar even knuffelde.

Bobbi lachte. 'Ik had kunnen weten dat jullie elkaar kenden. Ik heb nooit twee mensen gekend die meer wisten over wat zich hier in de buurt afspeelt.' En omdat de rest van de groep Lillie kennelijk niet kende, vervolgde ze: 'Lillie, dit is Opal Byrne, de tante van Freya. Jullie zijn bijna achterburen... Lillie logeert bij haar broer en zijn vrouw in het grote huis op de hoek van Maple Avenue.'

Met een blik van herkenning gaven de vrouwen elkaar een hand.

'En dit is Meredith, Opals dochter,' zei Bobbi terwijl ze Meredith een por gaf om een glimlach tevoorschijn te halen. 'En Freya ken je natuurlijk al.'

'Freya heeft het weleens over je gehad,' zei Opal.

'Ik heb haar verteld dat jij net als ik graag een babbeltje maakt met Ronnie en Seanie,' verklaarde Freya.

'Ik was van plan om nu op weg naar huis ook even langs de bushalte te lopen,' zei Lillie. 'Ik vrolijk er altijd van op als ik ze daar zie zitten.'

'Ik ook,' beaamde Freya. 'Als ze ooit in de bus zouden stappen om ergens naartoe te gaan zou dat alles bederven.'

'Wat heeft het voor zin om op een bushalte rond te hangen als je toch niet van plan bent om die verdomde bus te nemen?' snauwde Meredith, die meer dan genoeg had van het gesprek.

De blik die Freya op haar nichtje wierp, deed Bobbi denken aan de intensiteit van het apparaat dat ze eigenlijk wel wilde aanschaffen om het haar bij de bikinilijn permanent te verwijderen. Als een laser zo scherp. En pijnlijk.

Toen ze Opals gezicht zag betrekken, kwam Bobbi in actie.

Ze sleepte Lillie en Opal mee naar een lege bank, gaf ze een stapel tijdschriften en zei tegen een van de jongste medewerkers dat ze voor koffie moest zorgen.

'Maar ik blijf niet,' protesteerde Lillie terwijl ze probeerde op te staan.

'Nu wel,' siste Bobbi fel in het oor dat het verst van Opal verwijderd was. 'Er is iets aan de hand en jij moet ervoor zorgen dat Opal dat van zich afzet. Haar zoon trouwt vandaag en er staat haar nog genoeg te wachten zonder dat ze nu al zo vroeg met ruzie wordt geconfronteerd. De moeder van de bruid is een eersteklas kreng, die niets liever doet dan andere mensen overstuur maken. Haar dag zal pas volmaakt zijn als ze erin slaagt om Opal het gevoel te geven dat ze een stompzinnige analfabeet is die met hangen en wurgen een van de voormalige gemeentewoningen van Redstone op de kop heeft kunnen tikken.'

Lillie knikte. 'Ik snap het,' fluisterde ze. 'Wat is er met die dochter aan de hand?'

'Dat blondje met het gezicht van een buldog die net een wesp heeft ingeslikt?' zei Bobbi. 'Dat verhaal is te lang om je dat nu te vertellen. Ik zorg wel dat zij zich gedraagt. Doe jij nou maar je best voor Opal en prent haar in dat ze een heerlijke dag voor de boeg heeft, hoewel er bij elke bruiloft wel een paar vervelende mensen opdagen.'

Terwijl ze met grote passen naar Meredith toe liep, riep Bobbi over haar schouder: 'Freya, ga jij maar vast bij een wasbak zitten.'

'Ik moet even buiten met Meredith praten,' kirde Freya. Ze wist niet zeker of ze zich nog iets herinnerde van de karatelessen die ze op haar twaalfde had gehad, maar ze had het gevoel dat ze de ouderwetse klap in het smoel nog voldoende onder de knie had om ervoor te zorgen dat Meredith de rest van de dag in bed zou blijven liggen.

'Freya,' zei Bobbi met de stem die volwassen mannen knikkende knieën bezorgde, 'jij gaat naar de wasbak. Ik moet even met je nichtje praten.'

Meredith, die eerder die ochtend al even apart was genomen door dat kleine kreng Freya – 'ik weet niet wat je dwarszit, Meredith, maar reageer dat niet op je moeder af!' – had geen zin in nog een preek.

'Ik wil niet…' begon ze, maar daar bleef het bij, want ze werd in haar nekvel gepakt en meegesleept naar de personeelsruimte.

'Wegwezen, meiden,' zei Bobbi tegen de twee medewerksters die bij het koffieapparaat stonden te kletsen. 'Jullie kunnen over twee minuten terugkomen.' Ze maakten zich uit de voeten.

'Luister eens goed, mevrouwtje,' gromde Bobbi. 'Jij hebt die arme ouders van je al moeilijkheden genoeg bezorgd.'

'Dat is mijn schuld niet,' zei Meredith woedend.

'Het is nooit de schuld van mensen zoals jij!' siste Bobbi met vuurschietende donkere ogen. 'Jij hebt je familie jarenlang met de nek aangekeken en kwam nog maar heel af en toe opdagen, pronkend met je geld alsof je beter was dan de rest. Zoals op de zestigste verjaardag van je vader, weet je nog wel? Toen je met al die stomme champagne aan kwam en je arme moeder het gevoel gaf dat ze alles verkeerd had gedaan. En dat alleen ter meerdere glorie van jezelf!'

Meredith wilde protesteren, maar bedacht zich.

'En dan kom je ze nu op de nek vallen met een buslading problemen en gedraagt je als een verwend nest. Je nichtje Freya heeft veel meer moeten doormaken, maar zij is een dappere meid. Je zult haar nooit horen klagen en ze zorgt voor je moeder op een manier zoals jij nooit hebt gedaan. Dus hou maar eens op met die aandachttrekkerij en gedraag je. Opal zal al genoeg te verduren krijgen van die verwaande moeder van Liz, dus ze heeft geen behoefte aan die nukken van jou. Begrepen?'

Meredith voelde dat de tranen haar in de ogen sprongen. Ze wist dat ze zich afschuwelijk gedroeg, maar ze voelde zich zo ellendig en toen ze zag hoe Freya en haar moeder met elkaar omgingen was ze daar helemaal ondersteboven van geweest. Haar moeder was de enige rots in de branding in een wereld waarin alles anders geworden. En nu begon het er zelfs op te lijken dat Opal meer om Freya gaf dan om haar…

'Laat die tranen maar zitten,' zei Bobbi cru. 'Het spijt me dat je zoveel hebt moeten meemaken, Meredith, maar de manier waarop jij je moeder al die jaren hebt behandeld vind ik nog veel erger. Hoe vaak heb je naar huis gebeld? Hoe vaak heb je iemand van St Brigid's Terrace uitgenodigd voor al die chique toestanden in de galerie? Vertel me dat maar eens.'

Bobbi was ronduit angstaanjagend als ze echt kwaad was. En nu was ze des duivels.

Ze was er jarenlang getuige van geweest dat Opal haar best deed om net te doen alsof ze op de hoogte was van het reilen en zeilen van die dure zaak van Meredith, terwijl ze eigenlijk alleen wist wat er af en toe in de kranten verscheen.

'Wat zou je ervan zeggen als je eens een dag lang níét aan jezelf dacht?' vroeg Bobbi.

Meteen daarna beende ze de personeelsruimte uit en zei tegen de twee jonge meiden die voor de deur stonden: 'Ga nu maar naar binnen om koffie te pakken.'

Meredith was te trots om te huilen toen de beide meisjes, in Bobbi's standaard chocolabruine uniform met het kleine roze sjaaltje, naar binnen schuifelden en haar met grote ogen aankeken. Ze bleven haar aanstaren, een stel tienerparadijsvogels met hun prachtige oogmake-up en hun perfecte haar, tot Meredith opstond en naar buiten stormde.

'Wie is dat?' vroeg Magda nieuwsgierig.

'Dat mens dat in de krant stond vanwege gedoe met die chique kunstgalerie. De eigenaars hebben iedereen uitgekleed en zijn ervandoor met al het geld. Ze is de dochter van Opal.'

'Zíj? Ik wist niet eens dat Opal een dochter had.'

Veronica pakte een kop koffie. 'Volgens Bobbi is dat juist het probleem. Ze vindt zichzelf te goed voor Redstone en heeft het nogal hoog in de bol.'

Ze legde een verpakt biscuitje op het schoteltje voor haar cliënt. 'Maar dat zal niet lang duren als Bobbi het op haar voorzien heeft. Laat het maar aan Bobbi over om iemand een toontje lager te laten zingen.'

Op de zachte, chocolabruine bank was Lillie erin geslaagd om Opal te kalmeren door te vragen wat ze bij de bruiloft aan zou trekken. Inmiddels zat ze te vertellen dat ze een keer op een bruiloft was geweest waar een van haar oude schoolvriendinnen die erg rijk was geworden voortdurend zat op te scheppen over haar schitterende huizen, haar personeel en haar designerkleren.

'Toen vroeg ze of Sam en ik nog steeds in dat kleine huisje in Beaumaris woonden. Ze woonde zelf nu in een groot huis aan het strand. Ze gedroeg zich zo onbeschoft dat ik er gewoon niet goed van werd,' bekende Lillie. 'Ik was net van plan om haar dat voor de voeten te gooien, wat eigenlijk helemaal niets voor mij is, maar toen greep Sam, mijn man, in. "Zolang je maar gelukkig bent, dat is het enige wat telt, hè Denise? Al heb je nog zoveel geld, dat is geen garantie voor geluk…' Lillie besefte ineens dat dit waarschijnlijk de eerste keer was dat ze 'mijn man' had gezegd zonder dat de tranen haar hoog zaten. 'Denises gezichtsuitdrukking veranderde en ik had meteen medelijden met haar,' vervolgde Lillie terwijl ze zich vermande. 'Daarna leek Denise helemaal niet blij meer, ondanks die huizen en zo. En ik vond het dom van me dat ik me druk had gemaakt over al die stomme grootspraak van haar. Ik heb van Bobbi begrepen dat de toekomstige schoonmoeder van je zoon wel iets van Denise weg heeft. Denk je dat zij gelukkig is?'

Opal giechelde nerveus bij de gedachte aan Miranda's kille, harde gezicht dat altijd ontevreden stond. 'Daar heb ik nooit over nagedacht,' zei ze.

'Begin daar dan maar eens mee,' zei Lillie en ze glimlachte geruststellend. 'Mensen die niet gelukkig zijn, proberen veel te vaak om andere mensen ook ongelukkig te maken, zodat ze niet alleen zijn met hun misère. Zelf trek ik me daar nooit iets van aan. Wat laat je aan je haar doen?'

Om kwart voor een zat de hele familie Byrne in de voorste kerkbank aan de kant van de bruidegom en Opal zag er bijzonder aantrekkelijk uit in haar lila kanten jasje met bijpassende jurk. Ze was samen met Bobbi, Shari en Freya een hele dag de stad in geweest en thuisgekomen met dit schitterende pakje, dat perfect bij haar lichte huid en haren paste.

Daarna had Opal braaf Miranda gebeld om door te geven dat ze lila zou dragen en had de verbinding haastig verbroken, voordat Miranda de kans kreeg om haar te kwetsen door te zeggen dat lila mensen altijd oud maakte of zo.

Een paar van Bobbi's meest ervaren kapsters en schoonheidsspecialistes waren die ochtend in de salon twee uur bezig geweest met haar make-up en met haar zilverblonde haar, dat eerst gekruld werd voordat de lichtpaarse zijden rozen die Opal in plaats van een hoed zou dragen erin werden vastgemaakt.

'Hoeden staan je niet,' had Bobbi gezegd en Freya was het met haar eens geweest.

'De rozen zullen je gezicht omlijsten,' had ze eraan toegevoegd.

Meredith knikte, in een wanhopige poging om het weer goed te maken. 'Je ziet er beeldschoon uit, mam,' zei ze en liep de salon uit waarna ze in huilen uitbarstte. Ze kon net zo goed naar huis gaan om haar jurk aan te trekken. Ze was de week ervoor terug geweest naar haar appartement om te beslissen wat ze zou kunnen verkopen om nog iets aan die hele ellende over te houden en had al haar kleren meegenomen. Het waren er veel te veel voor de kleine slaapkamer op St Bridget's Terrace en het merendeel bleef in zwarte plastic zakken liggen. Zonder veel enthousiasme had ze uiteindelijk voor een strakke, roze zijden jurk gekozen. Nadat ze er een ijzer overheen had gehaald trok ze de jurk aan en pakte vervolgens een paar dof gouden sandaaltjes dat waarschijnlijk meer had gekost dan wat haar vader en moeder per maand aan elektriciteit kwijt waren. Toen ze op weg gingen naar de kerk had ze het gevoel gehad dat ze aan de buitenkant weliswaar heel duur gekleed was, maar dat ze vanbinnen in lompen gehuld ging.

Aan de andere kant van de kerk zag Miranda er zo schitterend uit dat het leek alsof ze op weg was naar Buckingham Palace. Ze droeg een koningsblauw pakje met verrassend paarse naaldhakken en een paarse hoed, die sprekend leek op een grote vliegende schotel van tafzijde, was schuin op haar hoofd vastgezet. Maar de knalroze lipstick was een vergissing geweest, dacht Freya grijnzend. Alleen iemand als Kaz – vijftien en met van nature pruillipjes – kon zich zo'n felroze tint veroorloven.

Ze wenste dat Kaz naast haar zat, zodat ze elkaar hadden kunnen aanstoten en giechelen om die outfit van Miranda. Maar Kaz zat als vriendin van de familie verderop in de kerk, terwijl Freya aan het eind van de familiebank opgescheept zat met Meredith. Bobbi had haar kennelijk goed onder handen genomen, want Meredith had haar best gedaan om wat liever te zijn voor haar moeder, ook al was ze niet echt in bruiloftsstemming. Ze zag eruit alsof ze de eerste de beste kans zou aangrijpen om ervandoor te gaan. Naar de kroeg, waarschijnlijk.Vlak voordat ze op weg gingen naar de kerk had Freya Meredith betrapt terwijl ze stiekem een glaasje pikte van de champagne die Steve die ochtend had meegebracht.

'Daar schiet je echt niets mee op,' zei Freya.

'Wat weet jij daar nou van?' zei Meredith, schuldig omdat ze betrapt was maar nog steeds overtuigd dat ze de dag alleen door zou komen als ze een beetje versuft raakte van de champagne.

'Opal en Ned hebben al genoeg te verduren zonder ook nog eens een ontwenningskuur voor jou te moeten betalen, stomme trut.'

Meredith was niet van plan om te luisteren naar wat dat bemoeizieke kind zei. Dus sloeg ze nog een glas achterover. Stomme trut. Wie dacht ze wel dat ze was?

Helaas deed de champagne haar geen goed. Ondanks de drank voelde ze zich nog steeds gekwetst door de manier waarop de andere gasten bij aankomst naar haar keken en vervolgens bij het binnengaan van de kerk tegen elkaar liepen te fluisteren.

In gedachten kon ze die gesprekken horen: *Dat is dat mens dat betrokken is bij die Alexander-fraude, hun zakenpartner die beweert dat ze geen flauw idee had dat er iets mis was. Zoiets moet je toch wel weten?*

Iedereen had diezelfde gedachte gehad, zelfs haar oude vriendin Laura.

Toen Meredith een paar dagen geleden Laura's naam zag opduiken op haar smartphone, had ze zonder aarzelen opgenomen, ook al was ze dagenlang belegerd door investeerders en kunstenaars die het slachtoffer waren geworden van de oplichterij van Sally-Anne en Keith. En door journalisten natuurlijk. Er waren honderden telefoontjes van de media geweest. Ze wist niet hoe die aan haar mobiele nummer waren gekomen. James had gewaarschuwd dat ze niet met hen moest praten.

'Dat heeft echt geen enkele zin,' zei hij, 'en ik raad je het dan ook ten sterkste af.'

'Maar ik wil juist dat de mensen te horen krijgen dat ik er niets mee te maken heb,' had Meredith geprotesteerd.

'Laten we het in dit stadium nou maar rustig aan doen. Jij houdt je mond en ik praat wel met de politie. Later, als we precies weten waar we aan toe zijn, kun je een pr-bureau in de arm nemen als je dat wilt. Maar nu moet je voorlopig niet met de media praten.'

Meredith had het gevoel dat ze op haar vingers was getikt en dat ze ontzettend dom was. Ze dacht aan de tijd waarin ze zich gretig verdiept had in de schandalen die breeduit op de voorpagina's van de zondagskranten uit de doeken werden gedaan en er nooit van had gedroomd dat ze ooit zelf in zoiets verwikkeld zou raken. Ze had altijd een beetje neergekeken op dat soort mensen, omdat ze niet begreep waarom ze zo nodig in de openbaarheid moesten treden. Nu begreep ze dat maar al te goed. Nu iedereen haar afviel, wilde ze dolgraag haar kant van het verhaal vertellen. En als dat betekende dat ze moest praten met kranten die haar het hemd van het lijf zouden vragen, dan kon ze daar best begrip voor opbrengen. Maar Laura was een ander geval. Toen ze Laura's telefoonnummer op het schermpje zag staan, was dat een hele opluchting geweest. Laura zou het vast wel begrijpen.

Ze nam haastig op.

'O, Laura, wat fijn dat je belt. Je hebt geen idee wat ik allemaal heb doorgemaakt…'

'Wij hebben ook wel het een en ander doorgemaakt,' zei Laura op een toon die Meredith nog nooit van haar gehoord had. 'Heb je ook maar enig idee van wat je ons hebt aangedaan, Meredith?' vervolgde ze. 'Door jouw toedoen zijn we nu failliet. Ik wilde aanvankelijk nog niets zeggen, we wilden niet met je praten tot we het zeker wisten, maar onze advocaat heeft contact gehad met de politie en het enige wat we te horen hebben gekregen is dat het geld weg is. De investeringen waren gefingeerd. We hebben geen geld in een winkelcentrum in Bulgarije en ook niet in een hotelcomplex in Dubai. We hebben geen pensioen. We hebben helemaal niets. Sally-Anne en Keith zijn er met met elke cent vandoor. En het wil er bij mij maar niet in dat jij daar niets van hebt geweten, Meredith.'

Meredith zei niets. Ze was zo geschrokken dat ze geen woord kon uitbrengen.

'Maar Laura,' zei ze uiteindelijk, 'hoe kun je dat nou denken? Je kent me toch, ik zou nooit hebben gezegd dat je er ook geld in moest steken als ik had gedacht dat ze ons bedrogen. Ik heb zelf ook niets meer. Mijn advocaat zegt dat ik mijn flat, mijn auto en de hele rest zal kwijtraken. Dan is alles weg.'

'Maar hoelang heb je met hen samengewerkt? Zes... zeven jaar? En dan zeg je nog dat je helemaal níéts wist? Hoe kun je je beste vrienden nou overgehaald hebben om met deze mensen in zee te gaan, hoe kon je je zo in hen vergissen? Ik heb die Sally-Anne nooit gemogen, helemaal niet, maar ik vertrouwde jou, Meredith. Ik vertróúwde je en daarom hebben Con en ik ons geld bij haar geïnvesteerd. Dat kwam door jou.'

'O, Laura,' zei Meredith. Ze barstte in tranen uit. 'Ik zal alles doen wat in mijn macht ligt om dat op te lossen.'

'Er valt voor jou helemaal niets op te lossen. Al het geld uit de mooie jaren, het geld dat we hadden vastgezet voor onze toekomst, voor de toekomst van Iona, is weg. We zullen het huis moeten verkopen om kleiner te gaan wonen. En Con en ik zullen een gewone baan moeten zoeken, omdat kunstenaars zoals wij tijdens een recessie pure luxe zijn. Mensen hebben geen geld voor kunst. Tot nu toe konden we ons nog net redden, want we wisten dat we geld achter de hand hadden. Ons appeltje voor de dorst, ons veiligheidsnet. Maar door jouw schuld hebben we nu niets meer.'

'Dat kun je mij toch niet kwalijk nemen,' zei Meredith. 'Ik wist niet dat het allemaal oplichterij was.'

'Ik neem het jou wel degelijk kwalijk,' zei Laura. 'Want ik vertrouwde jou, terwijl jij duidelijk niet in staat was om te begrijpen met wat voor soort vrouw jij van doen had. Volgens mij is het allemaal echt jouw schuld.' Meteen daarna verbrak ze de verbinding.

Meredith had versuft uit het raam zitten kijken, met de telefoon in de hand. Ze had zich nog nooit van haar leven zo eenzaam en zo dom gevoeld. Ze had nooit verwacht dat Laura en Con zich tegen haar zouden keren. Maar wat kon ze anders verwachten? Zij waren alles kwijt omdat ze vertrouwen in haar hadden gehad. En zij was te naïef geweest, te verblind om in te zien hoe Sally-Anne werkelijk was. Ze was verblind geweest door Sally-Annes accent, door het feit dat ze overal toegang had en door al haar rijke, chique vrienden.

Opal zat in de kerk waar Ned haar hand stevig in zijn grote knuist hield. Zijn vingers zaten vol eelt van het werk in de tuin en in zijn volkstuintje, maar Opal putte er evenveel moed uit alsof ze gewoon samen thuis op de bank tv zaten te kijken. Nadat ze die schat van een Lillie bij Bobbi had leren kennen, had Opal besloten dat ze zich vandaag niet door Miranda's beledigingen op de kast zou laten jagen.

Miranda was een ongelukkig wezen – in dat opzicht had Lillie gelijk. Vandaag zou Miranda blij moeten zijn dat haar lieve dochter met de man van haar dromen trouwde, maar in plaats daarvan gedroeg ze zich als een soort supersnelle versie van Jekyll en Hyde door het ene moment te glimlachen tegen mensen die haar bevielen en een moment later woeste blikken te werpen op personen bij wie dat niet het geval was.

Ze had al één keer geprobeerd om haar onderuit te halen, op hetzelfde moment dat ze Opal in haar bruidstooi in de gaten kreeg. 'Geen hoed, Opal!' had ze geschokt gesist, alsof Opal achter op een Harley-Davidson haar opwachting had gemaakt, gehuld in een zwart leren motorpak.

In de wetenschap dat Freya naast haar stond, als een rottweiler wachtte op een kans om toe te slaan, had Opal alleen maar vriendelijk gelachen, met één hand op haar rozen geklopt en gezegd: 'Ik vind bloemen zo ontzettend vrouwelijk. Ik ben dol op rozen en ik ben vandaag echt gelukkig, Miranda.'

En terwijl Freya en Miranda haar allebei, om volkomen verschillende redenen, met open mond aanstaarden, had Opal haar arm door die van haar nichtje gestoken en was vrolijk de kerk binnengelopen, waar ze om de haverklap stilstond om de witroze en crèmekleurige rozen aan het eind van elke rij te bewonderen.

Nu keek ze naar Brian en David, die vooraan stonden te wachten op Liz, die over het middenpad kwam aanlopen, een droom in crème kant en tule. De achterkant van de jurk was echt ontzettend mooi, met al die kleine knoopjes. Bruidsjurken moesten van achteren mooi zijn, omdat de meeste mensen in de kerk eerst de achterkant van de bruid te zien kregen.

Ned kneep even in haar hand en Opal kneep terug. Ondanks alles zou het een volmaakte dag worden, wat Miranda ook zou zeggen of doen.

Tijdens de receptie keek Miranda vol genoegen om zich heen. Het liep allemaal fantastisch. De golfclub was een prestigieuze gelegenheid waar mensen – nou ja, mensen zoals de familie van haar nieuwe schoonzoon – konden zien hoe het hoorde. In de Rathlin Golf Club was de bediening tot in de puntjes. Gesteven witte linnen tafelkleedjes vormden de volmaakte ondergrond voor de schitterende hoog opgemaakte bloemstukken die op elke tafel stonden. Elizabeth was bang geweest dat mensen elkaar dan aan de ronde tafels niet aan konden kijken, maar Miranda had op dat punt haar poot stijf gehouden.

'Mogen je vader en ik misschien ook nog iets te zeggen hebben over de gang van zaken? Per slot van rekening betalen wij ervoor,' had Miranda snikkend gezegd.

Ze was er zeker van dat Elizabeth lang niet zo eigenwijs en zo vastbesloten was geweest voordat ze kennis had gekregen aan Brian Byrne. De Byrnes waren echt de luizen in de pels, dat leed geen enkele twijfel. Opal, die afschuwelijke moeder van Brian, droeg niet eens een hoed. Al Miranda's vriendinnen hadden daar een opmerking over gemaakt, meestal als ze haar complimenteerden met haar spectaculaire creatie van Stephen Jones. 'Die komt uiteraard uit Londen,' had Miranda tegen hen gezegd. 'In Ierland is echt niets te krijgen. Je moet wel naar Londen.'

Maar Opal… Nou ja, wat was dat ook voor een naam? Zo gewoontjes, zo jaren vijftig arbeidersklasse, net als die andere malle namen zoals Pearl en Daisy. Opal had het gelaten bij een paar paarse bloemen in haar haar – veel te eenvoudig voor een societyhuwelijk.

Op hetzelfde moment zag Miranda Noel weglopen bij de bar met een glas Guinness in zijn hand. Ze kneep haar lippen op elkaar. Ze had hem verteld dat hij vanavond geen Guinness mocht drinken.

Laat die Byrnes en hun goedkope familieleden maar uit die grote glazen drinken, van hún kant zou je daar niemand op kunnen betrappen.

Gloria Devine gleed langs haar heen, van top tot teen in Louise Kennedy. Miranda was dol op Louise Kennedy en ze had overwogen om iets uit haar met kristallen kraaltjes afgezette collectie uit te kiezen. Maar dan was de kans groot dat een van de andere gasten iets soortgelijks aan zou hebben, dus daarom was ze naar Londen gegaan. Miranda had gewild dat haar jurk iets heel bijzonders zou zijn.

'Je hebt jezelf overtroffen, Miranda,' zei Gloria. Ze was een van haar goede tennisvriendinnen. Eigenlijk hadden ze elkaar de laatste twee jaar nauwelijks gezien, maar Miranda had er desondanks op gestaan dat ze uitgenodigd werd.

'Mam, je ziet de Devines nooit meer, dat weet je best,' had Elizabeth geërgerd gezegd toen ze de gastenlijst opstelden. 'En trouwens, we hebben toch al veel te veel gasten van onze kant. Brian heeft niet half zoveel mensen uitgenodigd.'

'Ik kan er ook niets aan doen dat de Byrnes geen vrienden hebben,' had Miranda gesnauwd. Daar had ze trouwens meteen spijt van gehad, want het had geen enkele zin om met haar dochter ruzie te maken over de bruiloft. Het was al mooi genoeg dat zij erin was geslaagd om de bruiloft en de receptie te kunnen houden waar zij wilde en niet op zo'n plek als dat afschuwelijke goedkope hotel in de buurt van Redstone.

Maar dat deed er toch niet toe, stelde Miranda zichzelf gerust. Als Elizabeth nog een keer zou trouwen, konden ze het echt in stijl doen. Ze wist dat haar inmiddels al lang overleden moeder ontzet zou zijn geweest bij die gedachte, maar haar moeder was een goede katholiek geweest in een tijd waarin dat nog zin had. Tegenwoordig kon iedereen scheiden. En als Elizabeth van Brian scheidde, bestond de kans dat ze iemand van stand zou trouwen.

Een vrouw in een blauw pakje met een schrikbarend bruin gezicht zwaaide naar haar. Ze kwam haar vaag bekend voor. Wie was dat in vredesnaam? O ja, natuurlijk, een van die vreselijke vriendinnen van Opal.

'Wat een beeldige bruiloft, Miranda,' zei Molly op luide toon. 'Alleen die hoed, daar heb ik mijn twijfels over, lieve meid. Volgens mij mag je die binnen trouwens gewoon afzetten. Of probeer je soms of je daarmee Sky kunt ontvangen?'

Voor de verandering stond Miranda met haar mond vol tanden.

'Ik hou van je,' zei Brian die avond op de dansvloer toen hij neer-keek in de reebruine ogen van zijn kersverse vrouw.

'En ik nog meer van jou,' antwoordde ze en keek hem stralend aan.

Het was allemaal geweldig gelopen en op de een of andere manier had haar moeder zich niet schandalig onbeschoft gedragen tegen-over de familie Byrne, iets waar Liz heel bang voor was geweest. Ze dacht terug aan al die prachtige momenten: de indringende manier waarop de solist *Pie Jesu* had gebracht, de zon die net op het mo-ment dat ze de kerk uitkwamen achter de wolken vandaan kwam en alle bomen, alle blaadjes en Liz zelf overgoten had met een gouden gloed en de toespraakjes die allemaal zo goed waren gevallen. Voor-al dat van David, Brians getuige, was echt het liefste wat ze ooit had gehoord.

'Ik kan gewoon niet geloven dat mijn moeder zich zo goed ge-dragen heeft,' fluisterde Liz terwijl ze tegen Brians schouder leunde en bedacht hoe fijn het was om eindelijk als man en vrouw met el-kaar te dansen. Alle mensen die zeiden dat het huwelijk niets meer te betekenen had en alleen nog maar een stukje papier was, nou, die hadden het helemaal mis.

Liz voelde zich heel anders dan toen ze die ochtend de kerk in was gegaan. Toen was ze nog een meisje geweest en toen ze eruit-kwam, was ze een vrouw. Heel anders.

'Je moeder is geweldig,' jokte Brian, die Miranda behandelde met de voorzichtigheid van een dierenverzorger die een nieuwe en bij-zonder gevaarlijke neushoorn te eten moest geven. 'Volgens mij amuseert iedereen zich kostelijk.'

'Ja,' zei Liz blij. 'Wat een raar idee dat het bijna voorbij is, hè?'

Brian trok haar tegen zich aan. 'Het begint nu pas, lieverd,' zei hij en ze begonnen vol goede moed aan een wals, want per slot van rekening hadden ze al die lessen gehad en het zou toch zonde zijn als dat achteraf verspilde moeite was geweest.

Een paar meter verderop danste Miranda met Brians vader. Ned kon verrassend goed dansen, dacht ze verbaasd, terwijl hij vakkundig met haar over de vloer zwierde.

Daardoor moest ze ineens denken aan een van haar eerste vriendjes die ook zo goed kon dansen en die haar de bons had gegeven omdat ze volgens hem een 'verwaande trut' was. Miranda had dat nooit vergeten. Zelfs veertig jaar later deed het nog steeds zeer.

'Dit is heerlijk,' zei ze blij tegen Ned, die haar een stukje van zich af duwde en kil op haar neerkeek.

'O ja?' zei hij. 'Ik dacht anders dat je niet kon wachten tot al die vervelende Byrnes weg waren, zodat jij samen met je vrienden in stijl feest kon vieren.'

Miranda bloosde.

Dat had ze inderdaad tegen een paar van haar vrienden gezegd en voorgesteld om later onder elkaar nog korte metten te maken met een paar flessen champagne, als dat wilde gedoe op de dansvloer voorbij was en de Byrnes samen met hun aanhang aan de bar hingen.

'O, dat bedoelde ik helemaal niet zo…' begon ze.

'Ik weet precies hoe je dat bedoelde, Miranda,' zei Ned op dezelfde ferme toon, een toon die ze van hem nooit verwacht had. 'En ik vond het helemaal niet leuk om dat op de trouwdag van mijn zoon te horen. Om te beginnen hoort jouw Liz nu ook bij de familie Byrne. En ten tweede zou Opal er kapot van zijn geweest als ze dat had gehoord. Ik heb heus wel gezien hoe je geprobeerd hebt om mijn vrouw met deze bruiloft de grond in te trappen en het hangt me nu de keel uit. Ik dans alleen maar met je omdat het zo hoort en ik Brian en Liz niet overstuur wil maken, maar ik zou snel een toontje lager gaan zingen als ik jou was, Miranda, anders hoef je niet meer bij mij thuis te komen. Ik zal Liz ook vertellen wat je hebt gezegd en dan zullen we nog weleens zien wat zij daarvan vindt.'

'Doe dat alsjeblieft niet,' zei Miranda, inmiddels met een hoofd als vuur.

'Jij denkt toch dat je zulke goede manieren hebt, Miranda? Nou, je hebt geen greintje fatsoen in je lijf.'

Toen hij dat had gezegd trok Ned zijn armen terug en liep weg, zodat Miranda in haar eentje op de dansvloer bleef staan.

Hij was boos dat hij dat soort dingen had moeten zeggen, want zo was hij helemaal niet, maar Miranda had haar uiterste best gedaan om Opals dag te verknallen en zijn vrouw had het de laatste tijd al moeilijk genoeg gehad. Zij zou niet hoeven te lijden onder de onbeschoftheid van Miranda als hij daar een stokje voor kon steken.

Miranda keek geagiteerd om zich heen, op zoek naar haar man, Noel, maar hij danste niet met Opal zoals eigenlijk de bedoeling was. In plaats daarvan stond hij aan de bar met een stel van Neds kameraden met wie hij het kennelijk uitstekend kon vinden, afgaande op hun schorre lachbuien.

Brian zwierde voorbij, dansend met zijn moeder. 'Noel was niet in staat om met mijn moeder te dansen, Miranda,' riep hij zo luid dat iedereen het kon horen, 'daarom doe ik het zelf maar. Ik vind het heerlijk om met mijn moeder te dansen,' vervolgde hij met een glimlach vol genegenheid voor Opal.

'Wat heb je tegen Ned gezegd?' wilde Elizabeth weten toen ze met David langs haar danste. 'Hij leek helemaal overstuur. Als jij iets gezegd hebt…'

Miranda hield het niet meer uit en vluchtte naar haar hotelkamer. Het was helemaal niet gegaan zoals ze had gepland. Zelfs Elizabeth keerde zich tegen haar en Noel had haar in de steek gelaten door niet met Opal te dansen zoals hij verplicht was. Bovendien was dat iedereen opgevallen, met inbegrip van alle vrienden op wie ze indruk had willen maken. De Byrnes waren de enigen die zich waardig gedrogen, terwijl Noel zich aan de bar stond te bezatten en haar dochter waarschijnlijk alle akelige dingen die ze over haar nieuwe familie had gezegd te horen zou krijgen. Miranda begon te huilen toen ze naar de lift liep. Ze had toch zo haar best gedaan? Of niet zo soms?

Een halfuur later had ze haar make-up bijgewerkt en stond op het punt om de kamer uit te lopen toen er op de deur geklopt werd.

Ze deed open en zag Elizabeth staan, beeldschoon in haar trouwjurk.

'Wat is er gebeurd?' vroeg ze op harde toon. 'Ik zag je met Ned praten en ik zag ook dat hij je midden op de dansvloer liet staan. Je hebt iets akeligs tegen hem gezegd, hè?'

Miranda overwoog om te jokken, maar Elizabeth zou er toch wel achter komen.

'Hij was overstuur omdat hij me iets had horen zeggen...'

'Wat heb je dan gezegd?'

Miranda liet zich op het bed zakken. 'Dat we later wel champagne konden gaan drinken, als de Byrnes allemaal aan de bar hingen,' zei ze zwak.

Elizabeth keek haar moeder met een van woede vertrokken gezicht aan. 'Hoe kon je?' zei ze. 'Ik ben nu ook een Byrne en dat zijn lieve, fatsoenlijke mensen die me vol liefde in hun familie hebben opgenomen. Het enige welkom dat jij Brian hebt gegeven, was de opmerking dat hij ten minste fatsoenlijk sprak en beter was dan de rest van zijn familie. Je bent een akelig, wraakzuchtig mens en ik weet niet of ik je ooit zal vergeven dat je je op mijn trouwdag zo hebt misdragen.'

'O, liever, doe niet zo naar. Per slot van rekening heb ik alleen maar hardop gezegd wat iedereen denkt. Jij en Brian hebben echt een heel andere achtergrond. Redstone mag inmiddels dan een beetje meer kwaliteit hebben dan vroeger het geval was, maar het heeft toch nog steeds dat kwalijke bijsmaakje van een buurt vol huurhuizen en onze mensen...'

Ze kreeg de kans niet om haar zin af te maken.

'Moeder,' zei Liz met een dodelijk kille stem, 'de enige persoon die er zo over denkt, ben jíj. De rest geniet gewoon van een bruiloft van twee mensen die van elkaar houden. Ik hou van Brian en ik hou van zijn familie en de manier waarop ze me verwelkomd hebben. Ik heb tegen Brian gezegd dat ik bang was dat jij zou proberen om onze dag te verpesten en hij bleef maar volhouden dat ik niet zo mal moest doen. Maar dat was niet mal. Hij kent je gewoon niet zo goed als ik je ken. Je bent koud en hartenloos. Het enige wat jou interesseert, is hoe iets eruitziet. Maar er is meer in het leven dan dat. Ik schaam me voor je, moeder. Ik schaam me diep.'

Meteen daarna draaide ze zich om en liep de kamer uit.

Brian stond buiten op haar te wachten.

'Is alles in orde met haar?' vroeg hij bezorgd.

Liz drukte haar gezicht tegen zijn schouder. 'Nee en ik weet niet of het met haar ooit in orde zal komen. Je gelooft je oren niet als je hoort wat ze heeft gezegd, terwijl je arme vader dat ook kon horen…'

'Ssst.' Brian bracht haar met een lichte kus tot zwijgen. 'We laten onze dag niet verpesten door je moeder, begrepen? Kom op, dan gaan we naar beneden en dansen tot we erbij neervallen. Als er iets mis is met haar, is dat haar probleem.'

Hij haalde een zakdoek tevoorschijn en droogde de tranen van zijn kersverse vrouw.

'Kom op, pa wil met je dansen.'

'Maar wat ze heeft gezegd was echt afschuwelijk.'

'Dat maakt niets uit,' zei Brian alleen maar. 'Als zij de stemming verpest, heeft ze gewonnen. Dat zal niet gebeuren.'

Liz knikte en snufte.

'Ze heeft ook allerlei vervelende dingen over Redstone gezegd. En ik vind het juist zo leuk. Ik wil dat we daar een huis gaan kopen.'

Brian grinnikte. 'Kom op, dan gaan we dat aan mam en pa vertellen. Mooier kan de dag voor hen niet eindigen.'

In de slaapkamer hoorde Miranda hen praten, maar ze kon niet verstaan wat er gezegd werd. Ze keek neer op haar handen en zag dat ze trilden. En dat terwijl ze alleen maar de waarheid had gezegd.

Ze herinnerde zich ineens dat ze jaren geleden verkering had gehad met een geweldige jongen, die heel knap was en wel een beetje op die George Clooney leek. Ze had hem de bons gegeven omdat hij uit een verkeerde buurt kwam.

Een paar van haar vriendinnen hadden haar met hem geplaagd.

'Probeer je hem netjes te leren praten, Miranda?' hadden ze bij wijze van grap gezegd.

En ze had zich zo geschaamd dat ze het had uitgemaakt.

'Ik dacht dat jij anders was, Miranda,' had hij verbitterd tegen haar gezegd. 'Ik dacht dat stand en afkomst voor jou niet belangrijk waren.'

'Dat is ook zo,' had ze volgehouden, omdat ze ineens spijt had gekregen en begreep dat haar zogenaamde vriendinnen alleen maar jaloers waren geweest.

Maar het was al te laat.

Hij was weg.

Ze had daar jaren spijt van gehad en nu had ze diezelfde fout opnieuw gemaakt: ze had mensen op de verkeerde manier beoordeeld. Als Elizabeth haar dat maar zou vergeven. Het was niet haar bedoeling geweest om de dag te bederven. Maar terwijl ze daar in haar eentje in de slaapkamer zat, met al die vrolijke geluiden om zich heen, begon Miranda het vermoeden te krijgen dat het wel eens heel lang zou kunnen duren tot haar dochter Miranda's wrede houding van vandaag was vergeten.

'Je ziet er belabberd uit,' zei Freya een uur later tegen David, terwijl ze samen rondzwierden op een langzaam nummer. Het was niets voor haar neef om zo terneergeslagen te zijn. Hij was van nature opgewekt, zag alleen de goede kanten van een mens en zorgde altijd voor vrolijkheid. Freya kon er gewoon niet bij dat Meredith een zus van hem was.

Ze had eigenlijk over Meredith willen beginnen, maar ze vroeg zich ineens af of vanavond daar wel het juiste moment voor was, vooral nu ze het verdriet in de ogen van haar neef zag.

'Wat is er aan de hand?'

'Niets,' zei hij.

Freya ging met opzet op zijn tenen staan.

'Niet liegen,' zei ze. 'Ik ben een menselijke leugendetector, hoor.'

'Je bent anders knap zwaar voor zo'n dun grietje,' mopperde hij.

'Het gaat zeker om een vrouw, hè?'

'Nou, vooruit, het gaat om een vrouw,' zei David. 'Maar dat maakt toch niks meer uit, want het is uit en ze heeft me ingepeperd dat het voorgoed uit is ook.'

Zelfs praten over Peggy deed al pijn. Ze had hem echt in alle opzichten het gevoel gegeven dat zij de ware was. Hij was stapelgek op haar geworden en het was echt niet zo'n door een paar biertjes ingegeven gekte voor één nacht geweest. Hoe kon het toch bestaan dat een vrouw in één week je hele leven op z'n kop zette?

En na al die tijd had hij nog steeds het gevoel dat hij aan niets anders dan Peggy kon denken. Hij was zelfs een paar keer langzaam langs de winkel gereden. Hij vroeg zich af of ze hem had gezien en misschien dacht dat hij een of andere rare stalker was. Maar dat was niet zo. Hij had gewoon het vreemde gevoel dat er iets was wat Peggy hem niet verteld had. Een of andere reden waarom ze het uit had gemaakt, iets waar hij helemaal niets mee te maken had. Maar die ochtend in de winkel was ze duidelijk bang voor hem geweest en volgens David was dat onderdeel van het mysterie. Hij wilde haar niet bang maken, maar hij wilde haar opnieuw ontmoeten, om erachter te komen wat haar dwarszat.

Freya zei niets. Als het op karakter aankwam, kon ze zich niet voorstellen dat iemand níét verliefd zou worden op David. Over het lichamelijke aspect kon ze niet oordelen. Hij was haar neef en je keek niet op die manier naar je neven.

Kaz was van mening dat hij een lekker ding was en zij zag hem best zitten, hoor. Op dat moment had Freya net gedaan alsof ze moest kotsen.

'Hou op! Hij is famílie van me!'

'Maar van mij niet, hè? Jij beschouwt hem gewoon als een fijne vent, maar ik zie een prachtlijf, een knap smoel en iemand die geen puistjes heeft.'

Kaz zat in de put omdat de laatste drie jongens die met haar uit wilden last hadden gehad van jeugdpuistjes, terwijl de jongen met wie zij graag uit wilde – en die een gave huid had – momenteel verkering had met een vijfdejaars die een bijbaantje had als fotomodel.

Terwijl ze nog steeds met David over de dansvloer schuifelde, kwam Freya tot de conclusie dat ze echt moest weten wie die vrouw was. Freya voelde mee met ieder lid van de familie Byrne die gekwetst werd.

'Hoe heet ze?' vroeg ze achteloos.

'Nee, kleine donderstraal,' zei David grinnikend in haar oor. 'Ik vertel je niet wie ze is, want anders ben je in staat om midden in de nacht haar slaapkamer binnen te klimmen en haar te vertellen dat ze het wel kan schudden als we niet onmiddellijk verkering krijgen.'

Freya lachte. 'Hoe kom je erbij dat ik zoiets zou doen?' vroeg ze met gespeelde onschuld.

'Omdat ik weet hoe je in elkaar zit,' zei David. 'Je bent een geweldige meid, weet je dat wel? Maar ik ben groot genoeg om op mezelf te passen.'

En daar moest Freya het mee doen.

Tien kilometer verderop zat Peggy op de walgelijke oranje bank – waar ze al ontelbare keren een overtrek voor had willen maken, maar waar ze nog steeds niet aan toe was gekomen – te lezen in het zoveelste boek over zwangerschap dat ze had gekocht.

Ze was speciaal naar een boekwinkel in de stad gegaan, want Redstone was zo klein dat als ze naar de kleine, onafhankelijke boekwinkel in de supermarkt ging, iemand dat vast meteen zou verder vertellen. Vergeleken bij de leden van de plaatselijke inlichtingendienst was James Bond een amateur. Na vijf minuten bij de afdeling moeder-en-kind van Redstone Books kon ze net zo goed rondlopen met een bordje met de tekst: *Ja, ik ben zwanger.*

Ze voelde zich eenzaam, maar tegelijkertijd ook weer niet. Ze vond het een heerlijk gevoel dat er een baby in haar buik groeide. Maar ze kon niet ontkennen dat ze dit niet goed had aangepakt. David had het volste recht om het ook te weten.

Ze hoefde echt geen geld of zo van hem, maar hij was zo'n fijne vent. Haar baby verdiende een vader.

Maar hoe moest ze hem dat in vredesnaam vertellen?

# Deel drie

Koninginnengelei is de naam van de substantie waarvan de bijenkoningin leeft. Dit fantastische voedingsmiddel zorgt ervoor dat de bijenkoningin zich goed ontwikkelt, maar de hele kolonie krijgt er af en toe iets van. Vroeger werd het door bijenhouders familievoer genoemd, omdat het de levensduur van alle bijen verlengt. Koninginnengelei wordt gebruikt in traditionele Chinese medicijnen en voor een heleboel andere geneeskundige producten en smeerseltjes.

*The Gentle Beekeeper,* Iseult Cloud

# 18

Meredith had het gevoel dat ze van de ene op de andere dag bang was geworden voor grote glimmende gebouwen, van die plaatsen waar ze zich vroeger volkomen thuis had gevoeld. Ze ging vaak met Sally-Anne mee naar bedrijven om te praten over de juiste plek voor de nieuwe gigantische olieverfschilderijen die ze net van de Alexander Byrne Galerie hadden gekocht. En als ze nu omhoogkeek naar de glanzende torenflat waarin de praktijk van haar advocaat gevestigd was, voelde ze zich als een muis die per ongeluk op het terrein van een bende katten verzeild was geraakt.

Zelfs haar kleren voelden fout aan. Ze had eindelijk alle vuilniszakken met kleren uitgepakt, om te besluiten wat ze allemaal zou verkopen, maar desondanks kon ze niets vinden om aan te trekken. Wat droeg je als je een afspraak had met je strafpleiter? Ze had haar auto verkocht om een eerste aanbetaling te doen op het honorarium van James. Vandaag had ze Davids auto geleend om naar de stad te gaan voor de afspraak met James en zijn medewerkers, en te praten over de stand van zaken bij de aanklacht tegen Alexander Byrne.

James kwam meteen ter zake. Tijd is geld, dacht Meredith grimmig.

'Ze zijn nog steeds op zoek naar Sally-Anne, maar de druk op het onderzoek is iets afgenomen. Ze is niet langer staatsvijand nummer één.' Hij grinnikte cynisch. 'Er is altijd iemand anders die ook opgepakt moet worden, een andere boef die voor nog meer krantenkoppen zorgt.'

'Oké,' zei Meredith. 'Maar wat betekent dat voor mij?'

'Dat je moet afwachten,' zei James. 'Anders niet. Dit soort zaken is alleen maar afwachten.' James had haar niet veel vragen gesteld over haar betrokkenheid. Hij had alleen maar alle documenten willen zien, waaruit volgens Meredith zou blijken dat ze volkomen onschuldig was aan alles wat er gebeurd was.

'Het feit dat ze je bankrekeningen hebben vrijgegeven en instemden met de verkoop van je auto is een goed teken,' zei hij tegen haar.

'Daaruit blijkt dat ze niet denken dat jij erbij betrokken bent. Maar daar kan weer verandering in komen. Er zijn een boel mensen bij betrokken die geen cent meer over hebben en die willen bloed zien.'

Meredith voelde zich nog verdrietiger en triester toen ze het kantoor uit liep. Niemand had haar een kop koffie aangeboden of vriendelijk tegen haar geglimlacht. Ze zat nu aan de kant van het rechtsstelsel waar de klappen vielen.

Toen ze daar nog geld voor had, was Meredith weleens op zoek gegaan naar ouderwetse kledingstukken. Niet vaak – ze vond het eigenlijk geen leuk idee om de afdankertjes van iemand anders te dragen – maar vaak genoeg om te weten waar ze naartoe moest om haar eigen spullen te verkopen. Dé plaats voor vintage kleren was niet zozeer een winkel maar een magazijn waar rijke mensen discreet allerlei spulletjes konden dumpen of nieuwe spulletjes konden kopen. De eigenares, een adembenemend mooi voormalig fotomodel dat Angelique heette, beschouwde de zaak bijna als een hobby en Meredith was daar een paar keer samen met Sally-Anne geweest, die zich volkomen thuis scheen te voelen tussen de schappen vol krokodillenleren Hermès-tassen en bontstola's met kleine vossenkopjes die je aanstaarden. De rillingen waren Meredith over de rug gelopen toen ze die zag. Ze had nooit begrepen waarom iemand bont droeg. Dan moest je toch echt het gevoel hebben dat je je huisdier om je nek had, je dode huisdier.

Maar vandaag interesseerde haar niet wat er bij Angelique te koop was, ze moest alleen van haar eigen spullen af. Ze had met opzet een rustige tijd uitgekozen, halverwege de middag, als de rijkere vrouwen hun kinderen van school haalden of begonnen met de voorbereidselen van de avondmaaltijd en er dus niemand getuige zou zijn van haar schande. Het had geen zin om dat te ontkennen, het voelde echt als een schande, vooral omdat de kleren in drie grote zwarte plastic zakken zaten.

Angelique deed zelf de deur open, een slanke vrouw van in de zestig met springerig zilverwit haar dat ze in een knot droeg. Ze was nauwelijks opgemaakt, met uitzondering van een karmozijnrode lipstick, en ze zag er desondanks ongelooflijk chic uit in een lange middagjapon uit de jaren dertig.

'Hallo,' zei ze hartelijk terwijl ze naar Meredith glimlachte en een blik op de vuilniszakken wierp. 'Het ziet eruit alsof je een geweldige oogst voor me hebt, lieverd. Kom maar gauw binnen.'

Ze pakte een van de zakken op en sleepte die half achter zich aan over de marmeren vloer, terwijl Meredith met de andere twee worstelde.

'Goed,' zei Angelique met een vriendelijke blik, alsof er niet net drie vuilniszakken haar schitterende, antiek gemeubileerde huis waren binnengedrongen. 'Je ziet eruit alsof je geen boe of bah meer kunt zeggen. Zullen we in de keuken een kopje thee gaan drinken? Ik heb er lekkere spritsjes bij.'

Het was de vriendelijkheid die Meredith te veel werd. Ze had zich juist zorgvuldig schuilgehouden voor mensen die ze van vroeger kende, ondanks al hun wanhopige telefoontjes. Iedereen scheen te denken dat ze samen met Sally-Anne en Keith in het complot zat, of dat ze een volslagen idioot was omdat ze van niets wist.

En nu zat ze hier bij Angelique, eigenares van een reeks dure tweedehandszaken, iemand van wie werd gezegd dat ze blauw bloed had en een stamboom die honderden jaren oud was, en zij was aardig voor haar. Meredith barstte in tranen uit.

'Ach, arme meid,' zei Angelique en sloeg een arm om haar schouders. Ze liep samen met Meredith een klein trapje af naar een grote, lichte keuken met daarachter een serre. 'Je hebt het wel te verduren gehad, hè?'

'Ja,' snikte Meredith.

Het was duidelijk dat Angelique precies wist wie ze was – iets wat Meredith vroeger geweldig zou hebben gevonden, omdat het kennelijk een bewijs was dat ze het helemaal had gemaakt. Nu was het alleen maar een teken dat haar gezicht vaak in de krant had gestaan.

'Je bent zo lief en ik… het spijt me, ik wilde echt niet huilen, maar…'

'Het maakt absoluut niets uit.' Angelique wees naar een grote leunstoel waar een oude gebloemde plaid overheen lag, en erin een paar geborduurde kussens. 'Ga hier maar lekker zitten,' zei ze. 'Dan komen de katten binnen de kortste keren bij je zitten en die kunnen fantastisch troosten.'

'Ik dacht dat je een hond had,' zei Meredith die terugdacht aan een artikel dat ze in een modieus tijdschrift had gelezen over het prachtige leven van Angelique. Angeliques glimlach verdween.

'Ja,' zei ze zuchtend. 'Pumpkin, de grote liefde van mijn leven. Ik heb wel geleerd dat honden veel trouwer zijn dan mannen.'

Meredith hikte en schoot tegelijkertijd in de lach.

'Ik zou die verknipte kijk op het leven van mij eigenlijk niet door moeten geven,' vervolgde Angelique, alweer iets vrolijker. 'Pumpkin was mijn trouwe metgezel, oud en wijs en ontzettend mooi, maar het ging niet langer. Hij had volgens de dierenarts last van toevallen. Epilepsie. Het is echt vreselijk, hè, dat je iets waarvan je zoveel houdt, moet laten gaan, maar soms komen we daar niet onderuit.'

'Nee.' Meredith begon nog harder te huilen.

Waarom wist ze niet, maar ze moest ineens aan haar vader en moeder denken en aan al het verdriet dat ze om haar hadden gehad, terwijl ze haar juist zoveel liefde en trouw hadden geschonken. Natuurlijk wilde ze hen niet met Pumpkin vergelijken, maar...

'Huil maar lekker uit, meid,' zei Angelique.

Ze liep naar de serre waar ze een grote rode kat oppakte die in het zonnetje op de vensterbank zat, nam hem mee en zette hem op Merediths schoot. 'Dit is uiteraard Marmaduke,' zei Angelique.

'Uiteraard,' zei Meredith, verrast dat ze nog grapjes kon maken.

Ze begon Marmaduke rustig te aaien en ademde de rust van het huis in tot Angelique een kopje thee en een schoteltje spritsjes voor haar neerzette, samen met melk en suiker.

'Doe er maar lekker veel suiker in,' zei Angelique ferm en ze ging vlak bij haar in een stoel zitten.

'Nu neem ik even vijf minuten de tijd om je een verhaal te vertellen dat ik al heel lang niet meer aan iemand heb verteld en dan ga je gewoon weg en wacht je tot ik je bel om te zeggen of ik je kleren wel of niet verkocht heb. Goed?'

'Goed,' zei Meredith verrast.

'Jaren geleden, ik denk zelfs nog voordat jij was geboren, was ik getrouwd en ik stond voortdurend samen met mijn man in allerlei roddelrubrieken. Hij was knap, charmant...'

Meredith glimlachte bij dat idee.

'... en in alle opzichten een oplichter,' maakte Angelique haar zin af. 'Toen mijn dochter drie was, stal hij geld van het bedrijf van zijn vader en ging er met de secretaresse vandoor. Hij liet mij zonder geld achter, met een enorme hypotheek en geen schijn van kans dat ik ooit een cent van hem los zou kunnen peuteren.'

Meredith keek haar met grote ogen aan.

'Daar ben ik overheen gekomen,' vervolgde Angelique, 'door me op mijn dochter te concentreren en mijn hoofd omhoog te houden. Ja, natuurlijk voelde ik me om te beginnen een idioot omdat ik op hem was gevallen. En ja, de kranten stonden er vol van, omdat mensen het nu eenmaal leuk vinden om te lezen dat andere mensen pech hebben. Kennelijk is er niets wat ons zoveel houvast in het leven geeft als de wetenschap dat anderen het nog slechter hebben. Ik had het gevoel dat er nooit een eind aan zou komen, maar dat was wel het geval. En nu moet jij precies hetzelfde doen als wat ik heb gedaan, Meredith. Hou je hoofd omhoog en concentreer je op iets waarvan je houdt. Op een dag is het allemaal voorbij en zal niemand er meer aan denken, behalve jij en de andere mensen die opgelicht zijn.'

'Maar het is allemaal weg...' begon Meredith.

'Het geld?' zei Angelique. 'Dat kun je wel weer verdienen. Ga op zoek naar iets wat je fijn vindt om te doen en doe dat dan. Dat is balsem voor de ziel... dat heb ik ook gedaan.' Ze gebaarde om zich heen. 'Ik was dit huis anders kwijtgeraakt, maar door er een tweedehands kledingzaak van te maken slaagde ik erin om het vast te houden. Wees inventief. Je verzint vast wel weer iets. En je zit alleen in de put omdat je daar zelf in geklommen bent. Hou op met al dat zelfmedelijden. Dat is de goede raad die ik je meegeef.'

Ze pakte een aantekenboekje en een zilveren pen uit haar zak. 'Geef me je telefoonnummer maar, dan bel ik je wel.'

Meredith dreunde het gehoorzaam op.

'Ga er maar vandoor als je zover bent, lieverd,' vervolgde Angelique. 'Dan loop ik weer naar boven om de kleren te bekijken.'

Meredith dronk haar thee op en nam twee koekjes, terwijl ze ondertussen om zich heen keek naar het prachtige huis. Ze had nooit iets gehoord over een schandaal waarbij Angelique betrokken was, terwijl het kennelijk toch groot nieuws was geweest. Misschien hoefde ze niet alle hoop op te geven.

# 19

Het bleek dat een weekendje alleen niet half zo leuk was als ze had gedacht, hoewel Frankie heel enthousiast was geweest toen Seth en Lillie hadden aangekondigd dat het hoog tijd werd om op bezoek te gaan bij de familie van hun moeder in Kerry.

'Wat een geweldig idee,' zei ze. 'Je moet alles zien, Lillie, om te begrijpen hoe het destijds in Ierland was.'

Maar Frankie had zich wel afgevraagd of Lillie een bezoek aan haar moeders graf wel aan zou kunnen. Misschien zou ze dan nog meer verdriet krijgen om haar man, Sam. Of misschien, bedacht Frankie, zou ze ineens gaan beseffen hoe groot het verlies was geweest van de moeder die ze nooit had gekend.

Mensen reageerden allemaal anders, hoewel Frankie – als ze naging wat ze van Lillie wist – niet echt zeker was of ze de omstandigheden wel juist had ingeschat. Ze moest er toch maar niet te veel van verwachten. Seths moeder was een fantastisch mens geweest, maar misschien was dat nog niet tot Lillie doorgedrongen.

Frankie verheugde zich erop dat ze het huis voor zich alleen zou hebben, nou ja, het souterrain dan, dacht ze grimmig.

Lillie en Seth vertrokken op vrijdagochtend en zouden pas maandagmiddag terugkomen. Zodra ze weg waren, besloot Frankie om er echt van te genieten dat ze alleen thuis was. Om te beginnen zou ze het hele huis door lopen om te kijken wat er precies aan gedaan moest worden en hoe ze dat op de goedkoopste manier voor elkaar konden krijgen. Het was de enige mogelijkheid. Ze zou het niet kunnen verdragen als ze voorgoed in deze armoedige omstandigheden zou moeten leven.

Als ze dacht aan het mooie, weliswaar veel kleinere huis dat zij en

Seth verkocht hadden om in deze ruïne te gaan wonen... Nou ja, het had geen zin om nu aan hun oude huis terug te denken. Ze waren niet goed wijs geweest om dat te verkopen. Stapelgek en verleid door de droom van een elegant leven in een groot oud huis met een grote oude tuin, waarin ze gezellig samen konden tuinieren als het zonnetje scheen. Het was gewoon een stomme droom geweest.

Op zaterdagochtend werd ze al vroeg wakker, schoot wat oude kleren aan en liep, gewapend met een pen en haar vertrouwde aantekenboekje, vastberaden naar boven om de schade op te nemen van het rampgebied waarin ze tegenwoordig samen met Seth woonde.

Het enige resultaat was in feite dat ze zich nog ellendiger voelde dan anders toen ze overal had rondgekeken. De vorige eigenaar had kennelijk zonder de minste moeite het lelijkste behang ter wereld kunnen vinden. Of ze hadden toevallig net een aanbieding gehad van mosterdkleurige verf op de dag dat hij zijn inkopen kwam doen. Het houtwerk in alle kamers was in dezelfde afschuwelijke kleur geschilderd, die deed denken aan een kat die aan de dunne was.

Hoe kwam het toch dat ze niet hadden gezien hoe vreselijk het was? Ze dacht terug aan die eerste dagen, waarin Seth iedereen die ook maar een greintje interesse toonde de verbouwingstekeningen onder de neus had geduwd. En ze hadden zulke mooie plannen gehad. Seth was echt een geweldige architect. Gebruiksvriendelijkheid was voor hem belangrijker dan schoonheid en hij hield zich ook altijd aan zijn budget, omdat hij heel goed begreep dat mensen niet failliet wilden gaan om de wilde dromen van hun architect te verwezenlijken.

Er had een man bij hem op kantoor gezeten, een afschuwelijke vent die ze wel in dienst hadden gehouden, die er op de een of andere manier altijd in slaagde om mensen minstens twee keer zoveel uit te laten geven als ze in het begin van plan waren geweest. Dat was waarschijnlijk ook de reden waarom hij niet ontslagen was. Hij kon van iedereen geld lospeuteren.

Ze liep weer naar beneden en zuchtte, terwijl ze in het souterrain opnieuw om zich heen keek. Seths renovatieplannen voor dit gedeelte waren bijzonder slim geweest: een onbeschaamd moderne uitbouw die toegang gaf tot een eetkeuken met grote glazen wanden. Dat zou echt fantastisch zijn geweest, maar nu hadden ze veel te weinig geld om daar zelfs maar aan te denken. Maar heel misschien waren er toch wel dingen die ze zouden kunnen doen die niet zoveel hoefden te kosten, dacht ze terwijl ze alles nog eens met nieuwe ogen bekeek.

Lillie had volgehouden dat Dessie, die in de tuin al wonderen had verricht, het zware werk zou kunnen doen, zoals het wegbreken van scheidingswanden en wastafels en zo. Afgezien van een paar muren die opnieuw bepleisterd moesten worden en nieuw sanitair hoefden ze in het hele huis eigenlijk alleen maar alles van de muren te trekken en te schilderen. Dat was wel haalbaar, dacht Frankie, die steeds enthousiaster werd. Nadat ze had gezien wat ze met de tuin bereikt hadden, was ze iets optimistischer geworden. Ja, het zou ontzettend lang gaan duren als ze alles zelf moesten doen en de mooie meubels die ze eigenlijk nodig hadden voor een huis als dit konden ze zich voorlopig niet veroorloven, maar uiteindelijk zouden die er ook wel komen als ze gewoon geleidelijk aan de kamers een voor een inrichtten. Het zou echt liefdewerk worden.

Maar op zondag was ze de uitputting weer nabij en daardoor staken de twijfels weer de kop op. Toen Gabrielle belde om te vragen of ze misschien konden komen lunchen greep ze de kans om Villa Sorrento een paar uur de rug toe te keren met twee handen aan.

'Zou je het heel erg vinden als ik maar in mijn eentje kwam?' vroeg Frankie smekend, omdat ze Gabrielle dolgraag wilde zien. 'De anderen zijn naar het platteland om hun oude familie op te zoeken en ik wil graag even alleen met je praten om mijn hart uit te storten. Maar ik begin een beetje opgewekter te worden als het om het huis gaat, dus dat is mooi meegenomen. Ik heb het idee dat we het eigenlijk best zelf kunnen. Seth en Lillie hebben zulk goed werk geleverd in de tuin, dat wil je niet geloven. Het huis gaat een eeuwigheid duren, maar goed.'

'Je klinkt een stuk opgewekter,' zei Gabrielle. 'Natuurlijk kun je gewoon in je eentje komen, lieverd. Dan kunnen we even lekker als zussen onder elkaar babbelen. Kom maar om één uur, dan zeg ik wel tegen Victor dat hij moet gaan vissen.'

Toen ze op de oprit van het met blauwe regen begroeide, vrijstaande huisje van Gabrielle en Victor stopte en Georgia, de spaniël, als een idioot tegen de auto stond te blaffen, besefte Frankie ineens met een schok dat dít eigenlijk precies was waar ze naar had verlangd. Dit kleine, maar snoezige huisje met die mooie voor- en achtertuin en het gevoel dat je zodra je door het hek reed in een andere wereld terechtkwam, waar alles mooi en vredig was.

Als Villa Sorrento er maar zo uit zou zien, dan zou ze de hele wereld weer aankunnen, met inbegrip van die verrekte overgangsdepressie.

In de hal hingen de jassen slordig over de trapleuning. Frankies nichtje Cameron, die inmiddels eenentwintig was, zat op de trap uitgebreid te telefoneren en hield alleen even op om Frankie een kushandje toe te werpen. Ze was een slungelachtige versie van haar moeder, net zo blond en met een soortgelijke outfit van een slobberig T-shirt en strakke spijkerbroek als Emer altijd droeg en ineens verlangde Frankie wanhopig naar haar dochter.

Ondanks Skype waren haar beide kinderen ver weg en daar kon ze bijna niet meer tegen. Een leeg nest was een verkeerde beschrijving van wat hun vertrek veroorzaakt had. Het was eerder een verscheurd nest.

'Ik heb net soep en een salade gemaakt,' zei Gaby zodra ze in de keuken waren, maar alle voornemens om te gaan lunchen verdwenen als sneeuw voor de zon toen Frankie plotseling in tranen uitbarstte.

'Sorry. En ik zei nota bene dat ik opgewekter was. Ik weet niet waarom ik nu zit te janken. Ik weet niet wat er met me aan de hand is,' zei ze snikkend tegen haar zus.

'Heb je het moeilijk omdat je met Lillie opgescheept zit?' vroeg Gabrielle slim.

Frankie schudde haar hoofd. 'Dat bewijst juist de waarheid van het oude gezegde dat een andere vrouw een stel bij elkaar kan houden. Nee,' zei ze haastig toen ze zag dat Gabrielle haar wenkbrauwen optrok, 'ik bedoel niet dat Lillie "de andere vrouw" is, maar gewoon dat haar aanwezigheid een soort buffer is tussen mij en Seth. Ze past zoveel beter in die omgeving dan ikzelf.' Frankie snikte. 'Ik ben dol op Redstone en zag mezelf al door het dorp flaneren met een mand aan mijn arm om organische groenten te kopen en naar de slager te zwaaien. Maar dat is precies wat Lillie tegenwoordig doet. Iedereen is dol op haar. Ze heeft inmiddels ook vriendschap gesloten met de eigenares van de schoonheidssalon,' vervolgde Frankie, 'en met de mensen van de bakkerij. Ze helpt een oude mevrouw die niet vaak de deur meer uit komt en ze is dikke maatjes met ongeveer iedereen, van de twee kereltjes bij de bushalte tot een of ander vijftienjarig meisje van wie ze telkens zegt dat ze "een oude ziel" heeft, omdat ze zo wijs is.'

Haar zus luisterde vol meegevoel toe hoe Frankie haar hart uitstortte.

'Ze zegt dat ze met dat werk aan de tuin is begonnen, omdat ze niet van ons wil profiteren – en je moet echt eens komen om te zien wat ze allemaal klaargespeeld hebben, want je gelooft je ogen niet als je die metamorfose ziet. We hebben een gazon en struiken en Seth gaat een cursus bijenhouden volgen. Lillie lijkt wel een soort engel die is komen opdagen om alle problemen op te lossen. Ze heeft aangeboden om gedurende de rest van haar verblijf ergens anders te gaan logeren, maar daar wil Seth niets van weten. "Je bent mijn zus en je blijft hier," heeft hij tegen haar gezegd. Hij zou het helemaal niet erg vinden als ik ervandoor ging,' besloot Frankie ellendig.

Gabrielle keek haar zus aan, verbijsterd door het hele verhaal. Ze had nog nooit meegemaakt dat Frankie zo verdrietig en zo onzeker was.

'Je moet er niet van uitgaan dat het allemaal voorbij is omdat je nu midden in een moeilijke periode zit,' zei ze. 'Aan elk huwelijk moet gewerkt worden.'

'Niet aan het jouwe!' zei Frankie.

Gabrielle sloeg haar ogen ten hemel. 'Tuurlijk wel,' zei ze. 'Je bent geschrokken omdat je dit nog nooit hebt meegemaakt, maar we zitten allemaal weleens in de moeilijkheden. Je bent tot nog toe alleen zo druk geweest dat de glans er nog niet vanaf was. Getrouwd zijn is hard werken.'

'Maar daar gaat het juist om,' zei Frankie. 'Volgens mij wil Seth helemaal niet meer met mij getrouwd zijn. Ik ben zo ongelooflijk humeurig en toen hij zijn ontslag kreeg, was ik ook al hopeloos. Hij wil van me af, dat weet ik zeker.' Ze barstte opnieuw in tranen uit.

Ver weg van de elegante Maple Avenue kwam Lillie tot de ontdekking dat het wilde landschap van het landelijke Kerry iets heel anders was. Als een echte Australische had ze lange reizen gemaakt door haar prachtige thuisland. Toen de jongens tieners waren, hadden zij en Sam hen meegenomen op een reis door de Outback die ze hun leven lang niet meer zouden vergeten. Als ze naar de foto's keek die ze daarvan nog steeds bij zich had, begon ze onwillekeurig te glimlachen. Daar strekte het land zich uit tot in oneindige verten, een uitzicht dat alleen onderbroken werd door incidentele gombomen waarachter de weidse horizon tot aan de bleekblauwe lucht reikte.

Seth had aanvankelijk de snelweg aangehouden, waarop je af en toe een glimp opving van huizen en zijwegen die wel een beetje aan Redstone en Maple Avenue deden denken. Maar daarna waren ze afgeslagen naar een hele serie kronkelende smalle wegen met aan weerszijden heggen die uit wilde rozen, doornstruiken en bomen bestonden.

'Wat gebeurt er als je een tegenligger krijgt?' vroeg ze nieuwsgierig. 'Er is geen ruimte genoeg om elkaar te passeren.'

Seth grinnikte naar haar. Hij voelde zich kennelijk op zijn gemak en meer ontspannen in dit woeste, bergachtige landschap.

'Als dat gebeurt,' zei hij, 'zal een van de twee achteruit moeten. De mensen hier in de buurt zijn daaraan gewend. De wegen worden nog veel smaller, hoor.'

Vandaag was pas het eerste deel van de reis. Hun moeder was opgegroeid op een afgelegen boerderij op het Beara Peninsula, een prachtig, rotsachtig gebied waar de Atlantische Oceaan tegen de kust beukte. Daar waren de wegen nog smaller en was de kans even groot dat ze een tractor tegen zouden komen als een andere auto. Op Lillie, die gewend was aan het principe van boerderijen met een enorm grondgebied waar schapen en koeien vrijuit rond konden zwerven over duizenden hectaren, maakten de kleine, rotsachtige weilanden met hun roestige hekken met dwarsliggers een vreemde indruk.

'Het zal niet meevallen om hier als boer je brood te verdienen,' zei ze terwijl ze om zich heen keek.

Seth beaamde dat. 'Ik zou er zelf niet eens aan willen beginnen. Zelfs de koeien mogen hier nooit uitslapen.'

Lillie lachte. 'Vertel eens wat voor gevoel je had als je hier als kind op bezoek kwam,' zei ze. 'Het moet wel heel anders zijn geweest dan jullie leven in Cork, een beetje…'

'Buitenaards?' opperde hij. 'Ja, het was een vreemd gevoel. Maar mijn moeder, ónze moeder voelde zich hier volkomen thuis en dat was genoeg. Ik hoorde hier omdat zij hier hoorde en zij paste zich altijd heel gemakkelijk aan.'

Lillie hield haar mond terwijl ze verder reden. De heggen werden schaarser en moesten algauw plaatsmaken voor muren die gemaakt waren van stenen die kennelijk zonder cement of mortel op elkaar gestapeld waren. Het land leek gevaarlijk en onherbergzaam en be- zaaid met dezelfde grijze stenen waarvan de muren waren gemaakt. Net als de tocht naar Seths oude huis in Cork hielp het allemaal mee om haar moeder te gaan zien als iemand die echt had bestaan. Voor- dat ze naar Ierland kwam, had Lillies moeder heel ver weg geleken, als een soort schim of een fee uit een kinderboek.

Inmiddels dacht Lillie aan haar als een echte vrouw van vlees en bloed, die zo'n sterk karakter had gehad dat ze erin was geslaagd om haar verlegen en gevoelige zoon op zijn gemak te stellen als ze hier vanuit de stad op bezoek waren. Het beeld dat Lillie haar leven lang had gehad van een angstig jong meisje dat gedwongen was om haar baby af te staan begon te verbleken. Hoe was haar moeder echt ge- weest? Hoe kon iemand die in dit troosteloze landschap was opge- groeid zo bang zijn gemaakt dat ze bereid was geweest om haar kind op te geven?

'We zijn er nu bijna.' Vanavond zouden ze bij zijn oom blijven logeren, die nog steeds op de kleine boerderij woonde. Er was niet veel van de familie over en op het schiereiland woonden verder geen verwanten. Sommigen hadden zich in Wales gevestigd, anderen in Amerika. Ze woonden overal verspreid. Seth had hun allemaal een e-mail gestuurd en wachtte nu op antwoord.

'Ze zullen je allemaal willen zien of met je willen praten,' zei hij. 'Het zoeken naar familieleden die in een ver verleden zijn verdwenen is hier een echte rage, hoor!'

'Hoe ver is het naar de zee?' vroeg ze.

Seth dacht even na. 'Een kilometer of tien,' zei hij. 'Ik heb hier leren zwemmen. Je zult je ogen niet kunnen geloven als je de zee te zien krijgt, want ons "zwembad" was een getijbekken. Het was gemakkelijker om te zwemmen dan over de scherpe stenen te lopen.' Hij schoot in de lach, terwijl hij duidelijk terugdacht aan de tijd die hij bij zijn familie op de kleine boerderij had doorgebracht.

'Vindt je oom het niet vervelend dat ik meekom?' vroeg Lillie aarzelend. Ze wist dat niet iedereen blij was als er plotseling familieleden opdoken waarvan ze het bestaan nooit hadden geweten en dat geadopteerde kinderen vaak verstoten werden. Sommige families konden het niet verkroppen dat een van de leden hun leven lang met een leugen had moeten leven. Anderen zaten er niet op te wachten om nog meer mensen in hun leven toe te laten, dank je wel.

Ze ging verzitten en glimlachte naar Seth, die er zo gelukkig uitzag nu hij weer over die verraderlijke, smalle weggetjes reed. Hij had heel anders gereageerd. Hij had haar meteen in zijn armen gesloten, in zijn leven en in zijn hart. Ze was echt een geluksvogel. *Bedankt, Sam,* bad ze in stilte. *Bedankt dat je me hiernaartoe hebt gestuurd en ervoor hebt gezorgd dat Seth en Frankie me met open armen verwelkomden.*

Natuurlijk wist ze best dat het universum alles graag in balans heeft. Als haar hart overliep van de liefde die ze kreeg van haar broer die ze nooit gekend had en zijn vrouw, dan gaf ze daarvan absoluut iets terug. Ze kon de brede kloven in het huwelijk van Seth en Frankie zien en ze was vastbesloten er alles aan te doen om hen te helpen die te overbruggen. Niet op een bemoeizuchtige manier, welnee. Maar ze leken op twee mensen die in een dichte mist in hetzelfde meer zwommen. Ze riepen naar elkaar, ze hadden elkaar nodig, maar ze konden elkaar gewoon niet vinden. Frankie en Seth hielden van elkaar, daar twijfelde Lillie geen moment aan. Maar ze hadden dat gevaarlijke punt bereikt waarop alles afschuwelijk mis kon gaan en als zij kon helpen om dat te voorkomen, dan zou ze dat doen ook.

'We zijn er,' zei Seth zonder waarschuwing vooraf.

'Nu al?' vroeg ze, maar hij reed een smalle inrit in die toegang gaf tot een modderig pad.

Voor haar lag een stenen huisje dat tegen een heuvel was aangebouwd. Het was net een kindertekening. Een laag dak, twee kleine raampjes aan de voorkant en een brede, rood geverfde deur. Onder de goot aan de voorkant stond een regenton en naast het huis lag een keurige stapel turf. In dat huis had haar moeder samen met zeven broers en zusjes gewoond en het was heel klein. Lillie bleef er met grote ogen naar kijken toen Seth stopte.

Het was keurig en net, maar zo armoedig, zo… zo… Ze had nog nooit zoiets gezien. Was dit echt de plek waar haar moeder vandaan kwam?

Een bejaarde, krom gegroeide man in een heel oud, donker pak stond in de deuropening naar hen te turen.

'Oom Liam!' zei Seth en stapte uit.

Hij en de oude man omhelsden elkaar terwijl Lillie langzaam van de passagiersstoel gleed en naar hen toe liep. Er vielen weer een paar puzzelstukjes op hun plaats.

'Lillie, *a stór*,' zei de oude man en stak zijn armen naar haar uit.

'Dat betekent lieverd in het Iers,' zei Seth behulpzaam.

'Je lijkt als twee druppels water op je moeder, Lillie!' voegde Liam eraan toe en meteen daarna stond ze in zijn armen en rook de geur van pijptabak, zijn zilte huid en oude kleren die waarschijnlijk niet genoeg gelucht waren. Hij moest op zijn minst negentig zijn, de laatste van haar moeders broers en zusjes die nog in leven was, en hij verwelkomde haar thuis.

'Liam, wat heerlijk om je te ontmoeten,' zei ze, terwijl ze hem stevig vasthield.

'Wat heb je een prachtig accent,' zei hij met een glimlach in zijn stem.

'Hetzelfde geldt voor jou,' zei Lillie met tranen in haar ogen.

Ze gingen in de donkere keuken van het huis zitten, die heel schoon was maar ontzettend oud en waar geen gemakkelijke stoel te vinden was. Liam pookte de kachel op en zette er een grote, doffe, tinnen ketel met water op, om thee te kunnen zetten.

Uit een crèmekleurig keukenkastje haalde hij een doos met foto's tevoorschijn en zette die voor Lillie op tafel.

'Ga daar maar eens in neuzen, dan zul je er wel een paar van je moeder vinden.'

Er zaten niet overdreven veel foto's in de doos, maar tussen de kleine sepiakleurige kiekjes met een witte rand vond ze haar moeder als jonge vrouw, in een jarenveertigjurk met de brede schouders uit die tijd en een boothals. Haar haar zat in een Betty Grable-rol en ze had lipstick op, waarschijnlijk het rood dat toen mode was, dacht Lillie een beetje beverig.

Ze had al foto's van haar moeder in de albums van Seth gezien, maar die waren uit de tijd dat ze getrouwd was. Dit was puur goud, foto's van voor die tijd.

'Zou ze toen al in verwachting zijn geweest?' vroeg Lillie zich af.

Liam wierp een blik op de foto terwijl hij met de theepot langskwam.

'Ze was een mooie vrouw, dat staat vast, de mooiste van ons allemaal.'

'Wisten jullie van mijn bestaan?' vroeg Lillie.

Ze wist niet zeker of ze dat wel mocht vragen, maar ze moest het gewoon weten. Liam was de jongste, maar desondanks had hij het hele verhaal misschien wel gehoord en zou hij het oude mysterie kunnen ophelderen.

'Ja, hoor,' zei hij zacht. 'Jennifer was precies zoals jij, Lillie, altijd al mooi, en ze had een paar maanden verkering met de jonge Michael Doherty toen hij werd opgeroepen voor de mobilisatie. Zijn arme moeder is daar eerlijk gezegd nooit overheen gekomen.' Liam nam langzaam een slokje thee. Hij deed alles langzaam, besefte Lillie. 'Hij werd al tijdens de opleiding gedood. Een ongeluk, zeiden ze. Hij heeft geen voet aan boord van een schip gezet om te gaan vechten. We wisten allemaal dat Jennifer in verwachting was en we wisten ook dat daar niets goeds van kon komen.'

Zijn oude, blauwe ogen, die wel wat op die van Lillie leken, keken haar aan.

'Dat vind jij nu misschien wreed, *a stór*, zeker als je nagaat hoe daar nu over wordt gedacht, maar destijds had iedereen haar ongetwijfeld met de nek aangekeken. Moeder Vincent van het klooster in de stad was een goede vrouw en zij wilde wel helpen, aangezien Michael om het leven was gekomen en zo. Zij kwam met het plan en dat was dat. Jennifer ging naar het klooster in Cork en kwam pas weer terug bij ons toen ze al een getrouwde vrouw was, vijf jaar later. Ik denk,' zei hij triest, 'dat ze het niet aankon om het land en de mensen weer te zien omdat ze dan te veel verdriet zou hebben om de baby. Om jou.'

'Denk je dat mijn vader het wist?' vroeg Seth.

Liam nam weer een slokje thee en dacht na. 'Dat zou ik niet durven zeggen,' verkondigde hij uiteindelijk. 'Maar hij hield meer van Jennifer dan alle andere kerels bij elkaar en dat was het belangrijkste. Ze was een fijne vrouw, weet je.'

'Ik weet het,' zei Lillie.

Liam glimlachte, waardoor er ontelbare rimpeltjes in zijn gezicht verschenen. 'Als je daar maar om denkt,' zei hij. 'Kom, dan lopen we even de weg af, dan zal ik je van alles over je moeder vertellen. Die Seth mag dan denken dat hij alles weet, maar dat is vast niet zo,' plaagde Liam. 'Ik heb nog heel wat verhalen over haar in mijn hoofd.'

Hij liep voor hen uit naar buiten, het heldere, bijna witte licht in dat de zee en de lucht samen voortbrachten. 'Goed, Michael en zijn familie woonden op die heuvel daarginds, maar ze hadden allemaal zwakke longen en nadat Michael heenging, hield zijn broer het nog maar één jaar langer uit, toen was hij ook weg. Het leven was destijds heel wreed. Loop maar mee, dan gaan we even bij hun huis kijken. Er is alleen nog maar een ruïne over, maar je moet toch even naar binnen om een gevoel voor hem te krijgen.'

Hij hield Lillies hand vast tijdens de wandeling en bleef in dat vriendelijke accent tegen haar praten. Toen ze in de buurt kwamen van het in puin gevallen huis van haar vader kreeg Lillie het gevoel dat haar reis in Ierland eindelijk voltooid was. Om dit te zien was ze hiernaartoe gekomen.

Lillie begreep nu ook dat haar jonge moeder het beste met haar baby had voorgehad. Ze had ontzag voor deze vrouw, die toch een eigen leven had opgebouwd, nadat ze op jonge leeftijd ongehuwd zwanger was geweest.

In dit wilde landschap, met de wind die om hen heen gierde, voelde ze zich sterker dan ooit met Jennifer verbonden.

Terwijl ze met een half oor naar Liam luisterde, sloot ze haar ogen en bad: *Ik hoop dat je bij Sam bent, Jennifer, en bij je man Daniel, en Ruth, en iedereen van wie je ooit hebt gehouden, en daar horen mijn vader en moe-*

*der ook bij. En die arme Michael. Jullie zijn allemaal een stukje van mij.*

'Ik hou er ook van om te bidden onder het lopen,' merkte Liam op. 'Dat zal wel in de familie zitten. Je kunt het meisje wel weghalen uit Kerry, maar je kunt Kerry nooit weghalen uit het meisje, hè?'

Seth en Lillie lachten met hem mee.

'Heb je zin om vanavond met ons in de stad te gaan eten?' vroeg Seth.

Daar moest Liam even goed over nadenken.

'Als jij me alles over je leven vertelt, Lillie, dan wel,' zei hij. 'Als ik zo'n eind moet reizen om bij jou op bezoek te komen, dan wil ik dat wel weten.'

Lillie omhelsde hem. 'Daar zullen we voor zorgen,' zei ze vol genegenheid. 'Reken maar.'

# 20

Op maandagochtend reed Frankie naar haar werk, blij met het idee dat Seth en Lillie terug zouden zijn tegen de tijd dat zij weer thuis was, zodat ze niet langer alleen zou zijn. Misschien moest ze vanavond maar iets speciaals koken. Allerlei mogelijkheden schoten haar door het hoofd. Lillie en Seth hadden bijna altijd gekookt en het leek Frankie juist leuk als zij het nu voor de verandering een keer deed. Gisteravond had ze eindelijk haar oude collega, Amy, gebeld en ze hadden afgesproken dat ze volgende week bij haar zouden komen eten. Amy had erop gestaan dat ze naar haar toe zouden komen om kennis te maken met haar man en om de tuin te zien, inclusief de twee bijenkorven. Alleen al dat babbeltje met Amy – die kennelijk dol was op koken – was genoeg om de keukenprinses in Frankie wakker te schudden.

Ze zou in haar lunchpauze gaan winkelen en kijken of ze de ingrediënten voor iets lekkers op de kop kon tikken.

Frankie had vroeg in de ochtend een afspraak met dokter Felix om te vertellen hoe het met haar hormoonkuur ging. Ze zat in de wachtkamer aantekeningen te maken over alles wat ze die dag moest doen en haar e-mails door te kijken met behulp van haar smartphone. Een daarvan was van Anita, die ze via haar mobiel verzonden had met een link naar een nieuwsbericht.

Iedereen bij Dutton was verschrikkelijk opgefokt door de geruchten van een aanstaande fusie met de Amerikaanse verzekeringsgigant Uncle Sam. Maar hoewel een groot deel van het personeel zich zorgen maakte, was Frankie ervan overtuigd dat het niet zo'n vaart zou lopen.

'Hoor eens, jongens, daarmee zouden ze de monopoliecommissie meteen op de kast jagen,' redeneerde ze. 'Uncle Sam is ook al eigenaar van Unite Insurance, waardoor ze al een groot deel van de markt hier in handen hebben. Ze krijgen nooit toestemming om ons ook op te slokken.'

'Maar als het wel gebeurt,' hield Lydia, de jongste van haar medewerkers en de trotse eigenaresse van een hypotheek ter grootte van de reparatierekening die een Saudi-Arabische prins voor zijn Ferrari moest neertellen, 'dan zou dat toch met banenverlies gepaard gaan, hè?'

'Als het zou gebeuren,' zei Frankie geduldig, 'ja, dan zouden er gedwongen ontslagen volgen. Dat is altijd het geval onder dit soort omstandigheden. Maar dat gebeurt niet.'

Ze sloeg even haar arm om Lydia op een manier die in de meeste handboeken betreffende personeelszaken niet aanbevolen wordt. Maar iets in Lydia's smalle, ovale gezichtje en haar wilde krullen deed Frankie aan haar eigen schattebout, Emer, denken. Ze had net zo'n lieve glimlach, alleen had Lydia niet die felle drang naar onafhankelijkheid, die Emer van Frankie zelf had geërfd.

Als Frankie de geruchten serieus had genomen, was ze regelrecht naar het kantoor van de president-directeur gestapt en had een antwoord geëist. Maar ze wist dat de zakensector in het huidige economische klimaat een broeinest was van wilde geruchten over curatele, fusies en enorme afkoopsommen voor hopeloze kaderleden. Frankie was altijd te verstandig geweest om dat soort dingen voor zoete koek aan te nemen.

En trouwens, ze had al genoeg aan haar hoofd om zich ook nog eens druk te maken over de laatste samenzweringstheorieën.

Toen ze bij dokter Felix zat, controleerde hij haar bloeddruk en vroeg hoe het met de hormoonkuur ging.

'Ik weet niet of het werkt,' zei ze ronduit. 'Ik ben nog steeds constant doodmoe en ik gedraag me als een eersteklas kreng tegenover Seth,' voegde ze er schuldig aan toe, omdat ze het gevoel had dat ze het ook nog aan iemand anders behalve haar zus moest vertellen.

'Kom maar over drie maanden terug, dan kijk ik je opnieuw na. Maar alles gaat prima, hoor,' had dokter Felix op die geruststellende manier van hem gezegd.

Dat hoop ik dan maar, dacht Frankie terwijl ze de praktijk uitliep op weg naar haar auto.

Als ze niet zo bezig was geweest met haar eigen problemen, had Frankie misschien iets langer nagedacht over Anita's e-mail. Dan had ze misschien haar werkvoelsprieten opgezet en als dat was gebeurd, zouden ze zinderen van alle signalen die ze oppikte. Maar Frankie stond geestelijk buitenspel omdat ze zich zo moe voelde. Dat soort dagen haatte ze. Ze doken uit het niets op en brachten een overstelpend gevoel van dodelijke vermoeidheid mee, waardoor ze geen greintje energie overhield en het liefst de hele dag op de bank zou willen liggen. Maar dat was bij Dutton Insurance uiteraard onmogelijk. Dus toen Frankie op kantoor kwam, loste ze twee bruistabletten vitamine C op in een glaasje water in plaats van één en maakte haar ochtendkoffie sterker dan normaal.

'Zijn er nog boodschappen?' riep ze naar haar assistente.

'Nee,' riep Ursula terug, die haastig onder het bureau haar nagels zat te lakken.

'Ben je nou weer bezig met die nagels?' vroeg Frankie.

'Ja,' bekende Ursula.

'Lieverd, omdat je nou toevallig voor mij werkt en ik begrijp hoeveel moeite het kost om er goed uit te zien,' zei Frankie, 'betekent dat nog niet dat elke baas er zo over zal denken. Dus hou je nu maar aan de regel dat je op kantoor niet je nagels moet lakken. Als het niet anders kan, doe het dan op het damestoilet. En anders moet je gewoon de lak eraf halen.'

'Dat gaat niet,' zei Ursula. 'Ze waren blauw en er zit nog steeds iets op, dus ik zal ze wel een beetje bij moeten lakken, anders zien ze er vreselijk uit.'

'Ik heb nagellakremover in mijn la,' zei Frankie. 'Iedere werkende vrouw moet een noodvoorraad hebben.'

Dat had Marguerite, de vrouw die haar opgeleid had, er wel in gehamerd. 'Je hebt een reservepanty nodig, een reserveonderbroek, tampons, hoofdpijnpillen, deodorant en een schoon topje voor het geval je iets morst. En een reservemantelpakje ergens in een kast zou ook geen overbodige luxe zijn, plus een paar mooie naaldhakken.'

Frankie liep met de remover en wat wattenschijfjes naar Ursula toe. 'Vooruit,' siste ze. 'Ga naar het toilet en haal alles eraf.'

'Frankie, je bent echt geweldig,' verzuchtte Ursula. 'Je bent de fijnste baas die ik ooit heb gehad.'

'Ach, hou toch op,' weerde Frankie af terwijl ze terugliep naar haar bureau, maar ondanks alles moest ze toch glimlachen.

Tegen een uur of twaalf begonnen de vitamine C-pillen en de extra sterke koffie te werken. Frankie was erin geslaagd om een enorme hoeveelheid werk te verzetten en voelde zich behoorlijk tevreden, zodat ze met een opgewekt 'Hallo, met Frankie Green' opnam toen de telefoon ging.

Ze herkende meteen de vrij nasale stem van de assistente van de vicepresident-directeur. 'Hij wil je om twee uur in de directiekamer spreken,' zei Maire scherp.

'Weet je waar het over gaat?' vroeg Frankie terwijl ze een aantekening maakte in haar agenda. 'Moet ik iets meebrengen?'

Het bleef heel even stil. 'Nee,' zei Maire vastbesloten, 'tot zo.' Meteen daarna verbrak ze de verbinding.

Frankie zuchtte. Ze had een hekel aan vergaderingen zonder agenda. Ze was een druk bezette vrouw en ze had genoeg te doen.

Na de lunch liep ze de trap op naar de directiekamer, nadat ze eerst had gecontroleerd of er geen ladders in haar panty zaten en geen lipstick op haar tanden en ze had haar lippen opnieuw gedaan. Ze zag er perfect uit: elegant en besluitvaardig. Ze werd een tikje van haar stuk gebracht toen ze een vreemde naast de vicepresident-directeur aan de tafel zag zitten, maar ze vermande zich, stak haar hand uit en stelde zich voor. 'Hallo,' zei ze koel. 'Francesca Green, hoofd Personeelszaken.'

'Mike Walters, van Unite Insurance,' zei hij.

Ineens snapte Frankie het. Sjongejonge, en of ze het snapte. Terwijl ze erin slaagde om de beide mannen niet te laten merken dat ze een schok had gehad, trok ze een stoel achteruit en ging zitten, blij dat ze haar trillende benen onder de tafel kon verstoppen, waar zij ze in ieder geval niet te zien kregen.

'Goed,' zei ze en keek Giles, de vicepresident-directeur aan. 'Waar gaat het om?'

Giles deed wat hij altijd deed: hij liet het aan anderen over.

'U bent hier, mevrouw Green,' zei Mike formeel, 'om over de aanstaande fusie geïnformeerd te worden.'

Zijn gedrag en zijn woordkeus lieten haar geen enkele twijfel. Frankie wist meteen dat ze slecht nieuws te horen zou krijgen.

'Juist,' zei ze effen. 'Dus het gaat echt door?'

'Ja,' piepte de vicepresident-directeur zonder Frankie aan te kijken.

'Personeelszaken zal een van de belangrijkste afdelingen zijn tijdens de overname,' vervolgde de uiterst beleefde man van Unite. Onder andere omstandigheden had Frankie hem misschien wel aantrekkelijk gevonden, want dat was hij zeker. Een dikke bos haar, helemaal van hemzelf, dat in tegenstelling tot de vicepresident-directeur, die al kaal begon te worden en dat wanhopig probeerde te verbergen.

Frankie wist dat dit gesprek twee kanten op kon gaan, ze had lang genoeg met dit bijltje gehakt om dat te begrijpen. Ze was onderdeel van de oplossing, of ze was onderdeel van het probleem. Ze dacht aan Marguerite, aan hoe hard zij jarenlang voor het bedrijf had gewerkt en hoe ze desondanks toch kon opstappen toen er een nieuwe wind door het bedrijf waaide. Marguerite had haar leven aan Dutton Insurance gewijd, maar toen er geen plaats meer voor haar was, hadden ze haar afgedankt. Zomaar. Heel even dacht Frankie aan hoe Seth zich gevoeld moest hebben op de dag dat hij zijn ontslag kreeg. Ondanks twintig jaar ervaring op Personeelszaken had ze dat toch niet begrepen. Het was heel anders bij zo'n klein bedrijf als het zijne, had hij geprotesteerd. Anders, omdat hij er van het begin af aan bij was geweest, omdat hij had meegewerkt aan het succes en bevriend was met de mannen die het bedrijf opgezet hadden. Helaas hadden ze hem geen deelgenoot gemaakt.

Frankie had urenlang in stilte gefulmineerd tegen het feit dat Seth zich zo lankmoedig bij zijn lot had neergelegd. Waarom had hij niets gedaan? Waarom was hij niet opgesprongen om tegen hen te schreeuwen en hen ervan te overtuigen dat ze hem niet moesten laten gaan?

Maar nu, terwijl ze strak over de vergadertafel naar die twee mannen keek, van wie de ene alles in het werk stelde om haar niet aan te kijken terwijl de andere haar blik rustig retourneerde, begreep Frankie dat dit een van de weinige gelegenheden was waarbij je niets kon doen.

'Hebben jullie al besloten of ik onderdeel van een probleem ga worden of mag ik meewerken aan de oplossing?' vroeg ze aan Mike. Het had geen enkele zin om tegen Giles te praten.

'U bent geen onderdeel van een probleem, mevrouw Green,' zei Mike koel. 'Maar we brengen onze eigen mensen mee om leiding te geven aan Personeelszaken. Als u zou blijven, zult u onder hen moeten werken, wat in feite neerkomt op verlaging van positie. Volgens mij zou dat niet echt werken.'

'Nee,' beaamde Frankie terwijl ze haastig zat na te denken. 'Dat zou niet werken. Wat bent u dan van plan om me aan te bieden als ontslagregeling? Maar laat me eerst even contact opnemen met mijn advocaat, goed? Ik werk hier al een hele tijd en ik heb een uitstekend contract.'

Het schonk haar een bepaalde bevrediging toen ze een geschrokken blik over Mikes gezicht zag flitsen. Het was duidelijk dat hij haar personeelsdossier niet echt grondig had doorgenomen.

Toen ze een halfuur later terugliep naar Personeelszaken merkte Frankie tot haar verrassing dat ze alles toch wel erg zou missen. Het was niet zo'n grote afdeling. Het plafond was laag en er stonden grijze scheidingswanden waarop mensen foto's van hun gezin plakten en waar ze potplanten tegenaan zetten in de hoop dat die in het tl-licht zouden blijven leven. Op Tracy's bureau stond een chlorophytum die het heel goed deed. Er hadden al een aantal kleine plantjes aan gezeten, die andere mensen hadden meegenomen om te proberen of die het ook op hun bureau deden, maar ze waren allemaal dood gegaan. Alleen die van Tracy niet. Frankie moest glimlachen bij die gedachte.

'Jullie hebben gewoon niet zulke groene vingers als ik,' zei Tracy dan quasitrots. 'Ik ben de koningin van de graslelies.' Frankie liep langs Jon, een van de jongere medewerkers, die alweer eens met de IT-afdeling zat te bellen waar een pas aangenomen werknemer niet beviel en waar kantoorbenodigdheden zoals pennen en A4-blokken als sneeuw voor de zon verdwenen.

Frankie liep rechtstreeks naar haar kantoor zonder iets tegen Ursula te zeggen, die voor haar deur zat. Wat raar, dacht Ursula. Het was juist zo fijn om voor Frankie te werken omdat ze je altijd groette en nooit vroeg om iets voor haar te doen wat ze zelf ook niet leuk vond. En daar kwam nog bij, dacht Ursula somber, dat ze totaal niet op haar laatste baas leek, een slijmbal die Paul heette en die geen kans voorbij liet gaan om vlak naast Ursula te gaan staan en in haar bloesje te gluren. Frankie zou het wel ontzettend druk hebben, dat was alles. Of ze had aan iets anders lopen denken. Ursula ging weer aan het werk en zat een tijdje verwoed op haar toetsenbord te tikken. Opeens hield ze op. Bij nader inzien had Frankie er heel moe uitgezien. Misschien zou een kopje koffie haar goed doen.

Frankie stond rond te kijken in haar kantoor alsof ze het nooit eerder had gezien. Ze had een van de weinige hoekkantoren van Dutton Insurance en in de loop der jaren was het helemaal van haar geworden, met foto's van haar familie op het bureau en schilderijen die zij mooi vond aan de muren.

Maar alles in het kantoor zag er ineens anders uit, een tikje uit het lood, omdat Frankie zichzelf een tikje uit het lood geslagen voelde. De wereld was van zijn plaats geraakt. Of verbeeldde ze zich dat maar? Het zou wel een kwestie van shock zijn, dacht ze ergens in een hoekje van haar brein. Als je een shock had leek alles anders en ze had een grote schok gehad. Ze werd *afgevloeid*. Afgevloeid. Hoe kon haar dat overkomen, Frankie Green, die zo lang een van de pijlers van Dutton Insurance was geweest? Ze dacht aan al die jaren waarin ze had moeten jongleren – god, wat had ze toch een hekel aan dat woord – met haar werk, de kinderen, Seth, het huis, maaltijden, boodschappen doen, de was... ze had als een waanzinnige jongleur geprobeerd om alles in de lucht te houden en haar werk er nooit onder te laten lijden dat ze nog zoveel andere dingen te doen had.

Marguerite zei altijd dat vrouwen de meest ethische werknemers waren, omdat ze altijd probeerden hun werkgevers te geven wat er van hen verwacht werd. De meeste werkende moeders deden hun uiterste best, waardoor ze eigenlijk alleen zichzelf tekortdeden. En nu dít. Er werd geklopt en Ursula stak haar hoofd om de deur.

'Frankie,' zei ze met haar vrolijke, lichte stem. 'Is alles in orde? Of zou een kopje koffie misschien helpen?'

Frankie voelde de tranen in haar ogen prikken, maar ze bleef naar buiten kijken. Ze probeerde haar stem zo neutraal mogelijk te laten klinken en eruit te zien alsof ze uit het raam stond te kijken terwijl ze nadacht over een zakelijk probleem dat opgelost moest worden.

'Nee, dank je, Ursula. Ik voel me prima.'

'Oké,' zei Ursula en trok de deur voorzichtig achter zich dicht.

Frankie bleef uit het raam staren, maar dat loste niets op, helemaal niets.

# 21

In mei meende Peggy dat ze eindelijk een buikje begon te krijgen. Nauwelijks zichtbaar, maar het was er wel. En ze was 's ochtends nog steeds misselijk.

Ze kwam uit het toilet in de winkel met een gezicht dat een groenige tint had. Fifi gaf haar een stukje keukenrol, zodat ze haar gezicht fatsoenlijk kon schoonpoetsen. 'Moet ik even snel een pakje gemberthee voor je gaan kopen?' vroeg ze vriendelijk.

'Gemberthee?' vroeg Peggy verbijsterd en nog steeds misselijk.

Fifi hield haar hoofd schuin. Ze was altijd vrij excentriek uitgedost, maar vandaag had ze zichzelf overtroffen met vlechtjes in haar krullende zwarte haar en een jarenvijftigjurk met een wijde rok van geel met roze gestreept linnen. 'Veel zwangere vrouwen zweren bij gemberthee. Dat schijnt 's morgens heel goed te helpen tegen die misselijkheid. Bij mij werkte het niet, maar misschien heb jij er wel iets aan.'

'Misselijkheid?' zei Peggy geschrokken. Ze dacht dat ze het zo goed geheim had gehouden en nu kreeg ze van Fifi te horen dat die het allang wist.

'Ja, misselijkheid. In de ochtend,' zei Fifi, die een beetje geërgerd klonk. 'Ik weet niet waarom je me niets verteld hebt, Peggy,' zei ze. 'Het is toch geen staatsgeheim?'

'Nou, nee...' mompelde Peggy. 'Maar ik wou het tegen niemand zeggen.'

'Dat is het probleem met het krijgen van baby's,' zei Fifi. 'Op de een of andere manier hebben mensen het altijd in de gaten als je zwanger wordt. Er zijn een heleboel dingen die je verraden, en misselijkheid na het opstaan staat hoog op de lijst.'

'Ik...' begon Peggy. Ze zuchtte. 'Je hebt me door,' gaf ze toe. 'Het was stom om te denken dat niemand iets in de gaten had. Ik heb er al een hele tijd met je over willen praten, want... nou ja, de vader is er niet bij betrokken en ik dacht dat jij me daar wel iets over kon vertellen.'

Fifi keek haar treurig aan. 'Wat naar voor je, Peggy,' zei ze. 'Dat valt niet mee, hoor. Coco's vader wilde er niets van weten en ergens,' Fifi grinnikte ironisch, 'ergens wilde ik ook niets te maken hebben met iemand die niet net zoveel van Coco hield als ik.'

'Ik begrijp het,' zei Peggy. 'Bij mij ligt dat iets anders, want ik heb de vader niets verteld. En dat ben ik ook niet van plan,' voegde ze er haastig aan toe. 'Het was niet zo'n soort relatie en het is niet eerlijk om hem hiermee op te schepen.'

Ze had verwacht dat Fifi instemmend zou knikken. Fifi wist wat het was om in je eentje een kind groot te brengen. Als iemand het begreep, dan was zij het wel. Maar in plaats van begrip verscheen er een andere uitdrukking op Fifi's gezichtje, iets wat op boosheid leek.

'Wou je het hem niet vertellen? Maar dat moet je wel doen. Wat hij doet en hoe hij daarop reageert, is zijn zaak, maar je moet hem vertellen dat je zijn kind verwacht. Het is ook zijn kind.' Fifi legde

335

nadruk op elk woord en herhaalde het nog een keer om Peggy er goed van te doordringen. 'Het is ook zijn baby.'

'Niet waar!' zei Peggy woedend.

'Wat heb jij toch tegen mannen?' wilde Fifi weten.

'Genoeg om niet samen een kind te hebben,' reageerde Peggy woest.

Fifi zei niets en Peggy begon te huilen.

'Verrekte hormonen,' zei ze terwijl ze een tissue pakte. Die hield ze altijd bij de hand. Ze was inmiddels gewend aan de plotselinge huilbuien, waarbij alle emoties die ze jarenlang met zoveel succes had onderdrukt naar buiten kwamen: woede, verdriet, angst en pure ellende.

'Ik huilde ook veel toen ik zwanger was van Coco,' zei Fifi, terwijl ze naar de winkeldeur liep, die op slot deed en het kaartje omdraaide om aan te geven dat ze gesloten waren. 'Maar zo erg was het niet. Het spijt me dat ik erover ben begonnen. Ik dacht dat je uit arrogantie niets tegen de vader wilde zeggen, hoewel hij er toch recht op heeft om het te weten.'

Ze lachte bitter. 'Ik weet wel dat het een beetje raar klinkt uit mijn mond omdat Coco's vader van niets wilde weten, maar in theorie had ik het toch heerlijk gevonden als hij zich ook met haar had bemoeid. Kinderen hebben beide ouders nodig als dat mogelijk is, of ze nou bij elkaar zijn of niet, want het is in je eentje toch veel moeilijker en het is beter dat twee mensen om een kind geven dan één. Ik moet voor Coco altijd beide ouders tegelijk zijn, maar dat zit me nog steeds dwars.'

Fifi pakte Peggy bij haar trillende schouder en nam haar mee naar het kleine keukentje achter de winkel.

'Je hebt geen idee waar ik me 's nachts zorgen over lig te maken: stel je voor dat ze nooit een normale relatie met een man kan hebben omdat ze nooit heeft gezien dat ik met iemand uitga? Dat doe ik namelijk niet. Ik ben bang dat als ik een band krijg met iemand ik hem ook aan Coco moet voorstellen. En als alles dan misloopt, dan heb ik haar eerst een vaderfiguur gegeven en die vervolgens weer afgenomen. Er wordt weleens gezegd dat je als moeder altijd bang bent dat je iets verkeerd doet, maar als je een alleenstaande moeder bent, mag je dat gevoel rustig vier keer sterker maken.'

Peggy luisterde zwijgend toe. Kon ze Fifi maar alles vertellen. Ze had er zo'n behoefte aan om haar hart uit te storten en getroost te worden.

Alsof ze Peggy's gedachten kon lezen, zei Fifi: 'Waarom vertel je me het hele verhaal niet?'

En dat deed Peggy.

Frankie wist niet zeker hoe ze naar het huis van Gabrielle was gereden. Ze wist niet eens meer hoe ze het gebouw uit was gelopen. Ze kon zich alleen maar herinneren dat ze haar handtas had gepakt en dat ze de rest gewoon had laten liggen, nadat ze tegen Ursula had gezegd dat ze zich niet lekker voelde en de volgende dag wel terug zou komen. Ze wist dat ze Ursula eigenlijk had moeten vertellen wat er net was gebeurd, maar Mike, de waakhond, had met veel nadruk gezegd dat alles nog een groot geheim was en ze was zo geschokt geweest door wat zich daar in die directiekamer had afgespeeld, dat ze ermee had ingestemd om er nog niet over te praten.

Onder andere omstandigheden zou Frankie hem waarschijnlijk wel verteld hebben wat hij met zijn 'grote geheim' kon doen, maar in plaats daarvan had ze hem uitdrukkingsloos aangekeken en geknikt. Dat had het beste geleken wat ze kon doen. Nee, het énige wat ze kon doen.

Ze had van tevoren opgebeld om te vragen of Gaby thuis was en te horen gekregen: 'Ja, natuurlijk, kom maar gauw hiernaartoe.' En vervolgens had ze de vraag gesteld waar Frankie zo bang voor was geweest. 'Wat is er aan de hand, Frankie?'

'Dat vertel ik je wel als ik er ben,' had Frankie gezegd. Meer kon ze niet uitbrengen. Dus ze keek er niet echt van op dat Gaby al op de drempel van de voordeur op haar stond te wachten.

Zodra Frankie stopte, stond ze al bij de auto.

'Wat is er gebeurd, wat is er mis?' vroeg Gaby, die haar bij wijze van uitzondering ongerust aankeek.

Terwijl Georgia, de hond, haar opgewekt besnuffelde en Gaby op haar neer stond te kijken, liet Frankie zichzelf gaan en barstte in tranen uit.

'Frankie! Wat is er?'

'Ik ben ontslagen,' zei Frankie.

Voor het eerst sinds ze die woorden een klein uurtje geleden gehoord had, begon de waarheid tot haar door te dringen. Ontslagen. Ze zou nog een maand bij Dutton Insurance werken en daarna zou ze werkloos zijn, afgedankt en bij het grofvuil gezet. Dat laatste had ze kennelijk hardop gezegd, want Gaby herhaalde die opmerking.

'Afgedankt?' zei Gaby. 'Doe niet zo belachelijk, jij wordt nooit afgedankt. Of bij het grofvuil gezet. Wat is er gebeurd? Hoe...'

'Dutton gaat fuseren met een ander bedrijf en nu hebben ze mij niet meer nodig,' zei Frankie.

Georgia had besloten dat ze genoeg had gesnuffeld aan de rand van de auto en dat ze meer kans zou hebben om iets te eten te vinden als ze over Frankie heen klauterde om in de auto te komen. Ze maakte aanstalten om dat te gaan doen door twee voorpoten op Frankies schoot te zetten en haar een lik te geven alsof ze wilde zeggen: 'Ik heb honger, mag ik bij je komen zitten?' Op de een of andere manier maakte dat een einde aan de huilbui.

'Ach, malle hond,' zei Frankie, tussen lachen en huilen in.

'Georgia,' zei Gabrielle bestraffend en trok haar aan haar halsband terug. 'Af, daar hebben we nu geen zin in. Het spijt me,' verontschuldigde ze zich. 'Het gaat altijd om voedsel. Ze denkt dat je misschien wel iets eetbaars in de auto hebt.'

Frankie lachte. 'Misschien moet ik haar dan maar haar gang laten gaan, want die auto kan wel een schoonmaakbeurt gebruiken.' Ze aaide de hond. 'Wat denk je, lieve meid, zou je al die kruimels op kunnen ruimen?'

Gaby schoot ook in de lach. 'Ze eet alleen dingen die ze lekker vindt,' zei ze. 'Dingen zoals verschrompeld fruit of zaadjes laat ze gewoon liggen. Die deugen voor geen meter, vindt ze. Maar als je een stukje worst zou hebben, of nog beter, wat chips, dan is ze een uitstekende stofzuiger.'

Frankie stapte moeizaam uit de auto. Ze had spierpijn en al haar gewrichten deden pijn. Ze voelde haar leeftijd... nee, ze voelde zich veel ouder. Ze voelde zich wel honderd. Ze trok haar tas die op de voorstoel stond naar zich toe.

'Het is een auto van de zaak,' zei ze tegen Gaby. 'Dus die zal ook verdwijnen.'

Het was een lichtblauwe, heel gewone vierdeurs uit de middenklasse. Frankie had al jaren een auto van de zaak gehad, dat was een van de voordelen van haar baan, en ze wist best dat ze daar blij om moest zijn, ook al moest ze er wel belasting voor betalen. Maar het was toch iets van haar geweest, iets wat bij het werk hoorde. Gaby zei tegen Georgia dat ze uit de auto moest komen, sloeg het portier dicht, stak haar arm door die van Frankie en liep samen met haar naar het huis.

'Ik weet best dat dit waarschijnlijk een volkomen verkeerde tijd is om iets te gaan drinken,' zei Gaby, 'maar af en toe wil een glaasje wijn weleens helpen. Ik weet het,' ze stak haar hand op, 'het is niet de juiste houding en we willen geen van beiden verslaafd raken aan alcohol, maar ik geloof niet dat we daarvoor in aanmerking komen, dus wat zou je zeggen van wat kaas, crackers, een paar druiven en een lekker glaasje rode wijn om weer een beetje op te knappen?'

Frankie grinnikte. 'Kom maar op,' zei ze. 'Misschien wil ik er wel twee.'

Ze gingen in Gaby's achtertuin zitten, met hun blote armen en benen in de zon. De tuin was net als de rest van het huis: mooi en een echt ratjetoe. Gaby's manier van tuinieren was om van alles te planten en het dan maar lekker te laten groeien. In het huis was het van hetzelfde laken een pak: massa's schilderijen en planken vol boeken en spulletjes die Gaby en Victor van vakantie mee hadden gebracht. Je kon het zo gek niet bedenken, maar het was toch erg charmant en heel leefbaar. Je kreeg ineens een heel vredig gevoel als je hier op het terras zat, waar de kamperfoelie, een oude klimroos en iets wat op een clematis leek een strijd leverden om te zien wie als eerste beslag op het klimrek kon leggen.

Gaby had een lukrake verzameling aardewerk borden en kommen met stukjes kaas, crackers, olijven en pikante sausjes samen met een tros druiven door elkaar op de oude smeedijzeren tafel met het mozaïekblad gezet. Georgia ging tussen hen in zitten om hen om de beurt aan te kijken in de hoop dat er ineens een flink stuk kaas voor haar poten zou vallen.

'Georgia, ga weg,' zei Gaby geërgerd. 'Vreselijke hond! Je krijgt twee keer per dag een bak vol eten.´

'Laat haar maar,' zei Frankie rustig. Het was een fijn gevoel om hier te zitten, ver weg van alle wereldse zorgen. Zolang ze maar niet van haar plekje kwam, kon ze net doen alsof vandaag niet was gebeurd.

'Wat zegt Seth ervan?' vroeg Gaby en Frankie keek haar verbaasd aan.

'Daarom ben ik hierheen gekomen, Gaby,' zei ze. 'Ik weet niet hoe ik het Seth moet vertellen. Hij heeft me een sms'je gestuurd om te vertellen dat hij en Lillie thuis zijn, maar ik kon de moed niet opbrengen om hem terug te bellen.'

'O, Frankie,' verzuchtte Gaby, 'arme schat. Het zijn gewoon klootzakken, echte klóótzakken, dat ze jou laten gaan. Ik hoop dat zonder jou de hele tent om hen heen instort.'

'Dat gebeurt heus niet,' zei Frankie berustend. 'Zo gaat het nooit. We zijn allemaal vervangbaar, zelfs ik. Misschien zelfs vooral ik. Ik weet het niet. Ik geloof niet dat ik al uitgerangeerd ben, want volgens mij ben ik heel goed in mijn werk, maar politiek gezien zit ik gewoon op het verkeerde moment op de verkeerde plek. Het hoofd Personeelszaken van Unite zal die mooie baan krijgen, niet ik. En ik weet precies hoe moeilijk het momenteel is zodat niemand mij in dienst zal willen nemen. Ik ben te oud, ik verdien te veel en ik heb te lang zo'n goede baan gehad.'

Ze nam nog een slokje wijn. Ze was al aan haar tweede glas toe, dus ze zou de auto bij Gaby moeten laten staan. Ze kon absoluut niet meer naar huis rijden en het laatste wat ze wilde was om te veranderen in een dronkenlap die zich 's middags al liet gaan. 'Ik denk dat ik maar beter Seth kan bellen om te zeggen dat hij me op moet halen,' zei ze langzaam. 'Ik moet maar steeds aan hem denken, aan hoe ik het hem moet vertellen.'

'Als er iemand is die weet hoe je je voelt,' zei Gaby, 'dan is het Seth.'

Het bleef even stil en Frankie stak haar hand uit om Georgia over haar ruige kop te aaien. 'Dat is het juist,' zei ze. 'Ik heb zo'n medelijden met Seth omdat hij dit ook allemaal heeft doorgemaakt zonder dat ik dat doorhad. Ik heb me als een kreng gedragen omdat ik geen idee had hoe hij zich voelde. Ik dacht dat ik dat wel wist, omdat ik personeelszaken deed, maar dat was niet zo. Ik heb hem niet gesteund,' zei ze. 'Helemaal niet. Hij had niemand om op terug te vallen, tot Lillie kwam. Zíj heeft hem wel steun gegeven.'

En toen wist ze ineens wat haar de hele middag het meest had dwarsgezeten. Niet dat ze werd ontslagen, maar de wetenschap dat ze zo onaardig was geweest tegen Seth. Zij was degene die de kloof tussen hen had veroorzaakt.

'Je hebt verschrikkelijk onder druk gestaan, Frankie,' zei Gaby troostend. 'Je bent ook geen supervrouw en...'

'Nee,' zei Frankie. 'Ik heb er een puinhoop van gemaakt. Ik gaf Seth de schuld van dingen die buiten zijn macht lagen. Ik had hem moeten steunen en dat heb ik niet gedaan, maar daar gaat verandering in komen.'

'O ja?' Gaby keek haar met grote ogen aan.

Frankie knikte. 'Ja. Ik moet twee mensen bellen. Ten eerste de beste advocaat voor arbeidsrecht die er bestaat en ten tweede Seth. Als ik bij Dutton wegga, zal ik genoeg geld moeten hebben om de rest van ons leven in alle comfort door te brengen. Wat meneer We Zetten Je Op Straat zich niet schijnt te realiseren, is dat ik al zo lang bij het bedrijf ben dat het hem het bruto nationaal product van een klein land zal gaan kosten om van me af te komen! Ik zeg niet dat we daarna geen financiële zorgen meer zullen hebben, maar we zullen ons best kunnen redden. We zullen zelfs het huis kunnen opknappen. Ik kan een deeltijdbaan nemen om mijn pensioen verder op te bouwen... je kent me toch, Gaby, ik pak alles aan!'

Gaby lachte. 'Ik weet dat je het maar niks vindt om te horen dat je sprekend op mam lijkt,' zei ze, 'maar af en toe doe je me toch echt aan haar denken. Jullie hebben allebei wel iets van een amazone.'

Frankie hield haar glas op. 'Geef de amazone nog maar een wijntje,' zei ze en zodra Gaby het weer vol had geschonken, liep ze haar lijst met telefooncontacten door en belde een nummer.

Toen ze het tweede nummer opriep, nam Seth op. Ze wond er geen doekjes om.

'Ik zit bij Gaby en ik heb drie glazen wijn op, dus ik kan niet meer naar huis rijden.'

'Wat is er aan de hand? Is alles in orde?' vroeg Seth zo dringend dat hij ineens weer op de oude Seth leek.

'Ik ben ontslagen,' zei ze langzaam. 'Het leek me maar het beste om naar Gaby te gaan. Ik dacht dat het nog wel even zou duren voordat jij en Lillie thuis zouden zijn en ik had behoefte aan gezelschap.' Dat was niet waar. Ze had Seth gewoon niet onder ogen willen komen om hem dit afschuwelijke nieuws te vertellen, omdat ze wist hoe onhandig en onsympathiek zij had gereageerd toen het hem overkwam.

'O, mijn lieve schat,' zei Seth en dit keer klonk hij echt weer als de oude. 'Mijn kleine meid. Die idioten. Wacht maar tot we een paar weken verder zijn en ze erachter komen wat ze kwijt zijn,' zei hij venijnig.

Frankie voelde dat ze weer begon te huilen. Hoe kon ze aan hem getwijfeld hebben? Hij was er altijd voor haar geweest, zonder dat het tot haar was doorgedrongen. 'Dank je wel, schat,' mompelde ze.

'Ik kom er meteen aan,' zei hij. 'Zit er maar niet over in, lieverd, het komt allemaal in orde. We zullen ons best redden. Ik hou van je, tot zo.'

'Wacht even,' riep ze in de telefoon.

'Waarom?'

'Omdat ik tegen je wil zeggen dat ik van je hou, fantastische vent die je bent, en dat het me spijt dat ik geen begrip voor jou kon opbrengen, maar dat ik dat allemaal weer goed zal maken.'

Het bleef opnieuw even stil.

'Het spijt me,' zei Frankie nog eens. 'Maar het goede nieuws is dat ik met een briljante advocaat voor arbeidsrecht heb gesproken. Met mijn ervaring, mijn jaren bij de zaak en het contract dat ik jaren geleden heb gesloten, zullen de gevolgen waarschijnlijk niet al te ernstig zijn.'

Naast haar slaakte Gaby een kreet van blijdschap.

'Weet je dat zeker?' Seth fluisterde bijna.

'Heel zeker, lieverd,' zei Frankie. 'In beide opzichten.'

# 22

Vrijdagavond zou er een feestje zijn, kreeg Freya van Kaz te horen. 'In het huis van Decco en Louise. Hun ouders zijn weg en de buurman is doof. Wij zijn ook uitgenodigd. Ga je mee?'

Freya glimlachte begrijpend. Kaz was uit de verte verliefd op Decco, de oudere broer van een van hun vriendinnen. Het kwam allemaal van een kant, met als resultaat dat Kaz Decco met grote ogen bleef aanstaren als ze elkaar tegen het lijf liepen en een hoofd als vuur kreeg als hij per ongeluk haar kant op keek.

Er waren maar twee struikelblokken die een echte verhouding in de weg stonden: ten eerste dat Decco nog nooit een woord met Kaz had gewisseld en ten tweede dat hij al een vriendin had, een bijzonder aantrekkelijk meisje van Poolse origine met jukbeenderen die aan weidse steppen deden denken, glanzend lang donker haar tot op haar billen en een blik in haar ogen die zei dat ze iedereen aankon.

'Vind je het geen goed idee?' vervolgde Kaz, die Freya's stilzwijgen negatief opvatte. 'Denk je soms dat ik me als dat zwijmelende vriendinnetje van zijn kleine zus zal gedragen zodat iederéén weet dat ik gek op hem ben?'

'Nee,' zei Freya. 'Met slijmen schiet je bij zo'n popi vent geen steek op en zo. Ik vroeg me af wat we dan aan moesten trekken.'

Aangezien Decco en Louise dichter bij Freya woonden en aangezien Kaz had gezegd dat, als ze zich bij haar thuis klaar zouden maken, haar vier oudere zussen er meteen met het nieuwe metallic T-shirt vandoor zouden gaan dat ze had gekocht om op haar strakke spijkerbroek te dragen, vonden de uitgebreide voorbereidingen op het feest plaats bij Freya thuis.

Opal was verrukt dat Freya naar een feestje ging, maar toen ze hoorde dat er voornamelijk achttienjarigen aanwezig zouden zijn, zei ze dat ze om tien uur thuis moest zijn.

'Het zal je goed doen om er een uurtje uit te zijn, kind,' zei ze terwijl ze theezette voor de beide meisjes en ze vol probeerde te stoppen met verse kaneelbroodjes. 'Maar je moet wel uitkijken. Je mag bellen wanneer je wilt, dan komt Ned je meteen ophalen.'

'Wat begrijp je ons toch goed, Opal,' zuchtte Kaz, die al aan haar tweede kaneelbroodje bezig was, ondanks haar eerdere voornemen om na de lunch niets meer te eten, omdat ze anders haar spijkerbroek niet dicht kreeg. Mijn moeder moppert altijd als ik zeg dat ik uitga en ze wil dat ik haar ieder uur bel om te vertellen waar ik uithang.'

'Freya stuurt me altijd een sms'je om te vertellen hoe ze het maakt,' zei Opal vol genegenheid. 'Ze weet dat ik me zorgen maak. Na drie zoons en een dochter te hebben grootgebracht waarbij ik alle streken hoorde die hun vriendjes uithaalden, weet ik maar al te goed wat er te koop is.'

Ze hield even op met het prakken van de aardappels voor de stamppot die ze die avond zouden eten.

'Je moeder is gewoon bezorgd, Kaz. Anders niet. Jij hebt alleen maar oog voor het plezier dat je vanavond zult hebben, maar als je wat ouder bent, zie je ook alle manieren waarop het mis kan gaan. Jij mag dan te jong zijn om te drinken, maar dat geldt niet voor de oudere jongens.'

Kaz beet op haar lip. Ze was vast van plan om een paar biertjes te drinken. Louise had gezegd dat Decco een paar vaten zou halen. Dat kon, omdat hij boven de achttien was.

Opal ging bij hen aan tafel zitten en nam zelf ook een kopje thee.

'Kijk nou eens naar jezelf, kind. Je mag dan zestien zijn, maar met make-up op en die mooie kleren aan lijk je minstens negentien of twintig. Kerels kijken alleen maar naar de buitenkant en niet naar de kwetsbaarheid vanbinnen. Ik zou het vreselijk vinden als jij verdriet zou krijgen omdat je naar bed bent geweest met een dronken knul die zich even later niet eens meer kan herinneren hoe je heet. Jij bent degene die zich de volgende dag ellendig en misbruikt voelt, hoor, hij niet. Dat soort dingen blijft alleen vrouwen bij, meer wil ik niet zeggen.'

Kaz keek Opal vol ontzag aan. Ze snapte er niets van dat deze vrouw met haar zilveren haar, die net zo goed iemands oma kon zijn, zo rustig over de onderlinge seks en het drinkgedrag van minderjarigen zat te babbelen. Ze ging het onderwerp niet uit de weg, maar ze begon er gewoon over.

Grace, de moeder van Kaz en nog vijf andere dochters, pakte dat anders aan.

'Heb niet het lef om ook maar een druppel drank aan te raken tot je oud genoeg bent, dame. Ik wil niet dat je op een avond ineens zwanger thuiskomt,' had Grace haar toegesnauwd.

Er was met geen woord gerept over het feit dat onhandige, dronken seks een hele schok voor Kaz zou kunnen zijn. Alleen maar een niet mis te verstane preek dat het gezin zich geen baby kon veroorloven en dat ze gewoon alle geluk van de wereld hadden gehad toen bleek dat Leesa alleen maar door de stress een week over tijd was geweest, niet omdat ze in het eerste stadium van zwangerschap was.

'Als een van jullie me dat nog een keer aandoet,' had Grace hun allemaal grimmig verteld, 'dan draai ik diegene de nek om.'

In de rust van haar geel geschilderde keuken schonk Opal een beetje melk in haar thee uit een met dikke pioenrozen beschilderd kannetje.

'Er is tegenwoordig veel druk op jullie jonge meisjes om snel op te groeien. Ik weet dat er drank zal zijn op dat feestje en ik weet ook dat Freya dat niet zal aanraken omdat...' Opal zweeg even, tot ze zich realiseerde dat Kaz alles van Freya's moeder wist, en ze vervolgde: '... omdat ze heeft gezien wat dat met haar arme moeder, God zegene haar, heeft gedaan. Maar jij zou wel in de verleiding kunnen komen, Kaz. En je bent veel te jong, meer zal ik er niet over zeggen. Drank heeft al genoeg schade gedaan in dit land. Maak maar een uurtje pret en kom dan gewoon naar huis.'

Kaz zat op Freya's bed en staarde uit het raam naar de volkstuintjes achter de tuin die daar keurig op een rijtje lagen, sommige vol weelderig groene planten, andere zo te zien vol onkruid.

'Ik voel me ineens ontzettend schuldig,' zei ze. 'Ik was van plan om wel een paar drankjes te nemen, maar Opal geeft me het gevoel...'

'... alsof je haar dan besodemietert, hè?' maakte Freya haar zin af.

'Ja, precies.' Kaz zuchtte en pakte toen haar toilettas om de metamorfose te bewerkstelligen.

Ze was halverwege het aanbrengen van haar foundation, toen ze haar sponsje neerlegde. 'En als Decco me nou iets te drinken aanbiedt? Wat dan? Ik kan toch geen nee zeggen en hem het idee geven dat ik nog maar een kind ben, hè?'

Freya, die binnen de kortste keren met behulp van asgrauwe kohl haar ogen had omlijnd, zat een donkere, okerkleurige oogschaduw rondom de kohl uit te wrijven. Ze maakte zich nooit op als ze naar school ging, maar nu was ze heel tevreden over het resultaat en vond dat ze er tegenwoordig steeds volwassener uit ging zien.

'Als hij je leuk vindt, vindt hij je leuk,' zei ze. 'Dus je hoeft je echt niet uit te sloven om alles te doen waarvan hij misschien denkt dat het cool is.'

'Jij hebt gemakkelijk praten,' mopperde Kaz. 'Jij doet toch gewoon wat je wilt en je luistert nooit naar iemand anders, maar dat betekent nog niet dat we allemaal zo zijn.'

'Hé, zo gemakkelijk is dat niet, hoor,' protesteerde Freya.

Ze was klaar met haar make-up en keek in de spiegel. Kaz mocht dan negentien lijken als ze helemaal opgetut was, maar Freya zag er eigenlijk precies zo uit als altijd: klein, mager, twee erwtjes op een plank en een hoofd vol donkere krullen.

Haar moeder praatte nooit met haar over jongens of seks, ze had haar zelfs nooit verteld of ze ook net als Freya een zielig AA-cupje had gehad voordat ze opbloeide en haar huidige C-cup had bereikt. Gemma had het nooit over dat soort praktische dingen.

In plaats daarvan praatte Gemma over het leven *Voordat*.

*Voordat je vader stierf* en *Voordat ik getrouwd was*.

*Voordat* hield haar zo in de greep dat ze nooit met Freya over *nu* wilde praten.

Freya was niet verbitterd, maar af en toe had ze weleens zin om Kaz door elkaar te schudden en haar eraan te herinneren dat zij nog gewoon bij haar eigen gezin woonde, bij haar vader en moeder. Dat ze niet bij iemand voor de deur was gezet als een soort koekoeksjong met alle problemen van haar moeder als een molensteen om haar nek.

'Je moet je push-upbeha aantrekken,' raadde Kaz haar aan, terwijl ze van haar spiegel opkeek. 'Ik heb wat vullingen meegebracht. Als we toch naar een feestje voor achttienjarigen gaan, kunnen we er maar beter uitzien alsof we ook zo oud zijn.'

Om kwart voor tien was het feestje in volle gang. Buiten op de barbecue lagen alle worstjes te verbranden omdat de kok ervandoor was gegaan. Af en toe kwamen er mensen langs die in de grill pookten waardoor de worstjes op de houtskool eronder vielen, wat kennelijk ontzettend leuk was.

Inmiddels stond de barbecue flink te roken door het mengsel van houtskool en worst.

Uit de enorme luidsprekers binnen denderde harde muziek en Freya vroeg zich af wie er voor dj speelde, want tot dusver had ze niet één nummer herkend.

'Niet één,' zei ze tegen Kaz. 'Het is allemaal van die idiote, experimentele troep. Hoe moeten we daar nu op dansen?'

'Dit hoort een echt gaaf feest te zijn, zonder dansen,' legde Kaz uit, die een nauwe spijkerbroek droeg die behoorlijk in haar buik sneed, maar die ze met veel moeite had aangehesen omdat haar lange benen daarin nog langer leken. De plateauzolen van haar middelste zus completeerden de outfit, hoewel ze eigenlijk een half maatje te klein waren.

Toen Freya vriendelijk opmerkte dat het eigenlijk een beetje te ver ging om hartstikke hippe schoenen aan te trekken waar je geen stap op kon verzetten, had Kaz opgemerkt dat ze ook helemaal niet van plan was om er veel stappen in te verzetten.

'De bedoeling is dat als hij één blik op me heeft geworpen hij me meesleept naar een bank om me in zijn armen te sluiten en te vragen waar ik zijn hele leven heb uitgehangen en dan kan ik die schoenen uitschoppen.'

'Volgens mij zit je spijkerbroek even strak,' merkte Freya op.

'Maak je geen zorgen, die hou ik vanavond gewoon aan. Hij moet goed begrijpen dat ik geen goedkope del ben,' zei Kaz.

'We willen zeker niet dat hij dat van je gaat denken,' zei Freya vriendelijk, terwijl ze nog twee knoopjes dichtdeed van het shirtje dat Kaz aanhad en dat al een behoorlijk decolleté toonde dankzij een push-upbeha met een roze luipaardmotief.

Kaz was vervolgens opgegaan in de massa mensen met een bier-
flesje of wijn in een papieren bekertje aan de mond en Freya kwam
tot de conclusie dat haar eerste echte tienerfeestje erg veel leek op
de feestjes uit de afgelopen jaren, alleen met oudere personen en
meer drank. Een van de tafels stond vol flessen, wijn, wodka en bier,
en eigenaardig gevormde flessen met felgekleurde drankjes.

'Een of andere kleverige likeur uit Ibiza of Mexico of zo,' legde de
jongen uit die achter de tafel cocktails stond te mixen toen Freya een
ronde fles oppakte met een enorme ananas op het etiket.

'Het ruikt als terpentijn met een vleugje ananas, maar in mijn
cocktails heeft niemand dit in de gaten. Wil je er ook één? Dit is de
Purple Passionito.'

Hij gaf haar een papieren bekertje met een paarse vloeistof, een
uitje en een rietje.

'We hebben geen olijven meer. Declan had maar één potje gekocht en niemand is op het idee gekomen om vers fruit mee te
brengen, maar wie maalt daar nou om?'

'Bedankt, maar toch liever niet,' zei Freya die het bekertje weer
neerzette nadat ze er even aan had geroken. 'Ik ben op de motor en
ik wil liever niet aangehouden worden om te blazen of zo.'

'Wat voor soort motor?' Hij was ineens vol belangstelling.

'Norton, een echte klassieker. Ik heb hem hiernaast verstopt anders jatten ze 'm nog,' fluisterde Freya. 'Je kunt pas echt meisjes versieren als je zo'n motor hebt.'

De cocktailman deinsde achteruit.

'Ja, nou, natuurlijk, neem maar wat je wilt,' zei hij, van zijn stuk gebracht door het idee dat Freya op meisjes viel.

'Hou het wel onder ons,' voegde ze eraan toe met een soort brom-
stem. '*Mano a mano.*'

'Ja hoor,' zei hij zenuwachtig.

'We zouden meer lesbiennes in Redstone moeten hebben,' zei
Freya terwijl ze samen met Louise de tuin in liep om te ontsnappen
aan het misselijkmakende gedreun van de muziek. 'Ik deed tegenover
die jongen die cocktails maakt net alsof ik een pot was en hij viel bijna
flauw. Het is puur seksisme. Mannen mogen tegenwoordig best homo
zijn, maar als een vrouw het met vrouwen doet… nee, dat kan niet.'

'Waarom kom je nou ineens op voor de rechten van homo's?' wilde Louise weten.

'Daar moest ik plotseling aan denken.'

Louise en Freya hadden al een tijdje in de tuin zitten praten. Het was een mooie tuin, met een patio, een gazon in het midden en massa's rotspartijen waar rotsplantjes overheen klommen. Het leek alsof Decco, die eigenlijk Declan heette, al zijn klasgenoten had uitgenodigd en het halfvrijstaande huis was vol lange achttien- en negentienjarigen die vrij van school waren en dolgelukkig dat ze het huis helemaal voor zichzelf hadden.

'Ik heb tegen hem gezegd dat hij niet goed wijs was om iedereen uit te nodigen,' zei Louise tegen Freya terwijl ze toekeken hoe een meisje uit hun eigen zesde klas tussen de rozen stond over te geven. 'Om te beginnen zal pa hem de nek omdraaien. Mam had gezegd dat hij wel een feestje mocht geven, maar alleen als het bescheiden bleef en hij heeft beloofd dat er alleen maar een paar vriendjes zouden komen.'

'Het zal allemaal nog wel erger worden,' zei Freya nadenkend terwijl de dj het volume nog maar eens verder opendraaide.

'Ja, natuurlijk wordt het nog erger,' zei Louise treurig. 'Maar het probleem is dat als ik mam en pa zou bellen, ze helemaal knettergek zouden worden en ze kunnen nu toch niets beginnen, want ze zitten dit weekend in Brugge. Hij had die vaten bier niet moeten kopen, daar heb ik hem van tevoren voor gewaarschuwd.'

'Gaan de buren niet klagen?' vroeg Freya. Ze had het idee dat als iemand zo'n feestje zou geven in de kronkelende straat waar ze samen met Opal en Ned woonde de buren binnen de kortste keren op de stoep zouden staan.

'Wij zijn het laatste huis in de straat,' merkte Louise op. 'En die vent in dat andere huis is doof.'

'Nou, als hij niet al doof was, dan zou hij het nu zeker zijn,' zei Freya grijnzend. 'Ik kan maar beter even op zoek gaan naar Kaz. Ik heb haar al een halfuur niet meer gezien en zo lang doe je er niet over om naar de wc te gaan.'

'Ze zal wel op zoek zijn naar Declan,' zei Louise. 'Ze is stapelgek op hem. Dat is de enige reden waarom ik jullie uitgenodigd heb, anders was ik vast bij mijn tante gaan logeren. Dan hadden ze mij in ieder geval niet verantwoordelijk kunnen stellen voor al dit gedoe.'

'Je mag best met ons mee naar huis gaan, hoor,' bood Freya aan.

'Nee,' zei Louise zuchtend. 'Ik kan beter hier blijven. Iemand moet in staat zijn om de politie te bellen als het allemaal uit de hand loopt en iemand het op Facebook zet, waardoor er ineens nog vierhonderd mensen komen opdagen.'

Freya huiverde. 'Wat een doffe ellende. Oké,' zei ze terwijl ze overeind kwam, 'ik ga maar eens op zoek naar Kaz. We komen wel even gedag zeggen voor we weggaan.'

Ze liep door de openslaande deuren naar binnen. Daar waren een paar mensen aan het dansen, maar de meesten zaten op banken of op de vloer te vrijen, te drinken, te kletsen en te giechelen. Freya rook de onmiskenbare lucht van wiet en bedacht dat alles behoorlijk fout zou kunnen lopen als de politie inderdaad gebeld moest worden. Ze besloot dat ze het maar beter tegen Louise kon zeggen, zodat Declan op z'n minst de lui die drugs gebruikten de deur uit kon schoppen. Freya kende Louises oudere broer niet goed, maar ze had het idee dat hij vrij fatsoenlijk was.

Ze zag Kaz nergens, maar in een van de kamers vond ze wel Declan die op een lange, donkerrode bank heftig met zijn mooie vriendinnetje zat te vrijen. Freya wist niet hoe ze heette, maar ze zag er vanavond nog adembenemender uit dan anders. Arme Kaz, ze had geen schijn van kans. Op hetzelfde moment vroeg Freya zich af of Kaz de belofte die ze eerder die avond had gedaan om maar één biertje te drinken had verbroken. Als je zag hoe je grote liefde – nou ja, de grote liefde naar wie je uit de verte snakte – zich met zijn beeldschone vriendin amuseerde, zou je daar net als iedere vrouw gek van worden.

Kaz was niet in de keuken, niet in de hal, en ook niet in de voortuin om een sigaretje te roken met de mensen die daar Cluedo zaten te spelen en kennelijk alle scènes naspeelden.

'Miss Scarlet met de bijl in de bibliotheek,' gilde een jongen die het kleine plastic bijltje uit de doos omhooghield en net deed alsof hij iemand anders daar de kop mee in sloeg terwijl de anderen dubbel lagen. Freya liep weer naar binnen en ging naar boven. De slaapkamers leken allemaal bezet te zijn door schokkende lijven. O verdorie, dat kon ze ook maar beter aan Louise vertellen. Alles liep behoorlijk uit de hand en het was nog niet eens elf uur. Voor de badkamer stond een hele rij, maar daar was Kaz niet bij. Tenzij ze naar huis was gegaan, wat heel onwaarschijnlijk leek, was zij degene die de badkamer bezet hield.

'Kaz.' Freya klopte hard op de deur. 'Ben jij daar? Ik ben het, Freya. Laat me eens binnen.' Ze bonsde nog een paar keer en de rij met wachtenden werd onrustig.

'Ze zit al eeuwen binnen. En ik moet ontzettend nodig.'

'Ja,' zei iemand anders. 'Ik ook.'

'Er is beneden ook een toilet,' merkte Freya kribbig op.

'Daar heeft iemand gekotst. Walgelijk.'

'Als je zo nodig moet, dan doe je maar net alsof je dat niet ziet,' snauwde Freya. Er klonk eindelijk geluid in de badkamer en Kaz deed de deur open. Eén blik op haar was voldoende om Freya te vertellen dat Kaz echt ontzettend dronken was en eruitzag alsof ze tegelijkertijd had zitten huilen en overgeven. Ze ging op de grond liggen en leek nauwelijks bij bewustzijn.

Toen ze zag hoe haar beste vriendin eraan toe was, brak er iets in Freya. Ze had Kaz vertrouwd en nu gedroeg Kaz zich net zo afschuwelijk als haar moeder altijd deed – ze trok zich helemaal niets van Freya aan en deed gewoon alle stomme dingen waar ze toevallig zin in had.

In plaats van Kaz de badkamer uit te slepen, rende ze naar beneden. Louise stond te praten met een lange, magere jongen die er minstens zo aantrekkelijk uitzag als Declan, maar dan slanker en veel verlegener.

'Louise,' riep ze. 'Kaz ligt voor pampus in de badkamer en ze is stomdronken. Je moet me helpen, anders gebeurt er iets afschuwelijks. Misschien stikt ze wel in haar eigen braaksel. Kom alsjeblieft helpen.'

'Kom op, Harry,' zei Louise terwijl ze opsprong. 'Harry is een neef van ons. Hij helpt ons wel.'

Samen sleepten ze Kaz mee naar buiten en probeerden haar bij te brengen, maar Kaz kreunde alleen maar en liet haar hoofd hangen.

Louise en Freya keken elkaar vol schrik aan.

'Wat is het nummer van haar moeder?' wilde Harry weten. 'Mijn moeder is verpleegster,' zei hij, 'en zij heeft me verteld wat je moet doen als er zoiets als dit gebeurt. Jullie vriendin moet naar het ziekenhuis waar haar maag leeggepompt moet worden. Als jullie haar moeder waarschuwen, dan bel ik wel een ambulance.'

'Wat?' zei Louise ontzet. 'Maar het feest en alles wat hier gebeurt...'

'Mensen gaan dood als ze te veel gedronken hebben,' zei Harry met een iets zachtere stem. Hij stak zijn hand uit en klopte Freya op haar schouder. Ze stond nu openlijk te huilen, overstuur door alles wat er gebeurde. Ze had het gevoel alsof ze met een noodgang afgingen op een zelfde soort chaos als ze had meegemaakt toen haar vader was overleden.

'Sorry,' zei ze hortend. 'Ik kan niet ophouden.'

'Het komt heus wel weer in orde,' zei Harry vastberaden en pakte zijn mobiele telefoon. 'Bellen jullie haar moeder nou maar, dan zorg ik voor de ambulance.'

Het duurde hooguit tien minuten tot de ambulance arriveerde en in die tijd bleven Freya en Louise Kaz vasthouden en probeerden te voorkomen dat ze op de grond ging liggen.

'Als ze weer misselijk wordt, kan ze stikken en doodgaan,' bleef Freya maar angstig herhalen.

'Dat hebben jullie prima gedaan,' zei een van de verpleegkundigen die waren meegekomen. 'Laat het verder maar aan ons over en het is heel verstandig dat jullie gebeld hebben. Wie van jullie is haar vriendin?'

'Ik,' zei Freya en ze keek Harry aan.

'Ik ga ook mee,' zei hij. 'Freya is mijn zus en ze heeft een schok gehad. Ze heeft me nodig.'

Toen Opal ziek van ongerustheid om elf uur Freya's mobieltje belde, zat die samen met Harry op de Spoedeisende Hulp een chocoladereep te eten die Harry uit de automaat had gehaald. De moeder van Kaz was binnen komen rennen zonder hen zelfs maar te zien en was meteen meegenomen naar een van de behandelkamers.

Ongeveer een halfuurtje later kwam ze weer naar buiten en zag hen zitten.

'Hartelijk bedankt,' zei ze tegen Freya en Harry. 'De dokter vertelde me dat iemand zo verstandig was geweest om een ambulance te bellen. Bedankt, hoor.'

Daarna ging ze weer naar binnen.

Freya was inmiddels gekalmeerd en kon precies aan Opal uitleggen wat er aan de hand was. Ze leunde tegen Harry aan die zijn arm om haar heen had en dat voelde volkomen normaal en heel geruststellend aan. Dit had ze nog nooit meegemaakt, dat ze zich zo vertrouwd en op haar gemak voelde.

'Ned en ik kunnen er over een halfuurtje zijn,' zei Opal. 'Hou je haaks.'

'Ze komen me ophalen. Dan kunnen we jou ook naar huis brengen,' zei Freya. 'Je was echt geweldig; je wist precies wat er moest gebeuren.'

'Dat zou iedereen hebben gedaan,' zei hij.

'Nee, hoor.' Freya keek hem eens goed aan. Het leek er niet het juiste moment voor, maar Freya voelde zich ineens sterk tot hem aangetrokken. 'Dat zou echt niet iedereen hebben gedaan. Maar jij wel. Je hebt haar leven gered.'

'Fluitje van een cent,' zei Harry grinnikend en Freya grinnikte terug.

Ze vroeg zich af of ze iedereen moest vertellen dat ze daar in de wachtkamer van de Spoedeisende Hulp ineens voor Harry was gevallen.

# 23

Toen Frankie op zaterdagochtend vroeg wakker werd, zag ze het zonlicht binnenvallen door de spleet tussen de gordijnen. Normaal gesproken zou ze zich daaraan geërgerd hebben. Maar nu niet meer. Maak je niet druk over dat soort kleinigheden, was haar nieuwe mantra.

Ze glipte rustig uit bed en liep naar de keuken om koffie te zetten. Daarna liep ze door de openslaande deuren de tuin in om de geur van verse aarde en net geplante bloemen op te snuiven en haar gezicht in het zonnetje te warmen. Terwijl ze haar koffie opdronk, liep ze op haar slippers door de tuin om naar al die verschillende planten te kijken en ze prentte zich in dat ze Lillie moest vragen om de namen ervan in een opschrijfboekje te zetten voor ze wegging, want Frankie had geen flauw idee wat er allemaal stond.

Ze was moe. Ze had een vreemde en inspannende week achter de rug. Om te beginnen had ze een afspraak gehad met de arbeidsrecht-advocaat en besproken hoeveel geld ze van Dutton zou kunnen los peuteren.

'Je hebt vierentwintig jaar voor hen gewerkt,' zei de advocaat. 'Ik zal wel uit jouw naam met hen gaan onderhandelen, maar ik denk dat je op een behoorlijke som kunt rekenen. Ik denk ook niet dat ze daar problemen over zullen maken. Bij overnames moet er altijd een aantal leidinggevende figuren weg en ze willen vermijden dat ze slechte publiciteit krijgen doordat ze mensen na jaren trouwe dienst met lege handen wegsturen.'

Het had heel vreemd gevoeld om de dag erna weer naar het werk te gaan.

Van de ene op de andere dag was Dutton niet langer de plek waar haar leven in een drukke, bevredigende roes voorbijraasde, maar een plek waar ze weg zou gaan. Ze moest ineens terugdenken aan toen Emer twaalf was en op het punt stond van de basisschool te gaan. Ze had het gevoel gehad dat ze een tijdperk afsloot toen ze ineens be-sefte dat veel van de onderwijzers, ouders en kinderen die ze al jaren-lang kende, niet langer deel uit zouden maken van haar leven.

Ursula was in tranen uitgebarsten toen Frankie haar het nieuws vertelde.

'Maar wat moeten we zonder jou beginnen?' had ze gesnikt.

'Je zult je best redden, je moet er alleen aan denken dat je nagellakremover en een hele voorraad andere handige dingen in je bureaula moet leggen,' had Frankie gezegd.

Haar vriendin Anita van de juridische afdeling was ervan geschrok-ken. 'Ik kan gewoon niet geloven dat ze jóu laten gaan, Frankie,' zei ze. 'Ik bedoel, je bent gewoon fantastisch in je werk, iedereen zegt dat jij de beste personeelschef bent die ze ooit hebben gehad. Het is echt ontzettend oneerlijk, je zult er wel kapot van zijn.'

'Het rare is,' zei Frankie, 'dat ik dat niet ben. Het is niets persoonlijks. Het is een zakelijke beslissing. Als ik een bedrijf overnam, zou ik ook mijn eigen mensen willen meenemen. Daar heb ik begrip voor.'

'Maar wat ga jij nou doen?' vroeg Anita. 'Je was zo dol op je werk!'

'Dat is waar en dat is nog steeds zo,' zei Frankie, die zich afvroeg hoe ze dat nu uit moest leggen. 'Maar als het aan mij lag, zou ik waarschijnlijk nooit met pensioen gaan. Dan zou ik maar als een idioot blijven doorwerken en naarmate ik ouder werd steeds meer gestrest raken. Moet je eens naar al die rimpels kijken,' zei ze, wijzend op haar gezicht. 'Stress maakt je alleen maar ouder! Ik wou dat ik dát jaren geleden geweten had. Op deze manier kan ik ophouden met werken, mijn huis gaan opknappen en meer tijd met mijn gezin doorbrengen en zo.'

Anita hield even haar mond. 'Zo dacht Seth er niet over, hè?'

'Nee,' zei Frankie met een schuldig gevoel. 'Hij niet.'

De afgelopen week was Seth bijna weer de oude geweest en had tegen haar gezegd dat het een prima tijd voor haar was om met pensioen te gaan, zodat ze uitgebreid konden praten over wat ze allemaal met Villa Sorrento zouden doen zodra haar ontslagvergoeding geregeld was.

Frankie wist dat Lillie van een afstandje had toegekeken, want sinds dat aangeschoten telefoontje naar Seth vanuit het huis van haar zus, had Frankie geen gelegenheid meer gehad om over hun verstandhouding te beginnen.

Haar schuldgevoelens vormden een loden last. Tijdens die laatste week bij Dutton, waar iedereen zo lief was geweest en ze bij wijze van afscheid op vrijdag een feestje voor haar hadden geregeld, was het ineens tot Frankie doorgedrongen dat haar werk voor haar toch niet allesbepalend was geweest. Ze had aan haar oude leermeesteres, Marguerite, moeten denken, die helemaal niets had gehad om op terug te vallen toen ze met pensioen ging. Marguerites leven was volledig beheerst geweest door het kantoor. Maar Frankie had veel meer om voor te leven: Seth, de kinderen en zelfs dat verdomde huis met dat walgelijke behang. Niemand zou haar als vrouw anders gaan beoordelen omdat ze was opgehouden met werken. De kans was groter dat ze haar prezen omdat ze op die manier niet langer onder de stress van haar werk te lijden had. Een van de eersten zou ongetwijfeld dokter Felix zijn.

Maar voor mannen lag dat anders. Hun leven werd wel bepaald door hun werk en dat had ze volkomen genegeerd toen Seth ineens ontslagen werd.

En daarna had ze samen met Seth en Lillie avond aan avond gezellig zitten kletsen over hun plannen voor het huis, tot Frankie beweerde dat ze doodmoe was en vroeg naar bed ging, zodat ze al zou slapen – of net deed alsof – als Seth naar bed kwam.

Ze wist niet hoe ze hem in vredesnaam moest vertellen hoeveel spijt ze daarvan had. Ze kon niet alles afschuiven op het legenestsyndroom en de overgang.

Dat schoot Frankie nu allemaal door het hoofd terwijl ze naar de tuin keek en glimlachte om de kruidentuin die Lillie in een zonnig hoekje had aangelegd.

'Fantastisch, hè?' zei Seth, die haar bijna de stuipen op het lijf joeg.

Hij sloeg van achteren zijn armen om haar heen en trok haar tegen zich aan.

Dit was het juiste moment, dacht Frankie.

'Seth, lieverd, weet je wat me zo ontzettend spijt?' begon ze. 'Dat ik geen moment besefte hoe moeilijk het voor je was om ineens op straat gezet te worden, dat ik door de overgang zo chagrijnig werd, dat ik al mijn stress op jou heb afgereageerd... Ik heb overal spijt van. Ik hou zoveel van je en ik ben doodsbang dat ik je kwijtraak.'

Toen dat er allemaal uit was, slaakte ze een diepe zucht en wachtte. Misschien werd dit wel het moment waarop Seth zei: 'Maar eigenlijk hou ik helemaal niet meer van jou, Frankie' en wat moest ze dan beginnen?

Hij draaide haar voorzichtig om zodat ze hem aan moest kijken en Frankie besefte dat het net leek alsof hij weer de oude, tevreden Seth was, niet de man met wie ze de afgelopen paar maanden had samengeleefd.

Ze was het liefst in tranen uitgebarsten, maar ze hield zich in. Laat het alsjeblieft, alsjeblieft allemaal in orde komen.

'Het spijt mij ook,' zei hij. 'Ik heb je op afstand gehouden, maar Frankie, hoe kon je nou in vredesnaam denken dat ik niet meer van je hield? Ik aanbid je, ook al zit je midden in dat premeno-hoeheet-datookalweer-gedoe. Ik. Hou. Van. Je. Is dat duidelijk?'

Frankie had nooit het idee gehad dat ze een huilebalk was, maar haar wangen waren nat toen de spanningen van de laatste paar maanden uit haar weg vloeiden.

'Het spijt me,' snikte ze. 'Ik dacht echt dat je niet meer van me hield, dat je me niet langer wilde. En ik voelde me zo oud, zo lelijk. Ouder worden is voor een vrouw echt afschuwelijk. Mannen worden alleen maar grijs en aantrekkelijk, vrouwen storten compleet in en hun hele wereld krimpt als ze niet langer een mooie gladde huid hebben en jong zijn.'

Seth pakte haar halflege koffiekopje en zette dat op het tuinpad.

'Ik hou zoveel van je dat ik je het liefst mee naar binnen zou slepen om me daar aan je te vergrijpen,' zei hij zacht. 'Ik kan het ook hier doen, maar daar zouden de buren vast van schrikken. Hebben we al kennis gemaakt met de buren? Lillie vast wel. Zij kent iedereen in een omtrek van vijfenzeventig kilometer. Je bent niet oud, je bent verrukkelijk en ik hou van je. Seks is niet bepaald het eerste waar een man aan denkt als hij zijn ontslag krijgt, Frankie. Het spijt me dat ik je heb afgeweerd. Ik voelde me zo verschrikkelijk, zo'n profiteur. Jij verdiende het geld en wat moest ik beginnen? Welke vrouw zou nou met zo'n man willen vrijen?'

'Ik,' zei Frankie betraand. 'Dat overgangsgedoe is net zo vreselijk, want je hormonen zijn niet meer te houden, echt walgelijk. Je voelt je oud, Seth. Als je geen kinderen meer kunt krijgen, heb je ineens het gevoel dat je dor en oud bent. Dus toen…'

'… toen ik je niet meer wilde, werd dat alleen maar erger,' maakte hij haar zin af.

Ze knikte.

'Maar dat is nu voorbij, lieverd,' verzekerde hij. 'Ik hou van je en ik wil je nog steeds. We hebben gewoon een moeilijke tijd achter de rug, dat gebeurt in elk huwelijk.' Hij glimlachte haar toe en zei: 'Wat hadden we moeten beginnen zonder Lillie, onze eigen beschermengel die zalf op alle wonden deed?'

Frankie schudde haar hoofd. 'Ik weet het niet. Volgens mij stevenden we op een scheiding af, en dat is gewoon belachelijk.'

'Waanzin.'

'Idioot.'

'Geschift.'

Ineens pakte Seth haar op en zwierde haar rond, zodat ze het gevoel kreeg dat ze vloog.

'Ik hou van je, Frankie Green. Dat mag je nooit vergeten.'

Frankie knikte en klemde zich stevig aan hem vast. Toen zei ze: 'Dat zal ik nooit meer doen, lieverd.'


Lillie keek toe hoe Ned de rapen in zijn volkstuintje wiedde en haar vingers jeukten om mee te helpen. Freya had haar meegenomen om met Ned te praten en wat stekjes los te peuteren voor de tuin van Frankie en Seth.

'Er gaat niets boven tuinieren als je problemen hebt,' verklaarde Ned terwijl hij in zijn oude bruine tuinbroek ijverig door bleef wieden.

'Dat ben ik met je eens,' zei Lillie terwijl ze haar hoofd ophief en de geur van aarde en planten opsnoof. De blaadjes vertoonden allemaal sporen van mest en compost.

'Is meneer Green een goeie tuinman?' vervolgde Ned, terwijl hij stug doorwerkte.

'Nog niet,' zei Lillie eerlijk, 'maar voordat ik wegga, is daar wel verandering in gekomen en het zou echt geweldig zijn als jij een keertje langs zou kunnen komen om ons te vertellen waar we elke plant het beste neer kunnen zetten.'

Ze zou over een week weer naar huis vliegen en voor die tijd moest er nog veel worden geregeld. Een van haar plannetjes was om Ned aan Seth voor te stellen, zodat Seth iemand zou hebben die hij om raad kon vragen als het om tuinieren ging.

'O ja, al zou hij alleen maar beginnen met een hoekje vol tomaten, dan zou hij het nog prachtig vinden,' zei Ned. 'Het is heel bevredigend om je eigen groenten te kweken. En sla doet het hier in de omgeving ook goed. Neem nou Jimmy daarginds…' Ned ging rechtop staan en wees naar een ander volkstuintje dat eruitzag als de afdeling sla bij de plaatselijke groenteboer, '… Jimmy kweekt allerlei dure groenten, zoveel verschillende soorten sla, dat wil je niet weten. Ik geloof niet dat hij het zelf eet, maar zijn vrouw is nogal van die dingen.'

'Ik weet niet of Seth wel zoveel om sla geeft,' zei Freya nadenkend, afgaande op de drie keer dat ze hem kort in Redstone had ontmoet. 'Maar misschien zijn vrouw wel,' ging ze verder. 'Houdt Frankie van sla? Je weet wel, een caesarsalade zonder dressing, croutons en al die andere lekkere dingen?' Ze keek Lillie vragend aan, maar die schudde haar hoofd.

'Nee,' zei Lillie. 'Ik heb je waarschijnlijk een verkeerd idee gegeven over Frankie. Ze is helemaal niet zo'n type. Maar ik denk wel dat Seth het leuk zou vinden om sla te kweken, gewoon om te kijken of hij het kan, voordat hij aan moeilijkere dingen begint.'

'Dat is waar,' beaamde Ned, die zijn handen afveegde aan zijn broek. 'Zelfs bij de meest ervaren tuinman kan er iets verkeerd gaan.'

Terwijl Lillie en Freya terugliepen naar Villa Sorento, met armen vol vroege, zoete worteltjes en rucola, liepen ze te praten over wat er allemaal aan de hand was. 'Ik wou je om raad vragen,' zei Freya toen ze bij het hek waren. Automatisch keken ze allebei op naar het huis dat in Lillies ogen steeds aantrekkelijker en minder vervallen begon te lijken naarmate ze er langer logeerde. Nu ze bijna op het punt stond om weer naar huis te gaan, was het haar op de een of andere manier gewoon dierbaar geworden vanwege dat slordige uiterlijk. Net zoiets als een oude dame die het lange tijd zonder hulp had moeten stellen. Maar nu hadden Seth en Frankie genoeg geld om er iets aan te doen. Frankies advocaat had zijn woord gehouden en Frankie zei dat ze nu met een gerust hart met pensioen konden gaan. Maar met betrekking tot die luxueuze uitbouw die Seth had gepland waren ze van gedachten veranderd.

'Laten we het geld nou niet over de balk gooien,' had Frankie verstandig gezegd.

'Kom maar binnen om een kopje thee te drinken,' zei Lillie tegen Freya.

Lillie zette de waterketel op en maakte twee kopjes thee om in de tuin op te drinken. 'We gaan lekker buiten zitten. Vertel eens, wat is er aan de hand?'

Ze had vaak gedacht dat als Doris en Viletta wisten dat een van haar liefste vriendinnen in Ierland een vijftienjarig meisje was ze haar vol verbazing zouden hebben aangekeken. Maar eigenlijk leek Freya meer op een negentigjarige die op de een of andere wonderbaarlijke manier in een meisjeslichaam terecht was gekomen.

Freya kwam meteen ter zake. 'Opal wordt aanstaande zaterdag zestig jaar en ik wilde er iets speciaals van maken. De laatste keer, toen oom Ned zestig was, zijn we naar een hotel gegaan, maar daar hebben we nu geen geld voor. Bovendien weet ik zeker dat Opal het zielig zou vinden voor Meredith, want bij dat laatste feest hing zij de grote dame uit door alle champagne mee te brengen, maar dit keer zou ze in haar eentje alleen maar treurig in een hoekje kunnen zitten. Ze heeft een baantje in de supermarkt aangenomen, zie je. Volgens haar is dat het enige werk dat ze kan krijgen zolang die ellende nog boven haar hoofd hangt.'

Op Freya's gezicht stond duidelijk te lezen hoe zij over dat treurige gedrag van Meredith dacht. Maar Lillie kon wel begrip opbrengen voor Meredith.

'Jij zou je ook ellendig voelen als jou zoiets was overkomen, Freya, dat weet je best,' zei ze zacht.

'O, ja,' beaamde Freya prozaïsch. 'Maar ik zou vast niet de neiging krijgen om dan ook maar het leven van iedereen om me heen te verpesten, hè?'

Lillie schoot in de lach. 'Nee, vast niet. Maar goed, wat was je dan van plan voor de verjaardag van Opal?'

'Nou,' vervolgde Freya, 'aangezien haar verjaardag op een zaterdag valt, lijkt me dat we best een groot feest op St Brigid's Terrace kunnen geven. Maar het probleem is dat de mensen dan ook naar buiten moeten omdat het huis te klein is voor een groot feest en dan zijn we wel erg afhankelijk van het weer… wat in dit land niet echt leuk is. Ik zat eraan te denken om kerstlampjes en lantaarns op te hangen in de bomen en stoelen neer te zetten en kussens op het gras en nog meer geweldige dingen. Zoals een barbecue en een tafel die bezwijkt onder allerlei lekkers om te eten. Maar…' Ze hield even op. 'Ik kan niet koken en ik heb ook geen massa's kerstlampjes en lantaarns. En wat moeten we beginnen als het echt afschuwelijk weer is?'

Lillie dacht na. 'We hebben een plan A en een plan B nodig,' zei ze. 'Plan A voor als het een mooie avond is en we naar buiten kunnen en plan B als dat niet gaat. Ik ga even een papiertje pakken, zoek jij intussen maar een pen op. Ik kan in dit huis nooit een pen vinden als ik die nodig heb.'

'Dus je gaat me helpen?' vroeg Freya blij. 'Ik had het ook aan Bobbi willen vragen, maar die heeft het altijd zo druk in de salon dat ze geen moment tijd heeft.'

'O, we zullen zeker vragen of Bobbi een steentje bij wil dragen,' zei Lillie. 'Als er een vrouw is die een feestje kan organiseren, dan is zij het wel. Met ons drieën kunnen we vast wel iets heel bijzonders bedenken. Laten we maar met Bobbi gaan praten.'

Bobbi vond dat Meredith er ook bij betrokken moest worden.

'Lieve Freya,' zei ze, 'ik weet wel dat je niet bepaald een fan van haar bent, maar volgens mij heeft je nichtje het al een tijdje niet bepaald gemakkelijk. Iedereen in het land weet inmiddels dat ze een eersteklas sukkel is geweest om alles te geloven wat die mensen haar zo lang op de mouw hebben gespeld. Zij was het respectabele gezicht van het bedrijf en alleen maar dankzij haar hebben ze zoveel mensen kunnen duperen. Stel je eens voor hoe dat voelt.'

'Dat wil ik helemaal niet,' zei Freya kribbig. 'Dus ze heeft het al een paar maanden moeilijk… wat dan nog? Dat geeft haar nog geen carte blanche om tegenover de rest van de wereld te doen alsof zij de hoofdrol vertolkte in een melodrama waarin wij met ons alleen de boosdoeners zijn. Ze steekt nooit een hand uit voor Opal en toch loopt haar arme moeder het vuur uit haar sloffen om allerlei lekkere dingen te maken waardoor ze misschien zin in eten krijgt, gewoon omdat ze bang is dat het misschien haar schuld is geweest…'

Lillie viel haar in de rede. 'Dat doen ouders nu eenmaal, lieverd,' zei ze zacht. 'Zich bezorgd afvragen of het misschien toch hun schuld is en of alles anders zou zijn gelopen als zij de dingen anders hadden aangepakt.'

'Dan heb je mijn moeder kennelijk nog nooit ontmoet,' zei Freya bitter terwijl ze opstond en de deur uit liep.

Bobbi en Lillie keken elkaar even aan.

'Ik begrijp hieruit dat je niet veel van Freya's moeder weet, hè?'

'Alleen wat Freya me zelf verteld heeft,' zei Lillie. 'Heb ik een flater geslagen?'

Bobbi trok een gezicht. 'Dat kun je wel zeggen. Maar dat is echt een verhaal dat om een pot thee vraagt. Enfin, laten we nu eerst eens bedenken hoe we Opal het huis uit kunnen krijgen, zodat we het aanstaande zaterdag in een feesttent kunnen veranderen. Ze is dol op die nieuwe breiwinkel. Peggy geeft tegenwoordig op zaterdag cursussen, dus misschien kunnen we Opal wel voor een daarvan inschrijven. Dan is ze wel een tijdje onder de pannen.'

Freya liep met grote passen naar de supermarkt waar Meredith de afgelopen week had gewerkt. Ze had beweerd dat ze wat geld wilde verdienen om een bijdrage te leveren aan het huishoudgeld.

Alsof dat erin zat, dacht Freya boos. Ze vertrouwde Meredith voor geen meter en ze werd woedend als ze zag hoe haar geliefde Opal zich uitsloofde om alles beter te maken. Ze wist zeker dat Meredith geen bal om haar arme moeder gaf. Als dat wel waar was geweest, dan zou ze haar niet zo hebben laten vallen. Freya wist hoeveel ze te danken had aan haar tante Opal en oom Ned, maar ze had eigenlijk nooit geweten hoe boos ze op haar eigen moeder was tot ze zag hoe Meredith zich er kennelijk niets van aantrok dat Opal en Ned zoveel van haar hielden.

Meredith had geen idee hoe het was om geen gezin te hebben waarop je terug kon vallen, geen flauw idee. Ze hing alleen maar een beetje rond in huis en liet met een zielig gezicht haar hoofd hangen, tot niemand meer een mond open durfde te doen, uit angst dat Meredith zou gaan huilen. Freya was het volkomen zat. Ze stormde de supermarkt in en keek om zich heen, op zoek naar haar nichtje.

Meredith had het scannen al vrij snel onder de knie. Zo moeilijk was dat niet. Je leerde al snel waar de barcodes op de meeste producten zaten, hoewel ze die soms op de meest belachelijke plekken aanbrachten, zoals bij sommige pizza's, waar ze op het deksel van de doos zaten, zodat je die ondersteboven moest houden, waardoor alle ingrediënten tegen de binnenkant van het deksel terechtkwamen. Maar afgezien van dat soort missers was het geen lastig werk. Alleen ontzettend vermoeiend.

Een paar van de medewerkers waren erachter gekomen wie ze was, maar daar trokken ze zich niets van aan. Glenny, een lange meid die ongeveer even oud was als Meredith maar er tien jaar ouder uitzag en een man en vijf kinderen had, vond het ontzettend lollig om Meredith ermee te plagen. Maar dat bedoelde ze niet kwaad. Er zat geen greintje valsheid in Glenny.

'Denk erom dat je er niet met al het geld uit de kassa vandoor gaat, Meredith! We houden je in de gaten, hoor!' riep ze dan opgewekt vanachter haar eigen kassa.

Verrassend genoeg was Meredith al snel aan die grapjes gewend.

'Nee, hoor,' riep ze dan vrolijk terug. 'Ik hou het bij de couponnetjes. Daar heb ik mijn zakken al mee volgepropt. Straks ga ik ervandoor en dan kan ik stapels gratis wc-papier bij de supermarkt verderop gaan halen. Dat hebben ze nooit in de gaten', en dan brulde Glenny van het lachen.

De mensen van de winkel waren bijna allemaal erg aardig voor haar, maar de jonge winkelchef had een houding waaruit bleek dat het hem eigenlijk helemaal niet zinde dat er iemand met Merediths schoolopleiding achter de kassa zat. Ze betrapte hem er vaak op dat hij grimmig naar haar stond te kijken, alsof hij het idee had dat ze allerlei grote plannen had om zo snel mogelijk zijn baantje over te nemen en dat hij dat alleen maar zou kunnen voorkomen door haar in de gaten te houden. Alsof ze dat zou willen, dacht Meredith. Ze had nauwelijks genoeg energie om zich 's ochtends aan te kleden, laat staan dat ze overwoog om op de een of andere manier een baantje als winkelchef bij Super Savers te versieren.

De asociale werktijden vormden een groot probleem, plus het feit dat je soms wel drie uur achter de kassa moest zitten tot je pijn in je rug had en je nek kraakte omdat je steeds opzij moest kijken en bovendien iedere keer last had van de tocht als de automatische deuren opengingen als iemand naar binnen of buiten ging. En dan had je de mensen nog. Sommige klanten waren aardig en maakten een praatje, zoals bejaarde mensen die gewoon even met iemand wilden kletsen en die dag misschien nog met helemaal niemand hadden gesproken tot ze naar de winkel kwamen om melk en kattenvoer te kopen. En dan had je nog de vrouwen met baby's en krijsende kleuters. Die zeiden ook altijd iets, meestal in de trant van: *O, verdorie, het spijt me dat ik het allemaal maar zo op de band smijt en ik weet wel dat ze ligt te krijsen, maar daar kan ik nu niets aan doen want ze wil gewoon haar flesje. We zijn al te lang onderweg, want Taylor wilde met alle geweld snoepjes en ik zei, nee geen denken aan. En nu heeft ze volgens mij ook een vieze luier. Ik had alles gewoon moeten laten bezorgen, ik weet het, dat had ik echt moeten doen.*

Meredith had medelijden met al die mensen. Op een keer kwam er een meisje dat ze van school kende, een lang meisje met stralende ogen, dat vroeger een van de succevolle, stralende aanvoerders van het basketbalteam was geweest, met glad bruin haar dat altijd in een glimmende paardenstaart zat. Ze had goed kunnen leren en er werd van haar verwacht dat ze minstens een raketgeleerde zou worden of zo. Ze had Meredith niet herkend. Nou ja, als Meredith niet op de stoel van de caissière gevangen had gezeten, dan had ze de voormalige basketbalster vast ook niet herkend. Nu deed ze in niets meer denken aan de-leerling-die-het-vast-helemaal-zal-gaan-maken en van het glanzende haar was ook weinig over. Nu had ze dun grijzend haar dat in een slonzige paardenstaart zat en ze droeg een goedkoop trainingspak waar kennelijk 's ochtends bij het ontbijt op was gemorst.

Meredith had haar niet begroet. Niet omdat ze zich schaamde voor haar eigen omstandigheden, maar gewoon omdat de vrouw kennelijk een rotdag had en Meredith haar met rust wilde laten.

Op een andere dag had ze Grainne ontmoet. Het was heel gênant, maar aanvankelijk kon ze zich niet eens herinneren hoe ze ook al weer heette. Grainne had een klein meisje bij zich dat ze voorstelde als Teagan.

'Freya zal je wel alles over haar verteld hebben,' zei Grainne opgewekt. 'Ze zegt altijd dat je me de groeten doet als ik haar op straat tegenkom.'

Meredith had zich niet alleen geschaamd, maar ze had zich ook een onmens gevoeld. Freya was altijd aardig geweest tegen Grainne, met wie ze vroeger bevriend was, terwijl Meredith in werkelijkheid vrijwel nooit meer aan Grainne had gedacht sinds ze weg was uit Redstone.

'We moeten maar een keer een kopje koffie gaan drinken,' zei ze nu tegen Grainne. 'Ik blijf nog wel een tijdje hier.'

'Dat zou ik heerlijk vinden,' zei Grainne lachend.

Vanochtend was het bijna tijd voor haar pauze en ze telde de minuten voordat ze de kassa kon sluiten. Nog twee klanten zetten hun mandjes op de band, prachtig, en toen dook achter hen ineens Freya op, met een gezicht als onweer. De moed zonk Meredith in de schoenen. Freya haatte haar, een ander woord was er niet voor. Thuis slaagden ze er meestal redelijk goed in om elkaar te ontlopen, omdat Freya samen met mam en pa in de zitkamer tv zat te kijken, terwijl Meredith in haar slaapkamer zat of stiekem de trap af sloop om in de keuken een kopje thee te zetten.

'Ik wou het even met je hebben over de zestigste verjaardag van je moeder,' siste Freya.

Meredith zette het bordje met 'deze kassa gaat sluiten' op de band. 'Trek dat hekje even dicht, wil je?'

Freya trok het met een klap dicht.

'Meredith,' bulderde een stem in de verte. 'Het is nog geen tijd voor je pauze. Doe dat hek weer open.' Meredith bloosde, een lelijke paarsrode tint.

'Doe het maar weer open,' zei ze tegen Freya, terwijl ze het bordje oppakte. Een vrouw met een boordevolle kar en op het eerste gezicht lang niet genoeg tassen kwam moeizaam naar haar toe gesukkeld.

'O god,' zei Meredith. 'En ik ben al zo moe.'

Ze keek haar nichtje aan dat haar bijna stond uit te lachen.

'Waarom heb je zo'n hekel aan me?' vroeg Meredith vermoeid.

'Ik heb geen hekel aan je,' zei Freya, die zich afvroeg of dat wel waar was. 'Ik heb alleen maar een hekel aan de manier waarop jij je ouders behandelt na alles wat ze voor jou gedaan hebben. Ik weet hoe lief ze zijn en ik weet ook hoe kapot ze zijn van alles wat er gebeurd is, maar toch beginnen ze er tegen jou nooit over, ze vragen nooit wanneer jij nu eindelijk eens kostgeld gaat betalen. Ze laten het er gewoon bij zitten. Je vertelt nooit iets uit jezelf en je laat hen maar in de zenuwen zitten. Dáár heb ik een hekel aan,' zei Freya.

Ze bestudeerde Meredith van top tot teen en ineens viel haar op dat ze haar nagels niet had gelakt en dat het mooie blonde haar schreeuwde om nieuwe highlights.

'Maar goed, ik ben hiernaartoe gekomen om met je te praten over wat we gaan doen aan je moeders verjaardag. Daar had je zelf ook over na kunnen denken, maar nee, jij had het te druk met het persoontje dat voor jou op de eerste plaats komt: Meredith. Nou, als je weer op aarde bent geland en niet langer op planeet Meredith zit, zou je het daar eens met mij, Bobbi en Lillie over kunnen hebben. En, tussen twee haakjes, het is wel een geheim, dus probeer je daaraan te houden.'

Meteen daarna draaide Freya zich om en beende naar buiten. Meredith keek haar onbewogen na. Ze ging niet huilen, niet hier, waar die omhooggevallen winkelchef naar haar stond te kijken, maar ze was het liefst in tranen uitgebarsten.

Freya rende naar huis. Ze wist niet wat haar bezield had om Meredith zo aan te vallen. Harry, met wie ze tegenwoordig voortdurend optrok, had haar een keer gevraagd waarom ze kennelijk zo'n hekel had aan Meredith, terwijl ze dol was op haar neven en dat had ze niet goed uit kunnen leggen.

'Ze is gewoon een oplichtster,' zei ze alleen maar.

'Die indruk maakt ze op mij helemaal niet,' had Harry vriendelijk opgemerkt. 'En als ze dat wel was, dan zou wat haar is overkomen daar wel korte metten mee hebben gemaakt, hè?'

Freya wist niet wat ze daarop moest zeggen.

## 24

'Je kunt haar niet eeuwig Abrikoosje blijven noemen,' zei Fifi, toen ze met een kopje thee in het keukentje achter de winkel zaten. Peggy was weliswaar aan koffie verslaafd, maar het had haar geen enkele moeite gekost om dat op te geven, want ze werd al misselijk van de lucht van een macchiato.

'Ik weet het. Maar ik durf gewoon niet zo'n boek met namen in te kijken, omdat ik bang ben dat er dan iets misgaat.'

Peggy had ontdekt dat ze idioot bijgelovig was als het ging om de geboorte van Abrikoosje. Dus had ze haar verlangen om zelfs maar een paar babysokjes te kopen onderdrukt en dacht alleen maar aan haar baby als haar lieve Abrikoosje.

'Ik zal moeten wachten tot de echo in week twintig, voordat ik genoeg zelfvertrouwen zal hebben om aan namen en dat soort dingen te gaan denken,' bekende ze.

De deurbel van de winkel rinkelde om aan te geven dat er een klant binnen was gekomen.

'Ik ben aan de beurt,' zei Peggy, terwijl ze opstond. 'Jij hebt lunchpauze.' Ze liep naar de winkel.

'Hallo,' zei Bobbi.

'Je gaat breien!' zei Peggy vol verrukking.

'Nee,' zei Bobbi. 'Ik wil je om een gunst vragen. Mijn vriendin Opal moet aanstaande zaterdag een tijdje haar huis uit, om ons de gelegenheid te geven het te versieren voor een feestje dat we bij wijze van verrassing voor haar zestigste verjaardag hebben geregeld. Wat denk je? Zou ze naar een van jouw cursussen kunnen komen of zo?'

Inmiddels was Fifi ook op het toneel verschenen.

'Een supriseparty!' zei ze. 'Geweldig! Voor wie?'

'Voor Opal,' zei Bobbi.

Fifi wierp een korte blik op Peggy, die van kleur was verschoten. 'We zouden een viltcursus kunnen geven. Ze heeft een keer tegen me gezegd dat ze dat dolgraag wilde proberen. Ik kan onze klanten wel een e-mailtje sturen en zeggen dat we komende zaterdag nog plaats hebben voor tien mensen.'

'Geweldig,' zei Bobbi. 'Vertel me maar hoe laat, dan zal ik tegen Opal zeggen dat ze dat van mij cadeau krijgt.'

Toen Bobbi weg was, keek Fifi haar werkgeefster aan.

'Wat ga je nu doen?' vroeg ze.

'Een viltcursus geven,' zei Peggy een beetje bibberig.

'Dat bedoel ik niet.'

Peggy zakte neer op het krukje achter de toonbank. 'Dat weet ik wel,' zei ze.

'Peggy, je moet het echt aan David vertellen. Dat hoor je gewoon te doen.'

'Dat weet ik,' herhaalde Peggy. Ze voelde zich ellendig. 'Maar hij zal me vast haten omdat ik het voor hem verborgen heb gehouden.'

'Maar waaróm heb je het voor hem verborgen gehouden?' vroeg Fifi. 'Ik snap niets van je, Peggy. Hij is echt een geweldige vent en hij was duidelijk stapelgek op je. Je hoeft niet met hem te trouwen, maar je bent moreel verplicht om hem te vertellen dat je van hem in verwachting bent.'

Peggy barstte in tranen uit. 'Dat kan ik niet,' zei ze.

'Waarom niet?'

Peggy keek door haar natte wimpers naar haar op en begon het uit te leggen.


Op zaterdag zette Bobbi Opal af bij de breiwinkel en vroeg achteloos aan Peggy of ze Opal na afloop van de viltcursus thuis kon brengen.

'We moeten precies weten hoe laat ze thuiskomt, zodat we allemaal tevoorschijn kunnen springen om "verrassing!" te roepen,' zei Bobbi. 'Je moet gewoon tussen neus en lippen door opmerken dat je over St Brigid's Terrace rijdt en vragen of iemand misschien een lift wil. Laat maar blijken dat je toevallig weet dat Opal daar woont. Ze zal vast geen nee zeggen. Daarna kan haar familie haar alles over het feest vertellen, zodat ze haar mooie jurk aan kan trekken en een paar van mijn meisjes haar lekker kunnen optutten. Shari zal haar opmaken en Lizette, mijn hoofdkapster, gaat haar haar doen...'

Het was een plan dat allemaal heel eenvoudig en probleemloos leek, behalve als je meetelde dat Opal Davids moeder was. De grootmoeder van het Abrikoosje.

Peggy wenste dat ze er op een of andere manier onderuit kon. Ze wilde juist uit de buurt van Opals huis blijven, voor het geval ze David tegen het lijf zou lopen. Maar daar bleef het niet bij, nee, het zou gewoon al te veel pijn doen om in de buurt van zijn huis te komen. Ze kon zich nog goed herinneren hoe David zijn jeugd omschreven had: idyllisch en vol genegenheid, ook al was er nauwelijks geld en moesten ze elk dubbeltje omdraaien. Maar ze kon er niet onderuit: ze zou Opal naar huis moeten rijden.

Ze was gespannen tijdens de les. Het zou afschuwelijk zijn als David haar zag. Ze was nog helemaal niet dik, maar haar buikje was onmiskenbaar.

Maar ze kwam er niet onderuit. Na de cursus stapte Opal opgewekt in Peggy's Kever.

'Wat een leuk autootje,' zei ze. 'Ik heb nooit leren rijden. Toen ik nog jong was, hadden we geen auto,' vervolgde Opal zonder zich bewust te zijn van de spanning die op Peggy's gezicht te lezen stond.

'O nee?' zei Peggy, om het gesprek gaande te houden.

'Wanneer ben je uitgeteld, kind?' vroeg Opal vertrouwelijk. 'Niet dat het al echt goed te zien is, hoor. Maar ja, jij bent lang en volgens mij dragen lange vrouwen altijd mooier. Ikzelf leek bijvoorbeeld op een voetbal als ik zwanger was. Is het je eerste?'

'Eerlijk gezegd wel,' zei Peggy, die heel gespannen klonk.

'En…'

Peggy wist dat Opal nu over de vader zou beginnen. Niet uit nieuwsgierigheid, maar gewoon omdat Opal een vriendelijk mens was, die precies de goede vragen stelde.

'… is de papa ook blij? Iedereen denkt altijd maar dat mannen niet in baby's geïnteresseerd zijn, maar geloof me, dat zijn ze echt wel. Ik heb er vier gehad en Ned ging helemaal uit zijn dak als we ontdekten dat ik weer in verwachting was.'

'Ik ben alleen,' zei Peggy en ze voelde haar handen op het stuur trillen.

'Och, lieverd, neem me niet kwalijk,' zei Opal, zo oprecht spijtig dat Peggy het liefst meteen haar hart uitgestort had.

'Wat ga je vanavond doen, Opal?' vroeg ze in het wilde weg, puur om Opals aandacht af te leiden. Ze had het idee dat ze helemaal zou instorten als Opal opnieuw over de vader van haar baby begon.

'O, ik geloof dat de meisjes vanavond koken,' zei Opal. 'Eerlijk gezegd zit ik op zaterdagavond het liefst thuis voor de tv. Het is echt

een vrije avond, hè? Ik weet wel dat jonge mensen dan graag uitgaan om te gaan dansen of zo, maar als je mijn leeftijd hebt dan vind
je het heerlijk om samen met je gezin rond de open haard te zitten. Alleen Freya – dat is mijn nichtje, die woont bij ons – gaat op
zaterdag weleens uit nu ze een vriendje heeft. Harry, echt heel aardig.
Ze gaan naar de bioscoop en dan pizza eten, maar ze moet wel vroeg
thuis zijn. Ze is nog erg jong, vijftien, al lijkt ze volgens Ned soms
over de veertig. Ned is mijn man en hij is stapelgek op haar. Als we
met ons allen voor de buis zitten, kijkt hij het liefst naar *Who Wants
to Be a Millionaire?* Hij is dol op dat programma,' zei Opal opgewekt.
'Volgens mij hebben we inmiddels elke aflevering minstens vier
keer gezien, maar je staat er toch van te kijken hoe snel je de antwoorden op bepaalde vragen weer bent vergeten. Ze zijn wel erg
moeilijk, hè?'

'Ja,' beaamde Peggy flauwtjes.

'Hier moet je linksaf,' zei Opal. 'Het is echt heel lief van je dat je
me thuis hebt gebracht, Peggy. Dat stel ik bijzonder op prijs.'

'Goed, hoor,' zei Peggy. Ze waren er bijna. Zo meteen zou Opal
uitstappen en dan moest Peggy er gewoon voor zorgen dat ze nooit
meer alleen met haar zou zijn. Opal was zo'n lieve vrouw, zo toegewijd aan haar gezin, dat ze vast dol zou zijn op haar kleinkinderen,
dat wist Peggy zeker. En Peggy ontnam haar de kans om haar klein-
kind te leren kennen. Daar klopte niets van, dat wist ze best. Hoe
groter het Abrikoosje in haar buik werd, des te beter ze wist dat het
heel verkeerd van haar was om David de kans te ontnemen zijn kind
te leren kennen. Maar Peggy durfde het hem niet te vertellen, want
ze wist wat voor soort man David was. Hij zou meteen willen gaan
samenwonen. Misschien zou hij zelfs wel willen trouwen. Om echt
een gezinnetje te stichten.

Peggy wist niet hoe haar ouders voor hun huwelijk geweest waren, maar ze kon zien hoe ze nu waren. Hoe haar moeder wegteerde
onder het getreiter van haar vader. Dat scenario kon ze haar kind
niet aandoen, ook al was het nog zo fout dat David de kans niet
kreeg om zijn kind te leren kennen. Er waren genoeg vrouwen die
kinderen kregen zonder dat de vader erbij betrokken was. En zo zou
het bij haar ook gaan.

'We zijn er, kijk, daarginds, bij die turkooizen deur.' Peggy stopte op de plek die Opal aanwees, voor een leuk huis met een tuin vol roze bloemen. Een man kwam door de voordeur naar buiten. Hij had kennelijk op de auto staan wachten. Daarna stroomden er nog meer mensen het huis uit. Peggy herkende Shari, de dochter van Bobbi die ze in de schoonheidssalon had ontmoet. Er was ook een oudere man bij, twee andere mannen, een vrouw van in de dertig, Bobbi, en een jong, slank, donkerharig meisje dat vast Freya was. Maar Peggy had nauwelijks aandacht voor dat stel, want de eerste man, die het hek had opengemaakt en nu op de stoep op zijn moeder stond te wachten, was David. Zodra de auto stilstond, bleef Peggy strak voor zich uit staren.

'Tot ziens, Opal,' zei ze krampachtig.

'Nog hartelijk bedankt, lieverd,' zei Opal terwijl ze uitstapte. 'Ik weet niet wat er hier aan de hand is, ik hoop dat alles in orde is.'

'Ik zou het niet weten,' zei Peggy schor. Opal deed het portier dicht en Peggy ging er spoorslags vandoor.

Opal kon geen woord uitbrengen.

Ze keek alleen maar met grote ogen rond in haar huis dat door Freya, Meredith, Ned, Steve, Brian, David, Liz, Lillie en Molly prachtig versierd was. Bobbi, Shari en Lizette waren er ook. 'Hartelijk gefeliciteerd,' zei Shari opgewonden.

Het hele huis sprankelde van boven tot onder. Er hingen gouden en zilveren ballonnetjes aan de gordijnen en bij de ingelijste foto's en boven de open haard hing een slinger met de tekst 'Hartelijk Gefeliciteerd Opal'.

Snoeren met honderden witte, twinkelende kerstlichtjes hingen overal in de kamer en waren om de trapleuning gewikkeld. Op de trap zelf stonden op iedere tree theelichtjes, die alleen nog aangestoken moesten worden. Terwijl ze door het huis liep en de vazen met Neds rozen en Molly's bolhortensia's bewonderde, moest ze op haar lippen bijten om niet in tranen uit te barsten.

Ze liepen allemaal stralend achter haar aan.

'Denk je dat ze het mooi vindt?' vroeg Freya bezorgd.

'Volgens mij vindt ze het prachtig, kind,' zei Molly terwijl ze Freya een schouderklopje gaf. 'Wie zou dit nou niet mooi vinden?'

Een van zijn volkstuinmaatjes had een kas en bij hem had Ned de beeldschone, grote, gele dahlia's besteld die speciaal voor deze gelegenheid waren gekweekt om de eetkamer te versieren, waar alles klaar stond voor een buffet. Merediths artistieke flair was goed van pas gekomen toen allerlei potten en flessen als vazen moesten dienen en volgepropt werden met groene klimop waartussen de vrolijke gele dahlia's hen toe stonden te lachen. Ook om de achterdeur twinkelde een snoer kerstlichtjes en op de buitentrap lag een oude loper, die zorgvuldig schoon was gemaakt en toegang gaf tot de tuin die ook een metamorfose had ondergaan.

Ned en de jongens hadden allerlei tuinstoelen neergezet bij twee lange tafels die gedekt waren met gezellige, gebloemde tafellakens en versierd met vazen vol bloemen en meer borden dan Opal zelf in de kast had staan. Ook in de bomen hingen twinkelende kerstlichtjes en overal stonden jampotjes en andere gekleurde glaasjes met theelichtjes erin. Drie van die grote terrasverwarmers, die ze altijd graag had willen hebben maar waarvan ze dacht dat ze die nooit zouden kunnen betalen, stonden klaar om aangestoken te worden als het wat killer werd.

'Gehuurd, mam,' fluisterde Brian, die de ongeruste blik zag die op haar gezicht verscheen.

'Hoe hebben jullie dit allemaal zo gauw voor elkaar gekregen?' vroeg ze, toen ze eindelijk weer iets uit kon brengen.

'Iedereen heeft geholpen om alles voor jou mooi te maken, lieverd,' zei Ned, die zich tussen de mensen door worstelde om zijn vrouw te knuffelen. 'Hartelijk gefeliciteerd!'

'Het is echt prachtig,' zei ze. Ze schoot helemaal vol. 'Hoe hebben jullie dat geheim kunnen houden?' vroeg ze ineens.

Freya grinnikte. 'Dat hebben Bobbi en Lillie geregeld,' zei ze. 'Volgens ons zijn die twee in een vorig leven geheim agent geweest.'

Ineens schoot Opal iets door het hoofd. 'Maar moet je zien hoe ik eruitzie! Wanneer komen de mensen? Ik zit onder de wol en mijn haar…'

Nu was het Merediths beurt om haar moeder te knuffelen. 'Shari en Lizette zullen je binnen de kortste keren mooi maken. Nog mooier,' verbeterde ze haastig na een vernietigende blik van Freya.

'Nou ja, alles is echt…' zei Opal en drukte ineens haar hand tegen haar borst. Ze zagen allemaal hoe ze plotseling grauw werd omdat alle kleur uit haar gezicht wegtrok, waarna ze met een klap op de grond viel.

Alleen Ned mocht met Opal mee naar de Hartbewaking. De anderen moesten allemaal buiten wachten. Freya zat naast David te trillen en hij trok haar stijf tegen zich aan terwijl hij zei: 'Alles komt weer in orde, hoor.'

'Echt waar?' vroeg Freya wanhopig. 'Echt?'

'Ja,' zei hij en hij knuffelde haar. 'Alles komt in orde.'

Hij kon zich nauwelijks concentreren. Het enige waaraan hij kon denken, was dat zijn geliefde moeder een hartaanval had gehad en dat zijn eigen hart van slag was omdat hij Peggy weer had gezien.

Het deed zo'n pijn. Hij had gedacht dat hij er inmiddels wel overheen was, want hij had echt zijn best gedaan en was zelfs met een paar andere vrouwen uit geweest tijdens double dates met kerels van zijn werk. Maar dat had niet geholpen. Peggy was voor hem de ware.

Hij was uit de buurt gebleven van de winkel, omdat hij haar liever niet meer wilde zien. Maar vanavond had hij er weer evenveel verdriet van als toen ze hem net de bons had gegeven. Hij wist dat het een belachelijk idee was als je in de wachtkamer bij intensive care zat, maar hij had het gevoel dat er net zo goed iets mis was met zijn eigen hart. Desondanks mocht hij niet aan zichzelf denken: het was nu zijn taak om voor de familie op te komen en ervoor te zorgen dat zijn moeder de best mogelijke behandeling kreeg. Al het andere moest daarvoor wijken, zelfs zijn gebroken hart.

Opal was stabiel, kregen ze die avond om tien uur van de dokter te horen. Ze mochten van hem een voor een even bij haar, maar ze moesten beloven dat ze niets zouden zeggen en alleen maar Opals hand vast zouden houden.

'Ze heeft geluk gehad, het was geen zware aanval,' zei hij tegen de doodsbleke Ned. 'We zullen later een scan maken en haar goed nakijken om te zien hoe zwaar haar hart is beschadigd. Zolang ze hier is, zal ze een hele rits proeven moeten ondergaan, maar op dit moment is rust het beste voor haar.'

Ned ging als eerste naar binnen. Om iets om handen te hebben zei Freya dat ze naar de koffieautomaat ging en vroeg of iemand anders ook iets wilde.

Tot haar misnoegen zei alleen Meredith dat ze ook koffie wilde en dat ze even meeging.

Ze liepen zwijgend naar de dichtstbijzijnde koffieautomaat.

Freya ging als eerste en Meredith keek geïrriteerd toe hoe ze keer op keer een euro in het apparaat gooide, die meteen daarna weer kletterend in het wisselgeldbakje viel.

'Verdomde automaat,' zei Freya terwijl ze het vergeefs opnieuw probeerde.

'Hier,' zei Meredith terwijl ze een ander muntje tevoorschijn haalde. 'Laat mij het maar eens proberen. Soms heb je volgens mij een munt die misschien hooguit een milligram afwijkt qua gewicht en daardoor werkt het apparaat niet.'

'Nee, ga weg,' siste Freya woest.

'Waarom heb je toch nog steeds zo'n hekel aan me?' vroeg Meredith moe.

Ze keek naar Freya's betraande gezicht, dat door de uitgelopen eyeliner en mascara op een pandasnoet leek.

Freya's lippen trilden.

'Ik heb helemaal geen hekel aan je,' flapte ze uit. 'Ik vind je zelfs best aardig nu je niet langer Miss Perfect bent. Maar sinds jij weer thuis bent, heeft Opal alleen aandacht voor jou. Opal is alles wat ik heb en jij pakt haar van me af. En nu is ze ziek…'

Zodra ze de gedachten uitgesproken had die haar maandenlang hadden gekweld gingen de sluizen open. Ze begon gierend te huilen en klampte zich vast aan de koffieautomaat alsof ze anders in elkaar zou zakken.

Meredith keek naar het jonge meisje dat haar zo'n vervelende tijd bezorgd had en begreep eindelijk wat er mis was.

'Ach, kom toch hier, Freya,' zei Meredith en ze trok haar nichtje tegen zich aan, terwijl ze de snikkende tiener over haar haar streek alsof het nog een klein kind was. Wat was ze ontzettend stom geweest, dacht Meredith. Freya gedroeg zich in veel gevallen als een volwassene omdat ze wel móést, aangezien haar moeder volkomen ingestort was na de dood van haar man. Maar toch was Freya nog zo jong dat er eigenlijk iemand voor haar moest zorgen. En dat was nooit tot Meredith doorgedrongen.

Nee, haar houding tegenover Freya was niet anders geweest dan tegenover andere mensen: alsof ze haar ieder moment konden bespringen en als circusleeuwen met een stoel op afstand moesten worden gehouden.

Bovendien was ze boos geweest op Freya omdat zij, afgezien van Bobbi dan, de enige was geweest die haar de les had gelezen over de manier waarop ze met haar ouders omging. Bij haar misplaatste pogingen om iets te worden wat ze niet was, had ze hen achteloos aan hun lot overgelaten. Freya had in alle opzichten gelijk gehad: Meredith was inderdáád egoïstisch geweest.

Toen alles wat ze in het verleden misdaan had door haar hoofd schoot, begon Meredith ook te huilen.

'Het spijt me echt ontzettend,' kon ze nog net uitbrengen.

'Maar ik deed ook walgelijk,' snikte Freya.

'Toch had je wel gelijk. Ik was helemaal niet lief voor mam en pa. Ik dacht alleen maar aan mezelf. Heel stom en daar zal ik je later nog wel alles over vertellen, maar op dit moment kan ik gewoon niet meer geloven dat ik zoveel waarde hechtte aan al die onzin: dat appartement, die kleren, het feit dat ik iemand wás. Allemaal nonsens, dat begrijp ik nu ook...'

'En ik wist best dat Opal overstuur zou raken als ik ruzie met jou zou maken, maar ik kon mezelf gewoon niet inhouden,' zei Freya. 'Ik was zo bang dat je voorgoed terug zou komen en dat Ned en Opal dan niet meer om mij zouden geven.'

'Wat een kolder!' zei Meredith fel. 'Ze houden van je. En niet omdat je een soort plaatsvervangende dochter bent. Iedereen houdt van je. Kijk alleen maar eens hoe lief je voor mam bent geweest. Dat geeft me echt een verdomd schuldig gevoel.'

Een bleke jonge man met dreadlocks die onmiskenbaar naar marihuana rook, dook naast hen op.

'Het spijt me dat ik jullie moet lastig vallen, meiden,' zei hij langzaam en loom, 'maar mag ik even wat coke pakken?'

Meredith en Freya keken elkaar aan en konden ineens hun lachen niet meer inhouden.

'Coke?' lachte Freya.

'Ja, coke!' lachte Meredith met haar mee.

Pas om een uur of elf was Opal volgens de dokters voldoende opgeknapt om haar familie langer dan een paar minuten achter elkaar te zien.

'Jullie mogen maar met twee tegelijk bij haar,' zei de zuster, terwijl ze naar Freya, Opals vier vermoeide volwassen kinderen en schoondochter Liz keek.

Opal lag in het bed aan allemaal slangetjes. Meredith en Freya hielden elkaars hand vast en Opal begon te huilen toen ze dat zag.

'O lieve schatten,' zei ze. 'Ik word heus wel weer beter, hoor.'

'Dat klopt,' zei Ned.

Opal keek Meredith en Freya, die dicht tegen elkaar stonden, met grote ogen aan en glimlachte naar hen, alsof ze meteen had begrepen wat er was gebeurd.

Liz deed een stapje naar voren en knuffelde haar schoonmoeder. 'We waren niet van plan om het nu al te vertellen, Opal, omdat ik nog geen drie maanden heen ben, maar je wordt oma.'

Opal straalde, Brian trok zijn vrouw tegen zich aan, en ineens stond de hele familie elkaar te knuffelen.

'Nu moeten jullie allemaal naar huis,' zei Opal vastberaden. 'Met mij komt het heus weer in orde. Ik moest aldoor maar denken aan die lieve, jonge Peggy en haar baby,' vervolgde ze dromerig. 'Waarom weet ik niet. Zo zielig. Ik heb jullie allemaal en zij heeft niemand.'

'Welke baby?' fluisterde David.

David zette zijn vader uiteindelijk om zes uur de volgende ochtend thuis af. Alle anderen waren inmiddels weg, maar David en Ned hadden zwijgend de wacht gehouden voor de ic, omdat volgens de ziekenhuisregels daar niet de hele nacht mensen mochten blijven.

'Ze wordt echt wel weer beter, daar hoef je niet bang voor te zijn,' zei Ned tegen zijn zoon.

David sloeg een arm om zijn vader. Het was net alsof zijn vader in de loop van de nacht magerder was geworden, maar toch slaagde pa erin om zijn oudste zoon gerust te stellen, ook al was die inmiddels een vent van in de dertig. 'Dat weet ik wel,' zei David. 'Ze is een sterke vrouw met een sterk hart. En ze heeft jou en de rest van ons om voor haar te zorgen.'

Ned wreef in zijn vermoeide ogen. 'Dat is het probleem met je moeder, hè? Ze denkt altijd alleen maar aan andere mensen en zorgt voor iedereen zonder aan zichzelf te denken. Ze geeft je gewoon de kans niet om voor haar te zorgen.'

'Maar daar gaan we verandering in brengen,' zei David. 'Er wordt niet meer achter Steve aan gelopen om de was voor hem te doen en zo, en als Gemma al haar geld uitgeeft aan salsalessen zal ze zelf met de brokken moeten blijven zitten.'

Ned lachte, precies zoals David had verwacht.

'Ach, die arme stakker, zoals Opal zou zeggen, ze kan gewoon niet voor zichzelf zorgen. Maar daardoor mochten wij wel Freya in huis nemen.'

'Die schijnt te denken dat ze wel voor iedereen kan zorgen,' zei David, die instinctief aanvoelde dat zijn vader begon op te kikkeren. Als hij pa nu maar zover kon krijgen dat hij naar huis ging om te slapen. Dan zou hij wel weer terugrijden naar het ziekenhuis om daar de wacht te houden, maar Ned moest echt naar bed. Hij zag er zo moe en oud uit, bijna broos, zoals hij daar in die stoel zat. Vel over been en een schaduw van de grote sterke vent die hij was geweest.

'We zullen nog meer krijgen om voor te zorgen nu Brian en Liz ons kleinkinderen gaan geven,' zei Ned. Die gedachte vrolijkte hem op. 'Opal zal dat heerlijk vinden.'

'Ja,' zei David nadenkend, terwijl hij dacht aan een eenzame, zwangere vrouw in een kleine Volkswagen Kever.

Voor zover hij had kunnen zien had ze helemaal niet zwanger geleken, maar hij wilde het zeker weten. Zijn moeder had dat wel beweerd, maar die zat zwaar onder de medicijnen, dus die kon er van alles uitkramen.

De drang om vanuit het ziekenhuis meteen naar Peggy te gaan was overstelpend, want hij moest de waarheid weten. Als ze zwanger was, zou dat kind dan van hem zijn? Maar zijn familie kwam op de eerste plaats. Hij kon zich net zo goed vergissen als het om Peggy ging.

Nadat hij zijn vader naar huis had gebracht, ontbijt voor hem had gemaakt en dat op een blad naar de slaapkamer had gebracht, zei David dat hij terug zou rijden naar het ziekenhuis, zodat er iemand van hen zou zijn als Opal wakker werd.

'Ga jij nou maar slapen,' zei hij tegen zijn vader. 'Mam heeft niets aan je als je van vermoeidheid omvalt of ziek bent als zij weer naar huis mag. En als je uitgeput en gespannen bent, heb je zo iets onder de leden,' voegde hij er sluw aan toe. 'Stel je toch voor dat ze thuiskomt en dat jij dan ziek bent...'

De list werkte.

'Dat was geen moment bij me opgekomen,' zei Ned geschrokken.

'Ik bel rond een uur of een wel weer,' zei David.

Opal was wakker toen David terugkwam in het ziekenhuis en ze had weer wat kleur op haar fijngevormde gezicht.

Er blonken tranen in haar ogen toen ze hem zag. De verpleegkundige die hem opving, wierp David een waarschuwende blik toe.

'Maak haar niet moe,' zei ze. 'De specialist komt om acht uur zijn ronde doen, dan kunt u met hem praten.'

'Natuurlijk niet,' zei David. 'Mag ik hier naast haar gaan zitten? Ik zou de specialist graag willen spreken.'

'Het spijt me dat ik zo'n lastpak ben, lieverd,' begon Opal huilerig, maar David en de verpleegkundige snoerden haar meteen de mond.

'Je bent helemaal geen lastpak,' zei de zuster, die klein was en een jaar of veertig, met een blonde paardenstaart. 'Je bent nu al onze liefste patiënt van de week, terwijl je pas sinds gisteravond hier bent,' vervolgde ze opgewekt. 'Iedere keer als we met je bezig waren en jij je ogen opendeed, zei je *dank je wel*. Er zijn hier ook mensen...' De verpleegkundige keek om zich heen alsof de hele zaal met ingehouden adem lag te luisteren, '... die het ons kwalijk nemen dat ze hier moeten liggen en na een dag of twee willen ze al overgeplaatst worden naar een eenpersoonskamer met hun eigen tv om op hun wenken bediend te worden.'

David en Opal schoten in de lach, waarbij Opal haar borst moest vasthouden.

'Ik had nooit gedacht dat het achteraf ook nog pijn zou doen,' zei ze.

David ging naast zijn moeder zitten en was het roerend met haar eens. Hij had ook nooit gedacht dat het achteraf zo'n pijn zou doen.

Om tien uur was zijn moeder weer in slaap gesukkeld en kwamen Meredith, Freya en Steve de wacht overnemen.

David was kapot toen hij het ziekenhuis verliet en hij wist dat hij eigenlijk naar huis en naar bed moest. Maar hij kon niet langer wachten. Hij wilde Peggy nog één keer spreken.

Als ze hem niet meer wilde kennen, dan stond haar besluit vast en dan zou hij daar niets meer aan kunnen veranderen. Maar hij wilde het toch proberen.

Terwijl hij zijn auto in Redstone parkeerde, probeerde hij te repeteren wat hij zou zeggen, maar alles klonk fout.

*Ik hou van je... en is dat mijn baby?*

Nee, dat klonk helemaal verkeerd, zelfs beschuldigend. En hij dacht terug aan hoe bang Peggy was toen hij die dag in de winkel was verschenen, waar ze samen met Fifi was geweest.

Hij wist dat Peggy de winkel op zondag altijd vier uur lang openhield en 's maandags gesloten was, zoals de meeste van de plaatselijke winkeliers. Zondag was een fijne dag om boodschappen te doen en dan reed hij weleens langs. De ene keer stond Peggy in de winkel, de andere keer Fifi.

Toen hij de deur van 'Het Nijvere Bijtje, Peggy's Brei- en Handwerkzaak' opentrok, was Fifi er weer. Ze stond een nieuwe voorraad gekleurde strengen wol op de planken te leggen.

'Hallo, Fifi,' zei hij. 'Dus jij hebt vandaag dienst? Is Peggy er?'

Fifi keek hem nadenkend aan, alsof ze tot een besluit probeerde te komen.

'Nee,' zei ze. 'Zij had hier vandaag eigenlijk moeten zijn, maar ze voelde zich niet lekker.'

'Is ze nog steeds misselijk 's ochtends?' vroeg hij.

Ze knikte. 'Dus je weet dat ze in verwachting is?'

'Mijn moeder heeft gisteravond een hartaanval gehad…'

'O god, is alles in orde met haar?' vroeg Fifi geschrokken.

'Volgens het ziekenhuis gaat het goed. Maar ze vertelde me dat ze zo'n medelijden had met die arme Peggy die zwanger was, terwijl de vader van de baby schitterde door afwezigheid. Is het mijn kind, Fifi? Vertel het me nou maar, ik wil het echt weten.'

'Dat kan ik toch niet vertellen,' zei Fifi naar adem snakkend.

'Maar waarom wil Peggy dan toch niets van me weten?' drong David aan. Hij leunde tegen de kassa en haalde zijn hand door zijn haar. 'Ik ben stapelgek op haar, ik hou van haar, maar… Weet je nog die keer dat ik hiernaartoe kwam? Het was net alsof ze doodsbang van me was. Jij kent me al sinds ik nog maar een jochie was, Fifi, wanneer heb ik ooit iemand angst aangejaagd?'

Fifi hield op met werken en slaakte een diepe zucht. 'Het ligt niet aan jou,' zei ze. 'Het is de schuld van haar vader.'

Peggy zat met opgetrokken benen op de bank weer naar *Sleepless in Seattle* te kijken. Ze had bijna de hele film zitten huilen. Het was net alsof het één lange opsomming van haar eigen leven was: in verwachting van een heerlijke baby, maar zonder de grote liefde van haar leven, omdat ze hem de bons had gegeven.

Had ze daarmee de grootste fout gemaakt die ze ooit had begaan? Dat had ze zichzelf tot in den treure afgevraagd en doordat ze David gisteravond weer had gezien, had ze zich echt ellendig gevoeld. Ze moest hier weg, besloot ze. Ze hield het niet meer uit als ze zo vlak bij hem moest wonen met de kans dat ze hem ieder moment in Redstone tegen het lijf kon lopen.

De winkel kon haar niets meer schelen. Die kon ze als lopend bedrijf van de hand doen. Ze verlangde zo ontzettend naar hem, dat ze zou sterven als ze hem om de haverklap tegenkwam. Stel je voor dat Abrikoosje op hem zou lijken, met dat donkere haar en die verrassend blauwe ogen? Dan zou hij meteen begrijpen dat ze zijn kind was en wat zou hij dan doen?

Ze zat zo in gedachten verzonken dat ze aanvankelijk niet eens hoorde dat er aangebeld werd. Toen er weer op de bel gedrukt werd, zette ze de film stil en liep naar de deur. Tot haar verbijstering stond David op de stoep.

Peggy snakte naar adem en haar handen vlogen instinctief naar haar buik.

'Hallo, Peggy,' zei David zacht. 'Mag ik binnenkomen?'

Ze knikte, hoewel ze niet wist waarom, maar hij was hier nu toch, dus waarom niet.

Ze liep de kamer binnen waar Tom Hanks en Meg Ryan elkaar in een stilstaand beeld op het scherm aanstaarden en hij trok de deur dicht en liep achter haar aan.

'Mijn moeder heeft gisteravond een hartaanval gehad,' zei hij.

'O nee, hoe is het met haar?' vroeg Peggy terwijl ze op de bank neerzeeg.

'Goed. Ze is vrij sterk, ook al is ze zo'n lief mens, maar daarom houden we zoveel van haar,' zei David. 'Ze is de liefste vrouw die ik ooit heb ontmoet en mijn vader aanbidt haar. Wij allemaal trouwens. Daarom hadden we dat feest voor haar zestigste verjaardag georganiseerd: om haar te laten zien hoe geliefd ze is. Maar waar het om gaat, is dat ze dat wel weet.'

Hij keek haar veelbetekenend aan. 'Ze weet dat we allemaal van haar houden. Niemand in onze familie heeft ooit een kwaad woord tegen mijn moeder gezegd. Volgens mij zouden we stuk voor stuk woest worden als iemand daar ooit het lef voor zou hebben. Dat is het soort gezin waar ik uit kom, het soort gezin dat ik zelf ook wil hebben: waarin de mensen en de vróúw van wie je houdt met respect en liefde behandeld worden. Mannen die zich anders gedragen zijn geen mannen, dat zijn bullebakken en lafbekken.'

In haar buik voelde Peggy ineens hoe Abrikoosje bewoog.

Ze keek David stralend aan. 'Ze bewoog!' zei ze.

'Echt?' Hij keek haar vol ontzag aan. 'Mag ik…?'

Ze knikte en hij kwam naast haar op de bank zitten en legde heel voorzichtig, alsof hij een baby'tje aanraakte, zijn hand op de welving van haar buik.

'Hier,' zei Peggy, terwijl ze zijn hand verlegde.

Abrikoosje schopte weer en David snakte naar adem. 'Dat is echt ongelooflijk!' zei hij en Peggy zag dat hij tranen in zijn ogen had. Zijn handen waren zo voorzichtig toen hij ze op haar bolle buikje legde en terwijl ze naar zijn gezicht bleef kijken zag ze de trots en de liefde die erop verschenen.

Hij keek Peggy aan, zijn hand nog steeds warm op haar buik.

'Is het mijn kind?'

Ze knikte. 'Het spijt me,' zei ze. 'Maar ik kon het je gewoon niet vertellen, David. Ik heb eigenlijk nooit een echte, lieve vader meegemaakt en ik wist niet wat ik moest doen. Ik kan je niet goed uitleggen...'

'Dat hoeft niet, ik begrijp het wel,' zei hij. 'Fifi heeft me alles verteld.'

Deze man was niet zoals haar vader, dacht ze. Deze man was anders. Een man die wist hoe hij moest beminnen, een man die niet verscheurd werd door bitterheid.

'Ik geloof niet dat ik mensen zoals je vader ooit zal begrijpen, maar ik kan je wel beloven dat ik niet zo'n soort man ben, Peggy,' zei David ernstig tegen haar. 'Ik weet dat je denkt dat jij onwillekeurig een zelfde type man als je vader zult uitkiezen en dat je daarom ook zo bang bent om iets met een man te beginnen. Maar ik ben anders. Ik ben niet zoals hij. Mijn vader is de zachtaardigste man ter wereld... dat is mijn voorbeeld, daar geloof ik in. Zo wil ik ook voor jou zijn. Wil je me de kans geven om dat te bewijzen?'

De angst waarmee Peggy al het grootste gedeelte van haar leven rondliep, was nog niet verdwenen, maar het gevoel dat David een goede, fatsoenlijke man was, werd sterker. Hij zou haar en haar baby beschermen, hij zou lief voor hen zijn. Hij hield van haar.

En zij hield van hem.

'Ik noem haar altijd Abrikoosje,' zei ze zacht en ze legde haar hand over de zijne die nog steeds op haar buik rustte.

'Is het een meisje?' vroeg David en nu glinsterden er duidelijk tranen in zijn ogen.

'Ja,' zei Peggy, 'onze kleine meid.'

'Onze kleine meid,' zei David vol blijdschap. 'Wacht maar tot mam dit te horen krijgt... dan zal ze spoorslags het ziekenhuis uit willen om bij ons te kunnen zijn.'

Eindelijk stond Peggy zichzelf toe om in Davids armen weg te kruipen. Daar voelde ze zich gerust, veilig en bemind.

'Waar zat je naar te kijken?' vroeg hij nieuwsgierig.

'Naar *Sleepless in Seattle,*' antwoordde ze.

'Is dit het leuke stuk? Waar ze elkaar ontmoeten?'

Peggy lachte. 'Alle mannen hebben een hekel aan die film.'

David drukte een kus op de zijkant van haar wang, zo voorzichtig alsof ze van porselein was.

'Niet deze man, lieveling.'


Freya en Meredith stonden 's avonds in de keuken haastig een maaltijd in elkaar te flansen toen Gemma helemaal overstuur belde.

'Ik heb gehoord dat Opal een hartaanval heeft gehad,' krijste ze zo hard in de telefoon, dat Meredith haar woord voor woord kon verstaan.

'Ja,' zei Freya geduldig.

'Ze gaat dood! Net als je vader! Ik ben in alle staten! Ik moet naar de dokter om nieuwe pillen te halen!' gilde Gemma.

Meredith stond vol verbazing naar Freya te staren. Ze had haar tante in geen jaren gezien en ze had geen flauw idee wat er van haar geworden was. Freya's gezicht was bleek van bezorgdheid en op dat moment nam Meredith een besluit. Haar moeder was er niet om voor Freya te zorgen, dus moest zij dat doen.

'Zal ik de telefoon even overnemen?' zei ze vriendelijk tegen haar nichtje.

Freya keek opgelucht en gaf haar de telefoon.

'Hallo, Gemma, met Meredith. Je klinkt nogal opgefokt.'

Er klonk opnieuw gekrijs.

Meredith hield de telefoon een eindje van haar oor af en vroeg: 'Is ze vaak zo?'

Freya haalde haar schouders op. 'Dat weet je nooit. Soms. Ze vergeet vaak dat ik kom en dan heeft ze niets te eten thuis. Dan gaan we pizza halen en drinkt ze veel te veel.'

'En je gaat elke maand naar haar toe? Wie is op dat idee gekomen?'

'Opal zei dat ik naar haar toe moest, omdat ze mijn moeder was...'

Meredith knikte. 'Alleen gedraagt ze zich niet bepaald als een moeder, hè?' Ze richtte zich weer tot de telefoon. 'Gemma,' zei ze duidelijk. 'Heb je gedronken? O, een paar glaasjes maar. Nou, wat zou je er dan van zeggen als je eens naar bed ging? Morgen kom ik wel naar je toe om met je te praten. Ja, morgen.'

Ze verbrak de verbinding.

'Freya, het lijkt me niet zo verstandig dat jij naar je moeder toe gaat als ze zo is als nu. In de toekomst zal een van ons met je mee moeten gaan om te zien hoe ze zich gedraagt. Als zij wil dat jij deel blijft uitmaken van haar leven, zal ze zich moeten leren gedragen.'

Freya knikte enthousiast. 'Opal zegt er nooit wat van, omdat Ned anders boos zou worden.'

'Misschien moet pa maar eens goed kwaad worden,' zei Meredith. 'Jij verdient een beter lot en ik zal zorgen dat je dat krijgt.'

Freya zei niets, maar de manier waarop ze Meredith knuffelde, sprak voor zichzelf.

Lillie zou de volgende ochtend terugvliegen. Ze was tegelijkertijd opgewonden en verdrietig, omdat ze in Redstone echt genoten had en het heerlijk had gevonden om alles over haar moeder te weten te komen. Maar ze had er ook vrede mee dat ze weer naar huis zou gaan. Er was nog maar één ding dat ze moest doen en dat was praten met Frankie.

'Ga eens mee naar buiten,' zei Lillie tegen haar schoonzus.

Ze waren alleen in het souterrain. Seth stond boven met de aannemer te overleggen.

Lillie liet Frankie voorgaan. Ze wilde niet dat Frankie het idee zou krijgen dat dit Lillies tuin was omdat Lillie voor haar uit de tuin in liep en haar alle planten liet zien.

'Ik wou je bedanken omdat je me echt met open armen ontvangen hebt, Frankie,' zei ze.

Ze bleef naast de vlinderstruik staan, waarvan ze er een paar naast elkaar had gezet omdat ze bijen aantrokken.

'Ik vond het geweldig om je hier te hebben,' zei Frankie. 'Ik weet best dat je hebt gemerkt dat...' Ze zweeg even. 'Dat Seth en ik het een tijdje nogal moeilijk hadden met elkaar. Omdat jij erbij was, ging het steeds beter.'

'Net zoiets als ruziemaken terwijl je kinderen erbij zijn,' zei Lillie en Frankie lachte.

'Precies,' beaamde ze.

'Zullen we de bank van Ned eens uitproberen?' vroeg Lillie.

Ned had een heleboel stekjes en groenteplantjes voor de tuin geleverd, om nog maar te zwijgen van een prachtige wilgentak die Seth aan een van de muren had vastgespijkerd zodat de kamperfoelie en de clematis eroverheen konden groeien. De bank was zijn mooiste cadeau geweest, een mooi in elkaar gezet exemplaar van olijfgroen geschilderde theekisten.

'Hij heeft hem helemaal glad geschuurd,' merkte Lillie op en liet haar vinger over het hout glijden. 'Hij zei dat hij niet wilde dat we onze benen openhaalden als we erop gingen zitten. Ned is zo'n lieve man.'

Ze ging erop zitten en Frankie viel naast haar neer.

'Jij hebt echt een talent om vrienden te maken,' merkte Frankie op.

'Dat heb jij ook, Frankie,' zei Lillie vriendelijk. 'Je moet het gewoon een beetje rustiger aan gaan doen. Het valt niet mee om veel vrienden te maken als je iedere dag van vroeg tot laat in de weer bent, en je best doet om te werken en je hoofd boven water te houden, terwijl je ziet hoe de man van wie je houdt het moeilijk heeft. Maar nu heb je tijd genoeg, tijd om samen te zijn. Daar wilde ik het met je over hebben.'

Frankie pakte een tissue om haar neus te snuiten. Het was belachelijk, maar ze had eigenlijk zin om te huilen. Lillie begreep het. Ze had zo hard moeten werken om haar baan te houden, want zij was degene van het gezin die het geld binnen moest brengen, dus ze moest zich wel beheersen, ze kon zich niet veroorloven om bij de pakken neer te gaan zitten. Ze moest gewoon verder alsof ze een robot was en dat was haar niet gelukt. Daardoor had ze bijna haar huwelijk verwoest. Lillie streek over de theekistbank en vond toch nog een plekje dat Ned bij het schuren had overgeslagen. Zo ging het ook in het echte leven, er waren altijd stukjes die je niet raakte.

'Ik begrijp best dat je boos op jezelf bent om wat er allemaal is gebeurd, maar dat was jouw schuld niet, Frankie,' zei Lillie. 'Er gebeurden tegelijkertijd zoveel dingen: het huis, Seths baan, Alexei en Emer die allebei weg waren. Je werd met een noodgang in de tweede fase van je leven geduwd.'

'Je bedoelt de óúde fase van het leven,' zei Frankie wrang.

'Nee, de tweede fase. De fase waarin de kinderen het huis uit zijn, waardoor jij achterblijft met de persoon die er vroeger voor zorgde dat je hart sneller klopte en die je nu gek maakt als hij vergeet om brood te kopen.'

Frankie schoot ondanks alles in de lach. 'Heb je me zo grondig bestudeerd?' zei ze.

'Dat was niet nodig,' zei Lillie. 'Ik hoef alleen maar aan mezelf terug te denken.'

Frankie zette grote ogen op. 'Maar Sam en jij...'

Ze stopte. Ze kon toch niet zeggen dat de overleden Sam klonk alsof hij een modelechtgenoot was, dat Lillie hem duidelijk had aanbeden en dat Lillie daarom eigenlijk helemaal geen verhalen had over de scheurtjes die af en toe in hun huwelijk waren verschenen?

'Sam en ik hebben ook onze moeilijkheden gehad, hoor,' zei Lillie met twinkelende ogen. 'Ik heb nooit gedacht dat ik een wijze vrouw was,' vervolgde ze, 'maar ik schijn toch de gave te hebben om dingen simpel te bekijken en dat wordt als wijsheid beschouwd. Als je alle omringende problemen wegneemt en kijkt naar waar het werkelijk aan schort, wordt alles vrij eenvoudig.'

'Als het om andermans problemen gaat,' zei Frankie.

'Nee,' zei Lillie. 'Als het om je eigen problemen gaat. Nu begint een nieuw leven: geniet ervan en zet die schuldgevoelens van je af.'

'We zullen je missen,' zei Frankie.

'Ja, maar jullie komen op bezoek en we houden contact per e-mail,' merkte Lillie op.

Frankie knikte met tranen in haar ogen.

'Maar dan moeten jullie wel iemand hebben die voor de bijen zorgt als jullie weg zijn.'

Frankies gezicht klaarde op. Sinds ze samen met Seth bij Amy had gegeten, wilde Frankie nog liever dan Seth met bijen beginnen.

Frankie was enthousiast geworden door Amy's snoezige huis en tuin, met de twee korven en het moestuintje. Ze kon bijna niet wachten tot ze hun eigen bijen hadden en met hun eigen moestuintje konden beginnen.

Ze had een aantal boeken gekocht, ze volgden allebei de cursus bijenhouden en Frankie zou Frankie niet zijn geweest als ze niet een paar dikke boeken in de bibliotheek had gevonden waar ze iedere avond met haar neus in zat.

'Het is echt ongelooflijk,' zei Frankie nu. 'Ik heb eigenlijk nooit nagedacht over bijen en honing, maar als die er niet waren, zou de aarde in grote moeilijkheden raken. Geen bestuiving, geen nieuwe planten... een regelrechte ramp. Hoe komt het dat ik dat nooit heb geweten?'

'Daar had je geen tijd voor,' zei Lillie eenvoudig. 'Je had al zoveel te doen. Maar nu heb je de tijd. Een mooier geschenk kun je niet krijgen.'

'Eigenlijk komt dat op de tweede plaats,' zei Frankie haastig. 'Emer en Alexei komen binnenkort weer thuis. Emer heeft op de tiende een vlucht geboekt en volgens haar heeft ze geen cent meer over en moet ze metéén aan de slag! Terwijl Alexei er juist in is geslaagd om wel wat over te houden.' Ze kreeg een zachte trek op haar gezicht toen ze over haar kinderen praatte. 'Ik kan niet wachten tot ze zien wat we inmiddels al met het huis hebben gedaan en wat jij met Seth in de tuin hebt klaargespeeld. Ik heb ze verteld dat ze voorlopig boven een kamer uit kunnen zoeken en zodra we alles geschilderd hebben – wat nog wel even zal duren – kunnen ze samen in het souterrain trekken.'

Dat was Seths idee geweest.

'De kinderen komen nu wel naar huis,' had hij tegen Frankie gezegd, 'maar dat zal echt niet meer voorgoed zijn, dat weet je ook wel, hè?'

Dat wist Frankie inderdaad.

'Ik had het idee om hun het souterrain te geven als wij boven alles opgeknapt hebben,' was hij verdergegaan.

Ze hadden besloten om geen geld van Frankies ontslagvergoeding aan schilders en binnenhuisarchitecten te besteden. Ze zouden zoveel mogelijk zelf doen. Het zou hun gezamenlijke project worden.

Boven waren al twee kamers leeggehaald, van het behang ontdaan, geschuurd en geschilderd. Dessie, de leerling-landschapsarchitect, had een man gevonden die jarenlang in de bouw had gewerkt en nu werkloos was. Samen hadden ze alle krakkemikkige scheidingswandjes eruit gerukt en in alle kamers ook al het behang van de muur getrokken. Oude, dunne deuren waren vervangen en veel van het stucwerk aan de plafonds was vernieuwd.

Alles was klaar om geschilderd te worden.

'Villa Sorrenta is een beeldschoon huis,' zei Lillie. 'Ik kan niet wachten tot het klaar is en het spijt me dat ik geen kennis meer kan maken met Emer en Alexei, maar ik leer ze wel kennen als jullie samen met hen bij ons in Melbourne op bezoek komen. Ik ben hier nu echt lang genoeg geweest. Jullie dachten vast dat ik nooit meer naar huis zou gaan.'

'Welnee.' Frankie gaf haar schoonzusje een knuffel. 'Ik ben zo blij dat je bent gekomen, Lillie. Je bent de redding voor ons allemaal geweest, hoor.'

De beide vrouwen bleven hand in hand in het zonnetje zitten.

'Je hebt hier zoveel klaargespeeld… je hebt vriendschap gesloten met allerlei mensen en voor ons gezorgd. Je lijkt wel een goede fee uit een sprookje.'

'Maar ik ben toch blij dat ik met een vliegtuig naar huis mag,' zei Lillie vriendelijk. 'Door de lucht vliegen zou een ramp zijn voor mijn oude botten!'

Ze barstten allebei in lachen uit.

De volgende dag keek Lillie vanuit het vliegtuig naar het land onder haar en bedacht dat ze het eiland dat ze inmiddels als haar tweede thuis beschouwde echt zou missen. Ierland had haar niet alleen vriendelijk ontvangen, maar het had haar – net als de mensen die er woonden – in de armen gesloten, haar geknuffeld en haar een klopje op de rug gegeven.

Ze hoefde eigenlijk geen e-mails meer naar Doris te sturen, maar ze vond het leuk om te doen. En trouwens, ze kon nu naar Seth, Frankie en iedereen in Redstone schrijven. Opal zou waarschijnlijk binnenkort zelf een account krijgen en Freya zou enorme lappen tekst over alles wat zich in haar hoofd afspeelde naar haar toe willen sturen.

Lillie had haar laten beloven dat ze haar van alles op de hoogte zou houden, met inbegrip van wat zich op de bushalte afspeelde.

'Seanie en Ronnie zullen je missen,' zei Freya. 'Ze spelen met het idee om volgend jaar zomer naar Melbourne te vliegen om eens een kijkje te nemen in Australië. Als ze maar lang genoeg van de sigaretten af kunnen blijven om het geld bij elkaar te krijgen. Toch zou ik er maar niet op rekenen als ik jou was, want dat zijn wel een boel saffies. Als je bij de bushalte zit, heb je een sigaretje nodig om je aan te warmen... dat zeggen zij, tenminste.'

'Zul jij je wel redden, Freya?' had Lillie teder gevraagd.

Ze wenste dat Freya dichterbij zou wonen, zodat ze bij kon springen om haar door het roerige vaarwater van de jeugd te loodsen. Maar Freya kennende, was ze waarschijnlijk in staat om een loodscursus te geven.

'Best wel, hoor. Ik heb Harry toch?'

Harry was geweldig en iedere keer als ze bij hem was, werd Freya weer een beetje verliefder.

Opal en Ned hadden daar met haar over gepraat en gezegd dat ze eigenlijk te jong was om zo'n vast vriendje te hebben, maar Freya had dat gemakkelijk weerlegd: 'Jullie weten allang dat Harry veel verantwoordelijkheidsgevoel heeft,' zei ze. 'Als hij geen ambulance had gebeld, had Kaz wel dood kunnen gaan. Hij is de enige van zijn overgangsjaar die geïnteresseerd is in veterinaire geneeskunde en hij heeft al afgesproken dat hij komende zomer in het dierenasiel gaat helpen. Misschien ga ik dat ook wel doen,' had ze eraan toegevoegd.

'Maar geen huisdieren meer,' had Ned gesmeekt. 'Ik ben het zat om al die kakkerlakken aan die verdraaide hagedis te voeren!'

Lillie en Freya moesten allebei lachen toen ze aan Harry dachten. 'Hij is een lieve jongen. Hij weet je te waarderen.'

'Mijn nichtje en neven zouden hem de nek omdraaien als dat niet zo was,' zei Freya glimlachend. Het was fijn om dat te kunnen zeggen, vooral over Meredith. Het leek nog niet zo lang geleden dat Meredith de enige was die Freya graag de nek om zou willen draaien. Maar dat was inmiddels voorbij, daar dachten ze nooit meer aan.

'Meredith is echt veranderd,' zei ze nadenkend. 'Van top tot teen, net als in die stomme tv-programma's waarin mensen hun haar laten verven, een facelift nemen en dan zeggen dat ze veranderd zijn. Maar dat is helemaal niet waar. Dat is alleen de buitenkant. En Meredith is echt anders en dat nieuwe plan van haar lijkt me geweldig. Vroeger zou ze nooit overwogen hebben om ergens in de rimboe een toevluchtsoord voor kunstenaars te beginnen. Dan bleef ze erin als ze niet om de hoek een latte kon halen.'

'Wat er met die galerie is gebeurd, was volgens mij het beste wat haar kon overkomen,' zei Lillie.

'Grappig dat je dat zegt... dat zegt Opal namelijk ook.'

Lillie knikte. 'Ik heb ooit een zakenman horen zeggen dat een zaak pas echt gaat werken als je twee keer op de rand van een faillissement hebt gestaan en een fikse brand hebt gehad. Zo is het eigenlijk ook met het leven: als je zwaar weer kunt overleven, dan ben je daardoor alleen maar sterker geworden.'

'Nou, waar zij naartoe gaat, zal ze genoeg stormen te verduren krijgen,' zei Freya lachend. 'Dat toevluchtsoord ligt letterlijk op het randje van een klif in de provincie Clare. En om in de dichtstbijzijnde stad te komen moet je kennelijk twintig minuten over een onverharde weg rijden.'

'Hoe komt ze aan die baan?' vroeg Lillie.

'Die mevrouw die oude kleren verkoopt, Angelique nog wat, begon erover. Het werd geleid door Angeliques dochter, maar die gaat zes maanden naar Canada om in een soortgelijk huis te werken, dus ze heeft iemand nodig die tijdelijk haar baan in Clare over kan nemen.'

'Is ze blij?'

Daar hoefde Freya niet lang over na te denken. 'Heel blij. Het is inmiddels duidelijk geworden dat zij helemaal niets van die Ponzifraude wist. Nu weet iedereen dat zij er niets mee te maken had en dat heeft een boel geholpen, zegt ze. En ze heeft me ook verteld dat ze weer gaat schilderen als ze daar zit. Ik wist niet eens dat ze dat had gedaan, maar ze zegt dat ze ermee was gestopt omdat ze dacht dat ze er nooit haar beroep van zou kunnen maken.'

'Creativiteit kan heel troostend zijn,' zei Lillie. 'Doe haar maar de hartelijke groeten en zeg dat ze altijd in Melbourne mag komen logeren als ze ooit die kant op komt.'

'Geldt dat ook voor Harry en mij?' vroeg Freya ondeugend.

Lillie lachte. 'Je moet je niet te jong binden, lieverd. Je moet eerst wat in de wereld rondkijken, voordat je besluit om het bij één man te houden.'

Daarna had Freya haar geknuffeld en hadden ze allebei een traantje gelaten.

'Ik verdwijn niet voorgoed. Je kunt me altijd e-mailen en je kunt me komen opzoeken,' zei Lillie terwijl ze haar zakdoek uit haar mouw plukte.

'Je moet nu weer terug naar je eigen gezin,' zei Freya en snufte.

Ze had zoals gewoonlijk gelijk. Lillie moest echt terug naar haar eigen gezin. Het fijne van reizen was de wetenschap dat er ergens een plek was waar iedereen je ontzettend miste.

Ze had trouwens gemerkt dat Doris het ook leuk vond om te e-mailen.

Viletta heeft verkering met een meneer van de pokeravondjes. Zij zegt dat het een heer is en voor de verandering meent ze dat. Hij houdt de deur voor haar open, staat op als ze de kamer binnenkomt en wil per se alle etentjes betalen. Bij hun tweede afspraakje bracht hij een ruikertje voor haar mee, zoals hij dat noemt. Met gardenia's! Hij zei niet dat het de lievelingsbloem van zijn overleden vrouw was, of de lievelingsbloem van zijn moeder, of een van die andere rare opmerkingen die mannen bij de tweede afspraak soms maken, nee, hij had gezien dat Viletta in de keuken een schilderij van een gardenia had hangen en hij dacht dat het misschien háár favoriete bloemen waren. Die moet je vasthouden, lieverd, zei ik tegen haar en ze heeft het ook nooit meer over oude vrouwen. Nee, nu gaat het alleen nog maar over 'op ouwe fietsen moet je het leren'. Ik zei: 'Laat hem dat maar niet horen, Viletta, dat vindt hij misschien helemaal niet leuk', maar zij zegt dat hij houdt van de manier waarop ze praat.

Doris had zelfs nieuws over Lillies eigen kleindochter, Dyanne, die kennelijk regelmatig het huis van Doris' kleinzoon belde. Lloyd was zeker zes maanden ouder dan zij en de dochter van Doris, Natalie, was dolblij, want het laatste vriendinnetje van Lloyd kwam uit een gezin waar spijbelen niet erg werd gevonden.

Ik hoorde dat jouw Dyanne vaak over de vloer komt en dat ze ook niet meer alleen beroemd wil worden. Voorlopig althans niet. Zij en Lloyd overwegen om politiek verslaggever te worden en nee, ik heb geen flauw idee hoe ze daar nu weer op zijn gekomen. Maar het is in ieder geval beter dan alleen maar te willen zingen voor een studiopubliek dat je op elk moment uit het programma kan stemmen.

We kunnen niet wachten tot we je weerzien. Vilette zegt dat haar meneer ook wel een vriend voor jou heeft, als je dat wilt, maar ik zei dat je dat volgens mij niet wilde.

Daar had Lillie hartelijk om moeten lachen. Zij had Sam, een andere man had ze niet nodig. En ze had een nieuwe familie, en een grote familie ook nog. Er waren zoveel mensen in Redstone die ze inmiddels als familie beschouwde. Niet alleen Seth en Frankie natuurlijk, maar ook Freya, Opal, Peggy die zo blij was met de baby die ze verwachtte en met haar nieuwe man, David, en natuurlijk Bobbi en Ned. De hele plaats gaf haar het gevoel dat het haar tweede thuis was. Ze was naar Ierland gekomen op zoek naar haar verleden en dat had ze gedeeltelijk gevonden, terwijl ze nu ook iets meer begreep van de redenen waarom een jong meisje jaren geleden een baby zou afstaan.

*Ik hoop dat je bij Sam bent, Jennifer. Ik had het gevoel dat het zijn idee was om mij deze reis te laten maken, maar misschien had jij er ook wel iets mee te maken.*

*Je bent een fantastische moeder voor Seth geweest, maar dat kon je voor mij niet zijn, toen niet. Ik hoop dat je nu in het hiernamaals gelukkig bent bij de mensen van wie je houdt. Ik hoop dat het een lichte plek is, vol geluk, en met alle honden en katten die mensen ooit hebben verloren, en bijenkorven voor de mensen die op aarde bijen hielden. Op een dag kom ik ook naar jullie toe, maar voorlopig nog niet.*

Ze kreeg geen antwoord, maar ja, zelfs als ze met Sam praatte, kreeg ze dat niet. Toch was Lillie er zeker van dat haar woorden gehoord werden. Dat voelde ze vanbinnen.

Maar het belangrijkste deel van haar reis had vreemd genoeg niets met het verleden te maken gehad. Daarbij was het om de toekomst gegaan en alles wat het leven haar nog zou brengen, de volgende fase van haar leven, zoals Bobbi dat heel terecht noemde.

Lillie nestelde zich op haar gemak in de stoel en accepteerde nog een glas van het heerlijke sinaasappelsap dat de stewardess rondbracht.

Martin en Evan hadden erop gestaan dat ze de terugvlucht zou maken in het luxueuze voorste gedeelte van het vliegtuig.

'Maar dat kan ik niet van jullie aannemen,' was ze op een avond tijdens het skypen begonnen, maar toen had Frankie haar hoofd om de deur gestoken en gezegd: 'Dat kun je wel, mal mens! Denk aan het gevaar van trombose. Ze houden van je, laat je maar lekker verwennen!'

Frankie was tegenwoordig ook heel anders. Ze had haar chique werkkleren verwisseld voor een afgedragen spijkerbroek en oude overhemden van Seth als ze thuis een oogje hield op het werk of de deur uitging voor haar cursus bijenhouden.

Seth gedroeg zich als een man die een likje had genomen van die koninginnengelei waar Frankie hun over verteld had.

'De belangrijkste taak van de werkbijen is om ervoor te zorgen dat de bijenkoningin daar genoeg van krijgt. Daar wordt ze groter van en dan kan ze nieuwe baby's krijgen.'

Frankie zat tegenwoordig bijna iedere avond met haar neus in dat dikke bijenboek. *The Gentle Beekeeper* heette dat en het was geschreven door Iseult Cloud.

'Als je het uit hebt, kun je zelf wel een boek schrijven,' zei Lillie nadenkend. 'Over hoe het is om een beginnend bijenhouder te zijn en dat je het hebt opgepakt omdat je ontslagen werd.'

Frankies ogen glinsterden. 'Dat vind ik een geweldig idee,' zei ze. 'Maar nu nog niet. Ik moet eerst het huis helemaal voor ons op orde hebben.' Ze had vol liefde naar Seth gekeken. 'En ik wil gaan deelnemen aan de Honingkoningin-competitie. Het zal nog wel een paar jaartjes duren voordat mijn honing klaar is, maar ik ga echt meedoen.'

'Is ze niet geweldig?' zei Seth trots. 'Mijn eigen honingkoningin.'

Lillie vond het helemaal niet erg om weg te gaan. Ze zou gauw genoeg weer eens terugkomen en trouwens, ze konden zich allemaal prima zelf redden. Ze kon ze met een rustig gevoel achterlaten.

# Zes maanden later

Toen de telefoon op een avond overging in de kleine bungalow in Portlaoise maakte Kathleen Barry een sprongetje van schrik. Niemand belde hen op dit uur thuis. Tommy's maatjes belden hem altijd op zijn mobiel en Kathleens vriendinnen hadden dit nummer niet eens.

Hij had een hekel aan vrouwen die over de telefoon zaten te kwekken, zei hij.

Ze had net op het punt gestaan om hem een kop thee in te schenken nadat hij zijn avondeten op had: *shepherd's pie* met een laagje heerlijk luchtige aardappelpuree, waarvan hij geërgerd had gezegd dat het vol klonten zat.

'Zet nou maar eens een pot sterke thee. Niet van die slappe troep waar jij van houdt.'

'Ik ben zo terug om thee voor je in te schenken,' zei ze en liep haastig naar de hal waar de telefoon op een tafeltje stond, met een stoel ernaast. Dat hadden ze tegenwoordig nergens meer.

Kathleens gespannen zenuwen stonden nog meer onder druk dan anders, want onverwachte telefoontjes betekenden altijd slecht nieuws. Peggy belde haar alleen op haar eigen mobiel, ze was niet zo dom om het huis te bellen. Dit moest slecht nieuws zijn.

'Ja?' zei ze zacht in de telefoon.

'Spreek ik met Kathleen Barry?' vroeg een stem met een vreemd accent.

Kathleen hield zich vast aan de rand van het oude tafeltje.

'Gaat het om Peggy? Is er iets gebeurd? Heeft ze een ongeluk gehad?'

Alles waar Kathleen altijd bang voor was en wat ze voortdurend verdrong, kwam ineens naar buiten. Ze zakte op het stoeltje neer omdat ze bang was dat ze anders door de knieën zou gaan.

'Met Peggy is alles in orde,' zei de stem. 'Echt waar, mevrouw Barry, het kan niet beter, geloof me. Ik heet Fifi en ik werk bij haar in de winkel. Peggy heeft me alles over u verteld.'

Onverwachts sprongen de tranen in Kathleens onopgemaakte ogen. Peggy had die vreemde vrouw alles over haar verteld. Er waren zoveel mensen in Peggy's leven van wie Kathleen helemaal niets afwist.

'Daar ben ik blij om,' fluisterde Kathleen.

'Ze kon zelf niet aan de telefoon komen, maar ze vroeg mij of ik u wilde bellen als het zover met haar was en dat is nu het geval. Ze heeft me uw mobiele nummer gegeven, maar daar kreeg ik geen gehoor.'

'Nee, daarvan staat de beltoon uit,' zei Kathleen. 'Is ze zover? Komt de baby eraan?'

'Ja, maar alles is in orde. Ze is een paar dagen te vroeg, maar u weet hoe dat met baby's gaat. Die houden zich alleen hun eigen tijdsindeling.'

Fifi klonk zo blij, zo opgewekt.

'Is ze al in het ziekenhuis? Wie is er bij haar?' vroeg Kathleen.

'David en Opal,' vervolgde Fifi. 'Ik weet niet of u Opal al kent,' ging ze tactvol verder. 'Dat is Davids moeder. Peggy is echt in goede handen, Opal is een heel geruststellend iemand om in de buurt te hebben. Zij was ook bij Peggy toen haar vliezen braken, dus ze is met haar meegegaan in de ziekenauto.'

Aan de andere kant van de lijn klemde Kathleen de hoorn met twee handen vast.

'Met Peggy komt alles in orde, hoor, geloof me maar gerust,' zei Fifi, die Kathleens stilzwijgen per abuis voor angst aanzag.

Maar Kathleens stilzwijgen werd door iets heel anders veroorzaakt: door een intens verdriet bij de gedachte dat haar dochter een kind zou krijgen terwijl er een andere vrouw bij haar was.

'Kathleen!' werd er vanuit de keuken gebruld. 'Wie is dat?'

Ze wist niet waar ze de kracht vandaan haalde. Het stond vast dat ze die nooit had gehad, zeker niet in al die jaren dat Peggy en de vrouwen van haar werk erop hadden aangedrongen dat ze bij Tommy Barry weg zou gaan, voordat hij haar het graf in sarde.

'Mag ik je mobiele nummer hebben en de naam van het ziekenhuis waar ze naartoe is gebracht?' fluisterde Kathleen.

In de keuken schonk ze een kop thee in voor Tommy en gaf hem een dikke plak van de vruchtencake die hij tegenwoordig liever had dan scones. Het was meer werk om die te bakken, maar dat had ze er wel voor over als het hem gelukkiger maakte.

Daarna liep ze de keuken uit en ging met haar mobiele telefoon naar de slaapkamer. Daarin had ze het mobiele nummer van Carola Landseer opgeslagen.

Carola zat bij haar boekenclub en kon haar niet goed verstaan door al het geklets.

'Sorry, Kathleen, wat is er?' bulderde ze.

'Ik wil weten of je het meende toen je zei dat je me zou helpen als ik bij Tommy weg wilde,' fluisterde Kathleen, met haar hoofd half in de kast zodat haar man in de keuken het niet zou horen.

'Lieve god,' zei Carola en Kathleen wist dat het een dankgebed was. 'Dat heb ik gezegd en ik meende het. Moet ik nu komen?'

'Ja, graag.'

Ze deed er niet lang over om te pakken. Ze had niet veel kleren en alle kostbare herinneringen aan Peggy's kindertijd zaten in een doos in Peggy's kamer. Kathleen stopte ze in een andere koffer, samen met wat snuisterijtjes die ze in de loop der jaren verzameld had.

Er was eigenlijk nauwelijks iets in dit huis wat van haar was, dacht ze. Ze was altijd te bang geweest om iets te kopen, voor het geval Tommy dan boos zou worden. Ze was zo ontzettend bang voor die boosheid: het leek er bijna op dat zijn boosheid voelbaar aanwezig was in dit huis en haar daardoor angst aanjoeg en haar levenslust vernietigde.

Maar welke moeder liet haar dochter nu alleen als ze een kind ter wereld moest brengen, alleen maar omdat haar man dan misschien boos op haar zou worden? Tommy zou toch boos worden, wat er ook gebeurde. Ze wilde er niets meer mee te maken hebben. Zij ging naar haar dochter toe. En wat er daarna zou gebeuren... Peggy had haar toch aangeboden om bij haar te komen wonen? Het was een manier om aan dit leven te ontsnappen en die kans greep ze aan.

Toen Carola arriveerde, deed Tommy, die geen flauw idee had wat er aan de hand was, de deur open en gaf haar een beleefd knikje. Kathleen had al lang het vermoeden dat hij bang was voor de lange, elegante vrouw, die nu langs hem heen naar binnen stapte, zonder aandacht te schenken aan zijn: 'Wat is hier allemaal aan de hand?'

Kathleen was in Peggy's kamer en keek nog één keer om zich heen.

'Drie koffers maar?' vroeg Carola op die bevelende toon die haar zo'n succesvolle voorzitter maakte van allerlei plaatselijke liefdadigheidsverenigingen.

'Niet veel, hè?' zei Kathleen, die inwendig stond te bibberen. Tommy was achter Carola aan gelopen en keek Kathleen verbijsterd aan.

'Wees eens aardig, Tommy, en zet die koffers in de auto,' beval Carola.

Tommy deed wat ze hem gevraagd had. Hij moest twee keer heen en weer lopen en iedere keer als hij de kamer uit liep, glimlachten Carola en Kathleen elkaar toe.

Daarna pakte Carola Kathleen bij haar arm en trok haar vastberaden mee naar buiten.

'Waar ga je naartoe?' wilde Tommy weten.

Kathleen stond nu zichtbaar te trillen. Hij zou haar vermoorden omdat ze hem zo'n figuur liet slaan in aanwezigheid van die chique mevrouw Landseer. Maar Carola had haar arm stevig vast en kneep er even geruststellend in.

'Stap in de auto, Kathleen.'

Ze trok het voorportier open en duwde Kathleen met handtas en al naar binnen. Daarna sloot ze de deur en deed die met haar sleutel op slot.

Binnen in de auto kon Kathleen haar duidelijk verstaan.

'Uw vrouw gaat bij u weg, meneer Barry, en als u probeert contact met haar op te nemen of haar op een andere manier bang te maken, ga ik meteen naar de politie. Ik heb hen trouwens bij wijze van voorzorgsmaatregel ook al gebeld voordat ik hiernaartoe kwam. Ik heb ook mijn broer gewaarschuwd, die de leiding heeft over het advocatenkantoor van de familie. Hij heeft al gezegd dat hij met genoegen de zaak van uw vrouw op zich wil nemen.'

Plotseling kwam Tommy weer tot leven.

'Welke zaak?' bulderde hij. In de auto kromp Kathleen in elkaar.

Carola Landseer keek minachtend naar de man aan wie ze al een hekel had sinds de eerste keer dat ze er getuige van was dat hij zijn vrouw openlijk had gekleineerd in de supermarkt. Dat was jaren geleden en daarna had ze Kathleen iedere week gesproken en haar verteld dat ze maar hoefde te bellen als ze ooit weg zou willen.

'Mijn broer heeft een hekel aan bullebakken, meneer Barry. Het zal hem een groot genoegen doen om u onder de grond te schoffelen voor de manier waarop u Kathleen hebt behandeld. Ga nu maar gewoon naar binnen en doe die deur achter u dicht, anders bel ik de politie.'

Ze hield haar mobiele telefoon omhoog. 'Dat is zo gebeurd, meneer Barry.'

Tommy Barry wierp een boze blik op de auto, maar zijn vrouw was bezig met haar eigen telefoon en stuurde een sms'je naar het nummer dat ze van Fifi had gekregen:

Zeg maar tegen mijn lieve Peggy dat ik onderweg ben met mijn koffers. Dan begrijpt ze het wel. Kathleen

Carola liep naar de auto en bleef naast het gesloten portier staan tot Tommy zijn ogen neersloeg, gehoorzaam zijn eenzame huis binnenstapte en de deur achter zich dichttrok.

Pas toen maakte Carola de auto open, ging achter het stuur zitten en reed weg.

'Bedankt, heel hartelijk bedankt,' fluisterde Kathleen.

'Je bent ontzettend dapper, hoor,' zei Carola. 'Dapperder dan honderd leeuwen bij elkaar.'

'Zo voel ik me niet.' Kathleen voelde iets raars op haar gezicht. Ze streek er met haar hand over. Ze huilde. Maar ze huilde nooit. Niet meer. Huilen was te gevaarlijk, want als ze eenmaal begon, had ze het gevoel dat ze nooit meer zou kunnen ophouden.

'Teddy zal je naar Cork brengen. Hij moet morgen toch een scriptie inleveren bij de universiteit. En hij brengt je tot waar je moet zijn. En wees maar niet bang, voor een vierentwintigjarige knul rijdt hij prima.'

Kathleen legde haar hand op die van Carola.

'Ik zal je nooit genoeg kunnen danken voor wat je gedaan hebt.'

'Nee,' zei Carola. 'Je hebt het zélf gedaan, dat mag je nooit vergeten. En ga nu maar gauw bellen.'

Kathleen pakte de telefoon die Peggy haar maanden geleden had gestuurd en belde.

'Hallo?' zei een mannenstem.

'Hallo,' fluisterde Kathleen. 'Met Kathleen, Peggy's moeder. Mag ik haar even spreken?'

'Ja hoor!' zei de man enthousiast. 'Ik ben David, mevrouw Barry. Ik geef u door aan Peggy.'

Ze hoorde mensen praten en het geluid van de telefoon die overhandigd werd.

In de kraamkamer pakte Peggy Barry de telefoon aan, nadat ze net een kanjer van een wee had gehad.

'Mam?' vroeg ze een beetje bibberig.

'Ik kom eraan, lieverd,' zei Kathleen Barry. 'Ik ben nu bij Carola. Ik ben bij je vader weg. Carola's zoon brengt me naar Cork, zodat ik bij je kan zijn. Ik hou van je.'

'O, mam,' zei Peggy, terwijl ze met haar ene hand de telefoon vastklemde en met haar andere de grote knuist van David vasthield. 'Ik hou ook van jou.'